太平廣記鈔
태평광기초 11

〈지식을만드는지식 고전선집〉은
인류의 유산으로 남을 만한 작품만을 선정합니다.
읽을 수 없는 고전이 없도록 세상의 모든 고전을 출판합니다.
오랜 시간 그 작품을 연구한 전문가가
정확한 번역, 전문적인 해설, 풍부한 작가 소개, 친절한 주석을
제공합니다.

太平廣記鈔
태평광기초 11

풍몽룡(馮夢龍) 엮음
김장환(金長煥) 옮김

대한민국, 서울, 지식을만드는지식, 2024

편집자 일러두기

- 이 책은 명나라 천계(天啓) 간본을 저본으로 교점한 배인본 중에서 번체자본(繁體字本)인 웨이퉁셴(魏同賢)의 교점본[2책, 《풍몽룡전집(馮夢龍全集)》 8·9, 펑황출판사(鳳凰出版社), 2007]을 바탕으로 하고 기타 배인본을 참고했습니다. 아울러 《태평광기》와의 대조를 통해 교감이 필요한 원문에 한해 해당 부분에 교감문을 붙이고, 풍몽룡의 비주(批注)와 평어(評語)까지 포함해 80권 2584조 전체를 완역하고 주석을 달았습니다. 《태평광기》는 왕샤오잉(汪紹楹)의 점교본[베이징중화수쥐(中華書局), 1961]을 사용했습니다.
- 《태평광기초》는 총 80권으로 되어 있습니다. 이 번역본에는 편의상 한 권에 원서 5권씩을 묶었습니다. 마지막권인 16권에는 전체 편목·고사명 찾아보기, 해설, 엮은이 소개, 옮긴이 소개를 수록했습니다.
제11권은 전체 80권 중 권51~권55를 실었습니다.
- 국내에서 처음으로 소개됩니다.
- 해설 및 주석은 독자들의 이해를 돕기 위해 모두 옮긴이가 붙인 것입니다.
- 옮긴이는 독자들이 이해하기 쉽도록 각 고사에는 맨 위에 번역 제목을 붙였고 그 아래에 연구자들이 작품을 찾아보기 쉽도록 원제를 한자 독음과 함께 제시했습니다. 주석이나 해설 등에서 작품을 언급할 때는 원제의 한자 독음으로 지칭했습니다.
- 옮긴이는 원전에서 제시한 작품의 출전을 원제 아래에 "출《신선전(神仙傳)》"과 같이 밝혔습니다. 또한 원문 뒤에는 해당 작품이 《태평광기》의 어느 부분에 실려 있는지도 밝혀 《태평광기》와 비교 연구할 수 있도록 했습니다.
- 본문에서 "미 : "로 표기한 것은 엮은이 풍몽룡이 본문 문장 위쪽에 단 미주(眉注)이고 "협 : "으로 표기한 것은 문장과 문장

사이에 단 협주(夾注)입니다. "평 : "으로 표기한 것은 풍몽룡이 본문을 읽고 자신의 평을 추가한 것입니다.
- 한글에 한자를 병기할 때 괄호 안의 말과 바깥 말의 독음이 다르면 [ ]를 사용하고, 번역어의 원문을 표시할 때는 ( )를 사용했습니다. 또 괄호가 중복될 때에도 [ ]를 사용했습니다.
- 고대 인명과 지명은 한자 독음으로 표기하고 현대 인명과 현대 지명은 국립국어원의 중국어 표기법에 따라 표기했습니다.

차 례

권51 몽부(夢部)

몽(夢)

51-1(1501) 수 문제(隋文帝) · · · · · · · · · · · · 4657

51-2(1502) 당고조(唐高祖) · · · · · · · · · · · · 4659

51-3(1503) 범매(范邁) · · · · · · · · · · · · 4660

51-4(1504) 두삼(竇參) · · · · · · · · · · · · 4661

51-5(1505) 조확(曹確) · · · · · · · · · · · · 4662

51-6(1506) 설계창(薛季昶) · · · · · · · · · · · · 4663

51-7(1507) 유인공(劉仁恭) · · · · · · · · · · · · 4664

51-8(1508) 두목(杜牧) · · · · · · · · · · · · 4665

51-9(1509) 진안평과 이구담(陳安平·李瞿曇) · · · 4666

51-10(1510) 모정보(毛貞輔) · · · · · · · · · · · · 4668

51-11(1511) 손용광과 곽준(孫龍光·郭俊) · · · · 4670

51-12(1512) 양현동과 이언(楊玄同·李言) · · · · 4672

51-13(1513) 배원질(裴元質) · · · · · · · · · · · · 4673

51-14(1514) 양경지(楊敬之) · · · · · · · · · · · · 4675

51-15(1515) 황보홍(皇甫弘) · · · · · · · · · · · · 4679

51-16(1516) 정현(鄭玄) · · · · · · · · · · · · 4683

51-17(1517) 여몽과 우숙의 딸(呂蒙・牛肅女) ···· 4684

51-18(1518) 사마상여(司馬相如) ········ 4687

51-19(1519) 양나라의 강엄(梁江淹) ······· 4688

51-20(1520) 사악(謝諤) ············ 4689

51-21(1521) 당 희종(唐僖宗) ········· 4690

51-22(1522) 대종(代宗) ············ 4691

51-23(1523) 고종(顧琮) ············ 4692

51-24(1524) 색충과 송통(索充・宋桶) ····· 4694

51-25(1525) 설의(薛義) ············ 4696

51-26(1526) 장식(張式) ············ 4699

51-27(1527) 부견(苻堅) ············ 4702

51-28(1528) 서시 사람(西市人) ········ 4703

51-29(1529) 후군집(侯君集) ·········· 4707

51-30(1530) 최식(崔湜) ············ 4709

51-31(1531) 위중행(衛中行) ········· 4711

51-32(1532) 이소(李愬) ············ 4713

51-33(1533) 북제의 이광(北齊李廣) ······ 4716

51-34(1534) 왕융(王戎) ············ 4717

51-35(1535) 손씨(孫氏) ············ 4718

51-36(1536) 주연한(周延翰) ········· 4719

51-37(1537) 왕도(王導) ············ 4721

51-38(1538) 진 명제(晉明帝) ········· 4722

51-39(1539) 양제(煬帝) ・・・・・・・・・・・・4723

51-40(1540) 왕방평(王方平) ・・・・・・・・・4725

51-41(1541) 장제(張濟) ・・・・・・・・・・・4727

51-42(1542) 소원휴(邵元休) ・・・・・・・・・4731

51-43(1543) 형봉(邢鳳) ・・・・・・・・・・・4735

51-44(1544) 왕제(王諸) ・・・・・・・・・・・4738

51-45(1545) 가필(賈弼) ・・・・・・・・・・・4743

51-46(1546) 정창도(鄭昌圖) ・・・・・・・・・4744

51-47(1547) 원진(元稹) ・・・・・・・・・・・4745

51-48(1548) 송경(宋瓊) ・・・・・・・・・・・4747

51-49(1549) 독고하숙(獨孤遐叔) ・・・・・・・4748

51-50(1550) 장생(張生) ・・・・・・・・・・・4754

51-51(1551) 앵두를 든 하녀(櫻桃靑衣) ・・・・・4760

51-52(1552) 심아지와 왕생(沈亞之・王生) ・・・・4768

51-53(1553) 순우분(淳于棼) ・・・・・・・・・4777

권52 신부(神部)

신(神) 1

52-1(1554) 복희(伏羲) ・・・・・・・・・・・4805

52-2(1555) 삼양왕(三讓王) ・・・・・・・・・4807

52-3(1556) 굴원(屈原) ・・・・・・・・・・・4812

52-4(1557) 장비(張飛) ・・・・・・・・・・・4814

52-5(1558) 장자문(蔣子文)・・・・・・・・・・・・4817

52-6(1559) 이위공(李衛公)・・・・・・・・・・・・4825

52-7(1560) 적인걸(狄仁傑)・・・・・・・・・・・・4827

52-8(1561) 전포(田布)・・・・・・・・・・・・・・4833

52-9(1562) 이회(李回)・・・・・・・・・・・・・・4836

52-10(1563) 장안(張安)・・・・・・・・・・・・・4838

52-11(1564) 낭자신(郎子神)・・・・・・・・・・・4842

52-12(1565) 개추와 개추의 누이동생(介推・介推妹)・4845

52-13(1566) 태을신(太乙神)・・・・・・・・・・・4848

52-14(1567) 소사랑(蘇四郎)・・・・・・・・・・・4855

52-15(1568) 염정성(廉貞星)・・・・・・・・・・・4866

52-16(1569) 일자 천왕(一字天王)・・・・・・・・4869

52-17(1570) 후토 부인(后土夫人)・・・・・・・・4884

52-18(1571) 지신(地祇)・・・・・・・・・・・・・4902

52-19(1572) 술 파는 왕씨(沽酒王氏)・・・・・・・4909

52-20(1573) 금악 장군(擒惡將軍)・・・・・・・・4912

52-21(1574) 위수장(韋秀莊)・・・・・・・・・・・4919

52-22(1575) 채영(蔡榮)・・・・・・・・・・・・・4922

권53 신부(神部)

신(神) 2

53-1(1576) 태산군(太山君)・・・・・・・・・・・4929

53-2(1577) 동신(董愼) · · · · · · · · · · · · · · · 4934

53-3(1578) 성경(成景) · · · · · · · · · · · · · · · 4944

53-4(1579) 화악 금천왕(華岳金天王) · · · · · · · · 4955

53-5(1580) 여군(廬君) · · · · · · · · · · · · · · · 4961

53-6(1581) 몽염(蒙恬) · · · · · · · · · · · · · · · 4964

53-7(1582) 장중은(張仲殷) · · · · · · · · · · · · 4968

53-8(1583) 앙산신(仰山神) · · · · · · · · · · · · 4973

53-9(1584) 북망산신(北邙山神) · · · · · · · · · · 4975

53-10(1585) 진회(陳恛) · · · · · · · · · · · · · 4978

53-11(1586) 광리왕(廣利王) · · · · · · · · · · · 4980

53-12(1587) 마당산 대왕(馬當山大王) · · · · · · · 4991

53-13(1588) 동정호의 노인(洞庭叟) · · · · · · · · 4993

53-14(1589) 동정호신(洞庭湖神) · · · · · · · · · 5004

53-15(1590) 청홍군(淸洪君) · · · · · · · · · · · 5008

53-16(1591) 강·호수·계곡의 세 신(江湖溪三神) · · 5011

53-17(1592) 이빙(李冰) · · · · · · · · · · · · · 5024

53-18(1593) 남강묘와 분하신(南康廟·汾河神) · · · 5026

53-19(1594) 적수신(赤水神) · · · · · · · · · · · 5029

53-20(1595) 흑수 장군(黑水將軍) · · · · · · · · · 5037

53-21(1596) 함하신(陷河神) · · · · · · · · · · · 5040

권54 신부(神部)

신(神) 3

54-1(1597) 유지감(柳智感) · · · · · · · · · · · 5047

54-2(1598) 시랑 장위(張謂侍郞) · · · · · · · · · 5053

54-3(1599) 극혜련(郄惠連) · · · · · · · · · · 5060

54-4(1600) 능화(凌華) · · · · · · · · · · · · 5067

54-5(1601) 최 사마(崔司馬) · · · · · · · · · · 5071

54-6(1602) 누에 여자(蠶女) · · · · · · · · · · 5079

54-7(1603) 동해 태산 신녀(東海泰山神女) · · · · · 5082

54-8(1604) 무협 신녀(巫峽神女) · · · · · · · · 5084

54-9(1605) 소광(蕭曠) · · · · · · · · · · · · 5088

54-10(1606) 유지왕(幽地王) · · · · · · · · · · 5100

54-11(1607) 태진 부인(太眞夫人) · · · · · · · · 5104

54-12(1608) 완약(宛若) · · · · · · · · · · · 5107

54-13(1609) 유자경(劉子卿) · · · · · · · · · · 5110

54-14(1610) 장 여랑(張女郎) · · · · · · · · · 5113

54-15(1611) 정씨 신부(丁氏婦) · · · · · · · · · 5122

54-16(1612) 아자(阿紫) · · · · · · · · · · · 5125

54-17(1613) 진나라 때의 신인(秦時神人) · · · · · 5127

54-18(1614) 죽왕(竹王) · · · · · · · · · · · 5130

54-19(1615) 난후(欒侯) · · · · · · · · · · · 5132

54-20(1616) 숙상신(肅霜神) · · · · · · · · · · 5134

54-21(1617) 팔대신(八大神) ·········· 5136

54-22(1618) 고림법신(孤林法神) ········ 5138

54-23(1619) 재동신(梓桐神) ·········· 5140

54-24(1620) 곡아신(曲阿神) ·········· 5145

54-25(1621) 궁정묘(宮亭廟) ·········· 5147

54-26(1622) 측신(廁神) ············ 5149

음사(淫祠)

54-27(1623) 예장나무(豫章樹) ········· 5157

54-28(1624) 갈조(葛祚) ············ 5158

54-29(1625) 적인걸의 격문(狄仁傑檄) ····· 5160

54-30(1626) 만신(蠻神) ············ 5164

54-31(1627) 저부와 포군(俎父·鮑君) ····· 5167

54-32(1628) 뽕나무신(桑神) ········· 5169

54-33(1629) 묘석과 묘수(墓石·墓水) ···· 5171

54-34(1630) 비파 그림(畫琵琶) ········ 5175

54-35(1631) 천신묘(天神廟) ········· 5180

권55 영이부(靈異部)

영이(靈異)

55-1(1632) 별령(鱉靈) ············ 5185

55-2(1633) 옥량관(玉梁觀) ·········· 5186

55-3(1634) 상혈과 우뢰(湘穴·雨瀨) ·······5188
55-4(1635) 손종(孫鍾) ············5189
55-5(1636) 팔진도(八陣圖) ··········5192
55-6(1637) 해변의 돌 거북(海畔石龜) ·······5194
55-7(1638) 금정산의 나무 학(金精山木鶴) ·····5196
55-8(1639) 낚시터의 돌(釣臺石) ·········5198
55-9(1640) 문수현의 하늘에서 떨어진 돌(文水縣墜石) 5200
55-10(1641) 황금상을 꾸짖다(叱金像) ·······5201
55-11(1642) 현종의 어용(玄宗聖容) ········5204
55-12(1643) 투주의 연꽃(渝州蓮花) ········5207
55-13(1644) 옥마(玉馬) ············5209
55-14(1645) 정인본의 사촌 동생(鄭仁本表弟) ····5210
55-15(1646) 관자문(管子文) ··········5213
55-16(1647) 호씨의 아들(胡氏子) ········5215
55-17(1648) 여산의 어부(廬山漁者) ········5218

권51 몽부(夢部)

몽(夢)

51-1(1501) 수 문제

수문제(隋文帝)

출《독이지(獨異志)》미 : 이하는 길몽이다(以下夢吉).

수나라 문제가 아직 존귀해지지 않았을 때, 한번은 밤에 강에 배를 정박하고 잠이 들었는데, 왼손이 없는 꿈을 꾸고 깨어나서 몹시 꺼림칙했다. 기슭으로 올라가서 한 초가 암자로 갔는데, 그곳에 도력이 아주 높은 한 노승이 있었다. 문제가 자신의 꿈을 자세히 일러 주었더니, 노승이 일어나서 경하하며 말했다.

"왼손이 없는 것은 주먹이 하나뿐[獨拳][1]이라는 뜻이니, 틀림없이 천자가 될 것입니다!"

후에 문제는 그 암자를 크게 세워 길상사(吉祥寺)로 만들었다.

隋文帝未貴時, 常夜泊江中, 夢無左手, 覺甚惡之. 及登岸, 詣一草庵, 中有一老僧, 道極高. 其以夢告之, 僧起賀曰 : "無左手者, 獨拳也, 當爲天子!" 後帝興建此庵爲吉祥寺.

[1] 주먹이 하나뿐[獨拳] : '독권(獨拳)'의 '권(拳)'은 '권(權)'과 음이 같아 권력을 독점한다는 뜻으로 풀이한 것이다.

* 이 고사는 《태평광기》 권277 〈몽·수문제〉에 실려 있다.

51-2(1502) 당고조

당고조(唐高祖)

출《광덕신이록(廣德新異錄)》

당나라 태종(太宗)이 18세 때 진양현령(晉陽縣令) 유문정(劉文靖)과 함께 처음 대업(大業)을 모의하던 날 밤에 고조가 꿈을 꾸었는데, 자신이 침상에서 떨어지자 구더기가 자신의 온몸을 파먹고 있는 것을 보고 깨어나서 몹시 꺼림칙했다. 그래서 안락사(安樂寺)의 지만 선사(智滿禪師)에게 꿈에 대해 물었더니 지만 선사가 말했다.

"침상에서 떨어진[床下] 것은 바로 폐하(陛下)가 된다는 의미이고, 수많은 구더기가 당신의 몸을 파먹은 것은 이른바 수많은 생명이 모두 한 사람에게 의지해 살아간다는 뜻입니다."

고조는 그의 말을 훌륭히 여겼다.

唐太宗年十八, 與晉陽令劉文靖首謀之夜, 高祖夢墮床下, 見遍身爲蟲蛆所食, 甚惡之. 咨詢於安樂寺智滿禪師, 師曰: "床下者, 陛下也, 群蛆食者, 所謂群生共仰一人活耳." 高祖嘉其言.

* 이 고사는 《태평광기》 권277 〈몽·당고조〉에 실려 있다.

51-3(1503) 범매

범매(范邁)

출《임읍기(林邑記)》

　임읍국(林邑國 : 지금의 베트남 남부에 있었던 고대 국가)에서는 자마금(紫磨金)을 "상금(上金)"이라 부르는데, 세간에서는 그것을 "양매금(楊邁金)"이라 부른다. 범매의 모친이 꿈을 꾸었는데, 어떤 사람이 양매금 자리를 펴 놓고 그녀에게 아들을 낳아 주었다. 그래서 나중에 아들을 낳자 이름을 매(邁)라고 지었다. 훗날 그는 임읍왕(林邑王)이 되었다.

林邑謂紫磨金爲"上金", 俗謂之"楊邁金". 范邁母夢人鋪楊邁金席, 與之生兒. 後因生兒, 名曰邁. 爲林邑王.

* 　이 고사는 《태평광기》 권276 〈몽·범매〉에 실려 있다.

51-4(1504) 두삼

두삼(竇參)

출《선실지(宣室志)》

[당나라] 정원(貞元) 연간(785~805)에 상국(相國) 두삼이 어사중승(御史中丞)으로 있었는데, 어느 날 저녁에 꿈에서 덕종(德宗)이 그를 편전(便殿)으로 불러 나라를 다스리는 일에 대해 묻고는 기뻐하며 비단 반비(半臂 : 반소매 옷)를 하사했다. 두삼이 깨고 나서 다른 사람에게 꿈 얘기를 했더니, 어떤 사람이 해몽해 말했다.

"반비는 허벅지와 팔꿈치[股肱][2]까지 덮는 옷인데, 천자께서 그것을 하사하셨으니 또 무엇을 의심하시오?"

다음 날 두삼은 과연 재상에 임명되었다.

貞元中, 相國竇參爲御史中丞, 嘗一夕夢德宗召對於便殿, 問以經國之務, 上喜, 因以錦半臂賜之. 及寤, 因話於人, 有解曰 : "半臂者, 股肱之衣也, 天子賜之, 又何疑乎?" 明日, 果拜相.

* 이 고사는 《태평광기》 권278 〈몽 · 두삼〉에 실려 있다.

2) 허벅지와 팔꿈치[股肱] : '고굉(股肱)'은 임금이 가장 믿는 중요한 신하를 뜻하기도 한다.

51-5(1505) 조확

조확(曹確)

출《북몽쇄언(北夢瑣言)》

　판탁지(判度支) 조확은 또한 대보(臺輔 : 재상)의 명망을 지니고 있었다. 한번은 머리를 깎고 스님이 되는 꿈을 꾸고 나서 마음속으로 몹시 꺼림칙했다. 해몽을 잘하는 한 선비가 있었는데, 조확이 그를 불러 물었더니 그가 말했다.

　"미리 시랑(侍郎 : 조확)께 축하드리니, 조만간 반드시 크게 등용되실 것입니다. 출가(出家)하는 것을 체도(剃度)3)라고 합니다."

　얼마 되지 않아 두 상[杜相 : 두심권(杜審權)]이 강서(江西)를 진수하러 나가자, 조확이 재상에 임명되었다.

曹確判度支, 亦有臺輔之望. 或夢剃髮爲僧, 心甚惡之. 有一士, 善占夢, 確召而詰之, 此士曰 : "前賀侍郎, 旦夕必登庸. 出家者, 剃度也." 無何, 杜相出鎭江西, 而確大拜.

* 이 고사는《태평광기》권278〈몽·조확〉에 실려 있다.

---

3) 체도(剃度) : 본래는 머리를 깎고 불도에 귀의하는 것을 뜻한다. 한편 '체도(剃度)'는 '체두(替杜)'와 음이 같으므로, 두(杜)를 대신한다, 즉 아래에 나오는 재상 두심권(杜審權)을 대신한다는 뜻으로 풀이한 것이다.

51-6(1506) 설계창

설계창(薛季昶)

출《조야첨재(朝野僉載)》

당(唐)나라의 설계창이 형주장사(荊州長史)로 있을 때 꿈을 꾸었는데, 고양이가 머리를 바깥쪽으로 향한 채 문지방 위에 엎드려 누워 있었다. 설계창이 점쟁이 장유(張猷)에게 꿈에 대해 물어보았더니 장유가 말했다.

"고양이는 조아(爪牙)[4]를 가리키며, 문지방에 엎드려 있는 것은 변방 밖의 일을 가리키니, 당신은 틀림없이 군대의 요직을 맡으실 것입니다."

열흘도 되지 않아 설계창은 계주도독(桂州都督) 겸 영남초토사(嶺南招討使)에 제수되었다.

唐薛季昶爲荊州長史, 夢猫兒伏臥於堂限上, 頭向外. 以問占者張猷, 猷曰:"猫兒者, 爪牙, 伏門限者, 閫外之事, 君必知軍馬之要." 未旬日, 除桂州都督・嶺南招討使.

* 이 고사는《태평광기》권277〈몽・설계창〉에 실려 있다.

4) 조아(爪牙) : 발톱과 어금니라는 뜻으로, 제후나 대신 혹은 무장(武將)들의 시위관(侍衛官)을 말한다. 일반적으로 무신(武臣)을 비유한다.

51-7(1507) 유인공

유인공(劉仁恭)

출《북몽쇄언》

[오대] 양(梁: 후량)나라의 유인공이 미천했을 때 일찍이 꿈을 꾸었는데, 불번(佛旛: 절에서 사용하는 깃발)이 손가락에서 날아 나갔다. 점쟁이가 말했다.

"당신은 49세가 되면 분명 군대의 깃발을 지휘하는 귀한 자리에 오를 것입니다."

후에 과연 유인공은 유수(幽帥: 유주절도사)가 되었다.

梁劉仁恭微時, 曾夢佛旛於手指飛出. 占者曰 : "君年四十九, 必有旌幢之貴." 後果爲幽帥.

* 이 고사는 《태평광기》 권278 〈몽 · 유인공〉에 실려 있다.

51-8(1508) 두목

두목(杜牧)

출《상서고실(尙書故實)》

    두목은 재상에게 소의(小儀 : 예부낭관)를 청했지만 뜻대로 되지 않자, 다시 소추(小秋 : 형부낭관)를 청했지만 또 뜻대로 되지 않았다. 한번은 두목의 꿈에 어떤 사람이 나타나 말했다.

    "봄이 지나고 가을이 되기 전에, '곤(昆)'의 다리와 '개(皆)'의 머리가 될 것이오."

    후에 두목은 비부원외랑(比部員外郞)이 되었다.

杜牧於宰執求小儀, 不遂, 請小秋, 又不遂. 嘗夢人謂曰 : "辭春不及秋, '昆'脚與'皆'頭." 後得比部員外.

*   이 고사는《태평광기》권278〈몽・두목〉에 실려 있다.

51-9(1509) 진안평과 이구담

진안평 · 이구담(陳安平 · 李瞿曇)

출《조야첨재》

　급사중(給事中) 진안평의 아들은 임기가 만료되어 관리 선발에 참가했다가 고향 사람 이선약(李仙藥)과 함께 잤는데, 밤에 11월에 누에를 치는 꿈을 꾸었다. 이선약이 그 꿈을 해몽해 말했다.

　"11월에 누에를 치는 것은 겨울에 실을 잣는다[冬絲]는 뜻이니, 당신은 틀림없이 동사(東司)5)로 보내질 것입니다."

　며칠 뒤에 과연 그는 [동도(東都 : 낙양)의] 이부(吏部)로 보내졌다.

　요양(饒陽) 사람인 훈관(勳官) 이구담은 임기가 차서 관리 선발에 참가했다가, 밤에 꿈에서 굉장히 큰 암퇘지 한 마리를 보았다. 이선약이 그 꿈을 해몽해 말했다.

　"암퇘지는 돼지의 어미[豠主]이니, 당신은 틀림없이 둔주(屯主)6)가 될 것입니다."

---

5) 동사(東司) : 당나라 때 동도(東都)인 낙양(洛陽)에 설치한 관서의 총칭. '동사(冬絲)'와 발음이 같기 때문에 이렇게 해몽한 것이다.
6) 둔주(屯主) : 둔전(屯田)의 업무를 책임진 관리를 말한다. '돈주(豠

며칠 뒤에 과연 그의 말대로 되었다.

給事陳安平子年滿赴選, 與鄉人李仙藥臥, 夜夢十一月養蠶. 仙藥占曰:"十一月養蠶, 冬絲也, 君必送東司." 數日, 果送吏部.
饒陽李瞿曇勳官番滿選, 夜夢一母猪極大. 李仙藥占曰 : "母猪, 豘主也, 君必得屯主." 數日, 果如其言.

* 이 고사는《태평광기》권277〈몽·진안평〉과〈이구담〉에 실려 있다.

主)'와 발음이 통하기 때문에 이렇게 해몽한 것이다.

51-10(1510) 모정보

모정보(毛貞輔)

출《계신록(稽神錄)》

위오(僞吳 : 오대십국의 오나라)의 모정보는 누차 읍재(邑宰 : 현령)를 지냈는데, 관리 선발에 응시하러 광릉(廣陵)으로 갔다가 해를 삼키는 꿈을 꾸었다. 그는 깨고 나서도 배 속이 여전히 뜨거웠다. 모정보가 시어사(侍御史) 양정식(楊庭式)에게 꿈에 대해 물었더니 양정식이 말했다.

"그 꿈은 너무나 대단한 것이라서 당신이 감당할 수 있는 바가 아니오. 만약 당신의 상황에서 말한다면 틀림없이 적오장(赤烏場)[7]의 관리가 될 것이오."

과연 그 말대로 되었다.

僞吳毛貞輔, 累爲邑宰, 應選之廣陵, 夢呑日. 旣寤, 腹猶熱. 以問侍御史楊庭式, 楊曰 : "此夢至大, 非君所能當. 若以君

---

7) 적오장(赤烏場) : 옛 현(縣)의 명칭으로, 지금의 장시성(江西省) 루이창시(瑞昌市)에 해당한다. 당나라 건중(建中) 4년(783)에 적오장을 설치했고, 오대 남당(南唐) 승원(升元) 3년(939)에 서창현(瑞昌縣)으로 승격했다. 본문에서는 '적오'가 태양의 별칭이기 때문에 적오장의 관리가 될 것이라고 해몽한 것이다.

言, 當得赤烏場官也." 果如其言.

* 이 고사는 《태평광기》 권278 〈몽·모정보〉에 실려 있다.

51-11(1511) 손용광과 곽준
손용광 · 곽준(孫龍光 · 郭俊)
출《척언(摭言)》

　손용광[손악(孫偓)]은 과거에서 장원 급제하기 1년 전에 꿈을 꾸었는데, 수백 개의 목재가 쌓여 있는 위를 자신이 밟고 왔다 갔다 했다. 얼마 후에 손용광이 이 처사(李處士)라는 사람에게 해몽을 청했더니 이 처사가 말했다.

　"낭군께 경하드립니다! 내년에 반드시 장원 급제할 것입니다. 왜냐하면 당신은 이미 많은 인재[衆材][8]들의 위에 있기 때문입니다."

　곽준이 과거에 응시했을 때 꿈을 꾸었는데, 한 노승이 나막신을 신고 침상 위에서 비틀비틀 걸어갔다. 그는 깨고 나서 몹시 꺼림칙했는데, 점쟁이가 말했다.

　"노승은 상좌(上座)에 앉는 사람이고, 나막신을 신고 침상 위에서 걸어간 것은 나막신의 굽이 높은 것이니, 당신은 높이 오른다는 뜻입니다."

　급제자 방문을 보았더니 과연 장원이었다.

---

[8] 많은 인재[衆材] : '중재(衆材)'의 '재(材)'에 목재(木材)와 인재(人材)의 뜻이 있기 때문에 이렇게 해몽한 것이다.

孫龍光狀元及第, 前一年, 嘗夢積木數百, 龍光踐履往復. 既而請一李處士圓之, 處士曰 : "賀郎君喜! 來年必是狀元. 何者, 已居衆材之上."

郭俊應擧時, 夢見一老僧, 著屐於臥榻上, 蹣跚而行. 既寤, 甚惡之, 占者曰 : "老僧, 上座也, 著屐於臥榻上行, 屐高也, 君其巍峨矣." 及見榜, 乃狀元也.

* 이 고사는《태평광기》권183〈공거(貢擧)·손용광〉, 권184〈공거·고연(高輦)〉에 실려 있는데, 〈곽준〉고사는 출전이 "《옥당한화(玉堂閑話)》"라 되어 있다.

51-12(1512) 양현동과 이언

양현동 · 이언(楊玄同 · 李言)

출《옥당한화(玉堂閑話)》 출《감정록(感定錄)》

　　당(唐)나라 천우(天祐) 연간(904~907)에 하중(河中)의 진사(進士) 양현동은 과거 시험장에서 늙어 가자, 길몽을 꿔서 그것으로 앞날을 점쳐 보길 빌었다. 그러다가 용이 하늘을 나는 꿈을 꾸었는데, 용의 다리가 여섯이었다. 나중에 급제자 방문을 보았더니 그의 이름이 여섯 번째에 있었다.

　　진사 이악(李嶽)은 연거푸 과거에서 낙방했다. 어느 날 밤 꿈에 어떤 사람이 나타나 말했다.

　　"머리 위에 산(山)이 있으니 어떻게 급제할 수 있겠는가?"

　　이악은 꿈을 깨고 나서 이름을 ['악(嶽)'에서 '산(山)'을 없애고 '옥(獄)'이라 할 수 없어서 마침내 이름을 '언(言)'으로 고쳤는데, 과연 과거에 급제했다. 미 : 꿈도 이치에 응한다.

唐天祐年, 河中進士楊玄同老於名場, 祈吉夢以卜前途. 夢龍飛天, 乃六足. 及見榜, 乃名第六.
有進士李嶽, 連擧不第. 夜夢人謂曰: "頭上有山, 何以得上第?" 及覺, 不可名'獄', 遂更名'言', 果中第. 眉 : 夢亦以理應.

*　이 고사는 《태평광기》 권184 〈공거(貢擧) · 양현동〉, 권156 〈정수(定數) · 이악(李嶽)〉에 실려 있다.

51-13(1513) 배원질

배원질(裴元質)

출《조야첨재》

하동(河東) 사람 배원질이 처음 진사(進士)에 급제할 때, 다음 날 아침에 급제자를 발표할 예정이었는데, 밤에 꿈을 꾸었더니 개[狗] 한 마리가 구멍에서 나오기에 활[弓]을 당겨 쏘았지만 화살[箭]이 옆으로 비껴 나갔다[擎]. 그가 불길하다고 생각했더니 조양사(曹良史)가 말했다.

"이전에 급제자를 발표하던 전날 밤에 나도 그런 꿈을 꾸었는데, 꿈에서 신이 내게 해몽하길, '개[狗]는 제(第) 자의 머리이고, 활[弓]은 제 자의 몸통이며, 화살[箭]은 제 자의 세로획이고, 거기다가 삐침[擎]이 있으니, 급제한다는 뜻이오'라고 했소."

얼마 후에 급제자를 발표했는데 과연 꿈대로 되었다.

河東裴元質初舉進士, 明朝唱策, 夜夢一狗從竇出, 挽弓射之, 其箭遂擎. 以爲不祥, 曹良史曰:"吾往唱策之夜, 亦爲

---

9) 급제자를 발표할 : 원문은 "창책(唱策)". 창제(唱第)·창명(唱名)이라고도 한다. 과거 시험에 합격한 사람의 이름을 부르는 것을 말한다.

此夢, 夢神爲吾解之曰:'狗者, 第字頭也, 弓, 第字身也, 箭者, 第竪也, 有擎, 爲第也.'" 尋而唱第, 果如夢焉.

* 이 고사는《태평광기》권277〈몽·배원질〉에 실려 있다.

51-14(1514) 양경지

양경지(楊敬之)

출《당궐사(唐闕史)》

　　양경지가 강서관찰사(江西觀察使)에 임명되었을 때 그의 아들 양대(楊戴)가 과거에 응시하려 했는데, 당시 양경지는 나이가 많았기에 마음이 몹시 절박했다. 그때는 이미 늦가을이었는데, 양경지는 홀연 꿈에서 새로 진사에 급제한 40명의 이름이 적힌 방첩(榜帖)을 보게 되었다. 양경지는 일일이 헤아리며 절반쯤 되는 곳을 보았더니 그의 아들의 이름이 있었으며, 그 옆에는 복양(濮陽)이라는 성이 있었지만 이름은 판별할 수 없었다. 양경지는 깨어나서 크게 기뻐하며 과장(科場)을 수소문했더니, 복양원(濮陽願)이라는 사람이 있으며 그가 문장을 잘 지을 뿐만 아니라 명성도 있다고 말했다. 당시에는 재야에 묻힌 인재를 찾아내는 일을 급선무로 삼고 있었는데, 마침 복양원도 선발될 인재 가운데 포함되어 있었다. 양경지는 마침내 복양원이 사는 곳을 찾아냈는데, 그는 민(閩 : 복건) 지역 사람이며 아직 도성에 오지 않았다고 했다. 양 공(楊公 : 양경지)은 아들에게 당부하면서 그를 찾아가라고 했으며, 그가 도성에 오기를 기다렸다가 그와 왕래함으로써 그 꿈에 응하도록 했다. 하루는 양

공이 파수(灞水) 가에서 손님을 전송했는데, 손님이 아직 도착하지 않은 동안에 여관에서 쉬고 있었다. 그때 먼 곳에서 온 사람이 있었는데, 누군지 알아보게 했더니 바로 공사[貢士 : 향공(鄕貢) 급제자]라고 했다. 어디에서 왔는지 물었더니 그가 말했다.

"민에서 왔습니다."

성씨를 물었더니 그가 말했다.

"복양입니다."

이름을 물었더니 그가 말했다.

"원(願)입니다."

양공이 말했다.

"아! 이것은 하늘의 계시로다."

그러고는 마침내 명을 내려 그를 만나겠다고 했다. 복양원은 머뭇거리다가 사양할 수 없어서 자신이 지은 문장을 가져와 바쳤다. 그 사람은 용모가 수려하고 말투도 차분했으며, 게다가 문리(文理)까지 심오했다. 양 공이 어디로 갈 것인지 묻자 그가 말했다.

"지금 거처를 세내려고 합니다."

양 공은 그를 상서(庠序 : 학교)에 머무르게 하고 아들 양대에게 아침저녁으로 그와 함께하라고 했으며, 복양원의 학문을 공경(公卿)들에게 크게 칭찬했다. 사람들은 하나같이 복양원이 분명히 급제할 것이라고 생각했다. 그런데 과거 시험일을 며칠 남겨 두고서 어느 날 저녁에 갑자기 복양원이 죽었다. 양 공은 슬퍼하고 놀라 탄식했으며, 그가 몹시 가난하고 고향도 멀었기에 힘써 장례를 치러 주고 유골을 민으로 돌려보내 주었다. 미 : 양 공이 한 번 꿈을 꾸고 나서 오로지 복양생(濮陽生 : 복양원)을 위해 장례까지 치러 주었으니, 이 또한 숙연(宿緣)이다. 그러고는 자신의 아들에게 말했다.

"내 꿈이 들어맞지 않았으니 너의 명성 역시 보장할 수 없겠구나."

다음 해에 양 공의 아들이 급제했는데, 함께 급제한 사람들 중에는 성이 복양(濮陽)인 사람이 없었다. 초여름에 관시(關試)10)를 볼 자의 명단을 이부(吏部)로 보냈는데, 그때 재상이 말했다.

"이전 사람들은 족망(族望)11)을 중시하고 관직을 가볍게 여겼으니, 죽림칠현(竹林七賢)도 진류(陳留)의 완적(阮籍), 패국(沛國)의 유영(劉伶), 하간(河間)의 상수(向秀)라고 말함으로써 고사(高士)로 말해질 수 있었소."

그해에 자은사(慈恩寺)에서 진사 급제자의 이름을 적을

---

10) 관시(關試): 당나라 때 이부(吏部)에서 진사 급제자에게 부과한 시험으로, 관시에 합격해야만 비로소 관리가 될 수 있었다. 관시 응시자의 명단을 이부로 보내는 것을 '관송(關送)'이라 했다.
11) 족망(族望) : 가문의 명망. 여기서는 자신의 출신지를 말한다.

때 모두 족망을 밝혔다. 이름을 적고 난 후에 양 공이 불탑 아래를 한가롭게 거닐다가 올려다보았더니 "홍농(弘農)의 양대, 복양의 오당(吳當)"이라 적혀 있었는데, 꿈속에서 보았던 것과 똑같았다. 미: 기이하도다!

楊敬之任江西觀察, 子戴應擧, 時敬之年長, 天性尤切. 時已秋暮, 忽夢新榜四十進士, 歷歷可數, 寓目及半, 其子在焉, 其鄰則姓濮陽, 而名不可別. 旣寤大喜, 訪於詞場, 則云有濮陽願者, 爲文甚高, 且有聲譽. 時搜訪草澤方急, 雅在選中. 遂尋其居, 則曰閩人, 未至京國. 楊公誡其子, 令訪之, 俟其到京, 與之往來, 以應斯夢. 一日, 楊公祖客灞上, 客未至間, 休於逆旅. 有自遠來者, 詢之, 乃貢士也. 偵所自, 曰: "自閩." 問其姓, 曰: "濮陽." 審其名, 曰: "願." 楊公曰: "吁! 斯天啓也." 遂命相見. 濮陽逡巡不得讓, 執所業以進. 其人眉宇旣淸朗, 語復安詳, 兼之文理精奧. 問其所抵, 曰: "今將僦居." 楊公令置於庠序, 命其子與之朝夕, 大稱濮陽藝學於公卿間. 人情翕然, 升第必矣. 試期有日, 而生一夕暴卒. 楊公惋痛嗟駭, 搜囊甚貧, 鄕路且遠, 力爲營辦, 歸骨閩間. 眉: 楊公一夢, 專爲濮陽生送終, 亦夙緣也. 謂其子曰: "我夢無徵, 汝之一名, 亦不可保." 明年, 其子及第, 而同年無濮陽者. 夏首, 將關送於吏部, 時宰相有言: "前輩重族望, 輕官職, 竹林七賢, 曰陳留阮籍·沛國劉伶·河間向秀, 得以言高士矣." 是歲, 慈恩寺題名, 咸以族望. 題畢, 楊閑步塔下, 仰視之, 曰: "弘農楊戴, 濮陽吳當." 恍然如夢中所睹. 眉: 異哉!

* 이 고사는 《태평광기》 권278 〈몽·양경지〉에 실려 있다.

51-15(1515) 황보홍

황보홍(皇甫弘)

출《일사(逸史)》

황보홍은 진사 시험에 응시하기 위해 화주(華州)에서 해송(解送)12)되고자 했는데, 술을 마시고 자사(刺史) 전휘(錢徽)의 뜻을 거스르는 바람에 쫓겨나고 말았다. 그래서 섬주(陝州)로 가서 해송된 후에 장차 성관(城關)을 넘어가려 했는데, 전휘가 화주자사에서 지공거(知貢擧)가 되었다는 소식을 듣고 필시 급제하지 못할 것임을 스스로 알고 결국 동쪽으로 돌아갔다. 황보홍은 몇 정(程)13)을 가서 잠을 잤는데, 꿈에 죽은 아내의 유모가 나타나 말했다.

"황보랑(皇甫郞 : 황보홍)은 과거에 응시하려면서 지금 어디로 가려 합니까?"

황보홍이 주고관(主考官 : 지공거)과 사이가 나쁘다는 것을 자세히 말했더니 유모가 말했다.

---

12) 해송(解送) : 주부(州府)에서 실시한 해시(解試)에서 상위로 선발해 도성의 예부시(禮部試)에 참가하도록 추천하는 것을 말한다.

13) 정(程) : 역참이나 기타 숙박지를 기점으로 해서 다음 지점까지 이동하는 거리.

"황보랑은 반드시 석파신(石婆神)에게 빌어야 합니다."

그러고는 함께 객점의 북쪽으로 떠나 풀 사이로 몇 리를 가서 한 작은 집 안으로 들어갔더니 깨진 석인(石人)이 보였다. 황보홍이 석인에게 절을 하자 유모가 말했다.

"작은 아가씨의 남편인 황보랑이 과거에 응시하려고 하는데, 석파신께서 보시기에 황보랑이 붙을 수 있겠습니까?"

석인이 머리를 끄덕이며 말했다.

"붙을 수 있다."

유모가 말했다.

"석파신께서 붙을 수 있다고 하셨으니, 분명 급제할 것입니다. 훗날 잊지 말고 은혜에 보답하는 제사를 올리십시오."

황보홍은 즉시 감사의 절을 올렸다. 유모는 황보홍을 다시 객점 문까지 데려다주었다. 황보홍은 마침내 꿈에서 깨어나 말했다.

"내 꿈이 이처럼 선명하니 어찌 영험이 없겠는가?"

그러고는 다시 도성으로 들어가서 과거에 응시했다. 전 시랑(錢侍郎 : 전휘)은 그를 좌절시키려고 했는데, 잡문(雜文) 시험을 통과시키면서 전 시랑은 마음속으로 생각했다.

'내가 황보홍에게 화가 난 사실을 사람들이 모두 알고 있으니, 지금 과장(科場)에서 그를 모욕하면 안 된다. 단지 그를 급제시키지 않으면 된다.'

전 시랑은 또 첩경(帖經)[14] 시험을 치르게 했다. 전 시랑은 급제자의 방문을 작성하려다가 마음속으로 걱정하면서 한 사람을 빼고 다른 사람으로 바꾸려 했는데 결국 결정하지 못했다. 반복해서 생각하느라 오경이 가까워질 때까지 잠을 이루지 못하다가 자제에게 말했다.

"네가 시험 삼아 순서를 매겨서 가장 뛰어난 거인(擧人)의 문장 한 편을 가져오너라."

전 시랑이 펼쳐 보았더니 바로 황보홍의 문장이었다. 전공(錢公 : 전휘)이 말했다.

"이는 하늘이 정한 것이다."

그러고는 결국 급제자를 바꾸지 않았다.

황보홍은 급제하고 동쪽으로 돌아가다가 섬주에 이르러 객관의 사람들에게 물었다.

"부근에 석파신이 있소?"

그러자 모두들 웃으며 말했다.

"낭군이 어떻게 그걸 아십니까? 본래는 하나의 돌덩어리였는데, 소 치는 아이들이 놀이 삼아 그것을 쪼고 다듬어서 사람과 같은 형상으로 만들고 그것을 '석파(石婆)'라고 불렀습니다. 객점에서 불과 2~3리 떨어진 곳에 있습니다."

---

14) 첩경(帖經) : 과거 시험에서 경서의 문구에 종이를 바르고 응시자에게 그 전문(全文)을 대답하게 하는 시험을 말한다.

황보홍은 마침내 술과 육포를 준비해서 객점 사람들과 함께 갔는데, 모두 꿈속에서 지나갔던 곳이었다. 황보홍은 석파신에게 제사 지내고 절을 올린 다음 돌아갔다.

皇甫弘應進士擧, 華州取解, 酒忤於刺史錢徽, 被逐出. 至陝州求解訖, 將越城關, 聞錢士[1]華知擧, 自知必不中第, 遂東歸. 行數程, 因寢, 夢其亡妻乳母曰: "皇甫郎方應擧, 今欲何去?" 具言主司有隙, 乳母曰: "皇甫郎須求石婆神." 乃相與去店北, 草間行數里, 入一小屋中, 見破石人. 弘拜之, 乳母曰: "小娘子婿皇甫郎欲應擧, 婆與看得否?" 石人點頭曰: "得." 乳母曰: "石婆言得, 必得矣. 他日莫忘報賽." 弘卽拜謝. 乳母却送至店門. 遂驚覺, 曰: "我夢如此分明, 安至無驗?" 乃却入城應擧. 錢侍郎意欲挫之, 放雜文過, 侍郎私心曰: '人皆知我怒弘, 今若庭辱之, 卽不可. 但不與及第, 卽得.' 又令帖經. 及榜成將寫, 錢心恐懼, 欲改一人, 換一人, 皆未決. 反覆籌度, 近至五更不睡, 謂子弟曰: "汝試取次, 把一帙擧人文章來." 旣開, 乃皇甫文卷. 錢公曰: "此定於天也." 遂不改移. 及第東歸, 至陝州, 問店人曰: "側近有石婆神否?" 皆笑曰: "郎君安得知? 本頑石一片, 牧牛小兒戱爲敲琢, 似人形狀, 謂之'石婆'耳. 祇去店二三里." 弘乃具酒脯, 與店人共往, 皆夢中經歷處. 奠拜而歸.

* 이 고사는 《태평광기》 권278 〈몽·황보홍〉에 실려 있다.

1 사(士):《태평광기》에는 "자(自)"라 되어 있는데, 문맥상 타당하다.

51-16(1516) 정현

정현(鄭玄)

출《이원(異苑)》

    [한나라의] 정현이 마융(馬融)을 스승으로 모시고 공부했는데, 3년 동안 아무것도 깨치지 못하자 마융이 그를 돌려보냈다. 정현은 나무 그늘 밑에 있다가 언뜻 잠이 들었는데, 꿈에 어떤 사람이 나타나 칼로 그의 가슴을 가르면서 말했다.

    "이제 그대는 학문을 연마할 수 있다."

    정현은 깨어난 뒤 즉시 마융에게 돌아가 마침내 전적(典籍)에 통달하게 되었다. 나중에 정현이 동쪽으로 돌아가자 마융이 말했다.

    "시(詩)・서(書)・예(禮)・악(樂)이 모두 동쪽으로 가는구나!"

鄭玄師馬融, 三載無聞, 融還之. 玄過樹陰下假寢, 夢一人以刀開其心, 謂曰:"子可以學矣." 於是寤而卽返, 遂洞精典籍. 後東歸, 融曰:"詩書禮樂皆東矣!"

*   이 고사는《태평광기》권276〈몽・정현〉에 실려 있다.

51-17(1517) 여몽과 우숙의 딸

여몽 · 우숙녀(呂蒙 · 牛肅女)

출《습유기(拾遺記)》출《기문(紀聞)》

여몽이 오(吳)나라로 들어가자 모두 그에게 학문에 힘쓰라고 권해서, 여몽은 여러 전적을 널리 공부하면서 《역경(易經)》을 위주로 했다. 한번은 손책(孫策)이 마련한 자리에서 술에 취해 문득 잠이 들었는데, 갑자기 꿈속에서 《역경》 전부를 외우고는 잠시 후 깜짝 놀라 일어났다. 사람들이 모두 물었더니 여몽이 말했다.

"방금 전에 꿈속에서 복희(伏羲) · 문왕(文王) · 주공(周公)을 만났는데, 그들이 나와 함께 국운(國運)의 흥망에 관한 일과 우주의 광명(廣明)한 도를 논하면서 그 정묘한 뜻을 궁구하지 않음이 없었소. 그러나 나는 아직 그 현묘한 말씀을 이해하지 못해서 단지 하릴없이 그 문장만 외웠을 뿐이오."

우숙의 장녀 우응정(牛應貞)은 홍농(弘農)의 양당원(楊唐源)에게 시집갔다. 그녀는 어려서부터 총명해 귀로 들은 말은 반드시 암송했다. 13세 때 불경 200여 권을 암송하고 유가 경전과 제자서와 사서도 수백 권을 암송하자, 친족들이 경이로워했다. 처음에 우응정이 아직 《좌전(左傳)》을 읽지 않았을 때, 막 그녀에게 그것을 가르치려는 참이었다. 그녀는 초저녁에 잠을 자면서 갑자기 《춘추(春秋)》를 암송했는데, "혜공의 원비 맹자가 죽었다(惠公元妃孟子卒)"는 대목부터 시작해 "지백이 탐욕스럽고 괴팍했기 때문에 한과 위가 배반해 그를 멸망시켰다(智伯貪而復, 故韓魏反而喪之)"는 대목까지 모두 30권을 한 글자도 빠짐없이 날이 샐 때까지 다 암송했다. 그녀가 암송할 때는 마치 누군가가 그녀에게 가르쳐 주는 것 같았으며, 혹은 서로 말을 주고받는 것 같았다. 그녀의 부친은 깜짝 놀라 여러 번 그녀를 불렀지만 전혀 대답이 없었다. 그녀가 암송을 끝내고 깨어나자, 부친이 어찌 된 영문인지 물었으나 그녀는 그러한 사실을 알지 못했다. 부친이 시험 삼아 그녀가 암송한 권을 펼쳐 보게 했더니 이미 정확히 알고 있었다. 그녀는 문장 100여 편을 지었다. 나중에는 마침내 삼교(三敎)의 경전을 완전히 터득했으며 박학다식하고 다재다능했다. 그녀는 밤에 깊이 잠들 때마다 문인들과 담론했는데, 문인들은 모두 옛날의 이름난 사람들이었다. 미 : 그녀는 전생에 문인의 부류였는데, 우연히 여자의 몸에 떨어졌을 뿐이다. 서로 질문과 대답을 주고받았으며, 간혹 왕필(王弼)·정현(鄭玄)·왕연(王衍)·육기(陸機)를 부르면서 담론을 활발하게 펼쳤다. 간혹 문장을 논하거나 명리(名理)를 담론하면서 종종 며칠 밤을 멈추지 않기도 했다. 그녀는 24세에 죽었다. 처음에 우응정은 꿈에서 책을 찢어 먹었는데, 매번 꿈에서 수십 권의 책을 먹고 나면 문체가 일변했으며 그러한 경우가 한두 번이 아니었다. 그리하여 마침내 그녀는 부(賦)와 송(頌)에 크게 뛰어나 필명을 "유방(遺芳)"이라 했다.

呂蒙入吳, 咸勸其學, 乃博覽群籍, 以《易》爲宗. 常在孫策坐酣醉, 忽於眠中, 誦《易》一部, 俄而起驚. 衆皆問之, 蒙云: "向夢見伏羲‧文王‧周公, 與我論世祚興亡之事, 日月廣明之道, 莫不窮精極妙. 未該玄言, 政空誦其文耳."
牛肅長女曰應貞, 適弘農楊唐源. 少而聰穎, 經耳必誦. 年十三, 凡誦佛經二百餘卷, 儒書子史又數百餘卷, 親族驚異之. 初, 應貞未讀《左傳》, 方擬授之. 夜初眠中, 忽誦《春秋》, 起"惠公元妃孟子卒", 終"智伯貪而復, 故韓魏反而喪之", 凡三十卷, 一字無遺, 天曉而畢. 當誦時, 若有敎之者, 或相酬和. 其父驚駭, 數呼之, 都不答. 誦已而覺, 問何故, 亦不知. 試令開卷, 則已精熟矣. 著文章百餘首. 後遂窮三敎, 博涉多能. 每夜中眠熟, 與文人談論, 文人皆古之知名者. 眉: 前生仍是文人一流, 偶墮女胎耳. 往來答難, 或稱王弼‧鄭玄‧王衍‧陸機, 辯論烽起. 或論文章, 談名理, 往往數夜不已. 年二十四而卒. 初, 應貞夢裂書而食之, 每夢食數十卷, 則文體一變, 如是非一. 遂工爲賦頌, 文名曰"遺芳".

* 이 고사는 《태평광기》 권276 〈몽‧여몽〉, 권271 〈부인(婦人)‧우숙녀〉에 실려 있다.

51-18(1518) 사마상여

사마상여(司馬相如)

출《서경잡기(西京雜記)》

사마상여는 자가 장경(長卿)이다. 그는 장차 부(賦)를 바치려 했으나 무엇을 지어야 할지 알지 못하고 있었는데, 꿈에 누런 옷을 입은 한 노인이 나타나 그에게 말했다.

"〈대인부(大人賦)〉를 지어 신선의 일을 말하는 것이 좋겠다."

그래서 사마상여가 〈대인부〉를 완성해 바쳤더니, 황제가 크게 칭찬하고 상을 내렸다.

司馬相如, 字長卿. 將獻賦而未知所爲, 夢一黃衣翁謂之曰: "可爲〈大人賦〉, 言神仙之事." 賦成以獻, 帝大嘉賞.

* 이 고사는《태평광기》권276〈몽·사마상여〉에 실려 있다.

51-19(1519) 양나라의 강엄
양강엄(梁江淹)

출《남사(南史)》

　[양나라의] 선성태수(宣城太守)인 제양(濟陽) 사람 강엄은 어렸을 때 일찍이 꿈에 어떤 사람이 그에게 오색 붓을 주었는데, 그래서 문장이 매우 빼어났다. 후에 꿈에 한 장부가 나타나 자칭 곽경순[郭景純 : 곽박(郭璞)]이라 하면서 강엄에게 말했다.

　"전에 그대에게 빌려준 붓을 돌려받았으면 하오."

　강엄은 품속을 더듬어 오색 붓을 찾아 그에게 돌려주었는데, 그 이후로 강엄의 재주가 다했다는 의론이 있었다.

宣城太守濟陽江淹, 少時嘗夢人授以五色筆, 故文彩俊發.
後夢一丈夫, 自稱郭景純, 謂淹曰 : "前借卿筆, 可以見還."
探懷得五色筆, 與之, 自爾有才盡之論.

* 이 고사는 《태평광기》 권277 〈몽·양강엄〉에 실려 있다.

51-20(1520) 사악

사악(謝諤)

출《계신록》

 진사 사악은 남강(南康)에서 살았는데, 집 앞에 있는 시내는 그가 항상 놀던 곳이었다. 사악이 아이였을 때 일찍이 꿈을 꾸었는데, 시내에서 목욕하고 있을 때 어떤 사람이 한 그릇 가득 담긴 진주를 그에게 주면서 말했다.

 "도령이 이것을 삼키면 총명해질 것이네."

 사악은 큰 것은 삼킬 수 없을 것 같아서 작은 것으로 60여 알을 삼켰다. 사악은 장성하고 나서 시를 잘 지었다. 미:그래서 시재(詩才)가 작았다.

進士謝諤, 家於南康, 舍有谿, 常遊戲之所也. 諤爲兒時, 嘗夢浴溪中, 有人以珠一器遺之, 曰: "郞吞此, 則明悟矣." 諤度其大者不可吞, 卽吞細者六十餘顆. 及長, 善爲詩. 眉: 然則詩才其細者.

* 이 고사는《태평광기》권278〈몽・사악〉에 실려 있다.

51-21(1521) 당 희종

당희종(唐僖宗)

출《보록기전(補錄紀傳)》

　[당나라] 희종(僖宗)은 어려서부터 재능이 많았다. 희종은 평소에 바둑을 잘 알지 못했는데, 어느 날 저녁에 꿈에서 어떤 사람이《기경(棋經)》3권을 태우더니 그것을 삼키라고 했다. 희종은 꿈을 깨고 나서 대조(待詔)에게 자신이 바둑 두는 것을 지켜보게 했는데, 그가 두는 수는 모두 다른 사람들의 생각을 뛰어넘는 것이었다.

僖宗幼而多能. 素不曉棋, 一夕, 夢人以《棋經》三卷焚而使吞之. 及覺, 命待詔觀棋, 凡所指畫, 皆出人意.

* 이 고사는《태평광기》권278〈몽·당희종〉에 실려 있다.

51-22(1522) 대종

대종(代宗)

출《두양편(杜陽編)》

　이보국(李輔國)이 임금을 업신여기며 제멋대로 행동하자 대종은 그를 점점 싫어했다. 하루는 대종이 잠을 자다가 꿈에서 누각에 올라 보았더니, 고역사(高力士)가 철기병 수백 명을 거느리고 창으로 이보국을 찔러 흘린 피가 땅에 뿌려지자 앞뒤의 군사들이 노래를 부르며 남쪽을 향해 갔는데, 대종이 알자(謁者)를 보내 그 까닭을 물었더니 고역사가 말했다.

　"명황(明皇 : 현종)의 명입니다."

　대종은 꿈을 깨고 나서 꿈 얘기를 하지 않았다. 나중에 이보국이 도적[대종이 보낸 자객]에게 살해되자 대종은 기이해하면서 그제야 그 꿈 얘기를 해 주었다. 미 : 황제가 이보국을 제거하는 데 과감했던 것은 이 꿈을 믿었기 때문이다.

李輔國恣橫無君, 代宗漸惡之. 因寢, 夢登樓, 見高力士領數百鐵騎, 以戟刺輔國, 流血灑地, 前後歌呼, 自北而去. 遣謁者問其故, 力士曰 : "明皇之命也." 帝覺, 不言. 及輔國爲盜所殺, 帝異之, 方話其夢. 眉 : 帝之敢於除輔國者, 恃此夢也.

*　이 고사는 《태평광기》 권277 〈몽・대종〉에 실려 있다.

51-23(1523) 고종

고종(顧琮)

출《광이기(廣異記)》

고종이 보궐(補闕)로 있을 때 일찍이 죄를 지었는데, 하옥하라는 조서가 내려져 마땅히 처형될 처지였다. 고종은 근심하다가 앉은 채로 얼핏 잠이 들었는데, 문득 꿈속에서 어머니의 음부를 보았다. 고종은 불길하기 짝이 없다고 생각하며 더욱 두려워했는데, 그 기색이 얼굴에 드러났다. 그때 해몽을 잘하는 사람이 고종에게 축하하며 말했다.

"그대는 어쩌면 화를 면할 것 같소. 태부인(太夫人)의 음부는 바로 그대가 태어났던 길이오. 태어났던 길을 다시 보았으니, 협:오묘하다. 이처럼 길한 것이 어디에 있겠소?"

이튿날 문하시랑(門下侍郎) 설직(薛稷)이 형벌의 형평성을 잃었다고 상주해, 고종은 마침내 화를 면할 수 있었다. 고종은 나중에 재상에 이르렀다.

顧琮爲補闕, 嘗有罪, 詔繫獄, 當伏法. 琮憂愁, 坐而假寐, 忽夢見其母下體. 琮謂不祥之甚, 愈懼, 形於顏色. 時有善解者, 賀曰: "子其免乎. 太夫人下體, 是足下生路也. 重見生路, 夾:妙. 何吉如之?" 明日, 門下侍郎薛稷奏刑失入, 竟得免. 琮後至宰相.

* 이 고사는 《태평광기》 권277 〈몽·고종〉에 실려 있다.

51-24(1524) 색충과 송통

색충·송통(索充·宋桶)

병출(並出) '유언명(劉彥明) 《돈황록(敦煌錄)》'

색충이 꿈을 꾸었는데, 한 포로[虜]가 웃옷을 벗고 색충을 배알하러 왔다. 이에 대해 색담(索紞)이 점을 치고 나서 말했다.

"'노(虜)'에서 윗부분을 없애면 아래는 '남(男)' 자이고, 오랑캐 포로는 음류(陰類)이니, 당신의 부인은 틀림없이 아들을 낳을 것이오."

나중에 과연 들어맞았다.

송통이 꿈을 꾸었는데, 집 안[內]에서 한 사람[人]이 옷을 입고 있기에 송통이 한 손에 막대기 두 개를 들고 그를 흠씬 때려 주었다. 이에 대해 색담이 점을 치고 나서 말했다.

"'내(內)' 속에 '인(人)'이 있으니 '육(肉)' 자이고, 두 막대기는 젓가락을 상징하니, 당신은 고기를 실컷 먹을 것이오."

송통은 사흘 동안 세 집에 들러 모두 고기를 먹었다.

索充夢一虜脫上衣來詣充. 索紞占曰:"'虜'去上半, 下'男'字也, 夷虜陰類, 君妻當生男." 後果驗.
宋桶夢內中有一人著衣, 桶一手把兩杖極打之. 索紞占曰:"'內'中有'人', 是'肉'字也, 兩杖, 箸之象, 極打肉食也." 三日,過三家, 皆得肉食.

* 이 고사는 《태평광기》 권276 〈몽・색충 송통〉에 실려 있다.

51-25(1525) 설의

설의(薛義)

출《광이기》

  비서성교서랑(秘書省校書郎) 설의의 매부인 최비(崔秘)는 동려현위(桐廬縣尉)였다. 설의는 숙모 위씨(韋氏)와 함께 최비의 집에 의탁해서 살았다. 한참 후에 설의가 학질에 걸렸는데, 몇 달 동안 병이 위중해서 숨이 끊어질 듯하면서 거의 죽을 지경이었다. 위씨는 몹시 걱정하고 있었는데, 어느 날 밤 꿈에 흰색 의관(衣冠)에 홑옷을 겹쳐 입은 신인(神人)이 나타나자, 위씨는 합장하고 공경을 다해 설의의 병을 고쳐 달라고 청했다. 그러자 신인이 말했다.

  "이 병을 오랫동안 치료하지 않으면 발학(勃瘧)이 되는데, 그렇게 되면 치료할 수 없다."

  그러면서 위씨에게 주문을 주었는데 그 주문은 다음과 같았다.

  "발학! 발학! 사방 산의 신이 나에게 너를 꽁꽁 묶게 했다. 육정사자(六丁使者)15)와 오도장군(五道將軍)16)이 네 정기

---

15) 육정사자(六丁使者) : 도교의 호법신장(護法神將)으로, 정묘(丁卯)·정사(丁巳)·정미(丁未)·정유(丁酉)·정해(丁亥)·정축(丁丑)

(精氣)를 거두고 네 혼을 다스릴 것이다. 속히 떠나라! 속히 떠나라! 이 사람에게 오지 마라. 율령(律令)을 받들듯 서둘러라." ㅁ : 학질을 치료하는 주문이다.

그러면서 일단 병이 발작하면 즉시 이 주문을 외우라고 했다. 당시 위씨의 일곱 살 된 어린 딸 역시 학질을 앓고 있었다. 곁에 한 물체가 보였는데, 검은 개처럼 생겼고 쐐기털이 나 있었다. 신이 말했다.

"이것이 바로 너희를 병들게 한 것이니, 빨리 그것을 잡아서 죽이면 너희 병이 반드시 나을 것이다. 그렇게 하지 않으면 너희 집의 어린 계집종 둘도 반드시 학질을 앓게 될 것이다."

위씨는 꿈속에서 개처럼 생긴 물체를 죽였다. 위씨는 꿈을 깨고 나서 설의에게 주문을 전해 주었다. 설의가 지극한 마음으로 늘 주문을 외자 병이 마침내 나았으며, 위씨의 딸 역시 병이 나았다.

秘省校書薛義, 其妹夫崔秘者, 爲桐廬尉. 義與叔母韋氏爲客, 在秘家. 久之, 遇痁疾, 數月綿輟, 幾死. 韋氏深憂, 夜夢

을 말한다.
16) 오도장군(五道將軍) : 도교의 동악대제(東嶽大帝)에 속한 신으로, 인간의 생사를 관장하는 명계(冥界)의 신이다.

神人白衣冠袷單衣, 韋氏因合掌致敬, 求理義病. 神人曰 : "此久不治, 便成勃瘧, 則不可治矣." 因以咒授韋氏, 咒曰 : "勃瘧! 勃瘧! 四山之神, 使我來縛. 六丁使者, 五道將軍, 收汝精氣, 攝汝神魂. 速去! 速去! 免逢此人. 急急如律令." 眉 : 治瘧咒. 但疾發, 卽誦之. 時韋氏少女, 年七歲, 亦患痁疾. 旁見一物, 狀如黑犬而蚝毛. 神云 : "此正病汝者, 可急擒殺, 汝疾必愈. 不爾, 汝家二小婢亦當患瘧." 韋氏夢中殺犬. 及覺, 傳咒於義. 義至心持之, 疾遂愈, 韋氏女子亦愈.

* 이 고사는 《태평광기》 권278 〈몽·설의〉에 실려 있다.

51-26(1526) 장식

장식(張式)

출《집이기(集異記)》

    장식은 어려서 부친을 여의었는데, 유언을 받들어 낙경(洛京 : 낙양)에 장사 지내고자 했다. 당시 주사룡(周士龍)이 땅의 형세를 잘 알았는데, 장식이 그와 함께 야외로 가서 사흘 동안 돌아다니며 살폈지만 좋은 장지를 찾지 못했다. 두 사람은 밤에 시골집에서 묵었는데, 그때는 겨울이라 추웠고 방 안에는 평상이 하나만 있었기에 주사룡이 평상에서 쉬었다. 장식은 바닥에 자리를 깔고 옷을 입은 채로 화롯가에서 자고 있었는데, 갑자기 놀라며 가위에 눌려 말했다.

    "친가(親家)!"

    주사룡이 급히 장식을 불러 깨웠지만 장식은 스스로 정신을 차리지 못했다. 한참 뒤에 다시 잠이 들었는데 장식이 또 놀라며 가위에 눌려 말했다.

    "친가!"

    주사룡이 또 장식을 불러 깨웠지만 이번에도 장식은 자신이 무슨 말을 했는지 알지 못했다. 날이 밝자 장식은 다시 주사룡과 함께 길을 떠났다. 그들은 마을을 나가 남쪽으로 갔는데, 남쪽에 토산(土山)이 있었다. 주사룡은 말을 세우더니 멀리 바라보며 말했다.

"기세가 아주 좋구나!"

그러고는 장식과 함께 한참 동안 그곳을 걸어 다녔는데, 남쪽에서 나무를 베고 있던 시골 사람이 멀리서 주사룡이 지세를 살피는 것을 보더니 도끼를 메고 급히 와서 말했다.

"나리들은 혹시 장지를 고르는 것이 아닙니까? 이 땅은 저희 친가(親家)의 소유이니, 괜찮으시다면 제가 모시도록 하겠습니다."

주사룡이 장식에게 말했다.

"지난밤에 그대가 꿈을 꾸다가 두 번이나 놀라서 깼는데, 그때마다 '친가'라고 말했으니 어찌 신명이 미리 정해 놓은 증거가 아니겠는가!"

그리하여 마침내 그곳을 장지로 삼았으며, 장식은 대대로 청귀(淸貴)한 벼슬을 했다.

張式幼孤, 奉遺命, 葬於洛京. 時周士龍識地形, 式與同之外野, 歷覽三日而無獲. 夜宿村舍, 時冬寒, 室內惟一榻, 士龍據榻以憩. 式則籍地兼衣擁爐而寢, 欻然驚魘曰: "親家!" 士龍遽呼之, 式自不覺. 久而復寐, 又驚魘曰: "親家!" 士龍又呼之, 式亦自不知所謂. 及曉, 又與士龍同行. 出村之南, 南有土山. 士龍駐馬遙望曰: "氣勢殊佳!" 則與式步履久之, 南有村夫伐木, 遠見士龍相地, 則荷斧遽至曰: "官等得非擇葬地乎? 此地乃某之親家所有, 如可則某請導致焉." 士龍謂式曰: "夜夢再驚, 皆曰'親家', 豈非神明前定之證與?" 遂卜葬焉, 而式累世淸貴.

* 이 고사는《태평광기》권390〈총묘(塚墓)·장식〉에 실려 있다.

51-27(1527) 부견

부견(苻堅)

출《몽서(夢書)》미 : 이하는 흉몽이다(以下夢凶).

  [오호 십육국 전진(前秦)의] 부견이 장차 남쪽을 정벌하려 할 때 꿈을 꾸었는데, 성에 가득 채소가 자라고 또 동남쪽 땅이 꺼져 있었다. 이에 대해 점쟁이가 말했다.

  "채소가 많은 것은 절이기[醬][17]가 어렵다는 뜻이고, 동남쪽 땅이 꺼진 것은 강좌(江左 : 강남)를 평정할 수 없다는 뜻입니다."

苻堅將欲南伐, 夢滿城出菜, 又地東南傾. 其占曰 : "菜多, 難爲醬, 東南傾, 江左不得平也."

* 이 고사는 《태평광기》 권276 〈몽・부견〉에 실려 있다.

---

17) 절이기[醬] : '장(醬)'은 '장(將)'과 음이 같기 때문에 이렇게 풀이한 것이다. 여기에서 '장(將)'은 거느리다, 지휘하다, 취하다의 뜻으로 쓰였다.

51-28(1528) 서시 사람

서시인(西市人)

출《원화기(原化記)》

[당나라] 건중(建中) 연간(780~783)에 도성의 서시에 사는 사람이 갑자기 꿈에 누군가에게 사로잡혀 부(府)의 관아로 끌려가서 가림벽 밖에 서 있었는데, 그를 안으로 불러들이지도 않았다. 그저 가림벽 안에서 죄인을 심문하는 듯한 소리가 들리기에 가림벽 사이로 엿보았더니, 청사 위에 자색 옷을 입은 귀인(貴人)이 책상에 앉아 있었고, 그 좌우로 녹색 옷을 입은 사람 서너 명이 공문서를 들고 있었다. 뜰 가운데에는 주차(朱泚)[18]가 몸에 형틀을 쓰고 목에 쇠사슬을 두르고 흰옷을 입고 머리에 아무것도 쓰지 않은 채 애원하듯 몸을 굽히고 있었는데, 그 말이 매우 간절해 보였다. 귀인은 머리를 숙이고 사건을 살펴보면서 아무런 말도 하지 않다가 한참 뒤에야 말했다.

---

18) 주차(朱泚) : 당나라 중기의 무장(武將)이자 반신(叛臣)으로, 덕종(德宗) 건중(建中) 4년(783)에 경원(涇原)에서 군사 변란을 일으켜 덕종이 봉천(奉天)으로 피난했다. 나중에 이성(李晟) 등에게 진압되었다.

"그대는 마땅히 이 일을 감당해야 한다. 천제의 명이 이미 내려졌으니, 하소연해 봤자 아무런 보탬도 되지 않는다."

주차는 계속해서 하소연했으며 급기야 눈물까지 흘렸다. 그러자 귀인이 화를 내며 말했다.

"어찌하여 이 모든 것이 천명임을 알지 못하느냐?"

그러고는 좌우의 관리들에게 동쪽 행랑 아래의 두 원(院)을 열게 했는데, 쇠사슬을 푸는 소리가 들렸다. 문 안에는 30여 명의 사람이 있었는데, 모두 붉은색과 자주색 옷을 입고 계단 아래에 줄지어 서 있었다. 귀인이 이들을 가리키며 말했다.

"이들은 모두 네 덕에 부귀해지기를 기다리고 있으니, 변명한들 무슨 보탬이 되겠느냐?"

서시 사람이 살펴보았더니 그들은 다름 아닌 이성(李晟)·상가고(尙可孤)·한유괴(韓遊瓌)·낙원광(駱元光)19) 등이었다. 그들이 다시 원문(院門)으로 들어가자, 귀인은 다시 주차를 꾸짖으며 서쪽 행랑의 한 원으로 들어가게 했다. 귀인이 좌우 사람에게 물었다.

"이것은 언제 일어나는 일이냐?"

---

19) 이성(李晟)·상가고(尙可孤)·한유괴(韓遊瓌)·낙원광(駱元光) : 이들은 모두 주차의 반란을 진압하는 데 공을 세웠다.

좌우 사람이 대답했다.

"10월입니다."

귀인이 또 물었다.

"어디로 가는 것이 좋겠느냐?"

좌우 사람이 대답했다.

"봉천(奉天)이 좋겠습니다."

이렇게 따져 묻기를 한참이나 하고 나서야 멈췄다. 앞서 서서 사람을 부르러 왔던 사자가 다시 나와서 그에게 말했다.

"당신을 잘못 잡아 왔으니 얼른 돌아가시오."

그 사람은 길을 따라 돌아왔다. 그는 꿈을 깨고 나서 친한 사람들에게 그 이야기를 해 주었는데, 나중에 과연 일이 그대로 되었다.

建中年, 京西市人忽夢見爲人所錄, 至府, 立於門屛外, 亦不見召. 唯聞門內如斷獄聲, 自屛隙窺之, 見廳上有紫衣貴人據案, 左右綠裳執案簿者三四人. 中庭, 朱泚械身鎖項, 素服露首, 鞠躬如有哀請之狀, 言詞至切. 其官低頭視事, 了不與言, 良久方謂曰: "君合當此事. 帝命已行, 訴當無益." 泚辭不已, 及至泫泣. 其官怒曰: "何不知天命?" 令左右開東廊下二院, 聞開鎖之聲. 門內有三十餘人, 皆衣朱紫, 行列階下. 貴人指示曰: "此等待君富貴, 辭之何益?" 此人視之, 乃李・尙・韋[1]・駱之輩也. 諸人復入院門, 又叱泚入西廊一院焉. 貴人問左右曰: "是何時事?" 答曰: "十月." 又問: "何適而可?" 曰 : "奉天." 如此詰問, 良久乃已. 前呼使者復出, 謂曰 : "誤追君來, 可速歸." 尋路而返. 夢覺, 話於親密, 其後事果驗.

* 이 고사는 《태평광기》 권280 〈몽·서시인〉에 실려 있다.
1 위(韋) : "한(韓)"의 오기로 보인다. 《구당서》의 관련 기록을 살펴보면, 주차(朱泚)의 난을 평정하는 데 참여한 장군 가운데 위씨(韋氏)는 보이지 않고 한씨(韓氏)는 보이는데, 한씨는 한유괴(韓遊瓌)를 말한다.

51-29(1529) 후군집

후군집(侯君集)

출《유양잡조(酉陽雜俎)》

[당나라] 정관(貞觀) 연간(627~649)에 후군집은 서인(庶人: 관부의 서리) 승건(承乾)과 함께 음모를 꾸몄는데 마음이 몹시 불안했다. 그러던 어느 날 문득 후군집이 꿈을 꾸었는데, 두 명의 병사에게 붙잡혀 어떤 곳으로 가서 보았더니, 높은 관(冠)을 쓴 한 사람이 수염을 떨며 좌우 시종들에게 후군집의 뼈를 가져오라고 호통쳤다. 잠시 후에 몇 사람이 도살용 칼을 가지고 오더니 그의 머리 위와 오른쪽 어깨 사이를 가르고 각각 뼛조각 하나씩을 꺼냈는데, 그 모양이 마치 생선 꼬리 같았다. 후군집은 깜짝 놀라 잠꼬대를 하며 깨어났는데, 머리와 어깨가 아직도 아픈 것 같았다. 그때부터 그는 심장이 두근거리고 기력이 쇠진해 30근짜리 활 하나도 제대로 들 수 없었다. 그는 자수하려 했으나 결단을 내리지 못한 채 일이 실패하고 말았다.

貞觀中, 侯君集與庶人承乾通謀, 意不自安. 忽夢二甲士錄至一處, 見一人高冠奮髥, 叱左右取君集威骨來. 俄有數人, 操屠刀, 開其腦上及右臂間, 各取一骨片, 狀如魚尾. 因噞嚅而覺, 腦臂猶痛. 自是心悸力耗, 至不能引一鈞弓. 欲自首,不決而敗.

* 이 고사는 《태평광기》 권279 〈몽・후군집〉에 실려 있다.

51-30(1530) **최식**

최식(崔湜)

출《조야첨재》

 우승(右丞) 노장용(盧藏用)과 중서령(中書令) 최식은 태평당(太平黨)[20]에 연루되어 영남(嶺南)으로 유배되었다. 형주(荊州)에 이르렀을 때 최식이 밤에 꿈을 꾸었는데, 자신이 강좌(講坐) 아래에서 설법을 듣다가 거울을 비춰 보고 있었다. 해몽을 잘하는 장유(張猷)가 노 우승(盧右丞 : 노장용)에게 말했다.

 "최 영공(崔令公 : 최식)은 크게 좋지 않습니다. 꿈에 강좌 아래에서 설법을 들은 것은 법령이 위에서 내려온다는 뜻이고, 거울 '경(鏡)' 자는 쇠 '금(金)' 옆에 끝날 '경(竟)'이 있으니, 오늘[今日][21] 끝나게 될 것입니다!"

 잠시 후에 칙명이 내려와 최식에게 자결하게 했다.

右丞盧藏用・中書令崔湜, 坐太平黨, 被流嶺南. 至荊州, 湜

---

[20] 태평당(太平黨) : 태평 공주(太平公主)를 추종하는 도당.
[21] 오늘[今日] : '금일(今日)'의 '금(今)'과 '금(金)'의 발음이 같기 때문에 이렇게 풀이한 것이다.

夜夢講坐下聽法而照鏡. 占夢張猷謂盧右丞曰 : "崔令公大惡. 夢坐下聽講, 法從上來也, '鏡'字, '金'旁'竟'也, 其竟於今日乎!" 尋有敕, 令湜自盡.

* 이 고사는 《태평광기》 권279 〈몽·최식〉에 실려 있다.

51-31(1531) 위중행

위중행(衛中行)

출《유양잡조》

    위중행이 중서사인(中書舍人)으로 있을 때, 한 옛 친구의 자제가 관리 선발에 응시하러 왔다가 위중행에게 자신의 문장을 보내고 부탁하자, 위중행이 흔쾌히 허락했다. 박방(駁榜 : 불합격자의 명단을 발표한 방)이 곧 발표되려던 참에 그 사람이 문득 꿈을 꾸었는데, 자신이 나귀를 타고 물을 건너다가 나귀가 넘어지는 바람에 물속에 빠졌고 기슭으로 올라가서 보니 신발이 젖어 있지 않았다. 관리 선발 응시자는 비서랑(秘書郎) 한기(韓愭) 미 : 기(愭)는 음이 기(芰)이고 중(衆)의 뜻이다. 와 오랜 친분이 있어서 그를 찾아갔더니, 한기가 술에 얼큰하게 취해서 반은 농담으로 말했다.

    "공은 금년에 관리 선발의 일이 잘 안 될 것 같소. 공의 꿈에 따르면, 위생(衛生 : 위중행)이 그대를 저버려서 협 : 아주 교묘하다. 그대는 그의 덕을 보지 못할 것이외[足下不沾]22)."

    방이 발표되었을 때 그 사람은 과연 탈락했다. 미 : 거짓말

---

22) 그대는 그의 덕을 보지 못할 것이외[足下不沾] : '족하부점(足下不沾)'을 글자 그대로 해석하면 '발밑이 젖지 않다'라는 뜻이 된다.

로 남을 저버리는 자는 모두 위중행과 같은 족속이다. 한기는 학문을 지니고 있었으며, 한 복야[韓僕射 : 한고(韓皐)]의 조카였다.

衛中行爲中書舍人時, 有故舊子弟赴選, 投衛論囑, 衛欣然許之. 駁榜將出, 其人忽夢乘驢渡水, 蹶墜水中, 登岸而靴不沾濕. 選人與祕書郞韓臮 眉 : 臮, 音洎, 衆詞. 有舊, 訪之. 韓被酒, 半戲曰 : "公今年選事不諧矣. 據夢, 衛生相負, 夾 : 巧甚. 足下不沾." 及榜出, 果駁放. 眉 : 詭詞負人者, 皆衛屬也. 韓有學術, 韓僕射猶子也.

* 이 고사는 《태평광기》 권279 〈몽·위중행〉에 실려 있다.

51-32(1532) 이소
이소(李愬)
출《속유괴록(續幽怪錄)》

    양국공(涼國公) 이소는 훈구대신[勳舊大臣 : 이성(李晟)]의 아들로, 원화(元和)의 군대23)를 이끌고 채주(蔡州)를 함락하고 운성(鄆城)을 격파해 몇 년에 걸쳐 수많은 전공(戰功)을 세웠다. 그는 모두 인의와 관용을 우선으로 해서 억울하게 사람을 죽인 적이 없었으며 성의와 신뢰로 사람을 대했는데, 그 모든 것이 진심에서 우러나온 것이었다. 장경(長慶) 원년(821) 가을에 그는 위박절도사(魏博節度使)·좌복야(左僕射)·평장사(平章事)로 있다가 도성으로 돌아오라는 조서를 받고 장차 낙양(洛陽)으로 들어가려 했다. 그의 아문장(衙門將)인 석계무(石季武)가 먼저 낙양에 가 있었는데, 꿈에 양국공이 북쪽에서 내려와 천진교(天津橋)에 오르고 자신이 길을 인도했으며 재상의 행차라고 외치는 소리가 땅을 진동했다. 그런데 도사 여덟 명이 말을 타고 붉은 부절(符節)과 깃발을 휘날리며 남쪽에서 올라오려고 했다. 길을

---

23) 원화(元和)의 군대 : 당나라 헌종(憲宗) 원화 11년(816)에 이소가 군대를 이끌고 회서(淮西)의 오원제(吳元濟)를 토벌한 것을 말한다.

인도하던 기병이 호통을 치자 도사들이 대답했다.

"우리는 선공(仙公)을 영접하러 왔으니 재상 따위를 어찌 알겠소?"

그들이 석계무를 불러 함께 얘기하고자 해서, 석계무가 급히 말을 몰아 앞으로 갔더니 부절을 들고 있던 도사가 말했다.

"내 말을 잘 기억해 두었다가 상공(相公 : 이소)께 들려주시오."

그 도사가 한 말은 다음과 같았다.

"말고삐 높이 잡고 금궐(金闕)24) 문 열어젖히고, 높은 수레 타고 은하수 뗏목에 오르네. 뜬구름 같은 명예 따위가 어찌 연연할 만하겠는가? 높이 올라 저 안개와 노을 사이로 들어가네."

석계무는 본디 글을 알지 못했고 기억력 또한 좋지 못했는데, 도사의 말을 듣고는 이미 기억할 수 있었다. 석계무는 놀라 꿈을 깨고 나서 온몸에 땀이 흘렀는데, '상국(相國 : 이소)께서 오히려 상선(上仙)이 될 수 있으니 하물며 속세의 벼슬이 무슨 소용 있겠는가'라고 생각하며 기뻐했다. 석 달 뒤에 양국공은 과연 북쪽에서 내려와 천진교에 올랐고 석계

---

24) 금궐(金闕) : 도가에서 천제가 살고 있는 곳을 말한다.

무가 길을 인도했는데, 천궁사(天宮寺)에 들어가 쉬다가 한 달여 만에 죽었다. 사람들은 귀양 온 신선이 기한이 차서 하늘로 떠났다고 생각했다. 미 : 또 한 명의 이적선(李謫仙)이다.

凉公李愬, 以殊勳之子, 將元和之兵, 擒蔡破鄆, 數年攻戰. 皆以仁恕爲先, 未嘗枉殺一人, 誠信遇物, 發於深懇. 長慶元年秋, 自魏博節度使・左僕射・平章事詔徵還京師, 將入洛. 其衙門將石季武先在洛, 夢凉公自北登天津橋, 季武爲導, 以宰相行呵叱動地. 有道士八人, 乘馬, 持絳節幡幢, 從南欲上. 導騎呵之, 對曰 : "我迎仙公, 安知宰相?" 招季武與語, 季武驟馬而前, 持節道士曰 : "可記我言, 聞於相公." 其言曰 : "聳轡排金闕, 乘軒上漢槎. 浮名何足戀? 高擧入煙霞." 季武元不識字, 記性又少, 及聞道士言, 已記得. 旣驚覺, 汗流被體, 喜以爲相國猶當上仙, 況俗官乎? 後三月, 凉公果自北登天津橋, 季武爲導, 因入憩天宮寺, 月餘而薨. 人以爲謫仙數滿而去也. 眉 : 又一個李謫仙.

* 이 고사는 《태평광기》 권279 〈몽・이소〉에 실려 있다.

51-33(1533) 북제의 이광

북제이광(北齊李廣)

출《독이지》

    북제의 시어사(侍御史) 이광은 여러 서책을 두루 읽었으며 사서를 수찬했다. 어느 날 밤 꿈에 한 사람이 나타나 말했다.

    "나는 마음의 신인데, 당신이 나를 너무 심하게 부려서 작별하고 떠납니다."

    얼마 후에 이광은 병이 들어 죽었다.

北齊侍御史李廣, 博覽群書, 修史. 夜夢一人曰:"我心神也, 君役我太苦, 辭去." 俄而廣疾卒.

*   이 고사는 《태평광기》 권277 〈몽·북제이광〉에 실려 있다.

51-34(1534) 왕융

왕융(王戎)

출《이원》

    왕융이 꿈을 꾸었는데, 어떤 사람이 오디 일곱 개를 그에게 주자 그것을 옷깃 속에 넣었다. 왕융은 꿈을 깨고 나서 오디를 찾아냈는데 점쟁이가 말했다.

    "오디는 상자(桑子 : 뽕나무 열매)25)입니다."

    그 후로 왕융은 크고 작은 아들딸 일곱 명을 잃었다. 미 : 오디 꿈으로 죽음을 대신 말한 것은 그 쓰임이 분명하고 매우 운치 있다.

王戎夢有人以七枚椹子與之, 著衣襟中. 旣覺, 得之, 占曰 : "椹, 桑子也." 自後男女大小凡七喪. 眉 : 夢椹代表[1], 明用甚雅.

* 이 고사는《태평광기》권276〈몽·왕융〉에 실려 있다.

1 표(表) : 문맥상 "상(喪)"의 오기로 보인다. 풍몽룡의《지낭(智囊)》〈첩지부(捷智部)·민오(敏悟)·왕융(王戎)〉에도 같은 고사가 실려 있는데, 그 평어(評語)에 "몽심대상(夢椹代喪), 명용심아(明用甚雅)"라 되어 있다.

25) 상자(桑子) : 겉으로는 뽕나무 열매를 뜻하지만, 속으로는 '상(桑)'이 '상(喪)'과 음이 같으므로 '상자(喪子)', 즉 자식을 잃는다는 뜻이 된다.

51-35(1535) 손씨

손씨(孫氏)

출《집이기》

    벼슬을 구하는 어떤 손씨가 꿈을 꾸었는데, 봉황 한 쌍이 그의 양손에 내려앉았다. 이에 대해 점쟁이 송동(宋董)이 말했다.

    "봉황은 오동나무가 아니면 깃들이지 않고 대나무 열매가 아니면 먹지 않소. 당신은 틀림없이 친상(親喪)을 당할 것인데, 저장(苴杖)[26]이 아니라 삭장(削杖)[27]을 짚을 것이오."

    손씨는 과연 모친상을 당했다.

有孫氏求官, 夢雙鳳集其兩拳. 占者宋董曰:"鳳凰非梧桐不棲, 非竹實不食. 卿當大凶, 非苴杖, 卽削杖." 孫果遭母喪.

*   이 고사는《태평광기》권276〈몽·손씨〉에 실려 있다.

26) 저장(苴杖): 부친상을 당했을 때 상주가 짚는 대나무 지팡이.
27) 삭장(削杖): 모친상을 당했을 때 상주가 짚는 오동나무 지팡이.

51-36(1536) 주연한

주연한(周延翰)

출《광이기》

　　강남(江南)의 태자교서(太子校書) 주연한은 본디 도교를 좋아해서 단약을 복용하는 일을 열심히 수행했다. 일찍이 꿈을 꾸었는데, 신인(神人)이 그에게 책 한 권을 주었다. 그 글은 도경(道經) 같았고 모두 7언으로 되어 있었는데, 그 마지막 구절만 기억했다.

　　"자줏빛 수염[紫髯] 가에 단사(丹砂)가 있다."

　　주연한은 잠에서 깨어나 스스로 기뻐하며 필시 단사를 얻게 될 징조라 생각했다. 그는 건업(建業)에서 종사(從事)로 있다가 죽었는데, 오(吳)나라 대제(大帝 : 손권)[28]의 능 옆에 묻혔다. 그에게는 처자식은 없었고 다만 '단사'라는 이름의 여종만 있었다.

江南太子校書周延翰, 性好道, 頗修服餌之事. 嘗夢神人以一卷書授之. 文若道經, 皆七字爲句, 唯記其末句云 : "紫髯

---

[28] 오(吳)나라 대제(大帝) : 손권(孫權)을 말한다. 손권은 일찍이 자염장군(紫髯將軍)이라 불렸다.

之畔有丹砂." 延翰寤而自喜, 以爲必得丹砂之效. 從事建業卒, 葬於吳大帝陵側. 無妻子, 唯一婢名丹砂.

* 이 고사는 《태평광기》 권279 〈몽·주연한〉에 실려 있다.

51-37(1537) 왕도

왕도(王導)

출《세설(世說)》

　진(晉)나라의 승상(丞相) 왕도가 꿈을 꾸었는데, 어떤 사람이 백만 전으로 왕장예(王長豫 : 왕열)를 사려고 했다. 왕도는 몹시 꺼림칙해하면서 은밀히 기도를 올려 액막이를 했다. 나중에 집을 지으면서 땅을 파다가 난데없이 돈이 들어 있는 구덩이 하나를 발견했는데, 헤아려 봤더니 백억이었다. 왕도는 크게 불쾌해하면서 모두 깊이 감춰 두었다. 얼마 후에 왕장예가 죽었다. 왕장예는 이름이 열(悅)이고 왕도의 둘째 아들이다.

晉丞相王導, 夢人欲以百萬錢買長豫. 導甚惡之, 潛爲祈禱者備矣. 後作屋, 忽掘得一窖錢, 料之百億. 大不歡, 一皆藏閉. 俄而長豫亡. 長豫名悅, 導之次子也.

* 이 고사는 《태평광기》 권141 〈징응(徵應)·왕도〉에 실려 있다.

51-38(1538) 진 명제

진명제(晉明帝)

출·공약(孔約)《지괴(志怪)》' 미 : 신 꿈이다(夢神).

    진나라 명제 때 말을 헌상한 어떤 사람의 꿈에 하신(河神)이 나타나 그 말을 달라고 했다. 그 사람이 궁궐에 도착해서 아뢰었더니 명제도 똑같은 꿈을 꾸었기에 즉시 그 말을 황하(黃河)에 던져 하신에게 바쳤다. 처음에 태부(太傅) 저부(褚裒)도 그 말을 좋아했는데 명제가 말했다.

    "이미 하신에게 바쳤소."

    저 공(褚公 : 저부)이 죽었을 때 군인들은 저 공이 그 말을 타고 가는 것을 보았다. 미 : 저부가 하신이 되었다.

晉明時, 獻馬者夢河神請之. 及至, 與帝夢同, 卽投河以奉神. 始太傅褚襃[1]亦好馬, 帝云 : "已與河神." 及褚公卒, 軍人見公乘此馬矣. 眉 : 褚襃爲河神.

* 이 고사는《태평광기》권276〈몽·진명제〉에 실려 있다.
1 포(襃) : "부(裒)"의 오기다. 이하도 마찬가지다.

51-39(1539) 양제

양제(煬帝)

출《대업습유(大業拾遺)》미 : 이하는 귀신 꿈이다(以下夢鬼).

[당나라] 무덕(武德) 4년(621)에 동도(東都 : 낙양)가 평정된 뒤에 관문전(觀文殿)의 보주(寶廚 : 보배로운 서가)에 소장되어 있던 신서(新書) 8000여 권을 도성으로 실어 가려 했다. 상관위(上官魏)가 꿈을 꾸었는데, [수나라] 양제(煬帝)가 나타나 크게 꾸짖었다.

"무슨 까닭에 내 책을 도성으로 실어 가려 하느냐?"

당시 태부경(太府卿) 송준귀(宋遵貴)가 운반을 감독했는데, 동도에서 출발해서 섬주(陝州)에서 책을 내린 다음 다시 큰 배에 실어서 도성으로 운반해 가려 했다. 그런데 뜻밖에도 황하(黃河)에서 풍랑을 만나 배가 뒤집히는 바람에 한 권도 남지 않았다. 상관위가 또 꿈을 꾸었는데, 양제가 나타나 기뻐하며 말했다.

"내가 이미 책을 얻었다!"

양제는 생존해 있었을 때 서책을 몹시 아껴 산더미처럼 쌓아 두고 있었지만, 한 글자도 밖으로 유출하는 것을 허락하지 않았다. 양제는 붕어한 뒤에 혼령이 되어서도 여전히 책을 아끼는 마음을 갖고 있었다. 살펴보았더니 보주의 신서는 모두 대업(大業) 연간(605~617)에 비장(秘藏)했던 책이었다.

武德四年, 東都平後, 觀文殿寶廚新書八千許卷, 將載還京師. 上官魏夢見煬帝大叱云: "何因輒將我書向京師?" 於時太府卿宋遵貴監運, 東都調度, 乃於陝州下書, 著大船中, 欲載往京師. 於河值風覆沒, 一卷無遺. 上官魏又夢見帝喜云: "我已得書!" 帝平存之日, 愛惜書史, 雖積如山丘, 然一字不許外出. 及崩亡之後, 神道猶懷愛悋. 按寶廚新書者, 並大業所秘之書也.

* 이 고사는 《태평광기》 권280 〈몽・양제〉에 실려 있다.

51-40(1540) 왕방평

왕방평(王方平)

출《광이기》

　　태원(太原) 사람 왕방평은 천성적으로 효성이 지극했는데, 부친의 병시중을 들면서 한 달 넘게 허리띠조차 풀지 않았다. 나중에 몹시 지쳐서 우연히 부친의 침상 가에서 앉은 채로 잠들었다가 꿈을 꾸었는데, 귀신들이 서로 말하면서 부친의 배 속으로 들어가려고 했다. 한 귀신이 말했다.

　　"어떻게 들어가지?"

　　다른 한 귀신이 말했다.

　　"미음 먹을 때를 기다렸다가 미음을 따라 들어가면 돼."

　　귀신들은 그렇게 하기로 약속했다. 왕방평은 깜짝 놀라 꿈을 깨고 나서 대접에 구멍을 뚫어 손가락으로 막고 그 아래에 작은 병을 두었다. 부친이 미음 먹을 때를 기다렸다가 손가락을 떼서 미음이 병 속으로 들어가자 다른 물건으로 병 위를 덮었다. 그러고는 가마솥에서 수백 번 삶아 끓인 후에 열어 보았더니, 병에 가득한 것은 고깃덩어리였다. 미: 귀신의 고깃덩어리라니 매우 기이하다. 그리하여 왕방평의 부친은 병이 나았다. 논자들은 그 일을 두고 지극한 효성의 결과라고 생각했다.

太原王方平性至孝, 侍父疾, 不解帶者逾月. 後疲極, 偶於父床邊坐睡, 夢鬼相語, 欲入其父腹中. 一鬼曰:"若何爲入?" 一鬼曰:"待食漿水粥, 可隨粥而入." 既約. 方平驚覺, 作穿碗, 以指承之, 置小瓶於其下. 候父啜, 乃去承指, 粥入瓶中, 以物蓋上. 於釜中煮之百沸, 開視, 乃滿瓶是肉. 眉:鬼肉甚異. 父因疾愈. 議者以爲純孝所致.

* 이 고사는《태평광기》권280〈몽·왕방평〉에 실려 있다.

51-41(1541) 장제

장제(張濟)

출《열이전(列異傳)》

[삼국 시대] 위(魏)나라의 영군장군(領軍將軍) 장제의 부인이 꿈을 꾸었는데, 죽은 아들이 나타나 울면서 말했다.

"죽음과 삶은 길이 다릅니다. 저는 살아 있을 때는 경상(卿相)의 자손이었지만, 지금은 저승에서 태산(泰山)29)의 오백(伍伯)30)이 되어 더 이상 말할 수 없을 정도로 초췌하고 곤궁하게 지내고 있습니다. 지금 태묘(太廟)의 서쪽에 손아(孫阿)라는 사람이 있는데, 그는 장차 태산현령(泰山縣令)으로 부름을 받을 것입니다. 원컨대 어머니께서 아버지께 말씀드려, 손아에게 저를 전임시켜서 좋은 곳으로 갈 수 있게 해 달라고 부탁해 주세요!"

아들이 말을 마치자 어머니는 깜짝 놀라 깨어났다. 부인

---

29) 태산(泰山) : 옛날에는 사람이 죽으면 혼이 태산으로 돌아가고, 태산에는 태산부군(泰山府君)과 태산현령(泰山縣令)이 있다고 생각했다.

30) 오백(伍伯) : 장관이 행차할 때 앞에서 길을 트고 행인의 접근을 막는 관리. '오백(五百)'이라고도 쓴다.

이 장제에게 꿈 얘기를 했더니 장제가 말했다.

"꿈은 믿기에 부족할 뿐이오."

다음 날에 아들이 또 어머니의 꿈에 나타나 말했다.

"저는 지금 신임 현령을 모시러 와서 태묘 아래에 머물러 있는데, 출발하기 전에 틈을 타서 잠시 돌아왔습니다. 신임 현령은 내일 정오에 출발할 것인데, 출발에 임박해서는 일이 많아서 다시 돌아올 수 없으니, 원컨대 아버지께 다시 한번 말씀드려 주세요."

그러면서 손아의 모습을 설명했는데 그 말이 아주 상세했다. 날이 밝자 부인이 장제에게 다시 말했다.

"비록 꿈은 믿기에 부족하다는 것을 알고 있지만, 어찌하여 한번 확인해 보는 것을 주저하십니까?"

장제는 그제야 사람을 보내 태묘 아래로 가서 손아를 수소문한 끝에 과연 그를 찾아냈는데, 그 모습이 꿈에서 아들이 말한 대로였다. 장제는 울면서 말했다.

"하마터면 내 아들을 저버릴 뻔했구나!"

그러고는 손아를 만나 그 일을 자세히 말해 주었다. 손아는 당장 죽는 것은 두려워하지 않고 태산현령이 되는 것을 기뻐했으며, 오직 장제의 말이 정말이 아닐까 봐 걱정하면서 장제에게 말했다.

"정말로 말씀하신 바와 같다면 그건 저의 바람입니다. 그런데 아드님이 무슨 직분을 얻고자 하는지 모르겠군요?"

장제가 말했다.

"저승의 형편에 따라 좋은 자리를 그에게 주시오."

손아가 허락하자 말을 마치고 손아를 돌려보냈다. 장제는 그 일이 징험되는 것을 속히 알고 싶어서 영군부(領軍府)의 문에서부터 태묘 아래까지 10보마다 한 사람씩 배치해 손아의 소식을 전하도록 했다. 진시(辰時 : 오전 7~9시)에는 손아의 가슴이 아프다는 전갈이 왔고, 정오에는 손아가 죽었다는 전갈이 왔다. 장제는 울면서 말했다.

"비록 아들의 불행이 슬프긴 하지만 망자에게도 지각이 있어서 기쁘구나!"

한 달 남짓 뒤에 부인이 다시 꿈을 꾸었는데, 아들이 찾아와서 말했다.

"저는 이미 녹사(錄事)로 전임되었습니다."

蔣領軍蔣濟, 其妻夢亡兒涕泣言曰 : "死生異路. 我生時爲卿相子孫, 今在地下爲泰山伍伯, 憔悴困辱, 不可復言. 今太廟西有孫阿者, 將召爲泰山令. 願母爲白領軍, 囑阿轉我, 令得樂處!" 言訖, 母驚寤. 白濟, 濟曰 : "夢不足憑耳." 明日, 如復夢之, 言曰 : "我今來迎新君, 止在廟下, 未發之間, 暫得來歸. 新君明日日中當發, 臨發多事, 不復得歸, 願重啓之." 遂說阿之形狀, 言甚備悉. 天明, 母又爲言曰 : "雖知夢不足憑, 何惜一驗之乎?" 濟乃遣人詣太廟下, 推問孫阿, 果得之, 形狀如夢. 濟泣曰 : "幾負我兒!" 於是乃見阿, 具語其事. 阿不懼當死, 而喜爲泰山令, 惟恐濟言之不信也, 乃謂濟曰 : "誠如所言, 某之願也. 不知賢郎欲得何職?" 濟曰 : "隨地下樂者與之." 阿許諾, 言訖, 遣還. 濟欲速知其驗, 從領軍門下至廟下, 十步留一人, 以傳阿之消息. 辰時傳阿心痛, 日中傳阿亡. 濟泣曰 : "雖哀兒不幸, 且喜亡者之有知!" 後月餘, 母復夢兒來告曰 : "已得轉爲錄事矣."

* 이 고사는 《태평광기》 권276 〈몽・장제〉에 실려 있다.

51-42(1542) 소원휴

소원휴(邵元休)

출《옥당한화》

진(晉)나라의 우사원외랑(右司員外郎) 소원휴는 하양(河陽)의 진주관(進奏官)31) 반(潘) 아무개와 가까이 지냈다. 한번은 한가롭게 명계(冥界)에 대해 얘기하다가 그 진위를 의심해 서로 약속하며 말했다.

"훗날 우리 두 사람 중에서 먼저 세상을 떠난 자가 반드시 저승의 일을 알려 주기로 하세."

그 후로 소원휴는 반 아무개와 헤어져 몇 년의 세월이 흘렀다. 소원휴는 어느 날 갑자기 꿈에 한 곳에 당도해 약간 앞으로 나아갔더니 동쪽 곁채 아래로 곱고 화려한 장막이 보였는데, 바로 손님을 맞아들이는 곳이었다. 그곳엔 손님 몇 명이 있었는데 반 아무개도 그 자리에 있었다. 그중 한 사람은 대관(大官)처럼 위엄 있는 의관(衣冠)을 하고서 손님들의 오른쪽에 있었다. 소원휴가 곧장 나아가 인사하자, 그 대

---

31) 진주관(進奏官) : 당나라 때 번진(藩鎭)이 도성에 설치한 관저인 상도지진주원(上都知進奏院)의 관리로, 장주(章奏)와 조령(詔令) 및 각종 문서의 전달을 담당했다.

관은 소원휴를 맞이해 자리에 앉게 했다. 반 아무개도 아랫자리에 있었는데 자못 공손하고 정중한 기색이었다. 그래서 소원휴가 대관에게 아뢰었다.

"공께서는 예전부터 반 아무개를 알고 계셨습니까?"

대관은 그렇다고만 대답했다. 곧 차를 내오라고 명했는데, 말이 떨어지자마자 이미 차가 여러 손님들 앞에 놓여 있었지만 차를 가져온 사람은 보이지 않았다. 다기(茶器)는 매우 훌륭했다. 소원휴가 막 차를 마시려고 할 때 반 아무개가 즉시 소원휴에게 눈짓하면서 몸 뒤로 손을 저어 소원휴에게 마시지 말라고 했다. 소원휴는 그 뜻을 알아차리고 차를 마시지 않았다. 대관이 다시 술을 내오라고 명했는데, 역시 이전처럼 말이 떨어지자마자 술이 나왔고, 술잔은 옛날 모양이었지만 훌륭했다. 대관이 손님들에게 술을 마시라고 읍(揖)하자, 반 아무개가 또 몸 뒤로 손을 저으며 소원휴에게 마시지 말라고 하기에 소원휴는 감히 마시지 못했다. 대관이 또 음식을 차려 오라고 명하자, 즉시 커다란 떡이 보였는데 향기가 진동했다. 소원휴가 먹으려 했더니 반 아무개가 또 소원휴를 제지했다. 잠시 뒤에 반 아무개가 소원휴에게 눈짓을 보내 나가라고 하자, 소원휴는 즉시 대관에게 작별을 고했다. 반 아무개가 대관에게 아뢰었다.

"저는 소원휴와 친구이니 지금 그를 배웅하고자 합니다."

대관은 허락했다. 두 사람은 함께 관서를 나온 뒤에 예전에 [먼저 세상을 떠난 자가 살아 있는 자를] 명계로 초청하기로 한 일을 언급했다. 소원휴가 물었다.

"저승은 어떠한가?"

반 아무개가 말했다.

"명계의 일은 정말로 허황한 말이 아니네. 대개 인간 세상과 같지만 아득하고 막막해 사람을 시름겹게 할 뿐이네."

협 : 말이 간결하다. 미 : 저승의 시름이 단지 아득하고 막막한 것일 뿐이라면, 인간 세상이 번거롭고 혼란스럽기 짝이 없는 것보다 오히려 낫다.

말을 마친 뒤에 소원휴는 작별하고 떠났다. 소원휴는 꿈에서 깨어난 뒤에 반 아무개의 생사를 수소문하고 나서야 비로소 그가 이미 죽었다는 사실을 알았다.

晉右司員外郎邵元休, 與河陽進奏官潘某善. 嘗因從容話及幽冥, 且惑其眞僞, 仍相要云 : "異日, 吾兩人有先逝者, 當告之." 後邵與潘別數歲. 忽夢至一處, 稍前進, 見東序下, 帘幙鮮華, 乃延客之所. 有數客, 潘亦與焉. 其間一人, 若大僚, 衣冠雄毅, 居客之右. 邵卽前揖, 大僚延邵坐, 潘亦在下坐, 頗有恭謹之色. 邵因啓大僚 : "公舊識潘某耶?" 大僚唯而已. 斯須命茶, 應聲已在諸客之前, 不見有人送至者. 茶器甚偉. 邵將啜之, 潘卽目邵, 映身搖手, 止邵勿啜. 邵達其旨, 乃止. 大僚復命酒, 亦如前應聲而至, 樽罍古樣而偉. 大僚揖客飮, 潘復映身搖手止邵, 邵不敢飮. 大僚又命食, 卽見有大餠, 馨香. 將食, 潘又止邵. 有頃, 潘目邵令去, 邵卽告辭. 潘白大僚曰:"某與邵故人, 今欲送出." 大僚許之. 二人俱出公署, 因言及頃年相邀幽冥之事. 邵問:"地下如何?" 潘曰:"幽冥之事, 固不可誣. 大率如人世, 但冥冥漠漠愁人耳." 夾:說得簡淡. 眉:地下之愁, 止是冥冥漠漠耳, 却勝人間勞勞穰穰多多許也. 言竟, 邵辭而去. 及寤, 因訪潘之存歿, 始知潘已卒矣.

* 이 고사는 《태평광기》 권281 〈몽・소원휴〉에 실려 있다.

51-43(1543) 형봉

형봉(邢鳳)

출《이문집(異聞集)》

    형봉은 장수 집안의 아들이었다. [당나라] 정원(貞元) 연간(785~805)에 그는 백만 전으로 장안(長安)의 평강리(平康里)에 있는 옛 부호의 집을 사들였다. 한번은 그가 낮잠을 잤는데, 꿈속에서 한 미인이 서쪽 기둥에서 나왔다. 미인은 다소곳한 걸음걸이에 시권(詩卷)을 들고 있었고, 또한 옛날식 화장을 하고 높게 틀어 올린 머리에 눈썹을 길게 그렸으며, 사각 옷깃에 수놓은 허리띠를 차고 소매가 넓은 저고리를 입고 있었다. 형봉이 크게 기뻐하며 말했다.

    "아름다운 분께서 무슨 일로 직접 저를 찾아오셨습니까?"

    미인이 말했다.

    "이곳은 소첩의 집입니다. 소첩은 시를 좋아해서 시권을 엮고 있습니다."

    형봉이 말했다.

    "잠시 머물러서 구경시켜 주셨으면 합니다."

    미인은 시권을 형봉에게 건네주고 서쪽 평상에 앉았다. 형봉이 시권을 펼쳐서 보았더니, 그 첫 수는 〈춘양곡(春陽

曲)〉이라는 제목이었다. 미인이 말했다.

"당신이 굳이 베껴 적고 싶다면 한 수를 넘겨서는 안 됩니다."

형봉은 곧장 일어나 동쪽 처마 아래의 안석 위에서 무늬 종이를 가져와 〈춘양곡〉을 베껴 적었는데 다음과 같았다.

"장안의 젊은 아가씨 봄볕을 즐기는데, 어느 곳의 봄볕인들 사람의 애간장을 끊지 않겠는가? 소매 나부끼며 당긴 활[弓彎]처럼 춤추던 모습 까마득히 잊어버리고, 비단 휘장에서 하릴없이 가을 서리만 보내네."

형봉은 시를 다 읊고 나서 물었다.

"무엇을 궁만(弓彎)이라 합니까?"

미인이 말했다.

"옛날에 소첩의 부모님이 저에게 이 춤을 가르쳐 주셨습니다."

미인은 일어나서 옷매무새를 가지런히 하고 소매를 펼쳐 몇 박자에 맞춰 춤을 추다가 당긴 활 모양의 자세를 취해 형봉에게 보여 주었다. 춤을 다 추고 나서 미인은 한참 동안 고개를 숙이고 있다가 작별하고 떠났다. 형봉은 잠시 후에 잠을 깼는데, 정신이 흐리멍덩해 기억했던 시를 잊어버렸다가 품속에서 그 시를 찾아냈다.

邢鳳, 帥家子. 貞元中, 以錢百萬, 買故豪之第於長安平康里. 嘗晝寢, 夢一美人自西檻來, 環步從容, 執卷, 且爲古妝,高鬟長眉, 衣方領繡帶, 被廣袖之襦. 鳳大悅曰:"麗者何自而臨我哉?"美人曰:"此妾家也. 妾好詩而綴此."鳳曰:"幸少留, 得觀覽." 於是美人授詩, 坐西床. 鳳發卷, 視首篇, 題曰〈春陽曲〉. 美人曰:"君必欲傳, 無令過一篇." 鳳卽起, 從東廡下几上, 取彩箋, 傳其詞, 曰:"長安少女玩春陽, 何處春陽不斷腸? 舞袖弓彎渾忘却, 羅帷空度九秋霜." 鳳吟竟, 請曰:"何謂弓彎?"曰:"妾昔年父母教妾此舞." 美人乃起, 整衣張袖, 舞數拍, 爲彎弓狀, 以示鳳. 旣罷, 美人低頭良久, 旣辭去. 鳳尋覺, 昏然忘有所記, 及於襟袖得其辭.

* 이 고사는《태평광기》권282〈몽・형봉〉에 실려 있다.

51-44(1544) 왕제

왕제(王諸)

출《건손자(乾馔子)》

[당나라] 대력(大曆) 연간(766~779)에 공주자사(邛州刺史) 최여(崔勵)의 외조카 왕제는 면주(綿州)에서 살았는데, 진주(秦州)와 촉주(蜀州)를 왕래했기 때문에 도성의 일을 잘 알고 있었다. 그는 도성에 갔다가 창부영사(倉部令史) 조영(趙盈)과 알고 지내게 되었다. 왕제가 돌아가려고 하자, 조영이 한사코 그를 붙잡으며 머물게 했다. 한밤중에 조영이 왕제에게 말했다.

"저의 큰누이가 진씨(陳氏)에게 시집갔다가 죽었고 열다섯 살 된 딸 하나만 있습니다. 제가 그 조카를 키우고 있는데 그 총명함을 아껴서 다른 사람에게 맡기고 싶지 않았습니다. 당신의 마음가짐으로 보아 노년까지 그 아이를 보살펴 줄 수 있을 것 같습니다. 부부가 되는 것은 감히 바라지 않으니, 그저 당신 곁에서 시중이나 들게 해서 훗날의 좋은 인연을 맺고자 합니다."

왕제는 그의 호의에 감사해 마침내 예물을 갖추어 그녀를 맞아들였다. 2년 뒤에 왕제는 진씨(陳氏 : 조영의 외조카)를 데리고 좌면(左綿 : 면주)으로 돌아갔다. 당시 최여가 공상(邛商)을 다스리고 있었기 때문에 왕제는 최여를 만나 뵈러 갔다. 최여는 왕제가 여기저기 떠돌아다니는 것을 꾸 짖고 또한 나이가 들었는데도 결혼하지 않는 것을 걱정하 자, 왕제는 그간의 사정을 외삼촌에게 모두 말했다. 최여가 말했다.

"내 작은딸이 성품이 너그럽고 유순하니 너와 겹혼인을 맺고자 하는데, 그 애도 틀림없이 네가 이전에 받아들인 사 람을 용납해 줄 것이다."

그리하여 왕제는 외사촌 여동생과 혼인을 치렀다. 혼인 하고 난 뒤에 최씨(崔氏 : 최여의 딸)는 곧바로 진씨를 데려 와 함께 살았는데, 서로 마음이 잘 맞았을 뿐만 아니라 조금 도 어긋나는 것이 없었다. 최여는 아들 최갱(崔鏗)에게 왕제 와 함께 강릉(江陵)으로 가서 집을 구하게 하면서 아울러 돈 과 비단을 들려 보내 삼협(三峽)을 따라 내려가게 했다. 3월 에 왕제가 떠났고, 5월에 최여는 임기가 만료되어 후임자와 교체되자 온 가족을 데리고 강릉으로 갔다. 왕제와 최갱은 막 집 한 채를 사들여 수리하고 있었다. 정오에 왕제는 갑자 기 꿈을 꾸었는데, 진씨가 머리를 산발한 채로 와서 왕제에 게 슬프게 고했다.

"저는 타향의 일개 미천한 사람입니다. 최씨 부인은 본래 저와 평생을 함께하자고 했는데, 어찌하여 삼협의 배 안에 서 머리를 감고 있는 저를 사람을 시켜 소용돌이치는 물속으로 밀어 넣어 물고기의 배 속에 영원히 장사 지내게 할 수 있단 말입니까!"

진씨는 슬피 울어 옷깃을 적셨다. 잠시 후에 최갱도 동쪽 행랑채에서 잠들었는데, 꿈에 진씨가 나타나 억울함을 호소했다. 최갱과 왕제는 같은 꿈을 꾸었기에 그 일을 의아해하고 있었다. 그날 밤에 두 사람은 이전과 같은 꿈을 다시 꾸었다. 최갱은 몹시 부끄러워하며 왕제에게 말했다.

"내 누이의 성정으로 보아 그렇게 했을 리가 없는데, 도대체 어쩌다 이런 원한이 생겼단 말입니까? 오늘부터 강나루에서 편지가 오길 기다렸다가 만약 진씨에게 불상사가 생겼다는 소식이 들린다면, 이 꿈은 틀림없을 것입니다."

며칠 뒤에 과연 편지가 왔는데, 진씨가 삼협에서 익사했다고 적혀 있었다. 최여가 왕제의 집에 도착하자, 왕제는 울면서 앞서 일어난 일을 말했다. 최씨는 오라비에게 꾸지람을 듣고 스스로 해명할 수 없자, 머리카락을 자르고 흐느껴 울다가 죽었다. 미: 최씨는 필시 전생에 원귀가 있었기 때문에 진씨의 일을 빌려서 그 목숨을 재촉했을 것이다. 왕제도 정처 없이 다른 곳을 떠돌아다녔다. 몇 년 뒤에 왕제는 문득 하구(夏口)의 수군영(水軍營) 동쪽 행랑채에서 한 여자를 보았는데, 그 자태와 생김새가 바로 진씨였다. 왕제가 한참 동안 눈길을 보내자, 그 여자도 은근하게 쳐다보더니 왕제의 동복에게 물었다.

"혹시 주인 나리의 성이 왕씨가 아니시냐?"

동복이 달려가서 왕제에게 그 사실을 고하자, 왕제는 그 일을 이종사촌 동생[최갱]에게 말하고 그 자초지종을 알아보게 했다. 진씨가 말했다.

"사실은 최씨가 밀친 게 아니라 제가 발을 헛디뎌 삼협에 떨어졌습니다. 이틀 뒤에 제 시신은 모래톱으로 떠밀려 왔다가, 악주(鄂州)에서 교역을 하던 소장(小將) 양찬(梁璨)을 만났습니다. 양찬은 처음에 제 시신을 수습해 장사 지내려 했는데, 나중에 제가 많은 물을 토해 내고 갑자기 소생했습니다. 저는 양찬의 두터운 은혜에 감격해 마침내 그를 따르게 되었고, 지금 이미 두 아들을 낳았습니다."

왕제는 이로 인해 자신이 최씨를 억울하게 죽게 만들었을지도 모른다고 생각해 나부산(羅浮山)으로 들어가서 두타승(頭陀僧)이 되었다.

大曆中, 邛州刺史崔勵親外甥王諸, 家寄綿州, 往來秦蜀, 頗諳京中事. 因至京, 與倉部令史趙盈相得. 諸欲還, 盈固留之. 中夜, 盈謂諸曰: "某長姊適陳氏死, 唯有一筓女. 某留撫養, 所惜聰慧, 不欲托他人. 知君子秉心, 可保歲寒. 非敢求伉儷, 所貴得侍巾櫛, 結他年之好耳." 諸感其意, 遂備縴幣迎之. 後二年, 挈歸左綿. 是時勵方典邛商, 諸往覲焉. 勵遂責諸浪迹, 又恐年長不婚, 諸具以情白舅. 勵曰: "吾小女寬柔, 欲與汝重親, 必容汝舊納者." 諸遂就表妹之親. 旣成姻, 崔氏女便令取陳氏同居, 相得, 更無分毫失所. 勵令其子鏗與諸江陵卜居, 兼將金帛下峽而去. 三月, 諸發, 五月, 勵受替, 遂盡室江陵而行. 諸與鏗方買一宅, 修葺. 停午, 諸忽夢陳氏被髮來, 哀告諸曰:"某他鄉一賤人. 崔氏夫人本許終始, 奈何三峽舟中沐髮, 使人聳某於崩湍中, 永葬魚腹!"哀泣沾襟. 俄而鏗於東廂寐, 亦夢陳氏訴寃. 鏗與諸同夢, 方訝其事. 其夜, 二人夢復如前. 鏗甚慚, 謂諸曰:"某姊情性不當如是, 何有此寃? 且今日江頭望信, 若聞陳氏不平安, 此則必矣."後數日, 果有信, 說陳氏溺三峽. 及勵到諸家, 諸泣說前事. 崔氏爲其兄所責, 不能自明, 遂斷髮喑嗚而卒. 眉: 崔必有前生怨鬼, 假陳氏之事以促其命耳. 諸亦蕩遊他處. 數年間, 忽於夏口水軍營之東廂, 見一女人, 姿狀卽陳氏也. 諸流盼久之, 其婦又殷勤瞻矚, 問僮僕云:"郞君豈不姓王?"僮走告諸, 及白姨弟, 令詢其本末. 陳氏曰:"實不爲崔氏所擠, 某失足墜於三峽. 經再宿, 泊尸於磧, 遇鄂州回易小將梁璨. 初欲收葬, 後因吐無限水, 忽然而甦. 某感梁之厚恩, 遂從之, 今已誕二子矣."諸由是疑負崔氏之寃, 入羅浮山爲頭陀僧.

* 이 고사는《태평광기》권280〈몽·왕제〉에 실려 있다.

51-45(1545) 가필

가필(賈弼)

출《유명록(幽明錄)》미 : 이하는 신선 꿈이다(以下夢眞).

하동(河東)의 가필이 낭야참군(琅琊參軍)으로 있을 때 밤에 꿈을 꾸었는데, 얼굴에 검붉은 반점이 있고 커다란 코에 찢어진 눈을 한 어떤 사람이 나타나 부탁하며 말했다.

"당신의 얼굴을 좋아해서 [내 머리를] 당신의 머리와 바꾸고자 하는데 괜찮겠소?"

가필은 꿈속에서 어찌할 수 없어서 마침내 머리를 바꿔주었다. 가필이 깨어난 뒤에 그를 본 사람은 모두 놀라 도망쳤으며, 그가 집으로 돌아가자 집안사람들도 모두 숨어 버렸다. 그 이후로 가필은 얼굴 중에서 반쪽은 웃고 반쪽은 울 수 있었으며, 양 손발과 입으로 각각 붓 한 자루씩 들고 글을 쓸 수도 있었는데 문장이 모두 훌륭했다.

河東賈弼爲琅琊參軍, 夜夢一人瘡皰大鼻䶩目, 請曰 : "愛君之貌, 換君之頭, 可乎?" 夢中不獲已, 遂被換去. 覺而人見者悉驚走, 還家, 家人悉藏. 自此後能半面笑啼, 兩手足及口中, 各題一筆書之, 詞翰俱美.

* 이 고사는 《태평광기》권276 〈몽·가필〉에 실려 있다.

51-46(1546) 정창도

정창도(鄭昌圖)

출《문기록(聞奇錄)》

    정창도는 과거에 급제하던 해에 장안(長安)에서 살고 있었다. 그는 밤에 뜰에서 바람을 쐬다가 잠이 들었는데, 꿈에서 누군가에게 흠씬 두들겨 맞고 춘명문(春明門) 밖으로 붙잡혀 나갔다가 석교(石橋) 위에 이르러서야 겨우 풀려났다. 그는 자주색 비단 신발 한 짝을 잃어버린 채 도망쳐 집으로 돌아와 꿈에서 깨어났는데 몹시 피곤했다. 그는 그 일을 형제들에게 말했는데, 침상 앞에 신발 한 짝이 과연 보이지 않았기에 아침에 사람을 보내 석교 위에서 신발을 찾았다.

鄭昌圖登第歲, 居長安. 夜納凉於庭, 夢爲人毆擊, 擒出春明門, 至石橋上, 乃得解. 遺其紫羅履一隻, 奔及居而寤, 甚困. 言於弟兄, 而床前果失一履, 且令人於石橋上尋得.

*   이 고사는 《태평광기》 권282 〈몽·정창도〉에 실려 있다.

51-47(1547) 원진

원진(元稹)

출《본사시(本事詩)》

재상 원진이 어사(御史)로 있을 때 재동군(梓潼郡)에서 옥사(獄事)를 심문했다. 당시 도성에 있던 백낙천[白樂天 : 백거이(白居易)]은 명사들과 함께 자은사(慈恩寺)로 놀러 가서 꽃 아래에서 술을 마시다가 시를 지어 원진에게 부쳤다.

"꽃 피는 시절에 함께 취해 봄 시름 잊고자, 술에 취해 꽃가지 꺾어 술잔을 셈하노라. 문득 하늘가로 멀리 떠난 벗이 생각나니, 어디쯤 갔을까 오늘은 양주(梁州)에 도착했겠지."

그때 원진은 과연 [양주의] 포성(褒城)에 도착했는데, 그 역시 백거이에게 부치는 〈몽유시(夢遊詩)〉를 지었다.

"꿈에 곡강(曲江) 어귀에서 그대를 보았는데, 이전처럼 여전히 자은사의 뜰에서 노닐고 있구려. 역리는 사람 불러 말 준비시키며 떠날 채비 하는데, 문득 놀라 깨어 보니 이 몸은 옛 양주에 있네."

1000리나 떨어져 있으면서도 그 정신적 교유는 마치 부절을 맞춘 듯 부합했다.

元相稹爲御史, 鞫獄梓潼. 時白樂天在京, 與名輩遊慈恩寺, 小酌花下, 爲詩寄元曰 : "花時同醉破春愁, 醉折花枝作酒籌. 忽憶故人天際去, 計程今日到梁州." 時元果及褎城, 亦寄〈夢遊詩〉, 曰 : "夢君兄弟曲江頭, 也向慈恩院裏遊. 驛吏喚人排馬去, 忽驚身在古梁州." 千里魂交, 合若符契.

* 이 고사는 《태평광기》 권282 〈몽·원진〉에 실려 있다.

51-48(1548) 송경

송경(宋瓊)

출《몽준(夢雋)》

[남북조] 후위(後魏 : 북위) 때 송경의 모친은 병이 들었는데, 한겨울에 오이를 먹고 싶어 했다. 송경의 꿈에 어떤 사람이 나타나 그에게 오이를 주었는데, 깨어나서 보았더니 정말 오이가 손안에 들어 있었다. 당시 사람들은 하늘이 그의 효성에 감응한 것이라고 칭송했다.

後魏宋瓊母病, 冬月思瓜. 瓊夢見人與瓜, 覺, 得之手中. 時稱孝感.

* 이 고사는《태평광기》권277〈몽・송경〉에 실려 있다.

51-49(1549) 독고하숙

독고하숙(獨孤遐叔)

출《하동기(河東記)》

   [당나라] 정원(貞元) 연간(785~805)에 진사(進士) 독고하숙은 장안(長安)의 숭현리(崇賢里)에서 살았다. 그는 막 백씨(白氏) 여자를 부인으로 맞이했는데, 집이 가난하고 과거에 낙방했기에 검남(劍南)으로 떠날 작정을 하고 부인과 작별하며 말했다.

   "늦어도 만 1년이면 돌아올 것이오."

   그러나 독고하숙은 촉(蜀)에 도착한 뒤 정처 없이 객지를 떠돌다가 2년이 넘어서야 비로소 집으로 돌아가게 되었다. 그가 호현(鄠縣) 서쪽에 도착했을 때 장안성까지는 아직 100리가 떨어져 있었는데, 돌아가려는 마음이 너무 다급해 그날 저녁에 집에 도착하려고 지름길로 급히 달려가는 바람에 사람과 나귀가 이미 지쳐 버렸다. 금광문(金光門)에서 5~6리 떨어진 곳에 도착했을 때 날이 이미 어두워졌고 여관도 전혀 보이지 않았는데, 오직 길옆에 불당(佛堂)만 있기에 독고하숙은 그곳에 머물렀다. 그때는 청명절(淸明節)이 가까워서 달빛이 대낮처럼 밝았다. 그는 불당 뜰 밖에 나귀를 매어 놓고 빈 불당으로 들어갔더니, 안에 복숭아나무와 살구나무 10여 그루가 있었다. 밤이 깊어지자 그는 서쪽 창 아래에 이불과 휘장을 펼쳐 놓고 드러누워, 새벽에 집에 도착할 생각에 잠겨 옛 시를 읊조렸다.

"집이 가까워지니 마음 더욱 간절하지만, 감히 고향에서 오는 사람에게 물어보지 못하네."

그가 한밤중까지 잠들지 못하고 있을 때, 별안간 담장 밖에서 10여 명이 서로 부르는 소리가 들렸는데, 마을 이장과 시골 노인들이 마치 누군가를 함께 영접할 준비를 하고 있는 것 같았다. 잠시 후에는 일꾼 몇 명이 각자 삼태기·가래·키·빗자루 따위를 들고 와서 뜰에 있는 오물을 치운 뒤 다시 떠나갔다. 잠시 후 또 돗자리·상아 쟁반·횃불 따위와 술 그릇·악기를 든 사람들이 뜰을 가득 메우며 도착했다. 독고하숙은 마음속으로 귀족의 연회가 열리는 것이라고 생각해 그들에게 내쫓길까 봐 심히 걱정한 나머지 몰래 엎드려 숨을 죽인 채 불당의 대들보 위에서 엿보았다. 물건 배치가 다 끝나자, 다시 공자(公子)·여랑(女郞) 10여 명과 하녀·노복 10여 명이 달빛 아래를 산책하며 천천히 와서 즐겁게 담소했다. 마침내 그들은 연회석에 자리 잡고 앉아 어지럽게 술을 권하느라 신발들이 서로 뒤섞였다. 그중의 한 여랑은 근심 어린 초췌한 모습으로 아랫자리에서 몸을 기울이고 있었는데, 그 고상한 자태가 마치 독고하숙의 부인 같았다. 이를 본 독고하숙은 크게 놀라 대들보에서 내려

온 뒤 어두운 곳에서 좀 더 가까이 다가가 자세히 살펴보았더니, 바로 진짜 자기 부인이었다. 그때 한 젊은이가 술잔을 들어 그녀를 보며 말했다.

"한 사람이 모퉁이를 바라보고 있으니 온 좌중이 즐겁지 않습니다. 소인은 주제넘은 줄은 알지만 당신의 금옥(金玉)과 같은 노랫소리를 듣고 싶습니다."

독고하숙의 부인은 억울함과 수심에 싸여 마치 하소연할 곳도 없이 억지로 그 자리에 앉아 있는 듯했다. 마침내 그녀는 울음을 거두고 노래했다.

"오늘 밤은 무슨 밤인가? 살았나? 죽었나? 임은 저 하늘 끝으로 떠났으니, 상심에 젖은 채 정원 나무에 세 번 꽃 피는 걸 보네."

온 좌중이 귀를 기울여 들었으며 여랑들은 얼굴을 돌리고 눈물을 흘렸다. 한 사람이 말했다.

"임이 멀리 있는 것도 아닌데 어찌하여 하늘 끝에 있다고 하시오?"

젊은이들은 서로 돌아보며 크게 웃었다. 독고하숙은 한참 동안 놀라고 분해했지만 부인을 구해 낼 방법이 떠오르지 않았다. 그는 마침내 섬돌 사이로 가서 커다란 벽돌 하나를 집어 들어 그 자리를 향해 날렸다. 그런데 벽돌이 땅에 닿자마자 쥐 죽은 듯이 아무것도 보이지 않았다. 독고하숙은 낙담하고 슬피 한탄하면서 자기 부인이 죽었다고 생각하고는 급히 나귀를 몰아 집으로 돌아갔다. 그는 앞으로 집을 바라보면서 걸음마다 슬픔에 목이 메었다. 새벽녘에 자기 집에 도착해 하인을 먼저 집으로 들여보냈는데, 가족들은 아무런 탈이 없다고 했다. 독고하숙이 깜짝 놀라 황급히 문으로 달려 들어갔더니, 마님이 악몽에 시달리다 방금 막 깨어났다고 하녀가 알려 왔다. 독고하숙이 침실로 갔더니, 부인은 누운 채로 여전히 일어나지 못하고 있다가 한참 뒤에야 비로소 말했다.

"방금 꿈에서 작은 고모들과 함께 달구경하러 금광문 밖으로 나가 교외의 한 절로 가고 있었는데, 갑자기 흉악한 놈들 수십 명이 나타나 억지로 자리를 함께하고 술을 마시게 했습니다."

그러고는 또 꿈속에서 벌어졌던 연회 얘기를 했는데, 독고하숙이 본 것과 똑같았다. 부인이 또 말했다.

"막 술을 마시려는 순간에 난데없이 커다란 벽돌이 날아와 떨어지는 바람에 악몽에 놀라 거의 죽을 것만 같았습니다."

부인이 깨자마자 독고하숙이 도착했으니, 어찌 꿈속의 울분이 감응한 것이 아니겠는가!

貞元中, 進士獨孤遐叔家於長安崇賢里. 新娶白氏女, 家貧下第, 將遊劍南, 與其妻訣曰 : "遲可周歲歸矣." 遐叔至蜀, 羈棲不偶, 逾二年乃歸. 至鄠縣西, 去城尚百里, 歸心迫速,

取是夕及家, 趨斜徑疾行, 人畜旣殆. 至金光門五六里, 天已
暝, 絶無逆旅, 唯路隅有佛堂, 遐叔止焉. 時近淸明, 月色如
晝. 繫驢於庭外, 入空堂, 中有桃杏十餘株. 夜深, 施衾幬於
西窗下偃臥, 方思明晨到家, 因吟舊詩曰: "近家心轉切, 不
敢問來人." 至夜分不寐, 忽聞牆外有十餘人相呼, 聲若里胥
田叟, 將有供待迎接. 須臾, 有夫役數人, 各持畚鍤箕箒, 於
庭中糞除訖, 復去. 有頃, 又持床席・牙盤・蠟炬之類, 及酒
具・樂器, 闐咽而至. 遐叔意謂貴族賞會, 深慮爲其斥逐, 乃
潛伏屛氣, 於佛堂梁上伺之. 鋪陳旣畢, 復有公子・女郞共
十數輩, 靑衣・黃頭亦十數人, 步月徐來, 言笑宴宴. 遂於筵
中間坐, 獻酬縱橫, 履舃交錯. 中有一女郞, 憂傷摧悴, 側身
下坐, 風韻若似遐叔之妻. 窺之大驚, 旣下屋袱, 稍於暗處,
迫而察焉, 乃眞是妻也. 一少年擧杯矚之曰: "一人向隅, 滿
坐不樂. 小人竊不自量, 願聞金玉之聲." 其妻冤抑悲愁, 若
無所控訴, 而强置於坐也. 遂收泣而歌曰: "今夕何夕? 存耶
沒耶? 良人去兮天之涯, 園樹傷心兮三見花." 滿座傾聽, 諸
女郞轉面揮涕. 一人曰: "良人非遠, 何天涯之謂乎?" 少年相
顧大笑. 遐叔驚憤久之, 計無所出. 乃就階陛間, 捫一大磚,
向坐飛擊. 磚纔至地, 悄然一無所見. 遐叔悵然悲惋, 謂其
妻死矣, 速驚[1]而歸. 前望其家, 步步悽咽. 比平明, 至其所
居, 使蒼頭先入, 家人並無恙. 遐叔乃驚愕, 疾走入門, 靑衣
報娘子夢魘方寤. 遐叔至寢, 妻臥猶未興, 良久乃曰: "向夢
與姑妹之黨, 相與玩月, 出金光門外, 向一野寺, 忽爲兇暴者
數十輩, 脅與雜坐飮酒." 又說夢中聚會言語, 與遐叔所見皆
同. 又云: "方飮次, 忽見大磚飛墜, 因遂驚魘殆絶." 纔寤, 遐
叔至, 豈幽憤之所感耶!

* 이 고사는 《태평광기》 권281 〈몽・독고하숙〉에 실려 있다.

1 경(驚) : 《태평광기》 명초본과 《하동기(河東記)》에는 "가(駕)"라 되어 있는데, 문맥상 보다 타당하다.

51-50(1550) 장생

장생(張生)

출《찬이기(纂異記)》

　　장생이라는 사람이 있었는데, 집이 변주(汴州) 중모현(中牟縣) 동북쪽의 적성판(赤城坂)에 있었다. 그는 굶주림과 추위 때문에 하루아침에 처자와 작별하고 하삭(河朔) 지방을 떠돌다가 5년 만에 비로소 돌아왔다. 하삭에서 변주로 돌아올 때 그는 해 질 무렵에 정주(鄭州)의 성문을 나섰는데, 판교(板橋)에 도착했을 때 이미 날이 저물었다. 그래서 큰길에서 벗어나 고갯마루의 지름길로 해서 집으로 돌아오고 있었는데, 갑자기 잡초 사이로 등불이 환하게 비치기에 보았더니 빈객 대여섯 명이 한창 잔치를 벌이는 중이었다. 장생은 나귀에서 내려 그곳으로 다가가 10여 보 떨어진 곳에서 보았더니, 자신의 부인도 그 자리에 앉아서 손님들과 웃음꽃을 피우고 있었다. 장생은 백양나무 사이로 몸을 숨기고 살펴보았는데, 수염이 긴 사람이 잔을 들고 말했다.

　　"조대(措大)[32]의 부인께 노래를 청합니다."

---

32) 조대(措大) : 당나라 때 서생을 비꼬아 부르던 호칭.

장생의 부인은 문학하는 집에서 태어나 어려서부터 시서(詩書)를 익혔으며 많은 시를 지었다. 그녀는 노래를 부르고 싶지 않았지만 온 좌중이 공손하게 청하자 곧 노래했다.

"시든 풀에 탄식하나니, 베짱이 소리는 절절하구나. 한번 떠난 임은 돌아오지 않으니, 오늘도 근심에 귀밑머리 눈처럼 세네."

수염이 긴 사람이 말했다.

"노래하시느라 수고했으니 한 잔 드시지요."

장생의 부인이 술을 마시고 나자 흰 얼굴의 젊은이에게 술잔이 넘어갔는데, 젊은이가 다시 그녀에게 노래를 청하자 장생의 부인이 말했다.

"한 번 부른 것도 심하다고 생각하는데, 설마 또 부르란 말입니까?"

수염이 긴 사람이 산가지를 들고 말했다.

"큰 벌주 잔을 준비하시오. 노래 청을 거절하는 사람은 술 한 종(鍾)33)을 마셔야 하오. 또 옛 가사에 있는 우스갯소리로 노래를 부르면 이 벌주를 마셔야 하오."

그래서 장생의 부인은 또 노래를 불렀다.

---

33) 종(鍾) : 옛 용량 단위로 6곡(斛) 4두(斗), 8곡, 10곡 등 여러 설이 있다.

"그대에게 술 권하니, 그대는 사양하지 마시라. 떨어진 꽃은 가지 주위에 쌓이고, 흘러간 물은 돌아올 기약 없네. 젊은 시절을 믿지 말지니, 젊은 날이 그 얼마나 되겠소?"

술이 자색 옷을 입은 사람에게 이르자, 그가 또 술잔을 들고 그녀에게 노래를 청했다. 장생의 부인은 기뻐하지 않으며 한참 동안 깊이 생각하다가 곧 노래를 불렀다.

"텅 빈 규방은 원망스럽고, 가을날 밤은 보내기 어렵네. 남편은 소식이 끊어졌고, 아득한 하늘엔 기러기만 하릴없이 지나가네."

술이 검은 옷을 입은 호인(胡人)에게 이르자, 호인이 또 그녀에게 노래를 청했다. 장생의 부인은 연달아 서너 곡을 불렀더니, 목소리가 나오지 않았다. 장생의 부인이 한참 동안 생각하면서 미처 노래를 부르지 못하자 수염이 긴 사람이 벌주 잔을 던지며 말했다.

"사양해서는 안 됩니다."

그러고는 벌주 한 종을 따라 주었다. 장생의 부인은 눈물을 흘리며 술을 마시고 나서 호인에게 술잔을 돌려주며 또 노래했다.

"절절한 저녁 바람 급히 불고, 이슬 내리니 뜰의 풀이 젖네. 임은 떠나가서 돌아오지 않으니, 규방 닫고 우는 것을 어찌 알겠는가?"

술이 녹색 옷을 입은 젊은이에게 이르자, 젊은이가 술잔을 들고 말했다.

"밤이 이미 깊었으니 오래 머물 수 없을 것 같습니다. 곧 떠나야 하니 사양 말고 딱 한 곡만 불러 주길 바랍니다."

장생의 부인은 또 노래를 불렀다.

"반딧불은 백양나무 사이로 지나가고, 슬픈 바람은 거친 풀 사이로 불어오네. 꿈속의 나들이라고 의심하며, 시름에 겨워 고향 길을 헤매네."

술이 장생의 부인에게 이르자 수염이 긴 사람이 노래를 불러 그녀에게 보냈다.

"꽃 앞에서 이제 막 그대 만났는데, 꽃 아래서 또 그대를 보내네. 어찌 굳이 꿈속의 일이라 말하는가? 인생도 모두 꿈과 같다네."

술이 자색 옷을 입은 호인에게 이르자, 호인이 다시 노래를 청하며 말했다.

"반드시 염정(艷情)이 들어 있어야 합니다."

장생의 부인이 머리를 숙이고 미처 노래를 부르기 전에 수염이 긴 사람이 또 벌주 잔을 던졌다. 그러자 장생은 화가 나서 발밑에 있는 기왓장 하나를 주워 던져 수염이 긴 사람의 머리를 맞혔고, 다시 기왓장 하나를 던져 부인의 이마를 맞혔더니, 그 순간 조용해지면서 사람들이 온데간데없어졌다. 장생은 자신의 부인이 이미 죽었다고 생각해서 밤새도록 통곡하고 난 뒤에 집으로 돌아왔다. 이튿날 장생이 집에 도착하자 가족들은 놀랍고도 기쁜 마음에 얼른 나와 그를 맞이했다. 장생이 부인에 대해 묻자 하녀가 말했다.

"마님께서는 밤새 두통에 시달리셨어요."

장생이 방으로 들어가서 부인에게 아픈 이유를 물었더니 부인이 말했다.

"어젯밤 꿈에 잡초 더미 속에서 예닐곱 사람이 돌아가며 제게 술을 마시게 하면서 각각 노래를 청했어요. 제가 모두 예닐곱 곡의 노래를 불렀는데, 수염이 긴 사람이 번번이 제게 벌주 잔을 던졌어요. 한창 술을 마시고 있을 때, 밖에서 기왓장이 날아오더니 두 번째로 제 이마를 맞혔어요. 그래서 깜짝 놀라 깨어났는데 그때부터 머리가 아프기 시작했어요."

장생은 어젯밤에 자신이 본 것이 바로 부인의 꿈이었음을 알게 되었다.

有張生者, 家在汴州中牟縣東北赤城坂. 以饑寒, 一旦別妻子遊河朔, 五年方還. 自河朔還汴州, 晚出鄭州門, 到板橋, 已昏黑矣. 乃下道, 取陂中徑路而歸, 忽於草莽中, 見燈火熒煌, 賓客五六人, 方宴飲次. 生乃下驢以詣之, 相去十餘步, 見其妻亦在坐中, 與賓客語笑方洽. 生乃蔽形於白楊樹間以窺之, 見有長鬚者持杯:"請措大夫人歌." 生之妻, 文學之家, 幼學詩書, 甚有篇咏. 欲不爲唱, 四座勤請, 乃歌曰:"嘆衰草, 絡緯聲切切. 良人一去不復還, 今日坐愁鬢如雪." 長鬚云:"勞歌一杯." 飲訖, 酒至白面年少, 復請歌, 張妻曰:

"一之謂甚, 其可再乎?" 長鬚持一籌筯云:"請置觥. 有拒請歌者, 飲一鍾. 歌舊詞中笑語, 准此罰." 於是張妻又歌曰:"勸君酒, 君莫辭. 落花徒繞枝, 流水無返期. 莫恃少年時, 少年能幾時?" 酒至紫衣者, 復持杯請歌. 張妻不悅, 沉吟良久, 乃歌曰:"怨空閨, 秋日亦難暮. 夫婿絶音書, 遙天雁空度." 酒至黑衣胡人, 復請歌. 張妻連唱三四曲, 聲氣不續. 沉吟未唱間, 長鬚拋觥云:"不合推辭." 乃酌一鍾. 張妻涕泣而飲, 復唱送胡人酒曰:"切切夕風急, 露滋庭草濕. 良人去不回, 焉知掩閨泣?" 酒至綠衣少年, 持杯曰:"夜已久, 恐不得從容. 卽當曉索, 無辭一曲, 便望歌之." 又唱云:"螢火穿白楊, 悲風入荒草. 疑是夢中遊, 愁迷故園道." 酒至張妻, 長鬚歌以送之曰:"花前始相見, 花下又相送. 何必言夢中? 人生盡如夢." 酒至紫衣胡人, 復請歌云:"須有艷意." 張妻低頭未唱間, 長鬚又拋一觥. 於是張生怒, 捫足下得一瓦, 擊之, 中長鬚頭, 再發一瓦, 中妻額, 閴然無所見. 張君謂其妻已卒, 慟哭連夜而歸. 及明至門, 家人驚喜出迎. 君問其妻, 婢僕曰:"娘子夜來頭痛." 張君入室, 問其妻病之由, 曰:"昨夜夢草莽之處, 有六七人遍令飲酒, 各請歌. 奴凡歌六七曲, 有長鬚者頻拋觥. 方飲次, 外有發瓦來, 第二中奴額. 因驚覺, 乃頭痛." 張君因知昨夜所見乃妻夢也.

* 이 고사는《태평광기》권282〈몽・장생〉에 실려 있다.

51-51(1551) 앵두를 든 하녀
앵도청의(櫻桃靑衣)

미 : 이하는 환몽이다(以下夢幻).

　　[당나라] 천보(天寶) 연간(742~756) 초에 범양(范陽) 사람 노자(盧子)가 있었는데, 도성에서 과거에 응시했으나 여러 해 동안 낙방해 생활이 점점 곤궁해졌다. 한번은 저녁에 나귀를 타고 놀러 나갔다가 보았더니, 한 정사(精舍) 안에서 스님이 속강(俗講)[34]을 하고 있었는데 청중이 매우 많았다. 노자는 속강하는 자리에 막 도착한 뒤 피곤해 잠이 들었는데, 꿈에 자신이 정사의 문에 당도해 있었다. 그러고는 보았더니 하녀 한 명이 앵두 한 바구니를 들고 아래에 앉아 있었다. 노자는 그 하녀에게 어느 집에 사는지 물어보면서 하녀와 함께 앵두를 먹었다. 하녀가 말했다.

　　"마님은 성이 노씨(盧氏)이고 최씨(崔氏) 가문에 시집가셨는데, 지금은 과부가 되어 성에 살고 계십니다."

　　그래서 친족 관계를 따져 보았더니, 그 마님은 바로 노자의 재종(再從)고모였다. 하녀가 말했다.

---

34) 속강(俗講) : 불경 고사를 쉬운 말로 풀어서 대중에게 들려주는 것.

"어찌하여 도련님은 고모님과 도성에 함께 계시면서도 찾아가서 안부를 묻지 않으세요?"

그래서 노자는 곧장 그녀를 따라갔다. 천진교(天津橋)를 지나 낙수(洛水) 남쪽의 한 동네로 들어갔더니 한 저택이 나왔는데 대문이 매우 높고 컸다. 노자가 대문 아래에 서 있자 하녀가 먼저 저택으로 들어갔다. 잠시 후 네 사람이 대문으로 나와서 노자와 만났는데, 그들은 모두 고모의 아들이었다. 한 명은 호부낭중(戶部郎中)이었고, 또 한 명은 전임 정주사마(鄭州司馬)였으며, 또 한 명은 하남공조(河南功曹)였고, 또 한 명은 태상박사(太常博士)였다. 두 사람은 붉은색 관복을 입었고 나머지 두 사람은 초록색 관복을 입고 있었는데 용모가 매우 준수했다. 그들은 노자와 서로 만나 인사를 나누면서 몹시 기뻐했다. 잠시 후 노자는 북당(北堂)으로 안내되어 고모를 배알했는데, 고모는 자주색 옷을 입고 있었고 나이는 60세쯤 되어 보였으며, 말소리가 크고 우렁찼고 매우 엄숙한 위엄을 지니고 있었다. 그래서 노자는 두려워서 감히 쳐다보지 못했다. 고모는 노자에게 앉으라 하고 내외 친척에 대해 두루 물어보았는데, 노씨 일족에 대해서 훤히 알고 있었다. 고모가 노자에게 결혼했는지 물어서, 노자가 "아직 안 했습니다"라고 대답했더니 고모가 말했다.

"나에게 성이 정씨(鄭氏)인 외조카딸이 하나 있는데, 일찍 부친을 여의고 내 누이에게 보내져 양육되었으며 용모가 매우 아름다우니, 내가 널 위해 혼사를 주선하겠다."

노자가 감사의 절을 올리자, 고모는 곧장 사람을 보내 정씨를 데려오게 했다. 얼마 후 온 가족이 모두 당도했는데, 그들이 타고 온 거마(車馬)가 매우 성대했다. 고모는 마침내 달력을 보고 길일을 택한 뒤에 말했다.

"모레가 큰 길일이다."

그러면서 이어서 말했다.

"결혼 예물과 연회석 등은 내가 널 위해 만반의 준비를 할 테니 너는 전혀 걱정하지 마라. 너는 성에 사는 친척과 친구가 있으면 누구든지 모두 그 성명을 적고 아울러 주소까지 적어 놓아라."

노자가 적은 사람은 모두 30여 명이 되었는데, 그들은 모두 대성(臺省)[35]과 부현(府縣)의 관리들이었다. 다음 날 청첩장을 보내고 그날 저녁에 모든 일을 끝내 놓았는데, 일마다 화려하고 성대해 거의 인간 세상의 일이 아닌 듯했다. 다음 날 결혼식에 도성의 친척들이 크게 모였다. 결혼식이 끝난 뒤에 노자는 마침내 한 방으로 들어갔는데, 방 안의 병풍·휘장·침상·자리 등은 모두 지극히 진기한 것들이었

---

[35] 대성(臺省): 어사대(御史臺)와 상서(尙書)·중서(中書)·문하(門下)의 삼성(三省).

다. 그의 부인은 열네댓 살쯤 되어 보였는데, 용모가 너무 아름다워서 그야말로 선녀 같았다. 노생(盧生 : 노자)은 마음속으로 기쁨을 가누지 못하면서 결국 집 식구들을 잊어버렸다. 얼마 후 다시 추시(秋試) 때가 닥치자 고모가 말했다.

"예부시랑(禮部侍郞)이 너의 사촌 형제들과 일가친척으로 함께 벼슬을 하고 있어서 교분이 매우 두터우니, 그에게 반드시 너를 높은 등위로 급제시키게 하겠다."

급제자 방문이 걸렸을 때 노생은 갑과(甲科)에 급제해 비서랑(秘書郞)에 제수되었다. 고모가 말했다.

"하남윤(河南尹)은 이 고모의 사촌 누이의 아들이니, 그에게 너를 경기 지역의 현위(縣尉)로 임명해 달라고 상주하게 하겠다."

몇 달 뒤에 노생은 칙명으로 왕옥현위(王屋縣尉)에 제수되었다가, 감찰어사(監察御史)로 승진되고 전중시어사(殿中侍御史)로 전임되었으며, 이부원외랑(吏部員外郞)에 임명되어 남조(南曹)36)를 맡아 관리 전형을 끝낸 뒤 낭중(郞中)에 제수되었다. 그 나머지 관직은 그대로였다. 몇 달 동안 지제고(知制誥)를 맡아본 뒤에 실직(實職)에 나아가 예

---

36) 남조(南曹) : 이부(吏部)의 선원(選院)을 관장하는 부서로 남원(南院)이라고도 한다.

부시랑(禮部侍郞)으로 승진했다. 2년 동안 지공거(知貢擧)를 맡았는데, 선발 업무를 공평하고 타당하게 처리해 조정의 칭찬을 받았다. 미 : 훌륭한 벼슬 경력을 드날렸다. 하남윤으로 전임되었다가 곧바로 어가(御駕)를 모시고 도성[장안]으로 돌아온 뒤 병부시랑(兵部侍郞)으로 승진했으며, 황제를 수행해 도성에 도착한 공으로 경조윤(京兆尹)에 제수되었다. 그 후 이부시랑(吏部侍郞)으로 전임되어 3년 동안 관리 전형을 관장하면서 훌륭한 명성을 크게 쌓아, 마침내 황문시랑평장사(黃門侍郞平章事 : 재상에 해당함)에 임명되었으며, 황제의 두터운 은택을 입어 상으로 받은 하사품이 아주 많았다. 노생은 5년 동안 재상을 지냈는데, 직간(直諫)하다가 황제의 뜻을 거슬러 좌복야(左僕射)로 전임되어 정사 맡는 일을 그만두었다. 몇 달 뒤에는 동도유수(東都留守 : 낙양유수)·하남윤으로서 어사대부(御史大夫)를 겸임했다. 노생은 결혼한 후로 지금까지 20년이 지나는 동안 7남 3녀를 두어 결혼과 벼슬이 모두 뜻대로 이루어졌으며, 손자와 외손자가 10명이었다. 나중에 노생은 외출했다가 옛날에 앵두를 들고 있는 하녀를 만났던 정사의 문에 이르렀는데, 그 안에서 스님이 속강하고 있는 것을 다시 보고 마침내 말에서 내려 예를 갖춰 뵈었다. 노생은 재상을 지낸 고귀한 신분에 정승과 유수(留守)의 중요한 직책에 있었으므로, 앞뒤로 수행한 사람들이 많았으며 그 행렬이 지극히 존귀하고 성대했다. 그의 고귀함과 자부심은 좌우 사람들을 압도했다. 노생은 불전(佛殿)에 올라 예불하다가 홀연히 취한 듯이 혼미해져서 한참 동안 일어나지 못했다. 그때 노생의 귀에 속강하는 스님이 부르는 소리가 들렸다.

"단월(檀越 : 시주)은 어찌하여 이토록 오랫동안 일어나지 않습니까?"

그 소리에 노자는 갑자기 꿈에서 깨어났는데, 자신을 둘러보니 흰 적삼을 입은 옷차림새가 예전 그대로였으며, 앞뒤로 있던 관리들은 한 명도 보이지 않았다. 노자가 천천히 정사 문을 나와서 보았더니, 어린 노복이 나귀를 잡고 모자를 든 채 문밖에 서 있다가 노자에게 말했다.

"사람과 나귀가 모두 배고픈데 나리께서는 어찌하여 오랫동안 나오지 않으셨습니까?"

노자가 시간을 물었더니 노복이 말했다.

"정오가 다 되어 갑니다."

노자는 망연히 탄식하며 말했다.

"인간 세상의 영화와 궁달(窮達), 부귀와 빈천 역시 응당 꿈과 같으니, 지금 이후로 다시는 관리의 영달을 구하지 않으련다!"

노자는 마침내 선도(仙道)를 찾아 떠나 인간 세상에서 종적을 감추었다고 한다.

天寶初,有范陽盧子,在都應舉,頻年不第,漸窘迫.嘗暮乘驢遊行,見一精舍,中有僧開講,聽徒甚衆.盧子方詣講筵,倦寢,夢至精舍門.見一青衣,携一籃櫻桃在下坐.盧子訪其誰家,因與青衣同飡櫻桃.青衣云:"娘子姓盧,嫁崔家,今孀居在城."因訪近屬,卽盧子再從姑也.青衣曰:"豈有阿姑同在一都,郞君不往起居?"盧子便隨之.過天津橋,入水南一坊,有一宅,門甚高大.盧子立於門下,青衣先入.少頃,有四人出門,與盧子相見,皆姑之子也.一任戶部郞中,一前任鄭州司馬,一任河南功曹,一任太常博士.二人衣緋,二人衣綠,形貌甚美.相見言叙,頗極歡暢.斯須,引入北堂拜姑,姑衣紫衣,年可六十許,言詞高朗,威嚴甚肅.盧子畏懼,莫敢仰視.令坐,悉訪內外,備譜氏族.遂訪兒婚姻未,盧子曰:"未."姑曰:"吾有一外甥女子姓鄭,早孤,遺吾妹鞠養,甚有容質,當爲兒平章."盧子拜謝,乃遣迎鄭氏妹.有頃,一家並到,車馬甚盛.遂檢曆擇日,云:"後日大吉."因云:"聘財禮席,兒並莫憂,吾悉與處置.兒有在城何親故,並抄名姓,並具家第."凡三十餘家,並在臺省及府縣官.明日下函,其夕成結,事事華盛,殆非人間.明日拜席,大會都城親表.拜席畢,遂入一院,院中屛帷床席,皆極珍異.其妻年可十四五,容色美麗,宛若神仙.盧生心不勝喜,遂忘家屬.俄又及秋試之時,姑曰:"禮部侍郞與兒子弟當家連官,情分偏洽,令渠爲兒必取高第."及榜出,又登甲科,授秘書郞.姑云:"河南尹是姑堂外甥,令渠奏畿縣尉."數月,敕授王屋尉,遷監察,轉殿中,拜吏部員外郞,判南曹,銓畢,除郞中.餘如故.知制誥數月,卽眞遷禮部侍郞.兩載知舉,賞鑒平允,朝廷稱之.眉:揚歷美宦.改河南尹,旋屬車駕還京,遷兵部侍郞,扈從到京,除京兆尹.改吏部侍郞,三年掌銓,甚有美譽,遂拜黃門侍郞平章事,恩渥綢繆,賞賜甚厚.作相五年,因直諫忤旨, 改左僕射, 罷知政事. 數月, 爲東都留守·河南尹, 兼御史大夫. 自婚媾後, 至是經二十年, 有七男三女, 婚宦俱畢, 內外諸孫十人. 後因出行, 却到昔年逢携櫻桃靑衣精舍門, 復見其中有講筵, 遂下馬禮謁. 以故相之尊, 處端揆·居守之重, 前後導從, 頗極貴盛. 高自簡貴, 輝映左右. 升殿禮佛, 忽然昏醉, 良久不起. 耳中聞講僧唱云 : "檀越何久不起?" 忽然夢覺, 乃見著白衫, 服飾如故, 前後官吏, 亦無一人. 徐徐出門, 乃見小竪捉驢執帽, 在門外立, 謂盧曰 : "人驢並饑, 郞君何久不出?" 盧訪其時, 奴曰 : "日向午矣." 盧子惘然嘆曰 : "人世榮華窮達, 富貴貧賤, 亦當然也, 而今而後, 不更求官達矣!" 遂尋仙訪道, 絶跡人世云.

* 이 고사는 《태평광기》 권281 〈몽·앵도청의〉에 실려 있다.

51-52(1552) 심아지와 왕생

심아지 · 왕생(沈亞 · 王生)

병(並)《이문록(異聞錄)》

[당나라] 대화(大和) 연간(827~835) 초에 심아지는 장차 빈주(邠州)로 가기 위해 장안성(長安城)을 나가 탁천(橐泉)의 객사에서 머물렀다. 때는 봄이라 심아지는 낮잠을 자다가 꿈에서 진(秦)나라로 들어가서 요 내사(廖內史)의 집에 묵었는데, 요 내사가 심아지를 [진(秦)나라 목공(穆公)에게] 천거하자 진공(秦公 : 진 목공)이 심아지를 불러 접견하고 나라를 부강하게 하는 방법을 물었다. 심아지는 곤오(昆吾)와 팽조(彭祖) 및 제(齊)나라 환공(桓公)의 사례를 들어 대답했다. 진공은 기뻐하면서 시험 삼아 심아지를 중연(中涓 : 제왕의 시종관)에 임명하고 서결술(西乞術)을 보좌해 하서[河西 : 진(晉)나라와 진(秦)나라 사이의 교외]를 치게 했다. 심아지가 장병들을 이끌고 진격해서 다섯 개의 성을 함락한 뒤에 돌아와서 보고하자, 진공은 크게 기뻐하며 일어나서 노고를 치하하며 말했다.

"대부(大夫)는 참으로 고생했으니 쉬도록 하시오!"

그렇게 오랫동안 지냈는데, 진공의 막내딸 농옥(弄玉)의 남편인 소사(蕭史)가 먼저 죽었기에 진공이 심아지에게 말했다.

"대부가 아니었다면 진(晉)나라의 다섯 성을 과인이 차지하지 못했을 것이니, 대부의 덕이 매우 크오. 과인에게 사랑하는 딸이 있는데, 대부를 곁에서 받들게 하고 싶은데 괜찮겠소?"

심아지는 어려서부터 성격이 독립적이라 평소에 총애받는 신하로 대우받고 싶지 않았기 때문에 한사코 거절했지만, 진공은 그의 청을 받아들이지 않았다. 심아지는 좌서장(左庶長)에 임명되어 농옥 공주에게 장가들었으며, 미 : 공주에게 장가드는 것은 한(漢)나라의 제도이니 진공 때 어찌 이런 일이 있었겠는가? 황금 200근을 하사받았다. 민간에서는 공주를 여전히 "소가 공주(蕭家公主)"라고 불렀다. 공주는 머리숱이 많고 윤기가 흘렀으며 편수의(偏袖衣)[37]를 입고 그다지 많이 치장하지는 않았지만, 그 뛰어나게 아름다운 모습은 글로 묘사할 수 없을 정도였다. 공주를 모시는 시녀는 수백 명이었고, 두 사람이 지내는 곳은 "취미궁(翠微宮)"이라 했는데 궁인들은 그곳을 "심랑원(沈郎院)"이라 불렀다. 심아지는 비록 지위는 하대부(下大夫)였지만, 공주 때문에 자유롭게 궁궐을 드나들 수 있었다. 공주는 봉소(鳳簫 : 퉁소)를 좋

---

37) 편수의(偏袖衣) : 소매가 짧고 품이 넉넉한 저고리.

아했으며 봉소를 불 때마다 반드시 취미궁의 높은 누각에 올랐는데, 그 음조가 매우 아련해 사람의 마음을 슬프게 했으며, 이것을 들은 사람은 모두 스스로 감정을 주체하지 못했다. 공주는 7월 7일에 태어났는데, 심아지는 생일 축하 선물을 주지 못했다. 요 내사가 일찍이 진(秦)나라를 위해 여악(女樂)을 서융(西戎)에 보냈더니 서융의 군주가 무소로 만든 작은 합(盒)을 그에게 주었는데, 심아지가 요 내사에게서 그것을 얻어 공주에게 선물했다. 공주는 기뻐하며 그것을 치마 허리띠에 묶고 다녔다. 목공은 심아지를 같은 반열의 신하들보다 배로 예우해 주었으며, 그에게 하사한 물품이 길에 줄을 이었다. 다시 1년이 지난 봄에 공주가 아무런 병도 없이 갑자기 죽자, 진공은 공주를 그리워하며 상심해 마지않았다. 장차 공주를 함양(咸陽)의 들판에 장사 지내려 할 때 진공이 심아지에게 명해 만가(輓歌)를 짓게 하자, 심아지는 분부에 응해 다음과 같이 지었다.

"울면서 붉은 꽃가지 묻나니, 살아서는 함께했지만 죽음은 함께하지 못하네. 금비녀는 향초에 떨어지고, 향긋한 비단에는 봄바람 가득하네. 지난날 퉁소 소리 들리던 곳, 높은 누각 위에는 달만 떠 있네. 배꽃 핀 한식날 밤, 취미궁은 굳게 잠겨 있네."

진공은 그 가사를 읽고 눈물을 흘렸다. 진공은 또 심아지에게 묘지명(墓誌銘)을 짓게 했는데, 유독 다음과 같은 명문

(銘文)만 기억났다.

"백양나무에 부는 바람 곡하는 듯하고, 돌담에는 사초(莎草) 우거져 있다. 땅 가득 온갖 꽃 피어 있고, 봄 경치는 안개와 어울려 있다. 옥구슬에 근심 생겨 비쩍 마르니, 더 이상 살아서는 비단옷 걸칠 수 없다. 깊이 옥을 묻나니, 그 한을 어찌할거나!"

심아지도 공주를 장사 지내기 위해 함양의 들판으로 갔으며, 궁인 14명이 함께 순장되었다. 심아지는 지나치게 슬퍼하고 애도한 탓에 병이 들었다. 그는 여전히 취미궁에 있었지만 전각 밖에 특별히 마련한 방에서 지낼 뿐 궁중으로는 들어가지 않았다. 한 달 남짓 지나도록 병이 오래가자 진공이 심아지에게 말했다.

"본래 막내딸을 오랫동안 대부에게 부탁하려 했는데, 뜻밖에도 대부를 끝까지 받들지 못했소. 우리 진나라는 보잘것없는 작은 나라이지만 대부를 욕되게는 하지 않았소. 하지만 과인은 대부를 볼 때마다 [죽은 딸이 생각나서] 슬퍼하지 않을 수 없으니, 대부는 대국으로 가는 것이 어떻겠소?"

심아지가 대답했다.

"신은 공적도 없이 외람되이 중요한 자리에 있으며, 공주를 따라 죽지도 못했습니다. 군왕께서 신의 죄를 면해 주시고 부모님의 나라로 돌아갈 수 있게 해 주신다면, 신은 군왕께서 베풀어 주신 태양과 같은 은혜를 잊지 않겠습니다."

심아지가 장차 떠나려 할 때 진공은 성대한 전별연을 열어 주며, 진나라 노래를 부르고 진나라 춤을 추게 했다. 진공은 술을 들고 심아지 앞으로 가서 말했다.

"심랑(沈郞 : 심아지)이 〈양가(楊歌)〉를 이어 지어서 작별의 정을 나누었으면 하오."

심아지는 명을 받고 곧바로 가사를 지었다.

"몸 두드리며 춤추는데, 이렇게 가득한 봄기운에 이내 몸 둘 곳 없어 한스럽네. 비 오듯 눈물 흘리면서, 문장 지어 보려 하나 말이 되지 않네. 황금 봉황이 붉은 꽃 물고 있는 수놓은 옛 옷 입고, 몇 번이나 궁중에서 함께 춤추는 것을 구경했던가? 인간 세상의 봄날은 즐거움이 넘쳐 나는데, 날이 저물면 동풍은 어디로 가는가?"

가사를 짓고 나서 춤추는 사람에게 주면서 노래와 함께 연주하게 했더니, 온 좌중이 모두 울었다. 이윽고 심아지가 재배(再拜)하고 떠나려 하자, 진공은 취미궁에 가서 공주의 시녀들과 작별하게 했다. 심아지가 다시 취미궁 안으로 들어가서 보았더니, 진주와 비취는 부서진 채 푸른 계단 아래에 있었고, 창문의 깁에는 옅은 붉은 가루분이 여전히 묻어 있었다. 미 : 작별의 처량한 감정을 진짜처럼 서술했다. 궁녀들이 울면서 심아지를 마주하자, 심아지도 울컥한 마음에 한참 동안 목이 메었다가 궁문에 다음과 같은 시를 적었다.

"군왕께서 다정하시어 동쪽으로 돌아가게 해 주셨으니,

이제부터는 진나라 궁전에 다시 올 기약 없네. 봄볕 마주하니 죽은 진나라 공주 생각에 절로 마음 아프니, 비 오듯 떨어지는 꽃은 연지 묻은 눈물 같구나."

마침내 심아지는 작별하고 떠났다. 진공은 수레 채비를 명해 그를 함곡관(函谷關) 밖까지 배웅해 주게 했다. 그 순간 심아지는 갑자기 놀라 꿈에서 깼는데, 자신이 객사에 누워 있었다. 이튿날 심아지가 친구 최구만(崔九萬)에게 꿈 얘기를 자세히 해 주었더니 최구만이 말했다.

"《황람(皇覽)》에 따르면, 진나라 목공은 옹현(雍縣)의 탁천(橐泉) 기년궁(祈年宮) 아래에 묻혔다고 하는데, 그의 신령이 붙은 것이 아닐까?"

심아지는 다시 진나라 때의 지리지(地理志)를 찾아보고 말했다.

"최구만의 말과 같다. 아! 농옥은 이미 신선이 되었는데, 어찌 또한 죽었단 말인가?"

태원(太原)의 왕생[王生 : 왕염(王炎)]은 [당나라] 원화(元和) 연간(806~820) 초에 일찍이 꿈을 꾸었는데, 자신이 오(吳)나라를 유람하다가 오왕(吳王)을 모셨다. 오랜 뒤에 궁궐에서 수레가 나가면서 피리를 불고 북을 치는 소리가 들렸는데, 서시(西施)를 안장하러 간다고 말했다. 미 : 더욱 환상적이다. 오왕이 슬픔을 멈추지 않고 즉시 조서를 내려 문객(門客)들에게 만가의 가사를 짓게 했는데, 왕생이 그 분부에 응해 가사를 지었다.

"서쪽으로 오왕의 궁궐 바라보니, 구름 사이로 봉자패(鳳字牌)[38] 적혀 있네. 강을 따라 구슬 휘장 세우고, 땅을 골라 금비녀 묻었네. 온 땅 가득 홍심초(紅心草), 삼 층짜리 벽옥 계단. 봄바람이 도처에 부니, 처량하고 한스러운 마음 가누지 못하네."

왕생이 가사를 올렸더니 오왕이 매우 훌륭하다고 칭찬했다. 왕생은 꿈을 깨고 나서도 그 일을 기억할 수 있었다.

大和初, 沈亞之將之邠, 出長安城, 客索泉[1]邸舍. 春時, 畫夢入秦, 主內史廖, 擧亞之, 秦公召見, 問强國之方. 亞之以昆彭·齊桓對. 公悅, 遂試補中涓, 使佐西乞術伐河西. 亞之帥將卒前, 攻下五城, 還報, 公大悅, 起勞曰:"大夫良苦, 休矣!"居久之, 公幼女弄玉婿蕭史先死, 公謂亞之曰:"微大夫, 晉五城非寡人有, 甚德大夫. 寡人有愛女, 欲與大夫備灑掃, 可乎?"亞之少自立, 雅不欲遇幸臣蓄之, 固辭, 不得請. 拜左庶長, 尙公主, 眉: 尙公主, 漢制也, 秦公烏有是? 賜金二百斤. 民間猶謂"蕭家公主". 公主鬒髮, 著偏袖衣, 裝不多飾, 其芳殊明媚, 筆不可述. 侍女數百, 所居曰"翠微宮", 宮人呼爲"沈郞院". 雖備位下大夫, 緣公主故, 出入禁衛. 公主喜鳳簫, 每吹簫, 必翠微宮高樓上, 聲調遠逸, 能悲人, 聞者莫不

---

38) 봉자패(鳳字牌): 장사 지낼 때 사용하는 기물로, 혼을 부르는 패를 말한다. 패 위에 봉황무늬가 새겨져 있기 때문에 그렇게 부른다.

自廢.公主七月七日生,亞之當無睨壽.內史廖曾為秦以女樂遺西戎,戎主與之水犀小合,亞之從廖得以獻公主.主悅,結裙帶上.穆公遇亞之禮兼同列,恩賜相望於道.復一年春,公主忽無疾卒,公追傷不已.將葬咸陽原,命亞之作輓歌,應教而作曰:"泣葬一枝紅,生同死不同.金鈿墜芳草,香繡滿春風.舊日聞簫處,高樓當月中.梨花寒食夜,深閉翠微宮."公讀詞泣下.又使亞之作墓誌銘,獨憶其銘曰:"白楊風哭兮,石鬐髯莎.雜英滿地兮,春色煙和.珠愁紛瘦兮,不生綺羅.深深埋玉兮,其恨如何!"亞之亦送葬咸陽原,宮中十四人殉.亞之以悼悵過感,被病.猶在翠微宮,然處殿外特室,不宮中矣.居月餘,病良已,公謂亞之曰:"本以小女相托久要,不謂不得始終.弊秦區區小國,不足辱大夫.然寡人每見子,即不能不悲悼,大夫盍適大國乎?"亞之對曰:"臣無狀,待罪肺腑,不能從死公主.君免罪戾,使得歸骨父母國,臣不忘君恩如日."將去,公置酒高會,聲秦聲,舞秦舞.公執酒亞之前曰:"願沈郎賡〈楊歌〉以塞別."亞之受命,立為歌辭曰:"擊體舞,恨滿煙光無處所.淚如雨,欲擬著辭不成語.金鳳銜紅舊繡衣,幾度宮中同看舞?人間春日正歡樂,日暮東風何處去?"歌卒,授舞者,雜其聲而道之,四座皆泣.既再拜辭去,公復命至翠微宮,與公主侍人別.重入殿內時,見珠翠遺碎青階下,窗紗檀點依然.眉:叙別致淒婉如真.宮人泣對亞之,亞之感咽良久,因題宮門詩曰:"君王多感放東歸,從此秦宮不復期.春景自傷秦喪主,落花如雨淚胭脂."竟別去.命車駕送出函谷關.忽驚覺,臥邸舍.明日,為友人崔九萬具道之,九萬曰:"《皇覽》云,秦穆公葬雍橐泉祈年宮下,非其神靈憑乎?"亞之更求得秦時地志,說:"如九萬言.嗚呼!弄玉既仙矣,惡又死乎?"

太原王生者,元和初,嘗夢遊吳,侍吳王.久之,聞宮中出輦,吹簫擊鼓, 言葬西施. 眉: 更幻. 王悲悼不止, 立詔門客作輓歌詞. 生應敎爲詞曰:"西望吳王闕, 雲書鳳字牌. 連江起珠帳, 擇土²葬金釵. 滿地紅心草, 三層碧玉階. 春風無處所, 凄恨不勝懷." 詞進, 王甚佳之. 及寤, 能記其事.

* 이 고사는《태평광기》권282〈몽·심아지〉와〈형봉(邢鳳)〉에 실려 있다.〈심아지〉의 고사는〈진몽기(秦夢記)〉라고도 한다.
1 색천(索泉) : 루쉰(魯迅)의《당송전기집(唐宋傳奇集)》에 수록된〈진몽기〉에는 "탁천(橐泉)"이라 되어 있는데, 문맥상 타당하다고 본다. 본문의 마지막에 언급한《황람(皇覽)》에서도 "탁천"이라 했다.
2 토(土) : 금본《이몽록(異夢錄)》에는 "수(水)"라 되어 있는데, 보다 타당해 보인다. 전설에 따르면 서시(西施)는 수장되었다고 한다.

51-53(1553) 순우분

순우분(淳于棼)

출《이문록》

　동평(東平) 사람 순우분은 오초(吳楚) 일대의 협사로, 술을 좋아하고 호기를 부렸으며 자잘한 예절에는 구애받지 않았다. 엄청난 재산을 축적해 호객(豪客)들을 양성했다. 그는 일찍이 무예가 뛰어나 회남군(淮南軍)의 비장(裨將 : 부장)에 보임되었으나, 술김에 절도사(節度使)의 뜻을 거스른 바람에 쫓겨나 실의에 빠진 채 방탕하게 술 마시는 것을 일삼았다. 그의 집은 광릉군(廣陵郡)에서 동쪽으로 10리 떨어진 곳에 있었다. 그가 살고 있는 집의 남쪽에 커다랗고 오래된 홰나무 한 그루가 있었는데, 가지와 줄기가 길고도 무성해서 그것이 드리운 시원한 그늘이 몇 이랑에 달했다. 순우생(淳于生 : 순우분)은 날마다 호객들과 더불어 그 아래에서 술을 잔뜩 마셨다. 당(唐)나라 정원(貞元) 7년(791) 9월에 그는 술에 빠져 병이 났는데, 마침 그 자리에 있던 두 친구가 그를 부축해 집으로 돌아와서 동쪽 처마 아래에 뉘었다. 두 친구가 순우생에게 말했다.

　"자네는 잠이나 자게. 우리는 말에게 꼴을 먹이고 발을 씻고 나서 자네가 조금 나아지기를 기다렸다가 가겠네."

순우생은 두건을 벗고 베개를 베고 누웠는데, 정신이 몽롱한 것이 마치 꿈인 듯 느껴졌다. 그가 보았더니 자주색 옷을 입은 사자 두 명이 그에게 무릎을 꿇고 절하며 말했다.

"괴안국(槐安國)의 왕께서 당신을 모셔 오라 하셨습니다."

순우생은 자신도 모르게 평상을 내려가서 옷을 갖춰 입고 두 사자를 따라 대문으로 갔다. 거기에 푸른 기름칠을 한 작은 수레가 보였는데, 네 필의 말이 끌고 있었다. 좌우의 시종 일고여덟 명이 순우생을 부축해 수레에 태우더니 대문을 나선 뒤에 오래된 홰나무 구멍을 향해 떠났다. 사자가 구멍 속으로 곧장 말을 몰아 들어가자 순우생은 이상한 생각이 들었으나 감히 물어보지 못했다. 그 앞에 홀연 펼쳐진 산천 풍물과 초목과 도로는 인간 세상의 것과 아주 달랐다. 앞으로 수십 리를 갔더니 외성의 성가퀴가 보였으며, 길에는 수레와 사람이 끊이지 않았다. 순우생의 좌우에서 소리치며 길을 트는 사람들이 매우 엄하게 호령하자, 길 가던 사람들이 앞다퉈 길을 피했다. 다시 커다란 성으로 들어갔더니 붉은 대문에 몇 층으로 된 누각이 있었고, 누각 위에는 금색 글씨로 "대괴안국(大槐安國)"이라 적혀 있었다. 문을 지키던 자가 달려와 절한 후 다시 급히 뛰어가자, 잠시 후에 한 기병이 나타나 명을 전하며 소리쳤다.

"대왕께서 부마(駙馬)가 먼 곳에서 왕림했으니 일단 동화관(東華館)에서 쉬게 하라 하셨습니다."

그러고는 앞장서서 인도해 갔다. 잠시 후 문 하나가 활짝 열리자 순우생은 수레에서 내려 그 안으로 들어갔다. 그곳의 채색한 난간과 조각한 기둥, 붉은 주렴과 수놓은 휘장은 지극히 화려하고 성대했다. 순우생은 마음속으로 매우 기뻐했다. 또 외치는 소리가 들렸다.

"우상(右相)께서 오십니다!"

순우생은 계단을 내려가서 공손히 받들었다. 잠시 후 자주색 옷을 입고 상아홀(笏)을 든 한 사람이 손님과 주인의 예를 갖추고 매우 공손히 경의를 표했다. 그러고는 순우생에게 함께 가자고 청했는데, 100보쯤 가서 붉은 대문으로 들어갔더니 창과 의장용 도끼가 좌우에 줄지어 놓여 있고 군리(軍吏) 수백 명이 길 한편으로 비켜섰다. 순우생에게는 평소 어울려 술을 마시던 주변(周弁)이라는 친구가 있었는데, 그도 무리 속에서 걸어가고 있었다. 순우생은 마음속으로 스스로 기뻐했지만 감히 다가가서 물어보지는 못했다. 우상은 순우생을 데리고 널찍한 대전에 올랐는데, 어위(御衛)가 엄숙한 것이 마치 지존(至尊)이 계신 곳 같았다. 거기에 기골이 장대하고 매우 근엄해 보이는 한 사람이 흰 비단옷을 입고 붉은 화관(華冠)을 쓴 채 왕좌에 앉아 있는 것을 보고 순우생은 두려움에 떨며 감히 쳐다보지 못했다. 좌우 시종이 순우생에게 절을 올리게 했다. 왕이 말했다.

"일전에 존현(尊賢 : 상대방의 부친에 대한 존칭)의 명을 받들었는데, 이 나라를 작은 나라라 마다하지 않고 과인의 둘째 딸 요방(瑤芳)이 그대를 섬길 수 있도록 허락해 주셨소."

순우생은 그저 엎드려 있을 뿐 감히 말을 하지 못했다. 왕이 말했다.

"일단 빈관(賓館)으로 가 있으면 이어서 혼례를 치르겠소."

어지(御旨)가 떨어지자 우상은 다시 순우생과 함께 관사로 돌아갔다. 순우생이 생각해 보니, 부친은 변방 장수를 보좌하다가 전쟁에서 패해 오랫동안 오랑캐에게 포로로 잡혀 생사조차 모르고 있었다. 그러면서 부친이 북번(北蕃)과 내통해 이런 일을 만들었을지도 모른다고 생각했다. 그는 마음속으로 의혹에 휩싸여 그 연유를 알 수 없었다. 그날 저녁에 고안(羔雁)과 폐백(幣帛)39), 기악(妓樂)과 관현악기, 등촉과 수레, 예물 등이 빠짐없이 모두 준비되었다. 한 무리의 여자들이 있었는데, 어떤 이는 화양고(華陽姑)라 하고, 어떤 이는 청계고(靑溪姑)라 하고, 어떤 이는 상선자(上仙子)라

---

39) 고안(羔雁)과 폐백(幣帛) : 검은 양, 기러기, 돈, 비단. 이 네 가지는 모두 옛날 상견례나 혼례 때 보내던 예물이다.

하고, 어떤 이는 하선자(下仙子)라 했다. 그와 같은 여자 여러 명은 모두 시종이 수천 명이었는데, 취봉관(翠鳳冠)40)을 쓰고 금하피(金霞帔)41)를 걸치고 벽금전(碧金鈿)42)을 꽂고 있어서 눈이 부셔 바라볼 수 없었다. 여자들은 맘껏 돌아다니며 즐거워했고 문을 왔다 갔다 하며 앞다퉈 순우랑(淳于郎 : 순우분)에게 장난을 쳤다. 그녀들은 자태가 요염하고 말솜씨가 빼어나서 순우생이 상대할 수 없었다. 또 한 여자가 순우생에게 말했다.

"지난 상사일(上巳日 : 삼월 삼짇날)에 저는 영지부인(靈芝夫人)을 따라 선지사(禪智寺)에 갔다가 천축원(天竺院)에서 석연(石延)43)이 〈바라문(婆羅門)〉 춤을 추는 것을 구경했습니다. 저는 여러 여자들과 함께 북쪽 창가의 돌 평상 위에 앉아 있었는데, 그때 젊은 당신도 말에서 내려와 춤을 구경했습니다. 당신은 유독 억지로 저희에게 다가와 친근하게 굴면서 웃고 농담을 걸었습니다. 저와 경영(瓊英) 누이는 진홍색 수건을 매어 대나무 가지 위에 걸어 놓았는데, 당신

---

40) 취봉관(翠鳳冠) : 물총새 깃털로 장식한 봉관(鳳冠).
41) 금하피(金霞帔) : 금실로 짠 노을 빛깔의 어깨걸이.
42) 벽금전(碧金鈿) : 푸른 옥돌에 황금을 상감해 넣은 비녀.
43) 석연(石延) : 석국(石國) 사람. 석국은 지금의 중앙아시아 타슈켄트 지역에 있던 고대 국가다.

은 기억하지 못하십니까? 미 : 이 희롱으로 인해 마침내 명계(冥界)의 친족 관계를 맺게 되었다. 또 7월 16일에 저는 효감사(孝感寺)에서 상진자(上眞子)를 만나 계현 법사(契玄法師)의 《관음경(觀音經)》 강설을 들었습니다. 저는 강설이 끝나자 황금 봉황 비녀 두 개를 희사했고, 상진자는 무소뿔로 만든 합(盒) 하나를 희사했습니다. 그때 당신도 강설 자리에 있었는데, 법사에게 그 비녀와 합을 보여 달라고 청해 두세 번 감상하며 탄복했습니다. 그러고는 저희를 돌아보며, '사람과 물건이 모두 인간 세상에 있는 것이 아니다'라고 말했습니다. 그러면서 저희의 거처를 묻기도 하고 저희의 동네를 묻기도 했지만 저희는 또한 대답하지 않았습니다. 당신은 애틋한 마음으로 저희에게서 눈길을 떼지 못했는데, 혹시 저희를 잊어버렸습니까?"

순우생이 말했다.

"마음속에 간직하고서 어찌 하루라도 잊은 적이 있겠소?"

여자들이 말했다.

"오늘 당신과 친족이 될 줄은 생각지도 못했습니다."

또 매우 위엄 있는 관과 의대를 착용한 세 사람이 다가와서 순우생에게 절하며 말했다.

"명을 받들어 부마의 상자(相者)[44]가 되었습니다."

순우생은 그중 한 사람을 알고 있었기에 그를 가리키며

말했다.

"그대는 풍익(馮翊)의 전자화(田子華)가 아닌가?"

전자화가 말했다.

"그렇네." 미 : 두 술친구가 꿈속에서 서로 만났으니 아마도 적막하지 않을 것이다.

순우생은 앞으로 다가가서 그의 손을 잡고 옛이야기를 나눈 뒤에 물었다.

"어찌하여 여기에서 지내는가?"

전자화가 말했다.

"나는 호방하게 노닐다가 우상(右相)이신 무성후(武成侯) 단 공(段公)의 인정을 받아 이곳에 기탁하게 되었네."

순우생이 또 물었다.

"주변이 여기 있다는 사실을 아는가?"

전자화가 말했다.

"주생(周生 : 주변)은 귀인일세. 그는 사례(司隸)직을 맡고 있는데 권세가 아주 대단해서 나는 여러 차례 그의 보살핌을 받았다네."

두 사람은 매우 기쁘게 담소를 나누었다. 잠시 후 명을 전하는 소리가 들렸다.

---

44) 상자(相者) : 빈상(儐相). 혼례 절차를 도와주는 사람.

"부마는 들어오시오."

그러고는 검과 패옥(佩玉), 그리고 면류관과 의복을 가져와서 순우생에게 갈아입혔다. 선녀 수십 명이 여러 가지 기이한 음악을 연주했는데, 그 소리가 구성지고 청아하며 곡조가 서글퍼서 인간 세상에서 들어 본 것이 아니었다. 등촉을 들고 인도하는 사람이 또한 수십 명이었고, 좌우로 황금과 비취로 장식한 보장(步障)45)이 보였는데, 고운 빛깔의 벽옥이 영롱하게 빛났으며 몇 리에 걸쳐 이어졌다. 순우생은 수레 안에 단정히 앉아 있었는데, 정신이 어지럽고 심란해 몹시 불안해하자 전자화가 몇 마디 우스갯소리로 그의 마음을 풀어 주었다. 방금 전에 보았던 여러 여자들이 각각 봉익련(鳳翼輦)46)을 타고 그 사이를 왔다 갔다 했다. "수의궁(修儀宮)"이라고 불리는 한 문에 도착하니, 여러 선녀들이 잔뜩 문 옆에 서 있다가 순우생을 수레에서 내리게 했는데, 앉았다 일어섰다 하며 읍양(揖讓)하는 것이 인간 세상과 똑같았다. 보장을 치우고 부채를 거두자 한 여자가 모습을 드러냈는데, 그녀는 "금지 공주(金枝公主)"라 불렸고 나이는 14~15세에 영락없이 선녀 같았다. 순우생은 그때부터

---

45) 보장(步障) : 귀족들이 출행할 때 바람과 먼지를 막기 위해 사용하던 이동식 병풍.
46) 봉익련(鳳翼輦) : 봉황의 날개 장식을 한 가마.

아내와 정의가 나날이 깊어졌으며 영화 또한 나날이 성대해졌다. 그가 출입할 때 사용하는 수레와 의복, 그리고 나들이와 연회 때의 시위는 왕에 버금갔다. 왕은 순우생에게 명해 여러 신료들과 함께 호위병을 대동하고 괴안국 서쪽의 영귀산(靈龜山)에서 대대적으로 수렵을 하게 했다. 산과 언덕은 험준하면서도 수려했고 시내와 못은 광활했으며, 숲의 나무는 울창해서 날짐승과 들짐승이 아주 많았다. 병사들이 짐승을 크게 포획해 저녁이 다 지나서야 돌아왔다. 순우생이 다른 날 왕에게 아뢰었다.

"신이 일전에 혼인하던 날에 대왕께서 신의 부친의 명을 받았다 하셨는데, 신의 부친은 오랑캐의 포로가 된 이후로 17~18년이 지났습니다. 대왕께서 부친이 있는 곳을 아신다면, 청컨대 신이 한번 가서 찾아뵙고자 합니다."

왕이 다급하게 말했다.

"사돈은 북쪽 땅을 지키고 있고 소식 또한 끊이지 않고 있으니, 경은 편지를 써서 소식을 알리면 되고 직접 갈 필요는 없겠소."

그래서 순우생은 마침내 아내를 시켜 부친에게 축하 예물을 보내 드리게 했다. 며칠 뒤에 답장이 왔는데, 순우생이 편지를 확인해 보았더니 진짜 부친의 필적이었으며, 편지 속에 적힌 그리움과 가르침은 그 마음과 뜻이 간곡했다. 아울러 친척들의 생사와 마을의 흥폐에 대해서도 물었다. 또

한 길이 너무 멀고 바람과 안개가 가로막고 있다고 말했는데, 말의 뜻이 서글펐고 어투가 애달팠다. 또한 순우생에게 찾아오지 말라고 하면서 말했다.

"정축년(丁丑年)에 틀림없이 너와 만나게 될 것이다."

순우생은 편지를 움켜쥐고 슬픔에 목이 메어 감정을 스스로 주체하지 못했다. 어느 날 아내가 순우생에게 말했다.

"당신은 어찌 정치할 생각을 하지 않으십니까?"

순우생이 말했다.

"나는 정사에 익숙지 않소."

아내가 말했다.

"당신이 하겠다고만 하면 제가 마땅히 삼가 돕겠습니다."

아내는 마침내 왕에게 그와 같은 뜻을 아뢰었다. 며칠 뒤에 왕이 순우생에게 말했다.

"나는 남가(南柯)의 정사가 제대로 다스려지지 않아서 태수(太守)를 파직시켰소. 대신 경의 재주를 빌리고자 하니 뜻을 굽혀 그곳으로 가 주었으면 하오. 곧장 내 딸과 함께 떠나도록 하시오."

순우생은 삼가 왕의 명을 받았다. 왕은 담당 관리에게 명해 태수의 행장을 준비하도록 했다. 그러고는 금과 옥, 수놓은 비단, 화장 상자, 노복과 하녀, 거마를 내주어 넓은 네거리에 줄지어 늘어놓고 떠나가는 공주를 전송했다. 순우생은 젊은 협사였으므로 그때에 이르러 마음이 매우 흡족해서 표문을 올렸다.

"신은 장군 집안의 후손으로 본디 재주라곤 없는데도 외람되게 큰 임무를 맡았으니, 필시 조정의 법도를 그르칠 것입니다. 저는 무거운 책임을 지고 수레에 올라타게47) 된 탓에 곧 솥 안에 든 고기가 쏟아지게48) 될 것임을 스스로 슬퍼하고 있습니다. 그래서 지금 현명하고 어진 사람을 널리 구해 저의 부족함을 메울까 합니다. 삼가 보건대 지금 사례로 있는 영천(潁川) 사람 주변은 충성스럽고 강직하며 법을 잘 지켜 굽히지 않으니, 정사를 보좌할 기량을 지니고 있습니다. 또한 처사(處士) 풍익 사람 전자화는 청렴하고 신중하며 변화에 통달해 정치 교화의 근본에 밝습니다. 이 두 사람은 신과 더불어 10년의 교분이 있어서 그 재능과 쓰임새를 잘

---

47) 무거운 책임을 지고 수레에 올라타게 : 원문은 "부승(負乘)". 《주역(周易)》〈해괘(解卦)〉 육삼(六三)의 효사(爻辭)에 "부차승(負且乘), 치구지(致寇至)"라는 구절이 있는데, 이는 "무거운 짐을 지고 수레에 오르면 도적을 불러들인다"는 뜻으로, 능력도 없는 사람이 막중한 책임을 떠맡으면 화가 생길 것임을 비유한다.

48) 솥 안에 든 고기가 쏟아지게 : 원문은 "복속(覆餗)". 《주역》〈정괘(鼎卦)〉 구사(九四)의 효사에 "정절족(鼎折足), 복공속(覆公餗)"이라는 구절이 있는데, 이는 "세발솥의 다리가 부러지면 안에 있는 음식이 쏟아져 나온다"는 뜻으로, 스스로에게 결점이 있으면 반드시 일을 그르치게 됨을 비유한다.

알고 있으니, 정사를 맡길 만합니다. 청컨대 주변은 남가군의 사헌(司憲)에 임명하고 전자화는 사농(司農)에 임명하시어, 신으로 하여금 훌륭한 치적으로 칭송받게 하고 법도를 어지럽히지 않을 수 있도록 해 주시길 바랍니다."

왕은 모두 표문에 따라 주변과 전자화를 파견했다. 그날 저녁에 왕과 왕비는 괴안국의 남쪽에서 전별연을 베풀었다. 왕이 순우생에게 말했다.

"남가는 괴안국의 대군(大郡)이니 은혜로운 정치를 펼치지 않으면 다스릴 수 없소. 경은 힘써 노력해 국가의 염원에 부합하도록 하시오."

왕비가 공주에게 주의를 주며 말했다.

"순우랑은 성품이 강직하고 술을 좋아하는 데다 젊기까지 하니, 네가 아녀자의 도리를 지켜 유순함을 귀히 여기며 잘 섬긴다면 내가 걱정이 없겠다. 남가가 비록 경내에서 멀지는 않지만 아침저녁으로 문안 인사를 드리는 것과는 차이가 있으니, 오늘 작별함에 어찌 눈물로 손수건을 적시지 않을 수 있겠느냐?"

순우생은 아내와 함께 머리 조아려 절하고 남쪽으로 떠나갔다. 수레에 오르자 기마병들이 호위했으며, 두 사람은 매우 즐겁게 담소를 나누었다. 여러 날이 걸려 남가군에 도착했더니, 문무 관리와 승도(僧道 : 승려와 도사)와 장로들이 다투어 와서 영접했는데, 사람들이 거리를 가득 메우고

종과 북 소리가 떠들썩하게 울려 10여 리까지 끊이지 않았다. 성가퀴와 누대와 관각을 보았더니 상서로운 기운이 가득 서려 있었다. 커다란 성문으로 들어가니 문에 커다란 편액이 걸려 있고 그 위에 금빛 글씨로 "남가군"이라 적혀 있었다. 붉은 가옥과 계호(棨戶)⁴⁹)는 삼엄하고도 깊숙했다. 순우생은 수레에서 내린 뒤 풍속을 살피고 병들어 고통받는 이들을 치료해 주었으며, 정사를 주변과 전자화에게 맡겼더니 군이 크게 다스려졌다. 군을 다스린 지 20년 동안 교화가 널리 미쳐, 백성은 그의 덕을 노래하면서 공덕비(功德碑)를 세우고 생사(生祠 : 산 사람을 위한 사당)를 지었다. 미 : 개미도 사람이 비석과 사당을 즐겨 세우는 것을 알고 남가군에 사당 하나를 세웠다. 왕은 그를 매우 신임해 식읍(食邑)을 하사하고 작위를 내렸으니, 그 지위가 대보(臺輔 : 삼공과 재상)에 이르렀다. 주변과 전자화도 거듭 승진한 끝에 높은 관직에 올랐다. 순우생은 5남 2녀를 두었는데, 아들들은 문음(門蔭 : 가문의 덕)으로 관직에 제수되었고 딸들 역시 왕족에게 시집갔다. 그의 혁혁한 영화는 당대에 비교할 자가 없었다. 그해에 단라국(檀蘿國)이 남가군을 치러 오자, 순우생은 표문을 올려

---

49) 계호(棨戶) : 문밖에 검을 차고 나무창을 든 의장대가 줄지어 서 있는 문.

주변에게 병사 3만을 이끌고 가서 요대성(瑤臺城)에서 적군을 물리치게 했다. 주변은 용기를 믿고 적을 얕보았다가 병사들이 패하자 벌거벗은 채로 혼자 말을 타고 밤에 숨어서 성으로 돌아왔다. 적군은 큰 승리를 거두고 돌아갔다. 순우생은 주변으로 인해 죄를 청했는데, 왕은 두 사람 모두 풀어 주었다. 그달에 사헌 주변은 등창이 나서 죽었고, 순우생의 아내 금지 공주도 병에 걸려 열흘 만에 또 죽었다. 그래서 순우생이 남가태수를 그만두고 영구를 모시고 국도(國都)로 가겠다고 청하자, 미 : 천하에 파하지 않는 잔치 자리는 없다. 왕은 이를 허락하고 곧장 사농 전자화에게 남가태수의 일을 대행하게 했다. 순우생이 애통해하며 영구를 끌고 장례 의장이 길에 늘어서자, 남녀가 울부짖고 관리가 제사상을 차렸으며, 상여 수레를 붙잡고 길을 막는 자가 셀 수 없었다. 마침내 국도에 도착하자 왕과 왕비는 소복 차림으로 교외에서 울면서 영구가 도착하기를 기다렸다. 왕은 공주에게 "순의공주(順儀公主)"라는 시호를 내렸으며, 의장과 우보(羽葆)[50] 그리고 고취악대(鼓吹樂隊)를 갖추어 괴안국 동쪽 10리 밖에 있는 반룡강(盤龍岡)에 묻어 주었다. 미 : 주도면밀하다. 그달

---

50) 우보(羽葆) : 비취새 깃털로 장식한 수레 덮개. 여기서는 상여의 덮개를 가리킨다.

에 이미 고인이 된 사헌 주변의 아들 주영신(周榮信)도 영구를 모시고 국도로 갔다. 순우생은 오랫동안 변방 지역을 진수했지만 나라 안의 귀문 호족(貴門豪族) 중에 친구가 아닌 자가 없었다. 그는 남가태수를 그만두고 괴안국으로 돌아온 이후로, 아무 때나 궁궐을 드나들었고 교유하는 자와 그를 따르는 빈객들이 나날이 기세등등해지자, 왕은 내심 그를 의심하며 꺼렸다. 그때 나라의 어떤 사람이 표문을 올렸다.

"천문(天文)에 견책하려는 조짐이 보이니, 장차 나라에 큰 우환이 생겨 도읍이 옮겨 가고 종묘가 무너질 것입니다. 그 발단은 다른 종족에서 비롯하고, 그 일은 내부에서 일어날 것입니다."

당시 논자들이 순우생의 사치와 참월에 대한 응험이라고 여기자, 마침내 왕은 순우생의 시위병을 빼앗고 그가 빈객들과 어울리는 것을 금했으며 사저에만 머물게 했다. 순우생은 자신이 군을 다스린 여러 해 동안 정사를 그르친 적이 없다고 자부했기에, 떠도는 말을 원망하면서 답답하고 울적해했다. 왕 역시 그 사실을 알고서 순우생에게 명했다.

"결혼한 지 20여 년 만에 불행히도 딸아이가 요절해 군자와 해로하지 못했으니, 진실로 마음이 아프오. 경은 집을 떠난 지 오래되었으니 잠시 고향으로 돌아가 친척들을 한번 만나 보시오. 여러 손자들은 이곳에 두고 아무 걱정 마시오. 3년 뒤에 반드시 경을 맞이해 오게 하겠소."

순우생이 말했다.

"여기가 제 집인데 어디로 다시 돌아가란 말입니까?" 미 : 부귀가 근본을 미혹시켰다.

왕이 웃으며 말했다.

"경은 본디 인간 세상의 사람이니 집이 여기가 아니오."

순우생은 갑자기 흐릿하게 잠에 빠져드는 듯하더니 한참 동안 혼미해 있다가 비로소 예전의 일을 기억해 내고는 마침내 눈물을 흘리며 돌아가길 청했다. 왕이 좌우를 돌아보며 순우생을 전송하게 하자, 순우생은 재배하고 떠났다. 다시 이전의 자주색 옷 입은 사자 두 명이 따라와서 대문 밖에 이르러 보았더니, 자신이 탈 수레는 아주 형편없었고 좌우에서 가깝게 부리던 마부와 노복은 한 명도 보이지 않았다. 그는 마음속으로 매우 이상해하며 탄식했다. 순우생은 수레에 올라 몇 리쯤 가서 다시 커다란 성을 나왔는데, 예전에 동쪽으로 올 때의 바로 그 길이었으며, 산천과 들판도 예전과 다름없었다. 그를 전송하러 온 두 사자는 위세가 전혀 없어서 순우생은 더욱 불만스러웠다. 순우생이 사자에게 물었다.

"광릉군에는 언제 도착할 수 있는가?"

그러나 두 사자는 태연자약하게 노래만 부르더니 한참이 지나서야 대답했다.

"조금만 있으면 곧 도착합니다." 미 : 염량(炎凉)한 세태를 지극히 뛰어나게 묘사했다.

잠시 후 구멍 하나를 빠져나가자 고향 마을이 보였는데, 옛날과 달라지지 않아서 자기도 모르게 슬퍼하며 눈물을 흘렸다. 두 사자가 순우생을 이끌어 수레에서 내려 주자 그는 문으로 들어가서 계단을 올라갔는데, 자신의 몸이 동쪽 처마 아래 누워 있는 것을 보았다. 그는 놀라고 두려워서 앞으로 다가가지 못했다. 그때 두 사자가 큰 소리로 순우생의 성명을 부르자, 그는 마침내 처음처럼 잠에서 깨어났다. 보았더니 집의 동복은 빗자루를 들고 마당을 쓸고 있었고, 두 친구는 평상에서 발을 씻고 있었으며, 저무는 해는 아직 서쪽 담장 아래로 숨지 않았고, 술동이에 남은 술은 동쪽 창 아래에 여전히 맑은 채로 있었다. 꿈속에서의 한순간이 마치 한 평생을 보낸 것 같았다. 순우생이 생각에 잠겨 탄식하다가 두 친구를 불러 꿈 얘기를 들려주었더니 모두 깜짝 놀랐다. 그러고는 함께 밖으로 나가서 홰나무 아래의 구멍을 찾아보았다. 순우생이 손으로 가리키며 말했다.

"여기가 바로 꿈속에서 거쳐 들어갔던 곳이네."

두 친구는 여우나 나무 요괴가 저지른 짓이라 의심하고 하인에게 명해 도끼를 가져와서 나무옹이를 쪼개고 그루터기를 잘라 내게 해서 구멍을 찾았다. 옆으로 1장(丈) 정도 떨어진 곳에 커다란 구멍이 있는 뿌리가 있었는데, 훤하게 뚫려 있어서 평상 하나는 들어갈 만했다. 그 위에는 흙이 쌓여 있었는데, 성곽이나 대전(臺殿)의 모습을 하고 있었다. 또 몇 곡(斛)의 개미가 그 속에 숨어서 모여 있었으며, 그 가운데에 단사(丹砂)처럼 붉은색의 작은 누대가 있었다. 커다란 개미 두 마리가 그곳에 있었는데, 날개는 희고 머리는 붉었으며 길이는 3촌쯤 되었다. 그 좌우에서 커다란 개미 수십 마리가 그 두 마리를 보좌하고 있었고, 다른 개미들은 감히 가까이 가지 못했다. 그 두 마리는 바로 왕과 왕비였고 그곳은 바로 괴안국의 도성이었다. 또 다른 구멍 하나를 파 보았더니 곧장 남쪽으로 4장쯤 되는 가지까지 뻗어 있었고, 구불구불한 가운데 네모반듯한 곳에 토성(土城)과 작은 누대가 있었으며, 그곳에도 개미 떼가 살고 있었는데, 바로 순우생이 다스렸던 남가군이었다. 또 다른 구멍 하나가 서쪽으로 2장 떨어진 곳에 있었는데, 널찍하게 속이 텅 비어 있었으며 울퉁불퉁 기이한 모습을 하고 있었다. 그 안에 말[斗]만 한 크기의 썩은 거북 껍질 하나가 있었고, 거기에 빗물이 축축이 스며들어 작은 풀들이 무더기로 자라나고 무성하게 뒤덮어 거북 껍질을 가리고 있었는데, 바로 순우생이 사냥을 했던 영귀산이었다. 또 한 구멍을 파 보았더니 동쪽으로 1장 남짓 떨어져 있었고, 오래된 나무뿌리가 칭칭 감겨 있었는데, 그 모습이 마치 용이나 뱀 같았다. 그 가운데에 작은 흙 무더기가 1척 남짓한 높이로 쌓여 있었는데, 바로 순우생이 아내를 묻었던 반룡강 무덤이었다. 그는 지난 일을 돌이켜보며 속으로 감탄했으며, 그것을 무너뜨리고 싶지 않아 급히 예전처럼 덮어서 막아 놓게 했다. 그날 저녁에 비바람이 갑자기 불었는데, 아침에 그 구멍을 살펴보았더니 개미 떼가 사라져 어디로 갔는지 알 수 없었다. 이전에 "나라에 큰 우환이 생겨 도읍이 옮겨 갈 것이다"라고 말한 것이 이것으로 증험되었다. 순우생은 또 단라국이 쳐들어왔던 일을 떠올리며 두 친구에게 밖에서 흔적을 찾아보라고 부탁했다. 집에서 동쪽으로 1리 떨어진 곳에 이미 말라 버린 오래된 계곡이 있었는데, 그 옆에 커다란 박달나무 한 그루가 있었고, 등나무 넝쿨이 칭칭 감고 있어서 위로 해가 보이지 않았다. 바로 그 옆에 작은 구멍이 있었는데, 역시 그 사이에 개미 떼가 숨어서 모여 있었다. 단라국은 어찌 이것이 아니겠는가? 아! 개미의 신령함과 기이함도 오히려 궁구할 수 없는데, 하물며 산속에 숨어 있고 나무 밑에 엎드려 있는 큰 짐승이 변화한 것임에랴! 당시 순우생의 술친구인 주변과 전자화는 모두 육합현(六合縣)에 살고 있었는데, 순우생과 어울리지 않은 지 열흘이 되었다. 순우생이 급히 가동을 보내 안부를 묻게 했는데, 주생(周生 : 주변)은 갑자기 병이 나서 이미 세상을 떠났고 전자화도 병들어 침상에 누워 있었다. 순우생은 남가군의 허망함을 탄식하고 인생이 순식간임을 깨달아, 마침내 도문(道門)에 귀의했으며 술과 여색을 끊었다. 그는 3년 뒤인 정축년에 집에서 죽었고 그때 향년 47세였으니, 이는 전생에 약속한 기한51)에 부합한 것이었다. 전(前) 화주 참군(華州參軍) 이조(李肇)가 찬(贊)을 지었다.

"부귀가 최고 벼슬에 이르고, 권세가 도성을 기울여도, 달관한 사람이 이를 보면, 개미 떼와 무엇이 다르겠는가?"

東平淳于棼, 吳楚遊俠之士, 嗜酒使氣, 不守細行. 累巨產, 養豪客. 曾以武藝補淮南軍裨將, 因使酒忤帥, 斥逐落魄, 縱誕飲酒爲事. 家住廣陵郡東十里. 所居宅南有大古槐一株, 枝榦修密, 清陰數畝. 淳于生日與群豪大飮其下. 唐貞元七年九月, 因沈醉致疾, 時二友人於坐扶生歸家, 臥於堂東廡之下. 二友謂生曰: "子其寢矣. 余將秣馬濯足, 俟子小愈而去." 生解巾就枕, 昏然忽忽, 仿佛若夢. 見二紫衣使者, 跪拜生曰: "槐安國王奉邀." 生不覺下榻整衣, 隨二使至門. 見青油小車, 駕以四牡. 左右從者七八, 扶生上車, 出大戶, 指古槐穴而去. 使者卽驅入穴中, 生異之, 不敢致問. 忽見山川風候, 草木道路, 與人世甚殊. 前行數十里, 有郛郭城堞, 車輿人物, 不絶於路. 生左右傳呼甚嚴, 行者亦爭辟. 又入大城, 朱門重樓, 樓上有金書, 題曰"大槐安國". 執門者趨拜奔走, 旋有一騎傳呼曰: "王以駙馬遠降, 令且息東華館." 因前導而去. 俄見一門洞開, 生降車而入. 彩檻雕楹, 朱簾繡幄, 極其華盛. 生心甚悅. 復聞呼: "右相且至!" 生降階祇奉. 有

---

51) 전생에 약속한 기한 : 순우분의 아버지가 정축년에 너와 다시 만날 것이라고 했던 것과 괴안국 왕이 3년 뒤에 그를 맞이해 오겠다던 말을 가리킨다.

一人紫衣象簡，具賓主之儀，致敬甚恭．因請生同行，可百步，入朱門，矛戟斧鉞，布列左右，軍吏數百，辟易道側．生有平生酒徒周弇者，亦趨其中．生私心自喜，不敢前問．右相引生升廣殿，御衛嚴肅，若至尊之所．見一人長大端嚴，居王位，衣素練服，簪朱華冠，生戰慄，不敢仰視．左右侍者令生拜．王曰："前奉賢尊命，不棄小國，許令次女瑤芳奉事君子."生但俯伏而已，不敢致詞．王曰："且就賓宇，續造儀式."有旨，右相亦與生偕還館舍．生思父床邊將，戰販久沒虜中，不知存亡．將謂父北蕃交通，而致茲事．心甚迷惑，不知其由．是夕，羔雁幣帛，妓樂絲竹，燈燭車騎，禮物之用，無不咸備．有群女，或稱華陽姑，或稱青溪姑，或稱上仙子，或稱下仙子．若是者數輩，皆侍從數千，冠翠鳳冠，衣金霞帔，彩碧金鈿，目不可視．遨遊戲樂，往來其門，爭以淳于郎為戲弄．風態妖麗，言詞巧艷，生莫能對．復有一女謂生曰："昨上巳日，吾從靈芝夫人過禪智寺，於天竺院觀¹延舞〈婆羅門〉．吾與諸女坐北牖石榻上，時君少年，亦解騎來看．君獨強來親洽，言調笑謔．吾與瓊英妹結絳巾，掛於竹枝上，君獨不憶念之乎？眉：因此調謔，遂結冥眷．又七月十六日，吾於孝感寺晤上真子，聽契玄法師講《觀音經》．吾於講下捨金鳳釵兩隻，上真子捨水犀合子一枚．時君亦在講筵中，於師處請釵．合視之，賞嘆再三．顧余輩曰：'人之與物，皆非世有.'或問吾居，或訪吾里，吾亦不答．情意戀戀，矚盼不捨，君豈遂忘乎？"生曰："中心藏之，何日忘之？"群女曰："不意今日與君眷屬."復有三人，冠帶甚偉，前拜生曰："奉命為駙馬相者."生識其中一人，指曰："子非馮翊田子華乎？"田曰："然."眉：二酒徒相聚夢中，庶不寂寞．生前，執手敘舊，問："何以居此？"子華曰："吾放遊，獲受知於右相武成侯段公，因以棲托."生復問曰："周弇在此，知之乎？"子華曰："周生，貴人也. 職爲司隷, 權勢甚盛, 吾數蒙庇護." 言笑甚歡. 俄傳聲曰: "駙馬可進矣." 取劍佩冕服, 更衣之. 有仙姬數十, 奏諸異樂, 婉轉淸亮, 曲調淒悲, 非人間之所聞. 執燭引導者, 亦數十, 左右見金翠步障, 彩碧玲瓏, 不斷數里. 生端坐車中, 心意恍惚, 甚不自安, 田子華數言笑以解之. 向者群女姑姊, 各乘鳳翼輦, 亦往來其間. 至一門, 號"修儀宮", 群仙姑姊, 亦紛然在側, 令生降車輦, 揖讓升降, 一如人間. 徹障去扇, 見一女子, 號"金枝公主", 年可十四五, 儼若神仙. 生自爾情義日洽, 榮曜日盛. 出入車服, 遊宴賓御, 次於王者. 王命生與群寮備武衛, 大獵於國西靈龜山. 山阜峻秀, 川澤廣遠, 林樹豐茂, 飛走繁殖. 師徒大獲, 竟夕而還. 生因他日, 啓王曰: "臣頃結好之日, 大王云奉天父之命, 臣父自陷胡中, 十七八歲矣. 王旣知所在, 臣請一往拜覲." 王遽謂曰: "親家翁職守北土, 信問不絶, 卿但具書狀知聞, 未用便去." 生遂命妻遣致饋賀之禮. 數夕還答, 生驗書, 眞父手迹, 書中憶念教誨, 情意委曲. 兼問親戚存亡, 閭里興廢. 復言路道乖遠, 風烟阻絶, 詞意悲苦, 言語哀傷. 又不令生來覲, 云: "歲在丁丑, 當與女相見." 生捧書悲咽, 情不自堪. 他日, 妻謂生曰: "子豈不思爲政乎?" 生曰: "我不習政事." 妻曰: "但爲之, 余當奉贊." 妻遂白於王. 累日, 謂生曰: "吾南柯政事不理, 太守黜廢. 欲藉卿才, 可屈就之. 便與小女同行." 生敦教命. 王遂敕有司備太守行李. 因出金玉·錦繡·箱奩·僕妾·車馬, 列於廣衢, 以餞公主之行. 生少遊蕩, 至是意甚得, 因上表曰: "臣將門餘子, 素無藝術, 猥當大任, 必敗朝章. 自悲負乘, 坐致覆餗. 今欲廣求賢哲, 以贊不逮. 伏見司隷潁川周弁, 忠亮剛直, 守法不回, 有毗佐之器. 處士馮翊田子華, 淸愼通變, 達政化之源. 二人與臣有十年之舊, 備知才用, 可托政事. 周請署南柯司憲, 田請署司農, 庶使臣政績有聞, 憲章不紊也."王並依表以遣之. 其夕, 王與夫人餞於國南. 王謂生曰:"南柯國之大郡, 非惠政不能治. 卿其勉之, 以副國念." 夫人戒公主曰:"淳于郎性剛好酒, 加之少年, 為婦之道, 貴乎柔順, 爾善事之, 吾無憂矣. 南柯雖封境不遙, 晨昏有間, 今日瞭別, 寧不沾巾?" 生與妻拜南去. 登車擁騎, 言笑甚歡. 累夕達郡, 文武官吏及僧道·耆老之屬, 爭來迎奉, 人物闐咽, 鍾鼓喧譁, 不絕十數里. 見雉堞臺觀, 佳氣郁郁. 入大城門, 門亦有大榜, 題以金字, 曰"南柯郡". 朱軒棨戶, 森然深邃. 生下車, 省風俗, 療病苦, 政事委之周·田, 郡中大理. 自守郡二十載, 風化廣被, 百姓歌謠, 建功德碑, 立生祠宇. 眉:蟲蟻也知人好設碑祠, 一祠立南柯. 王甚重之, 賜食邑, 錫爵, 位居臺輔. 周·田皆遞遷大位. 生有五男二女, 男以門蔭授官, 女亦聘於王族. 榮耀顯赫, 代莫比之. 是歲, 有檀蘿國者, 來伐是郡, 生乃表周弁將兵三萬, 拒賊於瑤臺城. 弁剛勇輕敵, 師徒敗績, 單騎裸身, 夜遁歸城. 賊大獲而還. 生因弁以請罪, 王並捨之. 是月, 司憲周弁疽發背卒, 生妻公主遘疾, 旬日又薨. 生因請罷郡, 護喪赴國, 眉:天下無不散筵席. 王許之, 便以司農田子華行南柯太守事. 生哀慟發引, 威儀在途, 男女叫號, 人吏奠饌, 攀轅遮道者, 不可勝數. 遂達於國, 王與夫人素衣哭於郊, 候靈輿之至. 諡公主曰"順儀公主", 備儀仗·羽葆·鼓吹, 葬於國東十里盤龍岡. 眉:周密. 是月, 故司憲子榮信, 亦護喪赴國. 生久鎮外藩, 國中貴門豪族, 靡非親故. 自罷郡還國, 出入無恒, 交遊賓從, 威福日盛, 王意疑憚之. 時有國人上表云:"玄象謫見, 國有大恐, 都邑遷徙, 宗廟崩壞. 釁起他族, 事在蕭牆." 時議以生侈僭之應也, 遂奪生侍衛, 禁生遊從, 處之私第. 生自恃守郡多年, 曾無敗政, 流言怨悖, 鬱鬱不樂. 王亦知之, 因命生曰:"姻親二十餘年, 不幸小女夭枉, 不得與君子偕老, 良用痛傷. 卿離家多時, 可暫歸本里, 一見親族. 諸孫留此, 無以爲念. 後三年, 當令迎生." 生曰: "此乃家矣, 何更歸焉?" 眉: 富貴迷宗. 王笑曰: "卿本人間, 家非在此." 生忽若惛睡, 曹然久之, 方乃發悟前事, 遂流涕請還. 王顧左右以送生, 生再拜而去. 復見前二紫衣使者從焉, 至大戶外, 見所乘車甚劣, 左右親使御僕, 遂無一人. 心甚嘆異. 生上車, 行可數里, 復出大城, 宛是昔年東來之途, 山川原野, 依然如舊. 所送二使者, 甚無威勢, 生逾怏怏. 生問使者曰: "廣陵郡何時可到?" 二使謳歌自若, 久乃答曰: "少頃卽至." 眉: 描寫炎涼世態極工. 俄出一穴, 見本里閭巷, 不改往日, 不覺悲涕. 二使者引生下車, 入其門, 升自階, 見己身臥於堂東廡之下, 驚畏不前. 二使因大聲呼生姓名, 生遂發寤如初. 見家之僮僕擁篲於庭, 二客濯足於榻, 斜日未隱於西垣, 餘樽尚湛於東牖. 夢中倏忽, 若度一世矣. 生感念嗟嘆, 遂呼二客語之, 莫不驚駭. 因共出外, 尋槐下穴. 生指曰: "此卽夢中所經入處." 二客疑狐狸木媚之所爲, 遂命僕夫荷斤斧, 斷擁腫, 折查枿, 尋穴究源. 旁可袤丈, 有大穴根, 洞然明朗, 可容一榻. 上積土壤, 以爲城郭臺殿之狀. 有蟻數斛, 隱聚其中, 中有小臺, 其色若丹. 二大蟻處之, 素翼朱首, 長可三寸. 左右大蟻數十輔之, 諸蟻不敢近. 此其王矣, 卽槐安國都也. 又窮一穴, 直上南枝可四丈, 宛轉方中, 亦有土城小樓, 群蟻亦處其中, 卽生所領南柯郡也. 又一穴, 西去二丈, 磅礴空朽, 嵌窞異狀. 中有一腐龜殼, 大如斗, 積雨浸潤, 小草叢生, 繁茂翳薈, 掩映振殼, 卽生所獵靈龜山也. 又窮一穴, 東去丈餘, 古根盤屈, 若龍虺之狀. 中有小土壤, 高尺餘, 卽生所葬妻盤龍岡之墓也. 追想前事, 感嘆於懷, 不欲壞之, 遽令掩塞如舊. 是夕, 風雨暴發, 旦視其穴, 遂失群蟻, 莫知所去. 先言"國有大恐, 都邑遷徙", 此其驗矣. 復念檀蘿征伐之事, 又請二客訪迹於外. 宅東一里,有古涸澗, 側有大檀樹一株, 藤蘿擁織, 上不見日. 旁有小穴, 亦有群蟻隱聚其間. 檀蘿之國, 豈非此耶? 嗟乎! 蟻之靈異, 猶不可窮, 況山藏水[2]伏之大者所變化乎! 時生酒徒周弁·田子華, 並居六合縣, 不與生過從旬日矣. 生遽遣家僮往候之, 周生暴疾已逝, 田子華亦寢疾於床. 生感南柯之浮虛, 悟人世之倏忽, 遂棲心道門, 絶棄酒色. 後三年, 歲在丁丑, 亦終於家, 時年四十七, 將符宿契之限矣. 前華州參軍李肇贊曰: "貴極祿位, 權傾國都, 達人視此, 蟻聚何殊?"

* 이 고사는 《태평광기》 권475 〈곤충(昆蟲)·순우분〉에 실려 있다. 〈순우분〉 고사는 〈남가태수전(南柯太守傳)〉이라고도 한다.

1 우(右): 《태평광기》 명초본에는 "석(石)"이라 되어 있는데, 문맥상 보다 타당해 보인다.

2 수(水): 《태평광기》에는 "목(木)"이라 되어 있는데, 문맥상 보다 타당하다.

권52 신부(神部)

신(神) 1

이 권은 대부분 삼재와 오방의 여러 신을 실었다.
此卷多載三才五方諸神.

52-1(1554) 복희

복희(伏羲)

출《습유기》미 : 이하는 모두 인신이다(以下皆人神).

 우(禹)임금이 용관산(龍關山)을 뚫었는데, 이 산은 또한 "용문(龍門)"이라고도 부른다. 우임금은 한 바위 동굴로 들어갔는데, 그 깊이가 수십 리나 되었고 캄캄해서 더 이상 갈 수 없었다. 그래서 우임금은 횃불을 들고 나아갔는데, 돼지처럼 생긴 어떤 짐승이 등불처럼 빛나는 야광주를 물고 있었다. 또 푸른색 개가 앞에서 다니며 짖었다. 우임금은 10여 리를 걷는 동안 낮인지 밤인지 분간할 수 없었는데, 이윽고 점점 밝아지는가 싶더니 아까 왔던 돼지와 개가 사람 모습으로 변해 모두 검은 옷을 입고 있는 것이 보였다. 또 우임금은 사람 얼굴에 뱀 몸을 한 어떤 신을 만났다. 우임금이 그 신과 얘기를 나누었더니, 신이 즉시 우임금에게 팔괘도(八卦圖)를 보여 주며 금판(金板) 위에 벌여 놓았으며, 또 여덟 명의 신이 그 팔괘도 옆에서 시립(侍立)하고 있었다. 그러고는 옥간(玉簡)을 꺼내 우임금에게 주었는데, 옥간은 길이가 1척 2촌으로 12시진(時辰)의 수와 들어맞았다. 신은 우임금에게 그것으로 천지를 측량하게 했다. 그래서 우임금은 즉시 그 옥간을 가지고 물과 땅을 고르게 정했다. 뱀 몸을 한

신은 바로 희황씨(羲皇氏 : 복희씨)였다.

禹鑿龍關之山, 亦謂之"龍門". 至一空巖, 深數十里, 幽暗不可復行. 禹負火而進, 有獸狀如豕, 銜夜明之珠, 其光如燭. 又有青色犬, 行吠於前. 禹計行十餘里, 迷於晝夜, 旣覺漸明, 見向來豕犬, 變爲人形, 皆著玄衣. 又見一神, 人面蛇身. 禹因與之語, 神卽示禹八卦之圖, 列於金板之上, 又有八神, 侍於此圖之側. 乃探玉簡以授禹, 簡長一尺二寸, 以合十二時之數. 使度量天地. 禹卽執持此簡, 以平定水土. 蛇身之神, 則羲皇也.

* 이 고사는 《태평광기》 권291 〈신·용문산(龍門山)〉에 실려 있다.

52-2(1555) 삼양왕

삼양왕(三讓王)

출《찬이기》

    오(吳)나라의 태백(泰伯)52)은 "삼양왕"이라 불리는데, 그를 모신 사당이 오나라 창문(閶門)의 서쪽에 있었다. 매년 봄과 가을에 시장의 가게들은 희생과 술을 모아서 삼양왕에게 복을 빌었는데, 대부분 좋은 말과 화려한 수레와 여자를 그려서 바쳤다. 어떤 금은 가게 주인이 그 무리를 규합해 고운 비단에 미인이 호금(胡琴)을 들고 따라가는 그림을 그리고 그 미인의 이름을 "승아(勝兒)"라고 했다. 대개 사당의 창문과 담벼락에 걸려 있는 전후로 바친 그림들 중에 승아와 필적할 만한 미인은 없었다. 무녀가 한창 춤을 추고 있을 때, 유경복(劉景復)이라는 진사가 손님을 배웅하러 금릉(金陵)으로 가서 사당 동쪽의 통파관(通波館)에서 술을 마시고 있

---

52) 태백(泰伯) : 주(周)나라 태왕(太王)의 장자로, 춘추 시대 오(吳)나라의 시조. 태백(太伯)이라고도 쓴다. 태왕이 왕위를 셋째 아들인 계력(季歷)에게 넘기자 그는 동생 중옹(仲雍)과 함께 머리를 짧게 자르고 몸에 문신을 새겼는데, 이는 모두 형만(荊蠻)의 풍속으로 더 이상 세상에 등용되지 않기 위해 그렇게 한 것이었다. 그래서 태백을 "삼양왕"이라 부른다.

있는데, 기지개를 켜고 하품을 하다가 자고 싶은 생각이 들어 평상에 누웠더니, 자주색 의관을 착용한 사람이 나타나 말했다.

"양왕께서 당신을 모셔 오라고 하십니다."

유생(劉生 : 유경복)은 그 사람을 따라 사당에 이르러 양왕에게 예를 갖춰 읍하고 앉았다. 그러자 양왕이 유생에게 말했다.

"방금 전에 호금에 뛰어난 아름다운 여인 하나를 맞아들였는데, 그대가 노래를 잘 부르는 것을 알기 때문에 그대를 모셔 와 호금으로 연주할 만한 악장(樂章) 한 곡을 지어서 그녀의 기예를 즐기고자 하오."

그러고는 술을 따르고 안주를 내오라고 명했는데, 보았더니 조금 전 통파관의 전별연에 차려졌던 것들이었다. 유생은 술을 몇 잔 마시고 나서 술에 취해 노래를 지었다.

"잡다한 현악기 소리 멈추고 취악(吹樂)마저 그치자, 승아가 연주하는 나사(邏娑)53) 소리 울려 퍼지네. 사현(四絃 : 비파)을 뜯어 네댓 소리 울리니, 변방의 바람 불러일으키고 차가운 달을 멈추게 하네. 큰 소리는 물이 콸콸 흐르는 듯,

---

53) 나사(邏娑) : 나사단(邏娑檀 : 티베트에서 나는 박달나무)으로 만든 비파.

파도가 출렁대며 큰 바다로 흘러들어 가는 듯하네. 소현(小絃)의 절절한 원망 소리 표연히 울려 퍼지니, 귀신이 슬퍼하며 낮은 울음소리 내는 듯하네. 팔목을 기울여 번개 치듯 옆으로 뜯으니, 가슴에서 곧장 치솟아 올라가는 가을 송골매 같네. 한비(漢妃)54)는 하릴없이 단정하다는 명성 얻었고, 진녀(秦女)55)는 부질없이 선골(仙骨)을 지녔다고 자랑했네. 내가 천보(天寶) 연간의 옛일을 들었는데, 그땐 양주(凉州)가 아직 서쪽 오랑캐의 소굴이 되지 않았네. 베옷 입고 오른쪽으로 옷깃 여민 모든 한족들, 오랑캐 병마가 일으킨 먼지 자욱한 것도 살피지 못했네. 태평 시대 말년에 미친 오랑캐[안녹산]가 난을 일으키니, 개돼지도 이리저리 날뛰면서 제멋대로 굴었네. 현종(玄宗)이 미처 만리교(萬里橋)에 도착하기도 전에, 동쪽 낙양(洛陽)과 서쪽 장안(長安)이 일시에 함락되었네. 하루아침에 한족들 포로가 되어, 한을 삼키고 숨죽인 채 덧없이 흐느껴 울었네. 가끔 한족의 달과 한족의 하늘 바라보니, 원망의 기운이 별에 뻗쳐 혜성이 되었

---

54) 한비(漢妃) : 한나라 원제(元帝)의 궁비 왕소군(王昭君)을 말한다. 흉노와 화친을 맺기 위해 흉노 군주에게 시집갔다.

55) 진녀(秦女) : 춘추 시대 진(秦)나라 목공(穆公)의 딸 농옥(弄玉)을 말한다. 그녀는 통소를 잘 부는 소사(蕭史)를 남편으로 맞이해 통소를 배웠으며, 마침내 함께 득도해 봉황을 타고 신선이 되었다고 한다.

다네. 도성 성문 서쪽에 있는 여덟아홉 진(鎭), 높고 깊은 성채가 병사들을 막고 있었네. 지척에 있는 황화(黃河)와 황수(湟水)도 수복하지 못한 채, 곡식 싣고 수레 미느라 하릴없이 바빴네. 오늘 아침에 〈양주곡(涼州曲)〉 연주 들으니, 내 마음과 혼을 남몰래 아련하게 만드네. 승아가 변방을 향해 호금을 연주한다면, 정벌 나간 병사들의 피눈물이 난간에 떨어질 것이네."

　　노래를 다 짓고 나서 유생은 술기운에 일필휘지로 갈겨 써서 양왕에게 바쳤다. 양왕은 여러 번 음미하더니 승아를 불러 그것을 주었다. 양왕의 시녀들 가운데 이를 달가워하지 않는 자가 그 자리에서 질투하는 기색을 드러냈다. 양왕이 술기운에 황금 여의(如意 : 등긁이)로 승아의 머리를 치자 흘린 피가 옷깃과 소매를 적셨는데, 그 순간 유생은 깜짝 놀라 일어났다. 이튿날 삼양왕의 사당에 가서 비단에 그려진 승아의 그림을 보았더니 과연 상처 자국이 나 있었다. 그 노래는 지금도 오 지방에 전해진다.

吳泰伯, 號"三讓王", 廟在吳閶門之西. 每春秋季, 市肆合牢醴祈福, 多圖善馬・彩輿・女子以獻之. 有金銀行首, 糾合其徒, 以絹畫美人, 捧胡琴以從, 名爲"勝兒". 蓋戶牖牆壁會前後所獻者, 無以匹也. 女巫方舞, 有進士劉景復, 送客之金陵, 置酒於廟之東通波館, 而欠伸思寢, 方就榻, 見紫衣冠者言曰 : "讓王奉屈." 劉生隨至廟, 揖讓而坐. 王語劉生曰 : "適納一麗色, 精於胡琴, 知子善歌, 故奉邀作胡琴一章, 以寵其藝." 遂命酌酒, 並獻酒物, 視之, 乃適館中祖筵者也. 生飮數杯, 醉而作歌曰:"繁弦已停雜吹歇, 勝兒調弄邐迤發. 四弦攏撚三四聲, 喚起邊風駐寒月. 大聲漕漕奔溜溜, 浪蹙波翻倒溟涬. 小弦切切怨颷颷, 鬼泣神悲低悉率. 側腕斜挑挈流電, 當胸直戛騰秋鶻. 漢妃徒得端正名, 秦女虛誇有仙骨. 我聞天寶年前事, 凉州未作西戎窟. 麻衣右袵皆漢民, 不省胡塵暫蓬勃. 太平之末狂胡亂, 犬豕崩騰恣唐突. 玄宗未到萬里橋, 東洛西京一時沒. 一朝漢民沒爲虜, 飮恨吞聲空咽嗢. 時看漢月望漢天, 怨氣冲星成彗孛. 國門之西八九鎭, 高城深壘閉閑卒. 河湟咫尺不能收, 挽粟推車徒矻矻. 今朝聞奏〈凉州曲〉, 使我心魂暗超忽. 勝兒若向邊塞彈, 征人血淚應闌干." 歌旣成, 劉生乘醉, 草札而獻. 王尋繹數四, 召勝兒以授之. 王之侍兒有不樂者, 妒色形於坐. 王恃酒以金如意擊勝兒首, 血淋襟袖, 生乃驚起. 明日視繪素, 果有損痕. 歌今傳於吳中.

* 이 고사는 《태평광기》 권280 〈몽・유경복(劉景復)〉에 실려 있다.

52-3(1556) 굴원

굴원(屈原)

출《속제해기(續齊諧記)》

굴원이 5월 5일에 멱라수(汨羅水)에 투신자살하자, 미 : 지금 대강(大江 : 장강)에 충결왕(忠潔王)의 사당이 있는데, 바로 굴대부(屈大夫 : 굴원)를 모신 것이다. 초(楚)나라 사람들이 그를 애도해 그날이 되면 대나무 통에 쌀을 담아 강물에 던져 그에게 제사 지냈다. 한(漢)나라 건무(建武) 연간(25~56)에 장사(長沙)의 구곡(區曲)이 대낮에 문득 한 선비를 보았는데, 그 선비는 자신을 삼려대부(三閭大夫 : 굴원)라고 하면서 구곡에게 말했다.

"당신이 나에게 제사 지내려 한다는 소식을 들었는데 정말 고맙소. 다만 해마다 보내 준 것은 늘 교룡에게 빼앗기곤 했으니, 이번에도 은혜를 베풀 것이라면 단향(檀香)나무 잎으로 그 위를 막고 채색 실로 묶어 주시오. 이 두 물건은 교룡이 꺼리는 것이오."

구곡은 그의 말대로 해 주었다. 지금 세상 사람들이 5월 5일에 종자(粽子)를 만들어 오색실로 묶는 것은 모두 그 유풍(遺風)이다.

屈原以五月五日投汨羅水, 眉 : 今大江有忠潔王廟, 卽屈大夫也. 楚人哀之, 至此日, 以竹筒貯米, 投水以祭之. 漢建武中, 長沙區曲, 白日忽見一士人, 自云三閭大夫, 謂曲曰 : "聞君當見祭, 甚善. 但常年所遺, 恒爲蛟龍所竊, 今若有惠, 可以楝葉塞其上, 以彩絲纏之. 此二物, 蛟龍所憚也." 曲依其言. 今世人五月五日作粽, 並帶五色絲, 皆其遺風.

* 이 고사는《태평광기》권291〈신·굴원〉에 실려 있다.

52-4(1557) 장비

장비(張飛)

 재주(梓州)에 양관신(陽關神)이 있는데, 바로 촉(蜀)나라의 거기장군(車騎將軍)이자 서향후(西鄉侯)인 장비다. 그 영험함이 지엄하고 사나워서 재주 사람들은 그를 존경하면서도 두려워했다. 용주군(龍州軍)의 판관(判官) 왕연호(王延鎬)는 성도(成都)의 아름다운 기녀 하경(霞卿)을 맞아들여 그녀를 매우 총애했다. 그는 하경을 데리고 부임지로 가는 길에 양관신의 사당 앞을 지나갔는데, 그때 하경이 갑자기 죽었다. 하경은 딸 하나를 두었는데, 왕연호의 자식은 아니었으나 그는 갑절로 그 딸을 가엾게 여겼다. 하루는 딸이 하경의 혼령의 말을 전하며 말했다.

 "저는 양관신에게 잡혀갔는데 제가 하소연하면서 사양하자 저를 풀어 주었습니다."

 이때부터 하경은 다시 왕연호와 동침했는데, 왕연호는 그녀의 모습을 그려 그녀가 깃들도록 해 주었다. 하경은 씻고 먹는 것이 모두 살아 있을 때와 같았다. 하경이 말했다.

 "제 딸이 시집가기를 기다렸다가 그때 당신과 작별할 것입니다."

 왕연호가 다시 아내를 맞아들이려고 할 때 하경에게 말

했더니 귀신[하경]이 허락하자 왕연호는 심언순(沈彥循)의 딸을 아내로 맞아들였다. 그때부터 간혹 여자 손님이 와서 자리를 잡고 앉으면 검은 나비 한 마리가 날아와 자리 주위를 펄럭이며 스쳐 지나가곤 했는데, 나중에는 일상적인 일로 여겼다. 그 후에 왕연호는 신진현령(新津縣令)이 되었을 때 비로소 하경의 딸을 시집보내면서 아주 많은 혼수를 준비했다. 그 뒤로 하경은 소식이 없었다.

평 : 장익덕(張翼德 : 장비)은 문장에 능하고 글씨에 능하며 조각에 능했는데, 지금 또 그의 풍류를 듣게 되었다. 또 다른 기록에 따르면, 재주의 장비 사당에 호위병 토우(土偶)가 있었는데, 그 토우가 어느 날 밤에 사당지기의 아내와 정을 통했다. 1년이 지나서 사당지기의 아내가 딸 하나를 낳았는데, 그 딸은 머리카락이 붉었고 눈썹과 눈, 그리고 손과 발이 모두 토우를 닮아 있었다. 이 일 또한 기이하다.

梓州有陽關神, 卽蜀車騎將軍西鄕侯張飛也. 靈應嚴暴, 州人敬憚之. 龍州軍判官王延鎬納成都美妓霞卿, 甚寵之, 携之赴官, 經陽關神祠前過, 霞卿暴卒. 唯所生一女, 非延鎬之息, 倍哀憫之. 一日傳靈語, 具云 : "爲陽關神所錄, 辭而得解." 從此又同寢處, 寫其貌而憑之. 至於盥漱飮食皆如生. 乃曰 : "俟我嫁女, 方與君別." 延鎬將更娶, 告之, 鬼亦許焉, 乃娶沈彥循女. 自是或女客列坐, 卽有一黑蝴蝶, 翩翻掠筵席而過, 卒以爲常. 其後延鎬爲新津令, 方嫁其女, 資送甚備. 自是無聞.

評:翼德能文章, 能書, 能雕刻, 今又聞其風流也. 又別載:梓州張飛廟有土偶衛士, 一夕感廟祝之妻, 經年, 遂生一女, 髮如朱, 眉目手足, 悉肖土偶. 亦異矣.

* 이 고사는 《태평광기》 권354 〈귀(鬼)·왕연호(王延鎬)〉, 권343 〈귀·장비묘축(張飛廟祝)〉에 실려 있다.

52-5(1558) 장자문

장자문(蔣子文)

출《수신기(搜神記)》·《유명록》 등

　　장자문은 광릉(廣陵) 사람이다. 그는 술과 여자를 좋아했으며 제멋대로 행동하고 방종했다. 그는 늘 스스로 생각하길, 자신은 청골(靑骨)56)이니 죽으면 분명 신이 될 것이라고 여겼다. 한(漢)나라 말에 장자문은 말릉현위(秣陵縣尉)로 있었는데, 도적을 뒤쫓아 종산(鍾山) 아래까지 갔다가 도적에게 맞아 이마를 다치자, 인끈을 풀어 상처를 싸맸지만 얼마 후에 결국 죽었다. 오(吳)나라 선주(先主 : 손권) 초기에 장자문의 옛 부하 관리가 길에서 그를 보았는데, 그는 백마를 타고 흰 깃털 부채를 들고 있었으며 살아 있을 때처럼 시종들이 따르고 있었다. 장자문을 본 사람들이 놀라서 도망치자 그는 사람들을 쫓아가서 말했다.

　　"나는 분명 이곳의 토지신이 되어서 이곳 백성에게 복을 내려 줄 것이니, 너희는 백성에게 널리 알려 나를 위해 사당을 지으라고 해라. 그렇게 하지 않으면 장차 큰 재앙이 있을

---

56) 청골(靑骨) : 푸른색 뼈. 죽은 후에 신이 된 자의 뼈를 가리킨다.

것이다."

그해 여름에 돌림병이 크게 돌자 백성은 무서움에 떨면서 몰래 장자문에게 제사 지내는 사람들이 많았다. 장자문은 또 무당을 통해 말했다.

"내가 장차 손씨(孫氏)를 크게 인도해 도울 것이니, 마땅히 나를 위해 사당을 세우도록 하라. 그렇게 하지 않으면 장차 벌레를 사람의 귓속에 들어가게 해서 재앙을 일으킬 것이다."

얼마 후에 등에처럼 생긴 작은 벌레가 귓속으로 들어간 사람은 모두 죽었는데 의원도 고치지 못했다. 백성은 더욱 두려워했지만 손주(孫主 : 손권)는 여전히 믿지 않았다. 장자문은 다시 무당을 통해 말했다.

"만약 나에게 제사 지내지 않으면 장차 큰불로 재앙을 일으킬 것이다."

그해에 화재가 크게 일어났는데, 하루에 수십 곳에서 불이 났다. 불이 궁전까지 번지자 그제야 손주는 걱정하며 사자를 보내 장자문을 중도후(中都侯)에 봉하고, 그의 둘째 아우 장자서(蔣子緒)를 장수교위(長水校尉)에 제수했다. 또한 모두 인끈을 더해 주고 사당을 세워 주었으며, 종산을 "장산(蔣山)"으로 바꿔 불렀다. 지금 건강(建康)의 동북쪽에 있는 장산이 바로 그곳이다. 그때부터 재앙이 멈추었다.

진군(陳郡)의 사옥(謝玉)은 낭야내사(琅琊內史)가 되어 도성에 머물고 있었다. 그해에는 호환(虎患)이 심각했는데, 호랑이가 아주 많은 사람들을 죽였다. 한 사람이 작은 배에 젊은 부인을 태우고 큰 칼을 타고 있던 배에 꽂은 채 해 질 무렵에 도착했는데, 나장(邏將) 미 : 나장은 순라 군졸의 우두머리다. 이 나와서 말했다.

"이곳은 요즘 잡초가 매우 우거져 있는데, 그대가 부인을 데리고 이처럼 가볍게 길을 가는 것은 정말로 쉬운 일이 아니니, 여기에서 묵도록 하시오."

서로 인사를 마치고 나장이 막 돌아간 후, 그 사람의 부인이 기슭으로 올라가자마자 곧바로 호랑이에게 잡혀갔다. 그녀의 남편은 칼을 뽑아 들고 크게 소리치면서 호랑이를 쫓아가려고 했다. 그는 이전부터 장 후(蔣侯 : 장자문)를 믿고 받들었으므로 장 후를 부르면서 도움을 청했다. 그렇게 10리를 갔을 때 문득 검은 옷을 입은 한 사람이 인도해 주는 것 같은 느낌이 들었다. 그 사람이 검은 옷 입은 사람을 따라 다시 20리를 갔더니 커다란 나무가 보였다. 이윽고 한 굴에 이르렀는데, 호랑이 새끼들이 발자국 소리를 듣고 어미가 온 것이라 여기고 모두 달려 나왔다. 그 사람은 바로 그 자리에서 호랑이 새끼들을 죽이고 칼을 들고서 나무 뒤에 숨어 있었다. 한참 후에 호랑이가 도착해서 부인을 땅에 내려놓고 굴속으로 끌고 들어갈 때, 그 사람이 칼로 호랑이의 허리를 베었다. 호랑이가 죽고 나서 그의 부인은 이전처럼 살아났다. 새벽이 되어 부인이 말을 할 수 있게 되자 물어보았더니 부인이 말했다.

"호랑이가 처음 나를 잡아서 바로 등에 태우고 이곳에 도착한 후에 내려놓았습니다. 몸은 달리 다친 곳은 없고 단지 초목에 긁혀 상처가 생겼을 뿐입니다."

그는 부인을 부축해서 배로 돌아왔다. 다음 날 밤 꿈에 한 사람이 나타나 그에게 말했다.

"장 후께서 그대를 도우라고 하셨는데, 알고 있는가?"

그는 집에 도착하자 돼지를 잡아 장 후에게 제사를 올렸다.

회계군(會稽郡) 무현(鄮縣)의 동쪽 교외에 어떤 여자가 있었는데, 성은 오(吳)이고 자는 망자(望子)이고 나이는 열여섯 살이었으며 자태와 용모가 아름다웠다. 그 마을에 북을 치고 춤을 추며 신에게 제사 지내는 자가 있었는데, 그가 망자를 초청하자 망자가 그에게 가게 되었다. 망자가 연못을 따라서 길을 중간쯤 갔을 때, 갑자기 한 귀인(貴人)을 만났는데 단정하고 보통 사람과 달랐다. 그 귀인이 사람을 시켜 망자에게 어디로 가려 하는지 물어, 망자가 사실대로 자세히 대답했더니 귀인이 말했다.

"나도 지금 그곳으로 가는 길이니 이 배를 타고 함께 갑시다."

망자가 감히 그럴 수 없다며 사양하자 갑자기 귀인의 모습이 보이지 않았다. 망자가 도착해서 신상(神像)에 절하고 앉아서 보았더니, 바로 아까 배 안에 있던 귀인이 의젓하고 단정하게 앉아 있었는데, 바로 장 후의 신상이었다. 장 후는 망자에게 어찌 늦게 왔느냐고 물으면서 귤 두 개를 그녀에게 던져 주었다. 장 후는 망자에게 자주 모습을 나타냈으며 마침내 둘의 감정이 두터워졌다. 망자가 마음속으로 원하는 것이 있으면 즉시 공중에서 그것이 떨어졌는데, 한번은 그녀가 회를 먹고 싶다는 생각을 하자 신선한 잉어 한 쌍이 그녀의 마음에 따라 바로 나타났다. 3년이 지났을 때 망자에게 갑자기 다른 마음이 생겨나자 신(神:장자문)은 곧바로 그녀와의 왕래를 끊었다.

[진(晉)나라 함녕(咸寧) 연간(275~280)에 태상경(太常卿) 한백(韓伯)의 아들 아무개, 회계내사(會稽內史) 왕온(王蘊)의 아들 아무개, 광록대부(光祿大夫) 유탐(劉耽)의 아들 아무개가 함께 장산묘(蔣山廟)로 나들이했다. 사당에는 부인상(婦人像)이 몇 개 있었는데, 매우 단정한 모습이었다. 그들은 술에 취해 각각 부인상을 가리키면서 장난으로 자신들의 배필이라고 했다. 바로 그날 저녁에 세 사람은 같은 꿈을 꾸었는데, 장 후가 전교(傳敎)를 보내 그들에게 알렸다.

"집안의 딸들이 모두 못생겼는데 외람되게도 예쁘게 보아 주었으니, 즉시 아무 날을 정해서 그대들을 모두 맞이하러 오겠소."

그들은 그 꿈이 이상하고 하나같이 똑같았기에 크게 두려워하면서 세 가지 희생을 갖추어 사당으로 가서 사죄하고 애걸했다. 그들은 또 함께 꿈을 꾸었는데, 장 후가 직접 와서 말했다.

"그대들은 이미 내 딸들을 사랑했고 실제로 배필이 되기를 원했소. 정해진 기한이 다가왔는데 어찌 중간에 후회할 수 있단 말이오?"

얼마 지나서 세 사람은 모두 죽었다. 미: 형체가 있으면 신이 있으니 어찌 농담할 수 있겠는가?

손은(孫恩)이 반란을 일으켰을 때 오흥(吳興)이 어지러웠는데, 한 남자가 황급히 장 후의 사당 문을 밀치고 들어갔더니, 목상(木像)이 활을 당겨 그를 쏘아 그는 바로 죽었다. 행인과 사당지기가 모두 그 일을 목격했다.

蔣子文, 廣陵人也. 嗜酒好色, 挑撻無度. 常自謂靑骨, 死當爲神. 漢末, 爲秣陵尉, 逐賊至鍾山下, 賊擊傷額, 因解綬縛之, 有頃遂死. 及吳先主之初, 其故吏見文於道, 乘白馬, 執白羽, 侍從如平生. 見者驚走, 文追之, 謂曰: "我當爲此土地神, 以福爾下民, 爾可宣告百姓, 爲我立祠. 不爾, 將有大咎." 是歲夏, 大疫, 百姓輒相恐動, 頗有竊祠之者矣. 文又下巫祝: "吾將大啓祐孫氏, 宜爲我立祠. 不爾, 將使蟲入人耳爲災." 俄而有小蟲如塵虻, 入耳皆死, 醫不能治. 百姓愈恐, 孫主未之信也. 又下巫祝: "若不祀我, 將又以大火爲災." 是歲,火災大發,一日數十處.火及公宮,孫主患之,於是使使者封子文爲中都侯,次弟子緒爲長水校尉,皆加印綬,爲廟堂,轉號鍾山爲"蔣山".今建康東北蔣山是也.自是災厲止息.

陳郡謝玉爲琅邪內史,在京城.其年虎暴,殺人甚衆.有一人,以小船載年少婦,以大刀插著船,挾暮來至,邏將〔眉:邏將,巡卒之長.〕出語云:"此間頃來甚多草穢,君載細小,作此輕行,太爲不易,可止宿也."相問訊畢,邏將適歸.婦上岸,便爲虎取去.其夫拔刀大喚,欲逐之.先奉事蔣侯,乃喚求助.如此當行十里,忽覺如有一黑衣人爲之導.其人隨之,當復二十里,見大樹.旣至一穴,虎子聞行聲,謂其母至,皆走出.其人卽其所殺之,便挾刀隱樹住.良久,虎方至,便下婦著地,倒牽入穴,其人以刀當腰斫斷之.虎旣死,其婦故活.向曉能語,問之,云:"虎初取,便負著背上,臨至而後下之.四體無他,止爲草木傷耳."扶還歸船.明夜,夢一人語之云:"蔣侯使助汝,知否?"至家,殺猪祀焉.

會稽鄮縣東野,有女子,姓吳,字望子,年十六,姿容可愛.其鄉有鼓舞解神者,要之便往.緣塘行半路,忽見一貴人乘船,端正非常.令人問望子欲何之,其以事對,貴人云:"我今正往彼,便可入船共去."望子辭不敢,忽然不見.望子旣拜神坐,見向船中貴人,儼然端坐,卽蔣侯像也.問望子來何遲,因擲兩橘與之.數數形見,遂隆情好.心有所欲,輒空中下之,嘗思噉鱠,一雙鮮鯉,隨心而至.經三年,望子忽生外意,神便絕往來.

咸寧中,太常卿韓伯子某,會稽內史王蘊子某,光祿大夫劉耽子某,同遊蔣山廟.廟有數婦人像,甚端正.某等醉,各指像以戲相配匹.卽以其夕,三人同夢蔣侯遣傳教相聞曰:"家子女並醜陋,而猥垂榮顧,輒刻某日,悉相奉迎."某等以其夢異常, 符協如一, 於是大懼, 備三牲, 詣廟謝罪乞哀. 又俱夢蔣侯親來曰: "君等旣已顧之, 實貪會對. 克期垂及, 豈容中悔?" 經少時, 並亡. 眉: 有形卽有神, 豈可戲言?

孫恩作逆時, 吳興紛亂, 一男子匆急突入廟門, 木像彎弓射之, 卽卒. 行人及守廟者, 無不皆見也.

* 이 고사는 《태평광기》 권293 〈신·장자문〉에 실려 있다.

52-6(1559) 이위공

이위공(李衛公)

출《옥당한화》

 [오대 후당(後唐)] 을미년(乙未年 : 935)에 거란이 하삭(河朔 : 황하 이북) 지방을 점령하자, 후진(後晉)의 군대가 전연(澶淵)에서 대항했다. 천하는 어지럽고 백성은 전쟁에 지쳐 있었다. 한림학사(翰林學士) 왕인유(王仁裕)는 명을 받들어 풍익군(馮翊郡)으로 가는 길에 정주(鄭州)를 거쳐서 복야피(僕射陂)를 지나가게 되었다. 왕인유는 정주의 백성과 군영(軍營)의 부녀자들이 길을 가득 메운 채 모두 여러 색깔의 작은 깃발을 들고 복야피에 꽂는 광경을 보았는데, 그 수를 셀 수 없을 정도로 깃발이 많았다. 왕인유가 그곳 사람에게 물었더니 모두 말했다.

 "집집마다 꿈을 꾸었는데, 이위공[위국공(衛國公) 이정(李靖)]이 나타나 말하길, '깃발을 많이 만들어 복야피에 놓아 주시오. 나는 지금 수많은 병사를 모아서 중원(中原)을 위해 오랑캐를 정벌할 작정인데, 부족한 것은 깃발뿐이오'라고 했습니다. 그래서 깃발을 바치는 것입니다."

 왕인유는 애초에 그 말을 믿지 않고 요망한 말이라 생각했다. 그런데 한 달 사이에 오랑캐를 격파했다. 왕인유는 돌아오는 길에 복야피를 지나가게 되자 하인에게 길을 내려가서 풀 사이를 찾아보게 했는데, 남아 있는 깃발이 여전히 많았다.

乙未歲, 契丹據河朔, 晉師拒於澶淵. 天下騷然, 疲於戰伐. 翰林學士王仁裕, 奉使馮翊, 路由於鄭, 過僕射陂. 見州民及軍營婦女壎咽道路, 皆執錯彩小旗子, 揷於陂中, 不知其數. 詢其居人, 皆曰 : "比家夢李衛公云 : '請多造旗幡, 置於陂中. 我見集得無數兵, 爲中原剪除戎寇, 所乏者旌旗耳.' 是以獻此." 初未之信, 以爲妖言. 旬月間, 擊敗胡虜. 及使回, 過其陂, 使僕者下路, 訪於草際, 存者尙多.

* 이 고사는 《태평광기》 권314 〈신·복야피(僕射陂)〉에 실려 있다.

52-7(1560) 적인걸

적인걸(狄仁傑)

출《옥당한화》·《광이기》

　위주(魏州)의 남곽(南郭)에 있는 적인걸 사당은 그가 살아 있을 때 세운 사당이다. 천후(天后 : 측천무후) 때 적인걸이 위주자사로 있으면서 선정(善政)을 베풀었기 때문에 관리와 백성이 그를 위해 사당을 세웠다. 나중에 적인걸이 조정으로 들어간 뒤에도 위주의 백성은 매달 초하루가 되면 사당을 찾아가 제사를 지냈다. 그러면 조정에 있던 적인걸도 그날은 얼굴에 취기가 돌았다. 천후는 적인걸이 술을 마시지 않는다는 사실을 평소 알고 있었기에 캐물었더니 적인걸이 그 일을 상세히 대답했다. 그래서 천후가 사람을 보내 알아보게 했더니 정말이었다. [오대 후당의] 장종(莊宗)이 하삭(河朔)에서 패권을 차지하고 있을 때, 한번은 어떤 사람이 술에 취해 적인걸 사당의 낭하(廊下)에서 잠을 잤다. 그가 한밤중에 깨어나서 보았더니, 어떤 사람이 사당의 섬돌 아래에서 정중히 허리를 굽힌 채 일을 여쭈면서 부명(符命)을 받들어 위주에서 만 명을 잡아 와야 한다고 말했다. 그러자 사당 안에서 말했다.

　"이 주는 몹시 빈곤하고 빈번히 재난을 당했으니 다른 곳으로 바꾸도록 하라."

그 사람이 말했다.

"알겠습니다. 가서 상부에 아뢰겠습니다."

그 사람은 떠났다가 잠시 후에 다시 와서 말했다.

"진주(鎭州)에서 부명을 집행하기로 이미 바꾸었습니다."

말을 마친 뒤 그 사람은 사라졌다. 그해에 장종은 군대를 파견해 진주를 토벌했는데, 성을 공격해 함락한 뒤에 보았더니 양군(兩軍)의 전사자가 아주 많았다.

[당나라] 개원(開元) 연간(713~741) 말에 급현위(汲縣尉)로 있던 곽유린(霍有鄰)은 주부(州府)에서 자사(刺吏)를 배알했는데, 자사 단숭간(段崇簡)은 성격이 엄격하고 모질어서 부하 관료들이 그를 두려워했다. 한낮이 지나서 자사가 양의 콩팥을 찾았는데, 곽유린이 재촉하자 백정은 허둥대다가 미처 양을 죽이지 않은 채로 그냥 갈비를 가르고 콩팥을 꺼냈다. 그날 저녁에 곽유린은 어떤 관리를 만났는데 관리가 말했다.

"대왕께서 당신을 잡아 오라 하십니다."

곽유린이 관리를 따라가서 대왕을 뵈었더니 대왕이 말했다.

"누군가가 그대를 고소하길, 자신이 죽기를 기다리지도 않고 산 채로 콩팥을 꺼냈다고 하는데, 어떻게 그럴 수 있느냐?"

곽유린이 대답했다.

"단 사군(段使君 : 단숭간)이 양을 죽인 것이지, 애당초 제가 한 일이 아닙니다."

대왕은 단숭간이 먹은 음식 재료를 가져오게 해서 검열한 뒤에 양에게 말했다.

"너는 실제로 단 사군에게 먹힌 게 분명한데, 어찌하여 망령되이 곽 소부(霍少府 : 곽유린)를 고소했느냐?"

그러고는 양을 내쫓게 하고, 본래 곽유린을 잡아 온 관리에게 그를 돌려보내 주라고 했다. 미 : 만약 먼저 음식 재료를 검열했다면 곽유린을 잡아 오지 않아도 됐을 것이니, 저승의 엉성함이 이렇단 말인가? 곽유린은 돌아가는 길에 한 관부를 지나갔는데, "어사대부원(御史大夫院)"이라 하기에 곽유린이 물었다.

"대부가 누굽니까?"

관리가 말했다.

"적인걸이오." 미 : 어사대부로 합당한 사람이다.

곽유린이 말했다.

"적 공(狄公 : 적인걸)은 나의 돌아가신 외숙이시니 한번 뵙고 싶습니다."

관리가 문지기에게 통보하라고 하자, 잠시 후에 곽유린을 불러들이게 했다. 적인걸은 일어서서 곽유린을 보더니 한바탕 슬피 울고 나서 물었다.

"너는 풀려나 돌아갈 수 있게 되었느냐?"

그러고는 곽유린을 불러 올라와 앉으라 했다. 그때 보좌관이 안건을 가져오자 적인걸이 물었다.

"무슨 사안이냐?"

보좌관이 말했다.

"이적지(李適之)가 재상이 된다는 내용입니다."

적인걸이 또 물었다.

"천조(天曹)의 판결은 났느냐?"

보좌관이 대답했다.

"여러 관서에서 모두 통과시켰으며, 그에게 이미 5년의 기간을 주었습니다."

적인걸은 문서에 서명을 마치고 나서 곽유린을 돌아보며 말했다.

"너는 이곳에 온 지 오래되어서 너의 육신이 이미 상했을 것이다."

그러고는 좌우 시종에게 환약 두 알을 가져오게 해서 그에게 주며 말했다.

"이걸 가지고 돌아가서 잘 갈아 가루로 만든 다음 상한 곳에 뿌리고 문질러라."

곽유린이 감사의 절을 하고 나서 문을 나와 10여 리를 갔더니 커다란 구덩이 하나가 나왔는데, 관리가 그를 구덩이 속으로 밀어 떨어뜨리자 마침내 그는 다시 살아났다. 그때는 한창 무더웠는데 곽유린은 죽었다가 이레가 지나서 살아났기 때문에 심장은 약간 온기가 남아 있었으나 신체는 많이 상해 있었다. 그래서 손에 든 환약을 가루로 만들어 상한 곳에 뿌리고 문질렀더니, 약이 닿자마자 곧바로 치유되어 며칠 만에 일어날 수 있었다. 단승간은 그를 불러 만나 보고 그 일을 묻더니 한참 동안 탄식했다. 한 달 남짓 뒤에 이적지는 과연 재상에 임명되었다.

魏州南郭狄仁傑廟, 卽生祠也. 天后朝, 仁傑爲魏州刺史, 有善政, 吏民爲之立生祠. 及入朝, 魏之士女, 每至月首, 皆詣祠奠醊. 仁傑方朝, 是日有醉色. 天后素知仁傑不飮, 詰之, 具以事對. 天后使驗問, 乃信. 莊宗觀霸河朔, 嘗有人醉宿廟之廊下. 夜分卽醒, 見有人於堂陛下, 磬折咨事, 言奉符於魏州索萬人. 堂中語曰: "此州虛耗, 災禍頻仍, 移於他處." 此人曰: "諾. 請往白之." 遂去, 少頃復至, 則曰: "已移命於鎭州矣." 語竟不見. 是歲, 莊宗分兵討鎭州, 至於攻下, 兩軍所殺甚衆焉.

開元末, 霍有鄰爲汲縣尉, 在州直刺史, 刺史段崇簡嚴酷, 下寮畏之. 日中後, 索羊腎, 有鄰催促, 屠者違遽, 未及殺羊, 破肋取腎. 其夕, 有鄰見吏, 云: "王追." 有鄰隨吏見王, 王云: "有訴君云 '不待殺了, 生取其腎', 何至如是耶?" 有鄰對曰: "此是段使君殺羊, 初不由己." 王令取崇簡食料, 閱畢, 謂羊曰: "汝實合供段使君食, 何得妄訴霍少府?" 驅之使出, 令本追吏送有鄰歸. 眉: 若先閱食料, 有鄰可無追矣, 陰司鹵莽乃爾耶? 還經一院, 云"御史大夫院", 問: "大夫爲誰?" 曰: "狄仁傑也." 眉: 御史大夫得人矣. 有鄰云: "狄公是亡舅, 欲得一見." 吏令門者爲通, 須臾召入. 仁傑起立, 見有鄰, 悲哭畢, 問: "汝得放還耶?" 呼令上坐. 有佐史過案, 仁傑問: "是何案?" 云: "李適之得宰相." 又問: "天曹判未?" 對曰: "諸司並了, 已給五年." 仁傑判畢, 回謂有鄰: "汝來多時, 屋室已壞." 令左右取兩丸藥與之: "持歸, 可硏成粉, 隨壞摩之." 有鄰拜辭訖, 出門十餘里, 至一大坑, 爲吏推落, 遂活. 時炎暑, 有鄰死, 經七日方活, 心雖微暖, 而形體多壞. 以手中藥作粉, 摩所壞處, 隨藥便愈, 數日能起. 崇簡召見, 問其事, 嗟嘆久之. 後月餘, 李適之果拜相.

* 이 고사는 《태평광기》 권313 〈신·적인걸사(狄仁傑祠)〉, 권381 〈재생(再生)·곽유린(霍有鄰)〉에 실려 있다.

52-8(1561) 전포

전포(田布)

출 '이기작전(李琪作傳)'

　　당(唐)나라의 재상 최현(崔鉉)이 회남(淮南)을 진수하고 있을 때, 한가한 날에 손님과 함께 바둑을 두고 있었는데 관리가 보고했다.

　　"무녀가 옛 위박절도사(魏博節度使) 전포와 함께 왔는데, 매우 영험해 다른 무당과는 다릅니다. 지금 아무 정(亭)이라고 하는 여관에 묵고 있으니, 그들을 도우후(都虞候: 절도사의 측근 무관)의 관사로 옮겨 묵게 하길 청합니다."

　　최현은 이상히 여겨 그 무녀를 급히 불러오게 했다. 이윽고 무녀가 신(神 : 전포)과 함께 번갈아 절하며 말했다.

　　"상공(相公 : 최현)께 감사드립니다."

　　최현이 말했다.

　　"무얼 감사한단 말이오?"

　　신이 대답했다.

　　"저의 못난 자식이 사형죄를 범했는데, 공의 음덕 덕분에 화를 면해 저의 집안 제사가 끊어지지 않게 되었으니, 이는 모두 공의 은덕입니다."

　　최현이 화들짝 놀라며 말했다.

"이상한 일이로다!"

예전에 최현이 재상으로 있을 때, 하주절도사(夏州節度使)가 은주자사(銀州刺史) 전회(田鐬)가 뇌물죄를 범하고 또 사사로이 갑옷을 만들어 시장에서 변방의 말이나 베·비단과 바꾸었다고 상주했다. 그러자 황제는 진노하며 그가 반역을 도모하려 한다고 여기고 장차 그의 집안을 멸족시키려 했다. 그때 최현이 조용히 황상에게 아뢰었다.

"전회의 죄는 국법으로 다스려야 마땅합니다. 그렇지만 그는 전홍정(田弘正)의 손자이고 전포의 아들입니다. 전홍정은 하삭(河朔)에서 맨 먼저 입조해 폐하를 알현했으며, 전포 또한 그 부친의 명을 이루고 충효의 정신을 이어받아 전쟁터에서 싸우다 죽었습니다. 지금 만약 국법을 집행해 변방을 튼튼히 하고자 한다면, 이는 사정을 고려해 너그럽게 용서해 줌으로써 충절을 고무하는 것만 못할 것입니다."

마침내 황상은 마음을 풀고 그를 멀리 떨어진 군(郡)의 사마(司馬)로 쫓아내는 데 그쳤다. 하지만 최현은 이 일을 한 번도 입 밖에 내 본 적이 없었으며, 이미 거의 잊어버리고 있었다. 그런데 신이 말한 것은 바로 그 일이었다. 최현은 곧장 시종에게 소복을 준비하라고 명해 차려입고 신을 뵈면서 말했다.

"당신은 절의를 지키다 죽었는데, 어찌하여 구차하게 이 어리석은 여자에게 부림을 당하고 있습니까?"

신이 말했다.

"제가 일찍이 이 노파에게 80만 냥을 빚진 적이 있기에 지금 치욕을 참아 가며 빚을 갚고 있습니다." 미 : 신도 오히려 빚을 갚는데 하물며 사람임에랴!

최현과 두 명의 손님, 그리고 감군사(監軍使) 막하의 관료들이 함께 그 빚을 갚아 주자, 신은 작별 인사를 하고 떠났다. 그 후로 그 무녀가 말하는 일은 영험하지 않았다.

唐相崔鉉鎭淮南, 暇日與客方弈, 吏報 : "女巫與故魏博節度使田布偕至, 顯驗與他巫異. 泊逆旅某亭, 請改舍於都侯之廨." 鉉異之, 趣召巫者至. 乃與神迭拜, 曰 : "謝相公." 鉉曰 : "何謝?" 神答曰 : "布有不肖子, 當犯大辟, 賴公陰德免焉, 使布之家祀不絶, 公之恩也." 鉉矍然曰 : "異哉!" 鉉爲相日, 夏州節度奏銀州刺史田鏽犯贓罪, 且私造鎧甲, 以易市邊馬布帛. 帝赫怒, 擬以反, 將赤其族. 鉉從容言於上曰 : "鏽罪自有憲章. 然是弘正之孫, 田布之子. 弘正首以河朔入覲, 布亦成父之命, 繼以忠孝, 伏劍而死. 今若行法以固邊圍, 未若因事弘貸, 激勸忠烈." 上意乃解, 止黜授遠郡司馬. 而鉉未嘗一出口, 已將忘之. 今神之言, 正是其事. 乃命廊下素服而見焉, 謂之曰 : "君以義烈死, 奈何區區爲愚婦人所使乎?" 神曰 : "布嘗負此嫗八十萬錢, 今方忍恥償之." 眉 : 神猶償負, 況人乎! 鉉與二客及監軍使幕下, 共償其錢, 神乃辭去. 因言事不驗.

* 이 고사는 《태평광기》 권311 〈신・전포〉에 실려 있다.

52-9(1562) 이회

이회(李回)

출《계신록》

　　건주(建州)의 이산묘(梨山廟)는 그곳 사람들이 옛 재상 이회의 사당이라고 말한다. 이회는 건주자사(建州刺史)로 폄적되었는데, 건안(建安) 사람들은 모두 이회가 흰 말을 타고 이산으로 들어가는 꿈을 꾸고 나서 나중에 그를 위한 사당을 세웠다. 세간에 그 사당은 영험하다고 전해진다. 왕연정[王延政 : 오대십국 민(閩)의 마지막 군주]은 건안에 있을 때 복주[福州 : 민의 제6대 군주 왕연희(王延羲)]와 사이가 좋지 않았다. 그래서 휘하의 장군 오(吳) 아무개에게 병사를 이끌고 진안(晉安)으로 진격하게 했다. 오 아무개는 새로 검 하나를 주조했는데 매우 날카로웠다. 오 아무개는 장차 떠나려 할 때 검을 들고 이산묘에서 기도하며 말했다.

　　"나는 이 검으로 1000명의 사람을 손수 찔러 죽이길 원합니다."

　　그날 밤에 오 아무개의 꿈에 한 사람이 나타나 그에게 말했다.

　　"사람은 악한 소원을 빌어서는 안 된다. 미 : 한 가지 악한 소원을 빌어도 오히려 스스로 그 응보를 받는데, 하물며 실제로 악한 일을 함에랴! 하지만 내가 너를 보우해 네가 남의 손에 죽지 않게 해 주겠다."

오 아무개는 전쟁에서 패해 좌우의 병사들이 모두 사방으로 흩어져 버렸고, 추격병이 장차 이르려 하자 스스로 살아날 길이 없다고 판단한 끝에 곧장 그 검으로 자신의 목을 베어 죽었다.

建州梨山廟, 土人云故相李回之廟. 回貶建州刺史, 卒之夕, 建安人咸夢回乘白馬入梨山, 後因立祠焉. 世傳靈應. 王延政在建安, 與福州構隙. 使其將吳某, 帥兵向晉安. 吳新鑄一劍, 甚利. 將行, 携劍禱於梨山廟, 且曰:"某願以此劍手殺千人." 其夕, 夢人謂己曰:"人不當發惡願. 眉:發一惡願, 猶自食報, 況惡事乎! 吾祐汝, 使汝不死於人之手." 既戰敗績, 左右皆潰散, 追兵將及, 某自度不免, 卽以此劍自刎而死.

* 이 고사는 《태평광기》 권315 〈신·이산묘(梨山廟)〉에 실려 있다.

52-10(1563) 장안

장안(張安)

출《소상록(瀟湘錄)》

　[당나라] 현종(玄宗) 때 전국의 공신(功臣)·열사(烈士)·정녀(貞女)·효부(孝婦)를 위해 사당을 세우고 제사 지내라는 조서를 내렸다. 강주(江州)에 장안이라는 사람이 있었는데, 성격이 대범해 예의범절에 구애받지 않았다. 어떤 때는 혼자 술에 취해 저잣거리에서 고성방가했는데, 사람들이 간혹 비웃기라도 하면 더욱 흥을 내서 손을 흔들고 발을 구르면서 끝내 부끄러워하지 않았다. 때때로 말끔하게 의관을 정제한 채 명함을 지니고 관리를 배알하면서 자신을 "부생자(浮生子)"라고 했다. 나중에 그가 갑자기 병도 없이 죽자, 가족들이 이미 그의 장례를 치렀다. 그러나 밤만 되면 장안의 혼령이 강주자사를 찾아가서 사당을 세워 달라고 청했는데, 그 격앙한 언사는 살아 있을 때와 다름이 없었다. 당시 이현(李玄)이 강주자사로 있었는데, 그는 기백 있고 강직해 요망한 귀신 따위는 믿지 않았다. 이현은 좌우 사람들이 그 일을 아뢰는 말을 자주 듣자, 마침내 관복을 입고 앉아서 장안의 혼령을 불러서 물어보고자 했다. 장안의 혼령이 부름을 받고 도착하자 이현이 물었다.

"너는 이미 죽었는데 어떻게 공공연하게 나를 만나자고 청하느냐? 어떤 도술을 터득했기에 이런 경지에 이르렀느냐? 반드시 먼저 사실을 털어놓아야만 나는 너와 사당 짓는 일을 논의하겠다."

장안의 혼령이 말했다.

"대저 사람은 천지의 조화로운 기운을 부여받아 형체를 이루기 때문에 얼굴에 오악(五岳)과 사독(四瀆)의 형상을 띠고 있습니다. 머리는 하늘을 상징하고, 발은 땅을 상징하며, 지혜는 만사(萬事)를 헤아릴 수 있고, 용기는 백악(百惡)을 대적할 수 있으니, 또한 어찌 사후의 영혼이 없다고 하겠습니까? 하물며 나 부생자는 살아 있을 때에도 살아 있음을 살았다고 여기지 않았으니, 죽었을 때에도 죽음을 죽었다고 여기지 않습니다. 오늘 사군(使君 : 자사에 대한 존칭)의 영명함에 대해 듣고 천자의 은택을 입게 되었는데, 만약 사당 하나를 세워 달라고 청하지 않는다면 후세 사람들은 나 부생자가 전대에 죽은 부녀자만도 못하다고 비웃을 것입니다. 만약 사당의 제사 음식이 사군에게서 나오게 된다면[57] 나 부생자는 죽었더라도 살았을 때보다 귀하게 될 것이며, 또

---

[57] 사당의 제사 음식이 사군에게서 나오게 된다면 : "사군께서 사당을 세워 주신다면"의 뜻이다.

한 인간이 생을 탐하고 죽음을 싫어하는 것이 잘못되었음을 보이기에 충분할 것입니다."

이현이 말했다.

"천자께서 전대의 공신·열사·효녀·정부(貞婦)의 사당을 세우게 하신 것은 후세 사람에게 그들을 본받게 하고자 하심이다. 만약 너를 위한 사당을 세운다면 너는 무엇을 권계(勸戒)하고자 하느냐?"

장안의 혼령이 말했다.

"나 부생자는 기록할 만한 공적이나 효성이나 정절은 없지만, 사군께서는 달인(達人)의 도(道)가 공적·충렬·효성·정절보다 고상함을 거의 모르고 계십니다."

이현은 그를 굴복시키지 못하자, 결국 그를 위한 사당을 사적으로 세우라고 명했다.

玄宗時, 詔所在功臣·烈士·貞女·孝婦, 令立祠祀之. 江州有張安者, 性落拓不羈. 有時獨醉, 高歌市中, 人或笑之, 則益甚, 以至於手舞足蹈, 終不愧耻. 時或冠帶潔淨, 懷刺謁官吏, 自稱"浮生子". 後忽無疾而終, 家人旣葬之. 每至夜, 其魂卽謁州牧, 求立祠廟, 言詞慷慨, 不異生存. 時李玄爲牧, 氣直不信妖妄. 及累聞左右啓白, 遂朝服而坐, 召問之. 其魂隨召而至, 玄曰: "爾已死, 何能朗然求見於余? 得何道致此? 必須先言, 余卽與爾議祠宇之事." 其魂曰: "夫人稟天地和會之氣而成形, 故面負五岳四瀆之相. 頭象天, 足象地, 智可以料萬事, 勇可以敵百惡, 又豈無死後之靈耶? 況浮生子生之日, 不以生爲生, 則死之日, 不以死爲死. 今日聞使君之明, 遇天子之恩, 若不求一祠, 則後人笑浮生子不及前代死者婦人女子也. 設若廟食自使君, 使浮生子死且貴於生, 又足以見人間貪生惡死之非也." 玄曰: "天子立前代功臣·烈士·孝女·貞婦之祠者, 欲後人仿效之. 苟立祠於爾, 何所勸戒耶?" 魂曰: "浮生子無功·無孝·無貞可紀也, 殊不知達人之道高尙於功·烈·孝·貞也." 玄無以屈, 命私立祠焉.

* 이 고사는 《태평광기》 권301 〈신·장안〉에 실려 있다.

52-11(1564) 낭자신

낭자신(郎子神)

출《광이기》

　　동려현(桐廬縣)의 왕법지(王法智)라는 여자는 어려서부터 낭자신을 섬겼다. [당나라] 대력(大曆) 연간(766~779)에 갑자기 낭자신이 어른처럼 말하는 소리를 듣고, 왕법지의 부친이 물었더니 낭자신이 말했다.

　　"나는 성이 등(滕)이고 이름이 전윤(傳胤)이며, 본래 경조(京兆) 만년현(萬年縣) 사람으로 집이 숭현방(崇賢坊)에 있었는데, 왕법지와 인연이 있습니다."

　　매번 낭자신과 대화해 보면 사물의 이치를 깊이 깨닫고 있었기에 전후로 주현(州縣)의 사람들이 그를 매우 존중했다. 동려현령 정봉(鄭鋒)은 호기심이 많은 사람이었다. 한번은 정봉이 왕법지를 관사로 불러와서 그녀에게 등십이랑(滕十二郎 : 등전윤, 즉 낭자신)을 왕림하게 했다. 한참이 지나서 낭자신이 도착했는데, 그의 논변에 학식 높은 선비의 기풍이 넘쳐 났기에 정봉은 그것을 듣느라 피곤한 줄도 몰랐다. 낭자신은 매번 문사(文士)를 만나면 경전을 읽고 시를 암송하면서 종일토록 즐겁게 얘기를 나누었다. 한번은 어떤 객승(客僧)에게 이런 시를 지어 주었다.

"탁월하게 뛰어남에도 명성을 구하지 않고 출가해, 변함없는 뜻 길이 간직한 채 푸른 노을 속에 있네. 오늘 영웅의 기개 하늘을 찌르니, 누가 오랫동안 보련화(寶蓮花)에 앉을 수 있을까?"

또 이런 시를 지었다.

"평생의 재주는 부족하지만, 입신(立身)의 믿음은 남음이 있네. 스스로 탄식해 봐도 큰 허물은 없으니, 군자는 날 멀리하지 마시라."

좌위병조(左衛兵曹) 서황(徐晃)이 제현(諸賢)과 함께 정봉의 집에 모였는데, 마침 왕법지가 도착했기에 그녀에게 등전윤을 불러오게 했다. 한참 뒤에 등전윤이 도착해서 서황 등과 수백 언을 주고받다가 제현에게 말했다.

"각자 시 한 수씩 읊도록 하시지요."

사람들이 시를 다 읊고 나서 등전윤에게 시를 읊어 보라고 청하자, 등전윤은 선뜻 시 두 수를 읊었다.

"포구에 조수 밀려올 땐 물결 넘실거리니, 목련 배 요동쳐서 연꽃 따기 어렵네. 춘심(春心) 채우지 못한 채 빈손으로 돌아가지만, 기다렸다 조수 잠잠해지면 다시 꺾어 구경하리."

그러면서 말했다.

"여러분들은 비웃지 마십시오!"

또 한 수를 읊었다.

"난데없이 호수 위로 조각구름 날아오더니, 어느덧 배 안에서 빗물에 옷 젖네. 꺾어 든 연꽃일랑 까마득히 잊어버린 채, 하릴없이 연잎으로 머리 덮고 돌아가네."

그러고는 스스로 말했다.

"이 시 역시 꽤 난삽합니다."

桐廬女子王法智者, 幼事郞子神. 大曆中, 忽聞神作大人語聲, 法智之父問之, 曰: "我姓滕, 名傳胤, 本京兆萬年人, 宅在崇賢坊, 與法智有因緣." 每與酬對, 深得物理, 前後州縣甚重之. 桐廬縣令鄭鋒, 好奇之士. 常呼法智至舍, 令屈滕十二郞. 久之方至, 其辨對言語, 深有士風, 鋒聽之不倦. 每見詞人, 讀經誦詩, 歡言終日. 常贈一客僧詩云: "卓立不求名出家, 長懷片志在靑霞. 今日英雄氣衝蓋, 誰能久坐寶蓮花?" 又有詩云: "平生才不足, 立身信有餘. 自嘆無大故, 君子莫相疏." 左衛兵曹徐晃與諸賢集於鋒宅, 會法智至, 令召滕傳胤. 久之方至, 與晃等酬獻數百言, 因謂諸賢: "請人各誦一章." 誦畢, 衆求其詩, 率然便誦二首云: "浦口潮來初淼漫, 蓮舟搖颺採花難. 春心不愜空歸去, 會待潮平更折看." 云: "衆人莫厭笑!" 又誦云: "忽然湖上片雲飛, 不覺舟中雨濕衣. 折得蓮花渾忘却, 空將荷葉蓋頭歸." 自云: "此作亦頗踸踔."

* 이 고사는 《태평광기》 권305 〈신·왕법지(王法智)〉에 실려 있다.

52-12(1565) 개추와 개추의 누이동생

개추 · 개추매(介推 · 介推妹)

출《오행기(五行記)》 출《첨재(僉載)》

[오호 십육국] 후조(後趙)의 석륵(石勒) 시대에 어느 날 폭풍이 불고 폭우가 내리면서 벼락이 치고 우박이 내려, 건덕전(建德殿)의 단문(端門 : 궁전의 정문)과 양국시(襄國市)의 서문(西門)이 무너지면서 다섯 사람이 죽었다. 우박은 서하(西河)의 개산(介山)에서 일어났는데, 크기가 계란만 했고 평지에 3척 두께로 쌓였으며 팬 웅덩이가 1장(丈)이 넘었다. 행인과 금수 가운데 수만이 죽었으며, 1000여 리에 걸쳐 수목이 꺾어지고 농작물이 하나도 남지 않았다. 그래서 석륵이 그 이유를 서광(徐光)에게 물었더니 서광이 말했다.

"작년 한식일(寒食日)에 불을 금하지 않았는데, 개추(介推)58)가 제향(帝鄕 : 도성)의 신이기 때문에 이런 재앙이 생

---

58) 개추(介推) : 개자추(介子推) · 개지추(介之推)라고도 한다. 춘추시대 진(晉)나라 문공(文公) 때의 귀족으로, 일찍이 공자(公子) 중이(重耳 : 문공)의 망명을 따라나서서 19년 동안 각국을 주유했는데, 중이가 굶주렸을 때 자신의 허벅지 살을 잘라 먹게 했다. 그러나 중이가

긴 것입니다"

　병주(并州)의 석애(石艾)와 수양(壽陽) 두 현(縣)의 경계에 투녀천(妒女泉)과 투녀신묘(妒女神廟)가 있는데, 깊은 곳에서 솟아나는 샘물이 하도 맑아서 1000장 깊이까지 훤히 보인다. 그곳에 제사를 지내는 자들이 던진 동전과 양 뼈가 분명하게 모두 보인다. 민간의 전설에 따르면, 투녀는 개자추(介子推)의 누이로 오라비와 경쟁해 그 샘에서 100리 떨어진 곳에 살면서 한식일에도 불을 금하는 것을 허락하지 않았다고 하는데, 지금도 여전히 그러하다.

後趙石勒時, 暴風大雨雷雹, 建德殿端門·襄國市西門倒, 殺五人. 雹起西河介山, 大如鷄子, 平地三尺, 洿下丈餘. 行人禽獸, 死者萬數, 歷千餘里, 樹木摧折, 禾稼蕩然. 勒問徐光, 曰: "去年不禁寒食, 介推, 帝鄕之神也, 故有此災."
并州石艾·壽陽二界有妒女泉, 有神廟, 泉濆水深沈, 潔澈千丈. 祭者投錢及羊骨, 皎然皆見. 俗傳妒女者, 介子推妹, 與兄競, 去泉百里, 寒食不許斷火, 至今猶然.

환국해 군주가 된 후로 그의 공로를 잊고 벼슬도 내리지 않자, 그는 모친과 함께 면산(綿山 : 개산)에서 숨어 지냈다. 나중에 문공이 그를 불렀으나 나오지 않자 산에 불을 놓았지만 그는 결국 모친과 함께 불에 타 죽었다. 민간에서는 그를 기리기 위해 그가 죽은 날에 불을 지피지 않고 찬밥을 먹는 풍습이 생겼는데, 이를 한식(寒食)이라 한다.

* 이 고사는 《태평광기》 권393 〈뇌(雷)·석륵(石勒)〉, 권291 〈신·투녀묘(妬女廟)〉에 실려 있다.

52-13(1566) 태을신

태을신(太乙神)

출《광이기》미 : 이하는 천신이다(以下天神).

당(唐)나라의 구가복(仇嘉福)은 경조(京兆) 부평(富平) 사람으로, 집이 부대촌(簿臺村)에 있었다. 그는 과거에 응시하러 낙양(洛陽)에 들어가기 위해 경조를 떠났다가 길에서 한 젊은이를 만났는데, 그 젊은이는 모습이 마치 왕공(王公) 같았으며 갖옷과 거마(車馬)와 시종들이 매우 성대했다. 젊은이는 구가복이 기쁜 기색을 띠고 있는 것을 보고 어디로 가는지 묻자 구가복이 말했다.

"과거에 응시하러 도성[낙양]으로 갑니다."

귀인이 말했다.

"나 역시 동쪽으로 가는 길이니 당신과 함께 간다면 좋겠소."

구가복이 그에게 성을 물었더니 그가 "백씨(白氏)요"라고 말했다. 구가복은 곰곰이 생각해 보았으나 조정에는 백씨 성을 가진 귀인이 없었으므로, 마음속으로 자못 의아해했다. 하루가 지난 뒤에 귀인이 구가복에게 말했다.

"당신의 나귀가 쇠약해 함께 갈 수가 없소."

그러고는 뒤 수레에 구가복을 태웠다. 며칠 뒤 화악묘(華

岳廟)에 도착했을 때 귀인이 구가복에게 말했다.

"나는 보통 사람이 아니오. 천제께서 나에게 천하의 귀신을 조사하게 하셨기에 지금 사당에 들어가서 국문(鞫問)을 해야 하오. 당신의 운명에는 나와 오래된 인연이 있어서 이미 여기까지 오게 되었으니 사당에 들어가 보지 않겠소? 일이 끝난 후에 함께 도성으로 들어가도록 합시다."

구가복은 하는 수 없이 귀인을 따라 사당 문으로 들어갔다. 귀인은 책상을 앞에 두고 앉아 대나무 걸상을 내주며 구가복에게 앉게 했다. 이윽고 귀인이 화악신을 불러오라는 전교(傳敎)를 내리자, 화악신이 당도해 엎드렸다. 귀인은 서너 번 큰 소리로 화악신을 질책한 뒤 좌우에 명해 끌고 나가라고 했다. 귀인은 또 관중(關中)의 여러 신들을 두루 불러오게 해 이름을 점검하며 살펴보았는데, 마지막으로 곤명지신(昆明池神)의 차례가 되자 그를 계단으로 불러올려 함께 얘기를 나누었다. 그러고는 구가복에게 조금 떨어져 있으라고 부탁하며 그들의 논의에 참여하지 못하게 했다. 그래서 구가복은 사당 뒤의 장막으로 나갔다가 장막 밖에서 고통에 신음하는 소리가 들리기에 장막을 들추고 보았더니, 자기 부인이 정원의 나무 위에 목이 매달려 있었다. 구가복은 부인이 반드시 죽게 될 것이라고 생각해 대경실색했다. 잠시 후 귀인이 구가복을 다시 불러들였는데, 그의 안색이 좋지 않은 것을 보고 그 까닭을 물었더니 구가복이 사실대로 대답했다. 귀인이 놀라며 말했다.

"당신의 부인을 어찌 돌봐 주지 않을 수 있겠소!"

그러고는 마침내 화악신을 불러오라는 전교를 내렸다. 화악신이 도착하자 귀인이 물었다.

"어찌하여 부대촌 구가복의 부인을 잡아 와서 심한 고통을 주느냐?"

화악신이 처음에 무슨 일인지 모르자, 푸른 옷을 입은 판관이 뒤에서 화악신을 대신해 대답했다.

"이 일은 천조(天曹)에서 잡아 오게 한 것입니다."

귀인은 그 문서를 가져오게 해서 좌우에게 그것을 봉인하게 한 뒤에 천제가 계신 곳으로 보내게 했다. 그러고는 화악신을 돌아보며 즉시 그녀를 돌려보내라고 했으며, 또 구가복에게 말했다.

"본래는 도성으로 가려고 했지만 지금은 갈 수 없소. 당신은 속히 부평으로 돌아가는 것이 좋겠소."

그러면서 손가락을 꼽아 여정을 헤아려 보고 나서 말했다.

"나흘 뒤에야 비로소 도착할 것인데, 그러면 제때에 일을 처리하지 못할까 걱정이니 내가 준마를 빌려주겠소. 당신은 나중에 나를 만나고 싶을 경우 정실(淨室)에서 향을 피우면 내가 반드시 갈 것이오."

귀인은 말을 마친 뒤 작별하고 떠났다. 구가복이 문을 나섰더니 귀인의 노복이 말을 몰고 당도했는데, 구가복이 말에 오르자 순식간에 그의 집에 도착했다. 집안사람들이 경황없이 슬피 울고 있을 때, 구가복은 곧장 안으로 들어가서 부인의 얼굴에 씌운 천을 벗기고 숨이 붙어 있는지 살폈다. 잠시 후 부인이 마침내 살아나자 온 집안이 기뻐하며 축하했다. 술을 들고 와서 축하하는 마을 사람들이 며칠 동안 끊이지 않았다. 그로부터 네댓새 뒤에 또 다른 구가복이 나귀를 타고 노복과 함께 돌아왔는데, 집안사람들은 누가 진짜인지 분간하지 못했다. 안에 있던 구가복이 나오고 밖에 있던 구가복이 들어가서 서로 만나 하나로 합쳐지고 나서야 집안사람들은 이전에 돌아왔던 구가복이 그의 영혼이었음을 알게 되었다. 그 후로 1년 남짓 지나서 구가복은 다시 과거에 응시하러 도성으로 가다가 도중에 화악묘 아래에 이르러 등주(鄧州)의 최 사법(崔司法)을 만났는데, 그는 아내가 갑자기 죽어서 몹시 애달프게 통곡하고 있었다. 구가복이 측은하고 불쌍히 여겨 직접 최 사법을 찾아가서 그에게 울음을 그치게 하고 일을 해결해 주겠다고 허락하자, 최 사법은 몹시 기뻐했다. 구가복이 정실에서 향을 피우고 마음속으로 귀인을 생각했더니 잠시 후 귀인이 도착했다. 반갑게 인사를 마치고 나서 귀인이 구가복에게 자신을 찾은 까닭을 물었다. [귀인이 말했다.]

"이것은 화악신이 한 짓이니 진실로 해결할 수 있소. 당신이 200민(緡)을 얻을 수 있도록 해 줄 터이니, 먼저 최 사법에게 돈을 요구한 다음에 손을 쓰도록 하시오." 미 : 천신도 상황을 이용해 남의 재물을 취하는 자인가? 이상하도다!

그러고는 부적 아홉 개를 써 주며 말했다.

"먼저 부적 세 개를 사르되 만약 깨어나지 않을 경우 나머지 부적 여섯 개를 더 사르면 틀림없이 되살아날 것이오."

귀인은 말을 마치고 날아서 떠났다. 구가복이 귀인의 말을 최 사법에게 알려 주었더니 최 사법은 감히 거역하지 못했다. 처음에 부적 세 개를 살랐지만 저녁이 될 때까지 최 사법의 아내가 깨어나지 않자, 다시 나머지 부적을 살랐더니 얼마 후 마침내 살아났다. 최 사법이 아내에게 어찌 된 영문인지 물었다. [아내가 말했다.]

"제가 막 객점에 들어갔을 때 난데없이 운모 수레가 계단 아래에 나타났는데, 건장한 군졸 수백 명이 각기 병기를 들고 좌우에 나열해 있다가, 대왕께서 저를 데려오라고 했다는 말을 전하기에 저는 황급히 따라갔습니다. 대왕은 저를 보고 기뻐하면서 막 기쁨을 나누려고 했는데, 그때 갑자기 세 사람이 찾아와서 '태을신께서 어찌하여 산 사람의 아내를 빼앗았는지 물으십니다'라고 말했습니다. 그러자 대왕은 당황하고 두려워하면서 문서를 들고 '이 여자는 천제께서 내 부인으로 짝지어 주신 것이지 내가 함부로 데려온 것이 아니오'라고 말하면서 저를 보내 주려고 하지 않았습니다. 얼마 후 대여섯 명의 대신(大神)이 금방망이를 들고 대왕의 뜰에 이르렀습니다. 그러자 대왕의 부하들은 모두 놀라 도망갔고 대왕만 나무 아래에 서서 목숨을 살려 달라고 간청했습니다. 결국 대왕은 저를 돌려보내 주었습니다."

구가복은 그제야 비로소 귀인이 태을신임을 알게 되었다. 이후로 여러 차례 구가복이 태을신을 생각하기만 하면 그가 반드시 찾아왔으며, 구가복을 위해 대여섯 개의 관직을 옮겨 주었으니, 이는 태을신의 도움을 크게 받은 것이었다.

唐仇嘉福者, 京兆富平人, 家在簿臺村. 應擧入洛, 出京, 遇一少年, 狀若王者, 裘馬僕從甚盛. 見嘉福有喜狀, 因問何適, 嘉福云: "應擧之都." 貴人云: "吾亦東行, 喜君相逐." 嘉福問其姓, 云: "姓白." 嘉福竊思朝廷無白氏貴人, 心頗疑之. 經一日, 貴人謂嘉福: "君驢弱, 不能偕行." 乃以後乘見載. 數日, 至華岳廟, 謂嘉福曰: "吾非常人. 天帝使我案天下鬼神, 今須入廟鞫問. 君命相與我有舊, 業至此, 能入廟否? 事畢, 當俱入都." 嘉福不獲已, 隨入廟門. 貴人當案而坐, 出竹床坐嘉福. 尋有敎, 呼岳神, 神至, 俯伏. 貴人呼責數四, 因命左右曳出. 遍召關中諸神, 點名閱視, 末至昆明池神, 呼上階語. 請嘉福宜小遠, 無預此議. 嘉福出堂後幕中, 聞幕外有痛楚聲, 扶幕, 見已婦懸頭在庭樹上. 審其必死, 心色俱壞. 須臾, 貴人召還, 見嘉福色惡, 問其故, 具以實對. 貴人驚云: "君婦寧得不料理!" 遂傳敎召岳神. 神至, 問: "何以取簿臺村仇嘉福婦, 致楚毒?" 神初不之知, 有碧衣判官,自後代對曰:"此天曹所召." 貴人令持案來, 左右封印之, 至天帝所. 顧謂岳神, 可卽放還, 亦謂嘉福:"本欲至都, 今不可矣. 宜速還富平." 因屈指料行程, 云:"四日方至, 恐不及事, 當以駿馬相借. 君後見思, 可於淨室焚香, 我當必至." 言訖辭去. 旣出門, 神僕策馬亦至, 嘉福上馬, 便至其家. 家人倉卒悲泣, 嘉福直入, 去婦面衣候氣. 頃之遂活, 擧家歡慶. 村里壺酒相賀, 數日不已. 其後四五日, 本身騎驢, 與奴同還, 家人不之辨也. 內出外入, 相遇便合, 方知先還卽其魂也. 後歲餘, 嘉福又應擧之都, 至華岳祠下, 遇鄧州崔司法妻暴亡, 哭聲哀甚. 惻然憫之, 躬往詣崔, 令其輟哭, 許爲料理, 崔甚忻悅. 嘉福焚香淨室, 心念貴人, 有頃遂至. 歡叙畢, 問其故. "此是岳神所爲, 誠可留也. 爲君致二百千, 先求錢, 然後下手." 眉:天神亦方便秋風客乎? 異哉! 因書九符, 云:"先燒三符, 若不愈, 更燒六符, 當還矣." 言訖, 飛去. 嘉福以神言告崔, 崔不敢違. 始燒三符, 日晚未愈, 又燒其餘, 須臾遂活. 崔問其妻. "初入店時, 忽見雲母車在階下, 健卒數百人, 各持兵器, 羅列左右, 傳言王使相迎, 倉卒隨去. 王見喜, 方欲結歡, 忽見三人來云:'太乙神問何以奪生人妻.' 神惶懼, 持簿書云:'天配爲己妻, 非橫取之.' 然不肯遣. 須臾, 有大神五六人, 持金杵, 至王庭. 徒衆駭散, 獨神立樹下乞命. 遂引還." 嘉福自爾方知貴人是太乙神也. 爾後累思必至, 爲嘉福回換五六政官, 大獲其力.

* 이 고사는 《태평광기》권301 〈신・구가복(仇嘉福)〉에 실려 있다.

52-14(1567) 소사랑

소사랑(蘇四郞)

출《박이기(博異記)》

　　남양(南陽)의 장준언(張遵言)은 공명을 구하려 과거에 응시했지만 낙방해 돌아가는 길에 상산(商山)의 산관(山館 : 산중의 역관)에 투숙했다. 캄캄한 한밤중에 그는 대청에서 일어나 말에게 꼴 먹이는 것을 지켜보고 있었는데, 동쪽 담 아래에서 하얗게 빛나는 한 물체를 보았다. 그래서 노복에게 살펴보게 했더니 다름 아닌 고양이만 한 크기의 흰 개 한 마리가 있었는데, 수염·눈썹·발톱·이빨이 모두 옥처럼 하얬으며 털빛이 곱고 윤이 나서 사랑스러웠다. 장준언은 그 개를 아끼고 사랑해 "첩비(捷飛)"란 이름을 지어 주고 늘 함께 생활했다. 처음에는 노복 장지성(張志誠)에게 첩비를 소매에 넣고 다니게 했는데, 매번 물과 먹이를 줄 때마다 한 번도 자신의 눈앞에서 벗어난 적이 없었으며 반드시 먼저 첩비를 먹였다. 만약 먹을 것이 부족하면 차라리 자신은 먹지 않을지언정 첩비의 먹이를 부족하게 하지는 않았다. 1년 남짓 지나서 장지성이 첩비를 돌보는 데 소홀해지자, 장준언은 외출할 때마다 자신이 직접 첩비를 소매에 넣고 다니면서 더욱 정성껏 아꼈다. 밤에도 함께 자고 낮에도 함께 있으면서 이렇게 계속 4년을 지냈다. 나중에 장준언이 양산(梁山)의 길을 가고 있을 때, 해가 장차 지려 하고 날씨 또한 흐렸는데, 목적지에 도착하기 전에 비바람이 갑자기 몰아쳤다. 그래서 장준언은 노복들과 커다란 나무 아래에서 비를 피했는데, 그때는 캄캄해져서 아무것도 보이지 않았다. 그런 와중에 갑자기 첩비가 온데간데없이 사라져 버렸다. 장준언은 놀라 탄식하면서 장지성 등에게 명해 흩어져서 첩비를 찾게 했다. 아직 첩비를 찾지 못하고 있을 때, 흰옷을 입고 키가 8척 남짓 되는 한 사람이 홀연히 나타났는데 그 모습이 근사해 보였다. 장준언은 마치 밝은 달빛 아래에 서 있는 것처럼 훤해지는 것을 느꼈는데, 각자 상대방의 모습을 분간할 수 있었다. 장준언이 흰옷 입은 사람에게 물었다.

"당신은 어디에서 왔으며 성씨가 무엇이오?"

흰옷 입은 사람이 말했다.

"나는 성이 소(蘇)이고 항렬이 넷째요."

그가 이어서 장준언에게 말했다.

"나는 이미 그대의 성명을 알고 있소. 그대는 첩비가 어디로 갔는지 아시오? 내가 바로 그 첩비요. 그대는 지금 재액을 만나 죽어야 하는데, 내가 4년 동안 그대의 깊은 은혜를 받았으니 맹세코 그대를 재액에서 벗어나게 해 주겠지만, 모름지기 10여 명의 목숨을 해쳐야만 하오."

그는 말을 마친 뒤, 마침내 장준언의 말을 타고 갔으며 장준언은 걸어서 그를 따랐다. 한 10리쯤 갔을 때 어떤 무덤 위에 서너 사람이 있는 것이 멀리서 보였는데, 그들은 흰옷에 흰 관을 쓰고 키가 1장(丈) 남짓 되었으며 손에 활과 검을 들고 있었는데 그 모습이 매우 훌륭했다. 그들은 소사랑(蘇四郞)을 보고 허리를 굽힌 채 달려와 영접하며 절했는데, 절을 하고 나서 감히 그를 쳐다보지 못했다. 소사랑이 물었다.

"무슨 연유로 날 보자느냐?"

흰옷 입은 사람이 말했다.

"대왕의 첩지를 받들어 수재(秀才) 장준언을 잡아가려고 왔습니다."

그들은 말을 마친 뒤 장준언을 힐끗 훔쳐보았다. 장준언은 겁에 질려 땅에 쓰러질 뻔했다. 소사랑이 말했다.

"무례하게 굴지 마라! 나와 장준언은 서로 왕래하는 사이이니 너희들은 일단 떠나거라."

네 사람이 근심에 싸여 소리 내어 울자, 소사랑이 장준언에게 말했다.

"이자들은 두려워하기에 부족하오."

다시 10리를 가서 예닐곱 명의 야차(夜叉) 무리를 또 만났는데, 그들은 모두 병기를 들고 있었고 구리 머리에 쇠 이마를 한 혐오스러운 모습으로 이리저리 날뛰고 기웃거리면서 난폭하게 행동했다. 하지만 멀리서 소사랑을 보더니 엎드려 벌벌 떨며 절했다. 소사랑이 소리쳐 물었다.

"무얼 하러 왔느냐?"

야차들은 악독한 모습을 바꾸어 유순한 얼굴을 내보이며 팔꿈치로 기어서 다가와 말했다.

"대왕의 첩지를 받들어 오로지 수재 장준언을 잡아가려고 왔습니다."

그들은 이전에 흰옷 입은 사람들이 했던 것처럼 장준언을 힐끗 훔쳐보았다. 소사랑이 말했다.

"장준언은 내 친구이니 절대로 잡아갈 수 없느니라."

그러자 야차들은 일제히 머리를 땅에 찧어 피를 흘리면서 말했다.

"이전에 흰옷 입은 사람 네 명은 장준언을 잡아 오지 못했기 때문에 대왕께서 이미 각각에게 쇠 곤장 500대씩을 치라고 판결해 살았는지 죽었는지 알 수 없습니다. 사랑께서 지금 그를 넘겨주지 않으시면 저희는 모두 죽게 되니, 엎드려 저희의 목숨을 애걸합니다."

소사랑이 대노해 야차들을 질타하자, 그들은 뒤로 물러나 수십 보 밖에서 쓰러져 피를 흘리며 도망쳤으며 눈물을 흘리며 또 애원했다. 소사랑이 말했다.

"조무래기 귀신들이 감히! 내 말을 듣지 않으면 지금 당장 죽게 될 것이니라!"

야차들이 훌쩍훌쩍 울면서 떠나가자, 소사랑이 다시 장준언에게 말했다.

"저자들은 정말 함께 애기하기 어렵소. 지금 그들이 이미 떠났으니 그대를 위한 일이 이루어졌소." 미 : 장준언에게 죄가 없다면 명부(冥府)에서 이처럼 다급하게 그를 잡아갈 리가 없다. 만약 그에게 죄가 있다면 소사랑은 어찌하여 사사로이 그를 비호한단 말인가?

다시 7~8리를 가서 50여 명의 병사들을 만났는데, 그 모습이 보통 사람과 같았다. 그들이 또 소사랑 앞에서 줄지어 절을 하자 소사랑이 말했다.

"무얼 하러 왔느냐?"

그들은 야차들이 했던 것처럼 대답하고는 이어서 또 말했다.

"이전의 야차 우숙량(牛叔良) 미 : 야차에게도 이름이 있다. 등 일곱 명은 장준언을 잡아 오지 못해 모두 법에 따라 처형되었기에 저희는 두려움에 떨고 있습니다. 사랑께서 어떤 법술을 지니고 계신지는 모르지만 저희의 목숨을 구해 주십시오."

소사랑이 말했다.

"단지 나를 따라오기만 하면 아마도 희망이 있을 것이다."

50명의 병사 중에서 그렇게 하겠다고 말하는 자가 절반이었다. 잠시 후 커다란 오두문(烏頭門)59)에 이르렀다가 또 몇 리를 갔더니 아주 장엄한 성채가 보였는데, 군인 복장을 한 사람이 말을 달려 나아와서 대왕의 말을 전했다.

"사랑께서 먼 곳에서 오셨는데, 제가 다스리는 경계에 한계가 있어서 규정상 [관할 경계를 벗어나] 길에서 영접할 수가 없습니다. 청컨대 일단 남관(南館)에서 잠시 쉬고 계시면 곧 모시도록 하겠습니다."

소사랑과 장준언이 남관에 들어가 미처 편히 쉬지도 못했을 때, 명을 전하는 사자가 연달아 이르러 불렀으며 장 수재(張秀才 : 장준언)도 함께 오라고 했다. 이윽고 사자를 따라가서 보았더니 궁전과 관아들이 모두 진짜 왕궁 같았다. 문으로 들어가서 보았더니 곤룡포를 입고 면류관을 쓴 대왕이 소사랑을 영접하며 절을 했는데, 소사랑은 답배하면서도 아주 건성으로 예의를 차렸으며 그저 예! 예! 라고만 말할 뿐이었다. 대왕이 극진히 예의를 갖추어 앞으로 나아가 소사랑에게 읍(揖)하며 계단으로 오르게 하자, 소사랑도 약간 읍하고 올라갔다. 대왕이 말했다.

"전전(前殿)은 누추하니 사랑께서 연회를 즐길 만한 곳이 아닙니다."

그러고는 또 소사랑에게 읍했다. 모두 세 곳의 궁전을 들

---

59) 오두문(烏頭門) : 마을 입구에 세우는 문으로, 후대의 패방(牌坊)이나 패루(牌樓)의 원류다.

렸는데, 각 궁전 안에는 모두 와탑(臥榻)·식기·휘장 등의 물건이 비치되어 있었다. 네 번째 궁전에 이르러서야 비로소 자리에 앉았는데, 먹는 음식과 그릇들은 인간 세상에 있는 것이 아니었다. 식사를 마치자 대왕은 소사랑에게 읍하며 야명루(夜明樓)로 오르게 했다. 야명루 위의 네 모서리 기둥은 모두 야명주(夜明珠: 야광주)로 장식했는데 그 빛이 대낮처럼 밝았다. 대왕은 술과 음악을 준비하라고 명해 술잔이 몇 순배 돌고 나자 소사랑에게 말했다.

"술 시중들 사람이 있으니 불러오고자 합니다."

소사랑이 말했다.

"안 될 게 뭐 있겠소?"

여악(女樂) 일고여덟 명은 그 용모와 단장이 모두 신선 같았다. 대왕과 소사랑은 각자 편한 옷을 입고 담소했는데, 또한 인간 세상과 비슷했다. 잠시 후 소사랑이 한 미녀를 희롱하자 미인은 정색하며 받아 주지 않았다. 소사랑이 다시 희롱하자 미인이 화를 내며 말했다.

"나는 유근(劉根)[60]의 부인인데, 상원부인(上元夫人)의 처분을 받들지 않았다면 어찌 이곳에 와 있겠습니까? 당신

---

[60] 유근(劉根): 한나라 성제(成帝) 때의 선인(仙人)으로, 집을 버리고 숭산(嵩山)에서 은거하며 신선술을 연마하다가 나중에 한중(韓衆)을 만나 득선했다.

은 어찌하여 나를 쉽게 보십니까? 이 자리에 있는 허 장사(許長史)도 이전에 운림왕(雲林王) 부인의 연회 석상에서 나에게 말을 함부로 했는데, 내가 이미 두난향(杜蘭香)61) 자매에게 말씀드려서 혼이 났습니다. 그래서 아무리 하찮은 말이라도 감히 희롱하지 못하는데, 당신은 어찌하여 나를 쉽게 보십니까?"

그 말에 소사랑이 노해 술잔으로 상아 쟁반을 한 번 내리쳤더니, 기둥 위의 야명주가 툭 하고 떨어져 캄캄하니 아무것도 보이지 않았다. 미 : 꿈속의 환상적인 정경이다. 장준언은 한참 동안 멍하니 있다가 다시 정신을 차려 보니, 자신이 본래 있었던 커다란 나무 아래에서 소사랑과 말과 함께 있는 것이었다. 소사랑이 말했다.

"그대는 이미 재액을 넘겼으니 이제 그대와 작별해야겠소."

장준언이 감사드리면서 그의 이름을 물었더니 소사랑이 말했다.

"나는 말할 수 없소. 그대는 단지 상주(商州) 용흥사(龍興寺) 동쪽 행랑의 누더기 승복을 입은 노승을 찾아가 물어

---

61) 두난향(杜蘭香) : 전설 속 선녀로, 인간 세상으로 폄적되어 동정호(洞庭湖) 가로 내려왔다가 어부에게 길러졌으며, 10여 년 뒤에 다시 승천해 떠났다고 한다.

보면 알 수 있을 것이오."

 소사랑은 말을 마친 뒤 공중으로 솟구쳐 떠나갔다. 날이 이미 밝아 오자 장준언은 말고삐를 잡고 상주로 갔는데, 과연 그곳에 용흥사가 있었다. 그래서 누더기 승복을 입은 노승을 찾아뵙고 예를 갖춰 절을 올렸다. 노승은 처음에 심하게 거절했지만, 장준언이 계속 간청하자 깊은 밤이 되어서야 비로소 말했다.

 "당신이 한사코 청하니 내 어찌 대답하지 않을 수 있겠소? 소사랑은 바로 태백성(太白星 : 금성)의 정령이고, 미 : 태백성의 정령이 무슨 까닭으로 첩비로 변해 장 수재에게 4년 동안 길러졌는지 끝내 알 수 없다. 대왕은 선부(仙府)에서 폄적된 관리로 지금 이곳에 머물고 있소."

 장준언이 다른 일을 물었지만 노승은 결국 대답하지 않았다. 장준언이 다음 날 그곳을 찾아갔더니 노승은 이미 사라지고 없었다.

南陽張遵言, 求名下第, 塗次商山山館. 中夜晦黑, 因起廳堂督芻秣, 見東牆下一物, 凝白耀人. 使僕者視之, 乃一白犬, 大如猫, 鬚睫爪牙皆如玉, 毛彩淸潤可愛. 遵言憐愛之, 目爲"捷飛", 常與之俱. 初令僕人張志誠袖之, 每飮飼, 未嘗不持目前, 必先啖之. 苟或不足, 寧自輟味, 不令捷飛之不足也. 一年餘, 志誠意怠, 由是遵言每行, 自袖之, 轉加精愛. 夜則同寢, 晝則同處, 首尾四年. 後遵言因行於梁山路, 日將夕, 天且陰, 未至所詣, 而風雨驟來. 遵言與僕等隱大樹下, 於時昏晦，默無所睹，忽失捷飛所在。遵言驚嘆，命志誠等分頭搜討。未獲次，忽見一人，衣白衣，長八尺餘，形狀可愛。遵言豁然如月中立，各得辨色。問白衣人："何許來，何姓氏？"白衣人曰："我姓蘇，第四。"謂遵言曰："我已知子姓字矣。君知捷飛去處否？則我是也。君今災厄合死，我緣四年以來，受君恩深，我誓脫子厄，然須損十餘人命耳。"言訖，遂乘遵言馬而行，遵言步以從之。可十里許，遙見一冢上有三四人，衣白衣冠，人長丈餘，手持弓劍，形狀瓌偉。見蘇四郎，俯僂迎趨而拜，拜訖，莫敢仰視。四郎問："何故相見？"白衣人曰："奉大王帖，追張遵言秀才。"言訖，偷目盜視遵言。遵言恐，欲踣地。四郎曰："不得無禮！我與遵言往還，君等且去。"四人憂恚啼泣，而四郎謂遵言曰："此輩不足懼。"更行十里，又見夜叉輩六七人，皆持兵器，銅頭鐵額，狀貌可憎，跳梁企躑，進退獰暴。遙見四郎，戢伏戰悚而拜。四郎喝問曰："作何來？"夜叉等霑獰毒，爲戚施之顏，肘行而前曰："奉大王帖，專取張遵言秀才。"偷目盜視之狀初如。四郎曰："遵言，我之故人，取固不可也。"夜叉等一時叩地流血而言曰："在前白衣者四人，爲取遵言不到，大王已各使決鐵杖五百，死活未分。四郎今不與去，某等盡死，伏乞哀其性命。"四郎大怒，叱夜叉，夜叉等辟易崩倒者數十步外，流血跳迸，涕淚又言。四郎曰："小鬼等敢爾！不然，且急死！"夜叉等啼泣喑鳴而去，四郎又謂遵言曰："此數輩甚難與語。今既去，則奉爲之事成矣。"眉：遵言無罪，冥府不應取之至急。若其有罪，蘇四郎安得私庇？行七八里，見兵仗等五十餘人，形則常人耳。又列拜於四郎前，四郎："何故來？"對答如夜叉等，又言曰："前者夜叉牛叔良 眉：夜叉有名。等七人，爲追張遵言不到，盡以付法，某等惶懼。不知四郎有何術，救得某等全生。"四郎曰："第隨我來，或希冀耳。"凡五十人，言可者半。須臾，至大烏頭門, 又行數里, 見城堞甚嚴, 有一人具軍容, 走馬而前, 傳王言曰: "四郎遠到, 某爲所主有限, 法不得迎拜於路. 請且於南館小休, 卽當邀迓." 入館未安, 信使相繼而召, 乘屈張秀才. 俄而從行, 宮室欄署, 皆眞王者也. 入門, 見王披裘垂旒, 迎四郎而拜, 四郎酬拜, 禮甚輕易, 言詞唯唯而已. 大王盡禮, 前揖四郎升階, 四郎亦微揖而上. 王曰: "前殿淺陋, 非四郎所宴處." 又揖四郎. 凡過殿者三, 每殿中皆有陳設盤榻·食具·供帳之備. 至四重殿中方坐, 所食之物及器皿, 非人間所有. 食訖, 王揖四郎上夜明樓. 樓上四角柱, 盡飾明珠, 其光如晝. 命酒具樂, 飮數巡, 王謂四郎曰: "有佐酒者, 欲命之." 四郎曰: "有何不可?" 女樂七八人, 皆神仙容飾. 王與四郎各衣便服談笑, 亦鄰於人間. 有頃, 四郎戲一美人, 美人正色不接. 四郎又戲之, 美人怒曰: "我是劉根妻, 不爲奉上元夫人處分, 焉涉於此? 君子何容易乎? 中間許長史於雲林王夫人會上輕言, 某已贈語杜蘭香姊妹. 至多微言, 猶不敢掉譁, 君何容易歟?" 四郎怒, 以酒巵擊牙盤一聲, 其柱上明珠, 轂轂而落, 暝然無所睹. 眉: 夢中幻景. 遵言良久憒而復醒, 元在樹下, 與四郎及鞍馬同處. 四郎曰: "君已過厄矣, 與君便別." 遵言感謝, 因請其名, 四郎曰: "吾不能言. 汝但於商州龍興寺東廊縫衲老僧處問之, 可知也." 言畢, 騰空而去. 天已向曙, 遵言遂整轡適商州, 果有龍興寺. 見縫衲老僧, 遂禮拜. 初甚拒, 求之不已, 老僧夜深乃言曰: "君子苦求, 吾焉可不應? 蘇四郎者, 乃是太白星精也. 眉: 太白星精何故化爲捷飛, 就張秀才養者四年, 竟不可解. 大王者, 仙府之謫官也, 今居於此." 更問他事, 老僧竟不對. 及明尋之, 已失所在矣.

* 이 고사는 《태평광기》 권309 〈신·장준언(張遵言)〉에 실려 있다.

52-15(1568) 염정성

염정성(廉貞星)

출《일사》

배도(裵度)가 젊었을 때 어떤 술사가 그에게 말했다.

"당신의 운명은 북두염정성신(北斗廉貞星神)62)에게 속해 있기 때문에 늘 경건한 마음을 가지고 과일과 술로써 신께 제사 지내야 합니다."

배도는 그 말을 따라 염정성신을 매우 경건하게 섬겼다. 훗날 배도는 재상이 되었는데, 중요한 업무가 너무 많아서 염정성신을 섬기는 일을 잊어버렸다. 그는 마음속으로 늘 부족함을 느꼈으나 다른 사람에게 그 일을 말한 적이 없었고, 자식들도 알지 못했다. 한번은 도성의 도사가 배알하러 오자 배도는 도사를 머물게 하고 함께 얘기를 나누었는데, 도사가 말했다.

"공께서는 예전에 천신을 받들어 모셨는데, 무슨 까닭으로 중도에 그만두셨습니까?"

배도는 그냥 웃기만 했다. 후에 배도는 태원절도사(太原

---

62) 북두염정성신(北斗廉貞星神) : '염정성'은 북두칠성의 다섯 번째 별이다.

節度使)가 되었는데, 식구가 병이 나자 무녀(巫女)를 불러와서 봐 달라고 했다. 무녀는 호금(胡琴)을 타다가 고꾸라져 한참 동안 있다가 벌떡 일어나서 말했다.

"배 상공(裵相公 : 배도)께 청합니다. 염정 장군(廉貞將軍)께서 말씀을 전하시길, '정말 무정하게 알은체도 안 하시오?'라고 했습니다. 장군께서 몹시 화나 계시는데 상공께서는 어찌하여 사과하지 않으십니까?"

배도는 깜짝 놀랐다. 무녀가 계속 말했다.

"길일을 택해 정실(淨室)에서 재계하고 향을 사르며 술과 과일을 차리면, 염정 장군께서도 상공께 모습을 드러내고자 하실 것입니다."

그날이 되자 배도는 목욕재계하고 관복을 차려입은 뒤 계단 아래에 서서 동쪽을 향해 제삿술을 올리고 재배했다. 그러자 황금 갑옷에 창을 들고 키가 3장(丈)이 넘는 한 사람이 북쪽을 향해 서 있는 것이 보였다. 배 공(裵公 : 배도)은 땀에 흠뻑 젖은 채 땅에 엎드려 감히 움직이지 못했다. 잠시 후 그 사람은 금세 사라졌다. 배도가 좌우 사람들에게 물어보았으나 모두 아무것도 없었다고 말했다. 이날 이후로 배도는 경건하게 염정성신을 섬기면서 태만하지 않았다.

裵度少時, 有術士云 : "命屬北斗廉貞星神, 宜每存敬, 祭以果酒." 度從之, 奉事甚謹. 及爲相, 機務繁冗, 乃致遺忘. 心恒不足, 然未嘗言之於人, 諸子亦不知. 京師有道者來謁, 留之與語, 曰:"公昔年尊奉天神, 何故中道而止?" 度笑而已.
後爲太原節度, 家人病, 迎女巫視之. 彈胡琴, 顚倒良久, 蹶
然而起曰:"請裴相公. 廉貞將軍遣傳語:'大無情, 都不相知
耶?' 將軍甚怒, 相公何不謝之?" 度甚驚. 巫曰:"當擇良日,
潔齋於淨院, 焚香具酒果, 廉貞將軍亦欲見形於相公." 其
日, 度沐浴, 具公服, 立於階下, 東向奠酒再拜. 見一人, 金
甲持戈, 長三丈餘, 北向而立. 裴公汗洽俯伏, 不敢動. 少頃
卽不見. 問左右, 皆云無之. 度自是尊奉不怠.

* 이 고사는《태평광기》권307〈신·배도(裴度)〉에 실려 있다.

52-16(1569) 일자 천왕

일자천왕(一字天王)

출《현괴록(玄怪錄)》

    박릉(博陵)의 최소(崔紹)는 남해(南海)에서 벼슬살이하는 부친을 따라갔다가, 부친이 돌아가시자 그곳에서 살게 되었다. [당나라] 대화(大和) 6년(832)에 가계종(賈繼宗)이 강주목(康州牧)이 되었을 때, 최소를 선발해 속관으로 삼았다. 최소는 단계현(端谿縣)의 임시 현위(縣尉) 이욱(李彧)과 이웃하고 살았는데, 이욱의 집에서 기르는 암고양이 한 마리가 늘 최소의 집을 왕래하면서 쥐를 잡았다. 남방의 풍속에 따르면, 다른 집의 고양이가 자기 집에서 새끼를 낳는 것을 아주 불길한 일로 여겼는데, 이욱의 고양이가 최소의 집에서 새끼 두 마리를 낳자 최소는 그 일을 몹시 꺼림칙해했다. 그래서 최소는 가동에게 명해 세 마리의 고양이를 광주리에 담아 새끼줄로 묶고 그 위에 돌을 얹어 강에 던져 버리게 했다. 그 후로 몇 달 되지 않아서 최소는 모친상을 당해 관직을 그만두고 집에 기거했는데, 살림살이가 더욱 곤궁해지자 바닷가의 여러 군을 정처 없이 떠돌다가 뇌주(雷州)에 도착해 객관에 머물렀다. 최소의 집에서는 늘 일자 천왕을 모셨는데, 이미 두 세대를 그렇게 했다. 어느 날 그는 갑자기 열병을 앓아 이틀 밤 사이에 병세가 위중해졌다. 그때 홀연히 두 사람이 나타났는데, 한 사람은 누런 옷을 입고 다른 한 사람은 검은 옷을 입고서 손에 문서를 든 채 말했다.

"왕명을 받들어 공을 잡아가려고 왔습니다."

최소가 처음에 거부하자 두 사자가 화를 내며 말했다.

"공이 무고한 사람 세 명을 죽여서 그 원혼들이 하늘에 상소했는데, 어찌하여 오히려 감히 억울하다고 하시오!"

그러면서 문서를 펼쳐 보여 주자 최소는 그제야 두려움에 떨었다. 잠시 후에 보았더니 한 신인(神人)이 오자 두 사자가 땅에 엎드려 공손히 절을 올렸다. 신인이 최소에게 말했다.

"날 알아보겠소?"

최소가 말했다.

"모르겠습니다."

신인이 말했다.

"나는 일자 천왕이오. 그대의 집에서 오랫동안 공양을 받았기 때문에 그대를 구하러 왔소."

최소가 엎드려 절하면서 애원하자 일자 천왕이 말했다.

"나와 함께 가기만 하면 틀림없이 아무 걱정 없을 것이오."

일자 천왕이 떠나자 최소가 그 뒤를 따랐다. 50리쯤 갔더니 한 성이 멀리 보였는데, 성벽은 높이가 수십 인(仞: 1인은 8척)이나 되었고 문루(門樓)는 굉장히 컸으며 두 명의 신이 지키고 있었다. 그 신들은 일자 천왕을 보고 옆으로 비켜서서 경외했다. 다시 5리를 갔더니 한 성문이 또 보였는데, 네 명의 신이 지키고 있다가 일자 천왕을 보고 역시 이전 성문의 신들처럼 했다. 다시 3리쯤 갔더니 한 성이 또 보였는데 그 문은 닫혀 있었다. 일자 천왕이 최소에게 말했다.

"그대는 잠시 여기에 머물러 있으면 내가 먼저 들어가겠소."

그러고는 공중으로 솟구쳐 올라 성문을 넘어갔다. 잠시 후에 자물쇠를 흔드는 소리가 들리더니 성문이 활짝 열리면서 10명의 신인이 보였고 일자 천왕도 그 사이에 있었는데, 여러 신들은 몹시 겸손하고 두려워하는 기색이었다. 다시 1리를 갔더니 한 성문이 또 보이고 굉장히 넓은 여덟 거리가 있었는데, 양옆으로 이름을 알 수 없는 여러 나무들이 있었고 아주 많은 신인들이 모두 나무 아래에 늘어서 있었다. 여덟 거리 중에서 한 길이 가장 컸는데, 그 길을 따라 서쪽으로 가서 한 성을 또 지나갔더니 더 이상 신인이 없었다. 양옆으로 각각 수십 칸의 누각에 모두 주렴이 드리워져 있었고, 길거리에는 사람들이 아주 많았으며, 수레와 말들이 복잡하게 오갔고, 붉은색과 자주색 관복을 입은 고관들이 분주했다. 일자 천왕은 최소를 문밖에 세워 둔 채 곧장 혼자 안으로 들어갔다. 사자가 마침내 최소를 데리고 한 청사에 도착하더니 먼저 최소에게 왕 판관(王判官)을 뵙게 했다. 왕 판관은 계단을 내려와 답배하고 최소를 맞이해 자리에 앉게 한 뒤에 차를 내오라고 명했는데, 정의가 매우 돈독했다. 한참 후에 왕 판관이 최소를 돌아보며 말했다.

"공은 아직 살아난[生] 게 아니오."

최소는 처음에 그 말뜻을 이해하지 못해 마음속으로 많은 의구심이 들었다. 왕 판관이 말했다.

"저승의 관부에서는 죽을 '사(死)' 자를 꺼리기 때문에 '사'를 '생(生)'이라 부르오."

차가 나오자 왕 판관이 말했다.

"잠시 마시지 마시오."

잠시 후에 누런 옷을 입은 사람이 차 한 병을 들고 오자 왕 판관이 말했다.

"이것은 이승 관가의 차이니 마셔도 되오."

최소가 석 잔을 마시고 나자 왕 판관은 곧 최소를 데리고 염라대왕을 알현했다. 대왕은 일자 천왕과 마주 앉아 있었는데, 일자 천왕이 대왕에게 말했다.

"단지 이 사람 때문에 온 것입니다."

대왕이 말했다.

"세 명이 그에게 목숨을 갚으라고 합니다."

그러고는 최소에게 죽임을 당했다는 원혼을 불러오게 했다. 잠시 후에 자주색 난삼을 입고 상아홀(笏)을 든 사람이 소장을 들고 한 부인과 그녀의 아들딸을 함께 데리고 왔는데, 그들은 모두 사람 몸에 고양이 머리를 하고 있었다. 부인은 어두운 색깔의 치마와 누런 적삼을 입었고 딸 하나도 같은 차림새였으며, 아들 하나는 검은 적삼을 입고 있었다. 세 원혼은 계속해서 억울하다고 소리쳤다. 그러자 일자 천왕이 최소에게 말했다.

"저들에게 공덕을 쌓아 주겠다고 속히 말하시오."

최소는 당황하고 두려운 나머지 인간 세상의 불경 명칭이 전혀 생각나지 않고 오직 《불정존승경(佛頂尊勝經)》만 기억났으므로, 마침내 발원하면서 그들에게 각각 그 불경을 한 권씩 베껴 주겠다고 했다. 최소가 발원을 마치자마자 부인 등이 보이지 않았다. 대왕과 일자 천왕은 최소에게 계단을 올라와 함께 앉으라고 했다. 최소가 대왕에게 감사의 절을 올리자 대왕이 답배해 최소가 겸양하며 황송해했다. 대왕이 말했다.

"공사(公事)가 이미 끝났으니 즉시 이승의 길로 돌아가시오. 생과 사는 길이 다르니 본디 절을 받아서는 안 되오."

대왕이 최소에게 친족에 대해 묻기에 최소가 자세히 대답했더니 대왕이 말했다.

"만약 그렇다면 나와 공은 친족 간이오. 나는 바로 인간 세상의 마 복야[馬僕射 : 마총(馬總)]였소."

최소가 즉시 일어나 친족을 설명했더니, 마 복야의 조카인 마반부(馬磻夫)가 바로 최소의 매부였다. 대왕이 물었다.

"반부는 어디에 있소?"

최소가 말했다.

"헤어진 지 오래되었습니다만 항주(杭州)에 살고 있는 것으로 알고 있습니다."

대왕이 왕 판관을 돌아보면서 말했다.

"최자(崔子 : 최소)는 어느 곳에 머무는가?"

왕 판관이 말했다.

"바로 저의 청사에 머물고 있습니다."

대왕이 말했다.

"아주 좋군!"

최소가 다시 대왕에게 여쭈었다.

"대왕께서는 살아생전에 덕망과 지위가 모두 높았으므로 인간계나 천계로 돌아가심이 마땅한데, 어찌하여 명부의 관직을 맡고 계십니까?"

대왕이 웃으며 말했다.

"이 관직은 쉽게 얻을 수 있는 것이 아니오. 전임이셨던 두 사도[杜司徒 : 두우(杜佑)]께서 나를 인정하고 아껴서 나를 후임자로 천거했기 때문에 외람되게도 여기에 있는 것이오."

최소가 다시 물었다.

"두 사도의 전임자는 누구였습니까?"

대왕이 말했다.

"이약초(李若初)가 전임자였는데, 이약초는 성품이 엄격하고 관용이 적었기 때문에 상제께서 그를 오래 임용하지 않으셨소." 미 : 상제가 염라대왕을 두면서도 오히려 관용을 숭상하고 엄격함을 싫어하니, 하물며 이승의 목민관임에랴!

최소가 또 살아 있는 세상 사람들의 명부를 보여 달라고 청하자 대왕이 말했다.

"다른 사람이라면 불가하지만, 공과는 친척 간이니 특별히 보여 주도록 하겠소."

대왕은 왕 판관을 돌아보며 말했다.

"절대 발설하지 말라고 반드시 약조하되, 만약 발설한다면 종신토록 벙어리가 될 것이라고 경고하게."

최소가 그의 부친이 어디에 있는지 물었더니 대왕이 말했다.

"지금 이곳에서 관직을 맡고 있소."

최소가 눈물을 흘리면서 한 번만 뵙고 싶다고 했지만 대왕이 불가하다고 하자, 최소는 곧 일어나 작별 인사를 했다. 일자 천왕이 최소를 왕 판관의 청사까지 바래다주었는데, 그곳에 진열된 기물의 풍성함은 인간 세상과 다름이 없었다. 왕 판관은 최소를 데리고 한 누각으로 갔는데, 벽에 가득 온통 금패와 은패가 걸려 있고 인간 세상 귀인들의 성명이 그 위에 죽 적혀 있었는데, 장수와 재상은 금패에 적혀 있었고 그 이하는 은패에 적혀 있었다. 또 기다란 철패에는 주현(州縣) 관원들의 성명이 적혀 있었다. 그가 본 세 패에 적혀 있는 이름은 모두 세상에 살아 있는 사람이었다. 만약 세상을 떠나게 되면 그 즉시 명부에서 이름이 빠졌다. 왕 판관은 대왕이 경계한 대로 최소에게 재삼 간곡히 당부했다. 최소가 왕 판관의 청사에서 머무는 동안 아침저녁으로 오직 수백 곳에서 울리는 북소리만 들렸고 호각 소리는 들리지 않았다. 그래서 최소가 그 까닭을 물었더니 왕 판관이 말했다.

"대저 호각 소리는 용의 울음을 상징하는데, 용은 금(金)의 정기이고 금의 정기는 양기의 정화요. 저승의 관부는 음기가 가장 센 곳이기 때문에 양기가 가장 센 소리를 듣고 싶어 하지 않는 것이오." 미 : 《주례(周禮)》에 따르면, 일식(日食) 때 북을 쳐서 양기를 보충한다고 했으니, 그렇다면 북도 양기의 소리인데 어찌하여 저승에서 유독 북을 쓰는가?

최소가 또 지옥에 대해 물었더니 왕 판관이 말했다.

"지옥의 명칭은 각기 다른데 여기에서 멀지 않으며, 죄인들이 죄업의 경중에 따라 그곳으로 들어가오."

최소가 또 물었다.

"이곳은 사람들이 어찌하여 이처럼 많습니까?"

왕 판관이 말했다.

"이곳은 왕성(王城)이니 어찌 사람이 많지 않겠소?"

최소가 또 물었다.

"왕성의 사람들이 바다처럼 많은데, 설마 저들이 모두 죄가 없어서 지옥에 들어가지 않은 것은 아니겠지요?"

왕 판관이 말했다.

"왕성에서 거주할 수 있는 자는 죄업이 가벼운 사람으로 지옥에 들어가기에는 합당하지 않소. 저들은 환생할 수 있는 기회가 생기길 기다렸다가 분수의 고하에 따라 각자 환생하는 것이오."

한편 강주로 유배 온 평사(評事) 전홍(田洪)은 강주에 유배된 지 2년이 되었는데, 최소와 이웃하고 살면서 친분도 두터웠다. 최소가 강주를 떠날 때만 해도 평사 전홍은 별 탈이 없었지만 반달 뒤에 갑자기 병에 걸려 죽었는데, 최소는 그 사실을 전혀 알지 못했다. 그런데 최소가 저승 관부에 도착했을 때 전생(田生 : 전홍)이 이미 그곳에 있었기에, 서로 만나 슬피 눈물을 흘리면서 각자 사연을 얘기했다. 한참 후에 전홍이 말했다.

"작은 일이 있으니 감히 간절히 부탁하고자 합니다. 나는 이전에 아들이 없어서 외손자인 정씨(鄭氏)의 아들을 입양해 아들로 삼았는데, 환갑이 되어서 친아들 하나를 얻게 되었소. 지금 나는 저승 관부에서 다른 집안의 후사를 빼앗아 종중(宗中)을 어지럽혔다고 질책당하고, 또 이미 자기 아들이 있는데도 양자를 정리하지 않았다고 이 때문에 심문당했습니다. 공은 돌아가거든 날 위해 모든 방법을 강구해 내 아들에게 편지를 전해 속히 정씨 아들을 본가로 돌려보내게 해 주길 바랍니다. 또 번거롭겠지만 강주의 가 사군(賈使君)께 [내 아들이 내 영구를 끌고 고향으로 돌아가 장례 치르게 해 주신 은덕에 감사드린다고 말씀을 전해 주십시오."

말을 마치고 나서 두 사람은 통곡하고 헤어졌다. 사흘을 지낸 뒤에 일자 천왕이 최소와 함께 돌아가려고 하자 대왕이 나와서 전송했다. 일자 천왕의 행장은 아주 성대해 앞에서 인도하고 뒤에서 호종(護從)하는 기병들이 큰 길거리를 가득 메웠다. 일자 천왕이 소산(小山 : 코끼리)63)을 타고 혼자 가자, 대왕은 최소에게 말을 주어 타고 가라고 분부했다. 여러 성문을 다 지나자 대왕이 말에서 내려 일자 천왕에게 작별의 절을 올렸으나, 일자 천왕은 소산에 앉아 내려오지 않았다. 다음으로 최소의 차례가 되자 최소가 무릎을 꿇고 절을 올렸더니, 대왕은 답배하고 나서 곧장 돌아갔다. 최소는 일자 천왕과 함께 돌아가다가 길을 절반쯤 갔을 때 보았더니, 네 사람이 모두 사람 몸에 물고기 머리를 한 채 연녹색 적삼을 입고 있었는데, 적삼 위에 희미한 핏자국이 있었다.

---

63) 소산(小山) : 대상(大象)을 말한다. 거대한 코끼리의 움직임이 작은 산이 이동하는 것과 같다고 해서 그렇게 부른다.

그들은 한 깊은 구덩이 가에 서서 울면서 최소에게 절하며 말했다.

"저희의 목숨이 위급합니다! 이 구덩이로 떨어지려는 참인데 공이 아니면 저희를 살려 낼 수 없습니다!"

최소가 말했다.

"내가 무슨 힘으로 공들을 구한단 말이오?"

네 사람이 말했다.

"공께서 단지 허락만 해 주시면 됩니다."

최소가 허락했더니 네 사람은 감사의 절을 올렸으며, 또한 《금광명경(金光明經)》 한 부를 베껴 써서 자신들을 죄업의 몸에서 해탈할 수 있게 해 달라고 간청하기에 최소는 또 허락했다. 최소가 말을 마치자 네 사람은 모두 사라졌다. 최소가 뇌주의 객관으로 돌아와서 보았더니, 자신의 몸이 침상에 뉘어져 있었는데, 일자 천왕이 그를 밀어 그의 몸으로 들어가게 했더니 곧바로 살아났다. 최소가 깨어났더니 집안사람들이 말했다.

"죽은 지 이미 이레가 되었지만 심장과 입과 코에 약간의 온기가 남아 있었습니다."

최소가 깨어난 후 하루 남짓 동안 일자 천왕이 그의 눈앞에 희미하게 보였다. 또 계단 앞을 보았더니 나무 동이 하나가 있었는데, 동이 안에 물을 담아 잉어 네 마리를 기르고 있었다. 최소가 집안사람에게 물었더니 대답했다.

"본래 요리하려고 사 놓았는데, 나리의 병이 위급해지는 바람에 미처 손질하지 못했습니다."

최소가 말했다.

"혹시 구덩이 가에 있던 그 네 사람이 아니겠는가?"

그러고는 마침내 물고기를 연못 속에 놓아주라고 했으며, 아울러 발원하고 《금광명경》 한 부를 베껴 써 주었다.

博陵崔紹, 隨父宦南海, 父歿, 因家焉. 大和六年, 賈繼宗爲康州牧, 擧紹爲掾屬. 與端谿假尉李彧爲鄰, 彧家畜一女猫, 常往來紹家捕鼠. 南土風俗, 他舍猫產子其家, 以爲大不祥, 彧之猫產二子於紹家, 紹甚惡之. 命家童縶三猫於筐, 束以繩, 加石焉, 而投之江. 不累月, 紹丁母憂, 解職家居, 益苦貧, 乃薄遊海隅諸郡, 因達雷州, 舍於客館. 紹家常事一字天王, 已兩世矣. 一日, 忽得熱疾, 再宿沉困. 忽見二人, 一衣黃, 一衣皀, 手執文帖, 云: "奉王命追公." 紹初拒之, 二使者怒曰: "公殺無辜三人, 冤家上訴, 奈何猶敢稱屈?" 遂展帖示紹, 紹方畏懼. 頃見一神人來, 二使者俯伏禮敬. 神謂紹: "識我否?" 紹曰: "不識." 神曰: "我一字天王也. 以爾家供養久, 故來相救." 紹拜伏求哀, 天王曰: "但共我行, 必無患." 王遂行, 紹次之. 約五十里許, 遙見一城, 高數十仞, 門樓甚大, 有二神守之. 其神見天王, 側立敬懼. 更行五里, 又一城門, 四神守之, 見天王亦如前. 又行三里許, 復見一城, 其門閉. 天王謂紹曰: "爾且跓此, 我先入." 遂乘空而過. 頃之, 聞搖鎖聲, 城門洞開, 見十神人, 天王亦在其間, 諸神色甚謙畏. 更行一里, 又見一城門, 有八街, 街極廣濶, 兩邊有雜樹, 不識名, 神人甚多, 皆羅立樹下. 八街中, 一街最大, 從西去,又歷一城,更無神人矣.兩邊樓各數十間,並垂簾,街衢人物頗衆,車騎合雜,朱紫繽紛.王立紹於門外,便自入去.使者遂領紹至一廳,先謁王判官.判官降階答拜,延坐,命茶,情誼甚洽.良久,顧紹曰:"公尚未生."紹初不曉,意甚疑懼.判官云:"陰司諱'死',故喚'死'爲'生'."茶到,判官云:"且勿喫."逡巡,有黃衣人提一瓶茶來,云:"此陽官茶,可喫矣."紹喫三碗訖,判官則領紹見大王.大王對一字天王坐,天王向大王云:"祇爲此人來."大王云:"有三命求償."遂令喚崔紹寃家.頃間,有紫衫牙笏者,持紙狀,引一婦人,兼男女來,皆人身而猫首.婦人著慘裙黃衫,一女如之,一男著皁衫.三寃家寃號不已.天王謂紹:"速開口與功德."紹忙懼之中,都忘人間經佛名目,唯記得《佛頂尊勝經》,遂發願各與寫經一卷.言訖,便不見婦人等.大王及一字天王遂令紹升階與坐.紹拜謝,王答拜,紹謙讓不敢.大王曰:"公事已畢,卽還生路.存歿殊途,固不合受拜."大王問紹房族,紹具答之,大王曰:"若然,與公是親家.身是人間馬僕射."紹卽起申叙,馬僕射猶子碏夫,則紹之妹夫.大王問:"碏夫安在?"紹曰:"闊別已久,知家寄杭州."大王回顧王判官云:"崔子停止何處?"判官曰:"在某廳中."王云:"甚好!"紹復啓云:"大王在生,德位兼崇,合歸人天,何滯陰職?"大王笑曰:"此職至不易得.蒙先任杜司徒知愛,舉以自代,濫叨處此."復問:"司徒替何人?"曰:"替李若初,若初性嚴寡恕,所以上帝不令久任."眉:上帝設閻羅,猶尚怨而惡嚴,況陽間牧民者!紹又求觀世人生籍,王曰:"他人則不可,緣與公親情,特爲致之."顧謂王判官曰:"切須誡約勿洩,洩之則終身喑啞."紹問其父何在,大王曰:"見在此充職."紹涕泣願一拜覲,王不可,乃起辭.其一字天王送紹到王判官廳中,鋪陳贍給,與世不異.判官引紹至一樓,滿壁皆金牓銀牓,備列人間貴人姓名,將相列金榜,以下銀榜.更有長鐵榜,列州縣府僚屬.所見三榜,悉在世之人.若謝世者,則隨所落籍.王判官再三叮嚀,如大王誡.紹停王判官廳中,且暮惟聞鼓聲數百面而不吹角.紹問其故,判官曰:"夫角聲者,象龍吟也,龍者,金精也,金精者,陽之精也.至陰之司,不欲聞至陽之聲也."眉:按《周禮》,日食伐鼓以充陽氣,則鼓亦陽聲,何獨用之?紹又叩地獄之說,答曰:"地獄名目各別,去此不遠,罪人隨業輕重而入之."又問:"此處人物何盛?"曰:"此王城也,何得不盛?"又問:"王城之人如海,豈盡無罪而不入地獄?"曰:"得處王城者,是業輕之人,不合入地獄.候有生關,則隨分高下,各得受生."又康州流人田洪評事,流到州二年,與紹鄰居,兼有舊好.紹發康州之日,評事猶無恙,後半月,染疾而卒,紹都不知.及到冥司,已有田生在彼,相見悲泣,各叙所由.久之,洪曰:"有少情事,切敢奉托.洪先無子,養外孫鄭氏子爲兒,年六十,方自有一子.今被冥司責以奪嗣亂宗,既自有子,又不清理,爲此被勘.公回,望爲洪百計致一書與洪兒子,速令鄭氏子歸宗.又煩傳語康州賈使君,謝其發遣歸葬之德."言訖,慟哭而別.居三日,一字天王與紹欲回,大王出送.天王行李頗盛,道引騎從,闐塞街衢.天王乘一小山自行,大王處分與紹馬騎.盡諸城門,大王下馬,拜別天王,天王坐山不下.次及紹,紹跪拜,大王亦還拜訖,大王便回.紹與天王自歸,行至半路,見四人皆人身而魚首,著慘綠衫,衫上微有血污,臨一峻坑立,泣拜紹曰:"性命危急!欲墮此坑,非公不能相活!"紹曰:"僕何力以救公?"四人曰:"公但許諾則得."紹許之,四人拜謝,更乞一部《金光明經》,度脫罪身,紹復許.言畢,四人皆不見.却回至雷州客館,見本身偃臥於床,天王推之使入,便活.及甦,家人云:"死已七日矣,惟心及口鼻微暖."甦後一日許,猶依稀見天王在眼前.又見階前有一木盆, 盆中以水養四鯉魚. 紹問家人, 答曰:"本買充廚膳, 以郎君疾亟, 不及修理." 紹曰:"得非臨坑四人乎?" 遂命投陂池中, 兼發願與寫《金光明經》一部.

* 이 고사는《태평광기》권385〈재생(再生)・최소(崔紹)〉에 실려 있다.

52-17(1570) 후토 부인

후토부인(后土夫人)

출《이문록》미 : 이하는 지신이다(以下地神).

경조부(京兆府)의 위안도(韋安道)는 기거사인(起居舍人) 위진(韋眞)의 아들이다. 그는 진사과에 응시했으나 오래도록 급제하지 못했다. 당(唐)나라 대족년(大足年, 701)에 그는 낙양(洛陽)에서 아침 일찍 집을 나서서 자혜리(慈惠里)의 서문에 이르렀다. 새벽을 알리는 북소리가 막 울렸을 때 길 한가운데에 의장을 갖춘 병사들의 모습이 보였는데, 마치 황제의 호위병 같았다. 또 황금빛 비단으로 덮개를 하고 왼편에 깃털로 장식한 깃발을 꽂은 마차가 지나가는 것이 보였는데, 월기(月旗)만 있을 뿐 일기(日旗)는 없었으며,64) 측근 시종과 여관(女官)과 환관 등의 무리가 또한 수백 명이었다. 그 가운데에 비산(飛傘)65)이 있었고, 비산 아래에 구슬과 비취로 장식한 옷을 입고 커다란 말을 탄 사람

---

64) 월기(月旗)만 있을 뿐 일기(日旗)는 없었으며 : 일월기는 천자의 의장에 사용하는 두 가지 깃발로 각각 음양을 상징한다. 여기서 일기가 없다고 한 것은 천자가 여자임을 암시한다.

65) 비산(飛傘) : 천자가 행차할 때 사용하는 커다란 양산.

이 보였는데, 황후나 공주 같았고 그 아름다움이 사람의 마음을 뒤흔들었다. 당시 천후(天后 : 측천무후)가 낙양에 있었던지라 위안도는 처음에 그녀의 행차이려니 생각했다. 그때는 아직 동이 트기 전이었는데, 위안도가 동행한 사람들에게 물어보았더니 모두 그 광경을 보지 못했다고 했다. 그는 또한 거리의 금오가리(金吾街吏)66)가 길을 정리하지 않는 것을 이상히 여겼다. 한참 뒤에 날이 점차 밝아졌을 때 보았더니, 아까 말을 타고 뒤따르던 한 환관이 말을 달려 이쪽으로 왔다. 위안도가 그를 붙잡고 물었다.

"아까 지나갔던 사람은 천자가 아니십니까?"

환관이 대답했다.

"아니오."

위안도가 그 광경에 대해 물었더니, 환관은 그저 자혜리의 서문을 가리키며 말했다.

"당신은 그저 이곳을 떠나 저 서문으로 들어가서 담을 따라 남쪽으로 100여 걸음을 가면 붉은 문이 서쪽을 향하고 있을 테니, 그 문을 두드리고 어찌 된 영문인지 물어보면 저절로 알게 될 것이오."

---

66) 금오가리(金吾街吏) : '금오'는 궁성과 도성의 치안을 담당하던 관리이고, 그중 도성의 각 거리로 파견되어 순찰을 담당하던 관리를 '가리'라고 했다.

위안도가 그의 말대로 그 문을 두드렸더니, 붉은 옷을 입은 관리가 문으로 나와 응대하며 말했다.

"공은 위안도가 아니십니까?"

위안도가 말했다.

"그렇습니다."

관리가 말했다.

"후토 부인께서 기다리신 지 이미 오래되셨습니다."

그러고는 위안도를 맞이해 한 대문으로 들어갔더니, 자주색 옷을 입은 환관이 위안도와 말을 나눈 뒤 그를 궁 안으로 맞이해 가서 목욕물을 준비해 주었다. 잠시 후 환관이 커다란 상자를 들고 와서 위안도에게 옷을 갈아입으라고 했는데, 도포·홀·두건·신발이 모두 준비되어 있었다. 환관이 말했다.

"이제 가십시다."

마침내 위안도를 커다란 말에 태우고 말 탄 여자 몇 명이 앞에서 인도하고 뒤에서 따르면서 자혜리의 서문을 나온 뒤에 큰길의 서남쪽을 경유해 통리가(通利街)에서 동쪽으로 가서 건춘문(建春門)으로 나갔다. 다시 동북쪽으로 20여 리를 가니 길 양편으로 호위병이 점차 보였는데, 그들은 위안도의 말 앞에서 절을 하고 갔다. 이런 곳을 여러 군데 지나가자 커다란 성이 나왔는데 수비가 매우 삼엄했다. 몇 겹의 문을 통과하자 높다란 누각과 줄줄이 늘어선 전각이 보였는데 마치 왕의 거처 같았다. 위안도는 말을 타고 비취색 누각과 붉은색 궁전을 통과했다. 또 이런 곳을 10여 군데 거쳐 마침내 한 문 안으로 들어가서 100걸음쯤 갔더니 다시 대전이 나왔는데, 그 위에는 넓은 연회석에 웅장한 음악이 연주되고 술과 안주가 늘어져 있었으며, 왕비와 공주처럼 보이는 아름다운 부인 10여 명이 연회석의 좌우에 줄지어 앉아 있었다. 이전부터 위안도와 동행하던 환관이 위안도를 인도해 서쪽 계단으로 올라갔다. 잠시 후에 보았더니, 찬자(贊者)67)처럼 보이는 대전 내의 환관이 위안도에게 서쪽에서 동쪽을 향해 서 있으라고 했다. 이윽고 대전 뒤에서 패옥 소리가 희미하게 들리더니, 한 아름다운 부인이 마치 묘당에 참배할 때 입는 의복처럼 머리 장식에 휘의(褘衣 : 왕후의 제례복)를 입고 대전에 이르러 서쪽을 향해 위안도와 마주 보고 섰는데, 다름 아닌 이전에 자혜리의 서쪽 길에서 보았던 비산 아래에 있던 사람이었다. 환관이 의식을 진행하며 말했다.

"후토 부인은 명운(冥運)에 따라 마땅히 배필이 되어야 합니다."

환관이 위안도에게 절하게 하자 후토 부인이 그 절을 받

---

67) 찬자(贊者) : 관혼상제 때 의식의 절차를 낭독하고 진행하는 사람을 말한다.

앉고, 또 후토 부인에게 절하게 하자 위안도가 그 절을 받았는데, 인간 세상의 빈주(賓主)의 예와 같았다. 후토 부인은 마침내 예복을 벗고 연회 석상에서 위안도와 마주 보고 앉았다. 방금 전에 보았던 10여 명의 아름다운 부인들도 좌우에 줄지어 앉았으며, 음악을 연주하고 술과 음식을 즐기다가 저녁이 되어서야 자리를 끝냈다. 그날 밤에 위안도와 후토 부인은 합방했는데, 그때까지 후토 부인은 처녀의 몸이었다. 이렇게 10여 일을 보내고 나서 후토 부인은 위안도를 따라 돌아가서 묘당에서 시부모님을 뵙고 혼례를 이루고자 했다. 위안도가 "좋습니다"라고 말하자, 후토 부인이 수레 채비를 명했더니 그날로 채비가 끝났다고 알려 왔다. 후토 부인은 누런 송아지가 끄는 수레를 탔는데, 수레는 금옥으로 장식했으며 인간 세상의 고거(庫車)[68]와 같았다. 수레 위를 덮은 비산과 마부와 시종들은 모두 예전과 같았다. 위안도는 말을 타고 수레를 따라 10여 리를 갔더니, 행궁(行宮)에서 음식을 제공하는 곳이 있었는데 음식이 화려하고 맛있었다. 잠시 후에 다시 출발했는데, 후토 부인은 명을 내려 기마 중에서 열에 일고여덟을 줄였고, 차례대로 3리 남짓을 갈 때마다 다시 명을 내려 시종을 줄여 나갔다. 건춘문에

---

[68] 고거(庫車) : 적거(翟車). 꿩의 깃털로 꾸민 수레를 말한다.

이르렀을 때는 좌우에 겨우 기병 20명만 남아 있었다. 낙양에 들어간 후에 위안도가 먼저 집에 도착했는데, 식구들은 그의 훌륭한 수레와 복장을 보고 이상해했다. 드디어 부모님을 만났더니 부모님이 모두 경악하면서 어디에 갔었는지 물어, 위안도가 절을 하고 말씀드렸다.

"우연히 한 사람과 급하게 혼인했는데, 신부가 이미 도착했기 때문에 먼저 와서 알려 드립니다."

말을 마치기 전에 후토 부인의 수레가 이미 대문에 이르렀다. 수놓은 방석과 비단 자리를 마당에 줄지어 깔고 좌우에 각각 가는 승상(繩床)69)을 놓고는 시부모를 모셔 와 마주 앉게 했으며, 문밖에는 비단 보장(步障 : 이동식 가리개) 두 개를 설치했다. 후토 부인은 예복을 입고 패옥을 늘어뜨리며 들어와서 혼례를 마친 다음 시부모에게 진귀한 노리개를 바쳤는데 모두 10여 상자나 되었다. 이에 친척들까지도 모두 후한 선물을 받았다. 이어서 시부모가 말했다.

"신부는 동원(東院)에서 지내시오."

그러자 시녀와 환관들이 방을 치장할 휘장 등을 가져와서 동원에 설치했는데, 그 치장이 매우 치밀했다. 위안도의

---

69) 승상(繩床) : 노끈으로 엮어서 접었다 폈다 할 수 있게 만든 간이 의자. 호상(胡床)이라고도 한다.

부모는 근심하고 두려워하면서 그들이 어디서 왔는지 도무지 알 길이 없었다. 당시는 천후 때로 법령이 매우 엄준했기에, 위진은 화가 미칠까 봐 두려워서 이 일을 자세히 상주하고 죄를 청했다. 천후가 말했다.

"이는 필시 요물일 것이니 경은 근심할 것 없소. 짐에게 주술에 뛰어난 자가 있으니 경을 위해 그 요물을 제거해 줄 것이오."

그러고는 스님 구사(九思)와 회소(懷素)에게 조서를 내려서 가 보게 했다. 스님은 먼저 위진에게 신부가 머무는 동원에 음식을 차리고 자리를 마련하게 했으며, 다음 날에 가겠다고 기약했다. 위진이 돌아와서 두 스님의 말대로 분부하자 신부는 그 분부를 받들어 음식을 차리고 자리를 준비했는데, 그러면서도 전혀 두려워하는 기색이 없었다. 이튿날 두 스님은 위진의 집으로 와서 식사를 끝낸 다음 단정히 앉아 신부와 만나게 해 달라고 청하면서 장차 주술을 쓰려고 했다. 신부는 황급히 와서 두 스님에게 예를 갖춰 절을 올렸다. 그러자 두 스님은 갑자기 무언가에 얻어맞은 듯이 엎드려 죽을죄를 지었다고 했는데, 그들의 눈가와 코와 입에서 피가 흘렀다. 위진이 그 일을 다시 천후에게 아뢰자, 천후가 두 스님에게 물었더니 두 스님이 대답했다.

"저희가 주술을 걸 수 있는 것은 요물이나 귀신에 불과합니다. 그런데 그것은 어디서 왔는지 알 수가 없습니다."

천후가 말했다.

"정간대부(正諫大夫 : 간의대부) 명숭엄(明崇儼)은 태을선법(太乙仙法)으로 천지의 신들을 제압할 수 있으니, 그것도 분명 부릴 수 있을 것이오."

그러고는 명숭엄을 불러들였다. 명숭엄이 위진에게 말했다.

"오늘 저녁에 당신은 당(堂) 안에서 경건한 마음으로 앉아서 신부가 머물고 있는 처소 위를 지켜보다가, 이상한 물체가 보이거든 가서 살펴보시오. 이렇게 해서 이길 수 있다면 그만이지만, 혹 그렇지 못하면 마땅히 다시 다른 방법으로 제압해야 하오."

위진은 명숭엄의 말대로 하고 갑야(甲夜 : 초경)에 이르러 보았더니, 날아가는 구름 같은 어떤 물체가 번개처럼 붉은 빛을 띠며 명숭엄의 집에서부터 날아왔는데, 신부의 처소 위에 이르러 갑자기 마치 무언가에 부딪혀 꺼져 버린 듯이 보이지 않았다. 위진이 사람을 시켜 신부를 살펴보게 했더니 신부는 평소처럼 평안했다. 을야(乙夜 : 이경)에 또 보았더니, 적룡(赤龍)의 형상과 같은 물체가 발톱을 치켜세우고 독을 뿜으며 많은 북을 치는 것과 같은 소리를 내면서 빛이 나는 검은 구름을 타고 신부의 처소 위에 이르렀는데, 또 마치 무언가에 제압당하듯 외마디 비명을 지르며 사라졌다. 위진이 또 사람을 보내 신부를 살펴보게 했더니 또한 이전과 같았다. 또 자야(子夜 : 삼경)에 이르러 보았더니, 붉은 머리카락에 톱날 이빨을 한 물체가 쇠바퀴에 앉아 천둥 번개를 타고 예리한 뿔을 굴리며 소리를 지르면서 왔는데, 신부의 처소에 이른 후에 또 마치 무언가에 죽임을 당하듯이 죽을죄를 지었다고 소리치다가 사라졌다. 이윽고 날이 밝자 위진은 괴이해하고 두려워하면서 어찌할 바를 모르다가 그 일을 명숭엄에게 자세히 고했다. 그러자 명숭엄은 제단을 차리고 제사를 지내 부록(符籙)으로 팔방(八方)과 대지, 산천과 하독(河瀆), 언덕과 수목을 관리하는 귀신과 요물들을 불러들여 조사했는데, 그 숫자에 빠진 것이 없었기에 명숭엄은 이상하게 생각했다. 이튿날 또 인간 세상과 상천(上天) 경계부의 팔극(八極 : 팔방)을 다스리는 신을 불러 조사했지만 역시 그 숫자에 빠진 것이 없었다. 그러자 명숭엄이 말했다.

"천지신명 중에 귀매(鬼魅)가 된 것은 내가 제압할 수 있지만, 지금과 같은 경우는 도저히 알 수가 없으니 직접 만나보길 청하오."

이에 위진은 신부가 머무는 동원에 음식을 차리게 하고 명숭엄을 초청했다. 명숭엄은 자리에 앉아 신부를 만나게 해 달라고 청했다. 신부는 엄숙하게 대답하고 막 명숭엄에게 절하려고 했는데, 명숭엄은 갑자기 마치 무언가에 얻어맞은 듯이 곧바로 바닥에 넘어지더니 죄를 청하며 목숨만 살려 달라고 했으며, 눈가와 코와 입에서 피가 흘러 바닥에 떨어졌다. 위진이 더욱 놀라고 두려워하자, 그의 부인이 위진에게 말했다.

"이전에 안도가 말하는 것을 들었는데, 둘이 처음 만나 부부가 되었을 때 자신을 후토 부인이라고 했답니다. 그러니 이는 인간 세상의 온갖 법술을 다 쓴다 해도 제압할 수 없습니다. 지금 살펴보건대 그녀가 안도와 함께 부부간의 도리를 또한 매우 잘 지키고 있으니, 시험 삼아 안도에게 떠나 달라는 말을 하게 시키면 혹 될 수도 있을 것입니다."

위진이 즉시 위안도에게 그 말을 하게 하자, 위안도가 후토 부인에게 말했다.

"저는 미천한 집안 출신이고 신부는 신령하고 고귀한 신입니다. 지금 고맙게도 저와 부부가 되었지만 저는 감히 당신의 짝이라 칭할 수 없습니다. 게다가 천후의 법이 엄해 이 일로 인해 화가 미칠까 두려우니, 신부가 돌아가 주었으면 하는 것이 시부모님의 바람입니다."

말이 끝나기도 전에 신부는 눈물을 흘리며 말했다.

"제가 운 좋게도 군자의 배필이 되어 시부모님을 모시게 되었는데, 대저 며느리의 도리는 시부모님의 명을 받드는 것이 마땅합니다. 지금 시부모님께서 이미 그렇게 분부하셨다면, 제가 어찌 감히 공손히 따르지 않겠습니까?"

그러고는 그날로 수레 채비를 명해 떠나면서 마침내 당

아래에서 예를 갖춰 작별을 고하며 시부모에게 부탁했다.

"신부는 여자인지라 감히 혼자 돌아갈 수 없으니, 위랑(韋郞 : 위안도)과 함께 떠날 수 있기를 원합니다."

위진은 기뻐하며 그녀의 부탁을 들어주었다. 마침내 후토 부인은 위안도와 함께 떠났는데, 건춘문 밖에 이르렀을 때 이전의 수레와 마부들이 모두 와 있었으며, 그녀가 머물렀던 성의 하인과 호위병들도 모두 예전과 같았다. 성에 도착한 다음 날 후토 부인은 법복(法服)을 입고 대전 안에 앉아 있었는데, 그 모습이 마치 천자가 신하들을 조견(朝見)하는 것 같았다. 위안도가 보니 기이한 용모의 이인(異人)들이 와서 배알했는데, 그중에는 간혹 키가 1장(丈)이 넘는 자도 있었다. 그들은 모두 화관(華冠)을 쓰고 장검을 차고 붉은색과 자주색 옷을 입고 있었는데, 오악(五岳)·사독(四瀆)·하해(河海)의 신이라고 했다. 그다음으로 수백수천의 사람들이 왔는데, 그들은 여러 산림에 있는 나무의 신이라고 했다. 잠시 후에 천하 여러 나라의 왕들이 부름을 받고 모두 도착했는데, 그때 위안도가 후토 부인의 옆에 앉아 있자 후토 부인은 작은 걸상 하나를 놓고 그에게 거기에 앉아 지켜보게 했다. 맨 마지막으로 한 사람이 왔다고 통보했는데, 대라천녀(大羅天女)라고 했다. 위안도가 보니 천후였다. 후토 부인은 웃으면서 위안도에게 말했다.

"이 사람은 당신이 사는 땅의 주인이니 잠시 피해 계십시오."

　그러면서 위안도에게 궁전 안의 작은 방에 들어가 있으라고 했다. 이윽고 천후가 정원에서 후토 부인에게 절을 올렸는데, 매우 정중하게 예를 갖추었다. 후토 부인이 천후에게 대전으로 올라오라고 하자, 천후는 서너 번 사양한 후에야 대전에 올라 재배하고 자리에 앉았다. 후토 부인이 천후에게 말했다.

　"나는 명운에 따라 대라천녀가 다스리는 경내에 있는 위안도라는 사람과 배필이 되어야 했소. 이제 그 명운이 이미 다해 마땅히 헤어져야 하지만 그와의 정이 없을 수는 없소. 그 사람은 불쌍하게도 명이 짧은데, 내가 그의 집에 있을 때 본래 그의 수명을 300살까지 늘려 주고 3품의 벼슬에 이르게 해 주려고 했소. 그러나 그의 부모에게 미움을 받아 쫓겨나는 바람에 그 일을 이루지 못했소. 지금 대라천녀가 다행히 왔으니, 그에게 500만 냥의 돈과 5품의 벼슬을 주되 그것을 넘게 해서는 안 되오. 위안도는 박명해서 아마도 그 이상은 감당해 내지 못할 것이오."

　그러고는 위안도를 나오게 해서 천후에게 절을 올리라고 했다. 후토 부인이 천후에게 말했다.

　"이 사람은 대라천녀가 다스리는 경내의 사람이니 그의 절을 받음이 마땅하오."

　천후는 머뭇거리며 쑥스러운 듯한 기색으로 절을 받았으

며, 마침내 알겠다고 대답하고 떠났다. 후토 부인이 위안도에게 말했다.

"당신은 일찍이 그림을 잘 그렸으니, 내가 당신에게 그 기예를 더해 주어 천년의 명성을 이룰 수 있도록 해 주겠습니다."

그러고는 위안도를 한 작은 전각에 머물게 하고 주렴을 드리우고 휘장을 친 다음, 예로부터의 제왕과 공신 중에서 유명한 자들을 앞으로 불러들여 위안도에게 그들의 모습을 그리게 했다. 미 : 만약 그렇다면 예로부터의 제왕과 공신 중에서 유명한 자는 천고의 세월이 지나도록 늘 존재하는 것이다. 한 달 남짓 지난 뒤에 그들의 모습을 모두 그리자 그것을 모아 20권의 책으로 엮었다. 위안도가 작별하고 떠날 것을 청하자, 후토 부인은 수레 채비를 명하고 자신이 머무는 성의 서쪽에서 전별연을 베푼 다음 위안도와 작별했는데, 흐느껴 울면서 손을 잡고 감정을 이겨 내지 못하는 듯했다. 아울러 금옥과 보배를 주어 수레에 가득 실어 보냈다. 위안도는 동도(東都 : 낙양)에 도착한 후에 건춘문으로 들어갔는데, 금오가 어명을 전하며 낙양성 안에서 위안도를 수소문한 지 이미 한 달이 넘어간다는 소문을 들었다. 위안도는 대궐로 가서 천후를 배알했다. 천후는 소전(小殿)에 앉아 위안도를 접견하면서 자신이 일전에 꾸었던 꿈 얘기를 했는데, 그 꿈이 위안도가 서술한 것과 같았다. 천후는 마침내 위안도를 위왕부(魏

王府)의 장사(長史)에 임명하고 500만 냥을 하사했다. 또 위안도가 그린 제왕과 공신들의 그림을 가져와서 살펴보니 궁중의 비각(秘閣)에 보관되어 있던 옛 그림과 똑같았는데, 그 그림은 지금까지 세상에 전해진다. 천책(天策) 연간[70]에 위안도는 결국 관직에 있다가 죽었다. 미 : 이런 기이한 만남을 했지만 결국 평범하게 끝났다.

京兆韋安道, 起居舍人眞之子. 擧進士, 久不第. 唐大足年中, 於洛陽早出, 至慈惠里西門. 晨鼓初發, 見中衢有兵仗, 如帝者之衛. 黃屋左纛, 有月旗而無日旗, 近侍・才人・宮監之屬, 亦數百人. 中有飛傘, 傘下見衣珠翠之服, 乘大馬, 如后主, 美艶動人. 時天后在洛, 安道疑其遊幸. 時天尙未明, 問同行者, 皆云不見. 又怪衢中金吾街吏不爲靜路. 久之漸明, 見其後騎一宮監, 馳馬而至. 安道因留問之 : "前所過者, 非人主乎?" 宮監曰 : "非也." 安道請問其事, 宮監但指慈惠里之西門曰 : "公但自此去, 由里門循牆而南, 行百餘步, 有朱扉西向者, 叩之問其由, 當自知矣." 安道如其言叩之, 有朱衣官者出應門曰 : "公非韋安道乎?" 曰 : "然." 官者曰 : "后土夫人相候已久矣." 遂延入一大門, 有紫衣宮監, 與

---

[70] 천책(天策) 연간 : 당나라 때는 '천책'이라는 연호를 사용하지 않았으므로 착오로 보인다. 한편 측천무후 때 천책만세(天册萬歲)라는 연호(695~696)를 사용했지만 대족년(大足年, 701)보다 앞서므로 이 역시 타당하지 않다.

安道叙語，延一宮中，置湯沐．頃之，挈大箱至，命安道更衣，袍笏巾靴畢備．宮監曰："可去矣."遂乘以大馬，女騎導從者數人，出西門，由正街西南，自通利街東行，出建春門．又東北行，約二十餘里，漸見夾道戍守者，拜於馬前而去．凡數處，乃至一大城，守衛甚嚴．凡經數重，遂見飛樓連閣，如王者之居．安道乘馬，經翠樓朱殿而過．又十餘處，遂入一門內，行百步許，復有大殿，上陳廣筵重樂，羅列樽俎，美婦人十數，狀如妃主，列於筵左右．前所與同行宮監，引安道自西階而上．頃之，見殿內宮監如贊者，命安道東間西向[1]而立．殿後微聞環珮聲，有美婦人，備首飾褘衣，如謁廟之服，至殿間西向，與安道對立，乃是昔於慈惠西街飛傘下所見者也．宮監乃贊曰："后土夫人，乃冥數合爲匹偶."命安道拜，夫人受之，夫人拜，安道受之，如人間賓主之禮．遂去禮服，與安道對坐於筵上．前所見十數美婦人，亦列坐左右，奏樂飲饌，及昏而罷．則以其夕偶之，尚處子也．如此者十餘日，夫人願從安道歸，廟見舅姑，以成婦禮．安道曰："諾."因下令車駕，卽日告備．夫人乘黃犢之車，車有金玉之飾，如人間庫車．上有飛傘覆之，車徒儐從如前．安道乘馬從焉，行十餘里，有行宮供頓之所，飲饌華美．頃之，又去，下令減去車騎十七八，相次又行三數里，復下令去從者．乃至建春門，左右纔有二十騎．旣入洛陽，安道先至家，家人怪其車服之異．旣見父母，莫不驚愕，問其何適，安道拜而言曰："偶爲一家迫以婚姻，新婦旣至，故先上告."言未竟，車騎已及門矣．繡茵綺席，羅列於庭，左右各施細繩床，請舅姑對坐，門外設二錦步障．夫人衣禮服，垂珮而入，修婦禮畢，獻舅姑珍玩，凡十數箱．爰及親黨，皆厚有贈遺．因曰："新婦請居東院."遂有侍婢閹奴，持房帷供帳之飾，置於東院，修飾甚周．父母憂懼，莫知所來．是時天后朝，法令嚴峻，懼禍及之，乃具以事上奏請罪．天后曰："此必魅物也，卿不足憂．朕有善咒術者，可爲卿去此妖也．"因詔僧九思・懷素往．僧先命於新婦院中設饌，置坐位，請期翌日而至．眞歸，具以二僧之語命之，新婦承命，具饌設位，輒無所懼．明日，二僧至，旣畢饌，端坐請與新婦相見，將施其術．新婦遽至，亦致禮於二僧．二僧忽若物擊之，俯伏稱罪，目眦鼻口流血．又具以事上聞，天后問之，二僧對曰："某所咒者，不過妖魅鬼物．此不知其所從來．"天后曰："有正諫大夫明崇儼，以太乙異術制錄天地諸神祇，此必可使也．"遂召崇儼．崇儼謂眞曰："今夕君可於堂中潔誠坐，以候新婦所居室上，見異物至而觀．其勝則已，或不勝，當更以別法制之．"眞如其言，至甲夜，見有物如飛雲，赤光若驚電，自崇儼之居，飛躍而至，及新婦屋上，忽若爲物所撲滅者，因而不見．使人候新婦，乃平安如故．乙夜，又見物如赤龍之狀，拏攫噴毒，聲如群鼓，乘黑雲有光者，至新婦屋上，又若爲物所撲，有呦然之聲而滅．使人候新婦，又如故．又至子夜，見有物朱髮鋸牙，盤鐵輪，乘飛雷，輪鋩角呼奔而至，旣及其屋，又如物所殺，稱罪而滅．旣而質明，眞怪懼，不知其所爲，具以告崇儼．因致壇醮之籙，使徵八紘厚地・山川河瀆・丘墟水木主職鬼魅之屬，其數無闕，崇儼異之．翌日，又徵人世上天界部八極之神，其數無闕．崇儼曰："神祇所爲魅者，則某能制之，若然，則不可得而知也，請自見之．"因命於新婦院設饌，請崇儼．崇儼至坐，請見新婦．新婦方肅答，將拜崇儼，崇儼又忽若爲物所擊，奄然倒地，稱罪請命，目眦鼻口流血於地．眞益驚懼，其妻因謂眞曰："聞昔安道初與偶之時，云是后土夫人．此雖人間百術，亦不能制之．今觀其與安道夫婦之道，亦甚相得，試使安道致詞，請去之，或可也．"眞卽命安道謝之，曰："某寒門，新婦靈貴之神．今幸與小子伉儷，不敢稱敵．又天后法嚴，懼因是禍及，幸新婦且歸，爲舅姑之計。"語未終，新婦泣涕而言曰："某幸得配偶君子，奉事舅姑，夫爲婦之道，宜奉舅姑之命。今舅姑既有命，敢不敬從？"卽日命駕而去，遂具禮告辭於堂下，因請曰："新婦，女子也，不敢獨歸，願得與韋郎同去。"眞悅而聽之。遂與安道俱行，至建春門外，前時車徒悉至，其所都城僕使兵衛悉如前。至城之明日，夫人被法服，居大殿中，如天子朝見之像。遂見奇容異人來朝，或有長丈餘者。皆戴華冠長劍，被朱紫之服，云是五岳・四瀆・河海之神。次有數千百人，云是諸山林樹木之神。已而召天下諸國之王悉至，時安道於夫人坐側，置一小床，令觀之。最後通一人，云大羅天女。安道視之，天后也。夫人乃笑謂安道曰："此是子之地主，少避之。"令安道入殿內小室中。旣而天后拜於庭下，禮甚謹。夫人乃延天后上，天后數四辭，然後登殿，再拜而坐。夫人謂天后曰："某以冥數，當與天女部內一人韋安道者爲匹偶。今冥數已盡，自當離異，然不能與之無情。此人苦無壽，某在其家，本願與延壽三百歲，使官至三品。爲其尊父母厭迫，因不果成其事。今天女幸至，爲與之錢五百萬，官至五品，無使過此。恐不勝之，安道命薄耳。"因而命安道出，使拜天后。夫人謂天后曰："此天女之屬部人也，當受其拜。"天后進退，色若不足而受之，於是諾而去。夫人謂安道曰："以郎嘗善畫，某爲郎更益此藝，可成千世之名。"因居安道於一小殿，使垂簾設幕，召自古帝王及功臣之有名者於前，令安道圖寫。眉：若然，則自古帝王及功臣之有名者，雖千古常在也。凡經月餘，悉得其狀，集成二十卷。於是安道請辭去，夫人命車駕，於所都城西，設離帳祖席，與安道訣別，涕泣執手，情若不勝。並遺以金玉珠寶，盈載而去。安道既至東都，入建春門，聞金吾傳令於洛陽城中訪韋安道，已將月餘。旣至，謁天后。坐小殿見之，且述前夢，與安道所叙同。遂以安道爲魏王府長史，賜錢五百萬. 取安道所畫帝王功臣圖視之, 與秘府之舊者皆驗, 至今行於代焉. 天策中, 安道竟卒於官. 眉:枉此奇遇, 到頭一般.

* 이 고사는 《태평광기》 권299 〈신·위안도(韋安道)〉에 실려 있다.

1 동간서향(東間西向):《태평광기》에는 "서간동향(西間東向)"이라 되어 있는데, 문맥상 보다 타당하다.

52-18(1571) 지신

지기(地祇)

출《하동기》

　[당나라] 정원(貞元) 연간(785~805) 말에 위남현승(渭南縣丞) 노패(盧佩)는 성품이 지극히 효성스러웠다. 그의 모친은 이전에 허리와 다리가 아팠는데, 그때는 병이 심해져서 침상에서 내려오지 못한 지 여러 해가 되었으며, 새벽부터 저녁까지 그 모진 고통을 견딜 수 없었다. 노패는 즉시 관직을 그만두고 모친을 모시고 장안(長安)으로 돌아와서 재산을 다 털어 명의를 찾았다. 당시 국의(國醫 : 어의) 왕언백(王彦伯)은 명성과 위세가 대단했기 때문에 한 번이라도 그를 쉽게 만날 수 없었다. 노패는 날마다 찾아가서 빌면서 부탁했는데, 반년이 넘어서야 비로소 왕언백이 한번 보러 가겠다고 허락했다. 왕언백은 노패에게 아무 날 새벽에 가겠다고 기약했지만 정오가 되도록 오지 않았다. 노패는 문에서 왕언백이 오기를 기다리면서 마음이 다급해지고 눈앞이 캄캄해졌다. 날이 저물어 점점 어두워지자 노패는 더욱 낙담했다. 그때 갑자기 흰옷을 입고 용모가 매우 아름다운 한 부인이 보였는데, 준마를 타고 계집종 하나를 데리고 골목의 서쪽에서 말을 달려 동쪽으로 지나갔다. 잠시 뒤에 부

인은 다시 동쪽에서 오더니 노패가 있는 곳에 이르러 말을 멈추고 노패에게 말했다.

"당신의 안색을 보니 근심이 가득한데 감히 무슨 일인지 묻습니다."

노패는 왕언백만을 기다리고 있었기 때문에 애당초 그 부인이 오는 것조차 알아차리지 못했다. 부인이 여러 차례 질문한 뒤에야 노패는 자신의 사정을 모두 말해 주었다. 미: 묘사가 뛰어나다. 그러자 부인이 말했다.

"소첩에게 보잘것없는 의술이 있는데, 왕언백의 능력에 못지않습니다. 태부인(太夫人)을 한번 보게 해 주시면 틀림없이 차도가 있을 것입니다."

노패는 놀라고 기뻐하면서 그녀의 말 머리에 대고 절을 올리며 말했다.

"진실로 그렇게만 될 수 있다면 이 몸으로 당신의 노복이 되길 원합니다."

노패가 곧장 먼저 들어가서 모친에게 그 사실을 알렸더니, 모친은 한창 모진 고통에 신음하던 차에 노패의 말을 듣고 갑자기 병이 약간 낫는 것 같았다. 노패는 부인을 데리고 모친 앞으로 갔다. 부인이 손을 들어 모친의 병세를 살피자마자, 모친은 벌써 스스로 몸을 움직일 수 있었다. 그리하여 온 가족이 기뻐 뛰면서 다투어 돈과 비단을 가져와 부인에게 주었다. 그러자 부인이 말했다.

"아직 다 나은 것은 아니지만, 약을 한 번 더 복용하면 고질병을 완전히 없앨 뿐만 아니라 길이 장수를 누릴 수 있습니다."

모친이 말했다.

"곧 죽게 될 늙은 아낙이 천사(天師)의 도움으로 다시 살게 되었으니, 어떻게 보답해야 할지 모르겠습니다."

부인이 말했다.

"다만 저를 미천하다 내치지 마시고 제가 구랑(九郞 : 노패)의 시중을 들면서 늘 태부인의 곁에 있을 수 있도록 허락해 주시면 됩니다. 어찌 감히 공을 논하겠습니까?"

모친이 말했다.

"노패는 자신이 천사의 노복이 되기를 원했는데, 지금 도리어 남편으로 삼겠다고 하시니 안 될 게 뭐 있겠습니까?"

부인은 재배하며 감사드리고 나서, 마침내 계집종이 들고 있던 작은 화장 상자 속에서 한 약숟가락의 약을 꺼내 조제해서 모친에게 올렸다. 모친이 약을 입에 넣었더니 오랫동안 쌓였던 고통이 순식간에 사라졌다. 마침내 노패는 그 부인을 아내로 맞아들였다. 그녀는 부인의 도리를 엄격하게 지켰다. 하지만 열흘마다 한 번씩 본가로 돌아가기를 청했다. 노패는 부인을 수레로 배웅하고 마중하려 했지만, 부인은 한사코 거절하면서 그저 예전의 말을 타고 계집종과 함께 순식간에 왕래했는데, 전혀 흔적을 찾을 수 없었다. 노패는 처음에는 부인의 뜻을 따르고자 해서 캐묻지 않았지만, 오래되자 자못 이상하다는 생각이 들었다. 어느 날 아침에 노패는 부인이 나가기를 기다렸다가 몰래 뒤쫓아 가서 엿보았더니, 부인이 말을 타고 연흥문(延興門)을 나서자 말이 공중으로 갔다. 노패는 깜짝 놀라 행인들에게 물어보았지만, 그들은 모두 보지 못했다고 했다. 노패가 다시 부인을 따라 성 동쪽의 무덤에 이르렀더니, 무당이 술과 음식을 차려 놓고 술을 땅에 뿌리면서 지신(地神)에게 제사를 드리고 있었는데, 그 순간 부인이 말에서 내려와 그 술을 받아서 마셨다. 곧이어 계집종이 뒤따라와서 지전(紙錢)을 거두어 말에 실었더니 곧장 동전으로 변했다. 또 보았더니 부인이 말채찍으로 땅에 금을 긋자, 무당이 따라서 그곳을 가리키며 말했다.

"이곳이 묏자리로 쓸 만하군요."

일이 끝나자 부인은 곧장 말을 타고 돌아갔다. 노패가 마음속으로 몹시 질색하면서 집으로 돌아와 모친에게 그 사실을 모두 알렸더니 모친이 말했다.

"진작부터 그녀가 요물인 것을 알고 있었는데 이를 어찌하면 좋겠느냐?" 미 : 나에게 은덕을 베풀면 요물임을 잊어도 되는가? 또한 친아버지가 이리가 되지 않고 친아들이 호랑이가 되지 않으리란 것을 어찌 알겠는가?

그때부터 부인은 절대로 다시는 노패의 집으로 돌아오지

앉았는데, 노패도 다행이라 생각했다. 수십 일 뒤에 노패가 남쪽 거리로 나갔다가 갑자기 부인과 계집종을 만났는데, 노패가 그녀를 부르며 말했다.

"부인은 어찌하여 오랫동안 돌아오지 않으시오?"

하지만 부인은 돌아보지도 않은 채 급히 말을 몰아 떠났다. 다음 날 부인은 계집종을 보내 노패에게 말을 전했다.

"소첩은 진실로 당신의 짝이 아닌가 봅니다. 저는 단지 당신의 효행에 감동했기 때문에 당신의 부인이 되고자 했으며, 태부인의 병을 낫게 해서 부부가 되기로 약속했습니다. 그런데 지금 이미 의심을 받았으니 곧장 결별하는 것이 마땅합니다."

노패가 계집종에게 물었다.

"아씨는 지금 어디에 계시느냐?"

계집종이 말했다.

"아씨는 전날 이미 이 자의(李咨議)에게 개가하셨습니다."

노패가 말했다.

"비록 서로 이별하려고 했지만 어찌 그렇게 빨리 가 버린단 말인가?"

계집종이 말했다.

"아씨는 지신으로, 경조부(京兆府) 300리 내 인가의 무덤을 관장하고 계시는데, 늘 도성에서 살아 있는 사람의 부인이 되어야 하며 혼자 살아서는 안 됩니다."

계집종이 또 말했다.

"아씨는 결국 의지할 곳을 잃지 않으시겠지만, 다만 구랑의 박복함을 탄식하실 뿐입니다. 만약 아씨가 오랫동안 부인으로 계셨다면, 구랑의 일가는 모두 지선(地仙)이 되었을 것입니다."

노패는 집안의 항렬이 아홉째였다.

貞元末, 渭南縣丞盧佩, 性篤孝. 其母先病腰脚, 至是病甚, 不下榻者累年, 曉夜不堪痛楚. 佩卽棄官, 奉母歸長安, 竭産求醫. 時國醫王彦伯聲勢重, 造次不可一見. 佩日往祈請焉, 半年餘, 乃許一到. 佩期某日平旦, 是日亭午不來. 佩候望於門, 心搖目斷. 日旣漸晩, 佩益悵然. 忽見一白衣婦人, 姿容絶麗, 乘一駿馬, 從一女僮, 自曲之西, 疾馳東過. 有頃, 復自東來, 至佩處駐馬, 謂佩曰:"觀君顔色憂沮, 敢請問之." 佩志於王彦伯, 初不覺婦人之來. 旣顧問再三, 佩乃具以情告. 眉:善描寫. 婦人曰:"妾有薄技, 不減彦伯所能. 請一見太夫人, 必取平差." 佩驚喜, 拜於馬首曰:"誠得如此, 願以身爲僕隸." 佩卽先入白母, 母方呻吟酸楚之次, 聞佩言, 忽覺小瘥. 遂引婦人至母前, 婦人纔舉手候之, 其母已能自動矣. 於是一家歡躍, 競於金帛以遺婦人. 婦人曰:"此猶未也, 更進一服藥, 非止盡除痼疾, 抑亦永享眉壽." 母曰:"老婦將死之骨, 爲天師再生, 未知何階上答." 婦人曰:"但不棄細微, 許奉九郎巾櫛, 常得在太夫人左右則可. 安敢論功乎?" 母曰:"佩猶願以身爲奴, 今爲夫, 有何不可?" 婦人再拜稱謝, 遂於女僮所持小妝奩中, 取藥一刀圭, 以和進母. 母入口, 積苦頓平. 遂納爲婦. 執婦道嚴謹. 然每十日, 卽請一歸本家. 佩欲以車輿送迎, 卽固拒, 唯乘舊馬, 與女僮倏忽往來, 略無踪迹. 初且欲順適其意, 不能究尋, 久之, 頗以爲異. 一旦, 伺其將出, 潛往窺之, 見乘馬出延興門, 馬行空中. 佩驚問行者, 皆不見. 又隨至城東墓田中, 巫者陳設酒殽, 瀝酒祭地, 卽見婦人下馬, 就接而飮之. 其女僮隨後收拾紙錢, 載於馬上, 卽變爲銅錢. 又見婦人以策畫地, 巫者隨指其處曰: "此可以爲穴." 事畢, 卽乘馬而回. 佩心甚惡之, 歸具告母, 母曰: "固知妖異, 爲之奈何?" 眉: 有德於我, 卽妖異可忘乎? 又安知親父不狼, 親子不虎也? 自是婦人絶不復歸佩家, 佩亦幸焉. 後數十日, 佩因出南街中, 忽逢婦人行李, 佩呼曰: "夫人何久不歸?" 婦人不顧, 促轡而去. 明日, 使女僮傳語佩曰: "妾誠非匹. 但以君有孝行相感, 故爲君婦, 太夫人疾得平和, 約爲夫婦. 今旣見疑, 便當決矣." 佩問女僮: "娘子今安在?" 女僮曰: "娘子前日已改嫁李咨議矣." 佩曰: "雖欲相棄, 何其速歟?" 女僮曰: "娘子是地祇, 管京兆府三百里內人家喪葬所在, 長須在京城中作生人妻, 無自居也." 女僮又曰: "娘子終不失所, 但嗟九郎福薄. 向使娘子長爲妻, 九郎一家皆爲地仙矣." 盧佩, 第九也.

* 이 고사는 《태평광기》 권306 〈신·노패(盧佩)〉에 실려 있다.

52-19(1572) 술 파는 왕씨

고주왕씨(沽酒王氏)

출《계신록》 미 : 화신이다(火神).

　　건강(建康) 강녕현(江寧縣)의 관아 뒤에 술 파는 왕씨가 있었는데, 그는 공평하고 정직하다고 일컬어졌다. 협 : 중요하다. 어느 날 밤에 주점 점원이 바깥문을 닫으려고 했는데, 붉은 옷을 입은 사람 몇 명이 아주 많은 하인과 말을 거느리고 문 앞에 이르러 소리쳤다.

　　"문을 열어라! 우리가 잠시 여기서 쉬어야겠다."

　　점원이 달려가서 주인에게 그 사실을 알렸다. 주인이 손님을 맞이하러 나왔더니 그들은 이미 들어와서 자리에 앉아 있었다. 주인이 술과 음식을 아주 풍성하게 차려 내고 또 그 시종들에게도 음식을 주자, 손님은 아주 고마워했다. 잠시 후에 꼰 새끼줄 수백수천 장(丈)을 든 하인과 말뚝 수백 개를 든 한 사람이 앞으로 와서 말했다.

　　"포위하겠습니다!"

　　자색 옷을 입은 사람이 허락했다. 그러자 두 사람은 곧장 밖으로 나가 말뚝을 땅에 박고 그 위에 새끼줄을 묶더니 마을 사람들의 집을 돌아다니며 새끼줄로 둘러쳤다. 한참 뒤에 일을 마쳤다고 아뢰자, 자색 옷을 입은 사람이 일어나서 문밖으로 갔는데 시종이 말했다.

"이 주점도 포위망 안에 있습니다."

자색 옷을 입은 사람들이 서로 말했다.

"주인이 우리를 아주 후하게 대접했으니, 이 주점을 면해 주어도 괜찮겠소?"

모두 말했다.

"한 집뿐인데 안 될 게 뭐 있겠소?"

즉시 말뚝을 옮기라고 명해 주점을 포위망에서 벗어나게 한 다음에 주인을 돌아보며 말했다.

"이것으로 보답하겠소."

그러고는 떠났는데 순식간에 보이지 않았다. 새끼줄과 말뚝을 돌아보았더니 이미 사라지고 없었다. 잠시 후에 순사(巡使) 구양진(歐陽進)이 야경을 돌다가 주점 앞에 이르러 물었다.

"어찌하여 깊은 밤에 문을 열어 놓고 등촉도 끄지 않고 있느냐?"

주인이 자신이 본 것을 자세히 고했지만, 구양진은 믿지 않은 채 주인을 붙잡아 하옥하고 요망한 말을 한 죄를 물으려 했다. 이틀이 지나서 건강에 큰불이 났는데, 주작교(朱雀橋) 서쪽에서부터 봉대산(鳳臺山)에 이르기까지 주민들이 불에 타 거의 죽었고, 이 주점의 사방 이웃은 모두 잿더미가 되었지만 왕씨만 화를 면했다.

建康江寧縣廨之後, 有沽酒王氏, 以平直稱. 夾: 要繁. 忽一夜, 店人將閉外戶, 有朱衣數人, 僕馬甚盛, 至戶前, 叱曰: "開門! 吾將暫憩於此." 店人奔告其主. 其主出迎, 則已入坐矣. 主人因設酒食甚備, 又犒諸從者, 客甚謝焉. 頃之, 有僕夫執捆繩百千丈, 又一人執橛杙數百枚, 前白: "請布圍!" 紫衣可之. 卽出, 以杙釘地, 繫繩其上, 圍坊曲人家使徧. 良久, 白事訖, 紫衣起至戶外, 從者曰: "此店亦在其中矣." 紫衣相謂曰: "主人相待甚厚, 免此一店, 可乎?" 皆曰: "一家爾, 何爲不可?" 卽命移杙, 出店於圍外, 顧主人曰: "以此相報." 遂去, 倐忽不見. 顧視繩杙, 已亡矣. 俄而巡使歐陽進邏巡夜, 至店前, 問: "何故深夜開門, 又不滅燈燭?" 主人具告所見, 進不信, 執之下獄, 將以妖言罪之. 居二日, 建康大火, 自朱雀橋西至鳳臺山, 居人焚之殆盡, 此店四鄰皆爲煨燼, 而王氏獨免.

* 이 고사는《태평광기》권314〈신·고주왕씨〉에 실려 있다.

52-20(1573) 금악 장군

금악장군(擒惡將軍)

출《기사기(奇事記)》미 : 오방신이다(五方神).

염수(冉邃)는 제주(齊州) 사람으로, 그의 부친은 읍재(邑宰 : 현령)였다. 염수는 장산(長山) 사람 조옥(趙玉)의 딸과 결혼했다. 염수는 부친이 돌아가시고 나자, 어려서부터 천성이 총명하지 않아 거의 글을 몰랐기 때문에 영달할 수 없어서 장산에서 농사를 지었다. 그의 처 조씨(趙氏)는 자태는 아름다웠지만 천성이 경박하고 방탕했다. 하루는 조씨가 혼자 수풀 사이를 노닐다가 보았더니, 비단옷을 입은 사람이 백마를 타고 시종 100여 명을 거느리고 있었는데, 그들은 모두 검과 창을 든 채 지나가고 있었다. 조씨가 말했다.

"내가 만약 저런 남편을 얻게 된다면 죽어도 한이 없겠다."

비단옷을 입은 사람이 돌아보고 웃으면서 조씨에게 물었다.

"내가 잠시 지아비가 되어도 괜찮겠소?"

그러고는 급히 말에서 내려 숲속으로 들어갔다. 이윽고 작별하면서 조씨에게 말했다.

"틀림없이 아들 하나를 낳을 텐데, 나중에 영험한 신이 될 것이니 잘 보살피고 아껴 주시오."

조씨는 과연 임신해 기한이 되어 아들 하나를 낳았는데, 키가 겨우 5촌이었고 붉은 머리카락과 검푸른 얼굴에 온몸은 붉은 털이 나 있었으며 눈에서는 광채가 났다. 염수는 몹시 괴이해하면서 말했다.

"이 아이는 요괴가 틀림없으니 죽이는 게 좋겠소."

조씨가 말했다.

"이 아이는 당신에게 몸을 의탁해 태어났는데 어찌 요괴이겠습니까? 혹시라도 이인(異人)이라면 죽였다간 도리어 해를 입을 것입니다."

그 말에 염수는 두려워서 그만두었다. 조씨는 아들을 밀실에 숨겨 키웠는데, 아들이 일곱 살이 되었을 때 갑자기 키가 1장(丈)으로 커졌다. 잠시 뒤에 하늘에서 큰 새 한 마리가 날아 내려왔는데, 아들이 달려 나가서 새의 등에 뛰어올라 타고 날아가 버리자 어머니는 하루 종일 울었다. 그로부터 몇 달이 지나서 아이가 밖에서 왔는데, 황금 갑옷을 입고 칼을 차고 활을 든 채 병사 1000여 명을 거느리고 있었다. 아들은 대문에 이르러 곧장 들어오더니 어머니에게 절을 하고 말했다.

"저는 유찰사자(遊察使者)의 아들로, 다행히 어머니께 몸을 의탁해 낳아 주고 길러 주신 은혜를 받았기에 오늘 이렇게 찾아뵈러 왔습니다."

조씨가 말했다.

"너는 무슨 신이 되었느냐?"

아들이 말했다.

"어머니께서는 절대 말하지 마십시오. 저는 이미 동방의 금악 장군에 임명되었습니다. 동방에서 신명(神明)의 뜻을 따르지 않고 함부로 악행을 저지르는 자는 제가 모두 주살할 수 있습니다."

조씨는 술과 고기를 가져와서 아들에게 먹이며 말했다.

"내게 술과 고기가 많지 않아서 저 병사들에게까지 줄 수가 없구나."

아들이 웃으며 말했다.

"어머니께서 술 한 잔만 공중에 뿌려 주시면 병사들이 모두 술을 마실 수 있습니다."

어머니가 아들의 말대로 하고 보았더니, 공중에서 술이 비처럼 내리자 병사들이 모두 얼굴을 들고 술을 마셨다. 아들이 급히 그들을 말리며 말했다.

"조금만 마셔라!"

작별할 때 아들이 조씨에게 말했다.

"급한 일이 있으면 그저 향을 사르고 멀리서 고하시면 제가 당장 오겠습니다."

아들은 말을 마치고는 말을 타고 비바람처럼 떠났다. 1년 뒤에 조씨의 부친이 죽자 조씨는 장례를 치르러 친정으로 갔다. 그런데 밤마다 귀병(鬼兵) 1000여 명이 친정집을 에워싸고 한 신이 문을 두드리며 말했다.

"내가 사당을 짓고자 하는데 네 부친이 이미 내게 의탁했으니, 너는 속히 돌아가거라. 그렇게 하지 않으면 모두 죽이겠다."

조씨는 문득 아들이 남긴 말이 생각나서 향을 사르고 그 사실을 고했다. 그날 밤에 아들이 병사 1000여 명을 이끌고 와서 한 사자를 보내 신인에게 캐묻게 했더니, 신인은 망연자실하며 병사를 거두어 대오를 갖추고 아들 앞에서 자신을 묶었다. 아들은 신인을 호되게 꾸짖고 그의 무리를 모두 죽인 뒤에 어머니에게 말했다.

"저자는 신이 아니라 강귀(强鬼)입니다. 살아서는 사조의(史朝義)의 장군이었는데, 죽어서는 돌아갈 곳이 없게 되자 전사한 병사들을 스스로 모아 그들을 끌고 이곳으로 와서 함부로 사당을 세우고자 했습니다."

어머니가 말했다.

"방금 저자가 하는 말을 들었는데, 친정아버님이 이미 우리 주변에 계신다고 하니, 네가 한번 물어보아라."

아들은 신인을 붙잡게 하고 물었다.

"너는 어찌하여 이유 없이 조옥을 잡아 왔느냐?"

그 사람이 울면서 말했다.

"장군께서는 불쌍히 여겨 주시길 바랍니다. 저는 살아서는 장수였는데 스스로 공을 세우지 못하고 군영에서 죽었습니다. 죽은 후에는 신이 되기를 구했지만 또한 계획을 잘 이룰 수 없었기에 오늘 이렇게 장군의 행차를 범하게 되었습니다. 만약 장군께서 이 죄를 하늘에 고하지 않고 저를 휘하에 받아 주신다면, 반드시 죽음으로 보답하겠습니다."

아들이 또 물었다.

"조옥은 어디에 계시느냐?"

신이 말했다.

"정 대부(鄭大夫)의 무덤 안에 있습니다."

아들이 곧장 정 대부의 무덤 안에서 조옥을 꺼내 데려오게 하자, 조옥은 잠시 뒤에 다시 살아났다. 조씨가 아들에게 신의 죄를 용서해 주라고 간절하게 권하자, 아들은 마침내 신의 포박을 풀어 주고 관할 경내의 소장(小將)으로 임명했다. 아들은 어머니에게 작별을 고하고 울면서 말했다.

"저는 신도(神道)에 있기 때문에 자주 인간 세상으로 나와서는 안 되니, 이제 더 이상 오지 않을 것입니다. 어머니께서는 자중자애하십시오!"

아들은 또 비바람처럼 떠났으며, 이후로는 마침내 발길을 끊었다.

冉遂者, 齊人也, 父邑宰. 遂婚長山趙玉女. 遂旣喪父, 又幼性不惠, 略不知書, 無以進達, 因耕於長山. 其妻趙氏, 美姿質, 性復輕蕩. 一日獨遊於林藪間, 見一人衣錦衣, 乘白馬,侍從百餘人，皆携劍戟過之．趙氏曰："我若得此夫，死亦無恨．"錦衣人回顧笑，問趙氏曰："暫爲夫，可乎?"遽下馬，入林內．既別，謂趙氏曰："當生一子，爲明神，善保愛之．"趙氏果有孕，及期生一兒，僅長五寸，髮赤面青，遍身赤毛，眼有光耀．遂甚怪之，曰："此必妖也，可殺之．"趙氏曰："此兒托體於君，又何妖?或是異人，殺之，反爲害．"遂懼而止．趙氏藏之密室，及七歲，其兒忽長一丈．俄又自空有一大鳥飛下，兒走出，躍上鳥背飛去，其母朝夕哭之．經數月，兒自外來，擐金甲，佩劍彎弓，引兵士可千餘人．至門直入，拜母曰："我是遊察使者子，幸托身於母，受生育之恩，今日一來拜覲．"趙氏曰："兒自爲何神也?"兒曰："母愼勿言．我已補東方擒惡將軍．東方之地，不遵明祇，擅爲惡者，我皆得誅之．"趙氏取酒炙以飼之，乃謂兒："我無多酒炙，不可以及將士．"兒笑曰："母但一杯酒灑空中，即兵士皆飲酒也．"母從之，見空中酒下如雨，兵士盡仰面而飲之．兒乃遽止曰："少飲!"臨別，謂母曰："若有急，但焚香遙告，我當立至．"言訖，上馬如風雨而去．後一年，趙氏父亡，趙氏往葬之．其父家每夜有鬼兵可千餘，圍其宅，有神扣門言："我要爲祠宇，爾家翁見來投我，爾當速去．不然，皆殺之．"趙氏忽思兒留言，乃焚香以告．其夕，兒引兵士千餘至，令一使詰之，神人茫然收兵爲隊，自縛於兒前．兒呵責，盡殺其衆，謂母曰："此非神也，是强鬼耳．生爲史朝義將，死無所歸，自收戰亡兵，引之來此，欲擅立祠宇耳．"母曰："適聞言，家翁已在我左右，爾試問之．"其兒令擒神人問之曰："爾何以無故追趙玉耶?"其人泣告曰："望將軍哀念．生爲一將，不能自立功，而死於陣前．死後欲求一神，又不能良圖，今日有犯斧鉞．若將軍不以此罪告上天，容在麾下，必效死節．"又問曰："趙玉何在?"神曰："寄在鄭大夫冢內．"兒乃立命於冢內取趙玉至，趙玉尋甦．

趙氏切勸兒恕神之罪, 兒乃釋縛, 命於部內爲小將. 乃辭其母, 泣而言曰 : "我在神道, 不當頻出人間, 不復來矣. 母善自愛!" 又如風雨而去, 邇後遂絶.

* 이 고사는《태평광기》권306〈신・염수(冉遂)〉에 실려 있다.

52-21(1574) 위수장

위수장(韋秀莊)

출《광이기》 미 : 성황신이다(城隍).

    [당나라] 개원(開元) 연간(713∼741)에 활주자사(滑州刺史) 위수장은 한가한 날에 성루(城樓)로 가서 황하(黃河)를 바라보았다. 그때 성루에 갑자기 키가 3척 정도 되고 자색 옷에 붉은 관을 쓴 한 사람이 나타나 통성명하며 배알을 청했다. 위수장은 그가 사람이 아닌 것을 알고 물었다.

    "어떤 신이오?"

    신이 대답했다.

    "바로 성황의 주인입니다."

    위수장이 또 물었다.

    "무슨 일로 오셨소?"

    신이 대답했다.

    "황하의 신이 내 성을 허물어 미 : 하신(河神)이 상제의 명을 받들지 않고 감히 함부로 성을 허문단 말인가? 수로를 바로잡고자 하지만 저는 결코 허락하지 않았습니다. 닷새 뒤에 황하 가에서 전쟁을 크게 벌이기로 날을 정했는데, 제 힘으로 막지 못할까 두렵기 때문에 사군(使君 : 자사의 존칭)께 도움을 청하러 왔습니다. 만약 군사 2000명을 준비해 활과 쇠뇌를 들고 저를 도와주신다면 틀림없이 이길 수 있을 것입니다. 사군의 성이기도 하니 사군께서 도모해 주십시오."

위수장이 승낙하자 신은 이내 사라졌다. 그날이 되자 위수장은 날랜 병사 2000명을 거느리고 성루로 올라갔다. 황하가 갑자기 어두워지면서 순식간에 흰 기운이 곧장 위로 10여 장(丈) 치솟자, 성루 위에서 푸른 기운이 나오더니 서로 한데 얽혔다. 위수장이 궁수들에게 흰 기운을 향해 마구 활을 쏘게 했더니, 흰 기운의 모양이 점점 작아지다가 결국 사라졌다. 미 : 세상에서는 [절강의] 조수를 쏘아 물러가게 한 일71)만 알고, 황하를 쏘아 물리친 일은 알지 못한다. 오직 푸른 기운만 남아 구름 봉우리처럼 굽이굽이 돌더니 도로 성루 안으로 들어갔다. 처음에는 황하가 성 아래까지 가까이 다가왔는데, 그 후로는 점점 물러나 지금은 성에서 5~6리 떨어져 있다.

開元中, 滑州刺史韋秀莊, 暇日來城樓望黃河. 樓中忽見一人, 長三尺許, 紫衣朱冠, 通名參謁. 秀莊知非人類, 問 : "是何神?" 答曰 : "卽城隍之主." 又問 : "何來?" 答曰 : "黃河之神, 欲毀我城, 眉 : 河神不奉帝命, 敢擅毀城耶? 以端河路, 我固

---

71) 조수를 쏘아 물러가게 한 일 : 예로부터 항주(杭州) 절강(浙江)의 조수는 거세기로 유명한데, 해마다 조수가 밀려와 항주에 피해를 끼치자, 일찍이 오월왕(吳越王) 전유(錢鏐)가 강한 쇠뇌로 밀려오는 조수를 쏘아 물러가게 했다고 한다.

不許. 剋後五日, 大戰於河湄, 恐力不禁, 故來求救於使君爾. 若得二千人, 持弓弩, 物色相助, 必當克捷. 君之城也, 惟君圖之." 秀莊許諾, 神乃不見. 至其日, 秀莊帥勁卒二千人登城. 河中忽爾晦冥, 須臾, 有白氣直上十餘丈, 樓上有青氣出, 相縈繞. 秀莊命弓弩亂射白氣, 氣形漸小至滅. 眉:世但知射潮, 不知射黃河事. 唯青氣獨存, 逶迤如雲峰狀, 還入樓中. 初時, 黃河俯近城之下, 此後漸退, 至今五六里也.

* 이 고사는 《태평광기》 권302 〈신・위수장〉에 실려 있다.

52-22(1575) 채영

채영(蔡榮)

출《속현괴록(續玄怪錄)》미 : 토지신이다(土地).

중모현(中牟縣) 삼이향(三異鄕)의 목공 채영은 어려서부터 토지신을 믿었다. 채영은 식사 때마다 반드시 음식을 나누어 땅에 차려 놓고 몰래 토지신에게 축원했는데, 장성해서도 잠시도 잊은 적이 없었다. [당나라] 원화(元和) 2년(807) 봄에 채영은 6~7일간 앓아누워 있었는데, 저녁 무렵에 어떤 무관(武官)이 달려와서 그의 모친에게 말했다.

"채영의 의복과 쓰던 물건을 속히 감추어 다른 사람이 보지 않게 하고, 빨리 여자의 옷으로 갈아입히시오. 어떤 사람이 와서 묻거든 반드시 '집을 나갔다'고 속이시오. 그 사람이 장소를 물으면 생각나는 대로 대답하되 채영이 있는 곳을 알게 하지 마시오."

무관은 말을 마치고 급히 떠났다. 채영의 아내와 모친은 무관의 말을 따랐다. 막 일을 마치고 났을 때, 어떤 장군이 말을 타고 10여 명을 거느린 채 활과 화살을 들고 곧장 안채로 들어와서 채영을 불렀다. 모친이 놀라 당황하며 말했다.

"없습니다."

장군이 말했다.

"어디 갔소?"

모친이 대답했다.

"채영이 술에 취해 돌아와서 일을 게을리하기에 이 늙은 아낙이 화가 나서 때렸더니 몰래 나가 버렸는데, 어디에 있는지 모른 지 이미 10여 일이나 됩니다."

장군이 관리를 시켜 안으로 들어가서 찾아보게 했는데, 찾던 사람이 나와서 말했다.

"방 안에 사내는 없고 그가 쓰던 물건도 없습니다."

장군이 토지신을 연달아 부르자, 채영을 숨기게 했던 사람이 나와서 "예" 하고 말했다. 장군이 토지신을 질책하며 말했다.

"채영이 집을 나갔는데 어찌 그가 있는 곳을 모른단 말이냐?"

토지신이 대답했다.

"채영이 화가 나서 몰래 나가면서 담당 관리인 저에게 알리지 않았습니다."

장군이 말했다.

"대왕의 뒤 전각이 기울었는데, 수리하려면 채영과 같은 뛰어난 장인이 필요하다. 기한이 다 되어 가는데 누가 그 일을 대신 한단 말인가?"

토지신이 대답했다.

"양성향(梁城鄕)의 섭간(葉幹)이란 자는 기술이 채영보다 뛰어난데, 그의 수명을 헤아려 보니 바로 데려가서 일을 시키면 될 것입니다."

그러자 장군은 말을 달려 떠났다. 잠시 후 채영을 숨기게 했던 사람이 다시 와서 말했다.

"나는 지계(地界)의 담당 관리요. 채영이 식사 때마다 반드시 나를 불러 주었기 때문에 그 은혜를 갚은 것이오."

그러고는 떠났다. 모친이 채영을 살펴보니 땀에 흠뻑 젖어 있었으며, 그 후로 병이 나았다. 얼마 후에 양성향의 섭간이 갑자기 죽었다는 소문이 들려왔다.

中牟縣三異鄕木工蔡榮者, 自幼信神祇. 每食必分置於地, 潛祝土地, 至長未嘗暫忘也. 元和二年春, 臥疾六七日, 方暮, 有武吏走來, 謂其母曰: "蔡榮衣服器用, 速藏之, 勿使人見, 乃速爲婦人服飾. 有來問者, 必紿之曰: '出矣.' 求其處, 則亦意對, 勿令知所在也." 言訖, 走去. 妻母從其言. 纔畢, 有將軍乘馬, 從十餘人, 執弓矢, 直入堂中, 呼蔡榮. 其母驚惶曰: "不在." 曰: "何往?" 對曰: "榮醉歸, 怠於其業, 老婦怒而笞之, 潛去, 不知所在, 已十餘日矣." 將軍遣吏入搜, 搜者出曰: "房中無丈夫, 亦無器物." 將軍連呼地界, 敎藏者出曰: "諾." 責曰: "蔡榮出行, 豈無知處?" 對曰: "怒而私出, 不告所由." 將軍曰: "王後殿傾, 須此巧匠. 期限向盡, 何人堪替?" 對曰: "梁城鄕葉幹者, 巧於蔡榮, 計其年限, 正當追役." 將軍者走馬而去. 有頃, 敎藏者復來曰: "某地界所由也. 以蔡榮每食必相召, 故報恩耳." 遂去. 母視榮, 卽汗洽矣, 自此疾愈. 俄聞梁城鄕葉幹者暴卒.

* 이 고사는《태평광기》권308〈신·채영〉에 실려 있다.

권53 신부(神部)

신(神) 2

이 권은 대부분 산악과 강하의 여러 신을 실었다.
此卷多載山岳江河諸神.

53-1(1576) 태산군

태산군(太山君)

출《수신기》 미 : 이하는 악신이다(以下岳神).

호모반(胡母班)이 일찍이 태산(太山)의 기슭에 이르렀는데, 갑자기 나무 사이에서 진홍색 옷을 입은 마부가 나타나 호모반을 부르며 말했다.

"태산군께서 부르십니다."

호모반이 경악해 머뭇거리며 대답하지 못했더니, 다시 한 마부가 나와서 그를 불렀다. 결국 호모반이 그를 따라 수십 보(步)를 갔더니, 마부가 호모반에게 잠시 눈을 감으라고 청했다. 잠시 후에 궁실이 나타났는데, 위의가 매우 장엄했다. 호모반이 궁궐로 들어가서 배알하자, 주인[태산군]이 음식을 차려 놓고 호모반에게 말했다.

"그대를 오게 한 것은 다른 게 아니라 내 사위에게 편지를 전해 주었으면 해서이네." 미 : 태산군은 어찌 심부름꾼이 부족해서 굳이 산 사람의 손을 빌린단 말인가?

호모반이 물었다.

"따님은 어디에 있습니까?"

주인이 말했다.

"내 딸은 하백(河伯)의 부인이네."

호모반이 말했다.

"어떻게 그곳에 갈 수 있는지 모르겠습니다."

주인이 대답했다.

"황하(黃河)의 중류에 이르러 배를 두드리면서 하녀를 부르면, 분명 편지를 가지러 오는 사람이 있을 것이네."

호모반이 인사를 하고 그곳을 나왔더니 이전의 마부가 다시 호모반에게 눈을 감으라고 했는데, 잠시 후 순식간에 원래의 길이 나타났다. 마침내 그는 서쪽으로 가서 신이 말한 대로 하고 하녀를 불렀다. 금세 과연 한 여종이 나오더니 편지를 가지고 물속으로 들어갔다가 잠시 후에 다시 나와서 말했다.

"하백께서 그대를 잠깐 보고자 하십니다."

여종 역시 그에게 눈을 감으라고 청했다. 호모반이 마침내 하백을 배알하자, 하백은 술과 음식을 성대히 차려 주었으며 친절하게 말을 건넸다. 떠날 때가 되자 하백은 답장을 써 주고 푸른 명주 신발을 가져오라 명해서 그에게 주었다. 호모반이 나와서 눈을 감았더니 홀연히 배로 돌아와 있었다. 호모반은 장안(長安)에서 1년을 보내고 돌아오다가 태산에 이르렀는데, 감히 몰래 지나가지 못하고 결국 나무를 두드리며 성명을 밝히고 말했다.

"장안에서 돌아오는 길인데 소식을 아뢰고자 합니다."

잠시 후 예전의 마부가 나와서 지난번과 같은 방법으로

호모반을 인도해 들어갔다. 호모반이 하백의 답장을 드리자 태산부군이 말했다.

"마땅히 따로 보답해 주겠네."

호모반이 말을 마치고 측간에 가다가 문득 보았더니, 그의 아버지가 형틀을 차고서 노역을 하고 있었는데, 그런 무리가 수백 명이었다. 호모반은 다가가서 절을 하고 눈물을 흘리며 물었다.

"아버님은 무엇 때문에 이런 처지에 계십니까?"

그의 아버지가 말했다.

"나는 죽어서 불행하게도 3년 동안 벌을 받게 되어 지금 이미 2년이 되었는데, 고통스러워서 지낼 수가 없다. 네가 지금 명부(明府 : 태산군)에게 인정받고 있음을 알고 있으니, 나를 위해 사정을 잘 말씀드려서 이 노역을 면하고 사공(社公 : 토지신)이 될 수 있도록 간청해 주었으면 한다."

호모반이 아버지의 분부대로 머리를 조아리고 간청했더니 태산부군이 말했다.

"죽은 자와 산 자는 길이 달라 서로 가까이해서는 안 되니 애석해할 것 없네."

호모반이 한사코 청하고 나서야 비로소 태산부군이 허락했다. 이에 호모반은 작별 인사를 하고 나왔다. 호모반이 집에 돌아온 후로 1년 남짓 지났을 때, 자식들이 모두 죽자 그는 두려움에 떨면서 다시 태산을 찾아가 나무를 두드리며 태산부군을 뵙길 청했다. 예전의 마부가 그를 맞이해 가서 태산부군을 뵙자 호모반이 스스로 말했다.

"식구들이 거의 다 죽어서 재앙이 끝나지 않을까 두려우니, 불쌍히 여겨 구해 주시길 바랍니다."

태산부군이 손뼉을 치면서 크게 웃으며 말했다.

"예전에 그대에게 '산 자와 죽은 자는 길이 달라 서로 가까이해서는 안 된다'고 말한 것이 바로 그 때문이었네."

그러고는 즉시 밖으로 나가 호모반의 아버지를 불러오게 하더니, 잠시 후 그가 뜰에 도착하자 태산부군이 물었다.

"그대는 예전에 고향으로 돌아가 토지신이 되기를 청했는데, 마땅히 집안에 복을 주어야 하거늘 손자들이 모두 죽게 된 것은 어찌 된 일인가?"

호모반의 아버지가 대답했다.

"오랫동안 고향을 떠나 있다가 돌아가게 되어 정말 기뻤으며, 또 술과 음식을 풍족히 대접받고 보니 손자들이 간절히 생각나서 불러와 먹였을 뿐입니다." 미 : 멍청한 귀신이라 할 만하다.

그래서 태산부군은 토지신을 다른 사람으로 교체했다. 호모반의 아버지는 눈물을 흘리면서 나갔으며, 호모반은 마침내 집으로 돌아갔다. 그 후로 낳은 자식들은 모두 별 탈이 없었다.

胡母班曾至太山之側, 忽於樹間逢一絳衣騶, 呼班云:"太山君奉召." 班驚愕, 逡巡未答, 復有一騶出, 呼之. 遂隨行數十步, 騶請班暫瞑目. 少頃, 便見宮室, 威儀甚嚴. 班乃入閣拜謁, 主爲設食, 語班曰:"屈君無他, 欲附書與女婿耳." 眉: 太山君豈少力役, 而必借生人耶? 班問:"女郎何在?"曰:"女爲河伯婦." 班曰:"不知何緣得達." 答曰:"中流扣舟呼靑衣, 當自有取書者." 班乃辭出, 昔騶復令閉目, 有頃, 忽如故道. 遂西行, 如神言而呼靑衣. 須臾, 果有一女僕出, 取書而沒, 少頃復出, 云:"河伯欲暫見君." 婢亦請瞑目. 遂拜謁河伯, 河伯乃大設酒食, 詞旨慇懃. 臨別復書, 命取靑絲履爲贈. 班出, 瞑然忽得還舟. 遂於長安經年而還, 至太山, 不敢潛過, 遂扣樹, 自稱姓名:"從長安還, 欲啓消息."須臾, 昔騶出, 引班如向法而進. 因致書焉, 府君請曰:"當別遣報." 班語訖, 如厠, 忽見其父着械徒作, 此輩數百人. 班進拜流涕, 問:"大人因何及此?"父云:"吾死不幸, 見謫三年, 今已二年矣, 困苦不可處, 知汝今爲明府所識, 可爲吾陳之, 乞免此役, 便欲得社公耳." 班乃依敎, 叩頭陳乞, 府君曰:"死生異路, 不可相近, 身無所惜." 班苦請, 方許之. 於是辭出. 還家, 歲餘, 兒子死亡略盡, 班惶懼, 復詣太山, 扣樹求見. 昔騶遂迎之而見, 班乃自說:"家中死亡至盡, 恐禍未已, 幸賜哀救." 府君拊掌大笑曰:"昔語君'生死異路, 不可相近'故也." 卽出外召班父, 須臾, 至庭中, 問之:"昔求還里社, 當爲門戶作福, 而孫息死亡至盡, 何也?"答云:"久別鄉里, 自忻得還, 又遇酒食充足, 實念諸孫, 召而食之耳." 眉: 可謂愚鬼. 於是代之. 父涕泣而出, 班遂還. 後有兒皆無恙.

* 이 고사는《태평광기》권293〈신・호모반(胡母班)〉에 실려 있다.

53-2(1577) 동신

동신(董愼)

출《현괴록》

 수(隋)나라 대업(大業) 원년(605)에 연주좌사(兗州佐史) 동신은 성품이 강직하고 법리(法理)에 밝았는데, 도독(都督) 이하의 관리들이 법 집행을 조금이라도 그릇되게 하면 반드시 상관의 안색에 개의치 않고 간했다. 비록 견책을 당하더라도 두려워하지 않고 반드시 형벌이 공정하게 집행되기를 기다린 이후에야 물러났다. 한번은 수의(授衣)[72]로 인해 집으로 돌아가려고 연주의 성문을 나섰다가 누런 옷을 입은 한 사자를 만났는데 사자가 말했다.

 "태산부군(太山府君)께서 당신을 불러 녹사(錄事)로 삼고자 하십니다."

 그러고는 품속에서 문서를 꺼내 동신에게 보여 주었는데, 문서에는 이렇게 쓰여 있었다.

 "동신은 사건을 정밀하고 공정하게 판단하기로 명성이 자자하니, 장차 의심스러운 사건을 평결하는 데 모름지기

---

72) 수의(授衣) : 겨울옷을 지급해 추위에 대비하게 하는 일을 말한다. 9월의 별칭으로도 쓰인다.

훌륭한 능력을 발휘하길 기대하며, 임시로 우조녹사(右曹錄事)에 임명하노라."

사자는 곧장 커다란 베자루를 가져오더니 그 안에 동신을 담아 짊어지고 연주의 성곽을 나간 후 길옆에 내려놓았다. 그러고는 물을 길어 와 진흙을 개어서 동신의 두 눈을 봉했다. 동신은 어디를 거쳐 얼마나 갔는지 전혀 알지 못했는데, 갑자기 큰 소리가 들렸다.

"범신(范愼)은 동신을 붙잡아 왔느냐?"

사자가 "예" 하고 대답한 뒤 급히 들어가자 태산부군이 말했다.

"붙잡아 온 녹사는 지금 어디에 있느냐?"

사자가 말했다.

"저승은 비밀스러운 곳인지라 혹시라도 비밀이 새어 나갈까 걱정해서, 좌조(左曹)에게 모습을 숨기는 베자루를 빌려 그를 담아 왔습니다."

태산부군이 크게 웃으며 말했다.

"범신이 동신을 붙잡아 오고 좌조의 자루를 가지고 우조녹사를 담아 왔으니, 매우 신중한 방비라고 이를 만하도다!"

미 : 태산부군도 농담을 좋아한다.

태산부군은 곧장 동신을 꺼내 눈을 가린 진흙을 떼어 내게 했으며, 비단옷과 어수홀(魚須笏)73)과 무늬가 얼룩덜룩한 표범 가죽 신발을 하사했다. 또한 동신을 맞이해 옆 계단으로 올라오게 한 뒤, 좌우 시종에게 의자를 가져오라고 명해 동신을 앉히고 나서 말했다.

"그대가 공정하기 때문에 이렇게 초청했네. 지금 민주사마(閩州司馬) 영호실(令狐實) 등 여섯 명을 무간지옥(無間地獄 : 아비지옥)에 가두었는데, 천조(天曹)의 부명(符命)을 받아 보니 영호실이 태원부인(太元夫人 : 태원성모)의 3등 친척이기 때문에 법령에 따라 3등급을 감형해 주라고 하셨네. 그런데 어제 죄인 정저(程翥) 등 120명이 이 사례를 끌어들여 시끄럽게 소송하니 이를 막을 수가 없네. 이미 그들의 이름을 천조에 보고했는데, 천조에서는 '의심나는 죄상은 가벼운 형벌을 따라야 한다[罪疑唯輕]'[74]고 여겨 또 이들에게도 2등급을 감형해 주라고 하셨네. 나는 뒷사람들이 이러한 사례를 끌어들이는 일이 많아질까 걱정이니, 그대는 어떻게 하는 것이 좋겠다고 생각하는가?"

동신이 말했다.

---

73) 어수홀(魚須笏) : 상어의 수염으로 장식한 홀. 일설에는 상어의 가죽으로 장식했다고도 한다.

74) 의심나는 죄상은 가벼운 형벌을 따라야 한다[罪疑唯輕] : 죄의유경(罪疑唯輕)은 죄상이 확실치 못해 형벌의 경중을 판단하기 어려울 경우에는 가벼운 쪽을 따른다는 뜻이다. 《상서(尙書)》〈우서(虞書)·대우모(大禹謨)〉에 나오는 구절이다.

"대저 물은 아름다움과 추함을 그대로 비춰 내지만 사람들이 원망하지 않는 것은 지극히 맑고 사사로운 감정이 없기 때문입니다. 하물며 천지의 형법에서 어찌 은전(恩典)으로 간특함을 대속해 주는 것이 합당하겠습니까? 그러나 저는 일개 하급 관리에 불과하며 평소에 문장을 지을 줄 모르니, 비록 그것이 잘못된 처사인 줄은 알지만 결국 말에 조리가 없습니다. 제가 살고 있는 연주의 수재(秀才) 장심통(張審通)은 문재(文才)가 탁월하니 부군의 관기(管記 : 서기)로 삼기에 충분할 것입니다."

태산부군은 첩지를 내려 장심통을 불러오게 했다. 잠시 후 장심통이 도착해서 말했다.

"이는 쉬운 일이니 부군께서 판결문을 작성해 진술하심이 마땅합니다."

태산부군이 말했다.

"그대가 날 위해 잘 지어 주게."

그러고는 즉시 장심통을 좌조녹사에 임명하고 아울러 동신에게 내린 것과 같은 의복을 하사했으며, 각자에게 검은 여우 한 마리씩을 주어 외출할 때마다 그것을 타고 다니게 했다. 장심통이 지은 판결문은 다음과 같았다.

"하늘은 본디 사사로움이 없으며 법은 마땅히 공평해야 합니다. 만일 은전으로 죄를 대속해 준다면 이는 간악한 행위를 돕는 것입니다. 영호실을 감형해 주라는 이전의 명령은 이미 사사로운 요구와 같으며, 정저가 나중에 선례를 들어 소송을 제기한 것도 '의심나는 죄'와는 다른 경우입니다. 만약 형벌을 감형해 주는 판례를 남기신다면 진실로 지극히 공정한 의론을 어기게 됩니다. 이전의 판결에 따라 저들을 무간지옥에 회부해 하옥하길 청합니다."

아울러 진상을 기록해 천조에 보고하자, 즉시 누런 옷을 입은 사람이 문서를 가지고 떠났다가 잠시 후에 천조의 부명을 가지고 돌아왔는데, 내용은 다음과 같았다.

"보고한 판결문은 대부분 이단(異端)에서 비롯한 것이다. 상부의 명령을 받들어 그대로 따르면 될 뿐이다. 《주례(周禮)》의 팔의(八議)75)가 전장 제도에 분명히 보이니, 어찌 태원부인의 공덕으로 3등의 친척을 비호할 수 없단 말인가? 감히 명령을 어겼으니 모름지기 징벌을 내리겠다. 부군에게는 60갑자(甲子) 동안 자색 관복을 입지 못하는 벌을 내리고, 나머지 사람들은 이전의 명령대로 처리하라."

태산부군은 장심통에게 크게 화를 내며 말했다.

"그대가 쓴 판결문이 나를 쫓겨나게 만들었네!"

---

75) 팔의(八議) : 범법자를 심의해 죄를 감면해 주는 여덟 가지 조건으로, 의친(議親)·의고(議故)·의현(議賢)·의능(議能)·의공(議功)·의귀(議貴)·의근(議勤)·의빈(議賓)을 말한다. 영호실의 경우는 '의친'에 해당한다.

그러고는 즉시 좌우에 명해 사방 1촌 되는 고깃덩이로 장심통의 한쪽 귀를 막게 해, 결국 소리가 들리지 않게 되었다.
미 : 이는 천상에서 공정하지 못한 것이니, 태산부군이 함부로 판단했다고 나는 감히 믿지 못하겠다. 장심통이 호소했다.

"다시 판결문을 작성하게 해 주시길 청하니, 만약 천조에서 윤허하지 않는다면 다시 벌을 달게 받겠습니다!"

태산부군이 말했다.

"그대가 날 위해 죄를 면하게 해 준다면 즉시 그대에게 귀 하나를 더 주겠네."

장심통이 다시 판결문을 작성했다.

"하늘이 크고 땅이 큰 것은 본래 친소(親疎) 관계가 없기 때문입니다. 만약 친소 관계가 있다면 어떻게 하나로 통일할 수 있겠습니까? 만일 사사로운 정 때문에 법을 바꾼다면 진실로 장차 거짓을 생겨나게 하고 참을 잃게 할 것입니다. 태고(太古) 이전에는 사람들이 지극히 순박했지만, 중고(中古) 시대 이후로 비로소 각자 친족이 생겨나게 되었다고 들었습니다. 그러니 어찌 태고에 만물을 화육(化育)하는 마음으로 하여금 중니(仲尼 : 공자)가 사제(蜡祭)를 참관한 후의 탄식[76]을 생기게 할 수 있겠습니까? 귀에 거슬리는 말의 허

---

76) 중니(仲尼 : 공자)가 사제(蜡祭)를 참관한 후의 탄식 : 공자가 노

물을 관대히 용서해 주시길 청하며, 진실한 마음에서 우러난 약언(藥言)을 감히 올리니, 부디 사실을 살펴보시고 공평하게 처리해 주시길 바랍니다. 영호실 등을 모두 공정한 법에 의거해 처리하시길 청합니다."

아울러 진상을 기록해 천조에 보고하자, 누런 옷을 입은 사람이 문서를 가지고 떠났다가 잠시 후에 또 천조의 부명을 가지고 돌아왔는데, 내용은 다음과 같았다.

"보고한 내용을 다시 살펴보니 심히 타당하도다. 부군에게는 육천부정사(六天副正使)를 더해 주고, 영호실과 정저 등은 모두 공정한 법에 따라 처리하라."

태산부군이 곧장 장심통에게 말했다.

"그대가 아니었다면 이 사건을 바르게 처리할 수 없었을 것이네!"

그러고는 좌우에 명해 장심통의 귓속에 있는 고깃덩이를 떼어 내게 한 뒤, 한 아이에게 그것을 주물러 귀를 만들게 해서 장심통의 이마 위에 붙여 주며 말했다.

"그대의 한쪽 귀를 막았다가 그대에게 세 개의 귀를 주었는데 어떠한가?"

(魯)나라의 사제(蜡祭 : 섣달 그믐날 여러 신에게 지내는 제사)를 참관한 뒤 노나라에 이미 예악(禮樂)이 무너져 옛날보다 못함을 한탄했다. 《예기(禮記)》〈예운(禮運)〉에 나온다.

또 동신에게 말했다.

"그대가 현명한 사람을 추천해 준 덕분에 나의 훌륭한 명성을 이루게 되었지만, 이곳에 그대를 오래 머물게 할 수 없네. 대신 그대에게 1주년의 수명을 더 주어 보답하겠으니, 그대는 본래 수명에 더해 21년을 더 살게 될 것이네."

그러고는 즉시 그들을 집으로 돌려보내 주게 했다. 사자는 다시 진흙으로 두 사람의 눈을 봉하고 베자루에 담아서 각자의 집으로 보내 주었다. 동신은 마치 쏟아져 나온 것처럼 갑자기 정신이 들어 부인을 돌아보며 물었더니 부인이 말했다.

"당신은 넋이 나간 지 이미 10여 일이나 되었어요."

동신은 이로부터 과연 21년 뒤에 죽었다. 장심통은 며칠 뒤에 이마가 가렵더니 마침내 귀 하나가 돋아나 이전의 두 귀와 통했는데, 그중에서 이마에 돋아난 귀가 특히 잘 들렸다. 당시 사람들이 웃으며 말했다.

"하늘에는 구두조(九頭鳥)[77]가 있고, 땅에는 삼이수재(三耳秀才)가 있구나!"

또 그를 "계관수재(鷄冠秀才)"라고 부르는 자도 있었다.

---

[77] 구두조(九頭鳥) : 창우(蒼鸆) 또는 귀거조(鬼車鳥)라고도 하는 전설 속 새.

隋大業元年，兗州佐史董慎，性公直，明法理，自都督已下，用法稍枉，必犯顏諫之。雖加譴責不懼，必俟刑正而後退。常因授衣歸家，出州門，逢一黃衣使者，曰："太山君呼君爲錄事。"因出懷中牒示慎，牒曰："董慎名稱茂實，案牘精練，將平疑獄，須俟良能，權差知右曹錄事。"即持大布囊，內慎其中，負之，出兗州郭，因致囊於路左，汲水調泥，封慎兩目。慎都不知經過遠近，忽聞大唱曰："范慎追董慎到？"使者曰："諾。"趨入，府君曰："所追錄事，今復何在？"使者曰："冥司幽秘，恐或漏洩，向請左曹匿影布囊盛之。"府君大笑曰："范慎追董慎，取左曹囊盛右曹錄事，可謂能防慎也！"眉：太山府君亦好謔。便令寫出，抉去目泥，賜縑衫·魚須笏·豹皮靴，文甚斑駮。邀登副階，命左右取榻令坐，曰："籍君公正，故有是請。今有閩州司馬令狐實等六人，實無間獄，承天曹符，以實是太元夫人三等親，準令遞減三等。昨罪人陳犨[1]一百二十人，引例喧訟，不可止遏。已具名申天曹，天曹以爲罰疑唯輕，亦令量減二等。恐後人引例多矣，君謂宜如何？"慎曰："夫水照妍媸而人不怨者，以至清無情。況今天地刑法，豈宜恩貸奸慝？然慎一胥吏耳，素無文字，雖知不可，終語無條貫。當州府秀才張審通，辭彩雋拔，足得備君管記。"府君令帖召之。俄頃至，審通曰："此易耳，君當判以狀申。"府君曰："君善爲我辭。"即補左曹錄事，仍賜衣服如董慎，各給一玄狐，每出即乘之。審通判曰："天本無私，法宜畫一。苟從恩貸，是資奸行。令狐實前命減刑，已同私請，程犨後申簿訴，且異罪疑。儻開遞減之科，實違至公之論，請依前付無間錄獄。"仍錄狀申天曹，即有黃衫人持狀而往。少頃，復持天符曰："所申文狀，多起異端。奉主之宜，但合遵守。《周禮》八議, 典章昭然, 豈可使太元功德, 不能庇三等之親? 仍敢愆違, 須有懲罰. 府君可罰不衣紫六十甲子, 餘依前處分." 府君大怒審通曰: "君爲判辭, 使我受譴!" 卽命左右取方寸肉, 塞其一耳, 遂無所聞. 眉: 是則上天不公, 府君無斷, 吾未敢信也. 審通訴曰: "乞更爲判申, 不允, 卽甘當再罰!" 府君曰: "君爲我去罪, 卽更與君一耳." 審通又判曰: "天大地大, 本乃無親, 若使有親, 何由得一? 苟欲因情變法, 實將生僞喪眞. 太古以前, 人猶至樸, 中古之降, 方聞各親. 豈可使太古育物之心, 生仲尼觀蜡之嘆? 請寬逆耳之辜, 敢薦沃心之藥, 庶其閱實, 用得平均. 令狐實等, 並請依正法." 仍錄狀申天曹, 黃衣人又持往, 須臾, 又有天符來曰: "再省所申, 甚爲允當. 府君可加六天副正使, 令狐實・程翥等, 並正法置處." 府君卽謂審通曰: "非君不可正此獄!" 因命左右割下耳中肉, 令一小兒擘之爲耳, 安於審通額上, 曰: "塞君一耳, 與君三耳, 何如?" 又謂愼曰: "甚賴君薦賢, 以成我美, 然不可久留君. 當壽一周年相報耳, 君籛本壽, 得二十一年矣." 卽送歸家. 使者復以泥封二人布囊, 卽送至宅. 欻如寫出, 而顧問妻子, 妻子云: "君亡精魂, 已十餘日矣." 愼自此果二十一年而卒. 審通數日, 額覺痒, 遂蹙出一耳, 通前三²耳, 而蹙出者尤聰. 時人笑曰: "天有九頭鳥, 地有三耳秀才!" 亦有呼爲"鷄冠秀才"者.

* 이 고사는《태평광기》권296〈신・동신〉에 실려 있다.

1 진저(陳翥):《태평광기》와《현괴록(玄怪錄)》에는 "정저(程翥)"라 되어 있는데, 문맥상 타당하다. 뒤의 본문에는 "정저"라 되어 있다.

2 삼(三): 문맥상 "이(二)"의 오기로 보인다.

53-3(1578) 성경

성경(成景)

출《명보록(冥報錄)》

당(唐)나라의 목인천(睦仁蒨)은 조군(趙郡) 한단(邯鄲) 사람이었다. 그는 어려서부터 경학을 배워 귀신을 믿지 않았다. 그렇지만 늘 귀신이 있는지 없는지 시험해 보고 싶어서, 귀신을 보는 사람을 찾아가 배웠지만 10년이 넘도록 터득하지 못했다. 목인천은 상현(向縣)으로 이사한 후에 길에서 높은 관원으로 보이는 한 사람을 만났는데, 그는 의관이 아주 훌륭하고 좋은 말을 타고 있었으며 50여 명의 기병이 그를 따르고 있었다. 그 사람은 목인천을 보더니 아무 말도 하지 않았다. 그 후로 자주 그 사람을 만났는데 10년 동안 모두 수십 번을 만났다. 나중에 그 사람이 갑자기 말을 세우고 목인천을 부르더니 말했다.

"근자에 자주 그대를 만나다 보니 정이 들어 마음이 끌리니 그대와 교유했으면 합니다."

목인천이 곧바로 그에게 절하고 물었다.

"공은 누구십니까?"

그 사람이 대답했다.

"나는 귀신입니다. 성은 성(成)이고 이름은 경(景)으로 본래 홍농(弘農) 사람입니다. 서진(西晉) 때는 별가(別駕)를 지냈고 지금은 임호국(臨湖國)의 장사(長史)로 있습니다."

목인천이 물었다.

"그 나라는 어디에 있습니까? 왕의 성함은 무엇입니까?"

성경이 대답했다.

"황하(黃河)의 이북이 모두 임호국인데, 도성은 누번국(樓煩國)78) 서북쪽의 사막에 있습니다. 국왕은 옛 [전국 시대] 조(趙)나라 무령왕(武靈王)으로 미 : 조나라 무령왕이 신이 되었다. 지금 이 나라를 통치하고 계시는데, 태산(泰山)의 통제를 받고 있기 때문에 매달 상상(上相)을 보내 태산에 참배하게 하십니다. 그래서 내가 여러 번 이곳에 왔다가 그대와 만나게 된 것입니다. 나는 그대에게 도움을 줄 수 있으니, 그대에게 환난을 미리 알게 해서 급작스런 고통을 면하게 할 수 있습니다. 다만 생사의 운명과 큰 화복의 보응은 옮길 수 없을 따름입니다."

그러고는 자신의 수행 기병인 상 장사(常掌事)라는 자에게 명해 목인천을 따라가게 하면서 말했다.

---

78) 누번국(樓煩國) : 지금의 네이멍구 자치구 오르도스 지역에 있었던 고대 부족 국가.

"일이 생기면 먼저 목인천에게 알리고 혹시 네가 알지 못하는 것이면 마땅히 내게 알려야 한다."

성경은 이렇게 말하고는 곧장 작별했다. 상 장사는 늘 목인천을 따라다녔는데 마치 시종 같았다. 목인천이 묻고 싶은 것이 있으면 그때마다 상 장사가 먼저 알고 있었다. [수나라] 대업(大業) 연간(605~617) 초에 강릉(江陵) 사람 잠지상(岑之象)이 한단현령(邯鄲縣令)으로 있었는데, 그의 아들 잠문본(岑文本)은 아직 약관의 나이가 되지 않았다. 잠지상이 목인천을 집으로 초청해 잠문본을 가르치게 했다. 그리하여 목인천은 성경을 만난 일을 잠문본에게 일러 주면서 아울러 말했다.

"성 장사(成長史 : 성경)가 나에게 말하길, '그대에게 말하기 부끄러운 일이 한 가지 있는데, 그대와 교유하기로 했으니 또한 말하지 않을 수 없습니다. 귀신도(鬼神道 : 아귀도)[79]에서는 늘 배고픔에 시달리는데, 만약 사람의 음식을 먹을 수 있다면 1년 동안 배부르게 됩니다. 그래서 많은 귀신들은 대부분 사람의 음식을 훔쳐 먹는데, 나는 지체가 높

---

79) 귀신도(鬼神道) : 불교의 육도(六道) 가운데 아귀도(餓鬼道)를 말한다. 육도는 지옥(地獄)·아귀·축생(畜生)·아수라(阿修羅)·인간(人間)·천상(天上)의 여섯 세계로, 육취(六趣)라고도 한다. 중생은 각자 자신이 지은 선악의 업보에 따라 이 육도 안에서 윤회한다고 한다.

아서 훔칠 수 없으니 그대에게 한 끼 식사를 부탁하고자 합니다'라고 했다."

그래서 잠문본은 성경을 위해 음식을 차렸는데 산해진미를 다 갖추었다. 목인천이 말했다.

"귀신은 사람의 집에 들어가려 하지 않으니, 바깥 물가에 장막을 치고 자리를 깔고 그 위에 술과 음식을 차리는 것이 좋겠다."

잠문본은 그의 말대로 했다. 약속 시간이 되어 목인천이 보았더니, 성경이 손님 두 명과 함께 100여 명의 기병을 거느리고 왔는데, 자리를 잡고 나서 식사를 마친 후에 따라온 기병들에게 대신 그 자리에 앉아 식사하게 했다. 잠문본은 미리 돈과 비단을 만들어 두었다가 그것을 태워서 선물로 주었다. 성경은 몹시 기뻐하며 감사하고 떠났다. 몇 년 뒤에 목인천은 병이 들었는데, 그다지 심하지는 않았지만 자리에서 일어나지 못했다. 달포 뒤에 목인천이 상 장사에게 물었지만 상 장사도 그 이유를 알지 못했기에 곧장 성 장사에게 물었더니 성 장사가 알려 왔다.

"나라 안에서는 그 이유를 알지 못합니다. 한 달 뒤에 태산에 참배하러 가니, 그곳에서 소식을 물어보고 알려 주겠습니다."

한 달 뒤에 성 장사가 와서 알려 주었다.

"그대의 고향 사람 중에 조(趙) 아무개란 사람이 태산의 주부(主簿)가 되었는데, 주부 한 명이 비어서 그대를 주부로 추천했기 때문에 공문서를 작성하고 곧 사람을 보내 그대를 부를 것입니다. 공문서가 완성되면 그대는 틀림없이 죽을 것입니다."

목인천이 어떻게 벗어날 수 있을지 계책을 묻자 성경이 말했다.

"그대의 수명은 응당 예순이 넘는데 이제 겨우 마흔이니 마땅히 청원해야 합니다."

그러면서 말했다.

"조 주부가 그대의 안부를 물으면서 이르길, '목 형(睦兄 : 목인천)과 예전에 함께 수학해 정이 깊어졌소. 지금 다행히 태산의 주부가 되었는데, 마침 결원이 생겨서 명부(明府 : 태산부군)께서 나에게 적합한 사람을 고르라고 하셨소. 목 형은 오래 살지 못하고 마땅히 죽을 운명이니, 죽어서 벼슬을 얻는다면 어찌 이승에서 10~20년 구차하게 사는 것을 아까워하겠소? 지금 공문서가 이미 발급되어서 다시 멈출 수도 없으니 의심하지 말길 바라오'라고 했습니다."

목인천은 근심하고 두려워하다가 병세가 더욱 심해졌다. 성경이 목인천에게 말했다.

"문서가 완성되어서 그대가 이 일을 면하지 못할까 걱정입니다. 급히 불상 하나를 만들면 그 문서가 저절로 없어질 것입니다."

그래서 잠문본이 3000냥을 들여 절의 서쪽 벽에 불상 하나를 그리고 났더니 성경이 와서 말했다.

"이제 면했습니다."

목인천은 본래 부처를 믿지 않았는데 그래도 의심이 남아 성경에게 물었다.

"불법에 따르면 삼세인과(三世因果)가 있다고 하던데 그것이 사실입니까?"

성경이 대답했다.

"모두 사실입니다."

목인천이 말했다.

"만약 그렇다면 사람이 죽으면 마땅히 육도(六道)로 나뉘어 들어간다고 하던데, 어떻게 모두 귀신이 된단 말입니까? 조나라 무령왕과 당신은 지금도 여전히 귀신입니까?"

성경이 말했다.

"그대의 현(縣) 내에는 몇 가구가 있습니까?"

목인천이 말했다.

"만여 가구는 될 것입니다."

성경이 또 말했다.

"옥에 갇힌 죄수는 몇 명이나 됩니까?"

목인천이 말했다.

"늘 20명 이하입니다."

성경이 또 말했다.

"만여 가구 가운데 5품의 벼슬아치는 몇 명이나 됩니까?"

목인천이 말했다.

"없습니다."

성경이 또 말했다.

"9품 이상의 벼슬아치는 몇 명이나 됩니까?"

목인천이 말했다.

"수십 명 정도 됩니다."

성경이 말했다.

"육도의 경우도 이와 똑같습니다. 천도(天道 : 천상도)에 들어갈 수 있는 사람은 만 명 가운데 한 사람도 없는데, 이는 그대의 현 내에 5품의 벼슬아치가 한 명도 없는 것과 같습니다. 인도(人道 : 인간도)에 들어갈 수 있는 사람은 만 명 가운데 몇 사람인데, 이는 그대의 현 내에 9품의 벼슬아치가 수십 명 있는 것과 같습니다. 지옥도(地獄道)에 들어가는 사람은 만 명 가운데 또한 수십 명이 되는데, 이는 그대 현의 감옥에 갇혀 있는 죄수와 같습니다. 오직 귀도(鬼道 : 아귀도)와 축생도(畜生道)에 들어가는 사람이 가장 많은데, 이는 그대의 현 내에서 노역이 부과되는 가구와 같습니다. 여기에도 또한 등급이 있습니다." 미 : 생사윤회를 말한 것 중에 이것이 지극히 타당한 논리다.

이어서 시종을 가리키며 말했다.

"저 사람들은 대부분 나만 못하고, 저들만 못한 사람은 더욱 많습니다."

목인천이 말했다.

"귀신도 죽습니까?"

성경이 말했다.

"그렇습니다."

목인천이 말했다.

"죽어서 어느 도(道)로 들어갑니까?"

성경이 대답했다.

"모릅니다. 그것은 사람이 삶은 알지만 죽음은 모르는 것과 같습니다."

목인천이 물었다.

"도가(道家)에서는 제단을 쌓고 재를 올리는데 이것이 보탬이 됩니까?"

성경이 말했다.

"도가에서 말하는 천제가 육도(六道)를 총괄하는데, 그곳이 천조(天曹)입니다. 염라왕(閻羅王)은 인간 세상의 천자와 같고, 태산부군(泰山府君)은 인간 세상의 상서(尙書)나 영록(令錄)[80]과 같으며, 오도신(五道神)은 인간 세상의

---

80) 영록(令錄) : '영'은 현령(縣令), '녹'은 사록(司錄) 혹은 녹사참군(錄事參軍)을 말한다.

여러 상서와 같습니다. 우리 나라와 같은 것은 인간 세상의 큰 주(州)나 군(郡)과 같습니다. 인간 세상의 일마다 도사가 상주문을 올려 복을 청하는데, 이는 신의 은혜를 구하는 것과 같습니다. 천조에서 이를 받아들여 염라왕에게 하달하며 이르길, '아무 달 아무 날에 아무개의 하소연을 들었는데, 마땅히 이치에 맞게 처리하고 억울함을 당하게 해서는 안 된다'라고 합니다. 그러면 염라왕은 이를 공경히 받아 삼가 받들어 시행하는데, 이는 인간 세상의 사람이 천자의 조서를 받드는 것과 같습니다. 이치에 닿지 않으면 화를 면하길 구할 수 없고 억울한 일이 있으면 반드시 호소할 수 있으니, 어찌 보탬이 없겠습니까?"

목인천이 또 물었다.

"불가에서 명복을 비는 것은 어떻습니까?"

성경이 말했다.

"부처는 대성(大聖)이므로 문서를 하달하지 않습니다. 명복을 빌면 천신이 공경히 받들어 대부분 너그럽게 용서해 줍니다."

성경은 말을 마치고 곧장 떠났다. 목인천은 하루 이틀 지나서 바로 병이 나았다.

唐睦仁蒨者, 趙郡邯鄲人也. 少事經學, 不信鬼神. 常欲試其有無, 就見鬼人學之, 十餘年不得. 後徙家向縣, 於路見一人, 如大官, 衣冠甚偉, 乘好馬, 從五十餘騎. 視仁蒨而不言.

後數見之，經十年，凡數十相見．後忽駐馬，呼仁蒨曰："比頻見君，情相眷慕，願與君交遊．"仁蒨卽拜之，問："公何人耶？"答曰："吾是鬼耳．姓成名景，本弘農人．西晉時爲別駕，今任臨湖國長史．"仁蒨問："其國何在？王何姓名？"答曰："黃河已北，總爲臨湖國，國都在樓煩西北沙磧是也．其王卽故趙武靈王，眉：趙武靈王爲神．今統此國，總受泰山控攝，每月各使上相朝於泰山．是以數來至此，與君相遇也．吾乃能有相益，令君預知禍難，可免橫苦．唯死生之命，與大禍福之報，不能移動耳．"因命其從騎常掌事者，遣隨蒨行："有事則先報，卽爾所不知，當來告我．"如是便別．掌事恒隨，遂如侍從者．每有所問，無不先知．時大業初，江陵岑之象爲邯鄲令，子文本，年未弱冠．之象請仁蒨於家，教文本．仁蒨以此事告文本，仍謂曰："成長史語我：'有一事羞君不得道，旣與君交，亦不能不告．鬼神道常苦饑，若得人食，便得一年飽．衆鬼多偸竊人食，我旣貴重，不能偸之，從君請一食．'"文本旣爲其饌，備設珍羞．仁蒨曰："鬼不欲入人屋，可於外水邊張幕設席，陳酒食於上．"文本如其言．至時，仁蒨見景與兩客來至，從百餘騎，旣坐，食畢，令其從騎更番坐食．文本預作錢絹，焚以贈之．景深喜，謝而去．數年後，仁蒨遇病，不因困篤而不起．月餘，問掌事，掌事不知，便問長史，長史報云："國內不知．後月朝泰山，爲問消息而相報．"至後月，長史來報云："是君鄉人趙某爲泰山主簿，一員缺，薦君爲此官，故爲文案，經紀召君耳．案成者當死．"仁蒨問計將安出，景云："君壽應年六十餘，今始四十，當爲請之．"乃曰："趙主簿相問：'睦兄昔與同學情深．今幸得爲泰山主簿，適遇員闕，明府令擇人．兄旣不得長生，命當有死，死而得官，何惜一二十年苟生耶？今文案已出，不可復止，願無疑也．'"仁蒨憂懼，病愈篤．景謂仁蒨曰："文書成，君懼不免．急作一佛像,彼文書自消." 文本以三千錢爲畫一座像於寺西壁訖, 而景來告曰: "免矣." 仁蒨情不信佛, 意尙疑之, 因問景云: "佛法說有三世因果, 此爲虛實?" 答曰: "皆實." 仁蒨曰: "卽如是, 人死當分入六道, 那得爲鬼? 而趙武靈王及君, 今尙爲鬼耶?" 景曰: "君縣內幾戶?" 仁蒨曰: "萬餘戶." 又曰: "獄囚幾人?" 仁蒨曰: "常二十人已下." 又曰: "萬戶之內, 有五品官幾人?" 仁蒨曰: "無." 又曰: "九品已上官幾人?" 仁蒨曰: "數十人." 景曰: "六道之義, 一如此耳. 其得天道, 萬無一人, 如君縣內無一五品官. 得人道者, 萬有數人, 如君縣內九品官數十人. 入地獄者, 萬亦數十, 如君獄內囚. 唯鬼及畜生, 最爲多也, 如君縣內課役戶. 就此道中, 又有等級." 眉: 談生死輪回, 此爲至論. 因指其從者曰: "彼人大不如我, 其不及彼者尤多." 仁蒨曰: "鬼有死乎?" 曰: "然." 仁蒨曰: "死入何道?" 答曰: "不知. 如人知生而不知死." 仁蒨問曰: "道家章醮, 爲有益否?" 景曰: "道者彼天帝總統六道, 是爲天曹. 閻羅王者, 如人間天子, 泰山府君, 如尙書·令錄, 五道神, 如諸尙書. 若我輩國, 如大州郡. 每人間事, 道士上章請福, 如求神之恩. 天曹受之, 下閻羅王云: '以某月日, 得某申訴云, 宜盡理, 勿令枉濫.' 閻羅敬受而奉行之, 如人奉詔也. 無理不可求免, 有枉必當得申, 何爲無益?" 仁蒨又問: "佛家修福何如?" 景曰: "佛是大聖, 無文書行下. 其修福者, 天神敬奉, 多得寬宥." 言畢卽去. 仁蒨一二日便愈.

* 이 고사는《태평광기》권297〈신·목인천(睦仁蒨)〉에 실려 있다.

53-4(1579) 화악 금천왕

화악금천왕(華岳金天王)

출《집이기》·《문기록》

　적신(賊臣) 장광성(張光晟)은 출신이 매우 미천했으나 재주는 있었으며, 거리낌 없는 성격에 술을 아주 좋아했다. 그는 장년에 동관(潼關)의 군졸이 되었는데, 여러 차례 주장(主將)에게 채찍으로 매를 맞았다. 한번은 파견 임무를 받고 화주(華州)로 갔는데, 무더위에 급히 말을 달리다 보니 마음이 불만스러웠다. 악사(岳祠)에 들러 마침내 옷을 벗고 술을 사서 금천왕(金天王)에게 제사 지내며 큰 소리로 말했다.

　"나 장광성은 재주와 기량을 지니고 있지만 나를 알아주는 사람을 아직 만나지 못했습니다. 부귀와 빈천은 스스로 헤아릴 수 없고 오직 신만이 분명히 알고 계시니 솔직하게 말씀해 주십시오."

　제사를 마치고 나서 실컷 술을 마시고 크게 취해 비각(碑閣)에서 낮잠을 잤는데, 문득 꿈속에서 명을 전하는 소리가 들렸다.

　"장광성을 불러오라."

　그 소리가 매우 급박하자 장광성은 바로 한 관서로 들어갔는데, 매우 엄숙한 것이 보통 관서와는 달랐다. 장광성을 인도해 간 사람이 말했다.

"장광성이 도착했습니다."

장광성이 절하고 꿇어앉아 멀리 보았더니, 청사에 왕처럼 보이는 귀인이 있다가 그에게 말했다.

"관록(官祿)을 알고 싶은가? 광성이 재상에 제수되기만 하면 천하가 태평해질 것이다."

귀인이 말을 마치자 장광성은 놀라 깨어나 식은땀을 흘리면서 혼자 괴이해했다. 그 후에 장광성은 자주 전공(戰功)을 세우고 업적을 쌓아 벼슬이 사농경(司農卿)에 이르렀다. [당나라] 건중(建中) 연간(780~783)에 이르러 덕종(德宗)이 [병란을 피해] 서쪽으로 행차하자, 장광성이 급히 따라가서 이미 개원문(開遠門)에 이르렀을 때 갑자기 동행하던 조정 관료들에게 말했다.

"지금 난을 일으킨 군대는 바로 경원(涇源)의 반군인데, 현재 그들을 통솔하는 자가 없기 때문에 단지 대량으로 약탈하며 지나가지만, 만약 통솔하는 자가 있게 되면 그 화가 어디까지 미칠지 알 수 없소. 주차(朱泚)는 오랫동안 경원에 있으면서 평소에 인심을 얻었소. 협 : 주차가 이미 인심을 얻었다면 마땅히 한가롭게 두어서는 안 되었으니, 이 역시 조정의 잘못이다. 지금 성에 있는 자가 만약 경원의 군졸을 모아 그를 지지한다면 제압하기 어려울 것이오. 지금은 경황이 없는 상황이라 아직 이를 도모할 겨를이 없을 것이니, 공(公)들은 나를 따라 곧장 주차의 집으로 가서 그를 불러 함께 서쪽으로 가지 않겠소?" 미 : 장광성은 유용한 재주를 지녔는데, 안타깝도다! 안타깝도다!

공들이 의심을 품자 장광성은 즉시 말을 달려 주차를 찾아가서 말했다.

"군주께서 도성을 나가셨거늘 공은 대신이 되어 어찌 편안하게 날을 보내고 있소이까?"

주차가 말했다.

"공을 따라가고 싶소."

수레 채비를 명해 장차 떠나려고 했는데, 경원의 군졸이 이미 그의 문에 모여 있었다. 장광성은 혼자 도망가려 했으나 주차에게 붙들리고 말았다. 결국 장광성은 주차를 힘껏 도와 전쟁이 있을 때마다 늘 그 사이에 있었다. 신가(神麚)81)의 전투에 임해서 주차는 장광성을 복야평장사(僕射平章事 : 재상에 해당함)에 임명했는데, 장광성은 군대를 통솔하고 출전했다가 대패하고 돌아와서야 예전에 신이 일러준 말이 징험되었음을 깨달았다.

진사 장언(張偃)은 과거 시험을 보러 가는 길에 금천왕

---

81) 신가(神麚) : 지금의 산시성(陝西省) 시안시(西安市) 동북쪽에 있다.

(金天王 : 화산 서악대제)의 사당 앞을 지나다가 큰비를 만나게 되었다. 그는 사당 문에서 비를 피했으나 저녁이 되도록 비가 그치지 않아 객점까지 갈 수 없었기에 사당의 중문으로 들어가 하룻밤 묵었다. 사경(四更 : 새벽 1~3시)쯤 되었을 때 금천왕이 일을 처리하는 소리가 들렸는데, 호령하는 소리가 매우 매서웠다. 잠시 후 장언을 부르는 소리가 들렸는데, 내일 오시(午時)에 아무 마을을 지나다가 적리호(赤狸虎)에게 잡아먹힌다고 했다. 장언은 그 말을 듣고 매우 두려워하며 마당 아래에서 조용히 있다가 문 아래로 기어들어 가서, 스스로 통성명을 하고 절을 했더니 금천왕이 말했다.

"너는 산 사람인데 무슨 일로 왔느냐?"

장언이 방금 들은 일을 금천왕에게 고하자 금천왕이 말했다.

"호랑이를 불러오너라."

잠시 후 호랑이가 오자 금천왕이 말했다.

"너에게 커다란 짐승 두 마리를 줄 터이니 장언 대신 잡아먹어라."

호랑이가 말했다.

"마땅히 원수를 잡아먹어야 하니 다른 것으로 대신할 수는 없습니다."

금천왕이 말했다.

"호랑이가 언제 죽는지 조사해 보아라."

한 관리가 와서 말했다.

"미시(未時)에 아무 마을의 왕존(王存)이 쏜 화살에 맞아 죽습니다."

금천왕이 말했다.

"그렇다면 장언에게 호랑이에게 잡아먹히게 되어 있는 시간이 지난 다음에 가라고 해라." 미 : 이것에 근거하면 비록 운명이 정해졌다 하더라도 또한 급히 피할 수 있다.

장언이 가서 앞의 길에 이르렀을 때 과연 사람들이 시끄럽게 떠드는 모습이 보였는데, 물어보았더니 그들이 말했다.

"아무 마을의 왕존이 적리호를 쏘아 죽였소."

과연 금천왕이 말한 대로였다. 이에 장언은 술을 사고 사슴 육포를 구해 직접 사당으로 가서 감사를 드렸다.

賊臣張光晟, 其本甚微, 而有才用, 性落拓嗜酒. 壯年爲潼關卒, 屢被主將鞭笞. 因奉役至華州, 盛暑驅馳, 心不平. 過岳祠, 遂脫衣買酒, 致奠金天王, 朗言曰 : "張光晟身負才器, 未遇知己. 富貴貧賤, 不能自料, 惟神聰鑒, 當賜誠告." 祀訖, 因極飮大醉, 晝寢於碑堂, 忽夢傳聲云 : "喚張光晟." 迫蹙甚急, 卽入一府署, 嚴邃異常. 導者云 : "張光晟到." 拜跪訖, 遙見當廳貴人, 有如王者, 謂之曰 : "欲知官祿? 但光晟拜相, 則天下太平." 言訖, 驚寤冷汗, 獨怪之. 後頻立戰功積勞, 官至司農卿. 及建中, 德宗西狩, 光晟奔從, 已至開遠門, 忽謂同行朝官曰:"今日亂兵, 乃涇卒回戈耳, 無所統, 正應大掠而過, 如令有主, 禍未可知. 朱泚久在涇源, 素得人心. 夾:泚旣得人心, 不宜置之閑散, 亦朝廷之過也. 今者在城, 儻收涇卒扶持, 則難制矣. 計其倉遑, 未暇此謀, 諸公能相逐徑往至泚宅, 召之俱西乎?" 眉:光晟有用之才, 可惜! 可惜! 諸公持疑, 光晟卽奔馬詣泚曰:"人主出京, 公爲大臣, 豈是宴居之日!" 泚曰:"願從公去." 命駕將行, 而涇卒已集其門矣. 光晟自將逃去, 因爲泚所縻. 然而奉泚甚力, 每有戰, 常在其間. 及神麘之陣, 泚拜光晟僕射平章事, 統兵出戰, 大敗而還, 方寤神告爲徵矣.

進士張偃者赴擧, 行及金天王廟前, 遇大雨. 於廟門避雨, 至暮不止, 不及詣店, 遂入廟中門宿. 至四更, 聞金天視事之聲, 呵喝甚厲. 須臾, 聞喚張偃, 來日午時, 行至某村, 爲赤狸虎所食. 偃聞之甚懼, 候庭下靜, 遂於門下匍匐而入, 自通名而拜, 金天曰:"汝生人, 何事而來?" 偃具以前事告金天, 金天曰:"召虎來." 須臾虎至, 金天曰:"與二大獸, 食以代偃." 虎曰:"寃家合食, 他物代之不可." 金天曰:"檢虎何日死." 有一吏來曰:"未時爲某村王存射死." 金天曰:"命張偃過所食時乃行." 眉:據此, 則雖數定, 亦可趨避. 及行至前路, 果見人喧鬧, 問之, 乃曰:"某村王存射殺赤狸虎." 果金天所言. 偃遂自市酒, 求鹿脯, 親往廟謝之.

* 이 고사는 《태평광기》 권304 〈신·장광성(張光晟)〉, 권311 〈신·장언(張偃)〉에 실려 있다.

53-5(1580) 여군

여군(廬君)

출《수신기》

　장박(張璞)은 자가 공직(公直)이며 오군태수(吳郡太守)를 지냈다. 조정의 부름을 받고 도성으로 돌아가는 길에 여산(廬山)을 지나가게 되었는데, 그의 자녀들이 사당을 구경할 때 하녀가 손가락으로 신상을 가리키며 딸에게 농담했다.

　"이 사람을 아가씨의 배필로 삼으세요!"

　그날 밤 장박의 부인이 꿈을 꾸었는데, 여군이 나타나 예물을 보내며 말했다.

　"불초한 제 아들을 사위로 간택해 주신 것에 감사드리며 이것으로 변변찮은 마음을 전합니다."

　부인은 꿈을 깨고 나서 괴이해했다. 하녀가 그 사실을 말하자 부인은 두려워하면서 장박에게 속히 그곳을 떠나자고 재촉했다. 강 한가운데에 이르렀을 때 배가 나아가지 않았다. 온 배 안의 사람들이 놀라 두려워하면서 모두 물건을 강물에 던졌으나 배는 여전히 나아가지 않았다. 누군가가 말했다.

　"딸을 제물로 던지면 배가 나아갈 것입니다."

그러자 사람들이 모두 말했다.

"신의 뜻을 이미 알 수 있으니, 딸 하나 때문에 한 가문이 망한다면 어찌 되겠습니까?"

장박이 말했다.

"나는 차마 보지 못하겠다!"

그러고는 2층 누대로 올라가 누우면서 대신 부인에게 딸을 강물에 빠뜨리게 했다. 부인은 장박의 죽은 형의 외딸로 자신의 딸을 대신하고, 물속에 자리를 띄우고 그 위에 그녀를 앉혔더니 배가 마침내 움직였다. 잠시 후에 장박은 자신의 딸이 배에 있는 것을 보고 화를 내며 말했다.

"내가 무슨 면목으로 세상을 대하고 산단 말인가!"

그러고는 다시 자신의 딸을 물속으로 던졌다. 마침내 강을 건너갔는데 저 멀리 두 딸이 아래에 있는 것이 보였다. 어떤 관리가 강기슭에 서서 말했다.

"저는 여군의 주부(主簿)인데, 여군께서 당신께 감사하고 있습니다. 여군께서는 귀신이 사람의 배필이 아님을 아시고 또한 당신의 의리를 존경하시기 때문에 두 딸을 모두 돌려보내셨습니다." 미 : 이것에 의거하면, [진(晉)나라의] 등백도(鄧伯道 : 등유)[82])에게 마땅히 아들이 없어서는 안 된다.

---

82) 등백도(鄧伯道) : 등유(鄧攸). '백도'는 그의 자(字)다. 서진(西晉)

장박이 딸들에게 물어보았더니 말했다.

"그저 좋은 집만 보였으며, 물속에 있는지도 느끼지 못했습니다."

張璞, 字公直, 爲吳郡太守. 徵還, 道由廬山, 子女觀於祠室, 婢使指像人以戲女曰 : "以此配汝!" 其夜, 璞妻夢廬君致聘, 曰 : "鄙男不肖, 感垂採擇, 用致微意." 妻覺, 怪之. 婢言其情, 於是妻懼, 催璞速發. 中流, 舟不爲行. 闔船震恐, 乃皆投物於水, 船猶不行. 或曰 : "投女則船爲進." 皆曰 : "神意已可知也, 以一女而滅一門, 奈何?" 璞曰 : "吾不忍見之!" 乃上飛廬臥, 使妻沉女於水. 妻因以璞亡兄孤女代之, 置席水中, 女坐其上, 船乃得去. 璞見女在, 怒曰 : "吾何面目於當世也!" 乃復投己女. 及得渡, 遙見二女在下. 有吏立於岸側, 曰 : "吾廬君主簿也, 廬君謝君. 知鬼神非匹, 又敬君之義, 故悉還二女." 眉 : 據此, 則鄧伯道不應無兒. 問女, 言 : "但見好屋, 不覺在水中."

* 이 고사는 《태평광기》 권292 〈신·장박(張璞)〉에 실려 있다.

영가(永嘉)의 난 때 석륵(石勒)에게 포로가 되었다가 우여곡절 끝에 처자식과 조카와 함께 도망쳤는데, 도중에 아이들을 모두 데리고 갈 수 없자 자기 자식은 버리고 일찍 죽은 동생의 아들인 조카 등수(鄧綏)만 데리고 갔으며, 이후로 등유는 결국 아들을 낳지 못했다. 나중에 등유가 죽자 등수는 등유를 위해 친상을 치렀다.

53-6(1581) 몽염

몽염(蒙恬)

출《하동기》미 : 이하는 산신이다(以下山神).

천흥현승(天興縣丞) 왕기(王錡)는 [당나라] 보력(寶曆) 연간(825~826)에 일찍이 농주(隴州)를 유람하다가, 도중에 커다란 나무 아래에서 쉬면서 말안장을 풀어 놓고 땅에 자리를 깔고 잠을 잤다. 그때 갑자기 기병이 호령하는 소리가 서쪽에서부터 들려오기에 보았더니, 자색 옷을 입은 사람이 수레를 타고 기병 몇 명을 거느리고 와서 좌우에 명했다.

"왕 승(王丞 : 왕기)을 모셔 오너라."

시종이 왕기를 데리고 갔더니 장막과 집기 등이 이미 준비되어 있었다. 그 사람이 앉아서 왕기와 한참 동안 애기를 나누었는데, 왕기는 그를 어떻게 불러야 할지 몰라서 말할 때마다 매번 두리번거리면서 얼버무렸다. 자색 옷을 입은 사람이 이를 알아차리고 말했다.

"내가 영락한 채 20년 동안 이 직임을 맡고 있지만, 그대가 날 부르고자 한다면 그래도 왕이라 부르는 것이 좋겠소."

왕기가 말했다.

"대왕께서 어디서 오셨는지 모르겠습니다."

그 사람이 말했다.

"나 몽염은 예전에 진(秦)나라를 위해 장성(長城)을 축조했는데, 그 작은 공로 덕분에 여러 차례 중임을 맡았소. 시황제(始皇帝)께서 붕어하신 뒤에 나는 소인배들에게 모함을 받아 비명횡사했소. 상제(上帝)께서는 장성의 역사(役事)가 공로를 세우고자 백성을 해쳤다고 생각해서 그 벌로 나에게 오악(吳岳)을 지키게 했소. 당시 오산(吳山)에는 악호(岳號)가 있었기 때문에 사람들은 모두 나를 왕이라 불렀소. 그 후에 오악의 직무가 화산(華山)의 관할로 귀속되었고, 나의 유배 기간도 다 끝났소. 관서가 옮겨 가서 주관할 곳이 없어졌기에 나는 그저 빈산만 지키고 있는데, 이곳은 인적이 드물어 적막하기 짝이 없소. 또한 왕이라는 헛된 명성 때문에 낮은 관직으로 내려갈 수도 없어서, 지금까지 가짜 왕이라는 명호를 부질없이 훔쳐 쓰고 있소. 이곳에서 우연히 그대를 만나게 되었으니 잠시 조용히 얘기를 나누고자 하오."

미 : 장성의 역사는 비록 공로를 세우고자 백성을 해쳤다고 말하지만, 몽염은 진실로 공무를 받들고 사사로움이 없었으며 또한 평생 충직했으니, 신이 되는 것이 마땅하다.

왕기가 말했다.

"저는 명성이 비천하고 천성도 나약한데, 다행히 대왕께서 돌봐 주신 은혜를 입게 되었습니다. 어떻게 분부를 받들어야 할지 모르겠습니다."

몽염이 말했다.

"본디 그대를 삼가 흠모하고 있었는데 이렇게 훌륭하신 풍모를 뵙게 되었소. 그런데 선뜻 후의까지 베풀어 주겠다고 하니 얼마나 다행인지 모르겠소. 진실로 한 가지 일이 있는데 어떠하오?"

왕기가 말했다.

"정말 영광입니다."

몽염이 말했다.

"나는 오랫동안 쓰임이 있기를 바랐소. 지금 도처에 있는 병마는 주인이 있어 그들의 병권을 빼앗을 수 없소. 지금부터 3년 뒤에 흥원(興元)에 틀림없이 주인 없는 건아(健兒)83) 800명이 생길 것이오. 만약 빨리 도모한다면 반드시 내가 그들을 통솔할 수 있을 것이오. 삼가 부탁드릴 것은 지전(紙錢) 만 장을 태워 달라는 것이오. 그러면 내가 그것으로 도움을 받아 일을 이룰 수 있을 것이오." 미 : 저승의 관직도 모름지기 돈을 써서 도모하니 어찌 인간 세상과 다르겠는가? 그렇지만 그대는 믿지 않는다.

왕기는 허락하고 나서 꿈을 깼는데 땀이 흥건하게 흘렀

---

83) 건아(健兒) : 변경 지역에서 수자리를 서는 군인. 당나라 중기 이후에는 건아의 가족들도 함께 변경 지역으로 오게 해서 땅과 집을 주어 살게 했다.

다. 왕기는 곧장 지전 만 장을 사서 태워 주었다. 대화(大和) 4년(830)에 홍원절도사(興元節度使) 이강(李絳)이 살해당했는데, 후임 절도사 온조(溫造)가 그 역도 800명을 주살했다.

天興丞王錡, 寶曆中, 嘗遊隴州, 道憩於大樹下, 解鞍藉地而寢. 忽聞道騎傳呼自西來, 見紫衣乘車, 從數騎, 敕左右曰 : "屈王丞來." 引錡至, 則帳幄陳設已具. 與錡坐語良久, 錡不知所呼, 每承言, 卽徘徊鹵莽. 紫衣覺之, 乃曰 : "某潦倒一任二十年, 足下要相呼, 亦可謂爲王耳." 錡曰 : "未諭大王何所自." 曰 : "恬昔爲秦築長城, 以此微功, 屢蒙重任. 洎始皇帝晏駕, 某爲群小所構, 橫被誅夷. 上帝仍以長城之役, 勞功害民, 配守吳岳. 當時吳山有岳號, 衆咸謂某爲王. 其後岳職却歸於華山, 某罰配年月滿. 官曹移便, 無所主管, 但守空山, 人跡所稀, 寂寞頗甚. 又緣已被虛名, 不能下就小職, 遂至今空竊假王之號. 偶此相遇, 思少從容." 眉 : 長城之役, 雖云勞功害民, 然恬實奉公無私, 且生平忠直, 宜爲神矣. 錡曰 : "某名跡幽沉, 質性孱懦, 幸蒙一顧之惠. 不知何以奉敎." 恬曰 : "本緣奉慕, 顧展風儀. 何幸遽垂厚意. 誠有事則又如何?" 錡曰 : "幸甚." 恬曰 : "久思効用. 今士馬處處有主, 不可奪其權柄. 此後三年, 興元當有八百無主健兒, 若早圖謀, 必可將領. 所奉托者, 可致紙錢萬張. 某以此藉手, 方諧矣." 眉 : 冥職亦須用錢圖謀, 何怪人間? 雖然, 君不信也. 錡許諾而寤, 流汗霢霂. 乃市紙萬張以焚之. 乃大和四年, 興元節度使李絳遇害, 後節度使溫造誅其凶黨八百人.

* 이 고사는 《태평광기》 권310 〈신·왕기(王錡)〉에 실려 있다.

53-7(1582) 장중은

장중은(張仲殷)

출《원화기》

    호부낭중(戶部郎中) 장방(張滂)의 아들 장중은은 남산(南山)에서 공부했는데, 활쏘기와 말타기를 익히길 좋아해 때때로 친구들과 함께 탄궁을 들고 수풀을 거닐었다. 그가 머문 곳으로부터 몇 리 떨어진 곳에서 한 노인이 활을 들고 사슴을 쫓아 숲을 돌아다니는 것을 보았는데, 노인이 화살 한 방에 명중시켜 사슴의 가슴을 관통해 사슴이 고꾸라졌다. 장중은이 놀라며 감탄하자 노인이 말했다.

    "자네도 이렇게 할 수 있는가?"

    장중은이 말했다.

    "진실로 좋아하는 바입니다."

    노인이 말했다.

    "이 사슴 한 마리를 잡았지만 내겐 쓸모가 없어서 자네에게 줄 테니 한 끼 식사 비용으로 충당하게."

    장중은 등이 정중히 감사드리자 노인이 말했다.

    "내일도 내가 사냥하는 것을 구경하러 올 수 있겠는가?"

    다음 날 장중은이 가서 보았더니, 노인은 사슴을 쫓아 사냥한 뒤 전날과 다름없이 또 사슴을 장중은에게 주었다. 장중은은 더욱 기이해했는데, 세 번이나 이렇게 했다. 마침내 장중은이 노인에게 절을 하며 활 쏘는 법을 가르쳐 달라고 하자 노인이 말했다.

"자네를 보니 가르칠 만한 것 같네. 내일 다시 여기서 만나되 다른 사람에게는 알릴 필요 없네."

장중은이 다음 날 약속대로 갔는데, 노인이 또 오더니 마침내 장중은을 데리고 서쪽으로 4~5리를 가서 한 계곡 입구로 들어갔다. 길이 점점 아래로 낮아지면서 마치 동굴 안으로 들어가는 것 같았는데, 풀과 나무가 인간 세상의 것과는 달랐다. 또 30여 리를 가서 마치 공경이나 재상의 별장처럼 보이는 한 커다란 장원에 도착했는데, 노인은 장중은을 그곳의 대청에서 묵게 했다. 다음 날이 되자 노인은 중당(中堂)에 음식을 차려 놓고 장중은을 맞아들여 노모를 배알하게 했다. 장중은이 당 아래에서 절을 하자 노모는 자리에서 일어나지 않았지만 그렇다고 사양하지도 않았다. 노인은 또 장중은을 당으로 올라오게 해서 앉으라고 했다. 장중은이 노모의 모습을 보니 원숭이의 모습과 같았으며, 그녀가 먹는 음식은 아주 많았다. 식사를 마치자 노인은 다시 장중은을 데리고 나와서 대청 앞의 나무 아래에 평상을 가져다 놓고 앉았다. 노인은 곧장 활과 화살을 가져오라고 명해 머리를 들어 나뭇가지 하나를 가리키며 말했다.

"내가 화살 열 발을 쏘아 이 나뭇가지의 1척을 가져오겠네."

마침내 화살 열 발을 쏘아 나뭇가지 열 토막을 떨어뜨렸는데, 그것을 이었더니 1척이 되었다. 노인이 장중은에게 말했다.

"이것이 정녕 어떠한가?"

장중은이 평상 아래에서 절을 하며 말했다.

"탄복합니다!"

노인은 또 담장 끝에 바늘 열 개를 꽂게 하고 30보 떨어진 곳에서 첫째 바늘부터 시작해 차례대로 쏘았는데, 쏠 때마다 명중하지 않은 것이 없었다. 노인은 마침내 장중은에게 팔을 굽혔다가 펴고 발을 벌리는 등의 활 쏘는 자세를 가르쳐 주었는데, 팔과 손목의 뼈를 오므려 서로 지지하면 활을 팽팽하게 당기더라도 힘이 세건 약하건 상관없이 모두 힘을 들이지 않을 수 있었다. 며칠 후에 장중은이 활 쏘는 비결을 이미 터득하자 노인이 그를 쓰다듬으며 말했다.

"활쏘기를 열심히 해서 이름을 날리고, 좌우로 각 5000명의 사람을 뽑아 가르쳐 어지러운 세상을 구하도록 하게."

그러고는 다시 그를 데리고 원래 있던 곳으로 돌아갔다. 장중은의 기예는 나날이 진보해 과연 활을 잘 쏜다는 명성을 얻었다. 그의 가르침을 받은 자는 비록 아이나 부녀자라 하더라도 즉시 함께 더불어 무예를 논할 만했다. 나중에 장중은은 부친이 죽자 상복을 벗은 후에 우연히 동평군(東平

軍)을 여행하다가 수천 명에게 활 쏘는 법을 가르쳐 주었다. 그 노인은 아마도 산신이었을 것이다. 활을 잘 쏘는 사람은 필시 걸음걸이가 빠르고 팔이 유난히 길기 때문에 노모의 모습이 원숭이를 닮았던 것이다.

戶部郞中張滂之子, 曰仲殷, 於南山內讀書, 好習弓馬, 時與同侶挾彈, 遊步林藪. 去所止數里, 見一老人持弓, 逐一鹿繞林, 一矢中之, 洞胸而倒. 仲殷驚賞, 老人曰: "君能此乎?" 仲殷曰: "固所好也." 老人曰: "獲此一鹿, 吾無所用, 奉贈君, 以充一飯之費." 仲殷等敬謝之, 老人曰: "明日能來看射否?" 明日至, 亦見老人逐鹿射之, 與前無異, 又與仲殷. 仲殷益異之, 如是三度. 仲殷乃拜乞射法, 老人曰: "觀子似可敎也. 明日復期於此, 不用令他人知." 仲殷明日如約, 老人亦至, 遂引仲殷西行四五里, 入一谷口. 路漸低下, 如入洞中, 草樹有異人間. 又三十餘里, 至一大莊, 如卿相之別業焉, 止仲殷宿於廳. 至明日, 老人具饌中堂, 延仲殷入拜母. 仲殷拜堂下, 母不爲起, 亦無辭讓. 老人又延升堂就坐. 視其狀貌, 如猿玃之狀, 所食品物甚多. 食畢, 老人復引仲殷出, 於廳前樹下施床而坐. 老人卽命弓矢, 仰首指一樹枝曰: "十箭取此一尺." 遂發矢十隻, 射落碎枝十段, 接成一尺. 謂仲殷曰: "此定如何?" 仲殷拜於床下曰: "敬服!" 又命牆頭上立十針焉, 去三十步, 擧其第一, 按次射之, 發無不中. 遂敎仲殷屈伸距跗之勢, 但約臂腕骨相拄, 而弓已滿, 故無强弱, 皆不費力. 數日, 仲殷已得其妙, 老人撫之曰: "勉馳此名, 左右各敎取五千人, 以救亂世也." 遂却引歸至故處. 而仲殷藝日新, 果有善射之名. 受其敎, 雖童子婦人, 卽可與談武矣.

後父卒除服, 偶遊於東平軍, 乃敎得數千人. 其老人, 蓋山神也. 善射者, 必趫度通臂, 故母類於猿焉.

* 이 고사는 《태평광기》 권307 〈신·장중은〉에 실려 있다.

53-8(1583) 앙산신

앙산신(仰山神)

출《계신록》

　　원주(袁州)의 마을에 어떤 노인이 있었는데, 천성이 신중하고 중후해서 마을 사람들의 추앙을 받았으며, 집안도 매우 부유했다. 하루는 자주색 옷을 입은 젊은이가 노인의 집을 찾아와서 음식을 달라고 했는데, 수레와 하인이 아주 성대했다. 노인은 곧장 그를 맞아들이고 음식을 아주 풍성하게 차려 하인들까지도 두루 주었다. 노인은 그 앞에서 음식 시중을 들면서 생각했다.

　"고관이나 조정의 사자가 현(縣)에 왔다면 틀림없이 머물 곳이 있을 텐데, 그렇다면 이 젊은이는 누구란 말인가?"

　그러면서 매우 의심하는 기색이었다. 젊은이는 노인의 의심을 알아차리고 말했다.

　"당신이 나를 의심하니 나도 더 이상 당신에게 숨길 수가 없군요. 나는 앙산신(仰山神)이오."

　노인이 황송해하면서 재배하고 말했다.

　"앙산에는 날마다 제사가 넘쳐 나는데, 어찌하여 음식을 달라고 하십니까?"

　앙산신이 말했다.

"무릇 사람들이 나에게 제사 지내는 것은 모두 나에게 복을 빌기 위해서요. 내 능력으로 복을 줄 수 없는 경우나 간혹 그 사람이 아니면 복을 누려서는 안 되는 경우에는 나는 그들이 바치는 음식을 감히 먹을 수 없소. 그대가 덕망이 있는 사람이기 때문에 그대에게서 음식을 구하는 것일 따름이오." 미:이것이 바로 신이 되는 까닭이다.

앙산신은 식사를 마친 뒤 감사 인사를 하고 마침내 사라졌다.

袁州村中有老父, 性謹厚, 爲鄕里所推, 家亦甚富. 一日, 有紫衣少年, 車僕甚盛, 詣其家求食. 老父卽延入, 設食甚至, 遍及僕者. 老父侍食於前, 因思:"長吏朝使行縣, 當有頓地, 此何人哉?" 意色甚疑. 少年覺之, 謂曰:"君疑我, 我不能復爲君隱. 我仰山神也." 父悚然再拜曰:"仰山日厭於祭祀, 奈何求食乎?" 神曰:"凡人祀我, 皆從我求福. 我有力不能致者, 或非其人不當受福者, 我皆不敢享之. 以君長者, 故從君求食爾." 眉:此其所以爲神也. 食訖, 辭讓而去, 遂不見.

* 이 고사는 《태평광기》 권314 〈신·원주부로(袁州父老)〉에 실려 있다.

53-9(1584) 북망산신

북망산신(北邙山神)

출《소상록》

    업중(鄴中)의 부자 우원(于遠)은 사치와 향락을 일삼고 준마를 좋아해 늘 수십 필의 준마를 길렀다. 어느 날 갑자기 시장에서 털빛과 골상이 기이한 준마 한 필을 판다는 소식을 듣고 우원은 100금(金)을 주고 그 말을 샀다. 말이 마구간에 도착하고, 곧이어 한 노파가 문을 두드리며 그 말을 구경하길 청하자 우원이 웃으며 말했다.

    "말이란 준일한 것이라 젊은 호협이 좋아하는데, 노파가 왜 구경하려 하시오?"

    노파가 말했다.

    "내가 준마 한 필을 잃어버려서 10년 동안 찾고 있는데, 매번 준마를 만나면 반드시 온종일 살펴보았지만 내가 잃어버린 말과 같은 것은 본 적이 없습니다. 어찌하여 한번 구경하는 것을 막아 은혜를 베풀지 않았다고 여기게 만듭니까?"

    그러자 우원은 조용히 노파를 맞아들여 말을 끌고 나오게 해서 보여 주었다. 노파는 그 말을 보자마자 정색하며 우원을 돌아보고 말했다.

    "내 말입니다."

우원이 그 연유를 묻자 노파가 말했다.

"예전에 북망산의 신이 어떤 것에 의해 눈을 다치자 변신해서 나를 찾아왔습니다. 내가 명약으로 치료해 눈을 낫게 해 주었더니 신이 이 말을 나에게 주었습니다. 나는 이 말을 얻고 나서 단지 하늘에만 올라가지 못했을 뿐 사해(四海)의 밖이나 팔황(八荒 : 팔방)의 안을 그저 100리 길처럼 돌아다녔습니다. 내가 일찍이 이 말을 타고 동쪽으로 부상국(扶桑國)에 들렀다가 밤이 되어 서천축국(西天竺國)에 도착했는데 갑자기 이 말을 잃어버렸습니다. 미 : 황당한 말이다. 그 이후로 10년 동안 쉬치 않고 천하를 돌아다녔는데, 모두 내가 이 말을 찾는다는 사실을 몰랐습니다. 작년에 사막에서 한 아이를 만났는데, 기이한 말이 나는 것처럼 순식간에 동쪽으로 갔다고 했습니다. 나는 이 말이 중국에 있으며 반드시 보통 사람이 거두었을 것이라고 짐작했습니다. 지금 당신에게 100금을 돌려줄 테니 말을 반드시 나에게 돌려주십시오."

우원은 이 말의 기이함을 듣고 그것을 몹시 아까워했다. 그래서 노파에게 절하면서 잠시 말을 남겨 두어 며칠만 감상하게 해 달라고 부탁했다. 그러자 노파가 화를 내며 말했다.

"당신이 만약 이 말을 붙잡아 둔다면 반드시 재앙이 일어날 것입니다!"

그러자 우원 역시 화가 나서 하인 10여 명에게 함께 그 말을 지키게 하고 노파를 쫓아냈다. 그의 집에 과연 불이 나서 저택과 재물이 몽땅 불타 버렸다. 우원이 보았더니 노파가 집으로 들어가서 그 말에 올라타고 사라졌다.

鄴中富人于遠者, 性奢逸, 復好良馬, 常養數十匹. 忽一日, 聞市中鬻一良馬, 奇毛異骨, 遠以百金得之. 馬至廄, 隨有一老姥扣門請觀, 遠笑曰: "馬者, 駿逸也, 豪俠少年好之, 老母奚觀爲?" 老母曰: "我失一良馬, 訪之十年, 每遇良馬, 必永日觀之, 未嘗見如我所失之馬也. 何阻一觀, 不以爲惠?" 遠因延入從容, 出其馬以示之. 姥一見, 卽變色, 回視遠曰: "我馬也." 遠叩其說, 姥曰: "昔日北邙山神爲物傷目, 化身以求我. 我以名藥療之, 目愈, 遂以此馬賜我. 我得此馬, 惟不乘之上天, 四海之外, 八荒之內, 祇如百里. 我嘗乘東過扶桑, 及夜, 至西竺國, 忽失此馬. 眉: 荒唐之論. 自玆已來, 十年不息, 遍天下, 皆不知我訪此馬也. 去年, 流沙見一小兒, 言有一異馬如飛, 倏然東去矣. 我疑此馬在中華, 必有常人收得. 今還君百金, 馬須還我." 遠旣聞此馬之異, 深恡惜之. 乃拜老母, 乞暫留, 玩賞數日. 姥怒曰: "君留此馬, 必有禍發!" 遠亦怒, 遂令家僮十餘人, 共守此馬, 遣出老姥. 其家果火, 盡焚其宅財寶. 遠仍見姥入宅, 自躍上此馬而滅.

* 이 고사는 《태평광기》 권436 〈축수(畜獸)·우원(于遠)〉에 실려 있다.

53-10(1585) 진회

진회(陳悝)

출《흡문기(洽聞記)》미 : 이하는 수신이다(以下水神).

[동진] 융안(隆安) 연간(397~401)에 단도현(丹徒縣)의 백성 진회는 강가에 물고기 통발을 만들어 쳐 놓았다. 조수가 나간 뒤에 보았더니 통발 속에 한 여자가 있었는데, 키는 6척이었고 얼굴이 예뻤으며 옷을 입고 있지 않았다. 그녀는 강물이 빠지는 바람에 움직일 수 없어서 모래사장에 누워 있었는데, 말을 걸어도 대꾸하지 않았다. 그런데 어떤 사람이 그녀를 겁탈했다. 밤에 진회의 꿈에 그녀가 나타나 말했다.

"나는 강신(江神)으로 어제 길을 잃어 당신의 통발에 갇혔는데, 못된 놈이 나를 욕보였기에 지금 존신(尊神)께 아뢰어 그를 죽이고자 하오."

조수가 들어오자 그녀는 스스로 강물을 따라 떠났다. 그녀를 겁탈한 자는 얼마 후 병으로 죽었다.

隆安中, 丹徒民陳悝, 於江邊作魚籃. 潮去, 於籃中得一女, 長六尺, 有容色, 無衣裳. 水去不能動, 臥沙中, 與語不應. 有一人就奸之. 悝夜夢云 : "我江神也, 昨失路落君籃中, 小人辱我, 今當白尊神殺之." 及潮來, 女自逐水而去. 奸者尋病死.

* 이 고사는《태평광기》권295〈신·진회〉에 실려 있다.

53-11(1586) 광리왕

광리왕(廣利王)

출《전기(傳奇)》

[당나라] 장경(長慶) 연간(821~824)에 진사 장무파(張無頗)가 남강(南康)에 살고 있었다. 장차 과거에 즈음해서 장무파는 번우[番禺 : 당시 광주(廣州)의 치소(治所)]로 가서 공명을 구할 작정이었으나, 마침 부수(府帥 : 자사)가 바뀌는 바람에 찾아가 의탁할 곳이 없었다. 장무파는 근심하다가 병이 나서 객점에 드러누웠고 하인들도 모두 달아났다. 어느 날 《주역(周易)》에 뛰어난 원대낭(袁大娘)이라는 사람이 객점에 왔는데, 장무파를 자세히 살피더니 말했다.

"당신은 어찌하여 이렇게 오랫동안 곤궁하게 살고 있습니까? 내게 옥룡고(玉龍膏) 한 합(盒)이 있는데, 이 약은 죽은 사람을 살려 낼 수도 있고 또한 이 때문에 아름다운 미인을 만날 수도 있습니다. 당신은 그저 '고질병을 치료할 수 있다'는 간판 하나만 내거십시오. 그런데 보통 사람들이 와서 병을 고쳐 달라고 하면 그저 치료할 수 없다고 말하고, 이인(異人)이 병을 고쳐 달라고 하면 반드시 가십시오. 그러면 저절로 부귀해질 것입니다."

장무파가 감사의 절을 올리고 약을 받자, 원대낭은 약을 난금합(暖金盒)84)에 담아 주면서 말했다.

"추울 때 이 합만 꺼내면 화로와 숯이 없어도 온 방 안이 훈훈해질 것입니다."

장무파는 원대낭의 말을 따라 간판을 내걸었는데, 며칠 만에 정말 누런 옷을 입은 관리 같은 사람이 찾아와 아주 급히 문을 두드리며 말했다.

"광리왕85)께서 당신이 옥룡고를 가지고 있는 것을 알고 당신을 불러오라 하셨습니다."

장무파는 원대낭의 말을 염두에 두고 있었기 때문에 마침내 사자를 따라갔다. 강가에 화려하게 장식한 배가 있었는데, 배에 오르자 아주 경쾌하게 내달렸다. 한 식경 뒤에 아주 높은 성채가 보였는데 그 수비가 매우 삼엄했다. 관리는 장무파를 데리고 10여 개의 궁문을 지나 한 궁전에 이르렀다. 그곳에는 많은 미녀들이 줄지어 서 있었는데, 옷차림새가 매우 아름다웠으며 똑바로 서서 시중을 들고 있었다. 관

---

84) 난금합(暖金盒) : 황금으로 만든 일종의 보합(寶盒)으로, 이 속에 물건을 넣어 두면 저절로 따뜻해진다고 한다.

85) 광리왕 : 남해신(南海神)의 봉호(封號). 당나라 현종(玄宗)은 천보(天寶) 10년(751)에 해신들을 왕에 봉했는데, 동해신은 광덕왕(廣德王), 남해신은 광리왕, 서해신은 광윤왕(廣潤王), 북해신은 광택왕(廣澤王)에 각각 봉했다.

리가 종종걸음으로 나아가 말했다.

"장무파를 불러왔습니다."

궁전 위에서 주렴을 올리라는 소리가 들리더니 한 장부가 보였는데, 왕의 옷을 입고 원유관(遠遊冠)86)을 쓰고 있었다. 자색 옷을 입은 두 명의 시녀가 그를 부축해서 계단에 내려서더니 장무파를 부르며 말했다.

"절을 하지 마시오."

왕이 말했다.

"수재(秀才)는 남월(南越) 사람이 아니어서 내 통치를 받지 않는 것으로 알고 있으니 예를 차리지 마시오."

장무파가 한사코 절을 하자 왕도 허리를 굽혀 인사하며 말했다.

"과인이 덕이 부족해 멀리서 대현(大賢)을 모셔 오게 되었소. 사랑하는 딸이 병에 걸려 내 마음은 온통 그 걱정뿐이오. 당신이 신고(神膏 : 옥룡고)를 가지고 있는 것으로 알고 있는데, 만약 병을 치료할 수 있다면 진정으로 고맙겠소."

그러고는 아감(阿監 : 궁중 여관) 두 명을 불러 장무파를 귀주(貴主 : 공주)의 궁원으로 데려가게 했다. 장무파는 다시 몇 개의 문을 지나 한 작은 전각에 이르렀는데, 복도와 처

---

86) 원유관(遠遊冠) : 임금이 조회할 때 쓰던 관.

마가 모두 명주(明珠)와 비취 구슬로 장식되었고, 기둥과 문미(門楣)가 마치 황금을 새겨 넣은 듯 환하게 빛났으며, 기이한 향기가 자욱하게 정원에 가득했다. 잠시 뒤에 두 여자가 주렴을 걷어 올리더니 장무파를 불러 들어오게 했다. 진주로 꾸민 수놓은 휘장 안에 갓 계년(笄年 : 15세)이 된 한 여자가 보였는데, 비취색 비단에 황금 실로 짠 저고리를 입고 있었다. 장무파는 한참 동안 귀주의 맥을 짚고 나서 말했다.

"귀주의 병은 마음이 아픈 것입니다."

그러고는 옥룡고를 꺼내 공주에게 술과 함께 삼키게 했더니, 귀주의 병이 바로 나았다. 귀주는 취옥(翠玉)에 난새 두 마리가 새겨진 빗치개를 뽑아 장무파에게 주면서 한참 동안 눈인사를 했다. 장무파가 감히 받으려 하지 않자 귀주가 말했다.

"이것으로 군자의 은혜에 보답하기에 부족하지만 단지 저의 마음을 표한 것일 뿐입니다. 왕께서 마땅히 따로 내리시는 것이 있을 것입니다."

장무파는 겸연쩍어하며 고맙다고 했다. 아감이 다시 장무파를 데리고 가서 왕을 알현했는데, 왕이 해계서(駭鷄犀 : 무소뿔)와 비취 주발, 아름다운 옥과 빛나는 구슬을 꺼내 장무파에게 주자 장무파는 감사의 절을 올렸다. 이전의 관리가 다시 장무파를 데리고 화려하게 장식한 배가 있는 곳까지 전송해 주어 장무파는 번우로 돌아왔는데, 객점의 주인은 알아차리지 못했다. 장무파는 해계서만 팔았는데도 이미 수만금이나 되었다. 사람의 마음을 설레게 하는 귀주의 아름다운 모습을 본 장무파는 그녀를 몹시 그리워했다. 한 달 남짓 뒤에 갑자기 푸른 옷을 입은 시녀가 문을 두드리며 붉은 편지를 전해 주었는데, 그곳에는 시 두 수가 적혀 있을 뿐 성명은 적혀 있지 않았다. 장무파가 편지를 받아 드는 순간 푸른 옷을 입은 시녀는 순식간에 보이지 않았다. 장무파가 말했다.

"이것은 틀림없이 선녀가 지은 것일 게야."

시는 다음과 같았다.

"부끄럽게도 한수(漢水) 가에서 임을 만나 명주(明珠) 귀걸이 풀어 바쳤건만,[87] 그저 봄날의 꿈에 의지해 하늘 끝에서 임을 찾네. 붉은 누각에 해 저무니 꾀꼬리는 날아가 버리고, 깊은 궁궐 계단에 떨어지는 꽃 보며 시름겨워하네."

다른 한 수는 다음과 같았다.

"제비는 재잘대다 물고 온 봄 진흙을 비단 자리에 떨어뜨

---

87) 부끄럽게도 한수(漢水) 가에서 임을 만나 명주(明珠) 귀걸이 풀어 바쳤건만 : 《한시외전(韓詩外傳)》에 따르면, 정교보(鄭交甫)가 한고대(漢皐臺)를 지나가다 명주를 차고 있던 두 여자를 만났는데, 정교보가 그들에게 명주를 달라고 하자 그들이 명주를 풀어 그에게 주었다고 한다. 남녀 간에 애정의 정표를 주고받는 것을 비유한다.

리는데, 시름에 겨운 채 하릴없이 꽃 비녀만 정리하네. 차가운 규방에서 베개 베고 누워도 꿈조차 꾸어지지 않고, 황금 화로의 향불 심지만 홀로 하늘거리며 피어오르네."

잠시 뒤에 이전의 관리가 다시 와서 말했다.

"왕께서 당신을 다시 불러오라고 하십니다. 귀주께서 지난번처럼 병이 나셨습니다."

장무파는 흔쾌히 다시 그곳으로 갔는데, 귀주를 만나 자세히 맥을 짚고 있을 때 좌우에서 아뢰었다.

"왕후께서 드셨습니다."

장무파가 계단을 내려서자, 딸랑! 하고 패옥 소리가 들리더니 궁인과 시위들이 줄지어 섰다. 30세가량 된 듯한 여자가 보였는데 마치 후비(后妃) 같은 복장을 하고 있었다. 장무파가 절을 올리자 왕후가 말했다.

"현철(賢哲)을 다시 수고롭게 해서 실로 미안합니다. 그런데 딸아이가 앓고 있는 것은 또 무슨 병입니까?"

장무파가 말했다.

"지난번 병과 같으니 마음에 충격을 받아 다시 발작한 것입니다. 다시 약을 먹으면 틀림없이 병의 뿌리까지 제거할 수 있을 것입니다."

왕후가 말했다.

"약은 어디에 있습니까?"

장무파가 약상자를 꺼내 올리자, 왕후는 묵묵히 그것을

보다가 즐겁지 않은 기색으로 귀주를 위로하고 나서 떠났다. 왕후가 마침내 왕에게 아뢰었다.

"사랑하는 딸이 병이 난 게 아니라 장무파를 마음에 두고 있는 것 같습니다. 그렇지 않고서야 어째서 궁중의 난금합이 그 사람의 손에 있단 말입니까?"

왕은 한참 동안 근심스레 있다가 말했다.

"내 딸이 가충(賈充)의 딸[88]이 되었단 말인가? 그렇다면 나도 마땅히 그들을 맺어 주어 오랫동안 마음고생하지 않게 해 주어야겠소."

장무파가 나오자 왕은 그를 별관으로 맞이해 후하게 상을 내리고 잔치를 열어 주었다. 나중에 왕이 장무파를 불러 말했다.

"과인이 삼가 군자의 사람됨을 흠모해 내 사랑하는 딸을 맡기고자 하는데 어떠하오?"

장무파는 재배하고 사양하며 감사드렸지만, 마음속으로는 기쁨을 스스로 가누지 못했다. 왕은 마침내 담당 관리에

---

88) 가충(賈充)의 딸 : 가충은 진(晉) 혜제(惠帝) 가후(賈后)의 부친이다. 가충의 막내딸 가오(賈午)가 그의 부하 한수(韓壽)를 사랑해 황제가 가충에게 내린 서역의 기이한 향을 몰래 한수에게 가져다주었는데, 누군가가 한수의 몸에서 기이한 향기가 난다고 가충에게 아뢰자 그가 이상한 생각이 들어 가오의 하녀를 불러다 알아보았더니 하녀가 사실대로 고했다. 결국 가충은 가오를 한수에게 시집보냈다.

게 명해 길일을 택하게 하고 예를 갖추어 장무파를 대우했
다. 왕과 왕후는 다른 사위들보다 더욱 장무파를 우러러 공
경했다. 장무파는 달포를 머무는 동안 아주 기쁘게 연회를
즐겼다. 왕이 말했다.

"장랑(張郎 : 장무파)은 다른 사위들과 달라서 반드시 인
간 세상으로 돌아가야 하오. 어제 명부(冥府)에서 살펴보았
더니 이 모든 것이 명운에 정해진 것이었소. 번우는 가까운
곳이지만 사람들이 이상하게 여길까 봐 걱정스럽고, 남강은
또 먼 데다 다른 신이 관할하는 지역이니, 소양[韶陽 : 소주
(韶州)]으로 돌아가는 것만큼 좋은 것은 없을 것 같소."

장무파가 말했다.

"제 마음도 그렇게 하고 싶습니다."

마침내 왕은 배를 준비해 주고 헤아릴 수 없을 만큼 많은
의복과 진주를 주었는데, 오직 시종만큼은 스스로 마련하도
록 했다. 왕은 마침내 장무파와 작별하며 말했다.

"3년에 한 번씩 그곳으로 갈 테니 다른 사람에게는 말하
지 마시오."

장무파는 가족을 데리고 소양에서 살았는데, 그들을 알
아보는 사람이 거의 없었다. 소양에서 달포쯤 지냈을 때 갑
자기 원대낭이 찾아와 문을 두드리며 장무파를 만나자고 했
는데, 장무파가 깜짝 놀라자 원대낭이 말했다.

"오늘 장랑과 작은아씨는 이 중매쟁이에게 보답하셔야

합니다."

　두 사람이 각자 진귀한 보물을 내어 원대낭에게 상으로 주었더니, 원대낭은 선물을 받은 후에 작별을 고하고 떠나갔다. 장무파가 부인에게 캐물었더니 부인이 말했다.

　"그 사람은 원천강(袁天綱)의 딸이자 정 선생(程先生)의 부인입니다. 난금합은 바로 저희 궁중에 있던 보물이었습니다."

　그 후로 3년마다 광리왕은 반드시 밤에 장랑의 집을 찾아왔다. 후에 장무파는 사람들에게 의심을 받자 다른 곳으로 떠났는데 어디로 갔는지 알 수 없었다.

長慶中, 進士張無頗, 居南康. 將赴擧, 遊丐番禺, 值府帥改移, 投詣無所. 愁疾, 臥於逆旅, 僕從皆逃. 忽有善《易》者袁大娘, 來主人舍, 瞪視無頗曰: "子豈久窮悴耶? 某有玉龍膏一盒子, 不惟還魂起死, 因此亦遇名姝. 但立一表白, 曰: '能治業疾.' 若常人求醫, 但言不可治, 若遇異人請之, 必須一往, 自能富貴." 無頗拜謝受藥, 以暖金盒盛之, 曰: "寒時但出此盒, 則一室喧熱, 不假爐炭矣." 無頗依其言, 立表, 數日, 果有黃衣若宦者, 扣門甚急, 曰: "廣利王知君有膏, 故使召見." 無頗志大娘之言, 遂從使者而往. 江畔有畫舸, 登之, 甚輕疾. 食頃, 忽睹城宇極峻, 守衛甚嚴. 宦者引無頗入十數重門, 至殿庭. 多列美女, 服飾甚鮮, 卓然侍立. 宦者趨而言曰: "召張無頗至." 遂聞殿上使軸簾, 見一丈夫, 衣王者之衣, 戴遠遊冠. 二紫衣侍女扶立而臨砌, 招無頗曰: "請不拜." 王曰: "知秀才非南越人, 不相統攝, 幸勿展禮." 無頗强拜,王罄折而謝曰:"寡人薄德,遠邀大賢.蓋緣愛女有疾,一心鍾念.知君有神膏,儻獲痊平,實所媿戴."遂令阿監二人,引入貴主院.無頗又經數重戶,至一小殿,廊宇皆綴明璣翠瑙,楹楣煥燿,若布金鈿,異香氳鬱,滿其庭戶.俄有二女褰簾,召無頗入.睹真珠繡帳中,有一女子,纔及筓年,衣翠羅縷金之襦.無頗切其脈良久,曰:"貴主所疾,是心之所苦."遂出龍膏,以酒吞之,立愈.貴主遂抽翠玉雙鸞篦而遺無頗,目成者久之.無頗不敢受.貴主曰:"此不足酬君子,但表其情耳.然王當有獻遺."無頗媿謝.阿監遂引之見王,王出駭鷄犀・翡翠碗・麗玉明瑰以贈,無頗拜謝.宦者復引送於畫舸,歸番禺,主人莫能覺.纔貨其犀,已巨萬矣.無頗睹貴主華艷動人,頗思之.月餘,忽有青衣扣门而送紅箋,有詩二首,莫題姓字.無頗捧之,青衣倏不見.無頗曰:"此必仙女所制也."詞曰:"羞解明瑙尋漢渚,但憑春夢訪天涯.紅樓日暮鶯飛去,愁殺深宮落砌花." 又曰:"燕語春泥墮錦筵,情愁無意整花鈿.寒閨欹枕不成夢,香炷金爐自裊烟." 頃之,前時宦者又至,謂曰:"王令復召.貴主有疾如初."無頗忻然復往,見貴主,復切脈次,左右云:"王后至."無頗降階,聞環珮之響,宮人侍衛羅列.見一女子,可三十許,服飾如后妃.無頗拜之,后曰:"再勞賢哲,實所懷慚.然女子所疾,又是何苦?"無頗曰:"前所疾耳,心有擊觸而復作焉.若再餌藥,當去根幹耳."后曰:"藥何在?"無頗進藥盒,后睹之默然,色不樂,慰喻貴主而去.后遂白王曰:"愛女非疾,其私無頗矣.不然者,何以宮中暖金盒,得在斯人處耶?"王愀然良久,曰:"復爲賈充女耶?吾當成之,無使久苦."無頗出,王命延之別館,豐厚宴犒.後王召之曰:"寡人竊慕君子爲人,輒欲以愛女奉托,如何?"無頗再拜辭謝,心喜不自勝.遂命有司擇吉日,具禮待之.王與后敬仰愈於諸婿.遂止月餘,歡宴俱極. 王曰:"張郎不同諸婿, 須歸人間. 昨檢於幽府云, 當是冥數. 番禺地近, 恐爲時人所怪, 南康又遠, 況別封疆, 不如歸韶陽甚便." 無頗曰:"某意亦欲如此." 遂具舟楫, 服飾珍珠, 贈携無算, 唯侍衛輩卽須自置. 王遂與無頗別:"三年卽一到彼, 無言於人." 無頗挈家居於韶陽, 人罕知者. 住月餘, 忽袁大娘扣門見無頗, 無頗大驚, 大娘曰:"張郎今日及小娘子酬媒人可矣." 二人各具珍寶賞之, 然後告去. 無頗詰妻, 妻曰:"此袁天綱女, 程先生妻也. 暖金盒卽某宮中寶也." 後每三歲, 廣利王必夜至張室. 後無頗爲人疑訝, 於是去, 不知所適.

* 이 고사는《태평광기》권310〈신·장무파(張無頗)〉에 실려 있다.

53-12(1587) 마당산 대왕

마당산대왕(馬當山大王)

출《박이지(博異志)》

[당나라] 개원(開元) 연간(713~741)에 낭야(琅琊) 사람 왕창령(王昌齡)이 오군(吳郡)에서 도성으로 갔는데, 배가 마당산에 이르렀을 때 뱃사공이 말했다.

"관례상 마땅히 사당에 참배해야 바람이 순조롭습니다."

왕창령은 시간을 지체할 수 없었지만 그래도 미리 신에게 기도할 채비를 해 왔던 터였다. 그는 곧장 사람을 시켜 술과 포(脯)와 종이 말을 가지고 가서 사당에 바치게 했으며, 아울러 신의 부인에게 짚신을 바치게 했다. 또 다음과 같은 시를 지었다.

"청총마(靑驄馬) 한 필 곤륜(昆侖)에서 끌고 왔으니, 대왕께 아뢰오니 지전(紙錢)은 요구하지 마소서. 단지 거센 바람과 세찬 물결 때문이니, 나 왕창령이 배에서 내리지 않음을 나무라지 마소서."

시를 읽고 난 뒤에 그곳을 떠났다. 당초 왕창령이 짚신을 살 때 금착도(金錯刀 : 황금으로 장식한 패도) 한 자루를 사서 짚신 안에 넣어 두었는데, 신에게 기도할 때 그것을 꺼내는 걸 잊어버리고 잘못해서 함께 가지고 갔다. 왕창령은 다음 여정에 이르러 금착도를 찾다가 비로소 잘못되었음을 알게 되었다. 다시 몇 리를 갔을 때 갑자기 길이가 2척쯤 되는 붉은 잉어가 왕창령의 배 안으로 뛰어들어 왔다. 그래서 사람을 불러 잉어를 삶게 하고 배를 갈랐더니 금착도가 나왔는데, 사당에 잘못 바친 바로 그 칼이었다.

開元中, 琅琊王昌齡, 自吳抵京國, 舟行至馬當山, 舟人言: "例當謁廟, 屬風便." 昌齡不能駐, 亦先有禱神之備. 乃命使賣酒脯紙馬獻於廟, 及草履致於夫人. 題詩云: "靑驄一匹崑崙牽, 奏上大王不取錢. 直爲猛風波滾驟, 莫怪昌齡不下船." 讀畢而過. 當市草履時, 兼市金錯刀一副, 貯在履內, 至禱神時, 忘取之, 誤並將往. 昌齡至前程, 求錯刀子, 方知其誤. 又行數里, 忽有赤鯉魚, 可長二尺, 躍入昌齡舟中. 呼使者烹之, 旣剖腹, 得金錯刀, 宛是誤送廟中者.

* 이 고사는 《태평광기》 권300 〈신·왕창령(王昌齡)〉에 실려 있다.

53-13(1588) 동정호의 노인

동정수(洞庭叟)

출《정덕린전(鄭德璘傳)》

 [당나라] 정원(貞元) 연간(785~805)에 상담현위(湘潭縣尉) 정덕린(鄭德璘)은 장사(長沙)에서 살았는데, 강하(江夏)에 살고 있는 친척을 해마다 한 번씩 찾아뵈러 갔다. 그는 도중에 동정호(洞庭湖)를 건너고 상담을 지나갔는데, 배를 저으면서 마름과 가시연을 팔고 있는 노인을 자주 만났다. 노인은 백발이었지만 얼굴은 젊어 보였다. 정덕린이 노인과 얘기를 나눠 보았더니 노인은 대부분 심오한 이치를 언급했다. 정덕린이 노인에게 물었다.

 "배에 양식이 없는데 무엇으로 식사를 하시오?"

 노인이 말했다.

 "마름과 가시연만 먹습니다."

 정덕린은 술을 좋아해서 늘 송료춘(松醪春)[89]을 들고 강하로 갔는데, 도중에 그 노인을 만나면 언제나 술을 대접했지만 노인은 얻어먹고도 그다지 고마워하지 않았다. 한번은

---

[89] 송료춘(松醪春) : 송진으로 만든 술. 당나라 때는 좋은 술 이름 뒤에 '춘' 자를 붙였다.

정덕린이 강하에 갔다가 장사로 돌아오는 길에 황학루(黃鶴樓) 아래에 배를 정박했는데, 그 옆에 소금 장수 위생(韋生)이라는 사람이 큰 배를 타고 역시 상담에 도착했다. 그날 밤에 위생은 이웃 배에 타고 있던 사람과 작별을 고하며 함께 술을 마셨다. 위생에게는 딸이 있었고 배의 조타실에서 지냈는데, 이웃 배의 딸이 작별 인사차 찾아오자 두 여자는 함께 담소를 나누었다. 밤이 깊어 갈 무렵에 강 가운데서 어떤 수재(秀才)의 시 읊는 소리가 들려왔다.

"가벼운 배에 살짝 부딪친 게 무엇인지 절로 알 수 있나니, 바람 조용하고 물결 고요하며 달빛 은은하네. 깊은 밤 강가에서 시름 풀려다가, 붉은 연꽃 주워 드니 그 향기 옷깃에 스며드네."

문장에 뛰어난 이웃 배의 딸은 위씨[위생의 딸]의 화장 상자 안에 붉은 편지지 한 폭이 있는 것을 보고 그것을 꺼내 방금 들었던 시구를 받아 적은 뒤 한참 동안 읊어 보았지만 누가 지은 것인지 알 수 없었다. 날이 밝자 두 배는 각각 동서로 떠났다. 정덕린의 배와 위생의 배는 악저(鄂渚)를 떠나 이틀 밤을 묵고 저녁때가 되어 다시 함께 묵게 되었다. 동정호의 호반에 이르렀을 때 정덕린의 배는 위생의 배와 아주 가까이 있게 되었다. 위씨는 아름답고 고와서 영롱한 옥과 매끄러운 구름 같았고, 반짝이는 물결 속의 연꽃 꽃술 같았으며, 이슬로 씻은 무궁화 자태 같았고, 고운 달빛 아래 빛나는 진주 같았는데, 선창에서 낚싯대를 드리우고 있었다. 정덕린은 그녀를 훔쳐보고 몹시 기뻐하며 마침내 붉은 비단 한 척 위에 시를 적었다.

"섬섬옥수로 낚싯대 드리우고 선창 마주하니, 가을날 붉은 연꽃이 장강(長江)을 아름답게 물들이네. 패옥(佩玉) 풀어 정교보(鄭交甫)에게 던졌듯이, 명주(明珠) 한 쌍 더 있거든 내게도 던져 주시오."

정덕린이 시를 적은 붉은 비단을 일부러 위씨의 낚싯바늘에 걸리게 하자 그녀는 그것을 거두어서 한참 동안 읊조렸는데, 외우도록 읽었지만 그 뜻을 알 수 없었다. 위씨는 글재주가 뛰어나지 못했고 또한 화답하지 못함을 부끄러워하다가 결국 지난밤에 이웃 배의 딸이 붉은 편지지에 써 놓은 시를 낚싯줄에 걸어서 던져 주었다. 정덕린은 그 시를 위씨가 지은 것이라 여기고 몹시 기뻐했지만, 그 시의 의미를 알 수 없었고 또 자신의 속마음을 전할 방법도 없었다. 위씨는 자신이 받은 붉은 비단을 팔에 매고 애지중지했다. 다음 날 맑은 바람이 불어오자 위생의 배는 급히 돛을 펼치고 떠났는데, 곧 바람이 거세지면서 파도가 일어 사람들을 두렵게 했다. 정덕린의 작은 배로는 감히 위생의 배와 함께 동정호를 건널 수 없었으므로 정덕린은 마음속으로 몹시 한스러워했다. 날이 저물 무렵에 어부가 정덕린에게 말했다.

"아까 떠났던 상인의 큰 배에 탔던 온 가족이 모두 동정호에 빠져 죽었습니다."

정덕린은 너무 놀라 정신이 아득해졌고 한참 동안 슬퍼하며 북받쳐 오르는 감정을 억누를 수 없었다. 저녁 무렵에 정덕린은 〈조강주시(吊江姝詩)〉 두 수를 지었는데 이러했다.

"호수면의 광풍 잠시 불어오지 않으니, 파도 꽃 처음 터질 때 달빛 희미했네. 거센 파도에 뿌린 눈물 조용히 남몰래 생각하니, 인어와 함께 마주 보며 흘렸으리라."

또 한 수는 이러했다.

"갈대꽃 핀 가을에 동정호의 바람은 부드럽고, 막 죽은 젊은 미인 때문에 잔물결도 수심에 젖네. 흰 네가래꽃에 떨어지는 눈물 임은 보지 못하리니, 달 밝은 강 위로 갈매기만 가벼이 날고 있구나."

정덕린은 시를 다 짓고 나서 술을 뿌린 뒤 그 시를 강물에 던졌다. 그 정성이 신명에게 닿아 결국 감동한 수신(水神)이 그 시를 가지고 수부(水府)로 갔다. 부군(府君)은 그 시를 읽어 보고 나서 물에 빠진 사람들을 불러 모아 말했다.

"누가 정생(鄭生 : 정덕린)이 사랑하는 사람이냐?"

그러나 위씨도 그 영문을 알 수 없었다. 담당 관리가 사람들의 팔을 조사하다가 [위씨 팔에 묶여 있는] 붉은 비단을 보고 부군에게 보고하자 부군이 말했다.

"정덕린은 훗날 우리 고을의 명재(明宰 : 현령의 존칭)가 될 사람이고 게다가 지난날 나에게 은의를 베풀어 주었으니, 너의 목숨을 살려 주지 않을 수 없구나."

그러고는 담당 관리를 불러 위씨를 정생에게 데려다주라고 했다. 위씨가 부군을 보았더니 그저 한 노인일 따름이었다. 위씨는 담당 관리를 따라 급히 달려 나갔는데 아무런 방해도 받지 않았다. 길이 끝나 갈 즈음에 푸른 물결이 넘실대는 커다란 연못 하나가 보였는데, 담당 관리가 위씨를 그 속으로 밀어 떨어뜨리자 위씨는 가라앉았다 떴다 하면서 몹시 고통스러웠다. 그때 정덕린은 이미 삼경(三更)이 되었는데도 잠을 이루지 못한 채 그저 붉은 편지지에 쓴 시를 읊으며 슬퍼하면서 더욱 괴로워했다. 그때 갑자기 어떤 물체가 배에 부딪치는 것을 느꼈는데, 뱃사공은 이미 잠든 뒤라 정덕린이 직접 횃불을 들고 비추었더니 수놓은 비단옷이 보였고 사람 모습 같았다. 정덕린이 깜짝 놀라 건져 내고 보았더니 다름 아닌 위씨였으며, 자신이 보낸 붉은 비단이 그녀의 팔에 여전히 묶여 있었다. 정덕린은 기뻐서 펄쩍 뛰었다. 한참 후에 위씨는 깨어나 숨을 쉬었고 날이 밝을 즈음에는 말도 할 수 있었다. 위씨가 말했다.

"부군께서 당신의 정성에 감동해 내 목숨을 살려 주셨습니다."

정덕린이 말했다.

"부군은 어떤 사람이오?"

정덕린은 끝내 부군이 누군지 깨닫지 못했다. 정덕린은 마침내 위씨를 아내로 맞아들이고 그 기이함에 감동해 그녀를 데리고 장사로 돌아왔다. 3년 뒤에 정덕린은 관리 선발에 응시했는데, 예릉현령(醴陵縣令)이 되고 싶어 하자 위씨가 말했다.

"파릉현령(巴陵縣令)이 되는 것에 불과할 것입니다."

정덕린이 말했다.

"당신이 어떻게 아시오?"

위씨가 말했다.

"예전에 수부의 부군이 당신은 '우리 고을의 명재가 될 사람'이라고 말했는데, 동정호는 파릉현에 속해 있으니 이것으로 징험될 것입니다."

정덕린은 그 말을 기억해 두었는데 과연 파릉현령으로 선발되었다. 먼저 파릉현에 도착한 정덕린은 사람을 보내 위씨를 맞아 오게 했다. 위씨가 탄 배가 동정호의 호반에 이르렀을 때 역풍을 맞아 앞으로 나아가지 못했다. 정덕린은 뛰어난 뱃사공 다섯 명에게 위씨를 맞아 오게 했는데, 그중의 한 노인이 배를 끌면서 그다지 내키지 않는 것 같자 위씨가 화를 내며 꾸짖었다. 그러자 노인이 뒤돌아보며 말했다.

"예전에 수부에서 내가 너의 목숨을 살려 주었거늘 고맙게 생각하기는커녕 지금 도리어 내게 화를 내다니!"

위씨는 그제야 [그 노인이 수부의 부군임을] 깨닫고 두려워하면서 노인을 불러 배에 오르게 한 뒤에 절을 올리고 술과 과일을 바치고 머리를 조아리며 말했다.

"제 부모님이 수부에 계실 텐데 찾아가 뵐 수 있겠습니까?"

노인이 말했다.

"가능하다."

잠시 후 배가 물속으로 가라앉는 것 같았는데 아무런 고통도 없었다. 잠깐 사이에 지난번에 갔던 수부에 도착하자, 어른 아이 할 것 없이 모두 배에 기대어 목 놓아 울었다. 위씨는 부모를 찾아갔는데, 부모의 거처는 장엄한 저택으로 인간 세상의 것과 다르지 않았다. 위씨가 부모에게 필요한 것을 묻자 부모가 말했다.

"물에 빠진 물건은 모두 이곳으로 가져올 수 있었다. 다만 불에 익힌 음식이 없어서 그저 마름과 가시연만 먹고 있단다."

그러고는 백금으로 만든 기물 몇 개를 가져와 딸에게 주며 말했다.

"우리는 이것을 쓸 데가 없으니 네게 주겠다. 너는 이곳에 오래 머물러서는 안 된다."

그러면서 빨리 떠나라고 재촉했다. 위씨는 서럽게 울면서 부모와 작별했다. 노인은 붓으로 위씨의 손수건에 다음과 같은 시를 크게 써 주었다.

"옛날 강가에서 마름과 가시연 팔던 사람, 그대에게 여러 번 송료춘을 얻어 마셨네. 그대의 부인 살려 주어 그 은혜 갚았으니, 장사의 정덕린은 자중자애하시오."

노인이 시를 다 쓰고 나자 시종 수백 명이 위씨의 배에서 노인을 모시고 수부로 돌아갔다. 잠시 뒤에 위씨의 배는 다시 호반으로 나왔다. 배 안에 있던 사람들이 모두 그 광경을 보았다. 정덕린은 시의 뜻을 곰곰이 생각해 보고 나서야 비로소 수부의 노인이 바로 지난날 마름과 가시연을 팔던 노인이었음을 깨달았다. 1년 남짓 지나서 최희주(崔希周)라는 수재가 정덕린에게 시를 투권(投卷)했는데, 그 가운데 〈강상야습득부용시(江上夜拾得芙蓉詩)〉가 들어 있었다. 그것은 바로 위씨가 정덕린에게 보내 준 붉은 편지지에 쓰여 있던 시였다. 정덕린이 의아해하면서 최희주에게 캐물었더니 그가 대답했다.

"몇 년 전 악저에 작은 배를 정박했을 때, 강 위로 밝은 달이 떠 있어서 잠을 이루지 못하고 있었는데, 작은 물체가 배에 부딪치는 것 같더니 그 향기가 코를 찔렀습니다. 그것을 건져 내서 보았더니 연꽃 다발이었기에 이 시를 지었습니다. 감히 사실대로 말씀드리는 것입니다."

정덕린이 탄식하면서 말했다.

"운명이로구나!"

그 후로 정덕린은 감히 더 이상 동정호를 건너지 못했다.

정덕린은 벼슬이 자사(刺史)에 이르렀다.

貞元中, 湘潭尉鄭德璘家居長沙, 有親表居江夏, 每歲一往省焉. 中間涉洞庭, 歷湘潭, 多遇老叟棹舟而鬻菱芡, 雖白髮而有少容. 德璘與語, 多及玄解. 詰曰: "舟無糧糧, 何以爲食?" 叟曰: "菱芡耳." 德璘好酒, 長挈松醪春, 過江夏, 遇叟無不飮之, 叟飮亦不甚媿荷. 德璘抵江夏, 將返長沙, 駐舟於黃鶴樓下, 傍有鹺賈韋生者, 乘巨舟, 亦抵於湘潭. 其夜與鄰舟告別飮酒, 韋生有女, 居於舟之柁櫓, 鄰女亦來訪別, 二女同處笑語. 夜將半, 聞江中有秀才吟詩曰: "物觸輕舟心自知, 風恬浪靜月光微. 夜深江上解愁思, 拾得紅蕖香惹衣." 鄰舟女善筆札, 因睹韋氏妝奩中有紅箋一幅, 取而題所聞之句, 亦吟哦良久, 然莫曉誰人所製也. 及旦, 東西而去. 德璘舟與韋氏舟離鄂渚, 信宿, 及暮又同宿. 至洞庭之畔, 與韋生舟楫頗相近. 韋氏美而艷, 瓊英膩雲, 蓮蕊瑩波, 露濯蕣姿, 月鮮珠彩, 於水窗中垂鉤. 德璘因窺見之, 甚悅, 遂以紅綃一尺, 上題詩曰: "纖手垂鉤對水窗, 紅蕖秋色艷長江. 旣能解珮投交甫, 更有明珠乞一雙." 强以紅綃惹其鉤, 女因收得, 吟玩久之, 然雖諷讀, 卽不能曉其義. 女不工刀札, 又恥無所報, 遂以鉤絲而投夜來鄰舟女所題紅箋者. 德璘謂女所製, 甚喜, 然莫曉詩義, 亦無計遂其款曲. 由是女以所得紅綃繫臂, 自愛惜之. 明月淸風, 韋舟遽張帆而去, 風勢將緊, 波濤恐人. 德璘小舟, 不敢同越, 然意殊恨恨. 將暮, 有漁人語德璘曰: "向者賈客巨舟, 已全家歿於洞庭矣." 德璘大駭, 神思恍惚, 悲婉久之, 不能排抑. 將夜, 爲〈吊江姝詩〉二首, 曰: "湖面狂風且莫吹, 浪花初綻月光微. 沉潛暗想橫波淚, 得共鮫人相對垂." 又曰: "洞庭風軟荻花秋, 新沒靑娥細浪愁. 淚滴白蘋君不見,月明江上有輕鷗。"詩成,酹而投之。精貫神祇,遂感水神,持詣水府。府君覽之,召溺者數輩,曰:"誰是鄭生所愛?"而韋氏亦不能曉其來由。有主者搜擘,見紅綃而語府君,曰:"德璘異日,是吾邑之明宰,況曩有義相及,不可不曲活爾命。"因召主者,携韋氏送鄭生。韋氏視府君,乃一老叟也。逐主者疾趨而無所礙。道將盡,睹一大池,碧水汪然,遂為主者推墮其中,或沉或浮,亦甚困苦。時已三更,德璘未寢,但吟紅箋之詩,悲而益苦。忽覺有物觸舟,然舟人已寢,德璘遂秉炬照之,見衣服彩繡,似是人形。驚而拯之,乃韋氏也,繫紅綃尚在。德璘喜驟。良久,女甦息,及曉方能言。乃說:"府君感君而活我命。"德璘曰:"府君何人也?"終不省悟。遂納為室,感其異也,將歸長沙。後三年,德璘當調選,欲謀醴陵令,韋氏曰:"不過作巴陵耳。"德璘曰:"子何以知?"韋氏曰:"向者水府君言是吾邑之明宰,洞庭乃屬巴陵,此可驗矣。"德璘志之,選果得巴陵令。及至巴陵縣,使人迎韋氏。舟楫至洞庭側,值逆風不進。德璘使善篙工者五人迎之,內一老叟挽舟,若不為意,韋氏怒而唾之。叟回顧曰:"我昔水府活汝命,不以為德,今反生怒!"韋氏乃悟,恐悸,召叟登舟,拜而進酒果,叩頭曰:"吾之父母,當在水府,可省覲否?"曰:"可。"須臾,舟楫似沒於波,然無所苦。俄到往時之水府,大小倚舟號慟。訪其父母,父母居止,儼然第舍,與人世無異。韋氏詢其所須,父母曰:"所溺之物,皆能至此。但無火化,所食唯菱芡耳。"持白金器數事而遺女曰:"吾此無用處,可以贈爾。不得久停。"促其相別。韋氏遂哀慟別其父母。叟以筆大書韋氏巾曰:"昔日江頭菱芡人,蒙君數飲松醪春。活君家室以為報,珍重長沙鄭德璘。"書訖,叟遂為僕侍數百輩,自舟迎歸府舍。俄頃,舟却出於湖畔。一舟之人,咸有所睹。德璘詳詩意,方悟水府老叟,乃昔日鬻菱芡者. 歲餘, 有秀才崔希周投詩卷於德璘, 內有〈江上夜拾得芙蓉詩〉, 卽韋氏所投德璘紅箋詩也. 德璘疑詩, 乃詰希周, 對曰:"數年前, 泊輕舟於鄂渚, 江上月明, 時當未寢, 有微物觸舟, 芳馨襲鼻. 取而視之, 乃一束芙蓉也, 因而製詩. 敢以實對." 德璘嘆曰:"命也!" 然後更不敢越洞庭. 德璘官至刺史.

* 이 고사는《태평광기》권152〈정수(定數)・정덕린(鄭德璘)〉에 실려 있다.

53-14(1589) 동정호신

동정호신(洞庭湖神)

출《감택요(甘澤謠)》

　위추(韋騶)라는 사람은 오음(五音)에 밝았고 휘파람을 잘 불었는데, 스스로를 "일군공자(逸群公子)"라 칭했다. 진사 시험에 응시했다가 한 번 낙방하자 바로 그만두면서 말했다.

　"사내라면 모름지기 천하에 뜻을 두어야지 어찌 풍진에 절개를 굽히겠는가!"

　위추가 악양(岳陽)으로 가자 악양태수는 그와 친척이었던지라 그에게 벼슬자리를 주었는데, 위추는 몇 달 만에 병을 핑계 삼아 사직하고 떠났다. 위추의 친동생 위내(韋騋)가 배를 타고 가다가 동정호에 빠져 죽자, 위추는 호숫가에서 통곡한 뒤 동정호신을 모신 사당 아래로 배를 이동해 그 사당을 불태우려 하면서 말했다.

　"1000리를 돌아다니는 호상(胡商)은 무사히 건너가는데, 곤궁하고 초췌한 내 동생은 이런 재앙을 만났으니, 이런 사당을 어디에 쓰겠는가?"

　그러다 문득 배 안에서 언뜻 잠이 들었는데, 꿈에 신인이 성대하게 차려입고 와서 배알하며 위추에게 말했다.

"저승에서는 억울하게 사람을 죽게 하는 일이 없습니다. 명공(明公 : 위추)의 선친은 예전에 한 성(城)을 다스렸는데, 곧고 바르기로 이름나 귀신들이 그를 피했습니다. 그는 사신(邪神)을 모시는 사당을 아주 많이 철거했는데, 그중에 부당하게 허물어진 사당이 두 군데 있었습니다. 그 두 사당의 신이 천제에게 상소했는데, 천제는 처음에 허락하지 않았습니다. 하지만 그들이 10여 년 동안 한사코 청원하자, 천제는 당신 선친의 자식들 중에서 한 명을 보내 허물어진 사당의 두 주인에게 사죄하도록 허락했습니다. 그런데 자식들 중에서 물러나서는 도(道)를 밝히지 못하고 나아가서는 세상에 도움을 주지 못하는 자를 골라야 했기 때문에 당신의 동생이 해당했던 것입니다. 미 : 그렇다면 여기에 해당하는 자는 많다. 만약 장례를 치러야 하는데 시신을 찾지 못한다면 이는 나의 과실이니, 뱃사람으로 하여금 시신을 호숫가로 보내도록 하겠습니다."

위추는 깜짝 놀라 꿈을 깨고 나서 사당을 불태우려 했던 일을 급히 그만두었다. 그러고는 고기잡이배에 그물을 치게 했더니 과연 기슭에서 동생의 시신을 찾을 수 있었다. 그날 저녁에 또 위추의 꿈에 신이 나타나 감사하며 말했다.

"귀신은 분노를 두려워하지 않지만 과감함을 두려워하는데, 이는 그 마음이 정성스럽기 때문입니다. 당신은 바로 과감한 사람입니다. 옛날 동정호에서 음악을 연주하는 것은 모두 내가 맡아 했던 일입니다. 원컨대 지극한 음악으로 당신의 두터운 은혜에 보답하고자 하니, 〈함지(咸池: 요임금의 악곡)〉의 곡조를 듣고 속세의 근심과 번뇌를 씻기 바랍니다."

문득 보았더니 금석(金石)과 우약(羽籥)[90]이 서로 어우러져 쨍그랑 소리를 내면서 연주를 시작했다. 위추는 그 기이함에 크게 감탄했으며, 곡이 끝나자 곧 꿈에서 깨어났다.

韋騶者, 明五音, 善長嘯, 自稱"逸群公子". 擧進士, 一不第便已, 曰: "男子四方之志, 豈屈節於風塵哉!" 遊岳陽, 岳陽太守以親知見辟, 數月謝病去. 騶親弟騋, 舟行, 溺於洞庭湖. 騶乃水濱慟哭, 移舟湖神廟下, 欲焚其廟, 曰: "千里估胡, 安穩獲濟, 吾弟窮悴, 乃罹此殃, 焉用爾廟爲?" 忽於舟中假寐, 夢神人盛服來謁, 謂騶曰: "幽冥無枉殺者. 明公先君, 昔爲城守, 方聞讜正, 鬼神避之. 撤淫祠甚多, 不當廢者有二. 二神上訴, 帝初不許. 固請十餘年, 乃許與後嗣一人, 謝二廢廟之主. 然亦須退不能明其道, 進無以補於時者, 故賢弟當之耳. 眉: 則當之者多矣. 儻求喪不獲, 卽我之過, 當令水工送尸湖上." 騶驚悟, 其事遽止. 遂命漁舟施網, 果獲弟尸於岸. 是夕, 又夢神謝曰: "鬼神不畏忿怒, 而畏果敢, 以

---

90) 금석(金石)과 우약(羽籥): '금석'은 쇠와 돌로 만든 종과 경쇠 같은 악기를 말하고, '우약'은 제사나 연회 때 무구(舞具)로 사용한 꿩 깃털과 피리 같은 관악기를 말한다.

其誠也. 君今爲人果敢. 昔洞庭張樂, 是吾所司. 願以至音酬君厚惠, 所冀觀〈咸池〉之節奏, 釋浮世之憂煩也." 忽睹金石羽籥, 鏗鏘振作. 驦甚嘆異, 曲終乃寤.

* 이 고사는 《태평광기》 권311 〈신·위추(韋騶)〉에 실려 있다.

53-15(1590) 청홍군

청홍군(淸洪君)

출《박이록(博異錄)》

　여릉현(廬陵縣)의 마을 사람 구명(歐明)은 상인을 따라 팽택호(彭澤湖)를 지나다녔다. 구명은 팽택호를 지날 때마다 배 안의 물건 가운데 일부를 호수에 던졌다. 어느 날 구명은 큰길에서 관리 몇 명을 보았는데, 그들은 모두 검은 옷을 입고 거마를 타고 있었으며, 청홍군의 사자라고 하면서 구명을 모셔 가겠다고 했다. 구명은 그들이 신이라는 것을 알고 있었지만, 감히 가지 않겠다고 할 수 없었다. 관리들이 수레에 구명을 태우고 떠났는데, 잠시 후 한 관사와 문하의 하급 관리가 보였다. 하급 관리가 말했다.

　"청홍군께서는 그대가 베푼 예에 감동해서 그대를 모셔 오라고 하셨습니다. 선물을 주시면 모두 갖지 말고 그저 여원(如願)만 달라고 하십시오."

　구명이 관사로 들어갔더니 과연 비단을 그에게 주었다. 구명은 그것을 받지 않고 단지 여원만을 달라고 했다. 신(神: 청홍군)은 크게 의아해했지만 하는 수 없이 여원을 불러 구명을 따라가게 했다. 여원은 청홍군의 시녀였는데, 청홍군은 늘 그녀에게 필요한 물건을 가져오게 했다. 구명은 여원을 데리고 돌아갔는데, 필요한 것을 곧바로 얻었기 미 : 여원은 막수(莫愁)[91]와 짝이 될 만하다. 때문에 몇 년 만에 부자가 되었다. 하지만 구명은 마음이 점점 교만해져서 협 : 천한 자질이다. 더 이상 여원을 사랑하지 않았다. 구명은 정월 초하룻날 첫닭이 울 때 여원을 불렀는데, 여원이 곧바로 일어나지 않자 크게 화를 내며 여원을 때리려 했더니, 여원이 땔감을 쌓아 놓은 거름 더미 속으로 달아났다. 구명은 막대기로 거름 더미를 쳐서 여원을 나오게 하려 했지만 그럴 수 없자, 그녀가 이미 떠났다는 것을 알고 말했다.

"네가 나를 부자로 만들어 주기만 하면 더 이상 너를 때리지 않겠다."

그래서 지금 사람들은 정월 초하룻날 첫닭이 울 때면 곧장 가서 거름 더미를 치며 말한다.

"나를 부자로 만들어 다오!"

廬陵邑子歐明者, 從賈客道經彭澤湖. 每過, 輒以船中所有多少投湖中. 見大道之上, 有數吏, 皆著黑衣, 乘車馬, 云是淸洪君使, 要明過. 明知是神, 然不敢不往. 吏車載明, 須臾,

---

[91] 막수(莫愁) : 민간 전설에 전하는 미녀. 남조 양(梁)나라 때 낙양(洛陽) 출신의 미녀 막수가 멀리 강동 지방의 노씨(盧氏) 집안으로 시집가서 호숫가에 살았는데, 나중에 그 호수를 "막수호"라 불렀다고 한다.

見有府舍, 門下吏卒. 吏曰 : "淸洪君感君有禮, 故要君. 有餉, 皆勿取, 獨求如願耳." 去, 果以繒帛贈之. 明不受, 但求如願. 神大怪, 不得已, 呼如願, 使隨明去. 如願者, 淸洪婢, 常使取物. 明將如願歸, 所須輒得之, 眉 : 如願可對莫愁. 數年成富人. 意漸驕盈, 夾 : 賤相. 不復愛如願. 正月歲朝, 雞初一鳴, 呼如願, 如願不卽起, 明大怒, 欲捶之, 如願乃逃於積薪糞中. 明以杖捶糞使出, 不能得, 乃知已去, 因曰 : "汝但使我富, 不復捶汝." 今世人歲朝雞鳴時, 輒往捶糞, 云 : "使人富!"

* 이 고사는 《태평광기》 권292 〈신・구명(歐明)〉에 실려 있다.

53-16(1591) 강・호수・계곡의 세 신

강호계삼신(江湖溪三神)

출《집이기》

잡군(霅郡) 사람 장침(蔣琛)은 이경(二經)[92]에 정통해서 일찍이 향리에서 학생들을 가르쳤다. 그는 가을에서 겨울로 접어들 때마다 잡계(霅溪)와 태호(太湖)의 가운데에 그물을 설치해 물고기를 잡아 먹고살았다. 한번은 커다란 거북을 잡았는데, 그 생김새가 너무 기이했기에 놓아주었다. 거북은 강 가운데에 이르러 예닐곱 번이나 뒤돌아보았다. 1년여 뒤 어느 저녁에 비바람이 몰아치는 어둠 속에서 파도가 세차게 부딪치는 소리가 들리기에 보았더니, 예전의 그 거북이 뱃전을 두드리며 사람처럼 서서 말했다.

"오늘 저녁에 태호・잡계・송강(松江)의 신이 경내에서 모이는데, 큰 하천의 여러 수장들도 그 소식을 듣고 초대에 응했으니, 연회를 열고 걸상을 놓아 고깃배에 아주 가까이 있게 될 것이오. 그대는 이곳에 머물러 살면서 오랫동안 그물질을 했는데, 작은 물고기들이 그대의 촘촘한 그물에 걸

---

92) 이경(二經) : 《서경(書經)》과 《역경(易經)》, 또는 《시경(詩經)》과 《서경》.

려 고통받았으며, 요행히 화를 피한 고기들도 늘 원한을 품고 있소. 그래서 물고기들이 이 기회를 틈타 그대에게 보복할까 걱정이오. 나는 예전에 그대에게서 받은 은혜를 늘 마음속에 진심으로 간직해 왔기 때문에 이렇게 와서 그대의 은혜에 만분의 1이라도 보답하고자 하오. 그러니 이곳을 약간 물러나서 해를 피할 수 있겠소?"

장침이 말했다.

"그렇게 하겠소."

마침내 장침은 잔잔한 강물에 배의 닻줄을 내리고 상황을 지켜보았다. 얼마 되지 않아서 셀 수 없이 많은 거북·악어·물고기·자라 등이 2리 남짓 빙 둘러싸더니, 파도를 오므려 성을 만들고 파랑을 막아 땅을 만든 뒤 세 개의 성문을 열고 큰길에 담을 쌓는 등 1000여 가지 괴이한 것을 만들어 냈다. 그들은 모두 사람 몸에 이무기 머리를 했으며 창을 들고 대오를 이루어 마치 무언가를 기다리기라도 하듯이 지키고 있었다. 이어서 교룡과 이무기 수십 마리가 동쪽과 서쪽을 바삐 오가며 숨을 불어 누대를 만들고 주옥(珠玉) 궁전과 가무 연회석을 잠깐 새에 모두 갖추어 놓았다. 또한 술독과 그릇과 놀이용품은 모두 인간 세상에 없는 것이었다. 또 신어(神魚) 수백 마리가 화주(火珠)[93]를 토하며 갑옷 입은 병사 100여 명을 이끌고 푸른 옷에 검은 관을 쓴 자를 호위하면서 잡계의 남쪽 나루터에서 나왔다. 다시 보았더니 물짐승 수백 마리가 빛을 띠며 철기병 200여 명을 이끌고 붉은 옷에 붉은 관을 쓴 자를 호위하면서 태호 가운데에서 나왔다. 두 신은 성문에 이르러 말에서 내려 서로 절을 했다. 잡계신이 말했다.

"한번 뵙지 못한 후로 지금까지 5기(紀 : 1기는 12년)가 흘렀으니, 비록 그동안 서신 왕래는 끊어지지 않았지만 직접 만나 환담한 지는 너무 오래되었습니다. 삼가 당신의 성덕(盛德)을 우러르면서 진심으로 걱정하고 있었습니다."

태호신이 말했다.

"내 마음 역시 그러했습니다."

두 신이 서로 예를 차리며 겸양하고 있을 때 늙은 교룡이 앞으로 나아와 소리쳤다.

"안류왕(安流王 : 송강신)께서 말에 오르셨습니다!"

그래서 두 신은 서서 안류왕을 기다렸다. 이윽고 호랑이와 표범 가죽 옷을 입고 붉은 이마에 푸른 발을 하고 촛불을 손에 든 자가 깃발과 무기를 든 병사 1000여 명을 이끌고 자주색 옷에 붉은 관을 쓴 자를 호위하면서 송강의 서쪽 지류로부터 도착했다. 잡계신과 태호신은 성문에서 그를 맞이해

---

93) 화주(火珠) : 화제주(火齊珠). 주로 탑의 위쪽에 장식용으로 사용하는 공 모양의 옥돌.

아주 정중히 예를 차렸다. 서로 인사를 나눈 뒤에 송강신이 말했다.

"제가 남몰래 물가에서 범 상국(范相國 : 범여)94)을 이끌고 왔습니다."

곧 베옷을 걸친 사람이 검을 차고 앞으로 나오자 잡계신과 태호신이 말했다.

"삼가 고명(高名)을 흠모한 지 실로 오래되었소이다."

범 군(范君 : 범여)이 말했다.

"저의 보잘것없는 덕이 아직 없어지지 않았는지라 오(吳) 땅 사람들이 저의 은덕을 기려 강가에 사당을 세우고 매년 봄과 가을에 소박한 제사를 차려 주고 있습니다. 방금 시골 막걸리에 취해 있다가 강공(江公 : 송강신)에게 이끌려 와서 당돌하게 이런 성대한 연회에 참석하고 보니 더욱 부끄럽고 두렵습니다."

그들은 서로 겸양하며 성문으로 들어갔다. 그들이 자리를 잡고 난 뒤에 늙은 교룡이 앞으로 나아와 소리쳤다.

"상왕(湘王 : 상수신)께서 성에서 2리 떨어진 곳에 당도했습니다!"

---

94) 범 상국(范相國) : 범여(范蠡). 월왕(越王) 구천(勾踐)의 재상으로, 오(吳)를 멸한 뒤 오호(五湖)에 배를 띄우고 떠돌아다녔다고 한다.

잠시 후 거마(車馬) 소리가 가득 울리면서 녹색 옷에 검은 관을 쓴, 기백과 풍모가 매우 훌륭한 자가 당도했는데, 앞뒤로 그를 인도하고 따르는 시종들이 100여 명이나 되었다. 상왕은 계단에 오른 뒤 세 신과 상견하면서 말했다.

　　"마침 멱라강(汨羅江)의 굴 부사(屈副使 : 굴원)와 함께 왔습니다."

　　이어서 용모가 초췌한 사람이 허리를 굽히고 들어왔다. 굴원(屈原)이 막 자리에 앉자 범 상국이 웃으며 굴원에게 말했다.

　　"당신은 방축당한 신하로서 참소의 흔적이 아직 없어지지 않았는데, 무슨 면목으로 또 이런 연회에 끼어들었소?" 미 : 매번 보면 소설가들이 걸핏하면 범 상국을 깎아내리는데, 대저 이렇게 함으로써 부귀하고 교만한 무리를 투영한다.

　　굴 대부(屈大夫 : 굴원)가 말했다.

　　"그렇지만 내가 듣기에 일곱 겹의 갑옷을 뚫을 수 있는 화살로는 새장 속의 새를 쏘지 않고, 엄청나게 큰 홍종(洪鍾)을 절단할 수 있는 검으로는 음식상 위의 고기를 자르지 않는다고 했습니다. 또한 당신은 오(吳)를 멸망시키고 월(越)이 패권을 차지하게 했으며, 공을 이룬 뒤 물러나 오호(五湖)에서 소요하면서 만고(萬古)에 명성을 찬란히 빛내고 있습니다. 그래서 비천한 저는 당신의 높은 명성을 남몰래 우러르면서 감히 보통 마음으로 삼가 대하지 못합니다. 그런데 어찌하여 당신은 오늘 성대한 연회에서 저를 놀리면서 방축당한 신에게 위세를 부리십니까? 이는 새장 속의 병든 새를 쏘고 음식상 위의 썩은 고기를 자르는 것과 무엇이 다릅니까? 삼가 생각건대 군자는 황금 살촉과 날카로운 칼날을 아끼는 법입니다."

이에 상수신(湘水神)은 감동한 표정을 지으며 범 군에게 벌주를 내리라고 명했다. 범 군이 막 벌주를 마시려고 할 때, 여악(女樂) 수십 명이 모두 연주할 악기를 들고 무대에 섰다. 그때 배우가 소리쳤다.

"백발 미녀는 〈공무도하가(公無渡河歌)〉를 부르시오!"

그 가사는 다음과 같았다.

"탁한 파도 출렁이어 새벽안개 차갑게 엉기는데, 임은 강을 건너지 말아야 하거늘 끝내 건너갔네. 바람 불어 물결 거세니 임은 불러도 듣지 못해, 옷 걷고 바라보며 강 가운데로 들어갔네. 물결은 옷을 휘감으며 걸음 따라 임을 삼키니, 물에 잠긴 시체는 깊숙이 교룡의 소굴로 들어갔네. 교룡은 임의 피 죄다 빨아 마셔 실컷 취하고, 임의 뼈를 누런 모래로 밀쳐 내 떠오르게 했네. 이제 임이 죽었으니 첩은 어디로 갈 거나? 일렁이는 파도로 뛰어들어 임의 혼백과 만나야겠네. 돌을 물어 날라 바다를 메웠다는 정위(精衛)의 마음 지니고서, 강의 근원을 끝까지 찾아내 그 수맥을 막고 싶네." 미: 노래가 멋지다.

백발 미녀가 노래를 끝내자 배우가 다시 소리쳤다.

"사추낭(謝秋娘)95)은 〈채상곡(採桑曲)〉을 춤추시오!"

그 곡은 모두 10여 첩(疊)이었으며 곡조가 애절했다. 춤이 채 끝나기 전에 밖에서 알리는 소리가 들렸다.

"신도 선생(申徒先生 : 신도적)96)이 강가에서 오고, 서 처사(徐處士 : 서연)97)와 치이군(鴟夷君 : 오자서)98)이 바닷가에서 왔습니다."

이어서 그들이 인도자를 따라 안으로 들어오자, 네 신이 예를 갖추어 극진히 대접했다. 굴 대부가 말했다.

"그대들은 독에 들어가 연못에 빠져 죽고, 돌을 끌어안고

---

95) 사추낭(謝秋娘) : 당나라 재상 이덕유(李德裕)의 가희(歌姬).

96) 신도 선생(申徒先生) : 신도적(申徒狄). "신도"는 "신도(申屠)"라고 쓰기도 한다. 은(殷)나라 말 사람으로 주왕(紂王)의 실정으로 천하가 어지러워지자 독에 들어가 스스로 연못에 빠져 죽었다고 한다. 또는 하(夏)나라 사람으로 탕왕(湯王)이 천하를 차지하자 이를 치욕으로 여겨 돌을 끌어안고 강에 빠져 죽었다고도 한다.

97) 서 처사(徐處士) : 서연(徐衍). 주(周)나라 말 사람으로 어지러운 세상을 싫어해 돌을 끌어안고 바다에 빠져 죽었다고 한다.

98) 치이군(鴟夷君) : 오자서(伍子胥). 오왕 부차(夫差)의 신하. 부차는 그의 간언을 듣지 않고 그에게 검을 내려 자결하게 했으며, 그의 시체를 술 담는 가죽 부대에 담아 강에 던졌다. 그는 죽을 때 자신의 눈을 도려내서 성벽 위에 걸어 두어 월군(越軍)의 침입을 지켜보게 해 달라고 했다.

바다에 빠져 죽고, 눈을 도려내 성벽에 걸어 둔 자들이 아니오? 나에게 벗이 생겼군요." 미 : 범 대부(范大夫 : 범여)는 이때에 응당 의기소침했을 것이다.

그리하여 붉은 현악기가 청아하게 울리고 맑은 관악기가 느긋하게 연주되었다. 술을 따른 옥술잔이 바삐 오갔으며 산해진미 중에 갖춰지지 않은 것이 없었다. 사추낭의 춤이 끝나자 배우가 또 소리쳤다.

"조아(曹娥)99)는 〈원강파(怨江波)〉를 부르시오!"

그 곡은 모두 5첩이었는데 조아의 노래가 끝나자 온 좌중이 슬픈 표정을 지었다. 송강신이 술을 따르자 태호신이 일어나 춤을 추면서 노래를 지어 불렀다.

"흰 이슬 널리 맺히고 서풍은 높이 부는데, 만 리의 푸른 물결 거센 파도로 출렁이네. 물을 세상에서 가장 부드러운 것이라고 말하지 마시라, 배 띄우고 배 뒤집는 건 모두 우리 손에 달렸으니."

이어서 송강신이 술잔을 비우고 난 뒤, 일어나 춤을 추면서 노래를 지어 불렀다.

"그대는 보지 못했는가, 밤 되어 나루터에 모인 배 천 척,

---

99) 조아(曹娥) : 동한 때의 효녀. 부친이 강에 빠져 죽었으나 시체를 찾지 못했는데, 당시 열네 살 된 조아가 스스로 강에 빠져 죽은 뒤 나중에 부친의 시체를 업고 떠올랐다고 한다.

그 안에 실려 있는 만백성에게서 짜낸 피땀을. 높다란 배들이 첩첩한 파도에 표류하니, 한스럽게도 보물 또한 기러기 털보다 가볍다네. 또 보지 못했는가, 조수 밀려올 때 나루터에 매어 둔 작은 배 한 척, 그 안에 타고 있는 푸른 도포 입은 선비 한 명을. 읍재(邑宰 : 현령)로 부임하러 가는 좋은 날에, 성난 파도와 울부짖는 바람에 운명을 맡긴다네. 이로써 알겠나니 명성에 빠진 자와 이득에 빠진 자는, 수부(水府)의 물고기 밥을 면치 못함을."

상왕이 술잔을 들자 잡계신이 노래를 불렀다.

"산세(山勢)는 물길을 휘감아 돌며 나뉘고, 짙푸른 물빛과 산색(山色)은 구름에 맞닿아 있네. 사시의 경물은 모두 시인에 의해 읊어지니, 오흥태수(吳興太守) 유 사군(柳使君 : 유운)[100]을 바빠 죽게 만드는구나."

술잔이 잡계신에게 이르자 상왕이 노래를 불렀다.

"아득히 안개 낀 파도는 구의산(九嶷山)[101]에 닿아 있는

---

100) 유 사군(柳使君) : 유운(柳惲). 남조 제(齊)나라와 양(梁)나라 때의 대신(大臣)이자 시인. 제나라 때는 태자세마(太子洗馬)를 지냈고, 양나라 때는 시중(侍中)·비서감(秘書監)을 지낸 뒤 두 번이나 오흥태수(吳興太守)가 되어 선정(善政)을 베풀었다. 시에 뛰어났으며 음악에도 조예가 있었다. 일찍이 심약(沈約) 등과 함께 새로운 악률을 제정했다.

101) 구의산(九嶷山) : 전설에 따르면, 순(舜)임금이 남쪽을 순수하다

데, 몇 사람이나 이곳을 지나며 강리(江籬 : 향초 이름) 보고 울었나?[102] 해마다 초록빛 강물에 푸른 산색, 중화(重華 : 순임금) 님 남순(南巡)할 때와 바뀌지 않았네."

이번에는 범 상국이 〈경회야연(境會夜宴)〉이란 시를 지어 바쳤다.

"광활하고 맑은 파도에 가을 기운 서늘한데, 깊숙한 수궁(水宮)에 초저녁이 길구나. 가련하게도 벼슬에서 물러나 오호(五湖)의 나그네 되었으나, 무슨 요행으로 뒤늦게 백곡왕(百谷王)을 모시게 되었나? 향기롭게 하늘거리는 푸른 구름은 잔치 자리에서 일고, 바삐 오가는 백옥 술잔엔 초장(椒漿)[103]이 넘치네. 주흥(酒興)에 겨워 홀로 작은 배 타고 떠나, 웃으며 금고(琴高)[104]의 불사향(不死鄕)[105]으로 들어가네."

처사 서연(徐衍) · 굴 대부 · 신도 선생 · 치이군도 모두

가 죽어 이 산에 묻혔다고 한다.

102) 이곳을 지나며 강리(江籬 : 향초 이름) 보고 울었나? : 당나라 때 구의산 일대가 귀양지였다.

103) 초장(椒漿) : 산초(山椒)로 담근 술.

104) 금고(琴高) : 옛 신선. 《열선전(列仙傳)》에 따르면, 그는 붉은 잉어를 타고 탁수(涿水) 속으로 들어갔다고 한다.

105) 불사향(不死鄕) : 선향(仙鄕). 여기서는 수궁(水宮)을 말한다.

시를 지었다. 노래가 끝났을 때 잡군 성루의 북소리가 멈추고 산사의 새벽 종소리가 울리자 회오리바람이 마구 불고 검은 구름이 사방에서 일어났는데, 물결 사이에서 거마 소리가 여전히 시끄럽게 들리더니 잠시 후 아무것도 보이지 않았다. 동이 터서 물색을 분간할 수 있게 되었을 때, 커다란 거북이 다시 강 가운데에서 머리를 내밀고 장침을 돌아보고는 떠나갔다.

雪人蔣琛, 精熟二經, 嘗敎授於鄕里. 每秋冬, 於雪溪·太湖中流, 設網罟以給食. 嘗獲巨龜, 以其質狀殊異, 乃釋之. 龜及中流, 凡返顧六七. 後歲餘, 一夕, 風雨晦冥, 聞波間汹涌聲, 則前之龜扣舷人立而言曰: "今夕太湖·雪溪·松江神境會, 川瀆諸長, 亦聞應召, 開筵解楊, 密邇漁舟. 以足下淹滯此地, 持網且久, 纖鱗細介, 苦於數罟, 脫禍之輩, 常懷怨心. 恐水族乘便, 得肆胸臆. 昔日恩遇, 常貯慤誠, 由斯而來, 冀答萬一. 能退咫尺以遠害乎?" 琛曰: "諾." 遂於安流中纜舟以伺焉. 未頃, 有龜黿魚鱉, 不可勝計, 周匝二里餘, 壓波爲城, 遏浪爲地, 辟三門, 垣通衢, 異怪千餘. 皆人質螭首, 執戈戟, 列行伍, 守衛如有所待. 續有蛟蜃數十, 東西馳來, 乃噓氣爲樓臺, 瓊宮珠殿, 歌筵舞席, 頃刻畢備. 其尊罍·器皿·玩用之物, 皆非人世所有. 又有神魚數百, 吐火珠, 引甲士百餘輩, 擁靑衣黑冠者, 由雪溪南津而出. 復見水獸, 亦數百, 銜耀, 引鐵騎二百餘, 擁朱衣赤冠者, 自太湖中流而來. 至城門, 下馬交拜. 溪神曰: "一不展覿, 五紀于茲, 雖魚雁不絶, 而笑言久曠. 勤企盛德, 衷腸怒然." 湖神曰: "我心亦如之." 揖讓次, 有老蛟前唱曰: "安流王上馬!" 於是二神立候焉.則有衣虎豹之衣,朱其額,青其足,執蠟炬,引旌旗戈甲之卒,凡千餘,擁紫衣朱冠者,自松江西泒而至.二神迎於門,設禮甚謹.敘暄涼竟,江神曰:"竊於水濱拉得范相國來."乃有披褐者,仗劍而前,溪湖神曰:"欽奉實久."范君曰:"涼德未泯,吳人懷恩,立祠於江濆,春秋設薄祀.爲村醑所困,遂爲江公驅來,唐突盛筵,益增慚慄."於是揖讓入門.既卽席,則有老蛟前唱曰:"湘王去城二里!"俄聞輧闐車馬聲,則有綠衣玄冠者,氣貌甚偉,騶殿亦百餘.既升階,與三神相見,曰:"適輒與汨羅屈副使俱來."乃有容貌慘悴者,傴僂而進.方卽席,范相笑謂屈原曰:"放逐之臣,讒痕未滅,何慘面目,更獵杯盤?"眉:每見小說家輒抑范相,大抵借以影富貴驕人之輩.屈大夫曰:"雖然,吾聞穿七札之箭,不射籠中之鳥,刜洪鍾之劍,不剸几上之肉.且足下亡吳霸越,功成身退,逍遙五湖,輝煥萬古.故鄙夫竊仰重名,不敢以常意奉待.何今日肆戲謔於綺席,恃意氣於放臣?則何異射病鳥於籠中,剸腐肉於几上?竊於君子惜金鏃與利刃也."於是湘神動色,命酒罰范君.君將飲,有女樂數十輩,皆執所習於舞筵.有俳優揚言曰:"皤皤[1]美女,唱〈公無渡河歌〉!"其詞曰:"濁波揚揚兮凝曉霧,公無渡河兮公竟渡.風號水激兮呼不聞,提衣看入兮中流去.浪排衣兮隨步沒,沈尸深入兮蛟螭窟.蛟螭盡醉兮君血乾,推出黃沙兮泛君骨.當時君死兮妾何適?遂就波瀾兮合魂魄.願持精衛銜石心,窮河源兮塞泉脈."眉:歌佳.歌竟,俳優復揚言:"謝秋娘〈採桑曲〉!"凡十餘疊,曲韻哀怨.舞未竟,外有宣言:"申徒先生從河上來,徐處士與鴟夷君自海濱至."乃隨導而入,四神禮接甚厚.屈大夫曰:"子非蹈甕·抱石·抉眼之徒與?余得朋矣."眉:范大夫此際應爲短氣.於是朱弦雅張,清管徐奏,酌瑤觥,飛玉觴,陸海珍味,靡不臻極.舞竟,俳優又揚言:"曹娥唱〈怨江波〉!"凡五疊, 歌竟, 四座爲之慘容. 江神把酒, 太湖神起舞作歌曰: "白露溥兮西風高, 碧波萬里兮翻洪濤. 莫言天下至柔者, 載舟覆舟皆我曹." 江神傾杯, 起舞作歌曰: "君不見, 夜來渡口擁千艘, 中載萬姓之脂膏. 當樓船泛泛於疊浪, 恨珠貝又輕於鴻毛. 又不見, 潮來津亭維一舠, 中有一士靑其袍. 赴宰邑之良日, 任波吼而風號. 是知溺名溺利者, 不免爲水府之腥臊." 湘王持杯, 霅溪神歌曰: "山勢縈廻水脈分, 水光山色翠連雲. 四時盡入詩人咏, 役殺吳興柳使君." 酒至溪神, 湘王歌曰: "渺渺烟波接九嶷, 幾人經此泣江蘺? 年年綠水靑山色, 不改重華南狩時." 於是范相國獻〈境會夜宴〉詩曰: "浪闊波澄秋氣凉, 沉沉水殿夜初長. 自憐休退五湖客, 何幸追陪百谷王? 香裊碧雲飄几席, 魷飛白玉灩椒漿. 酒酣獨泛扁舟去, 笑入琴高不死鄕." 徐衍處士·屈大夫·申屠先生·鴟夷君皆有詩. 歌終, 霅郡城樓鼓絶, 山寺鍾鳴, 而飄風勃興, 玄雲四起, 波間車馬音猶合沓, 頃之, 無所見. 曙色旣分, 巨黿復延首於中流, 顧眄琛而去.

* 이 고사는《태평광기》권309〈신·장침(蔣琛)〉에 실려 있다.

1 사추낭(謝秋娘):《태평광기》진전(陳鱣) 교본에는 이 뒤에 "무(舞)" 자가 있는데, 문맥상 타당하다.

53-17(1592) 이빙

이빙(李冰)

출《성도지(成都志)》

　　이빙이 촉군태수(蜀郡太守)로 있을 때, 교룡이 해마다 횡포를 부려 백성이 물에 떠다니며 서로 쳐다만 보았다. 그래서 이빙은 교룡을 죽이러 강 속으로 들어가 소의 모습으로 변했는데, 강신(江神)이 용이 되어 날뛰는 바람에 이빙은 이기지 못했다. 이빙은 강에서 나온 뒤, 군졸 중에서 용감한 자 수백 명을 선발해 강한 활과 큰 화살을 들게 하고는 약속했다.

　　"내가 전에 소로 변했으니 이제 강신도 필시 소로 변할 것이다. 나는 새하얀 명주를 내 몸에 묶어 구별할 것이니, 너희는 마땅히 표식이 없는 놈을 죽여야 한다."

　　이빙은 마침내 큰 소리를 지르며 강 속으로 들어갔다. 잠시 후 천둥과 바람이 크게 몰아치면서 하늘과 땅이 한 색깔로 변했다. 잠시 잠잠해지더니 소 두 마리가 물가에서 싸우기 시작했다. 이 공(李公 : 이빙)이 변한 소에는 아주 길고 흰 명주가 묶여 있었기에, 무사들은 일제히 그 강신이 변한 소를 쏘아 마침내 죽였다. 이때부터 촉군 사람들은 더 이상 홍수 때문에 고통을 겪지 않게 되었다. 지금도 큰 파도가 밀어닥치지만 이 공의 사당에 미칠 때쯤 되면 모두 기세가 꺾여 물러가곤 한다. 그래서 봄과 겨울에 소싸움 놀이를 하는 것은 여기에서 비롯했다. 이 공의 사당 남쪽에 수천 가구가 있는데, 그곳은 강가의 낮은 지세이지만 심한 가을 홍수에도 사람들은 다른 곳으로 옮겨 가지 않는다. 또한 돌로 만든 소가 그 사당 뜰아래에 있다. 당(唐)나라 대화(大和) 5년(831)에 홍수가 무섭게 닥쳐오자, 이빙의 신령이 용이 되어 다시 [홍수를 일으킨] 용과 관구(灌口)에서 싸웠는데, 여전히 흰 명주로 표식을 삼고 있었다. 그리하여 홍수가 마침내 아래로 내려가는 바람에 좌면(左綿)과 재동(梓潼) 일대의 하천과 계곡이 모두 범람해 수십 군(郡)이 수재를 당했지만, 오직 서촉(西蜀)만 피해를 입지 않았다.

李冰爲蜀郡守, 有蛟歲暴, 漂墊相望. 冰乃入水戮蛟, 已爲牛形, 江神龍躍, 冰不勝. 及出, 選卒之勇者數百, 持强弓大箭, 約曰:"吾前者爲牛, 今江神必亦爲牛矣. 我以太白練自束以辨, 汝當殺其無記者." 遂吼呼而入. 須臾, 雷風大起, 天地一色. 稍定, 有二牛鬪於上. 公練甚長白, 武士乃齊射其神, 遂斃. 從此蜀人不復爲水所病. 至今大浪冲濤, 欲及公之祠, 皆彌彌而去. 故春冬設有鬪牛之戲, 由此也. 祠南數千家, 邊江低圻, 雖甚秋潦, 亦不移適. 有石牛, 在廟庭下. 唐大和五年, 洪水驚潰, 冰神爲龍, 復與龍鬪於灌口, 猶以白練爲志. 水遂漂下, 左綿·梓潼, 皆浮川溢峽, 傷數十郡, 唯西蜀無害.

* 이 고사는 《태평광기》 권291 〈신·이빙〉에 실려 있다.

53-18(1593) 남강묘와 분하신

남강묘 · 분하신(南康廟 · 汾河神)

출《술이기(述異記)》출《북사(北史)》

[동진] 의희(義熙) 4년(408)에 노순(盧循)은 광주(廣州)에서 암암리에 역모를 계획하면서, 은밀히 남강묘로 사람을 보내 기도하게 했다. 희생을 바쳐 제사 지내고 음악을 연주하고 난 뒤에 사자는 한 사람을 보았는데, 무관(武冠)에 붉은 옷을 입고 자리 중앙에 앉아 말했다.

"노 정로(盧征虜 : 노순)가 만약 거사해 이곳에 이르면 응당 물로 전송해 줄 것이오."

의희 6년(410) 봄에 노순은 마침내 무리를 거느리고 곧장 장사(長沙)로 나아갔으며, 서도복(徐道覆)을 파견해 오령(五嶺)을 넘어 남강으로 가게 했다. 서도복은 12척의 전선(戰船)을 준비했는데, 전선의 망루 높이가 10여 장(丈)이나 되었다. 전선 준비를 막 끝냈을 때 하루 밤낮으로 큰비가 내려 강물이 4장이나 불어나자, 서도복은 물결을 따라 내려가 파릉(巴陵)에서 노순과 합류한 뒤, 도성으로 진격했으나 노순은 패전하고 말았다. 홍수를 내린 것은 바로 신이 노순의 멸망을 재촉한 것이었다.

[북조] 후위(後魏 : 북위)의 효장제(孝莊帝)가 이주영(爾

朱榮)을 주살한 뒤에, 이주영의 조카 이주조(爾朱兆)가 분주(汾州)에서 기병을 통솔해 낙양(洛陽)을 공격했다. 이주조의 군대는 하량(河梁)에서 서쪽으로 황하를 건너와 도성을 습격했다. 이에 앞서 황하 가에 사는 한 사람의 꿈에 신이 나타나 말했다.

"지금 이주씨(爾朱氏)가 황하를 건너려 하는데, 너를 파진령(波津令)으로 삼을 것이니 너는 수맥(水脈)을 단속해야 할 것이니라."

이주조는 황하 가에 당도해 한 사람을 만났는데, 그는 자신이 물길의 깊고 얕은 곳을 안다고 하면서 풀 다발 표식을 꽂아 길을 인도한 뒤에 홀연히 사라졌다. 이주조의 군대는 마침내 황하를 건너가서 이윽고 도성을 함락하고 효장제를 시해했다.

평 : 간웅(奸雄)도 운에 응해서 태어나기 때문에 귀신이 그를 위해 쓰인다. 노순 같은 경우는 운이 다했을 뿐이다.

義熙四年, 盧循在廣州, 陰規逆謀, 潛遣人到南康廟祈請. 既奠牲奏鼓, 使者獨見一人, 武冠朱衣, 中筵而坐曰:"盧征虜若起事, 至此, 當以水相送." 六年春, 循遂率衆直造長沙, 遣徐道覆逾嶺, 至南康. 裝艦十二, 艦樓十餘丈. 舟裝始辦, 大雨一日一夜, 水起四丈, 道覆凌波而下, 與循會巴陵, 至都而循戰敗. 洪潦之降, 乃神速其誅也.
後魏孝莊帝既誅爾朱榮, 榮從子兆自汾州率騎攻洛. 師自河梁西涉, 掩襲京邑. 先是河邊有一人, 夢神謂曰:"爾朱家欲渡河, 用爾作波津令, 當爲縮水脈." 及兆至, 見一人, 自言知水深淺處, 以草表揷導, 忽失所在. 兆衆遂涉焉, 尋而陷京, 弑莊帝.

評:奸雄亦應運而生, 故鬼神爲之用. 若盧循, 則運盡耳.

* 이 고사는 《태평광기》 권295 〈신·노순(盧循)〉, 권296 〈신·이주조(爾朱兆)〉에 실려 있다.

53-19(1594) 적수신

적수신(赤水神)

출《선실지》

[당나라] 정원(貞元) 연간(785~805) 초에 진군(陳郡)의 원생(袁生)은 당안현(唐安縣)의 참군(參軍)으로 있다가 임기가 끝난 뒤 파천(巴川)을 유람하다가 한 객사에 묵었다. 그런데 갑자기 흰옷을 입은 사람이 찾아오더니 자신을 고씨(高氏) 집안의 아들이라고 하면서 점술에 뛰어나다고 했다. 그래서 원생이 물어보았더니 그 사람이 원생의 과거 일을 말했는데, 마치 목격한 것처럼 하나하나 말해서 원생은 깜짝 놀랐다. 그날 저녁에 밤이 깊어지자 그 사람이 은밀히 원생에게 말했다.

"나는 사람이 아닙니다. 당신에게 한 가지 털어놓고 싶은 일이 있는데 괜찮겠습니까?"

원생은 그 말을 듣고 두려워하면서 즉시 일어나 말했다.

"당신은 귀신이오? 나에게 화를 끼칠 작정이오?"

고생(高生)이 말했다.

"아닙니다. 이렇게 찾아온 것은 부탁할 일이 있어서입니다. 나는 적수신으로, 사당이 신명현(新明縣)의 남쪽에 있습니다. 지난해에 몇 개월 동안 비가 계속 내리는 바람에 사당이 모두 무너져 비바람에 침식되고 있습니다. 당신은 이듬해 틀림없이 신명현령에 임명될 것인데, 그때 만약 나를 위해 사당을 다시 지어 주고 때에 맞춰 제사를 지내 준다면 정말 좋겠습니다."

적수신이 또 말했다.

"당신은 처음 현읍에 도착하게 되면 반드시 나를 한번 보러 오십시오. 그러나 신과 사람은 마땅히 거리를 두어야 하니 노복이나 부하 관리를 물리치고 오시면, 자세히 말씀드리도록 하겠습니다."

원생은 모두 허락했다. 그해 겨울에 원생은 과연 신명현령에 임명되었다. 원생이 부임하고 나서 수소문해 보았더니, 정말 적수신의 사당이 현의 남쪽 몇 리 떨어진 곳에 있었다. 원생은 열흘 남짓 뒤에 마침내 사당을 찾아갔는데, 사당에서 100여 보 못 미친 곳에서 말에서 내려 수레와 부하 관리들을 물리치고 혼자 사당 안으로 들어가서 보았더니, 처마는 허물어져 있고 거친 다북쑥이 쌓여 있었다. 원생이 한참 동안 우두커니 서서 바라보고 있을 때, 흰옷을 입은 한 사내가 사당 뒤편에서 나왔는데 바로 고생이었다. 고생은 아주 기쁜 기색으로 원생에게 절을 하고 말했다.

"당신은 전에 한 약속을 잊지 않고 마침내 나를 찾아오셨군요."

그리하여 두 사람은 함께 사당 안으로 갔는데, 한 노승이 담벼락 아래에서 차꼬와 수갑을 차고 있고 그 옆에 몇 사람이 서 있는 것이 보였다. 원생이 물었다.

"저 사람은 무엇 때문에 저러고 있습니까?"

적수신이 말했다.

"현의 동쪽 절에 있는 도성 법사(道成法師)인데, 전생의 죄업이 있어서 내가 1년 동안 묶어 두고 아침저녁으로 매질하고 있습니다. 지금부터 열흘쯤 뒤에 풀어 줄 것입니다."

원생이 또 말했다.

"저 스님은 아직 살아 있는데 어떻게 이곳에 묶어 놓을 수 있습니까?"

적수신이 말했다.

"살아 있는 사람의 영혼을 묶어 놓으면 그 사람은 저절로 중병을 앓게 됩니다."

적수신은 원생에게 말했다.

"당신이 다행히 나에게 사당을 세워 주겠다고 허락했으니 빨리 시작하십시오."

원생이 말했다.

"감히 잊지 않고 있습니다."

원생은 돌아와서 그 공사를 계산해 보았지만, 너무 가난해서 자금을 마련할 수 없었다. 그래서 원생은 생각했다.

"신인의 말에 따르면, 도성 법사는 병이 들었고 열흘쯤 뒤에 풀어 줄 것이라고 했다."

그리하여 원생이 곧장 현 동쪽의 절로 갔더니, 과연 도성 법사란 사람이 1년째 병석에 누워 있었고 아침저녁으로 온몸이 고통에 시달리고 있었다. 원생이 말했다.

"법사의 병을 내가 낫게 할 수 있는데, 그렇게 되면 돈을 내어 적수신의 사당을 세워 줄 수 있겠습니까?"

도성 법사가 말했다.

"병이 과연 낫는다면 어찌 돈이 문제이겠습니까?"

원생은 즉시 속이며 말했다.

"나는 귀신을 잘 봅니다. 근자에 적수신의 사당에 갔다가 보았더니, 법사의 혼이 차꼬와 수갑을 찬 채 담벼락 아래에 묶여 있었습니다. 그래서 적수신을 불러 어찌 된 일인지 물어보았더니 적수신이 말하길, '이 스님은 전생의 죄업이 있기 때문에 여기에 붙잡아 두었습니다'라고 했습니다. 미: 곧 이곧대로 말한 것이 일을 그르쳤다. 나는 법사의 고통을 불쌍히 여겨 적수신에게 말하길, '얼른 풀어 주면 반드시 스님에게 사당을 지으라고 하겠습니다'라고 했습니다. 적수신은 기뻐하면서 나에게 허락하며 말하길, '지금부터 열흘쯤 뒤에 반드시 그의 죄를 용서해 주겠습니다'라고 했습니다. 그래서 내가 법사께 알려 드리니, 병이 장차 낫거든 마땅히 적수신의 사당을 세워야 합니다. 병이 나았다고 그 마음을 게을리 해서는 안 되니, 그렇게 하면 화가 곧 미칠 것입니다."

도성 법사가 거짓으로 말했다.

"삼가 분부를 받겠습니다."

열흘쯤 뒤에 도성 법사는 과연 병이 나았다. 그러자 문제자를 불러 말했다.

"내가 어려서 집을 버리고 불법을 공부한 지 오늘까지 50년이 되었는데, 불행히도 중병에 걸렸다. 얼마 전에 원 군(袁君 : 원생)이 나에게 말하길, '법사의 병은 적수신이 일으킨 것이니, 병이 낫거든 그의 사당을 보수하는 것이 좋겠습니다'라고 했다. 대저 신의 사당을 짓는 것은 만민을 보우하고 복을 빌면 응답을 받고자 하기 때문이다. 그런데 지금 적수신이 이미 나에게 해를 입혔으니 어찌 그것을 없애지 않을 수 있겠느냐?" 미 : 옳은 말이다.

그러고는 즉시 문도들과 함께 삽을 들고 사당으로 가서 신상과 사당을 하나도 남김없이 모두 없애 버렸다. 도성 법사가 이튿날 원생을 찾아갔는데, 원생이 그의 병이 나은 것을 기뻐하며 빨리 사당을 보수하라고 하자 도성 법사가 대답했다.

"신이 사람에게 복을 주지 않고 도리어 사람에게 해를 끼쳤기에 이미 그 사당을 모두 허물어 버렸습니다."

원생은 크게 놀라면서 마침내 사과했다. 도성 법사는 기운이 더욱 왕성해졌지만 원생은 몹시 두려움에 떨었다. 미 : 원생은 현령인데 중을 막을 수 없었는가? 달포 뒤에 한 하급 관리가 죄를 짓자 원생이 그를 매질했는데, 얼마 되지 않아 그 관리가 죽자 그의 집에서 원생을 군부(郡府)에 고소해서 원생은 단계현(端溪縣)으로 유배되었다. 원생은 삼협(三峽)에 이르렀을 때 문득 길옆에 서 있는 흰옷 입은 사람을 만났는데, 자세히 보았더니 바로 적수신이었다. 적수신이 말했다.

"일전에 당신에게 내 사당을 보수해 달라고 부탁했는데, 어찌하여 도리어 사당을 부수고 신상을 버려서 하루아침에 돌아갈 곳이 없게 만들었소? 이는 당신의 죄요. 지금 당신이 이 궁벽한 곳으로 쫓겨 온 것은 또한 내가 복수한 것이오."

원생은 즉시 사죄하며 말했다.

"당신의 사당을 허문 자는 도성 법사인데 어찌하여 나에게 죄를 묻습니까?"

적수신이 말했다.

"도성 법사는 복덕이 아주 성대해서 내가 건드릴 수 없지만, 지금 당신은 복록과 수명이 다했기 때문에 내가 복수할 수 있소."

말을 마치고는 사라졌다. 원생은 꺼림칙해하다가 며칠 뒤에 결국 병에 걸려 죽었다. 미 : 신도(神道)에서도 덕이 높은 자에게는 겸양하지만 약한 자에게는 능멸함이 심하니, 인간 세상과 무엇이 다른가? 아! 비웃을 만하다.

貞元初, 陳郡袁生者, 自唐安參軍罷秩, 遊巴川, 舍於逆旅氏. 忽有白衣來謁, 自稱高氏子, 善算. 生卽訊之, 述旣往事, 一一如睹. 生大驚. 是夕, 夜旣深, 密謂袁生曰 : "我非人也.

幸一陳於君子,可乎?"袁生聞之懼,卽起曰:"君鬼耶?是將禍我?"高生曰:"非也.所以來者,將有託耳.我赤水神,有祠在新明之南.去歲淫雨數月,居舍盡圮,風日侵鑠.子來歲當調補新明令,儻爲我重建祠宇,以時奠祀,幸甚."又曰:"君初至邑時,當一見詣.然而神人理隔,當屏去僕吏,冀盡一言耳."袁生皆諾之.是歲冬,袁生果補新明令.及至訊之,果有赤水神廟,在縣南數里.旬餘,遂詣之,未至百餘步,下馬,屏車吏,獨入廟中,見其檐宇摧毀,蓬荒如積.佇望久之,有一白衣丈夫自廟後來,高生也.色甚喜,旣拜,謂袁曰:"君不忘前約,乃詣我."於是偕行廟中,見階垣下有一老僧,具桎梏,數人立其旁.袁生問曰:"此何爲者?"神曰:"縣東蘭若道成師也,有宿殃,吾繫之一歲矣,旦夕鞭捶.從此旬餘,當解之."袁生又曰:"僧旣存,安得繫此乎?"神曰:"以生魄繫之,其人自沉疾也."神告袁生曰:"君幸諾我建廟,可疾圖之."袁生曰:"不敢忘."旣歸,將計其工,然貧甚,無以爲資.因念:"神語道成之疾,旬餘當解."於是徑往縣東蘭若,果有成師者,臥疾一歲矣,旦夕則一身盡痛.袁生:"師疾我能愈之,能以緡貨建赤水神廟乎?"道成曰:"疾果愈,又安能以緡貨爲事哉?"袁生卽紿曰:"吾善視鬼.近謁赤水神廟,見師魂具桎梏縶於垣下.因召神問其事,曰:'此僧有宿殃,故縶於此.'眉:老實誤事.吾憐師之苦,因告其神:'可疾解之,當命此僧修建廟宇.'神喜而諾我曰:'從此去旬餘,當捨其罪.'吾故告師,疾將愈,宜修赤水神廟也.無以疾愈,遂怠其心,如此則禍且及矣."道成僞語曰:"敬受敎."後旬餘,果愈.因召門弟子告曰:"吾少年棄家,學浮屠氏法,迨今年五十,不幸沉疾.向者袁君謂我曰:'師病,赤水神所爲也,疾愈,可修補其廟.'夫置神廟者,所以祐兆人,祈福應.今旣有害於我,安得不除之?"眉:說自正.卽與其徒,持鍤詣廟,盡去神像及祠宇, 無一遺者. 又明日, 謁袁生, 生喜其病愈, 且趣之修廟, 答言:"神不福人而爲害於人, 已盡毀其廟矣." 袁生大驚, 遂謝之. 道成氣益豐, 而袁生懼甚. 眉:令不能禁僧耶? 後月餘, 吏有罪, 袁生朴之, 無何, 吏死, 其家訴於郡, 坐徙端溪. 行至三峽, 忽遇一白衣, 立於路左, 視之, 乃赤水神也. 曰:"向托君修我祠宇, 奈何反致毀棄, 使一旦無歸? 君之罪也. 君今棄逐窮荒, 亦我報仇耳." 袁生卽謝曰:"毀君者道成也, 何爲罪我?" 神曰:"道成師福盛甚, 吾不能動, 今君祿與命衰, 故我得報." 言已不見. 生惡之, 後數日, 竟以疾卒. 眉:神道亦讓高而凌深, 何怪於人? 吁! 可噬也.

* 이 고사는 《태평광기》 권306 〈신·진원생(陳袁生)〉에 실려 있다.

53-20(1595) 흑수 장군

흑수장군(黑水將軍)

출《삼수소독(三水小牘)》

익양군(弋陽郡)의 동남쪽에 흑수하(黑水河)가 있고, 그 물가에 흑수 장군의 사당이 있다. [당나라] 대화(大和) 연간 (827~835)에 설용약(薛用弱)은 의조랑(儀曹郎)으로 있다가 지방으로 나가 익양군을 다스렸는데, 정사를 엄격하게 처리했지만 잔인하지는 않았다. 어느 날 저녁에 설용약의 꿈에 찬자(贊者 : 전의관)가 나타나 말했다.

"흑수 장군께서 도착하셨습니다."

설용약이 맞이했더니 그는 체격이 장대한 대장부로, 수염과 눈매가 웅걸(雄傑)이었으며, 황금 갑옷을 입고 활집을 차고 있었다. 자리에 앉고 나서 흑수 장군이 말했다.

"나는 예전에 흑수하에 빠져 죽었지만 본디 지니고 있던 인의의 마음을 미처 펼치지 못했다고 스스로 생각했기에 천제께 상소했더니, 천제께서 '너는 저승의 지위가 높다'고 말씀하시며 이 직임을 제수하셨소. 낭중(郎中 : 설용약)이 나를 위해 강가에 사당을 지어 주면 틀림없이 이곳 백성을 보호해 주겠소."

설용약은 그렇게 하겠다고 말하며 잠에서 깼다. 설용약

은 마침내 사당을 세우고 제사를 지냈는데, 홍수와 가뭄의 재해가 생길 때마다 기도를 드리면 모두 응답이 있었다. 설용약은 갈계보검(葛谿寶劍)[106]을 가지고 있었는데, 흑수신이 설용약의 꿈에 다시 나타나 그 보검을 달라고 하자 설용약이 주겠다고 했다. 설용약은 신상 앞의 기둥을 파내고 칼집과 함께 보검을 넣어 두었으며, 밖에 작은 문을 달아 빗장과 걸쇠를 걸어 놓았다. 건부(乾符) 연간(874~879)에 역당 수천 명이 익양군의 성을 공격했는데, 굳건히 수비하는 성을 함락할 수 없자 병사를 이끌고 서쪽 의양(義陽)으로 들어갔다. 당시에 무뢰배가 사당에 보검이 있다는 사실을 역적의 비장(裨將 : 부장)에게 말했더니, 비장이 무리를 이끌고 가서 사당의 기둥을 부순 뒤 보검을 가지고 떠났다. 얼마 후 새벽에 역적들이 약탈하러 나갔는데, 안개가 사방에 자욱해 어디로 가야 할지 알 수 없었다. 그때 갑자기 한 초동(樵童)을 만나자 그를 붙잡아 앞에서 길을 인도하게 했다. 산을 넘어가자 안개가 개었는데, 그곳은 바로 의병 장주(張周)의 영채였다. 장주는 그들을 모두 죽이고 그 우두머리를 직접 사로잡아 차고 있던 보검을 풀어서 흑수 장군의 사당에 다시 돌려주었다. 지금까지도 철마다 지내는 제사를 그만두지 않

---

106) 갈계보검(葛谿寶劍) : 익양군 갈계의 물로 담금질한 명검.

고 있다.

弋陽郡東南, 有黑水河, 河滸有黑水將軍祠. 大和中, 薛用弱自儀曹郎出守此郡, 爲政嚴而不殘. 一夕, 夢贊者云 : "黑水將軍至." 延之, 乃魁岸丈夫, 鬚目雄傑, 介金附鞬. 旣坐, 曰 : "某頃溺於玆水, 自以秉仁義之心未展, 上訴於帝, 帝曰 : '爾陰位方崇.' 遂授此任. 郎中可爲立祠河上, 當保祐斯民." 言許而寤. 遂命建祠設祭, 水旱災沴, 禱之皆應. 用弱有葛谿寶劍, 復夢求之, 遂以爲贈. 仍剖神前柱, 並匣置之, 外設小扉, 加扃鐍焉. 乾符中, 賊黨數千人來攻郡城, 城守堅不可拔, 乃引兵西入義陽. 時有無賴者, 以廟劍言於賊裨將, 將乃率徒破柱取去. 旣而曉出縱掠, 氣霧四合, 莫知所如. 忽遇一樵童, 遂執之, 令前導. 旣越山, 霧開, 乃義營張周寨也. 周盡殺之, 親擒其首, 解其劍, 復歸諸廟. 至今時享不廢.

* 이 고사는《태평광기》권312〈신・서환(徐煥)〉에 실려 있다.

53-21(1596) 함하신

함하신(陷河神)

출《왕씨견문(王氏見聞)》·《북몽쇄언》

    재동현(梓潼縣)에 장악자(張惡子)의 신당이 있는데, 바로 다섯 장정이 뱀을 뽑아낸 곳이다. 옛날에 준주(巂州)의 장옹(張翁)이 계곡으로 가서 땔감을 베다가 칼날에 손가락을 다쳤는데, 피가 한 석굴 안으로 떨어지자 나뭇잎으로 덮어 놓았다. 다른 날 그곳에 가서 보았더니 그 피가 작은 뱀으로 변해 있었다. 장옹은 그 뱀을 가지고 집으로 돌아와서 여러 가지 고기를 먹었다. 뱀은 잘 길들었으며 때가 지나자 점점 자랐다. 1년 후에는 밤에 닭과 개를 훔쳐 먹었고, 2년 후에는 양과 돼지를 훔쳐 먹었다. 그 후에 현령이 말 한 마리를 잃어버렸는데, 그 자취를 추적했더니 장옹의 집으로 들어갔기에 다그쳐 물었더니 말은 이미 뱀이 삼켜 배 속에 있었다. 현령은 괴이함에 놀라며 이런 독한 동물을 키운다고 장옹을 질책했다. 장옹이 엎드려 죄를 빌자 현령은 그 뱀을 죽이려 했다. 어느 날 갑자기 천둥 번개가 크게 치더니 온 현이 한꺼번에 가라앉아 거대한 못이 되어 아득히 끝이 보이지 않았는데, 오직 장옹 부부만 살아남았다. 그 후에 장옹 부부와 뱀이 모두 사라지자 그 현을 "함하현(陷河縣)"으로 고쳤고, 사당의 뱀을 "장악자"라고 했다. 그 후에 [오호 십육국 후진(後秦)의 태조] 요장(姚萇)이 촉(蜀)을 유람하다가 재동령(梓潼嶺) 위에 이르러 길옆에서 쉬고 있었는데, 어떤 평민이 와서 요장에게 말했다.

"당신은 빨리 진(秦)나라로 돌아가시오. 진나라 사람은 장차 군주가 없게 될 것이니, 그곳을 안정시키고 구제하는 것은 당신에게 달렸소!"

요장이 그 사람의 성씨를 물으니 그가 말했다.

"나는 장악자이니 훗날 나를 잊지 마시오."

요장은 진나라로 돌아온 후에 과연 장안(長安)에서 황제가 되었다. 그래서 사자에게 명해 촉으로 가서 장악자를 찾게 했으나 찾지 못하자 마침내 그를 만난 곳에 사당을 세웠는데, 지금의 장상공묘(張相公廟)가 바로 그것이다. [당나라] 희종(僖宗)이 촉으로 행차하던 날, 그 신이 사당에서 10여 리 밖에까지 나와 줄지어 엎드려 어가를 영접했는데, 흰 안개 속에서 장악자의 모습이 보이는 듯했다. 희종은 차고 있던 검을 풀어 신에게 주면서 충심을 다해 달라고 축원했다. 신이 알려 준 기한에 반적이 평정되어 어가가 도성으로 돌아가게 되자, 희종은 신에게 많은 진귀한 보물을 주었으나 사람들은 감히 엿보지 못했다. 왕탁(王鐸)은 시를 지어 돌에 새겼다.

"밤비에 용은 삼척갑(三尺匣)을 버렸고, 봄 구름에 봉황은 구중성(九重城)으로 들어갔네."

[오대십국] 위촉(僞蜀 : 전촉) 왕건(王建)의 세자 왕원응(王元膺)은 총명하고 사리에 통달했으며 말타기와 활쏘기가 출중했다. 그런데 그는 어금니가 늘 입 밖으로 나와 있어서 자주 소매로 입을 가렸으며, 좌우의 시종들도 감히 그를 쳐다보지 못했다. 그는 뱀의 눈에 안색이 검었으며 흉악하고 비루한 데다 밤새 잠을 자지 않았는데, 결국에는 반역을 도모했다가 처형당했다. 그가 처형되던 날 밤에 재동현의 사당지기는 여러 차례 장악자의 질책을 받았는데 이렇게 말했다.

"내가 오랫동안 촉천(蜀川)에 있다가 지금에야 비로소 돌아왔는데, 어찌하여 사당이 이처럼 황폐하고 더러워졌느냐?"

이로 인해 촉 사람들은 왕원응이 사당 뱀의 정령이었음을 알게 되었다.

평 : 《화양국지(華陽國志)》에 따르면, [전국 시대] 진(秦)나라 혜왕(惠王)은 촉(蜀)나라 왕이 여색을 좋아한다는 것을 알고 다섯 딸을 촉나라에 시집보내기로 허락했다. 촉나라에서는 다섯 장정을 보내 그녀들을 영접했는데, 돌아오다가 재동에 이르렀을 때 뱀 한 마리가 구멍 속으로 들어가는 것을 보았다. 한 장정이 뱀의 꼬리를 잡아당겼지만 끌려 나

오지 않자, 다섯 장정이 서로 도와 크게 소리치며 뱀을 뽑아 냈다. 그 순간 산이 무너지면서 다섯 장정과 진나라 혜왕의 다섯 딸이 깔려 죽었고, 산이 다섯 봉우리로 나누어졌으며, 그 위에 평평한 바위가 놓였다. 촉나라 왕은 애통해하며 그 산을 "오녀총산(五女冢山)"이라 이름 붙이고, 평평한 바위 위에 망부후(望婦候)라 새기게 했으며, 사처대(思妻臺)를 짓게 했다. 지금은 그 산을 "오정총(五丁冢)"이라고도 부른다.

梓潼縣張惡子神, 乃五丁拔蛇之所也. 昔雟州張翁往溪谷採薪, 刃傷其指, 血滴一石穴中, 以木葉窒之. 他日往視, 化爲一小蛇. 翁取至家, 唊以雜肉. 蛇甚馴擾, 經時漸長. 一年後, 夜盜鷄犬而食, 二年後, 盜羊豕. 其後縣令失一馬, 尋其迹, 入翁之居, 迫而訪之, 已呑在蛇腹矣. 令驚異, 因責翁蓄此毒物. 翁伏罪, 欲殺之. 忽一日, 雷電大震, 一縣並陷爲巨湫, 渺彌無際, 唯張翁夫婦獨存. 其後人蛇俱失, 因改爲"陷河縣", 祠蛇曰"張惡子". 爾後姚萇遊蜀, 至梓潼嶺上, 憩於路傍, 有布衣來, 謂萇曰: "君宜早還秦. 秦人將無主, 其康濟者在君乎!" 請其氏, 曰: "吾張惡子也, 他日勿相忘." 萇還, 後果稱帝於長安. 因命使至蜀, 求之弗獲, 遂立廟於所見之處, 今張相公廟是也. 僖宗幸蜀日, 其神自廟出十餘里, 列伏迎駕, 白霧之中, 仿佛見其形. 因解佩劍賜之, 祝令效順. 指期賊平, 駕回, 廣贈珍玩, 人莫敢窺. 王鐸有詩刊石曰: "夜雨龍抛三尺匣, 春雲鳳入九重城."
僞蜀王建世子, 名元膺, 聰明博達, 騎射絶倫. 牙齒常露, 多以袖掩口, 左右不敢仰視. 蛇眼而黑色, 兇惡鄙褻, 通夜不寐, 竟以作逆伏誅. 就誅之夕, 梓潼廟祝巫爲惡子所責, 言: "我久在川, 今始方歸, 何以致廟宇荒穢如是耶?" 由是蜀人乃知膺爲廟蛇之精.

評: 按《華陽國志》: 秦惠王知蜀王好色, 許嫁五女於蜀. 蜀遣五丁迎之, 還到梓潼, 見一蛇入穴中. 一人攬其尾拽之, 不禁, 至五人相助, 大呼拔蛇. 山崩, 同時壓殺五丁及秦五女, 而山分爲五嶺, 直上有平石. 蜀王痛之, 因命曰"五女冢山", 於平石上爲望婦候, 作思妻臺. 今其山或名"五丁冢".

* 이 고사는《태평광기》권312〈신・함하신〉, 권458〈사(蛇)・장악자(張疌子)〉, 권456〈사・촉오정(蜀五丁)〉에 실려 있다.

권54 신부(神部)

신(神) 3

이 권은 대부분 저승과 모든 이름 있고 이름 없는 여러 신을 실었다.

此卷多載冥司及一切有名無名諸神.

54-1(1597) 유지감

유지감(柳智感)

출《명보록》미 : 이하는 저승이다(以下冥司).

　　[당나라] 정관(貞觀) 연간(627~649) 초에 하동(河東) 사람 유지감은 장거현령(長擧縣令)으로 있었는데, 어느 날 밤에 갑자기 죽었다가 다음 날 아침에 살아나서 다음과 같은 이야기를 했다.

　　처음에 저승 관리에게 잡혀가서 염라왕을 만났더니 염라왕이 유지감에게 말했다.

　　"지금 관직 하나가 비어 있기 때문에 그대를 모셔 와 맡기고자 하오."

　　유지감은 부모님이 연로하다고 사양하고 또한 자신의 복업(福業)을 늘어놓으면서 아직은 죽을 때가 되지 않았다고 했다. 염라왕이 명부를 조사해 보게 했더니, 정말 그러하자 유지감에게 말했다.

　　"그대는 아직 죽을 때가 아니니, 임시로 녹사(錄事)의 직무를 맡도록 하시오."

　　유지감이 허락하자 관리가 그를 데리고 물러나 관서로 갔는데, 이미 다섯 명의 판관(判官)이 있었고 유지감은 여섯 번째 판관이 되었다. 청사에 사람들이 세 칸의 방에 앉아 있었고 각자 의자와 책상이 있었으며 업무가 상당히 많았다. 서쪽 한 자리에 판관이 없었는데, 관리가 유지감을 데리고 가더니 빈자리에 앉으라고 했다. 여러 관리들이 문서와 장부를 가지고 오더니 유지감이 판결해야 할 사안을 책상 위에 놓고는 계단 아래로 물러나 서 있었다. 유지감이 왜 그러는지 묻자 그들이 대답했다.

"공에게 나쁜 기운이 미칠까 봐 단지 멀리 떨어져서 사안에 답하는 것입니다."

유지감이 문서를 읽어 보니 인간 세상의 것과 같았기에 판결문을 작성했다. 잠시 후에 음식이 나오자 판관들이 함께 식사를 하기에 유지감도 먹으러 갔더니 판관들이 말했다.

"당신은 임시로 직무를 맡고 있으니 이것을 먹으면 안 되오."

유지감은 그 말을 따랐다. 날이 저물자 관리가 유지감을 집으로 돌려보냈는데, 깨어났더니 날이 막 밝았다. 해가 지자 관리가 다시 와서 그를 맞이해 갔기 때문에 저승과 이승은 밤낮이 서로 반대임을 알았다. 그래서 유지감은 밤엔 저승의 일을 맡아보고 낮엔 현(縣)의 직무를 수행했다. 미 : 민간에 "포증(包拯 : 포청천)은 낮에는 이승의 사건을 판결하고 밤에는 저승의 사건을 판결한다"는 말이 있으니, 필시 예로부터 이런 일이 있었을 것이다. 이렇게 1년 남짓 되었을 때, 유지감은 저승의 관서에 있다가 일어나 측간에 가다가 당(堂) 서쪽에서 한 부인을 보았다. 그녀는 서른 살쯤 되었고 용모가 단정하며 옷차림이 깨끗했는데, 서서 눈물을 훔치고 있었다. 유지감이 누구냐고 묻자 그녀가 대답했다.

"저는 홍주사창참군(興州司倉參軍)의 아내입니다. 이곳으로 잡혀 오느라 방금 남편과 헤어졌기 때문에 슬퍼하는 것입니다."

유지감이 관리에게 어찌 된 일인지 묻자 관리가 말했다.

"관아에서 그녀를 잡아 와 심문해서 그 남편의 사건을 증명하고자 합니다."

그러자 유지감이 부인에게 말했다.

"나는 장거현령이오. 부인은 만약 심문을 받게 되면, 스스로 죄를 인정하고 남편인 사창을 끌어들이지 말기를 바라오. [사창을 끌어들이면] 함께 죽을 뿐 무익하오." 협 : 동료 간의 정의(情誼)가 매우 돈독하다. 미 : 유지감이 만약 마음가짐이 정직하고 충후하지 않았다면, 저승에서 필시 그의 힘을 빌리지 않았을 것이다.

부인이 말했다.

"남편을 끌어들이는 것은 진실로 원하지 않지만 관아에서 핍박할까 봐 두려울 뿐입니다." 협 : 한스럽다.

유지감이 재삼 당부하자 부인은 그렇게 하겠다고 허락했다. 유지감은 잠시 후에 홍주로 돌아가서 사창에게 물었다.

"부인에게 병이 있소?"

사창이 말했다.

"제 아내는 젊고 병도 없습니다."

유지감은 자기가 본 것을 그에게 알려 주면서 부인의 옷차림과 생김새를 말했으며, 아울러 복덕을 지으라고 권했다. 사창이 집으로 달려 돌아와서 보았더니, 부인이 베틀에서 베를 짜고 있었는데 아무 병도 없었기에 유지감의 말을 그다지 믿지 않았다. 10여 일이 지난 후에 사창의 부인이 갑자기 죽자, 사창은 비로소 두려워하며 복덕을 짓고 푸닥거리를 했다. 유지감은 매번 저승의 명부에서 가깝게 알고 지내는 사람들의 명단과 사망 날짜를 보면 그들에게 알려 주면서 복업을 닦게 해 많은 사람들이 죽음을 면할 수 있었다. 미 : 복업을 닦아 화를 면하는 것을 어찌 믿지 않을 수 있겠는가? 반드시 승려나 도사가 재를 올려 화를 옮길 수 있는 것은 아니다. 유지감이 임시 직무를 맡은 지 3년이 되었을 때 저승 관리가 와서 말했다.

"이미 융주사호(隆州司戶) 이(李) 아무개를 정식 관리에 제수해서 공을 대신하게 했습니다."

유지감이 홍주로 가서 자사(刺史) 이덕봉(李德鳳)에게 이 일을 말해 주자 이덕봉은 사람을 융주로 보내 확인하게 했는데, 사호는 이미 죽었고 그가 죽은 날짜를 물어보니 바로 저승 관리가 와서 말해 준 때였다. 이후로는 마침내 저승 관리가 찾아오지 않았다. 한번은 주부(州府)에서 유지감에게 봉주(鳳州)의 경계까지 죄수를 압송하라고 했는데, 죄수 네 명이 모두 도망치자 유지감은 걱정하고 두려워하면서 그들을 잡으려 했으나 잡지 못했다. 밤이 되어 여관에 묵었는데, 갑자기 예전의 저승 관리가 찾아와서 말했다.

"죄수들은 모두 잡았습니다. 한 명은 죽었고 나머지 세 명은 남산(南山)의 서쪽 골짜기에서 모두 이미 사로잡혔으니 공은 걱정하지 마시기 바랍니다."

저승 관리는 말을 마친 후 인사하고 떠났다. 유지감은 즉시 사람들과 함께 남산의 서쪽 골짜기로 들어가서 과연 죄수를 잡았다. 네 명의 죄수는 도망칠 수 없음을 알고 저항했다. 유지감은 그들과 격투 끝에 죄수 한 명을 죽이고 나머지 죄수 세 명을 포박했는데, 과연 저승 관리가 알려 준 그대로였다.

貞觀初, 河東柳智感爲長擧縣令, 一夜暴卒, 明旦而甦, 說云: 始爲冥官所追, 見王, 王謂感曰: "今有一官闕, 故枉君任之." 智感辭以親老, 且自陳福業, 未應便死. 王使勘籍, 信然, 因謂曰: "君未當死, 可權判錄事." 智感許諾, 吏引退, 至曹, 已有五判官, 感爲第六. 其廳事, 人坐三間, 各有床案, 務甚繁擁. 西頭一坐處無判官, 吏引智感就空坐. 群吏將文書簿帳來, 取智感署於[1]案上, 退立階下. 智感問之, 對曰: "氣惡逼公, 但遙以案中事答." 智感省讀, 如人間者, 於是爲判句文. 有頃, 食來, 諸判官同食, 智感亦欲就之, 諸判官曰: "君旣權判, 不宜食此." 感從之. 日暮, 吏送智感歸家, 甦而方曉. 及暝, 吏復來迎至彼, 故知幽顯晝夜相反矣. 於是夜判冥事, 晝臨縣職. 眉：俗有"日斷陽間夜斷陰"語, 必古來有此事. 歲餘, 智感在冥曹, 因起至厠, 於堂西見一婦女, 年三十許, 姿容端正, 衣服鮮明, 立而掩涕. 智感問何人, 答曰："興州司倉參軍之婦也. 攝來此, 方別夫子, 是以悲傷." 智感以問吏, 吏曰："官攝來, 有所案問, 且以證其夫事." 智感因謂婦人曰："感長舉縣令也. 夫人若被勘問, 幸自分就, 無爲牽引司倉, 俱死無益." 夾：僚誼甚篤. 眉：智感若非立心正直忠厚, 冥司必不借重. 婦人曰："誠不願引之, 恐官相逼耳." 夾：可恨. 感再三囑語, 婦人許之. 旣而還州, 問司倉："婦有疾否？"司倉曰："吾婦年少無疾." 智感以所見告之, 說其衣服形貌, 且勸令作福. 司倉走歸家, 見婦在機中織, 無患也, 不甚信之. 後十餘日, 司倉婦暴死, 司倉始懼, 作福禳之. 智感每於冥簿, 見其親識名狀及死時日月, 報之, 使修福, 多得免. 眉：修福免禍, 豈可不信？但必非僧道家齋醮可轉耳. 智感權判三年, 其吏來辭曰："已得隆州李司戶, 授正官以代公矣." 智感至州, 因告刺史李德鳳, 遣人往隆州審焉, 其司戶已卒, 問其死日, 卽吏來告之時也. 從此遂絶. 州司遣智感領囚送至鳳州界, 囚四人皆逃, 智感憂懼, 捕捉不獲. 夜宿傳舍, 忽見其故部吏來告曰："囚盡得矣. 一人死, 三人在南山西谷中, 並已擒縛, 願公勿憂." 言畢辭去. 智惑卽請共入南山西谷, 果得. 四囚知走不免, 因來拒抗, 智感格之, 殺一囚, 三囚受縛, 果如所告.

* 이 고사는 《태평광기》 권298 〈신・유지감〉에 실려 있다.

1 서어(署於)：금본 《명보기(冥報記)》에는 "판치어(判置於)"라 되어 있는데, 문맥상 보다 타당하다. 한편 《태평광기》 명초본에는 "서치(署置)"라 되어 있다.

54-2(1598) 시랑 장위

장위시랑(張謂侍郎)

출《집이기》

[당나라] 정원(貞元) 연간(785~805)에 심율(沈律)은 삼원현위(三原縣尉)를 지냈다. 그는 본디 읍의 서쪽에 별장을 가지고 있었는데, 그곳에서 벼슬을 하게 되자 별장을 수리했다. 별장의 북쪽으로는 평원이 10여 리가량 펼쳐져 있었는데, 옛날 무덤 터에 울타리를 쳐 놓고 소 외양간을 지었다. 나중에 심율은 임기가 끝나자 그곳으로 돌아와 농사를 지었다. 하루는 심율이 당(堂)의 동쪽 마루에서 낮잠을 자다가 깜짝 놀라 깨어 보니, 누런 옷을 입은 관리 두 명이 그에게 말했다.

"부사(府司)에서 당신을 부릅니다."

심율은 자신이 이미 관직에서 물러났기에 관부를 찾아갈 일이 없다고 생각해 거부하며 가지 않았다. 하지만 두 관리가 한사코 부르자 심율은 자기도 모르게 그들을 따라나섰다. 심율은 친한 사람들과 집안 식구들을 지나쳐 가면서 급하게 말을 걸었지만 아무도 응답하는 사람이 없었다. 두 관리가 몹시 다급하게 소리치며 그를 몰아 마침내 북쪽으로 20리쯤 갔더니 한 성읍에 도착했는데, 사람들은 드물었고 길은 잡초가 무성했다. 정전(正殿)의 동쪽 거리에 남북으로 두 개의 커다란 문이 마주하고 열려 있었다. 관리는 심율을 북문으로 데리고 들어가더니 그를 가림벽 밖에 세워 두고 안으로 들어가서 말했다.

"심율을 잡아 왔습니다."

한참 있다가 청사에서 심율의 죄상이 적힌 문건을 읽은 다음 그를 담당 관리에게 넘겨 심문하게 했다. 심율은 너무 두려운 나머지 도망쳤는데, 자기가 어디로 가는지도 몰랐다. 그는 마침내 남문으로 뛰어들어 갔는데, 문 안에는 관청이 있었고 발과 휘장이 겹겹이 쳐져 있었다. 심율이 다급한 마음에 발 아래로 곧장 들어가서 보았더니, 자색 옷을 입은 귀인(貴人)이 책상 뒤에서 잠을 자고 있었다. 심율은 몸을 맡길 데가 생겨 기뻤으나, 또 그 두 관리가 잡으러 올까 봐 두려운 마음에 숨소리가 거칠어져서 귀인을 깨우고 말았다. 자색 옷을 입은 귀인이 마침내 잠을 깨고 나서 심율을 자세히 쳐다보며 말했다.

"그대는 누구인가?"

심율이 즉시 관직과 성명을 말하자 자색 옷을 입은 사람이 말했다.

"너는 장씨(張氏) 집안의 외종손이 아니냐? 나는 네 아버지의 외숙부다. 너는 인간 세상에 있으니 시랑 장위를 알고 있겠지?"

심율이 말했다.

"어렸을 적에 들어 봤고 집에 그분의 문집이 있어서 아직도 그 글을 기억하고 있습니다."

자색 옷을 입은 귀인이 기뻐하며 말했다.

"나를 위해 한번 읊어 보거라."

심율이 읊었다.

"앵두나무는 열매 익어 처마에 드리우고, 버드나무는 가지 숙여 문으로 들어오네."

자색 옷을 입은 귀인은 크게 기뻐했다. 그때 두 관리가 뜰 앞으로 달려와서 말했다.

"추국(秋局 : 형벌을 관장하는 관서)에서 심율을 불러오라 합니다."

그들은 멀리서 절을 올리며 자색 옷 입은 귀인을 "생조(生曹)"라고 부르면서 매우 공손하게 예를 갖춰 배알했다. 자색 옷을 입은 귀인이 말했다.

"심율은 나의 외손자이니 너희는 추국에 그의 기한을 늦춰 주길 바란다고 내 뜻을 전해라."

두 관리는 명을 받들고 나갔다가 잠시 후 돌아와서 말했다.

"삼가 분부대로 했습니다."

자색 옷을 입은 귀인이 심율에게 말했다.

"너는 죽을 것이니 속히 돌아가야 한다."

심율은 감사드리고 작별하고 나왔다. 두 관리가 문에서 심율을 기다리고 있다가 웃으며 말했다.

"생조님의 은덕을 어찌 잊을 수 있겠습니까?"

그러고는 심율을 데리고 남쪽으로 갔다. 심율은 그들에게 술과 음식, 돈과 비단을 후하게 주겠다고 약속했다. 심율은 홀연히 꿈을 깬 것 같았는데 날이 이미 저문 뒤였다. 심율은 이 일을 아무에게도 말하지 않고 즉시 사람을 시켜 교외에 제단을 마련해 두 관리를 제사 지내 주게 했다. 심율은 아무 탈도 없었다. 또 닷새 후에 심율은 저녁에 별장 문에서 두 관리를 다시 만났는데 그들이 말했다.

"억울하다는 소송이 그치지 않고 있으니 당신이 증명해야 합니다."

심율이 자기가 무슨 죄를 지었냐고 묻자 두 관리가 말했다.

"당신이 소 외양간을 만들 때 옛 무덤 10개를 밀어 버렸는데, 그 일이 크게 논란이 되어 당신의 답변을 기다리고 있습니다." 미: 무덤을 밀어 버리는 일은 세상의 경계로 삼을 만하다.

심율이 말했다.

"그건 일을 맡아 했던 하인 은약(銀鑰)이 제멋대로 한 것이오."

두 관리가 서로 돌아보며 말했다.

"저분은 놔두고 대신 하인을 잡아가면 혹 될 것 같소."

그러더니 갑자기 사라졌다. 그날 밤에 은약은 기운이 빠지더니 죽었다. 며칠 후에 심율은 문득 두 관리를 다시 만났는데 그들이 말했다.

"은약은 당신이 시켜서 했다고 하면서 매우 간절하게 억울함을 호소하고 있으니, 당신이 직접 가야 합니다."

심율이 또 간청하며 특별히 한 번만 생조께 고해 달라고 부탁하자 두 관리가 허락했다. 잠시 후 두 관리가 다시 와서 말했다.

"생조님께서 당신더러 오늘 밤에 도망가 숨되 절대 이 일을 발설하지 말라고 하셨으며, 사흘 동안 숨어 있으면 일이 해결될 것이라고 하셨습니다."

말을 마치고는 사라졌다. 심율은 은밀히 날랜 말을 골라 타고 밤을 틈타 혼자 떠났다. 심율은 일찍이 동주(同州)의 법륜사(法輪寺)에서 지내며 공부한 적이 있었기에 그곳을 찾아갔다. 절에 도착하니 마침 그의 벗인 스님이 출타 중인지라 그 스님의 방에 머물면서 며칠을 유숙했다. 그는 부친이 걱정할까 봐 염려해 곧장 도성으로 돌아갔으나 그 일에 대해서는 감히 사실대로 고하지 못했다. 별장의 하인이 와서 말했다.

"지난밤에 불이 나서 북쪽 평원의 소 외양간이 이미 잿더미가 되었습니다."

심율은 결국 화를 면했다.

貞元中，沈聿尉三原，素有別業，在邑之西，聿因官，遂修葺焉。於莊之北平原十餘里，垣古堽以建牛坊。秩滿，因歸農焉。一日，晝寢堂之東軒，忽驚寤，見二黃衣吏謂聿曰："府司召郎。"聿自謂官罷，無事詣府，拒之未行。二吏堅呼，聿不覺隨出。經歷親愛泊家人，揮霍告語，曾無應者。二吏呵驅甚迫，遂北行可二十里，至一城署，人民稀少，道路蕪薈。正衙之東街，南北二巨門對啟。吏導入北門，止聿屏外，入云："追沈聿到。"良久，廳上讀狀，付司責問。聿惶懼而逃，莫知所詣。遂突入南門，門內有廳，重施簾幕。聿危急，徑入簾下，則見紫衣貴人，寢書案後。聿欣有所投，又懼二吏之至，因聲氣撼動。紫衣遂寤，熟視聿曰："子為何者？"聿卽稱官及姓名，紫衣曰："子非張氏之彌甥乎？吾而祖舅也。子在人間，亦知張謂侍郎乎？"聿曰："幼稚時則聞之，家有文集，尚能記念。"紫衣喜曰："試為我言。"聿念："櫻桃解結垂檐子，楊柳能低入戶枝"。紫衣大悅。二吏走至庭前曰："秋局召沈聿。"因遙拜，呼紫衣曰"生曹"，禮謁甚恭。紫衣謂曰："沈聿吾外孫也，爾可致吾意於秋局，希緩其期。"二吏承命而出，俄返曰："敬依教。"紫衣曰："爾死矣，宜速歸。"聿謝辭而出。吏伺聿於門，笑謂聿曰："生曹之德，其可忘哉？"因引聿而南。聿大以酒食錢帛許之。忽若夢覺，日已夕矣。亦不以告人，卽令致奠二吏於野外。聿亦無恙。又五日，聿晚於莊門復見二吏曰："冤訴不已，須得郎為證。"聿卽詢其事犯，二吏曰："郎建牛坊，平夷十古冢，大被論理，候郎對辯。"眉：平夷冢墓，可為世戒。聿謂曰："此主役之家人銀鑰擅意也。"二吏相顧曰："置郎召奴，或可矣。"因忽不見。其夜，銀鑰氣蹶而卒。數日，忽復遇二吏，謂聿曰："銀鑰稱郎指教，屈辭甚切，郎宜自往." 聿又勤求, 特希一爲告於生曹, 二吏許諾. 有頃復至, 曰 : "生曹遣郞今夕潛邁, 愼不得洩, 藏伏三日, 事則濟矣." 言訖不見. 聿乃密擇捷馬, 乘夜獨遊. 聿曾於同州法輪寺寓居習業, 因往詣之. 及至, 遇所友之僧出, 因投其房, 留宿累日. 懼貽嚴君之憂, 則徑歸京, 不敢以實啓. 莊夫至云 : "前夜火發, 北原之牛坊, 已爲煨燼矣." 聿終免焉.

* 이 고사는《태평광기》권307〈신·심율(沈聿)〉에 실려 있다.

54-3(1599) 극혜련

극혜련(郄惠連)

출《선실지》

    [당나라] 대력(大曆) 연간(766~779)에 산양(山陽) 사람 극혜련은 장남현위(漳南縣尉)를 지냈다. 어느 날 밤에 극혜련이 혼자 집에 있을 때 갑자기 한 사람이 나타났는데, 그는 수놓은 옷에 칼을 차고 앞으로 달려오더니 극혜련에게 말했다.

    "상제께서 명을 내려 공을 사명주자(司命主者 : 사람의 목숨을 주재하는 신)로 삼아 염바라왕(閻波羅王)을 책봉하려고 하십니다."

    그러고는 즉시 비단 무늬 상자에 담은 문서를 극혜련에게 바치면서 말했다.

    "이것은 상제님의 명령서입니다."

    극혜련은 기쁘기도 하고 두렵기도 해서 미처 물어볼 겨를도 없이 그것을 받아 들고 전전(前殿)에 서 있었다. 그때 전의관(典儀官)이 달려 들어와 의식을 진행하며 소리쳤다.

    "앞뒤에서 호종(護從)하는 관리와 군졸은 드시오!"

    잠시 후 수백 명이 수놓은 옷에 붉은 머리띠를 두르고 좌우에 병기를 차고서 달려 들어와 재배하고 앞에 나누어 섰다. 전의관이 또 말했다.

"오악(五岳)의 위병(衛兵)과 주장(主將)은 드시오!"

그러자 다시 100여 명이 달려 들어와 다섯 줄로 늘어섰는데, 그들은 다섯 방위의 색깔대로 옷을 입고 모두 재배했다. 전의관이 또 말했다.

"예기(禮器)와 악현(樂懸: 가름대에 매단 종·경쇠 따위의 악기)을 관장하는 관리, 고취대(鼓吹隊)를 관장하는 관리, 수레와 말을 관장하는 관리, 부인(符印)과 장부를 관장하는 관리, 창고와 주방을 관장하는 관리는 드시오!"

그러자 수백 명에 가까운 사람들이 모두 달려와 이르렀다. 잠시 후에 전의관이 말했다.

"여러 산악의 위병과 예기·악현·수레·말 등을 사명주자께서 친히 검열하시오!"

극혜련이 즉시 거마를 채비하라고 명하자 한 사람이 백마 한 마리를 몰고 도착했으며, 수놓은 옷을 입은 사람들이 길 양옆으로 앞장서서 말을 몰고 극혜련을 인도해 동북쪽으로 갔는데, 길을 비키라는 호령이 매우 삼엄했다. 그렇게 몇 리쯤 가는 동안 만여 명의 병사들 가운데 일부는 말을 타고 일부는 걸어갔으며 모두 금빛 갑옷에 창을 들고 줄지어 길에 늘어섰는데, 창들과 깃발들이 수놓은 무늬처럼 엇섞여 반짝였다. 잠시 후 보았더니 붉은 문 밖에 수십 명이 있었는데, 모두 녹색 옷에 홀(笏)을 들고 몸을 굽혀 극혜련에게 배

례했다. 그러자 전의관이 말했다.

"이들은 사명주자 휘하의 관리입니다."

그 문 안에는 휘장·주렴·안석·탁자 등이 모두 갖추어져 있었는데 마치 왕의 거처 같았다. 극혜련은 계단을 올라가서 안석에 기대앉았다. 잠시 후 녹색 옷을 입은 사람 10명이 각자 장부와 문서를 들고 와서 극혜련에게 판결하고 서명해 달라고 청했다. 잠시 후 전의관이 동쪽 곁채 아래의 한 집으로 극혜련을 데려갔는데, 그 앞뜰에 수레와 말이 아주 많이 있었다. 또 북과 퉁소 등의 악기와 부인(符印)과 자물쇠 등이 노란 무늬 보자기에 덮인 채로 모두 탁자 위에 놓여 있었으며, 그 탁자 둘레엔 사방으로 가림벽이 세워져 있었다. 또 자마금(紫磨金)으로 글자를 새겨 넣은 옥책(玉冊)[107]이 있었는데, 전서(篆書)와 주서(籒書) 같았고 그 구불구불한 모양이 마치 용과 봉황이 움직이는 듯했다. 담당 관리가 극혜련에게 아뢰었다.

"이것은 염바라왕의 책봉 문서입니다."

그때 한 사람이 관잠(冠簪)에 면류관을 쓰고 와서 배알하자 극혜련은 그와 맞절했다. 자리에 앉고 나서 그 사람이 극

---

[107] 옥책(玉冊) : 제왕이나 후비의 존호(尊號)를 올릴 때 그 송덕문(頌德文)을 새긴 간책(簡冊).

혜련에게 말했다.

"상제께서는 업군(鄴郡) 내황현(內黃縣) 남쪽 절의 해오선사(海悟禪師)가 높은 공덕을 쌓고 마음가짐이 한결같기 때문에 그를 염바라왕으로 책봉하려 하시는데, 집사(執事: 극혜련)님이 지극한 덕행을 지녔기에 사명주자로 임명해 책봉 사신을 맡기신 것입니다. 저는 다행스럽게도 속관이 되었기 때문에 당신을 옆에서 모실 수 있게 되었습니다."

극혜련이 물었다.

"염바라왕은 무슨 일을 하시오?"

그 속관이 말했다.

"저승의 존귀하신 분으로, 모든 산천을 통솔하고 명계(冥界)의 일을 총괄합니다. 특별히 탁월한 품덕을 지닌 사람이 아니면 선발될 수 없습니다."

극혜련이 생각하며 말했다.

"내가 명계에서 책봉례(冊封禮)를 주관한다면 혹시 내가 이미 죽은 게 아닐까?"

그러고는 처자식을 생각하다 보니 근심에 싸여 편치 못한 안색을 지었다. 속관은 극혜련의 뜻을 이미 알아차리고서 그에게 말했다.

"집사님은 근심스런 안색을 하고 계시는데, 혹시 처자식을 걱정하는 건 아니십니까?"

극혜련이 말했다.

"그렇소."

속관이 말했다.

"책봉례는 내일 거행되니 집사님은 잠시 돌아가서 집안일을 처리하셔도 될 것입니다. 하지만 집사라는 관직은 지극히 높으니, 저승과 이승이 다르다고 해서 원망하지 마시길 바랍니다."

속관은 말을 마치고 자리에서 일어났다. 극혜련은 즉시 거마 채비를 명해 떠났는데, 그동안 멍하니 마치 술에 취한 것처럼 책상에 기대어 언뜻 잠이 든 것이었다. 깨어났더니 이미 장남현에 있었으며 그때는 날이 막 샐 무렵이었다. 그는 한참 동안 놀라 탄식한 끝에 상제의 명은 진실로 피할 수 없다고 스스로 생각하면서, 곧장 처자식에게 그 일을 알려주고 후사를 준비하게 했다. 또 현령(縣令)에게 아뢰었으나 현령 조(曹) 아무개는 믿지 않았다. 극혜련은 마침내 목욕을 하고 의대(衣帶)와 예관을 갖춘 뒤 평상에 누웠다. 그날 밤에 현의 관리 여러 명은 모두 공중에서 비바람 같은 소리가 북쪽에서 와서 극혜련의 방으로 곧장 들어가는 것을 들었다. 한 식경쯤 지나서 극혜련은 죽었다. 사람들은 또 아까 그 소리가 북쪽으로 떠나가는 것을 듣고 몹시 놀랐다. 그래서 업군 내황현 남쪽으로 사람을 보내 수소문하게 했더니, 과연 절의 해오 선사가 근자에 죽었다고 했다.

大曆中，山陽人郄惠連為漳南尉．一夕，獨處於堂，忽見一人，繡衣佩刀，趨至前，謂惠連曰："上帝有命，拜公為司命主者，以冊立閣波羅王．"即以錦紋箱貯書，進於惠連曰："此上帝命也．"惠連且喜且懼，不暇顧問，遂受之，立於前軒．有相者趨入，贊曰："驅殿吏卒且至！"已而有數百人，繡衣紅額，左右佩兵器，趨入，再拜，分立於前．相者又曰："五岳衛兵主將！"復有百餘人趨入，羅為五行，衣如五方色，皆再拜．相者又曰："禮器樂懸吏，鼓吹吏，車輿乘馬吏，符印簿書吏，帑藏廚膳吏！"近數百人，皆趨而至．有頃，相者曰："諸岳衛兵及禮器·樂懸·車輿·乘馬等，請躬自閱之！"惠連即命駕，於是控一白馬至，繡衣夾道前驅，引惠連東北而去，傳呼甚嚴．可行數里，兵至萬餘，或騎或步，盡介金執戈，列於路，槍梁旗旆，文繡交煥．俄見朱門外，有數十人，皆衣綠執笏，曲躬而拜．相者曰："此屬吏也．"其門內，悉張帷帟几榻，若王者居．惠連既升階，據几而坐．俄綠衣者十輩，各賫簿書，請惠連判署．已而相者引惠連於東廡下一院，其前庭有車輿乘馬甚多．又有樂器鼓簫，及符印管鑰，盡致於榻上，以黃紋帕蔽之，其榻繞四墉．又有玉冊，用紫金填字，似篆籀書，盤屈若龍鳳之勢．主吏白曰："此閣波羅王之冊也．"有一人，具簪冕來謁，惠連與抗禮．既坐，謂惠連曰："上帝以鄴郡內黃縣南蘭若海悟禪師有德，立心畫一，冊為閣波羅王，以執事有至行，拜為司命主者，統冊立使．某幸列賓掾，故得侍左右．"惠連問曰："閣波羅王居何？"府掾曰："地府之尊者也，摽冠岳瀆，總幽冥之務．非有特行者，不在是選．"惠連思曰："吾行冊禮於幽冥，豈非身已死乎？"又念及妻子，怏怏有不平之色．府掾已察其旨，謂惠連曰："執事有憂色，得非以妻子為念乎？"惠連曰："然．"府掾曰："冊命之禮，用明日，執事可暫歸治其家．然執事官至崇，幸不以幽顯為恨．"言訖遂起. 惠連卽命駕出行, 而昏然若醉者, 卽據案假寐. 及寤, 已在縣, 時天纔曉. 驚嘆且久, 自度上帝命, 固不可免, 卽具白妻子, 爲理命. 又白於縣令, 令曹某不信. 惠連遂湯沐, 具紳冕, 臥於榻. 是夕, 縣吏數輩, 皆聞空中有聲若風雨, 自北來, 直入惠連之室. 食頃, 惠連卒. 又聞其聲北向而去, 嘆駭. 因遣使往鄴郡內黃縣南問, 果是蘭若院禪師海悟者, 近卒矣.

* 이 고사는 《태평광기》 권377 〈재생(再生)·극혜련〉에 실려 있다.

54-4(1600) 능화

능화(凌華)

출《집이기》

　항주(杭州) 부양현(富陽縣)의 옥리(獄吏) 능화는 골상(骨相)이 범상치 않았다. 그는 일찍이 시씨(施氏) 노인을 만났는데, 노인이 그의 관상을 보더니 말했다.

　"옥리를 버릴 수 있다면 틀림없이 상장군(上將軍)이 될 것이오."

　능화는 옥리로 지내면서 잔혹하고 포학했으며 뇌물을 받았다. [당나라] 원화(元和) 연간(806~820) 초에 능화는 병이 들어 하루 저녁을 앓다가 죽었다. 그가 죽으려 할 때 보았더니, 누런 적삼을 입은 관리가 조서를 들고 그의 앞으로 와서 선독했다.

　"첩지를 받들어 처분하노라. 능화는 예전에 극현(劇縣)을 다스릴 때 공적이 크게 드러났지만, 나중에는 도리에 어긋난 행실로 이전의 성공을 망쳐 버렸다. 그래서 옥문(獄門)으로 폄적해 수양하고 반성하길 기다렸으나, 가야 할 길을 잃고 바른 마음에서 크게 어긋났다. 솟아난 옥침골(玉枕骨)108)이 용렬하고 비천한 몸에 맡겨져 있는데, 생각해 보니 이런 귀골(貴骨)은 모름지기 합당한 사람에게 돌아가야 한다. 지금 진해군(鎭海軍)에서 역적을 토벌하고 있는 여러 신하들은 모두 상장군이 되기에 합당하지만, 그 골상이 원만하고 실하지 못해 위엄을 내보이기가 어렵다. 그러니 마땅히 그 귀골을 다른 사람의 몸에 바꿔 넣어 주어서 그것이 동떨어져 엉뚱한 곳에 있는 것을 면하게 해야 한다. 담당 관리에게 능화를 잡아 오게 해서 옥침골을 빼내 바치도록 하라.
미 : 명계에 어찌 귀골 하나가 부족해서 굳이 저쪽에서 가져와 이쪽에 준단 말인가? 아울러 담당 관리에게 명해 일을 헤아려 그를 잘 보살펴 주도록 하라."

이에 누런 적삼을 입은 관리가 능화를 데리고 들어갔더니, 녹색 의관을 착용한 사람이 발을 사이에 두고 말했다.

"오늘 여기에 오게 된 것은 덕을 닦지 않았기 때문이오."

그러고는 좌우에 명해 집게와 망치를 가져오게 했다. 얼마 후 검은 옷에 표범 털로 소매를 장식한 세 사람이 도끼를 들고 들어오자, 녹색 옷을 입은 사람이 능화에게 술 다섯 잔을 주었는데, 능화는 술에 취해 혼미한 상태에서 자신의 머리를 쪼는 소리만 들었다. 그 소리가 멈추고 능화가 술에서 깨자 다시 능화에게 서쪽 계단에 머물면서 명을 기다리라고

---

108) 옥침골(玉枕骨) : 뒤통수 양쪽에 귀 높이로 튀어나온 뼈. 이 뼈가 튀어나와 있으면 장수하고 부귀할 상이라고 한다.

했다. 잠시 후에 누런 적삼을 입은 사람이 선독했다.

"귀골을 잃은 사람은 보상을 받아야 마땅하니, 그에게 반기(半紀 : 6년)의 수명을 연장해 주고 아울러 만 냥의 돈을 주도록 하라." 미 : 귀해져야 한다면 귀해지고 귀함을 잃어야 한다면 잃는 것이지 또 무슨 보상을 한단 말인가?

선독을 마치자 녹색 옷을 입은 사람이 능화를 맞이해 계단으로 올라오게 해서 말했다.

"나는 한(漢)나라 때 백정과 낚시꾼으로 숨어 살던 사람이오. 대개 내 한 몸을 보전하고자 작은 이익을 꾀했기 때문에 죽은 뒤에 책임을 추궁당해 이 관직을 맡게 되었는데, 지위는 낮고 직무는 비루해서 몹시 마음에 들지 않소. 그대는 귀골을 잃은 것을 한탄하지 마시오. 이 일은 조금 크긴 하지만 이런 사람이 그대 하나만은 아니오."

그러고는 술을 가져오게 해서 능화와 대작하고 나서 작별했다. 능화는 술 몇 잔을 마시자 정신이 멍해지면서 아무것도 알 수 없었다. 깨어났더니 멀쩡히 낡은 침상 위에 누워 있었는데, 자신의 머리를 만져 보니 옥침골은 이미 없어진 상태였다. 그의 동료들이 부조금으로 보낸 돈이 모두 만 냥이었고, 그는 6년 뒤에 죽었다.

杭州富陽獄吏曰凌華, 骨狀不凡. 嘗遇施翁, 相曰 : "能捨吏, 當爲上將軍." 華爲吏酷暴, 以取賄賂. 元和初, 病一夕而死. 將死, 見黃衫吏賫印[1]而前, 宣云 : "牒奉處分. 以華昔日曾宰劇縣, 甚著能績, 後有缺行, 敗其成功. 謫官圖扉, 伺其修省, 旣迷所履, 太乖乃心. 玉枕巖然, 委於庸賤, 念茲貴骨, 須有所歸. 今鎭海軍討逆諸臣, 合爲上將, 骨未圓實, 難壯威稜. 宜易之以得人, 免塊然而妄處. 付司追凌華, 鑿玉枕骨送上. 眉: 冥中豈少一骨, 必取彼付此乎? 仍令所司, 量事優恤." 於是黃衫吏引入, 有綠冠裳者隔簾語曰: "今日之來, 德不修也." 命左右取鉗槌. 俄頃, 有緇衣豹袖執斤斧者三人, 綠裳賜華酒五杯, 昏然而醉, 唯聞琢其腦. 聲絶而華醉醒, 復止華於西階以聽命. 移時, 有宣言曰: "亡貴之人, 理宜裨補, 量延半紀, 仍賚十千." 眉: 宜貴則貴矣, 宜亡貴則亡矣, 又何補焉? 宣訖, 綠裳延華升階, 語曰: "吾漢朝隱屠釣之人也. 蓋求全身, 微規小利, 旣歿之後, 責受此官, 位卑職猥, 殊不快志. 足下莫嘆失其貴骨. 此事稍大, 非獨一人." 命酒與華對酌別. 飮數杯, 冥然無所知. 旣醒, 宛然在廢床之上, 捫其腦而骨已亡. 其儕流賻助, 凡十千焉, 後六年而卒.

* 이 고사는 《태평광기》 권307 〈신·능화〉에 실려 있다.

1 인(印):《태평광기》 명초본에는 "조(詔)"라 되어 있는데, 문맥상 보다 타당하다.

54-5(1601) 최 사마

최사마(崔司馬)

출《현괴록》

　　진사 왕승(王勝)과 개이(蓋夷)는 [당나라] 원화(元和) 연간(806~820)에 동주(同州)에서 [해시(解試)의] 추천을 구했다. 당시 여관이 꽉 차 있어서 그들은 군(郡)의 공조(功曹)인 왕저(王翥)의 집을 빌려 해시를 기다렸다. 얼마 후 다른 방은 모두 손님이 있었는데, 정당(正堂)만은 가는 줄로 문이 묶여 있었다. 창문으로 그 안을 들여다보니 침상 위에 베 이불이 있었고 침상 북쪽에 부서진 대바구니가 하나 있을 뿐 그 외에는 아무것도 없었다. 이웃에게 물어보니 이웃이 말했다.

　　"처사(處士)인 삼랑(三郞) 두옥(竇玉)이 사는 곳입니다."

　　개이와 왕승은 서쪽 사랑채가 좁았고 그에게 희첩이 없는 것을 기뻐하며 그와 함께 지내고자 했다. 저녁이 되자 두 처사가 나귀 한 마리를 타고 노복 한 명을 데리고서 술에 취한 채 돌아왔다. 개이와 왕승은 다가가서 인사하고 사정을 말하면서 함께 묵기를 원했는데, 두옥은 한사코 거절했으며 그들을 대하는 태도가 매우 거만했다. 두 사람은 밤이 깊어 잠을 자려고 했는데, 홀연히 기이한 향기가 나자 놀라 일어나서 찾아보았더니, 당 가운데에 발과 휘장이 드리워져 있고 그 안에서 사람들이 시끌벅적하게 웃고 떠드는 것이 보였다. 이에 개이와 왕승이 당 안으로 불쑥 들어갔더니, 병풍과 휘장이 사방에 둘러쳐져 있고 진수성찬이 늘어져 있었다. 그 안에서 18~19세쯤 되어 보이고 비할 데 없이 아름다운 여자가 두옥과 마주 앉아 식사하고 있었고, 시녀 10여 명도 모두 단정하고 아름다웠다. 은화로에서는 차가 막 다려지고 있었는데, 앉아 있던 여자와 두옥이 일어나 서쪽 사랑채의 휘장 안으로 들어가자 시녀들도 모두 들어갔다. 여자가 말했다.

"어떤 사내이기에 갑자기 남의 집에 들어옵니까?"

두옥은 안색이 흙처럼 변한 채 가만히 앉아 아무 말도 하지 않았다. 개이와 왕승은 말도 못한 채 차만 마시고 나왔다. 그들이 계단을 내려가자 문을 닫으며 말하는 소리가 들렸다.

"저런 어중이떠중이 사내랑 어찌하여 함께 지내고 있습니까? 옛사람이 이웃을 신중히 선택하라 했는데 그것이 어찌 빈말이겠습니까!"

그러자 두옥은 이곳은 우리만 머무는 곳이 아니니 다른 손님을 거절하기 어려우며, 저들이 우리를 업신여기는 것을 굳이 걱정한다면 설마 달리 묵을 집이 없겠냐며 변명을 했다. 그러고는 다시 웃고 즐겼다. 아침이 되어 개이와 왕승이

가서 보니 모든 것이 원래대로 되어 있었으며, 두옥은 혼자 베 이불 속에서 잠을 자다가 막 눈을 부비며 일어났다. 개이와 왕승이 캐물었지만 두옥이 대답하지 않자 개이와 왕승이 말했다.

"당신은 낮에는 평민인데 밤에는 귀족들과 만나 어울리니, 요망한 환술을 부리는 것이 아니라면 어떻게 그럴 수 있겠소? 사실대로 말하지 않으면 즉시 군(郡)에 고발하겠소."

두옥이 말했다.

"이건 정말로 비밀스런 일이긴 하지만 말한다고 해도 무방하오. 일전에 내가 태원(太原)을 떠돌 때 해 질 무렵에 냉천(冷泉)을 출발해 효의현(孝義縣)에서 하룻밤 묵으려 했는데, 날은 어둡고 길마저 잃어서 밤에 어떤 사람의 장원에 투숙했소. 물어보았더니 분주(汾州) 최 사마의 장원이라고 했소. 사람을 시켜 고하게 했더니 하인이 나와서 말하길, '맞이해 들이라고 하십니다'라고 했소. 최 사마라는 사람은 50여 세쯤 되어 보였는데, 붉은 비단옷을 입고 용모가 멋있었소. 그는 나의 조상과 백숙부와 형제에 대해 묻고 내외종 친척까지 캐물었는데, 다름 아닌 나의 친척 어른이었소. 나는 어릴 때부터 이런 어른이 계시다는 얘기를 들은 적이 있었으나 어떤 벼슬을 하고 있는지는 알지 못했소. 그는 나를 따뜻하게 위로하고 각별한 정으로 예우하면서 부인에게 알리게 하길, '두 수재(竇秀才 : 두옥)는 우위장군(右衛將軍)을 지낸 일곱째 형님의 아들이니, 내게는 내외종 조카가 되오. 부인도 숙모뻘이 되니 만나 보도록 하시오. 다른 지방에서 벼슬하느라 친척들과 연락이 끊겼는데, 이런 여행이 아니었다면 어떻게 서로 만날 수 있었겠소?'라고 했소. 잠시 후에 한 하녀가 말하길, '삼랑(三郎 : 두옥)을 안으로 모시라 하십니다'라고 했소. 중당은 성대하게 꾸며져 마치 왕후(王侯)의 거처 같았고, 진수성찬에 산해진미가 다 갖춰져 있었소. 식사를 하고 나자 친척 어른이 말하길, '자네는 오늘 이곳에 와서 구하고자 하는 것이 무엇인가?'라고 하기에, 내가 말하길, '과거에 응시할 자격을 얻고자 합니다'라고 했소. 어른이 또 말하길, '집은 어느 군(郡)에 있는가?'라고 해서, 내가 말하길, '나라 안 어디에도 집이 없습니다'라고 했소. 그러자 어른이 말하길, '자네는 평생 이처럼 쓸쓸하게 정처 없이 떠돌아다니며 부질없이 왔다 갔다 하고 있네. 내게 거의 장성한 딸이 있는데, 지금 자네를 모시게 하면 딱 좋겠네. 그러면 의식에 필요한 것을 남에게 구하지 않아도 될 것이니 괜찮겠는가?'라고 했소. 내가 일어나 감사의 절을 올리자 부인이 기뻐하며 말하길, '마침 술과 음식도 있으니 오늘 밤이 아주 좋겠습니다. 친척끼리 짝을 맺은 것이니 많은 손님을 초대할 필요가 뭐 있겠습니까?'라고 했소. 내가 감사를 드리고 다시 앉자 또 음식이 나왔소. 음식을 다 먹고 나자 나를 서쪽 대청에서 쉬게 하고 목욕물을 준비해 주기에 목욕을 마쳤더니 옷과 두건을 주었소. 또 혼례를 도와주는 사람 세 명을 데리고 왔는데, 하나같이 총명한 선비들로, 한 명은 성이 왕(王)이고 군의 법조(法曹)라고 했으며, 한 명은 성이 배(裴)이고 호조(戶曹)라고 했으며, 한 명은 성이 위(韋)이고 군의 독우(督郵)라고 하면서 서로 읍하고 앉았소. 잠시 후 예여(禮輿 : 혼례 때 사용하는 가마)와 향거(香車 : 혼례 때 사용하는 수레)가 모두 갖춰지고 화촉(華燭)이 앞에서 인도했으며, 서쪽 대청에서 중문에 이르기까지 친영(親迎)의 예식이 펼쳐졌소. 또 장원을 한 바퀴 빙 돌아 남쪽 문에서 들어와 중당에 이르렀는데, 당 안에는 휘장이 이미 가득 쳐져 있었소. 혼례를 마치고 나서 삼경 초에 아내가 나에게 말하길, '여기는 인간 세상이 아니라 저승입니다. 말한 분주는 저승의 분주이지 인간 세상의 분주가 아닙니다. 혼례를 도운 몇 사람도 모두 저승 관리입니다. 소첩은 당신과 숙연(宿緣)이 있어서 부부가 되어야 하기 때문에 이렇게 서로 만난 것입니다. 인간과 귀신은 길이 달라 이곳에 오래 머물러서는 안 되니 당신은 즉시 떠나야 합니다'라고 하기에, 내가 말하길, '사람과 귀신이 이미 다르다면 어떻게 짝이 될 수 있겠소? 부부가 되었으면 마땅히 함께 있어야 하거늘 어찌하여 하룻밤 만에 작별한단 말이오?'라고 했소. 그러자 아내가 말하길, '소첩이 당신을 모시는 데는 진실로 멀고 가까움이 상관없습니다. 다만 당신은 산 사람이라 여기에 오래 머물러서는 안 되니 속히 수레 채비를 명하십시오. 늘 당신의 상자 안에 비단 100필을 넣어 두게 할 것이니, 다 쓰고 나면 다시 찰 것입니다. 당신은 어디를 가든지 반드시 조용한 곳을 찾아 혼자 지내십시오. 조금이라도 소첩이 보고 싶을 경우 생각만 하면 즉시 올 것입니다. 10년이 지나면 함께 다닐 수 있을 것입니다'라고 했소. 나는 안으로 들어가서 작별 인사를 마치고 비단 100필을 얻어 가지고 떠났소. 그때부터 매일 밤 혼자 자면서 아내를 생각하면 바로 왔는데, 휘장과 음식 등은 모두 아내가 가져온 것이오. 이렇게 한 지 5년이 되었소."

개이와 왕승이 그 상자를 열어 보았더니 과연 비단 100필이 들어 있었다. 무옥은 두 사람에게 각각 30필을 선물하면서 비밀로 해 달라고 당부했다. 말을 마치고는 갑자기 떠났는데, 어디로 갔는지 알 수 없었다.

進士王勝・蓋夷, 元和中, 求薦於同州. 時賓館塡溢, 假郡功曹王翥第以俟試. 旣而他室皆有客, 唯正堂以小繩繫門. 自牖而窺其內, 獨床上有褐衾, 床北有破籠, 此外更無有. 問其鄰, 曰：“處士寶三郞玉居也." 二客以西廂爲窄, 嘉其無姬僕, 思與同居. 及暮, 寶處士者, 一驢一僕, 乘醉而來. 夷・勝前謁, 因以情告, 願同宿處, 玉固辭, 接對之色甚傲. 夜深將寢, 忽聞異香, 驚起尋之, 則見堂中垂簾帷, 喧然語笑. 於是夷・勝突入其堂中, 屛帷四合, 珍盤羅列. 有一女, 年可十八九, 妖麗無比, 與寶對食, 侍婢十餘人, 亦皆端妙. 銀爐煮茗方熟, 坐者起入西廂帷中, 侍婢悉入. 曰：“是何兒郞, 突衢人家?"寶面色如土,端坐不語. 夷·勝無以致辭,啜茗而出. 既下堦,聞閉戶之聲,曰:"風狂兒郎,因何共止?古人卜鄰,豈虛言哉!"寶辭以非己所居,難拒異客,必慮輕侮,豈無他宅. 因復歡笑. 及明,往覘之,盡復其故,寶獨偃於褐衾中,拭目方起. 夷·勝詰之,不對,夷·勝曰:"君晝爲布衣,夜會公族,苟非妖幻,何以致此?不言其實,卽當告郡." 寶曰:"此固秘事,言亦無妨. 比者玉薄遊太原,晚發冷泉,將宿於孝義縣,陰晦失道,夜投人莊. 問之,云是汾州崔司馬莊也. 令人告焉,出曰:'延入.' 崔司馬年可五十餘,衣緋,儀貌可愛. 問寶之先及伯叔昆弟,詰其中外,乃玉重表丈也. 玉自幼亦嘗聞此丈人,但不知其官. 慰問殷勤,情禮優重,因令報其妻曰:'寶秀才乃是右衛將軍七兄之子,是吾之重表姪. 夫人亦是丈母,可見之. 從宦異方,親戚離阻,不因行李,豈得相逢?' 有頃,一青衣曰:'屈三郎入.' 其中堂陳設之盛,若王侯之居,盤饌珍華,味窮海陸. 既食,丈人曰:'君今此遊,將何所求?'曰:'求舉資耳.'曰:'家在何郡?'曰:'海內無家.' 丈人曰:'君生涯如此牢落然,蓬遊無抵,徒勞往復. 吾有侍[1]女,年近長成,今便合奉事. 衣食之給,不求於人,可乎?' 玉起拜謝, 夫人喜曰:'今夕甚佳,又有牢饌. 親戚中配屬,何必廣召賓客?' 謝訖復坐,又進食. 食畢,憩玉於西廳,具浴,浴訖,授衣巾. 引相者三人來,皆聰朗之士,一姓王,稱郡法曹,一姓裴,稱戶曹,一姓韋,稱郡都郵,相揖而坐. 俄而禮輿香車皆具,華燭引前,自西廳至中門,展親御之禮. 因又繞莊一周,自南門入,及中堂,堂中帷帳已滿. 成禮訖,初三更,其妻告玉曰:'此非人間,乃神道也. 所言汾州,陰道汾州,非人間也. 相者數子,無非冥官. 妾與君宿緣,合爲夫婦,故得相遇. 人神路殊,不可久住,君宜卽去.' 玉曰:'人神既殊,安得配屬?以爲夫婦,便合相從,何爲一夕而別也?' 妻曰:'妾身奉君, 固無遠近. 但君生人, 不合久居於此, 君速命駕. 常令君篋中有絹百匹, 用盡復滿. 所到, 必求靜室獨居. 少以存想, 隨念卽至. 十年之外, 可以同行.' 玉乃入辭訖, 得絹百匹而別. 自是每夜獨宿, 思之則來, 供帳饌具, 悉其携也. 若此者五年矣." 夷・勝開其篋, 果有絹百匹. 因各贈三十匹, 求其秘之. 言訖遁去, 不知所在.

* 이 고사는 《태평광기》 권343 〈귀(鬼)・두옥(竇玉)〉에 실려 있는데, 출전이 "《속현괴록(續玄怪錄)》"이라 되어 있다.

1 시(侍) : 《속현괴록》에는 이 자가 없는데, 문맥상 보다 타당하다.

54-6(1602) 누에 여자

잠녀(蠶女)

출《원화전(原化傳)》미 : 이하는 모두 여신이다(以下皆女神).

누에 여자는 고신제[高辛帝 : 제곡(帝嚳)] 때 사람인데, 당시는 촉(蜀) 땅에 아직 군장(君長)이 세워지지 않아서 백성을 통솔할 사람이 없었다. 그녀의 아버지는 이웃 부족에 잡혀가서 이미 1년이 넘었고, 아버지가 타던 말만 남아 있었다. 딸이 아버지와 소식이 두절된 것을 염려하며 가끔 식음까지 전폐하자, 어머니는 그녀를 위로하면서 사람들에게 맹세해 말했다.

"아버지를 돌아오게 할 수 있는 사람에게 이 딸을 시집보내겠소."

부족 사람들은 그 맹세를 듣기는 했으나 그 아버지를 돌아오게 할 수 있는 사람은 없었다. 그런데 말이 그 말을 듣고 놀라 펄쩍 뛰며 급히 몸을 떨치더니 묶인 줄을 끊고 뛰쳐나갔다. 그리고 며칠 뒤에 아버지가 그 말을 타고 돌아왔다. 그날부터 말은 히잉! 하고 울기만 할 뿐 먹고 마시려고 하지 않았다. 아버지가 그 이유를 묻자 어머니는 사람들에게 맹세했던 말을 들려주었다. 그러자 아버지가 말했다.

"그건 사람에게 맹세한 것이지 말에게 맹세한 것이 아니오. 사람이 다른 짐승과 짝이 되는 법이 어디 있소?"

말이 더욱 심하게 발길질하자 아버지는 화가 나서 활로 쏘아 죽이고 그 가죽을 마당에 널어 말렸다. 그런데 딸이 그 옆을 지나가자 말가죽이 갑자기 벌떡 일어나 딸을 말아 가지고 날아가 버렸다. 열흘 뒤에 말가죽이 다시 뽕나무 위에 걸쳐져 있었는데, 딸은 이미 누에로 변해 뽕잎을 먹고 토해낸 실로 고치를 만들어 인간 세상에서 옷이 되어 입혀졌다. 그녀의 부모는 후회하며 딸을 그리워해 마지않았는데, 문득 보았더니 누에 여자가 흘러가는 구름을 타고 그 말에 올라탄 채 수십 명의 시위를 거느리고 하늘에서 내려와 부모에게 말했다.

"태상(太上 : 옥황상제)께서 제가 효심으로 능히 몸을 바쳐 마음속에 의로움을 잊지 않고 있다면서 구궁선빈(九宮仙嬪)의 임무를 맡겨 주셨습니다. 저는 이제 오래도록 하늘에서 살게 되었으니 더 이상 저를 그리워하지 마세요."

그러고는 허공으로 솟구쳐 떠나갔다. 지금 그 집은 십방(什邡)·면죽(綿竹)·덕양(德陽) 세 현의 경계에 있다. 매년 누에 여자에게 기도하려는 사람들이 사방에서 구름처럼 몰려드는데, 모두 영험함을 보았다. 도관의 여러 곳에서는 여자의 형상을 빚어 말가죽을 입혀 놓고 그것을 "마두낭(馬頭娘)"이라 부르면서 양잠이 잘되게 해 달라고 기원한다.

蠶女者, 當高辛帝時, 蜀地未立君長, 無所統攝. 其父爲鄰所掠去, 已逾年, 唯所乘之馬猶在. 女念父隔絶, 或廢飮食, 其母慰撫之, 因誓於衆曰:"有得父還者, 以此女嫁之." 部下之人, 唯聞其誓, 無能致父歸者. 馬聞其言, 驚躍振迅, 絶其拘絆而去. 數日, 父乃乘馬歸. 自此馬嘶鳴, 不肯飮齕. 父問其故, 母以誓衆之言白之. 父曰 : "誓於人, 不誓於馬. 安有人而偶非類乎?" 馬愈跑, 父怒, 射殺之, 曝其皮於庭. 女行過其側, 馬皮蹶然而起, 捲女飛去. 旬日, 皮復棲於桑樹之上, 女化爲蠶, 食桑葉, 吐絲成繭, 以衣被於人間. 父母悔恨, 念之不已, 忽見蠶女乘流雲, 駕此馬, 侍衛數十人, 自天而下, 謂父母曰 : "太上以我孝能致身, 心不忘義, 授以九宮仙嬪之任. 長生於天矣, 無復憶念也." 乃衝虛而去. 今家在什邡·綿竹·德陽三縣界. 每歲祈蠶者, 四方雲集, 皆獲靈應. 宮觀諸處塑女子之像, 披馬皮, 謂之"馬頭娘", 以祈蠶桑焉.

* 이 고사는 《태평광기》 권479 〈곤충·잠녀〉에 실려 있는데, 출전이 《원화전습유(原化傳拾遺)》라 되어 있다.

54-7(1603) 동해 태산 신녀

동해태산신녀(東海泰山神女)

출《박물지(博物志)》

[주나라] 문왕(文王)이 태공망(太公望 : 강태공)을 관단현령(灌壇縣令)으로 삼았더니, 1년 동안 바람이 나뭇가지를 흔들지 않을 정도로 잠잠했다. 문왕이 꿈을 꾸었는데, 아주 아름다운 한 부인이 나타나 길을 막고 울고 있기에 그 까닭을 물었더니 부인이 말했다.

"나는 동해 태산(泰山)의 신녀(神女)로서 서해 용왕에게 시집가서 그의 부인이 되었습니다. 동해로 돌아가고 싶은데 관단현령이 내가 가는 길을 막고 있습니다. 태공은 큰 덕을 지니고 있기 때문에 나는 감히 폭풍과 폭우를 몰고 그곳을 지나갈 수 없습니다."

문왕은 꿈에서 깬 뒤 다음 날 태공을 불러들였다. 그랬더니 사흘 밤낮으로 과연 질풍과 폭우가 서쪽에서 몰아쳐 왔다. 그래서 문왕은 태공을 대사마(大司馬)로 임명했다.

文王以太公望爲灌壇令, 期年, 風不鳴條. 文王夢見有一婦人甚麗, 當道而哭, 問其故, 婦人言曰 : "我東海泰山神女, 嫁爲西海婦. 欲東歸, 灌壇令當吾道. 太公有德, 吾不敢以暴風疾雨過也." 文王夢覺, 明日召太公. 三日三夕, 果有疾風暴雨西來. 文王乃拜太公爲大司馬.

* 이 고사는 《태평광기》 권291 〈신·태공망(太公望)〉에 실려 있다.

54-8(1604) 무협 신녀

무협신녀(巫峽神女)

출《팔조궁괴록(八朝窮怪錄)》

　　소총(蕭總)은 자가 언선(彦先)이며 남제(南齊) 태조(太祖:고제)의 친족 형 소괴(蕭瓌)의 아들로, 어렸을 때 문장과 학술이 뛰어나다고 태조의 중시를 받았다. 소총은 타고난 성품이 본디 특이해 자기만 못한 사람과는 교제하지 않았다. 그는 건업(建業)에서 강릉(江陵)으로 돌아갔는데, 유송(劉宋) 후폐제(後廢帝) 원휘(元徽) 연간(473~477) 이후로 사방에서 난리가 자주 일어났다. 그래서 그는 명월협(明月峽)을 유람하다가 그곳의 풍경을 좋아해, 마침내 그곳에서 몇 년을 머물면서 늘 명월협 아래에서 은자(隱者)의 생활을 즐겼다. 한번은 어느 봄날 저녁 무렵에 갑자기 숲속에서 누군가가 "소 경(蕭卿)!" 하고 부르는 소리가 몇 차례 들렸다. 소총이 놀라 돌아보았더니, 앉아 있던 바위에서 40여 보(步) 떨어진 곳에서 어떤 여자가 꽃을 들고 자기를 부르고 있었다. 소총은 이상하게 여겼지만 그녀를 따라 어리둥절해하며 10여 리를 갔는데, 시냇가에 아주 장엄한 궁궐과 전각들이 보였다. 시녀 20명은 모두 선녀의 모습이었다. 그녀 침실의 옷가지와 노리개 등은 모두 세상에 있는 것이 아니었다. 두 사람은 날이 밝을 때까지 곡진한 정을 나누었는데, 갑자기 산새가 새벽에 우짖고 바위샘이 맑은 운치를 내며 흐르는 소리가 들렸다. 소총이 문을 나가 난간에 기대어 왔던 길을 찾아보았지만, 짙게 낀 안개구름과 서쪽에 걸린 새벽달만 보였다. 신녀가 소총의 손을 잡으며 말했다.

"소첩은 사실 이 산의 신입니다. 상제께서 300년에 한 번씩 교체해 주시는데, 인간 세상에서의 관리와는 다릅니다. 내년이면 임기가 끝나는데, 한번 교체된 후에는 다른 곳에서 태어나게 됩니다. 오늘 소랑(蕭郞 : 소총)과 만난 것도 인연이 있기 때문입니다."

신녀는 손에 옥가락지 하나를 들고 소총에게 말했다.

"이것은 소첩이 늘 끼고 있던 것인데 지금 당신에게 드리겠습니다. 소랑은 이것을 손가락에 끼고 부디 저를 잊지 말아 주셨으면 합니다."

소총이 말했다.

"행복하게도 당신의 아껴 주심을 받았는데, 감격과 한스러움이 깊어지기만 합니다. 이것을 품속에 지니고서 종신토록 보물로 간직하겠습니다."

날이 점점 밝아 오자 소총은 결국 작별 인사를 하고 눈물을 훔치며 헤어졌다. 그들이 손을 맞잡고 문을 나섰더니 이미 갈 길이 분명하게 드러나 있었다. 소총이 산을 내려와 몇 걸음 간 뒤에 어젯밤 잠을 잤던 곳을 뒤돌아보았더니, 다름 아닌 무산(巫山) 신녀의 사당이었다. 훗날 소총은 그 옥가락지를 가지고 건업(建鄴)으로 가서 장경산[張景山 : 장대(張岱)]에게 그 일을 말했는데, 장경산이 놀라며 말했다.

"나는 늘 무협(巫峽)을 유람하면서 신녀의 손가락에 이 옥가락지가 있는 것을 직접 보았소. 세상 사람들이 전하는 말에 따르면, 진(晉)나라 간문제(簡文帝)의 이 황후(李皇后)가 일찍이 꿈에 무협을 유람하다가 신녀를 만났을 때 신녀가 이 황후의 옥가락지를 달라고 했는데, 이 황후가 꿈을 깬 뒤에 간문제에게 그 일을 고하자 간문제가 사자를 보내 신녀에게 옥가락지를 주었다고 하오. 지금 그대가 가지고 있는 것이 그것이오."

소총은 남제 태조 건원(建元) 연간(479~482) 말에 초징을 받았는데, 미처 부임하기 전에 태조가 붕어하고 말았다. 세조(世祖 : 무제)가 즉위한 뒤에 소총은 여러 벼슬을 거쳐 중서사인(中書舍人)에 임명되었다. 처음에 소총이 치서어사(治書御史)로 있을 때 강릉으로 가는 배 안에서 문득 신녀의 일이 생각나 시름에 잠겨 울적해하면서 다음과 같은 시를 지었다.

"옛날 바위 밑의 나그네, 흡사 어제오늘의 일 같구나. 하릴없이 명월협의 그 사람 그리워하며, 무산의 비에 젖고 싶구나."

蕭總,字彦先,南齊太祖族兄瓌之子,少以文學見重.率性本異,不與下於己者交.自建業歸江陵,宋後廢帝元徽後,四方多亂.因遊明月峽,愛其風景,遂盤桓累歲,常於峽下枕石漱流.時春向晚,忽聞林下有人呼"蕭卿"者數聲.驚顧,去坐石四十餘步,有美女,把花招總.總異而從之,恍然行十餘里,乃見溪上有宮闕臺殿甚嚴.侍女二十人,皆神仙之質.其寢臥服玩之物,俱非世有.綢繆至曉,忽聞山鳥晨叫,巖泉韻清.出戶臨軒,將窺舊路,見烟雲正重,殘月在西.神女執總手謂曰:"妾實此山之神.上帝三百年一易,不似人間之官.來歲方終,一易之後,遂生他處.今與郎契合,亦有因也."言訖乃別.神女手執一玉指環,謂曰:"此妾常服玩,今以相遺.願郎穿指,慎勿忘心." 總曰:"幸見顧錄,感恨徒深.執此懷中,終身是寶."天漸明,總乃拜辭,掩涕而別.携手出戶,已見路分明.總下山數步,回顧宿處,宛是巫山神女之祠也.他日,持玉環,至建鄴,因話於張景山,景山驚曰:"吾常遊巫峽,親見神女指上有此玉環.世人相傳云,是晉簡文帝李后曾夢遊巫峽,見神女,神女乞后玉環,覺後乃告帝,帝遣使賜神女.今卿得之是矣."總,齊太祖建元末,方徵召,未行,帝崩.世祖卽位,累爲中書舍人.初,總爲治書御史,江陵舟中,忽思神女事,悄然不樂,乃賦詩曰:"昔年巖下客,宛似成今古.徒思明月人,願濕巫山雨."

* 이 고사는《태평광기》권296〈신・소총(蕭總)〉에 실려 있다.

54-9(1605) 소광

소광(蕭曠)

출《전기》

    태화현(太和縣)의 처사(處士) 소광은 낙양(洛陽)에서 동쪽으로 유람을 떠났다가, 효의관(孝義館)에 이르러 밤에 쌍미정(雙美亭)에서 쉬었다. 당시 달이 밝고 맑은 바람이 불어오자 금(琴)을 잘 타던 소광은 금을 꺼내 연주했다. 한밤중이 되어 곡조가 몹시 구슬퍼지자, 잠시 후 낙수(洛水) 가에서 길게 탄식하는 소리가 들리더니 점점 다가왔는데 바로 한 아름다운 여자였다. 소광은 금을 놓고 읍(揖)하면서 말했다.

  "누구십니까?"

  여자가 말했다.

  "낙포신녀(洛浦神女)입니다. 옛날에 진사왕[陳思王 : 조식(曹植)]이 〈낙신부(洛神賦)〉를 지었는데, 당신은 기억하지 못합니까?"

  소광이 말했다.

  "기억하고 있습니다."

  소광이 또 물었다.

  "내가 듣기에 낙신(洛神)은 바로 견(甄) 황후가 세상을 떠난 후에 진사왕이 낙수 가에서 그녀의 혼령을 만나 마침내 〈감견부(感甄賦)〉를 지었는데, 나중에 그 일이 바르지 못함을 깨달아 제목을 〈낙신부〉라 고치고 복비(宓妃)[109]에게 뜻을 의탁했다고 하는데, 그런 일이 있습니까?"

여자가 말했다.

"소첩이 바로 견 황후입니다. 진사왕의 재주를 흠모했다가 문제(文帝)의 노여움을 사서 옥에 갇혀 죽었습니다. 나중에 저의 혼령이 낙수 가에서 진사왕을 만나 억울함을 호소하자, 진사왕이 느낀 바가 있어서 부를 지었습니다. 하지만 그 일이 점잖지 못하다고 느껴 그 제목을 바꾸었으니 틀린 말이 아닙니다."

잠시 후 하녀가 방석을 들고 술과 안주를 차려서 왔다. 낙포신녀가 소광에게 말했다.

"소첩은 원씨(袁氏) 집안의 며느리[110]가 되었을 때 본디 금 연주를 좋아했는데, 매번 연주하다가 〈비풍(悲風)〉이나 〈삼협유천(三峽流泉)〉에 이르면 밤새껏 연주하지 않은 적이 없었습니다. 방금 전에 당신의 금 연주를 들었는데 그 운

---

109) 복비(宓妃) : 신화에 나오는 신녀. 복희씨(伏羲氏)의 딸로 낙수에 빠져 죽어 낙수신이 되었다고 한다.
110) 원씨(袁氏) 집안의 며느리 : 견 황후는 처음에 원소(袁紹)의 며느리였다가 후에 위 문제 조비(曹丕)의 황후가 되었다.

치가 매우 청아하니 다시 한번 듣고 싶습니다."

소광이 〈별학조(別鶴操)〉와 〈비풍〉을 연주하자 낙포신녀는 길게 탄식하며 말했다.

"진정 [한나라의] 채 중랑[蔡中郎 : 채옹(蔡邕)]에 견줄 만하군요!"

낙포신녀가 또 소광에게 물었다.

"진사왕의 〈낙신부〉가 어떻다고 생각합니까?"

소광이 말했다.

"진정 사물에 대한 묘사가 분명하고 유려하니 [양나라] 소명 태자(昭明太子)의 《문선(文選)》에 정선(精選)되었습니다."

낙포신녀가 미소 지으며 말했다.

"부에서 소첩의 행동거지를 묘사해 '놀란 기러기처럼 날렵하고, 헤엄치는 용처럼 부드럽네'라고 했는데, 너무 서툴지 않나요?"

소광이 말했다.

"진사왕의 혼령은 지금 어디에 있습니까?"

낙포신녀가 말했다.

"지금 차수국(遮須國)의 왕으로 있습니다." 미 : 조식(曹植)이 차수국의 왕이 되었다.

소광이 말했다.

"차수국은 어떤 나라입니까?"

낙포신녀가 말했다.

"유총(劉聰)[111]의 아들[유찬(劉粲)]이 죽었다가 다시 살아나서 부친에게 말하길, '어떤 사람이 저에게 차수국에 오래도록 군주가 없어서 너의 부친이 와서 군주가 되기를 기다리고 있다고 말했습니다'라고 했는데, 그 나라가 바로 차수국입니다."

잠시 후 한 하녀가 한 여자를 모시고 와서 말했다.

"직초낭자(織綃娘子 : 전설 속 용녀의 이름)께서 오셨습니다."

낙포신녀가 말했다.

"낙포 용왕의 딸인데, 수부(水府)에서 무늬 비단을 잘 짭니다. 아까 사람을 보내 불러오게 했습니다."

소광이 직초낭자에게 말했다.

"근자에 인간 세상에서는 유의(柳毅)가 신령과 혼인한 일[112]이 전해지는데, 그런 일이 있습니까?"

---

111) 유총(劉聰) : 서진 말 유연(劉淵)의 아들. 흉노족 출신으로 오호십육국 중 전월(前越)의 제3대 군주가 되었다. 영가(永嘉)의 난 때 서진의 도성 낙양을 함락하고 서진을 멸망시켰다.

112) 유의(柳毅)가 신령과 혼인한 일 : 당나라의 이조위(李朝威)가 쓴 전기 소설(傳奇小說) 〈유의전(柳毅傳)〉을 말한다. 당나라 고종(高宗) 때 유의가 용왕의 딸을 도와준 일로 동정호(洞庭湖) 속의 용궁에서 용왕의 딸과 결혼하고 신선이 된다는 이야기다.

직초낭자가 말했다.

"열에 네다섯만 맞고 나머지는 모두 꾸며 낸 말이니 현혹되어서는 안 됩니다."

소광이 말했다.

"용은 쇠를 두려워한다고 들었는데, 그런 일이 있습니까?"

직초낭자가 말했다.

"용은 신령스럽게 변화해 비록 쇠·돌·금·옥이라 하더라도 모두 투과할 수 있으니, 어찌 유독 쇠만 두려워하겠습니까? 쇠를 두려워하는 것은 교룡과 같은 무리입니다."

소광이 또 말했다.

"뇌씨(雷氏 : 뇌환)[113]의 아들이 풍성검(豊城劍 : 태아검)을 차고 연평진(延平津)에 이르렀을 때 검이 물속으로 뛰어들어 용으로 변했다고 하는데, 그런 일이 있습니까?"

---

113) 뇌씨(雷氏) : 진(晉)나라의 뇌환(雷煥)을 말한다. 그가 자주색 기운이 하늘로 올라가는 것을 보고 장화(張華)에게 풍성(豊城)에 보검이 있다고 말하자, 장화는 그에게 풍성현령 자리를 맡겼다. 그는 과연 감옥 안에서 용천(龍泉)과 태아(太阿)라는 두 보검을 얻어 용천검은 장화에게 주고 태아검은 자신이 차고 다녔는데, 후에 장화가 죽자 용천검은 어디론가 사라졌다. 뇌환의 아들이 태아검을 들고 연평진(延平津)을 지날 때 검이 갑자기 물속으로 뛰어들어 갔는데, 검은 보이지 않고 두 마리 용이 기어가는 것만 보였다고 한다.

직초낭자가 말했다.

"허튼소리입니다. 용은 오행으로 목(木)에 속하고 검은 금(金)에 속해서, 금과 목은 상극(相剋)이지 상생(相生)하는 관계가 아니니, 어찌 변화할 수 있겠습니까? 이 일이 어찌 참새가 물에 들어가 바지락이 되고 꿩이 물에 들어가 무명조개가 되는 것과 같겠습니까? 다만 보검은 신령한 물건이고 수(水)와 금은 상생하는 관계이니, 검이 물속으로 들어가면 천둥이 치게 되며 스스로 물에 가라앉지 않을 수 있습니다. 분명히 뇌씨의 아들이 물속에서 그 검을 찾아내지 못하자 용이 되었다고 헛소리했을 것입니다. 또한 검은 주조하거나 단련해서 만든 것이지 저절로 생겨난 것이 아니니, 결국 용이 될 수는 없음이 분명함을 알 수 있습니다."

소광이 또 말했다.

"베틀 북이 용으로 변한 것은 어떻습니까?"

직초낭자가 말했다.

"베틀 북은 나무이고 용은 본래 목에 속해 있으니, 변화해서 나무로 돌아간다고 해서 뭐가 이상하겠습니까?"

소광이 또 말했다.

"용의 변화무쌍함은 신과도 같은데, 무슨 병에 걸렸기에 마사황[馬師皇 : 황제(黃帝) 때의 마의(馬醫)]에게 치료해 달라고 부탁했습니까?"

직초낭자가 말했다.

"마사황은 천상계의 신선인데, 말이 무거운 짐을 지고 멀리 끌고 가는 것을 불쌍히 여겼기 때문에 마의(馬醫)가 되어 병을 낫게 해 준 말이 만여 필이나 됩니다. 상제께서 굽어살펴 용의 입술 사이에 병이 나게 만든 다음 마사황의 능력을 시험해 보게 했던 것입니다. 나중에 용이 마사황을 등에 태우고 하늘로 올라갔으니, 이는 하늘이 시험해 본 것이지 용에게 정말로 병이 있었던 것은 아닙니다."

소광이 또 말했다.

"용은 제비의 피를 좋아한다고 하는데, 그런 일이 있습니까?"

직초낭자가 말했다.

"용은 청허해서 깨끗한 이슬만 먹고 삽니다. 만약 제비의 피를 먹는다면 어찌 나타났다 숨었다 할 수 있겠습니까? 대개 제비의 피를 좋아하는 것은 바로 교룡이나 이무기의 무리입니다. 꾸며 낸 이야기는 믿지 말아야 하니, 이는 모두 양(梁)나라 때 사공(四公)[114]의 허무맹랑한 말과 같을 뿐입니다."

소광이 또 말했다.

---

114) 양(梁)나라 때 사공(四公) : 남조 양나라 무제 때의 이인(異人)인 휴틈(髤闟)·만걸(覼杰)·촉단(戮黼)·장도(仉臀) 네 사람을 말한다. 본서 12-5(0219) 〈양 사공(梁四公)〉에 나온다.

"용은 무엇을 좋아합니까?"

직초낭자가 말했다.

"잠자는 걸 좋아하는데, 길게 자면 천 년, 적게 자도 수백 년은 잡니다. 미 : 용이 자는 것은 겨울잠이다. 진희이[陳希夷 : 진단(陳搏)]가 일찍이 오룡칩법(五龍蟄法)을 전수받았다. 동굴에서 누워 자면 비늘 사이에 모래와 먼지가 쌓이게 되는데, 간혹 새들이 나무 열매를 물고 와서 그 위에 버리면 비늘을 뚫고 나무가 자랍니다. 그 나무의 굵기가 한 아름이 되면 용은 비로소 잠에서 깨어 마침내 떨치고 일어나 수행해서 그 몸을 벗어 버리고 허무(虛無)의 상태로 들어갑니다. 자연의 모습과 기(氣)는 그 변화의 작용을 따릅니다. 이때가 되면 비록 아무리 큰 형체라 할지라도 전체가 겨자씨 속으로 들어갈 수 있으며, 동작에 따라 이르지 못하는 데가 없게 됩니다. 마침내 근원으로 돌아가는 방법을 스스로 터득해 조물주와 공을 다투게 됩니다."

낙포신녀가 좌우에 명해 술상을 차리게 해서 함께 술잔을 돌리며 얘기를 나누었는데, 서로 마음이 잘 맞아 친밀해졌다. 소광은 사람의 마음을 움직이는 아름다운 두 여자와 함께 밤새도록 곡진한 정을 나누었다. 소광이 말했다.

"이곳에서 두 선녀를 만났으니, 정말 말 그대로 쌍미정입니다."

그때 갑자기 닭 우는 소리가 들리자 낙포신녀가 시를 남겼다.

"옥젓가락 같은 눈물 뺨에 어리니 위나라 궁궐 떠오르고, 붉은 현 한 줄 타니 맑은 바람처럼 내 시름 씻기네. 내일 아침에 지금을 회상하면 적막함에 시름겨우리니, 텅 빈 모래섬에 안개 걷히면 취우(翠羽 : 물총새 깃털)만 남겠네."

직초낭자도 시를 지었다.

"물 밑에서 무늬 비단 짜느라 즐거움 적었는데, 다시금 소랑(蕭郞 : 소광)에게 술병 비우라 권하네. 수심에 싸인 채 옥금(玉琴)으로 타는 〈별학조〉 들으면, 맑은 눈물 떨어져 방울방울 진주 되리라."

소광도 두 여자의 시에 답했다.

"붉은 난초 아름다움 토해 내는 사이에 복사꽃도 피었으니, 꽃다운 임 찾다 이미 만나 스스로 기뻐하네. 패옥 소리 울리던 오작교 이제부턴 끊어지리니, 먼 하늘에 높이 뜬 푸른 구름만 원망하네."

낙포신녀는 명주(明珠)와 취우(翠羽) 두 물건을 꺼내 소광에게 주며 말했다.

"이것은 진사왕의 부에서 '때론 명주를 캐고, 때론 취우를 줍네'라고 말했던 것이니, 이것을 드려 〈낙신부〉에서 읊은 대로 이뤄 보려 합니다."

용녀(龍女 : 직초낭자)는 가벼운 무늬 비단 한 필을 꺼내 소광에게 주며 말했다.

"만약 호인(胡人)이 이걸 사려고 하거든 만금이 아니면 팔지 마십시오."

낙포신녀가 말했다.

"당신은 비범한 골상을 지녔으니 틀림없이 속세를 초탈할 것입니다. 단지 담담한 마음으로 속세를 가벼이 여기고 고결한 마음으로 진성(眞性)을 함양하면, 소첩이 마땅히 은밀히 도와드릴 것입니다."

말을 마치고는 훌쩍 뛰어올라 허공을 밟고 떠나 아무것도 보이지 않았다. 나중에 소광은 명주와 무늬 비단을 간직하고 자주 숭악(崇岳)을 유람했는데, 그의 친구가 그를 만난 적이 있었다. 지금 그는 세상을 피해 숨어 지내며 더 이상 나타나지 않는다.

太和處士蕭曠, 自洛東遊, 至孝義館, 夜憩于雙美亭. 時月朗風淸, 曠善琴, 遂取琴彈之. 夜半, 調甚苦, 俄聞洛水之上, 有長嘆者, 漸相逼, 乃一美人. 曠因捨琴而揖之曰: "彼何人斯?" 女曰: "洛浦神女也. 昔思王[1]有賦, 子不憶耶?" 曠曰: "然." 曠又問曰: "或聞洛神卽甄皇后謝世, 陳思王遇其魂於洛濱, 遂爲〈感甄賦〉, 後覺事之不正, 改爲〈洛神賦〉, 托意於宓妃, 有之乎?" 女曰: "妾卽甄后也. 爲慕陳思王之才調, 文帝怒而幽死. 後精魄遇王洛水之上, 叙其寃抑, 因感而賦之. 覺事不典, 易其題. 乃不繆矣." 俄有雙鬟, 持茵席, 具酒餚而至. 謂曠曰: "妾爲袁家新婦時, 性好鼓琴, 每彈至〈悲風〉及〈三峽流泉〉, 未嘗不盡夕而止. 適聞君琴韻淸雅, 願一聽之."曠乃彈〈別鶴操〉及〈悲風〉,神女長嘆曰:"眞蔡中郎之儔也!"問曠曰:"陳思王〈洛神賦〉如何?"曠曰:"眞體物瀏浣,爲昭明之精選爾."女微笑曰:"狀妾之舉止云'翩若驚鴻,婉若游龍',得無疏矣?"曠曰:"陳思王之精魄今何在?"女曰:"現爲遮須國王."眉:曹植爲遮須國王.曠曰:"何爲遮須國?"女曰:"劉聰子死而復生,語其父:'有人告某云,遮須國久無主,待汝父來作主.'卽此國是也."俄有一青衣,引一女曰:"織綃娘子至矣."神女曰:"洛浦龍王之處女,善織綃於水府,適令召之爾."曠因語織綃曰:"近日人世或傳柳毅靈姻之事,有之乎?"女曰:"十得其四五爾,餘皆飾詞,不可惑也."曠曰:"或聞龍畏鐵,有之乎?"女曰:"龍之神化,雖鐵石金玉,盡可透達,何獨畏鐵乎?畏者,蛟螭輩也."曠又曰:"雷氏子佩豐城劍,至延平津,躍入水,化爲龍,有之乎?"女曰:"妄也.龍,木類,劍乃金,金旣克木,而不相生,焉能變化?豈同雀入水爲蛤,野鷄入水爲蜃哉?但寶劍靈物,金水相生,而入水雷生,自不能沉于泉.信其下搜劍不獲,乃妄言爲龍.且人之鼓鑄鍛煉,非自然之物,是知終不能爲龍,明矣."曠又曰:"梭化爲龍如何?"女曰:"梭,木也.龍本屬木,變化歸木,又何怪也?"曠又曰:"龍之變化如神,又何病而求馬師皇療之?"女曰:"師皇是上界高眞,哀馬之負重引遠,故爲馬醫,愈其疾者萬餘匹.上天降鑒,化其疾於龍唇吻間,欲驗師皇之能.龍後負而登天,天假之,非龍眞有病也."曠又曰:"龍之嗜燕血,有之乎?"女曰:"龍之清虛,食飲沆瀣.若食燕血,豈能行藏?蓋嗜者,乃蛟蜃輩.無信造作,皆梁朝四公誕妄之詞爾."曠又曰:"龍何好?"曰:"好睡,大卽千年,小不下數百歲.眉:龍睡,乃蟄也.陳希夷曾受五龍蟄法.偃仰於洞穴,鱗甲間聚其沙塵,或有鳥銜木實,遺棄其上,乃甲拆生樹.至於合抱,龍方覺悟,遂振迅修行,脫其體而入虛無.自然形之與氣, 隨其化用. 當此之時, 雖百骸五體, 盡可入於芥子之內, 隨擧止, 無所不之. 自得還元返本之術, 與造化爭功矣." 神女遂命左右, 傳觴叙語, 情況昵洽, 蘭艷動人, 繾綣永夕. 曠曰: "遇二仙娥於此, 眞所謂雙美亭也." 忽聞鷄鳴, 神女乃留詩曰: "玉箸凝腮憶魏宮, 朱絲一弄洗淸風. 明晨追賞應愁寂, 沙渚煙銷翠羽空." 織綃詩曰: "織綃泉底少歡娛, 更勸蕭郎盡酒壺. 愁見玉琴彈〈別鶴〉, 又將淸淚滴眞珠." 曠答二女詩, 曰: "紅蘭吐艷間夭桃, 自喜尋芳數已遭. 珠珮鵲橋從此斷, 遙天空恨碧雲高." 神女遂出明珠・翠羽二物, 贈曠曰: "此乃陳思王賦云'或採明珠, 或拾翠羽', 故有斯贈, 以成〈洛神賦〉之咏也." 龍女出輕綃一匹, 贈曠曰: "若有胡人購之, 非萬金不可." 神女曰: "君有奇骨, 當出世. 但淡味薄俗, 淸襟養眞, 妾當爲陰助." 言訖, 超然躡虛而去, 無所睹矣. 後曠保其珠綃, 多遊嵩岳, 友人嘗遇之. 今遁世不復見.

* 이 고사는 《태평광기》 권311 〈신・소광(蕭曠)〉에 실려 있다.
1 사왕(思王):《태평광기》에는 "진사왕(陳思王)"이라 되어 있는데 타당하다. 이하의 문장에는 모두 "진사왕"이라 되어 있다.

54-10(1606) 유지왕

유지왕(幽地王)

출《소상록》미 : 이하는 잡신이다(以下雜神).

　　[당나라] 대종(代宗) 때, 하삭(河朔) 지방이 아직 안정되지 못해 도적들이 들끓었다. 항양(恒陽) 사람 장경(張勍)은 외출했다가 도적들에게 약탈당했는데, 그 후에 장경도 스스로 무리를 모아서 여행객을 살해하고 약탈했지만 고향 사람은 해치지 않겠다고 맹세했다. 하루는 장경이 무리를 이끌고 항양의 동쪽 경계에 이르렀다가 달 밝은 밤중에 커다란 나무 밑에서 한창 쉬고 있을 때 갑자기 100여 명의 사람을 만났는데, 그들은 화촉(花燭)을 늘어놓고 음악을 연주하면서 부인 몇 명과 함께 가고 있었다. 그들은 장경을 보더니 멀리서 꾸짖으며 말했다.

　　"관군이냐? 도적 떼냐?"

　　장경의 부하들이 말했다.

　　"장 장군이시다."

　　행인이 말했다.

　　"녹림장군(綠林將軍 : 도적 떼의 우두머리)인가? 그런데 어찌 군대의 진용을 갖추고 있는가?"

　　장경의 부하들이 발끈해 장경에게 아뢰면서 저들을 죽이

자고 청하자, 장경은 소장(小將) 100명을 거느리고 가서 싸우게 했다. 행인 중에서 무기를 갖고 있는 자는 20~30명에 불과했지만, 막상 맞붙어 싸우다 보니 대부분 장경의 병사들이 다쳤다. 그래서 장경이 노해 직접 병사를 이끌고 곧장 달려 나가 몇 차례 싸웠지만 역시 불리했다. 행인 중에서 한 사람이 자칭 유지왕이라고 하면서 말했다.

"항양왕의 딸을 부인으로 얻게 되어 지금 신부를 맞이하러 오는 길인데, 마침 고요한 밤에 달빛을 맞으며 들판을 건너가면서 번잡함을 피하고자 했소. 갑자기 마주친 장군에게 시종이 무례하기에 멈추라고 꾸짖었는데, 그것이 장군의 분노를 사게 될 줄 몰랐소. 하지만 나는 평소 항양 사람을 해치지 않겠다는 장군의 맹세를 들었으니, 장군은 부디 그 맹세를 어기지 말았으면 하오."

장경은 그들을 놓아주라고 허락하면서 말했다.

"당신들은 모두 놓아주겠지만 부인은 남겨 두시오."

유지왕이 대답했다.

"부인을 남겨 두는 것은 안 되니 싸우고 싶다면 받아 주겠소."

장경은 다시 나아가 싸웠으나 역시 불리했다. 장경이 물러나려고 하자, 그의 부하들이 모두 분노하며 죽음을 각오하고 싸우길 원했다. 그래서 마침내 병사 1000여 명을 모두 출동시켜 세 부대로 나누어 다시 싸웠으나 역시 불리했다.

장경은 유지왕이 검을 휘두르며 바람처럼 들어오고 나가는 것을 보고 두려워하면서 부하들을 애써 제지했다. 장경은 혼자 물러나서 유지왕에게 물었다.

"당신의 병사들은 사람이오, 아니오? 어찌하여 상처를 입지 않는 것이오?"

유지왕이 웃으며 말했다.

"그대는 도적 떼의 우두머리로 부당한 일을 자행하면서 감히 우리 음군(陰軍 : 저승 군대)과 힘을 겨루려 하다니!"

장경은 바로 말에서 내려 유지왕에게 재배했다. 유지왕이 또 장경에게 말했다.

"안녹산(安祿山) 부자가 죽은 뒤에 사씨(史氏 : 사사명)가 왕명을 참칭하고 있는데, 그대는 도적이 된 이상 어찌하여 무리를 데리고 그에게 돌아가서 스스로 부귀해지려 하지 않소?" 미 : 귀왕(鬼王)이 장경을 해칠 수 없는 것은 그에게 반군에서 얻게 될 부귀가 있기 때문이다.

장경이 다시 절하며 말했다.

"나는 전술이 없고 우연히 도적 무리가 나를 우두머리로 추대한 것이니, 어떻게 남을 보좌할 수 있겠습니까?"

그러자 유지왕은 병서(兵書) 한 권을 꺼내서 장경에게 주고 떠났다. 장경은 그 병서를 터득해 병술(兵術)에 자못 통달했다. 얼마 후 장경은 병사를 데리고 사사명(史思明)에게 돌아가서 과연 장군으로 기용되었으며, 몇 년 뒤에 죽었다.

代宗時, 河朔未寧, 寇盜充斥. 恒陽人張勍, 因出遊被掠, 其後亦自聚衆殺掠, 而誓不傷鄉人. 一日, 引衆至恒陽東界, 夜半月明, 方息大林下, 忽逢百餘人, 列花燭, 奏歌樂, 與數婦人同行. 見勍, 遙叱之曰: "官軍耶? 賊黨耶?" 勍左右曰: "張將軍也." 行人曰: "是綠林將軍耶? 又何軍容之整?" 左右怒, 白勍, 請殺之, 因領小將百人與戰. 行人持戈甲者, 不過三二十人, 合戰, 多傷士卒. 勍怒, 自領兵直前, 又數戰不利. 內一人自稱幽地王: "得恒陽王女爲妻, 今來親迎, 比夜靜月下涉原野, 欲避繁雜. 逢將軍, 候從無禮, 方叱止之, 不謂犯將軍之怒. 然素聞將軍誓言, 不害恒陽人, 將軍幸不違言." 勍許捨之, 乃曰: "君輩皆捨, 婦人卽留." 對曰: "留婦人卽不可, 欲鬪卽可." 勍又入戰, 復不利. 勍欲退, 左右皆憤怒, 願死格. 遂盡出其兵千餘, 分三隊更鬪, 又不利. 見幽地王揮劍, 出入如風, 勍懼, 乃力止左右. 勍獨退而問曰: "君兵是人耶? 非耶? 何不見傷?" 幽地王笑言曰: "君爲短賊之長, 行不平之事, 而復欲與我陰軍競力也!" 勍方下馬再拜. 又謂勍曰: "安祿山父子死, 史氏僭命, 君爲盜, 奚不以衆歸之, 自當富貴?" 眉: 鬼王之不能害勍者, 以有此僞富貴在也. 勍又拜曰: "我無戰術, 偶賊衆推我爲長, 何可佐人?" 幽地王乃出兵書一卷, 以授之而去. 勍得此書, 頗達兵術. 尋以兵歸史思明, 果用之爲將, 數年而卒.

* 이 고사는 《태평광기》 권337 〈귀・장경(張勍)〉에 실려 있다.

54-11(1607) 태진 부인

태진부인(太眞夫人)

출《법원주림(法苑珠林)》

    한(漢)나라 때 태산(泰山) 사람 황원(黃原)이 새벽에 문을 열었더니, 난데없이 푸른 개 한 마리가 문밖에 엎드려 있었는데, 마치 집에서 기르는 것처럼 집을 지키고 있었다. 황원은 줄로 개를 묶어 데리고 다니며 이웃 마을에서 사냥했다. 그런데 날이 저물 무렵에 사슴 한 마리를 발견하고 바로 개를 풀어놓았더니 개가 아주 천천히 갔는데, 황원이 있는 힘을 다해 쫓아갔지만 결국 따라잡지 못했다. 몇 리를 가서 한 동굴에 이르러 100여 걸음을 들어갔더니 갑자기 평탄한 큰길이 나왔는데, 홰나무와 버드나무가 늘어서 있고 담장이 빙 둘러쳐져 있었다. 황원이 개를 따라 문으로 들어갔더니, 수십 칸쯤 되는 늘어선 방에 모두 용모가 아름답고 고운 옷을 차려입은 여자들이 있었는데, 금슬(琴瑟)을 타기도 하고 바둑을 두기도 했다. 북쪽 전각에 이르자 세 칸짜리 집이 있었는데, 두 사람이 시립(侍立)한 채 마치 누군가를 기다리는 것 같았다. 두 사람은 황원을 보더니 서로 쳐다보고 웃으며 말했다.

    "이 푸른 개가 묘음(妙音)의 신랑감을 데리고 왔구나!"

한 사람은 남아 있고 한 사람은 전각으로 들어갔다. 잠시 뒤에 시녀 네 명이 나오더니 말했다.

"태진 부인께서 황랑(黃郎 : 황원)에게 '이미 시집갈 나이가 된 딸 하나가 있는데, 운명에 응당 그대의 부인이 되어야 하오'라고 아뢰라 하셨습니다."

날이 저물자 시녀는 황원을 데리고 안으로 들어갔다. 묘음은 자색이 빼어났고 시녀들도 아름다웠다. 그들은 혼례를 치르고 난 뒤에 평소처럼 편안히 잠을 잤다. 며칠 뒤에 황원이 잠시 집으로 돌아가서 가족들에게 알리려 하자 묘음이 말했다.

"사람과 신은 길이 다르기 때문에 본래 오래 머물 수 없습니다."

이튿날 묘음은 허리에 찬 노리개를 풀어 주면서 이별하고 계단에 서서 눈물을 흘리며 말했다.

"훗날 만날 기약이 없으니 사랑과 공경의 마음이 더욱 깊어집니다. 만약 제가 보고 싶으면 삼월 초하루에 재계를 올리세요."

네 명의 시녀가 황원을 문밖까지 전송해 주었고, 황원은 반나절 만에 집에 도착했다. 황원은 묘음을 보고 싶은 마음에 정신이 아득해졌는데, 매번 약속한 날이 되면 늘 하늘에 수레가 보였으며 마치 날고 있는 것 같았다.

漢時, 泰山黃原, 平旦開門, 忽有一靑犬, 在門外伏, 守備如家養. 原紲犬, 隨鄰里獵. 日垂夕, 見一鹿, 便放犬, 犬行甚遲, 原絶力逐, 終不及. 行數里, 至一穴, 入百餘步, 忽有平衢, 槐柳列植, 垣牆回匝. 原隨犬入門, 列房可有數十間, 皆女子, 姿容姸媚, 衣裳鮮麗, 或撫琴瑟, 或執博棋. 至北閣, 有三間屋, 二人侍値, 若有所伺. 見原, 相視而笑云 : "此靑犬所引至妙音婿也!" 一人留, 一人入閣. 須臾有四婢出, 稱 : "太眞夫人白黃郞 : '有一女, 年已弱笄, 冥數應爲君婦.'" 旣暮, 引原入內. 妙音容色婉妙, 侍婢亦美. 交禮旣畢, 晏寢如常. 經數日, 原欲暫還報家, 妙音曰 : "人神道異, 本非久勢." 至明日, 解佩分袂, 臨階涕泣 : "後會無期, 深加愛敬. 若能相思, 三月旦, 可修齋戒." 四婢送出門, 半日至家. 情念恍惚, 每至其期, 常見空中有軿車, 仿佛若飛.

* 이 고사는 《태평광기》 권292 〈신·황원(黃原)〉에 실려 있다.

54-12(1608) 완약

완약(宛若)

출《한무고사(漢武故事)》

　한(漢)나라 무제(武帝)는 백량대(柏梁臺)를 세워 신군(神君)을 거처하게 했다. 신군은 본래 장릉현(長陵縣)의 여자로 어떤 사람에게 시집가서 그의 부인이 되었는데, 아들 하나를 낳았으나 몇 살 되지 않아 죽자 몹시 애통해하다가 그해에 그녀도 죽었다. 그녀가 죽어서 혼령으로 나타나자 그녀의 동서 완약이 그녀를 위해 사당을 세웠다. 마침내 완약이 그녀의 말을 듣고 그 사당의 주인이 되자, 많은 백성이 찾아와 복을 빌며 집안의 소소한 일까지 얘기했는데 자못 영험함이 있었다. 평원군(平原君 : 무제의 외조모)도 신군을 섬겼는데, 나중에 자손들이 존귀해지고 현달하자 이를 신군의 도움이라 여겼다. 무제가 즉위하자 왕 태후(王太后 : 무제의 모친)는 궁중으로 신군을 맞아들여 제사를 지냈는데, 그 말소리는 들렸지만 그 모습은 보이지 않았다. 나중에 신군이 궁 밖으로 나가길 청하자, 무제는 백량대를 지어 그곳에 머물게 했다. 처음에 곽거병(霍去病)이 미천했을 때 자주 신군에게 기도를 드렸더니, 신군이 모습을 드러내고 스스로 단장하고서 곽거병과 교접하고자 했다. 그러나 곽거병은 이를 받아들이지 않고 신군을 질책하며 말했다.

"나는 신군이 청결하다고 생각하기 때문에 재계하고 복을 빌었는데, 지금 음탕한 짓을 하려 하니 이는 신명(神明)이 아니오!"

이후로 곽거병은 스스로 발길을 끊고 다시는 찾아가지 않았으며, 신군도 부끄러워했다. 나중에 곽거병의 병이 위독해지자, 무제가 신군에게 그를 위해 기도하게 했더니 신군이 말했다.

"곽 장군(霍將軍 : 곽거병)은 정기가 부족해 수명이 길지 못합니다. 그래서 내가 일찍이 태을정(太乙精)을 보충해 수명을 연장해 주려고 했는데, 곽 장군이 이러한 뜻을 깨닫지 못하고 나와의 왕래를 끊었습니다. 지금은 구할 수가 없습니다."

곽거병은 결국 죽었다. 위태자[衛太子 : 여태자(戾太子) 유거(劉據)]가 [강충(江充)에게 무고당해] 패망하기 1년 전에 신군은 떠났다. 동방삭(東方朔)은 완약을 소실(小室)로 맞아들여 아들 세 명을 낳았는데, 나중에 동방삭과 함께 죽었다. 미 : 그 나이를 계산해 보면 완약은 거의 200살 가까이 산 사람인데, 그런데도 남자에게 시집가서 아들까지 낳았으니 아마도 도술을 지닌 사람이었을 것이다.

漢武帝起柏梁臺以處神君. 神君者, 長陵女, 嫁爲人妻, 生一男, 數歲死, 女悼痛之, 歲中亦死. 死而有靈, 其姒宛若祠之.

遂聞言, 宛若爲主, 民人多往請福, 說人家小事, 頗有驗. 平原君亦事之, 其後子孫尊顯, 以爲神君. 武帝卽位, 太后迎於宮中祭之, 聞其言, 不見其人. 至是神君求出, 乃營柏梁臺舍之. 初, 霍去病微時, 數自禱神, 神君乃見其形, 自修飾, 欲與去病交接. 去病不肯, 責神君曰:"吾以神君淸潔, 故齋戒祈福, 今欲爲淫, 此非神明也!" 自絶不復往, 神君亦慚. 及去病疾篤, 上令禱神君, 神君曰:"霍將軍精氣少, 命不長. 吾嘗欲以太乙精補之, 可得延年, 霍將軍不曉此意, 乃見斷絶. 今不可救也." 去病竟卒. 衛太子未敗一年, 神君乃去. 東方朔娶宛若爲小妻, 生子三人, 與朔俱死. 眉:計其年, 宛若將二百歲人, 猶嫁夫生子, 殆有道術者.

* 이 고사는 《태평광기》 권291 〈신·완약〉에 실려 있다.

54-13(1609) 유자경

유자경(劉子卿)

출《팔조궁괴록》

[남조] 송(宋)나라의 유자경은 서주(徐州) 사람으로, 여산(廬山)의 호계(虎溪)에서 살았다. 그는 고요하고 한가한 성품에 학문을 좋아했으며, 꽃과 나무를 심어 기르길 좋아해 강남의 꽃과 나무 중에서 심어 놓지 않은 것이 없었다. 문제(文帝) 원가(元嘉) 3년(426) 봄에 유자경이 화원에서 노닐다가 문득 보았더니, 오색이 분명하고 제비만큼 커다란 나비 한 쌍이 꽃 위에서 날아다녔는데, 하루에 서너 번씩 왔다 갔다 하자 유자경은 의아해했다. 그날 밤에 달이 밝고 바람이 맑아 노래하고 있을 때, 갑자기 문빗장을 두드리는 소리가 들리면서 여자가 말하고 웃는 소리가 났다. 유자경이 이상해하며 문을 나갔더니 여자 두 명이 보였는데, 각각 16~17세쯤 되었고 의복이 노을처럼 빛났으며 용모와 행동거지가 아주 훌륭했다. 여자들이 유자경에게 말했다.

"저희는 당신이 늘 의아해하던 꽃 사이의 나비들인데, 당신의 사랑에 감격해서 일부러 찾아왔습니다."

유자경은 두 여자를 맞이해 자리에 앉힌 뒤 곡진한 정을 나누고 싶다는 뜻을 피력했다. 그러자 두 여자 중에서 동쪽을 향해 앉았던 사람이 서쪽을 향해 앉았던 사람에게 말했다.

"오늘 밤은 언니에게 양보할게요."

그러고는 유자경에게 말했다.

"내일 밤의 즐거움도 오늘 밤과 같았으면 합니다."

새벽이 되자 언니는 곧 떠났다. 저녁에 두 여자가 또 와서 동생을 남겨 두어 유자경과 동침하게 했다. 유자경이 여자에게 물었다.

"나는 당신네 두 사람이 인간 세상의 사람이 아니라는 것을 알고 있는데, 진짜 사실을 알고 싶습니다."

여자가 말했다.

"좋은 아내를 얻기만 하면 됐지 어찌 수고스럽게 한사코 물으세요?"

이때부터 자매는 열흘마다 한 번씩 찾아왔는데 이렇게 몇 년을 지냈다. 나중에 유자경이 난리를 만나 고향으로 돌아가자 두 여자는 마침내 발길을 끊었다. 여산에 강왕묘(康王廟)가 있었는데, 유자경이 사는 곳에서 20여 리 떨어져 있었다. 유자경이 하루는 그곳을 찾아가서 보았더니, 사당 안에 진흙으로 빚은 두 여신상이 있었고 아울러 벽에 두 시녀가 그려져 있었다. 그 모습이 분명치는 않았지만 마치 이전에 만났던 여자들 같았기에, 유자경은 이들이 그 여자들이 아니었을까 하고 의심했다.

宋劉子卿, 徐州人也, 居廬山虎溪. 性幽閑好學, 愛花種樹, 其江南花木, 無不植者. 文帝元嘉三年春, 臨玩之際, 忽見雙蝶, 五彩分明, 來遊花上, 其大如燕, 一日中, 或三四往復, 子卿訝之. 其夜, 月朗風淸, 歌吟之際, 忽聞扣扃, 有女子語笑之音. 子卿異之, 乃出戶, 見二女, 各十六七, 衣服霞煥, 容止甚都. 謂子卿曰: "君常怪花間之物, 感君之愛, 故來相詣." 子卿延之坐, 願申繾綣. 二女東向坐者笑謂西坐者曰: "今宵讓姊." 因謂子卿曰: "來夜之歡, 願同今夕." 方曉, 女乃去. 及夕, 二女又至, 留妹同寢. 卿問女曰: "我知卿二人, 非人間之有, 願知之." 女曰: "但得佳妻, 何勞執問?" 自此姊妹每旬更至, 如是數年. 後子卿遇亂歸鄉, 二女遂絶. 廬山有康王廟, 去所居二十里餘. 子卿一日訪之, 見廟中泥塑二女神, 並壁間畫二侍者. 容貌依稀, 有如前遇, 疑此是之.

* 이 고사는 《태평광기》 권295 〈신·유자경〉에 실려 있다.

54-14(1610) 장 여랑

장여랑(張女郎)

출《이문록》

  심경(沈警)은 자가 현기(玄機)이고 오흥군(吳興郡) 무강현(武康縣) 사람이다. 풍류가 빼어나고 시를 잘 읊었으며, [남조] 양(梁)나라 동궁상시(東宮常侍)로 있으면서 당시에 명성이 높았다. 공경대신들은 매번 잔치를 열 때마다 반드시 사람을 보내 그를 초청하면서 말했다.

  "현기가 잔치 자리에 있어야 빈객이 몰린다."

  후에 [소찰(蕭察)과 서위군(西魏軍)의 공격으로] 형초(荊楚) 일대가 함락되자 심경은 주(周 : 북주)나라로 들어가서 상주국(上柱國 : 뛰어난 전공을 세운 공신에게 수여한 최고의 작위)이 되었다. 그는 명을 받들고 사신이 되어 진롱[秦隴 : 진령(秦嶺)과 농산(隴山)을 합쳐 부르는 지명]으로 가는 길에 장 여랑의 사당을 지나가게 되었다. 다른 여행객들은 대부분 술과 안주를 놓고 기도했으나, 심경 혼자만 물을 따라 놓고 빌었다.

  "저 차가운 샘물 한 사발 떠다 놓고, 산골짜기의 붉은 꽃 따다 이렇게 놓습니다. 비록 멀리서 가져온 제수용품은 아니지만, 이 지방에서 나는 것에 따라 바칩니다. 저의 정성스러운 마음이 여기에 담겨 있으니, 신께서는 고맙게 받아 주십시오."

날이 저문 뒤 심경은 전사(傳舍 : 공무로 출장 가는 사람이 묵는 객사)에 투숙했다가 난간에 기대어 달을 바라보며 〈봉장추함교곡(鳳將雛含嬌曲)〉을 지었는데, 그 가사는 이러했다.

"시 읊으라 하지만 읊어 줄 사람 없고, 애교 넘치지만 어디에서 애교를 부릴 건가? 꽃 위를 배회하는 달빛, 하릴없이 보내는 서글픈 밤."

또 이어서 가사를 지었다.

"살랑살랑 봄바람 불어오니, 방울방울 봄 이슬 가볍게 내려앉네. 안타깝구나 관산(關山)의 달이여, 환하게 빛나도 쓰일 데가 없으니."

심경이 가사를 다 읊고 나자 주렴 밖에서 찬탄하는 소리가 들리더니 또 이렇게 읊었다.

"한적한 밤을 어찌 헛되이 버려두겠으며, 휘영청 밝은 달이 어찌 빛이 없겠는가?"

소리가 맑고 뜻이 은근한 것이 보통 사람과는 사뭇 달랐다. 그런데 갑자기 한 여자가 주렴을 걷고 들어와서 절을 하며 말했다.

"장 여랑 자매께서 저에게 뜻을 전하라 하셨습니다."

심경은 이상해하며 의관을 갖추려 했는데, 자리에서 일

어나기 전에 두 여자가 이미 들어와서 심경에게 말했다.

"산을 오르고 물을 건너오시느라 고생하셨습니다."

심경이 말했다.

"공무로 길을 가던 중에 봄밤에 느낀 바가 많아 이렇게 시를 읊으면서 잠시 여행의 시름을 풀고 있었습니다. 그런데 뜻밖에도 여랑께서 귀한 행차를 하실 줄을 어찌 생각이나 했겠습니까? 누가 언니이고 누가 동생인지 알고 싶습니다."

두 여랑은 서로를 돌아보며 미소를 짓더니, 큰 여랑이 심경에게 말했다.

"소첩은 장 여랑의 동생으로, 여산부인(廬山夫人)의 장남에게 시집갔습니다."

그러고는 작은 여랑을 가리키며 말했다.

"저이는 형산부군(衡山府君)의 작은아들에게 시집갔습니다. 오늘 큰언니의 생일이라 함께 큰언니를 뵈러 왔는데, 큰언니가 오늘 아침에 층성(層城)115)에 가서 아직 돌아오지 않았습니다. 산중이라 조용하고 적막하며 좋은 밤에 정회가 많아 삼가 모시고자 합니다. 힘이 들까 꺼리지는 마십시오."

---

115) 층성(層城) : 서왕모(西王母)가 산다고 하는 곤륜산(崑崙山)의 높은 성.

두 여랑은 마침내 심경의 손을 잡고 문을 나서더니 함께 치병거(輜軿車 : 휘장을 친 수레)에 올라 여섯 마리의 말을 몰고 공중으로 치달렸다. 잠시 후 한 곳에 도착하자 높다란 붉은 누각이 보였는데 아주 환하게 빛나고 화려했다. 두 여랑은 심경에게 물가의 한 누각에 머물러 있게 했는데, 향기가 밖에서 안으로 스며들어 왔다. 주렴과 휘장은 대부분 금실과 물총새 깃털로 만든 것이었는데, 사이사이에 구슬이 박혀 있어 그 빛이 온 방 안을 가득 비추었다. 잠시 뒤에 두 여랑이 누각 뒤에서 천천히 걸어와서 심경에게 읍(揖)하고 자리에 앉더니 또 술과 안주를 차렸다. 큰 여랑은 공후를 타고 작은 여랑은 금(琴)을 타면서 몇 곡을 연주했는데, 모두 인간 세상에서 들어 본 것이 아니었다. 심경은 감탄하면서 한참 동안 감상하다가 금곡의 악보를 적어 달라고 했다. 그러자 작은 여랑이 웃으며 심경에게 말했다.

　"이것은 신선이 만든 곡으로 인간 세상에 전할 수 없습니다."

　심경은 대충 몇 곡을 기억했으며 더 이상 감히 묻지 않았다. 술이 얼큰하게 취했을 때 큰 여랑이 노래했다.

　"사람과 신은 한 번 만나면 다시 만나기 어렵고, 서로 만난다 하더라도 잠시 즐거울 뿐이네. 은하수는 옮겨 가고 밤은 장차 끝나 가는데, 이내 마음 아직 다 표현하지 못한 채 또 주저하네."

작은 여랑이 노래했다.

"퉁소 소리 울려 퍼지니 바람이 일고, 맑은 밤 끝나 가니 악기 소리 거세지네. 〈장상사(長相思)〉와 〈형산곡(衡山曲)〉 연주하며, 애끊는 이내 마음은 진롱 어귀에 있네."

심경이 노래했다.

"[동진] 의희(義熙) 연간(405~418)까지 수많은 세월이 흘렀지만, 장석(張碩)은 몇 번이나 두난향(杜蘭香)116)의 사랑을 받았던가? 어째서 지금 사람은 옛사람에 미치지 못해, 잠시 서로 만나고는 더는 인연이 없단 말인가?"

두 여랑은 서로 돌아보며 눈물을 흘렸고 심경도 그들을 따라 눈물을 흘렸다. 작은 여랑이 심경에게 말했다.

"난향(蘭香 : 선녀 두난향) 이모와 지경[智瓊 : 선녀 성공지경(成公智瓊)] 언니 역시 늘 이런 한을 품고 있습니다." 미 : 신선도 진실로 아득한 슬픔이 많은가?

큰 여랑이 작은 여랑을 돌아보며 말했다.

---

116) 두난향(杜蘭香) : 후한 때의 사람으로, 한 어부가 상강(湘江)의 동정호에서 낚시하다가 여자아이의 울음소리를 듣고 데려다 길렀는데, 열 살 조금 넘었을 때 한 청동(靑童)이 그녀를 데리고 하늘로 올라갔으며 자신은 하늘의 선녀로 죄를 지어 인간 세상에 폄적된 것이라고 했다. 후에 두난향은 장석(張碩)의 집에 내려와 장석에게 도를 전해 주고 함께 신선이 되어 하늘로 올라갔다고 한다. 이 고사는 본서 8-10(0131) 〈두난향(杜蘭香)〉에 나온다.

"윤옥(潤玉)아, 이 사람은 그리워할 만하구나."

한참 뒤에 함께 나가다가 문에 이르러 작은 여랑에게 말했다.

"윤옥아, 심랑(沈郞 : 심경)을 모시고 함께 자거라."

심경은 기뻐하며 어쩔 줄 모르다가 마침내 작은 여랑의 손을 잡고 문으로 들어갔는데, 이미 어린 하녀가 앞에 침구를 펴고 있었다. 작은 여랑이 심경의 손을 잡고 말했다.

"예전에 저는 아황(娥皇)과 여영(女英) 두 비(妃)를 따라 상천(湘川 : 상강)을 노닐다가 당신이 순(舜)임금의 사당에서 상왕비(湘王碑)를 읽는 것을 보고 그때 당신을 몹시 그리워했는데, 뜻밖에도 오늘 밤에 오랜 소원을 이루게 되었습니다." 미 : 작은 여랑은 형산부군의 작은아들의 부인이 되지 않았는가?

심경도 그 일을 기억하고는 작은 여랑의 손을 잡고 정감 어린 말을 나누었는데, 자신의 감정을 억제할 수 없었다. 두 사람은 마침내 문을 닫고 잠자리에 들어 지극한 즐거움을 나누었다. 장차 날이 밝으려 하자 작은 여랑이 일어나 심경에게 말했다.

"인간과 신은 일이 달라 낮에까지 즐거움을 추구해서는 안 됩니다. 큰언니가 이미 문 앞에 와 계십니다."

심경은 작은 여랑을 껴안아 무릎에 앉히고 함께 속마음을 얘기했다. 잠시 뒤에 큰 여랑이 오자 다시 술상을 차렸다.

심경이 또 노래했다.

"결국 이렇게 되고 보니 떠나는 이의 마음 편치 않으니, 어찌 만 리 길인들 그리움의 정을 막을 수 있겠는가? 다만 이제 진롱의 물줄기에, 지금까지 흐느껴 울던 소리 다시 띄워 보내네."

심경이 작은 여랑에게 가락지를 주자, 작은 여랑은 심경에게 금실로 만든 합환결(合歡結)[117]을 주면서 노래했다.

"맺은 마음은 타래처럼 만 가닥으로 얽혀 있고, 묶은 가닥은 수천 번이나 감겨 있네. 맺힌 원망은 그 끝이 없고, 맺은 마음은 끝내 풀 수 없네."

큰 여랑은 심경에게 옥거울을 주며 노래했다.

"생각해 보니 옛날에 옥거울 들여다볼 때, 거울 속에 밝은 달이 보였네. 거울과 달이 모두 사람을 비추니, 부디 그 빛 사라지게 하지 마소서."

이렇게 주고받은 시가 굉장히 많아서 다 기억할 수 없었다. 그들은 마침내 함께 문을 나와 다시 치병거를 타고 심경을 장 여랑의 사당에 데려다주고는 손을 잡고 목이 메도록 울다가 헤어졌다. 심경이 객관으로 돌아와서 품속을 더듬어

---

[117] 합환결(合歡結) : 비단실을 엮어 만든 매듭으로, 남녀나 부부의 사랑을 상징한다.

보았더니, 옥거울과 금실로 만든 합환결이 있었다. 한참 뒤에 심경은 객관 주인에게 자신이 겪은 일을 말해 주었는데, 그날 밤에 옥거울과 합환결이 사라져 버렸다.

沈警, 字玄機, 吳興武康人也. 美風調, 善吟咏, 爲梁東宮常侍, 名著當時. 每公卿宴集, 必致騎邀之, 語曰:"玄機在席, 顚倒賓客." 後荊楚陷沒, 入周爲上柱國. 奉使秦隴, 途過張女郎廟. 旅行多以酒餚祈禱, 警獨酌水, 具祝詞曰:"酌彼寒泉水, 紅芳掇巖谷. 雖致之非遙, 而薦之隨俗. 丹誠在此, 神其感錄." 旣暮, 宿傳舍, 憑軒望月, 〈鳳將雛含嬌曲〉, 其詞曰:"命嘯無人嘯, 含嬌何處嬌? 徘徊花上月, 空度可憐宵." 又續爲歌曰:"靡靡春風至, 微微春露輕. 可惜關山月, 還成無用明." 吟畢, 聞簾外嘆賞之聲, 復云:"閑宵豈虛擲, 朗月豈無明?" 音旨淸婉, 頗異於常. 忽見一女子褰簾而入, 拜云:"張女郎姉妹見使致意." 警異之, 乃具衣冠, 未離坐而二女已入, 謂警曰:"跋涉山川, 因勞動止." 警曰:"行役在途, 春宵多感, 聊因吟咏, 稍遣旅愁. 豈意女郎猥降仙駕? 願知伯仲." 二女郎相顧而微笑, 大女郎謂警曰:"妾是女郎妹, 適廬山夫人長男." 指小女郎云:"適衡山府君小子. 並以生日, 同覲大姊, 屬大姊今朝層城未旋. 山中幽寂, 良夜多懷, 輒欲奉屈. 無憚勞也." 遂携手出門, 共登一輜軿車, 駕六馬, 馳空而行. 俄至一處, 朱樓飛閣, 備極煥麗. 令警止一水閣, 香氣自外入內. 簾幌多金縷翠羽, 間以珠璣, 光照滿室. 須臾, 二女郎自閣後冉冉而至, 揖警就坐, 又具酒餚. 於是大女郎彈箜篌, 小女郎援琴而數弄, 皆非人世所聞. 警嗟賞良久, 願請琴寫之. 小女郎笑謂警曰:"此神仙所製, 不可傳於人間." 警粗記數弄, 不復敢訪. 及酒酣, 大女郎歌曰:"人神相合兮後會難, 邂逅相遇兮暫爲歡. 星漢移兮夜將闌, 心未極兮且盤桓." 小女郞歌曰: "洞簫響兮風生流, 淸夜闌兮管弦遒. 〈長相思〉兮〈衡山曲〉, 心斷絶兮秦隴頭." 警歌曰: "義熙曾歷許多年, 張碩凡得幾時憐? 何意今人不及昔, 暫來相見更無緣?" 二女郞相顧流涕, 警亦下淚. 小女郞謂警曰: "蘭香姨·智瓊姉, 亦常懷此恨矣." 眉: 神仙固多幽悵耶? 大女郞顧小女郞曰: "潤玉, 此人可念也." 良久, 同出及門, 謂小女郞曰: "潤玉, 可伴沈郞寢." 警欣喜如不自得, 遂携手入門, 已見小婢前施臥具. 小女郞執警手曰: "昔從二妃遊湘川, 見君於舜帝廟讀湘王碑, 此時念頗切, 不意今宵得諧宿願." 眉: 小女郞獨不爲衡山府郡小子地乎? 警亦備記此事, 執手款叙, 不能自已. 遂掩戶就寢, 備極歡昵. 將曉, 小女郞起, 謂警曰: "人神事異, 無宜卜晝. 大姊已在門首." 警於是抱持置於膝, 共叙衷款. 須臾, 大女郞至, 復置酒. 警又歌曰: "直恁行人心不平, 那宜萬里阻關情? 祇今隴上分流水, 更泛從來鳴咽聲." 警乃贈小女郞指環, 小女郞贈警金合歡結, 歌曰: "結心纏萬縷, 結縷幾千回. 結怨無窮極, 結心終不開." 大女郞贈警瑤鏡子, 歌曰: "憶昔窺瑤鏡, 相望看明月. 彼此俱照人, 莫令光彩滅." 贈答極多, 不能備記. 遂相與出門, 復駕輜軿車, 送至下廟, 乃執手嗚咽而別. 及至館, 懷中探得瑤鏡·金縷結. 良久, 乃言於主人, 夜則失所在.

* 이 고사는 《태평광기》 권326 〈귀·심경(沈警)〉에 실려 있다.

54-15(1611) 정씨 신부

정씨부(丁氏婦)

출《수신기》

　　회남(淮南) 전초현(全椒縣)에 정씨 신부가 있었는데, 본래는 단양(丹陽) 정씨의 딸이었다. 그녀는 열여섯 살에 전초현의 사씨(謝氏) 집안으로 시집갔다. 그런데 그 시어머니가 모질고 엄해서 매질을 견딜 수 없었다. 그녀는 결국 9월 7일에 스스로 목매달아 죽었는데, 귀신 소리가 민간에까지 들렸다. 그녀는 무당의 입을 통해 말했다.

　　"가련하게도 집집마다 며느리들은 쉬지도 않고 일만 하니, 9월 7일 하루만은 피해서 일을 시키지 말라."

　　그러고는 모습을 드러냈는데, 옥색 옷을 입고 푸른 덮개를 썼으며 하녀 한 명이 따르고 있었다. 그녀는 우저진(牛渚津)에 이르러 강을 건너가고자 했는데, 마침 남자 두 명이 함께 배를 타고 고기를 잡고 있기에 그들을 불러 태워 달라고 했다. 그러자 두 남자가 희롱하며 말했다.

　　"내 아내가 되겠다고 하면 건네주겠소."

　　정씨 부인이 말했다.

　　"너희는 무지하니 반드시 너희를 진흙 속에 처넣어 죽게 만들 것이다."

그러고는 곧장 풀 속으로 도로 들어갔다. 잠시 뒤에 한 노인이 배에 갈대를 싣고 가자, 정씨 부인이 건네 달라고 했더니 노인이 말했다.

"배에 지붕이 없으니 어찌 드러난 채로 건널 수 있겠습니까?"

정씨 부인이 말했다.

"염려하지 마십시오."

그리하여 노인은 갈대를 반쯤 들어내고 정씨 부인을 태워 건네주어 남쪽 기슭에 이르렀는데, 그녀는 떠나면서 노인에게 말했다.

"나는 귀신이지 사람이 아닙니다. 스스로 강을 건널 수 있지만 세상 사람들에게 저에 대해 조금이나마 알게 하기 위해 그렇게 했던 것입니다. 노인장께서 후의를 베풀어 갈대까지 들어내고 저를 건네주셨으니 심히 미안하고 고맙습니다. 노인장께서 속히 돌아가시면 틀림없이 보게 될 것이 있고 또 얻게 될 것이 있을 것입니다."

노인이 서쪽 기슭으로 돌아가서 보았더니, 젊은 남자 두 명이 물속에 거꾸로 처박혀 있었다. 앞으로 몇 리를 나아갔더니 물고기 수천 마리가 물가에서 뛰어올랐는데, 바람이 불어 물고기를 기슭 위로 밀어 놓았다. 노인은 마침내 갈대를 버리고 물고기를 배에 실어 돌아갔다. 그리하여 정씨 부인은 마침내 단양으로 돌아갔는데, 강남 사람들은 모두 그녀를 "정고(丁姑)"라고 불렀으며, 매년 9월 7일에는 일을 하지 않고 모두 쉬는 날로 정했다. 미: 쉬는 날의 유래가 매우 신기하다.

淮南全椒縣有丁新婦者, 本丹陽丁氏女. 十六, 適全椒謝家. 其姑嚴酷, 笞捶不可堪. 九月七日, 自經死, 遂有靈響, 聞於民間. 發言於巫祝曰: "念人家婦女, 作息不倦, 使避九月七日, 勿用作." 見形, 著縹衣, 戴靑蓋, 從一婢. 至牛渚津求渡, 有兩男子共乘船捕魚, 仍呼求載. 兩男子共調弄之, 言: "聽我爲婦, 當相渡." 丁嫗曰: "汝無知, 當使汝入泥死." 便却入草中. 須臾, 有一老翁, 乘船載葦, 嫗從索渡, 翁曰: "船上無裝, 豈可露渡?" 嫗言: "無苦." 翁因出葦半許, 渡之, 至南岸, 臨去, 語翁曰: "吾鬼神, 非人也. 自能得過, 然宜使民間粗相聞知. 翁之厚意, 出葦相渡, 深有慚感. 翁速還去, 必有所見, 亦當有所得." 翁還西岸, 見兩少男子覆水中. 進前數里, 有魚千數, 跳躍水邊, 風吹置岸上. 翁遂棄葦, 載魚以歸. 於是丁嫗遂還丹陽, 江南人皆呼爲"丁姑", 九月七日, 不用作事, 咸以爲息日也. 眉: 息日事甚新.

* 이 고사는 《태평광기》 권292 〈신·정씨부〉에 실려 있다.

54-16(1612) 아자

아자(阿紫)

출《이원》

세간에 자고신(紫姑神)118)이 있는데, 예로부터 전해 오는 바에 따르면, 그녀는 다른 사람의 첩으로 본부인의 시기를 받아 매번 더러운 일을 끊임없이 하다가 정월 15일에 결국 분에 차서 죽었다. 그래서 세상 사람들은 그녀가 죽은 날에 그녀의 형상을 만들어 밤에 측간이나 돼지우리 옆에서 그녀를 맞이하며 빈다.

"자서(子胥)는 집에 없고(자서는 남편의 이름이다), 조고(曹姑)도 돌아갔으니(조고는 본부인이다), 소고(小姑)는 나와서 노소서!"

신상을 잡은 사람이 무게를 느끼면 바로 신이 온 것이다. 이때 술과 과일을 차려 제사를 올리면, 멈추지 않고 계속 뛴

---

118) 자고신(紫姑神) : 측신(厠神) 가운데 하나. '자고'는 본래 수양현령(壽陽縣令) 이경(李景)의 첩 하미(何媚)라고 하는데, 본처의 학대를 받다가 측간에서 죽어서 나중에 측간신이 되었다. 중국의 옛날 측간은 대개 2층으로 만들어 1층엔 돼지를 키웠기 때문에 측간이나 돼지우리에 자고신의 그림을 붙여 놓는다.

다. 많은 일을 점칠 수 있어서 이듬해의 누에 치는 일을 점치는데, 점괘가 좋으면 크게 춤을 추고 점괘가 나쁘면 드러누워 잠을 잔다.

世有紫姑神, 古來相傳是人妾, 爲大婦所嫉, 每以穢事相次役, 正月十五日, 感激而死. 故世人以其日作其形, 夜於厠間或猪欄邊迎之, 祝曰 : "子胥不在, 是其婿名也[1], 曹姑亦歸去, 卽其大婦也, 小姑可出戲!" 捉者覺重, 便是神來. 奠設酒果, 卽跳躞不住. 占衆事, 卜行年蠶桑, 好則大儛, 惡便仰眠.

* 이 고사는 《태평광기》 권292 〈신・아자〉에 실려 있다.
1 시기서명야(是其婿名也) : 주문(注文)으로 처리하는 것이 마땅하다. 다음 구절의 "즉기대부야(卽其大婦也)"도 마찬가지다.

54-17(1613) 진나라 때의 신인

진시신인(秦時神人)

출《농주도경(隴州圖經)》·《삼제요략(三齊要略)》

농주(隴州)의 견원현(汧源縣)에 토양신(土羊神)의 사당이 있다. 옛날 진시황(秦始皇)이 어도(御道)를 개척할 때, 흰 양 두 마리가 싸우는 것을 보고 사자를 보내 쫓아 버리게 했는데, 그 양들이 이곳에 이르러 흙덩이로 변했다. 사자가 깜짝 놀라 돌아와서 보고하자, 진시황이 그곳으로 행차해서 보았더니 두 사람이 길모퉁이에서 절을 올렸다. 진시황이 누구냐고 묻자 그들이 대답했다.

"신(臣)들은 사람이 아니라 토양의 신입니다. 성군께서 이곳에 오셨기에 배알하러 온 것입니다."

그들은 말을 마친 뒤 사라졌다. 진시황은 마침내 그곳에 사당을 세우게 했는데, 지금까지 끊이지 않고 제사를 지낸다.

진시황은 돌다리를 만들어서 바다를 건너가 해가 뜨는 곳을 보고자 했다. 당시 어떤 신인(神人)이 돌을 몰아 바다로 내려가게 할 수 있었는데, 양성(陽城) 땅의 11개 산이 지금 모두 일어서서 우뚝 솟은 채로 동쪽으로 기울어 있는 것은 마치 그 돌을 따라가려는 듯한 형상이다. 또 돌이 빨리 가지 않아서 신인이 번번이 채찍질했기 때문에 돌들이 모두 피를 흘려 붉지 않은 것이 없다. 진시황은 바닷속에 돌다리를 만들었는데, 혹자는 그 돌다리는 사람의 공력으로 만든 것이 아니라고 한다. 해신(海神)이 그를 위해 기둥을 세워주자, 진시황이 그 은혜에 감동해 해신에게 공경을 드리기 위해 만나 보길 청했더니 해신이 말했다.

"나는 모습이 추하니 내 모습을 그리지 않겠다고 약속하면 황제와 만나겠소."

그래서 진시황은 돌다리를 따라 바다로 30리를 들어가 신인을 만났다. 그런데 진시황의 좌우에 있던 어떤 솜씨 좋은 사람이 은밀히 발가락으로 해신의 모습을 그렸더니 해신이 노해 말했다.

"황제는 약속을 저버렸으니 속히 떠나시오!"

진시황은 즉시 말 머리를 돌렸는데, 앞의 교각은 그대로 있었지만 뒤의 교각은 발걸음을 따라서 무너졌기에 겨우 해안에 올라갈 수 있었다.

평 : 《유양잡조(酉陽雜俎)》에 따르면, 채자국(菜子國)의 바닷가에 있는 석인(石人)은 키가 1장 5척이고 굵기가 10아름인데, 옛날에 진시황이 이 석인을 보내 노산(勞山)을 뒤쫓게 했지만 쫓아갈 수 없어서 마침내 그 자리에 서 있게 되었다고 한다. 진시황의 위세가 어떻게 이런 경지에까지 이르

게 되었는지 모르겠다.

隴州汧源縣, 有土羊神廟. 昔秦始皇開御道, 見二白羊鬭, 遣使逐之, 至此化爲土堆. 使者驚回, 始皇乃幸其所, 見二人拜於路隅. 問之, 答曰: "臣非人, 乃土羊之神也. 以君至此, 故來相謁." 言訖而滅. 始皇遂令立廟, 至今祭享不絶.

始皇作石橋, 欲過海, 觀日所出處. 時有神能驅石下海, 陽城十一山, 今盡起立, 巖巖東傾, 如相隨行狀. 石去不速, 神人輒鞭之, 皆流血, 石莫不悉赤. 始皇於海中作石橋, 或云非人功所建. 海神爲之豎柱, 始皇感其惠, 乃通敬於神, 求與相見. 神云: "我形醜, 約莫圖我形, 當與帝會." 始皇乃從石橋入三十里, 與神相見. 帝左右有巧者, 潛以脚畫, 神怒曰: "帝負約, 可速去!" 始皇卽轉馬, 前脚猶立, 後脚隨崩, 僅得登岸.

評: 按《酉陽雜俎》, 菜子國海上有石人, 長一丈五尺, 大十圍, 昔始皇遣此石人追勞山, 不得, 遂立. 不知始皇之威靈, 何以及此.

* 이 고사는 《태평광기》 권291 〈신·토양신(土羊神)〉과 〈진시황(秦始皇)〉에 실려 있다.

54-18(1614) 죽왕

죽왕(竹王)

출《수경(水經)》

　한(漢)나라 무제(武帝) 때 한 여자가 물가에서 빨래하고 있을 때 마디가 세 개 달린 커다란 대나무가 여자의 발 사이로 흘러들어 왔는데, 밀쳐 내도 떠나지 않았다. 그런데 대나무 속에서 무슨 소리가 들리기에 건져 내서 쪼개 보았더니 사내아이 하나가 나왔다. 그 아이는 장성한 뒤 마침내 이수(夷水)와 복수(濮水) 지역에서 패권을 차지했으며, 죽씨(竹氏)를 성으로 삼고 "죽왕"이라 불렸다. 옛날에 버렸던 쪼개진 대나무가 들판에서 숲을 이루었는데, 지금 죽왕사(竹王祠)에 있는 대나무 숲이 이것이다. 죽왕이 한번은 종자(從者)를 데리고 커다란 바위 위에서 쉬면서 국을 끓이라고 명했는데, 종자가 "물이 없습니다"라고 했다. 그러자 죽왕이 검으로 바위를 쳤더니 물이 솟아났는데, 지금의 죽왕수(竹王水)가 이것이다. 나중에 당몽(唐蒙)[119]이 장가(牂牁)를 개척하면서 죽왕의 머리를 베었다. 서남 지방의 이민족들은

---

119) 당몽(唐蒙) : 한나라 무제 때의 번양현령(番陽縣令)으로, 야랑국(夜郞國)을 복속시키고 그곳에 건위군(犍爲郡)을 설치했다.

모두 이를 원망하면서, 죽왕이 사람의 혈기를 받아 태어난 것이 아니므로 그를 위한 사당을 세워 달라고 요구했다. 무제는 죽왕의 세 아들을 왕후(王侯)에 봉했으며 그들이 죽자 부친의 묘당에 배향(配享)하도록 했는데, 지금의 죽왕삼랑사(竹王三郎祠)에 모셔진 신이 바로 그들이다.

漢武帝時, 有一女子浣於濱, 有三節大竹, 流入女子足間, 推之不去. 聞有聲, 持破之, 得一男兒. 及長, 遂雄夷濮, 氏竹爲姓, 號"竹王". 所捐破竹, 於野成林, 王祠竹林是也. 王嘗從人止大石上, 命作羹, 從者曰: "無水." 王以劍擊石出水, 今竹王水是也. 後唐蒙開牂牁, 斬竹王首. 夷獠咸怨, 以竹王非血氣所生, 求爲立祠. 帝封三子爲侯, 及死, 配父廟, 今竹王三郞祠, 其神也.

* 이 고사는 《태평광기》 권291 〈신·죽왕〉에 실려 있다.

54-19(1615) 난후

난후(欒侯)

출《열이전》

    한중군(漢中郡)에 난후라는 귀신이 있었는데, 늘 승진(承塵)[120] 위에 살면서 젓갈과 채소를 즐겨 먹었으며 앞날의 길흉을 잘 알았다. [한나라] 감로(甘露) 연간(BC 53~BC 50)에 누리 떼가 크게 일어났는데, 누리 떼가 지나간 곳마다 벼와 농작물이 하나도 남지 않았다. 태수는 사자를 보내 이 사실을 난후에게 알리고 젓갈과 채소로 제사를 지내 주었다. 그러자 난후가 사자에게 말했다.

    "누리 떼는 작은 일이니 틀림없이 곧 없애 주겠소."

    난후는 말을 마치고 난 뒤 훌쩍 날아갔다. 사자가 보았더니 그 모습은 비둘기와 흡사했고 소리는 물새와 같았다. 사자는 돌아와서 난후의 말을 태수에게 자세히 아뢰었다. 곧바로 과연 억만 마리의 새가 날아와서 누리를 먹어 치워 순식간에 모두 없어졌다.

---

120) 승진(承塵) : 천장에서 떨어지는 먼지를 막기 위해 자리나 침소 위에 설치하는 판이나 막.

漢中有鬼神欒侯, 常在承塵上, 喜食鮓菜, 能知吉凶. 甘露中, 大蝗起, 所經處禾稼輒盡. 太守遣使告欒侯, 祀以鮓菜. 侯謂吏曰: "蝗蟲小事, 輒當除之." 言訖, 翕然飛出. 吏仿佛其狀類鳩, 聲如水鳥. 吏還, 具白太守. 卽果有衆鳥億萬, 來食蝗蟲, 須臾皆盡.

* 이 고사는 《태평광기》 권292 〈신·난후〉에 실려 있다.

54-20(1616) 숙상신

숙상신(肅霜神)

출《유명록》

하남(河南)의 양기(陽起)는 자가 성경(聖卿)이다. 그는 어렸을 때 학질을 앓았는데, 그때 사당에서 《견핵백귀법(譴劾百鬼法)》이란 책 한 권을 얻었다. 그가 일남태수(日南太守)로 있을 때 그의 모친이 뒷간에 갔다가 머리 길이가 몇 척이나 되는 귀신을 보고 그 사실을 성경에게 알렸더니 성경이 말했다.

"그것은 숙상신입니다."

성경은 숙상신을 꾸짖고 밖으로 나오게 했는데, 숙상신은 마치 하인처럼 변해 있었다. 성경이 숙상신을 시켜 도성으로 편지 심부름을 보내면 숙상신은 아침에 출발해서 저녁에 돌아왔는데, 숙상신에게 일을 시키면 1000명의 몫을 해냈다. 어떤 사람이 성경에게 화를 내자 성경은 밤에 숙상신을 그 집으로 보냈는데, 숙상신이 침상 머리로 가서 그의 두 손을 잡고 시뻘건 눈을 부릅뜬 채 혀를 땅에 닿도록 내밀자, 그 사람은 겁에 질려 거의 죽을 뻔했다.

河南陽起, 字聖卿. 少時疾瘧, 於社中得書一卷,《譴劾百鬼法》. 爲日南太守, 母至厠上, 見鬼, 頭長數尺, 以告聖卿, 聖卿曰: "此肅霜之神." 劾之來出, 變形如奴. 送書京師, 朝發暮返, 作使當千人之力. 有與忿悲者, 聖卿遣神夜往, 趣其床頭, 持兩手, 張目正赤, 吐舌柱地, 其人怖幾死.

* 이 고사는《태평광기》권292〈신·양기(陽起)〉에 실려 있다.

54-21(1617) 팔대신

팔대신(八大神)

출《세설》

　오흥(吳興) 사람 서장(徐長)은 예전부터 포정(鮑靚)과 정신적인 교유를 했는데, 포정은 서장에게 비술을 전수해 주려 하면서 먼저 서장에게 벼슬하지 않겠다는 맹세를 하라고 청한 뒤에 비로소 부록(符籙)을 전수해 주었다. 이때부터 서장은 여덟 명의 대신(大神)이 옆에 있는 것을 늘 보았는데, 미래와 과거를 꿰뚫어 볼 수 있었고 재능과 학식이 나날이 달라졌다. 그래서 향리에서 한결같이 그를 칭찬하면서 그를 주(州)의 주부(注簿)로 기용하려 하자 서장은 내심 기뻐했다. 그러자 여덟 명의 신 중에서 일곱 명이 하루아침에 보이지 않았고, 나머지 한 명도 거만하게 굴면서 평상시와 같지 않았다. 서장이 그 이유를 물었더니 그 신이 대답했다.

　"그대가 이전의 맹세를 어겼으니 더 이상 그대를 위해 일하지 않기로 했고, 나 혼자만 남아서 부록을 지키고 있소."

　서장이 부록을 돌려주자 마침내 그 신도 물러갔다.

吳興徐長夙與鮑靚有神明之交, 欲授以秘術, 先請徐誓以不仕, 始授錄. 自是常見八大神在側, 能知來見往, 才識日異. 州鄕翕然美談, 欲用爲州主簿, 徐心悅之. 八神一朝不見七人, 餘一人倨傲不如常. 徐問其故, 答曰 : "君違前誓, 不復相爲使, 留此衛錄耳." 徐乃還錄, 遂退.

* 이 고사는《태평광기》권294〈신·서장(徐長)〉에 실려 있다.

54-22(1618) 고림법신

고림법신(孤林法神)

출《녹이기(錄異記)》

    천수[天水 : 진주(秦州)] 팽군(彭郡)에 배(裵) 아무개라는 사람이 있었는데, [당나라] 함통(咸通) 연간(860~874)에 동랑(東閬)에서 고림법(孤林法)을 배웠다. 그는 친척 여자와 간음했다가 일이 발각되어 감옥에 갇혔다. 그런데 매일 그에게 음식을 가져다주는 사람은 다름 아닌 고림법신(孤林法神)이었다. 옥리가 이상히 여겨 신에게 물었다.

    "신은 이미 신령한데 어째서 그의 형벌을 면하게 해 주지 않습니까?" 미 : 옥리는 법술을 배운 적이 없는데 어떻게 신을 볼 수 있단 말인가?

    신이 말했다.

    "나의 법술을 전수받은 자는 몸을 보전해 해를 멀리하고 남을 구제할 수 있소. 그런데 이자는 이미 금기와 맹세를 어겼으니 어찌 인간 세상의 왕법(王法)뿐이겠소? 이는 신도 용서할 수 없소. 지금 그에게 잘 대해 주는 것은 그가 그간 향을 사른 공덕에 대한 보답일 뿐이오."

    결국 배 아무개는 곤장을 맞고 죽었다.

天水彭郡裵氏子, 咸通中, 於東閬學孤林法. 淫其親表婦女,事發繫獄. 每日供具飮食, 悉是孤林法神爲致之. 獄吏怪而謂其神曰 : "神旣靈異, 何不爲免此刑?" 眉 : 獄吏未嘗學法, 何能見神? 神曰 : "受吾法者, 祇可全身遠害, 方便濟人. 旣違戒誓, 豈但王法? 神亦不容也. 今之殷勤, 以酬香火之功." 竟答殺之.

* 이 고사는《태평광기》권311〈신 · 배씨자(裴氏子)〉에 실려 있다.

54-23(1619) 재동신

재동신(梓桐神)

출《집이기》

    위정훈(衛庭訓)은 하남(河南) 사람으로 여러 차례 과거를 보았으나 낙제했다. [당나라] 천보(天寶) 연간(742~756) 초에 그는 금(琴) 연주와 술 마시는 것을 일삼으며 늘 동시(東市)의 술집에서 놀았다. 하루는 우연히 한 거인(擧人)을 만나 아주 즐거워하며 그를 청해 함께 술을 마셨다. 그 사람은 혼미할 정도로 취해 위정훈에게 말했다.

    "나는 사람이 아니라 화원현(華原縣)의 재동신(梓桐神)입니다. 지금 사당으로 돌아가야 하니, 훗날 부족한 것이 있거든 꼭 찾아오십시오."

    말을 마치고는 떠났다. 열흘 뒤에 위정훈은 재동신을 찾아갔다. 사당에 도착했더니 재동신은 이미 사자 두 명을 보내 위정훈을 맞아들이게 했다. 위정훈이 절을 하려고 하자 재동신이 말했다.

    "제가 나이가 적으니 동생이 되었으면 합니다."

    재동신은 마침내 절을 하고 위정훈을 형으로 모셨으며, 그를 위해 술과 음식을 차리고 노래하고 춤을 추었다. 위정훈은 저녁이 되고 나서 돌아갔다. 이튿날 위정훈이 다시 재동신을 찾아가서 자신의 빈곤함을 얘기하자, 재동신은 좌우를 돌아보며 말했다.

"화원현에서 목숨이 다해 가는 부자를 찾아서 그 혼을 산 채로 거두어 오너라." 미 : 목숨이 다해 가는 사람을 속여서 돈을 사취(詐取)하니 재동신은 신이 아니로다! 그래서 그의 사당이 불태워져도 막지 못한 것이다.

귀신이 두루 찾아보았더니 현령(縣令)의 부인 위씨(韋氏)의 목숨이 다해 가기에, 그 혼을 거두어 심장을 덮었더니 위씨는 갑자기 심장에 통증을 느껴 숨이 거의 끊어질 지경이었다. 재동신이 위정훈에게 말했다.

"가서 돈 200관(貫)을 받고 병을 고쳐 주십시오."

위정훈은 자신이 묵고 있는 주인집으로 돌아가서 스스로 이렇게 써 붙였다.

"심장 통증을 치료합니다."

현령은 그를 불러들였다. 위정훈이 현령의 집으로 들어가서 재동신이 가르쳐 준 대로 돈 200관을 요구하자 현령이 허락했다. 위정훈이 위씨에게 약을 투여했더니, 위씨는 즉시 병이 나아 이전처럼 되었다. 자식들이 즐거워하고 현령도 기뻐하면서 위정훈에게 돈을 주고 그를 붙들어 잔치를 열어 주었다. 이때부터 위정훈은 술에 취하지 않는 날이 없었다. 그러자 집주인이 그에게 돈을 아껴 쓰라고 타일렀더니 위정훈이 말했다.

"재동신이 있는데 왜 가난을 걱정하겠소?"

집주인이 그 사실을 현령에게 알리자, 현령이 위정훈을 불러 어찌 된 일이냐고 물었더니, 위정훈이 사실대로 고했다. 현령은 노해서 위정훈을 쫓아내고 재동신의 사당을 불태웠다. 미 : 신도 화보(花報 : 현세의 응보)를 받는다. 위정훈이 밤에 시골 객점에서 잠을 자고 있는데 갑자기 재동신이 와서 말했다.

"이 일은 형님의 잘못이 아니라 이 동생의 명운이 쇠했기 때문입니다. 저는 지금 탁금강(濯錦江)으로 가서 사당을 세우려 하는데, 협 : 묘식(廟食 : 사당에서 제사를 받음)에도 인연이 있다. 이곳보다 훨씬 성대할 것이니 그곳으로 찾아오십시오."

말을 마치고는 사라졌다. 위정훈이 다시 탁금강으로 갔더니 과연 새로운 사당이 보였다. 재동신은 마을 사람의 꿈에 나타나 위 수재(衛秀才 : 위정훈)에게 사당지기가 되어 달라고 청하게 했다. 이튿날 마을 사람은 위정훈에게 사당에 남아 달라고 청했다. 그해 말에 재동신이 위정훈에게 말했다.

"제가 곧 천조(天曹)에 가니 형님의 관운과 수명을 물어보겠습니다."

갔다가 며칠 뒤에 돌아와서 위정훈에게 말했다.

"형님은 내년에 마땅히 과거에 급제해 명성을 이룰 것이고, 벼슬은 경양현(涇陽縣)의 주부(主簿)에 이를 것인데, 임기를 채우기 전에 어떤 사람이 형님을 모셔 가서 판관(判官)에 임명할 것입니다."

재동신은 술상을 차려 위정훈을 전송했다. 위정훈은 도성에 가서 이듬해에 과연 명성을 이루고 경양현 주부로 벼슬을 시작했다. 재임한 지 2년이 되었을 때 공무가 한가하자 혼자 청사에 서 있었는데, 누런 적삼을 입은 한 관리가 문서를 들고 들어오더니 절을 하고 말했다.

"천조에서 상제의 명을 받들어 당신을 판관에 임명했습니다."

위정훈은 마침내 그날 밤에 죽었다.

衛庭訓, 河南人, 累擧不第. 天寶初, 乃以琴酒爲事, 恒遊東市酒肆. 一日, 偶値一擧人, 相得甚歡, 乃邀之飮. 此人昏然而醉, 謂庭訓曰: "吾非人, 乃華原梓桐神也. 今當歸廟, 他日有不及, 宜相訪." 言訖而去. 後旬日, 乃訪之. 至廟, 神已令二使迎入. 庭訓欲拜, 神曰: "某年少, 請爲弟." 神遂拜庭訓爲兄, 爲設酒食歌舞, 旣夕而歸. 來日復詣, 告之以貧, 神顧謂左右曰: "看華原縣下有富人命衰者, 可收生魂來." 眉: 欺人命衰, 以詐取錢, 梓桐非神哉! 所以廟焚而不禁. 鬼偏索之, 其縣令妻韋氏衰, 乃收其魂, 掩其心, 韋氏忽心痛始絶. 神謂庭訓曰: "可往, 得二百千與療." 庭訓乃歸主人, 自署云: "解醫心痛." 令召之. 庭訓入, 神敎求二百千, 令許之. 庭訓投藥, 卽愈如故. 兒女忻忭, 令亦喜, 奉錢留宴飮. 自爾無日不醉. 主人勸之節用, 庭訓曰: "但有梓桐神在, 何苦貧也?" 主人以告令, 令召問之, 具以實告. 令怒, 逐庭訓而焚梓桐廟. 眉: 神亦受花報. 庭訓夜宿村店, 忽見梓桐神來曰:"非兄之過, 乃弟合衰. 弟今往濯錦江立廟, 夾:廟食亦有因緣. 極盛於此, 可詣彼也." 言訖不見. 庭訓又往濯錦江, 果見新廟. 神見夢於鄉人, 可請衛秀才爲廟祝. 明日, 鄉人請留之. 歲暮, 神謂庭訓曰:"吾將至天曹, 爲兄問祿壽." 去數日歸, 謂庭訓曰:"兄來歲合成名, 官至涇陽主簿, 秩不滿, 有人迎充判官." 於是神置酒餞之. 至京, 明年果成名, 釋褐授涇陽縣主簿. 在任二載, 分務閑暇, 獨立廳事, 有一黃衫吏, 持書而入, 拜曰:"天曹奉命爲判官." 遂卒於是夕.

* 이 고사는《태평광기》권302〈신·위정훈(衛庭訓)〉에 실려 있다.

54-24(1620) 곡아신

곡아신(曲阿神)

출《신귀전(神鬼傳)》

곡아현(曲阿縣)의 큰 제방 아래에 사당이 있었다. 동진(東晉) 효무제(孝武帝) 때 한 강도가 도망치자 관원 10명이 그를 추격했다. 강도는 곧장 사당으로 가서 무릎을 꿇고 구해 달라고 빌면서 돼지 한 마리를 바치겠다고 했더니, 부지불식간에 어느덧 자신이 평상 밑에 들어가 있었다. 추격해 온 관원들이 사당에 도착해서 그를 찾았으나 보이지 않았다. 관원들은 모두 그가 사당 문으로 들어가는 것을 보았고 또 나오는 곳도 없었으므로 신에게 청했다.

"만약 강도를 잡게 해 준다면 틀림없이 큰 소를 바치겠습니다."

잠시 후 강도의 모습이 드러나자 관원이 즉시 그를 포박해 끌고 갔다. 미 : 신이 단지 사례만 따지고 시비는 묻지 않는가? 그러자 강도가 말했다.

"신령님이 이미 구해 준다고 하셨는데, 소와 돼지에 무슨 차이가 있다고 전에 구해 주기로 한 약속을 저버립니까?"

강도가 말을 마치기 전에 신상의 얼굴빛이 달라지는 것 같았다. 강도가 사당 문을 나갔더니 커다란 호랑이가 입을 벌리고 달려와서 곧장 강도를 낚아채 입에 물고 떠났다.

曲阿當大隄下有廟. 晉孝武世, 有一逸劫, 官司十人追之. 劫徑至廟, 跪請求救, 許上一猪, 因不覺忽在床下. 追者至, 覓不見. 群吏悉見入門, 又無出處, 因請曰: "若得劫者, 當上大牛." 少時, 劫形見, 吏卽縛將去. 眉: 神祇計謝, 不問是非耶? 劫因云: "神靈已見過度, 云何有牛猪之異, 而乖前福?" 言未絶口, 覺神像面色有異. 旣出門, 有大虎張口而來, 徑奪取劫銜去.

* 이 고사는 《태평광기》 권295 〈신·곡아신〉에 실려 있다.

54-25(1621) 궁정묘

궁정묘(宮亭廟)

출《유명록》

　　남강군(南康郡)의 궁정묘에는 매우 영험한 신령이 있었다. 동진(東晉) 효무제(孝武帝) 때 한 스님이 궁정묘에 갔는데, 신상(神像)이 그를 보더니 눈물을 주르륵 흘렸다. 그래서 스님이 신상의 성명을 살펴보았더니 바로 자신의 옛 친구였다. 신상이 스스로 말했다.

　　"내가 지은 죄가 크지만 제도(濟度)될 수 있겠는가?"

　　스님은 즉시 그를 위해 재계하고 불경을 염송하면서 말했다.

　　"나는 그대의 진짜 모습을 보고 싶네."

　　신상이 말했다.

　　"모습이 몹시 추해 드러낼 수 없네."

　　그래도 스님이 한사코 청하자, 마침내 신상은 몸길이가 몇 장(丈)이나 되는 뱀으로 변해 들보 위에서 머리를 늘어뜨린 채 온 마음으로 불경 염송을 들으면서 피눈물을 흘렸다. 이렇게 7일 밤낮이 지나자, 뱀은 죽었고 궁정묘도 문을 닫았다.

南康宮亭廟, 殊有神驗. 晉孝武世, 有一沙門至廟, 神像見之, 淚出交流. 因摽姓字, 則是昔友也. 自說:"我罪深, 能見濟脫不?" 沙門卽爲齋戒誦經, 語曰:"我欲見卿眞形." 神云:"稟形甚醜, 不可出也." 沙門苦請, 遂化爲蛇, 身長數丈, 垂頭梁上, 一心聽經, 目中血出. 至七日七夜, 蛇死, 廟亦歇絶.

* 이 고사는《태평광기》권295〈신·궁정묘〉에 실려 있다.

54-26(1622) 측신

측신(廁神)

출《이원》·《기문》·《속현괴록》

도간(陶侃)이 한번은 측간에 갔다가 보았더니, 수십 명의 사람이 모두 커다란 도장을 들고 있었다. 협:측간이 얼마나 크기에 도장을 들고 있는 사람이 이렇게나 많은가? 그중 한 사람은 홑옷에 평상책(平上幘)121)을 쓰고 있었는데, 스스로 "후제(後帝)"라고 칭하면서 말했다.

"당신이 덕망 높은 사람이기에 만나 뵈러 나왔습니다. 3년 동안 우리를 보았다는 말을 하지 않으면 지극히 부귀해질 것입니다." 미:전하는 말에 따르면, 측간신을 보면 반드시 죽는다고 하는데, 두 공(도간과 다음 고사의 조면)은 오히려 부귀해질 징조가 되었으니, 화복(禍福)이 무상함을 비로소 알겠다.

도간이 곧 일어나자 그들은 순식간에 사라졌으며, '공(公)' 자가 새겨진 커다란 도장이 그의 오물이 있던 곳에 있었다. 《잡오행서(雜五行書)》에 따르면, 측간신을 후제라 한다고 한다.

---

121) 평상책(平上幘):위쪽이 평평한 두건의 일종으로, 위진 시대 이후로 무관(武官)들이 착용했다. 평건책(平巾幘)이라고도 한다.

조면(刁緬)은 본래 무공(武功)으로 벼슬길에 나아갔다. 처음 그가 옥문관(玉門關)의 군사(軍使)로 있을 때, 측간신이 바깥 마구간에서 모습을 드러냈는데, 그 모양이 커다란 돼지 같았고 온몸에 모두 눈이 달려 있었으며 오물통 속을 드나들면서 정원 안을 돌아다녔다. 조면은 당시 집에 없었는데, 관리와 병졸 중에서 그것을 본 사람이 1000여 명이나 되었으며 며칠 동안 이러했다. 조면이 돌아와서 제사를 지내고 복을 빌었더니 측간신이 금세 사라졌다. 조면은 열흘 뒤에 승진했으며, 마침내 존귀하고 현달한 지위에 이르렀다.

당(唐)나라 보력(寶曆) 연간(825~826) 초에 시어사(侍御史) 전방의(錢方義)는 밤에 측간에 갔다가 문득 보았더니, 봉두난발에 푸른 옷을 입고 키가 몇 척이나 되는 사람이 그를 향해 다가왔다. 전방의가 두려워서 도망가려 했더니 봉두난발한 사람이 말했다.

"저는 곽등(郭登)인데 바라는 것이 있습니다."

전방의가 말했다.

"무엇을 바라오?"

그 사람이 대답했다.

"저는 오랫동안 이 직책을 맡으면서 공로를 쌓아 전임될 예정인데, 박복한 탓에 반드시 사람의 도움이 있어야 합니다. 귀인께서 금글씨로《금강경(金剛經)》한 권을 베껴서 제게 보내 주시면, 조금 승진할 수 있을 것입니다."

전방의는 그렇게 하겠다고 허락했다. 그 사람이 또 말했다.

"제가 음기로 양기를 침범했으니, 귀인께서 비록 복력(福力)이 강성하지만 조금은 불편할 것입니다. 급히 생서각(生犀角)과 생대모(生玳瑁)를 복용하고 사향(麝香)으로 코를 막으면 고생하지 않을 것입니다."

전방의는 중당(中堂)에 이르렀을 때 숨이 막혀 곧 쓰러질 것 같았는데, 그 사람이 말한 대로 했더니 한참 후에 비로소 안정되었다. 이튿날 아침에 전방의는 즉시 스님에게 《금강경》 세 권을 베껴 쓰게 했는데, 다 쓰고 난 뒤에 스님에게 공양을 올리고 그것을 곽등에게 보내 주었다. 달포 뒤에 문을 나섰다가 갑자기 자색 도포에 상아홀을 든 사람을 만났는데, 자세히 살펴보았더니 다름 아닌 곽등이었다. 그는 홀을 거두고 다가와서 절하며 말했다.

"이전에 귀인께 《금강경》 한 권만 베껴 달라고 청했는데, 고맙게도 세 권이나 베껴 주셨기에 그 공덕이 배나 많아져서 몇 등급 더 승진하게 되었습니다. 비록 직위는 높고 직임은 중요하지만 제가 먹는 음식은 예전 그대로이니, 다시 귀인께 《금강경》을 일곱 번 독송해 주시길 청합니다. 그러면 바로 음식을 바꿀 수 있습니다."

전방의가 말했다.

"그렇게 해 주겠소."

그 사람이 또 말했다.

"측간신은 매월 6일에 관례에 따라 순시하는데, 이날 저를 만나는 사람은 반드시 재앙을 당하게 되니, 친척들에게 알려 이날을 피하라고 경계하십시오."

그 사람이 또 말했다.

"저승의 관리들은 박복한 자가 많고 음식을 얻어먹을 데가 없어서 늘 굶주려 있습니다. 만약 귀인께서 식사하실 때마다 모든 귀신들에게 널리 제사 지내 주시면, 반드시 저승의 도움을 받으실 것입니다." 미 : 민간에 전하는 말에 따르면, 식사할 때마다 먼저 고수레를 하면 장수할 수 있다고 한다. 또 불경에서 이르길, 광야의 귀신이 사람의 피와 살을 먹자 부처님이 가서 교화해 살생하지 말라고 했다. 그래서 이 계율을 만들었다.

전방의가 말했다.

"저승과 이승은 길이 달라 매번 그대를 만날 때마다 며칠 동안 편치 않소. 하고 싶은 말이 있으면 꿈에 나타나서 해 주시오."

날이 밝자 전방의는 스님을 불러 《금강경》을 49번 독송하게 했는데, 꿈에 곽등이 찾아와서 감사드리며 말했다.

"본래 일곱 번을 청했는데, 일곱 번 하고 그것의 여섯 배를 더 해 주셨기에 그 공덕이 거듭 쌓여서 천상의 음식을 먹게 되었습니다. 만약 귀인께 곤란한 일이 생기면 반드시 미리 알려 드리겠습니다."

陶侃曾如厠, 見數十人, 悉持大印. 夾: 廟何大, 執掌印如因之多耶? 有一人單衣平上幘, 自稱"後帝", 云: "君長者, 故出見. 三載勿言, 富貴至極." 眉: 相傳見廟神必死, 二公反爲貴徵, 方知禍福無常也. 侃便起, 旋失所在, 有大印作'公'字, 當其穢處.《雜五行書》, 厠神曰後帝.

刁緬本以武進. 初爲玉門軍使, 有廟神形見外廡, 形如大猪, 遍體皆有眼, 出入溷中, 遊行院內. 緬時不在, 官吏兵卒見者千餘人, 如是數日. 緬歸, 祭以祈福, 廟神乃滅. 緬旬日遷官, 遂至貴顯.

唐寶曆初, 侍御錢方義夜如厠, 忽見蓬頭靑衣, 長數尺, 來逼. 方義懼欲走, 蓬頭者曰: "我郭登也, 有所求耳." 方義曰: "何求?" 對曰: "登久任此職, 積效當遷, 但福薄, 須人助. 貴人能寫金字《金剛經》一卷付登, 便獲小轉." 方義許之. 又曰: "登以陰氣侵陽, 貴人雖福力正强, 宜少不安. 急服生犀角·生玳瑁, 用麝香塞鼻, 則無苦." 方義至中堂, 悶絶欲倒, 如其言治之, 良久方定. 明旦, 卽寫經三卷, 功畢飯僧, 回付郭登. 後月餘, 出門, 忽見紫袍象笏者, 視之乃郭登也. 斂笏前拜曰: "向求《金剛經》止一卷, 蒙致三卷, 功德倍多, 超遷數等. 雖職任隆重, 其厨仍舊, 更求轉《金剛經》七遍, 卽改厨矣." 方義曰: "諾." 又曰: "厠神每月六日例當出巡, 此日人逢, 必致灾難, 親戚中宜相戒避之." 又曰: "幽冥吏人, 薄福者衆, 無所得食, 平常受餓, 儻每食, 能泛祭一切鬼神, 必獲冥助." 眉: 俗傳每食先施, 得壽長命. 又佛經云, 有曠野鬼食人血肉, 佛往化之, 令其不殺, 故制此戒. 方義曰: "晦明路殊, 每奉見, 數日不平. 意欲所言, 幸於夢寐." 及明, 因召僧轉經四十九遍, 夢登來謝曰 : "本請一七, 數及六之, 累計其功, 食天廚矣. 貴人有難, 當先奉白."

* 이 고사는 《태평광기》 권322 〈귀·도간(陶侃)〉, 권333 〈귀·조면(刁緬)〉, 권346 〈귀·전방의(錢方義)〉에 실려 있다.

음사(淫祠)

54-27(1623) 예장나무

예장수(豫章樹)

홍주(洪州)에 예장나무라는 나무가 있었는데, 진(秦)나라 때부터 지금까지 1000여 년 동안 원근의 사람들이 그 나무를 우러러 공경하며 여자를 바치기도 하고 돼지나 양을 바치기도 했다. 백학산(白鶴山)의 호초사(胡超師)가 이곳에 왔다가 돼지와 양과 여자가 앞을 가로막고 줄지어 서서 억울함을 호소하는 것을 보고 장차 땔나무를 쌓아 그 나무를 불태우려 했는데, 나무 위의 황새 둥지를 다치게 할까 봐 걱정했다. 나무를 불태우기 사흘 전부터 황새는 공중을 배회하며 내려오지 않았다. 마침내 불을 붙였더니 큰 바람이 불어와 화염을 곧장 위로 치솟게 해서 사방의 대나무에는 조금도 피해가 없었다. 그래서 호초사는 그 일을 상주해 그 자리에 도관(道觀)을 세웠다.

洪州有豫章樹, 從秦至今千餘年, 遠近崇敬, 或索女婦, 或索猪羊. 白鶴山胡超師遊至, 見猪羊婦女遮列訴寃, 將積薪焚之, 恐傷樹上鸛巢. 前三日, 鸛翔舞空中不下. 及擧火, 大風吹焰直上, 四旁竹木, 毫無損害. 遂奏其地置觀焉.

* 이 고사는 《태평광기》 권315 〈음사·예장수〉에 실려 있다.

54-28(1624) 갈조

갈조(葛祚)

출《유명록》

갈조는 오(吳)나라 때 형양태수(衡陽太守)를 지냈다. 형양군의 경내에 커다란 뗏목 하나가 물을 가로막고서 요사한 짓을 잘하자, 백성이 그것을 위해 사당을 세웠다. 여행객이 기도하고 제사 지내면 뗏목이 물 밑으로 가라앉았고, 그렇게 하지 않으면 뗏목이 떠올라서 배가 파손되었다. 갈조는 장차 관직을 떠나게 되자 대대적으로 도끼를 준비해서 백성의 우환거리를 없애 주려고 했다. 다음 날 실행에 옮기려 했는데, 그날 밤에 강 속에서 시끄럽게 떠드는 사람 소리가 들려왔다. 갈조가 가서 살펴보았더니, 뗏목이 물결을 따라 아래로 몇 리를 옮겨 가서 물굽이에 멈춰 있었다. 미 : 정성이 지극하니 귀신이 피한 것이다. 이때부터 여행객들은 더 이상 배가 침몰하는 걱정이 없어졌다. 형양 사람들은 갈조를 위해 비석을 세우고 이렇게 적었다.

"바른 덕으로 복을 빌고 재앙을 물리치니, 신목(神木)이 그 때문에 옮겨 갔다."

葛祚, 吳時衡陽太守. 郡境有大槎橫水, 能爲妖怪, 百姓爲立廟. 行旅禱祀, 槎乃沉沒, 不者槎浮, 則船壞. 祚將去官, 乃大具斤斧, 將去民累. 明日當至, 其夜聞江中㕭㕭有人聲.
往視, 槎移去沿流下數里, 駐灣中. 眉∶精誠旣至, 鬼神避之.
自此行者無復沉覆之患. 衡陽人爲祚立碑曰∶"正德祈禳,
神木爲移."

* 이 고사는《태평광기》권293〈신·갈조〉에 실려 있다.

54-29(1625) 적인걸의 격문

적인걸격(狄仁傑檄)

출《오흥장고집(吳興掌故集)》

 당(唐)나라 수공(垂拱) 4년(688)에 안무대사(安撫大使) 적인걸이 [사당에 모셔져 있는] 서초패왕(西楚霸王) 항 군[項君 : 항우(項羽)]과 그의 장교들에게 격문을 보내 고했는데, 미 : 문장이 또한 훌륭하다. 그 대략의 내용은 다음과 같다.

 "위대한 명성은 거짓으로 얻을 수 없고, 제위는 힘으로 다툴 수 없다. 하늘에 순응하는 자는 겸양을 즐긴다는 찬사를 받고, 때를 어기는 자는 조짐을 살펴보는 군주가 아니다. 조룡(祖龍 : 진시황)은 천하에 군림하면서 제후들을 함부로 죽였으며, 조고(趙高)를 등용해 국정을 맡게 하고 몽염(蒙恬)을 내버려 죽게 만들었다. 사구(沙丘)122)가 앞에서 화를 불렀고, 망이(望夷)123)가 뒤에서 나라를 멸망시켰다. 칠묘(七廟)124)는 무너지고, 만백성은 모두 죽임을 당했다. 새는

---

122) 사구(沙丘) : 지명. 진시황이 죽은 곳이다.

123) 망이(望夷) : 궁명(宮名). 조고가 이곳에서 진 이세(秦二世)를 시해했다.

124) 칠묘(七廟) : 천자의 종묘.《예기(禮記)》에 따르면 천자는 칠묘를

먼지 나는 곳에서 깨끗한 세상을 생각하지만, 물고기는 끓는 물속에서 어찌 편안할 수 있겠는가? 빛나도다, 한(漢)나라여! 하늘로부터 명을 받았도다. 적제(赤帝 : 염제)의 상서로운 징조에 합당하고, 사령(四靈)125)의 천운과도 부합하도다. 굽어보아 지유(地維)126)를 펼쳐 놓으니 봉기(鳳紀)127)의 상서로움이 빛나고, 우러러 천강(天綱 : 하늘의 기강)을 세우니 왕업의 흥성함이 울창하도다. 그런데 그대는 몰래 택국(澤國)을 떠돌다가 수향(水鄕)에서 병사를 불러 모아, 세발솥을 들어 올리는 기개를 자랑하고 산을 뽑아내는 힘을 뽐냈다. 상서로운 징조가 어디로 모이는지도 헤아리지 못했고, 천명이 어디로 돌아가는지도 알지 못했다. 그래서 관중(關中)에서 떨치고 날아오른 날개는 결국 해하(垓下)128)에서 꺾이고 말았다. 이는 진실로 사람의 잘못으로 인한 결과

모셨는데, 삼소(三昭)·삼목(三穆)·태조(太祖)의 묘를 말한다.

125) 사령(四靈) : 전설 속 황제인 창제(蒼帝) 영위앙(靈威仰), 황제(黃帝) 함추뉴(含樞紐), 백제(白帝) 백초거(百招拒), 흑제(黑帝) 협광기(協光紀)를 말한다.

126) 지유(地維) : 대지를 버텨 받친다고 하는 상상의 밧줄.

127) 봉기(鳳紀) : 제왕과 관련한 기록. 즉, 제기(帝紀)를 말한다.

128) 해하(垓下) : 한나라 고조 유방(劉邦)이 항우(項羽)를 쳐서 멸망시킨 곳.

이지, 어찌 하늘이 망하게 한 것이겠는가? 비록 한때는 [유방의] 백만 대군을 쫓았으나, 결국은 8000병사를 버렸다. 이 일을 거울삼아 본다면, 어찌 애석하지 않겠는가? 그러니 마땅히 그대의 혼백을 동쪽 산봉우리에 감추고, 그대의 혼령을 북극으로 거두어들여야 한다. 그대는 어찌하여 헛되이 사당의 제삿밥을 얻어먹고, 그 많은 제물들을 희생시키는가? 나 적인걸은 천자의 명을 받아 이 한 귀퉁이를 지키고 있는데, 따르고 바꿈에 모두 의거하는 바가 있다. 이제 사람을 보내 그대의 사당을 불태우고, 그 대실(臺室)을 허물어 버리려 한다. 화려한 휘장도 다 없앨 것이니, 깃털로 장식한 장막도 함께 연기로 변할 것이다. 그러니 그대는 속히 이곳을 떠나, 사람들에게 걱정을 끼치지 말라. 이 격문이 도착하면 율령과 마찬가지다."

唐垂拱四年, 安撫大使狄仁傑, 檄告西楚霸王項君將校等, 眉: 文亦佳. 其略曰: "鴻名不可以謬假, 神器不可以力爭. 應天者膺樂推之名, 背時者非見幾之主. 自祖龍御宇, 橫噬諸侯, 任趙高以當軸, 棄蒙恬而齒劍. 沙丘作禍於前, 望夷覆滅於後. 七廟隳圮, 萬姓屠原. 鳥思靜於飛塵, 魚豈安於沸水? 赫矣皇漢! 受命玄穹. 膺赤帝之貞符, 當四靈之欽運. 俯張地紐, 彰鳳紀之祥, 仰緝天綱, 鬱龍興之兆. 而君潛遊澤國, 嘯聚水鄉, 矜扛鼎之雄, 逞拔山之力. 莫測大符之所會, 不知曆數之有歸. 遂奮關中之翼, 竟垂垓下之翅. 實由人事, 豈屬天亡? 雖驅百萬之兵, 終棄八千之子. 以爲殷鑒, 豈不惜哉? 固當匿魄東峰, 收魂北極. 豈合虛承廟食, 廣費牲牢? 仁傑受命方隅, 循革攸寄. 今遣焚燎祠宇, 削平臺室. 使蕙帷銷盡, 羽帳隨煙. 君宜速遷, 勿爲人患. 檄到如律令."

*　이 고사는《태평광기》권315〈음사·적인걸격〉에 실려 있다.

54-30(1626) 만신

만신(蠻神)

출《광이기》

[당나라] 고종(高宗) 때 적인걸(狄仁傑)은 감찰어사(監察御史)로 있으면서 강령(江嶺)에 있는 사당을 거의 모두 불태워 없앴다. 적인걸이 단주(端州)에 가서 만신의 사당이 있자 그것을 불태우려고 했는데, 사당으로 들여보낸 사람은 즉시 죽었다. 적인걸은 사당을 불태울 수 있는 자를 모집하며 현상금으로 십만 냥을 내걸었다. 당시 두 사람이 나서서 응모했는데, 적인걸이 그들에게 왕복하는 데 무엇이 필요한지 물었더니 두 사람이 말했다.

"칙첩(敕牒)을 얻었으면 합니다."

적인걸은 칙첩을 그들에게 주었다. 그들은 칙첩을 가지고 사당에 도착해서 곧장 말했다.

"칙첩이 있다!"

그러고는 칙첩을 펼치고 들어가서 그것을 선독했더니 만신이 더 이상 움직이지 않아 마침내 사당을 불태웠다. 그 후에 적인걸은 변주(汴州)로 돌아왔는데, 우연히 만난 견귀인(見鬼人 : 귀신을 볼 수 있는 사람)이 말했다.

"시어사(侍御史)의 뒤에 한 만신이 있는데, 시어사 때문에 사당이 불태워졌기에 항상 복수하고자 한다고 말합니다." 협 : 진짜 만신이다!

적인걸이 물었다.

"일이 결국 어떻게 되겠는가?"

견귀인이 말했다.

"시어사께서는 반드시 대보(臺輔 : 재상)가 되실 것이며 게다가 20여 명의 귀신이 수행하고 있으니, 만신이 또한 무엇을 할 수 있겠습니까?" 미 : 진정 복 있는 자가 복 없는 자를 이기니, 그릇됨과 올바름은 둘째 문제다.[129]

한참 이후에 만신은 영남(嶺南)으로 돌아갔다.

高宗時, 狄仁傑爲監察御史, 江嶺神祠, 焚燒略盡. 至端州, 有蠻神, 仁傑欲燒之, 使人入廟者立死. 仁傑募能焚之者, 賞錢百千. 時有二人出應募, 仁傑問往復何用, 人云 : "願得敕牒." 仁傑以牒與之. 其人持往至廟, 便云 : "有敕!" 因開牒以入, 宣之, 神不復動, 遂焚毀之. 其後仁傑還至汴州, 遇見鬼者曰 : "侍御後有一蠻神, 云被焚舍, 常欲報復." 夾 : 眞蠻神! 仁傑問 : "事竟如何?" 鬼¹云 : "侍御方須臺輔, 還有鬼神二十

---

[129] 그릇됨과 올바름은 둘째 문제다 : 이 미비(眉批)의 원문은 "사정제□의야(邪正第□義也)"라 되어 있어 한 글자가 판독 불가한데, 문맥을 고려해 "□"를 "이(二)"로 추정해서 번역했다. '제이의(第二義)'는 근본이 아닌 둘째 뜻을 말한다.

餘人隨從, 彼亦何所能爲?" 眉 : 眞是有福勝無福, 邪正第□義也. 久之, 其神還嶺南矣.

* 이 고사는《태평광기》권298〈신・적인걸(狄仁傑)〉에 실려 있다.
1 귀(鬼) :《태평광기》명초본에는 "견귀자(見鬼者)"라 되어 있는데, 문맥상 타당하다.

54-31(1627) 저부와 포군

저부 · 포군(俎父 · 鮑君)

출:'유경숙(劉敬叔)《이원》' 출《포박자(抱朴子)》 미 : 저부와 포군은 적실한 짝이다(俎父 · 鮑君的對).

　　회계군(會稽郡)의 석정태(石亭埭)에 커다란 단풍나무가 있었는데, 그 속이 썩어 텅 비어 있어서 비만 오면 물이 가득 찼다. 어떤 상인이 살아 있는 두렁허리를 가지고 그곳에 이르렀다가 그중 한 마리를 썩은 나무 속에 놓아주었다. 그런데 마을 사람들이 그것을 보고 두렁허리는 나무 속에 사는 것이 아니라고 하며 모두 그것을 신으로 여겼다. 그러고는 나무에 기대어 집을 짓고 희생을 잡아 제사를 지내면서 하루라도 그냥 보내는 날이 없었으며, 그곳을 "저부묘(俎父廟)"라고 불렀다. 그곳을 더럽히거나 함부로 하는 자는 화가 즉시 뒤따랐다. 나중에 그 상인이 다시 그곳에 왔다가 [그 광경을 보고 크게 웃으며 그 두렁허리를 잡아 국을 끓여 먹었고, 그 신은 마침내 없어졌다.

　　옛날에 여남(汝南)의 어떤 사람이 밭에 그물을 설치해서 노루를 잡았다. 그물 주인이 잡힌 노루를 발견하기 전에 행인이 먼저 보고 노루를 훔쳐 가면서, 본래 주인을 기다리지 않고 노루를 가져가는 것이 마음에 걸렸는데, 마침 전복이 있자 그중 한 마리를 그물 속에 넣어 놓고 떠났다. 본래 주인은 와서 그물 속에 전복이 걸려든 것을 보고 괴이해하며 신이라 여기고 감히 가지고 돌아오지 못했다. 이에 마을 사람들은 건물을 지어 사당을 세우고 그 전복을 "포군"이라 불렀다. 나중에 포군을 섬기는 사람이 더욱 많아지자, 사당의 기둥을 붉게 칠하고 대들보에 마름무늬를 그려 꾸몄으며 종과 북 소리가 끊이지 않았다. 이렇게 7~8년 지났을 때, 이전의 행인이 다시 사당 아래를 지나가다가 어찌 된 일이냐고 물었더니, 사람들이 자초지종을 말해 주자 그 행인이 말했다.

"이것은 내가 가지고 있던 전복일 뿐이니 무슨 신이 있단 말이오?"

그리하여 포군을 섬기는 일을 그만두었다.

會稽石亭埭有大楓樹, 其中朽空, 每雨, 水輒滿溢. 有估客携生鯉至此, 輒放一頭於中. 村民見之, 以魚鯉非樹中物, 咸神之. 乃依樹起室, 宰牲祭祀, 未嘗虛日, 目爲"鯉父廟". 有穢慢者, 則禍立至. 後估客復至, 大笑, 乃求鯉, 臛食之, 其神遂絶.
昔汝南有人, 於田中設繩罝, 以捕獐而得者. 其主未覺, 有行人見之, 因竊取獐去, 猶念取之不俟其主, 有鮑魚, 乃以一頭置罝中而去. 本主來, 於罝中得鮑魚, 怪之以爲神, 不敢持歸. 於是村里置屋立廟, 號爲"鮑君". 後轉多奉之者, 丹楹藻梲, 鐘鼓不絶. 積七八年, 前行人復過廟下, 問其故, 人具爲說, 乃曰 : "此是我鮑魚耳, 何神之有?" 於是乃息.

* 이 고사는《태평광기》권315 〈음사・저부묘(鯉父廟)〉와 〈포군〉에 실려 있다.

54-32(1628) 뽕나무신

상신(桑神)

출《풍속통(風俗通)》

　　남돈(南頓) 사람 장조(張助)는 논에서 벼를 심다가 오얏 씨 하나를 발견하고 집에 가져갈 생각으로 그것을 파냈는데, 축축한 흙으로 씨눈 부분을 덮어서 속이 비어 있는 뽕나무에 넣어 두고는 가져가는 것을 잊어버렸다. 나중에 장조는 먼 곳에서 벼슬하게 되어 고향을 떠났다. 그 후에 마을 사람들은 뽕나무 속에서 갑자기 오얏이 자라는 것을 보고 신이라고 여겼다. 눈병이 나서 아픈 어떤 사람이 그 뽕나무 그늘 아래에서 쉬다가 빌면서 말했다.

　　"이군(李君: 뽕나무에 자라는 오얏나무의 신)께서 나의 눈을 낫게 해 주신다면 돼지 한 마리를 사례로 드리겠습니다."

　　그런데 그 눈이 우연히 낫자 그는 곧장 돼지를 잡아 제사를 지냈다. 이 일을 전하는 자가 이 나무가 맹인을 보게 할 수 있다고 말하자, 원근의 사람들은 너 나 할 것 없이 서로 찾아와서 복을 빌었다. 그래서 그 나무 아래에는 늘 수레와 말이 길을 가득 메웠고 술과 고기가 넘쳤는데, 이렇게 몇 년이 지났다. 나중에 장조는 관직을 그만두고 돌아왔다가 그 광경을 보고 그 뽕나무를 베어 버렸다.

南頓人張助於田中種禾, 見一李核, 意欲持歸, 乃掘取之. 以濕土封其根, 置空桑中, 遂忘取之. 助後作遠職, 不在. 其後里中人見桑中忽生李, 謂之神. 有病目痛者, 蔭息此桑下, 因祝之, 言: "李君能令我目愈者, 謝一豚." 其目偶愈, 便殺豚祭之. 傳者便言此樹能令盲者得視, 遠近翕然, 互來請福. 其下常車馬塡溢, 酒肉滂沱, 如此數年. 張助罷職來還, 見之, 乃斫去.

* 이 고사는 《태평광기》 권315 〈음사·장조(張助)〉에 실려 있다.

54-33(1629) 묘석과 묘수

묘석 · 묘수(墓石 · 墓水)

병출(並出)《포박자》

여양현(汝陽縣)의 큰길 가까이에 팽씨묘(彭氏墓)가 있었고 묘 입구에 석인(石人) 하나가 있었다. 한 시골 노파가 시장에 가서 떡 몇 조각을 사 가지고 돌아오다가 날이 덥자 팽씨묘 입구의 나무 그늘에서 쉬었는데, 사 가지고 온 떡을 잠시 석인의 머리 위에 올려놓고는 떠날 때 가져가는 것을 잊어버렸다. 나중에 온 사람이 석인의 머리 위에 떡이 있는 것을 보고 사람들에게 물었더니 어떤 사람이 장난삼아 말했다.

"이 석인에게는 신령이 깃들어 있어서 병을 고칠 수 있는데, 병이 나은 사람이 떡을 가져와서 사례한 것이오."

이 말이 돌고 돌아 사람들이 서로 말했다.

"머리가 아픈 사람은 석인의 머리를 만지고 배가 아픈 사람은 석인의 배를 만진 다음 다시 자신의 머리와 배를 만지면 낫지 않는 사람이 없다." 미 : 허공에 가득한 것이 모두 귀신인데, 그것이 붙을 곳이 있으면 영험해진다.[130] 신을 귀히 여기는 까닭은 사람을 위해 재앙을 없애 주고 우환을 제거해 주기 때문이다. 정말로 푸닥거리를 해서 병을 낫게 해 준다면 어찌 그것을 섬기는 것을 꺼리겠는가?

마침내 사람들이 1000리 밖에서 병을 치료하러 석인을 찾아왔다. 처음에는 닭이나 돼지를 차렸다가 나중에는 소와 양을 차렸으며, 휘장을 설치하고 악기 연주가 끊이지 않았는데, 이렇게 몇 년이 지났다. 나중에 이전에 떡을 잊고 안 가져간 노파가 그 말을 듣고 사람들에게 사실을 말해 주었더니, 마침내 더 이상 찾아오는 사람이 없었다.

낙양(洛陽) 서쪽에 오래된 묘가 있었는데, 구멍이 뚫린 지 오래되어 묘 안에 물이 가득 차 있었다. 물은 대부분 석회수(石灰水)였는데, 석회수는 주로 종기를 치료하는 데 사용되었다. 여름날에 그곳을 지나가던 행인 중에 종기를 앓아 열이 나던 사람이 그 묘 안에 맑은 물이 있는 것을 보고 몸을 씻었더니, 우연히 종기가 곧바로 치료되었다. 그러자 여러 병자들이 그 소식을 듣고 모두 찾아와서 몸을 씻었으며, 더 나아가 그 물을 마시고 속병을 고쳤다는 사람까지 나왔다. 이에 묘 근처에 살던 사람은 묘소에 사당을 짓고 그 물을 팔

---

130) 허공에 가득한 것이 모두 귀신인데, 그것이 붙을 곳이 있으면 영험해진다 : 이 미비(眉批)의 원문은 "□□□□신야□□□□령(□□□□神也□□□□靈)"이라 되어 있어 8자가 판독 불가하다. 쑨다펑(孫大鵬)의 교점본에서는 "미공개귀신야(彌空皆鬼神也), 유소부즉령(有所附則靈)"이라 추정했는데, 이에 따라 번역했다.

앉다. 물을 사러 오는 사람은 당연히 사당에 제사를 지냈으므로 술과 고기가 끊이지 않았다. 찾아오는 사람이 더욱 많아져서 그 물이 거의 바닥나자, 물을 팔던 사람은 밤마다 몰래 다른 물을 길어 와 보충했다. 길이 멀어서 직접 갈 수 없는 사람들은 모두 심부름꾼을 통해 그릇과 편지를 보내 사오게 했다. 이렇게 해서 물을 팔던 사람은 큰 부자가 되었다. 나중에 어떤 사람이 그 물에는 신령함이 없다고 말하자, 관가에서 물 파는 것을 금지하고 그 묘를 메워 버렸더니 마침내 사람들의 발길이 끊어졌다.

汝陽有彭氏墓, 近大道, 墓口有一石人. 田家老母到市, 買數片餌以歸, 天熱, 過蔭彭氏墓口樹下, 以所買餌暫著石人頭上, 及去, 忘取之. 後來者見石人頭上有餌, 求而問之, 或調云: "此石人有神, 能治病, 病愈者以餌來謝之." 因轉相語云: "頭痛者摩石人頭, 腹痛者摩石人腹, 亦還以自摩, 無不愈者." 眉: □□□□神也□□□□靈. 所貴神者, 能爲人濟災除患耳. 果禳而愈病, 何妨事之? 遂千里來就石人治病, 初具雞豚, 後用牛羊, 爲立帷帳, 管弦不絶, 如此數年. 前忘餌母聞之, 乃爲人說所忘, 遂無復往者.
洛西有古墓, 穿壞多時, 水滿墓中. 多石灰汁, 主治瘡. 夏日行人, 有病瘡煩熱, 見此墓中水清好, 因自洗浴, 瘡偶便愈. 於是諸病者聞之, 悉往自洗, 轉有飮之以治腹內者. 近墓居人, 便於墓所立廟舍, 而賣此水. 而往買者, 又當祭廟中, 酒肉不絶. 而來者轉多, 此水行盡, 於是賣者常夜竊運他水以益之. 其遠道人不能往者, 皆因行使, 或持器遺信. 賣水者大富. 或言其無神, 官家禁止, 遂填塞之, 乃絶.

* 이 고사는《태평광기》권315〈음사·착이석인(著餌石人)〉과〈낙서고묘(洛西古墓)〉에 실려 있다.

54-34(1630) 비파 그림

화비파(畫琵琶)

출《원화기》

어떤 서생이 오(吳) 땅을 여행하려고 했는데, 도중에 강서(江西)를 지나다가 바람 때문에 배가 막히자 한가로이 거닐며 숲으로 들어가서 한 승원(僧院)에 들렀다. 스님은 이미 출타 중이었고, 승방 문밖의 작은 행랑채 몇 칸 옆에 붓과 벼루가 있었다. 서생은 그림을 잘 그렸는지라 마침내 붓을 들고 흰 벽 위에 비파 하나를 그렸는데, 그 크기가 실물과 다름이 없었다. 서생은 그림을 다 그리고 나서 바람이 잔잔해지자 배를 타고 떠났다. 스님이 돌아와서 비파 그림을 보았는데, 누가 그린 것인지 알 수 없어서 마을 사람들에게 말했다.

"아마도 오대산(五臺山)의 신성한 비파인가 보오."

이 말은 물론 농담이었다. 그러나 이 말이 마을 사람들 사이에 퍼져 나가 사람들이 예물을 바치고 복을 빌었는데 매우 효험이 있었다. 서생은 오 땅으로 가서 1년이 지났을 때 사람들이 하는 말을 들었는데, 강서로(江西路)의 승방에 있는 신성한 비파가 영험을 드러낸 게 한두 번이 아니라고 하자, 서생은 마음속으로 몹시 의아해했다. 그래서 다시 강서로 돌아올 때 뱃사공에게 예전의 그곳에 배를 정박하게 하고 위로 올라가 승원을 방문했다. 스님은 또 없었고 서생이 그렸던 비파는 여전히 그대로 있었는데, 이미 깃발과 꽃이 꽂혀 있고 향로에 향이 피워져 있었다. 서생은 물을 가져와 그 그림을 깨끗이 지우고 배로 돌아와 하룻밤을 보낸 뒤에 이튿날 다시 승원으로 올라갔다. 스님은 전날 밤에 돌아왔는데, 비파가 사라졌기 때문에 마을 사람들을 크게 모아 한창 함께 슬퍼하며 탄식하고 있었다. 서생이 이유를 묻자 사람들은 이전의 영험한 일을 자세히 말하면서, 지금 분명 누군가가 이 비파를 배신했기[背] 때문에 비파가 모습을 감춘 것이라고 했다. 미 : '배(背 : 배신하다)'는 '부(負 : 빚지다)'라고 말하는 것과 같으니, 소원에 빚을 졌지만 갚지 않은 것을 말한다.[131] 서생은 크게 웃으며 자신이 비파를 그린 경위와 지운 이유를 설명해 주었다. 이후로 비파가 영험하고 신성하다는 소문도 끊어졌다.

평 : 《원화기(原化記)》에 다음과 같은 고사가 있다. 경락(京洛 : 낙양)에 어떤 선비가 있었는데 평소 조각을 좋아했다. 한번은 그가 출타했다가 우연히 산길에서 커다란 홰나

---

131) 소원에 빚을 졌지만 갚지 않은 것을 말한다 : 즉, 신에게 소원을 빌어서 효험을 얻었지만 신에게 사례하지 않은 것을 말한다.

무를 보았는데, 뿌리 옆에 몇 말을 담을 수 있는 항아리 같은 옹이 네 개가 있어서 돌아오는 날에 잘라서 가져가려고 했다. 그는 다른 사람이 먼저 잘라 갈까 걱정해서 종이 몇 장을 꺼내 잘라 지전(紙錢)을 만들어 옹이 위에 묶어 놓았는데, 사람들이 이 나무를 신수(神樹)라고 여겨서 감히 베어 가지 않게 하려는 것이었다. 몇 달 뒤에 돌아오면서 그는 많은 인부를 데리고 도끼와 톱을 준비해서 그곳으로 가서 보았더니, 나무 옆에 지전이 주렁주렁 매달려 있고 또 향을 사르고 제사를 지내는 곳이 있었다. 선비가 촌사람의 무지함을 비웃으며 막 도끼질을 하려고 했더니, 홀연히 자색 옷을 입은 신이 나타나 옆에서 꾸짖으며 막았다. 선비가 말하길, "나무에는 본래 신이 없는데 당신은 뭐 하는 사람이오?"라고 하자, 신이 말하길, "처음에 당신이 임시로 지전을 나무에 묶어 놓은 후로 마을 사람들이 모두 신수라고 여기면서 함께 기도하고 제사를 지냈기에, 저승에서 결국 나에게 직분을 주어 제사를 받게 했소. 지금은 신이 있으니 이 나무를 벤다면 반드시 화가 닥칠 것이오"라고 했다. 하지만 선비가 말을 듣지 않자 신이 묻길, "이것을 가져다 어디에 쓰려는 거요?"라고 했다. 선비가 말하길, "조각해서 그릇을 만들려고 하오"라고 하자, 신이 말하길, "그 그릇의 값이 얼마나 되오? 내가 보상해 주겠소"라고 했다. 선비가 10만 냥을 요구하자 신이 말하길, "그럼 돈 대신 명주 100필을 드리겠소. 이곳에서 앞으로 5리를 가면 무너진 무덤이 있는데, 명주는 그 무덤 안에 있소"라고 했다. 선비는 그 말대로 가서 과연 명주를 얻었다. 그렇다면 〈저부(俎父)〉 이하의 고사를 통해, 또한 저승에서 명분에 따라 신을 세우더라도 마땅히 누려야 할 복을 갚아 주지 않는 일이 모두 거짓만은 아님을 어찌 알겠는가? 사람의 마음이 이미 태만해지고 신령함 또한 멈추게 되면, 복이 다하고 명운이 끝난다.

有書生欲遊吳地, 道經江西, 因風阻船, 閑步入林, 過一僧院. 僧已他出, 房門外小廊數間, 傍有筆硯. 書生攻畫, 遂把筆, 於素壁上畫一琵琶, 大小與眞不異. 畫畢, 風靜船發. 僧歸, 見畫處, 不知何人, 乃告村人曰: "恐是五臺山聖琵琶." 當亦戲言. 而遂爲村人傳說, 禮施求福, 甚效. 書生往吳經年, 乃聞人說江西路僧室有聖琵琶, 靈應非一, 心切疑之. 因還江西時, 令船人泊船舊處, 上訪之. 僧亦不在, 所畫琵琶依舊, 已幡花香爐供養矣. 取水洗之盡, 還宿船中, 至明日又上. 僧夜已歸, 以失琵琶故, 鄰人大集, 方共悲嘆. 書生故問, 具言前驗, 今應有人背着琵琶, 所以潛隱. 眉: '背猶云'負'也, 謂負願不償也. 書生大笑, 爲說所畫, 及拭却之由. 自是靈聖亦絶.

評: 按《原化記》: 京洛有士人, 素雕鏤. 因出行, 偶於山路見大槐樹, 根旁瘤瘻, 如數斗甕者四焉, 欲於回日採取. 恐爲人所先, 乃取紙數張, 割爲錢, 繫樹瘤上, 欲人疑爲神樹, 不敢伐也. 去數月方還, 大率人夫, 具斧鋸而往, 乃見樹側紙錢累累, 復有焚香醮奠之處. 士人笑村俗無知, 方欲下斧, 忽見紫衣神在旁叱止之. 士人曰: "樹本無神, 君何爲者?" 神曰:

"始君權以紙錢繫樹, 村人疑咸神樹, 相與祈祀, 冥司遂以某職受享酬. 今以有神矣, 伐之必禍." 士人不聽, 神問 : "取此何用?" 曰 : "欲雕刻爲器耳." 神曰 : "須價錢何? 請償之." 士索百千, 神曰 : "願奉百絹. 前五里有壞墳, 絹在其中." 士人如言而往, 果得絹. 然則〈鉏父〉以下, 又安知冥司者不因名立神, 以酬應享之福, 未可盡爲妄也? 及乎人心旣怠, 神靈亦歇, 則福盡而數終矣.

* 이 고사는《태평광기》권315〈음사・화비파〉, 권416〈초목(草木)・경락사인(京洛士人)〉에 실려 있다.

54-35(1631) 천신묘

천신묘(天神廟)

출《유명록》

영천(潁川) 사람 진경손(陳慶孫)의 집 뒤쪽에 신수(神樹)가 있었는데, 많은 사람들이 찾아와서 복을 빌었기 때문에 마침내 사당을 짓고 "천신묘"라 불렀다. 진경손에게는 검은 소가 있었는데, 어느 날 신이 공중에서 말했다.

"나는 천신이다, 너의 소가 마음에 드니 만약 그것을 나에게 주지 않으면, 다음 달 20일에 반드시 네 아들을 죽일 것이다."

진경손이 말했다.

"사람의 목숨에는 정해진 명이 있는데, 그 명이 너에게 달려 있는 것이 아니다."

그날이 되자 아들이 과연 죽었다. 천신이 또 말했다.

"네가 소를 나에게 주지 않으면 5월에 네 아내를 죽일 것이다."

진경손은 이번에도 소를 바치지 않았는데, 그때가 되자 아내가 과연 죽었다. 천신이 또 와서 말했다.

"네가 소를 나에게 주지 않으면 가을에 반드시 너를 죽일 것이다."

진경손은 이번에도 소를 바치지 않았는데, 가을이 되었지만 진경손은 죽지 않았다. 그러자 귀신이 와서 사죄하며 말했다.

"당신의 사람됨은 마음이 바르기 때문에 큰 복을 받을 것입니다. 원컨대 이 일을 소문내지 말아 주십시오. 천지신명께서 이 일을 알게 되신다면 제 죄가 작지 않을 것입니다. 사실 저는 보잘것없는 귀신으로, 사명신(司命神) 아래에서 하급 관리로 일하게 되어 당신의 부인과 아들이 죽을 때를 알았기에 이를 이용해 당신을 속여 먹을 것을 얻어 내려 했을 뿐이니, 부디 너그러운 마음으로 용서해 주십시오. 명부에 적힌 당신의 수명은 83세이고, 집안의 모든 일은 당신의 뜻대로 될 것이며, 귀신들이 당신을 도울 것입니다. 저도 하인이 되어 당신을 받들어 모시겠습니다."

곧이어 머리를 땅에 찧는 소리가 들렸다.

潁川陳慶孫家後有神樹, 多就求福, 遂起廟, 名"天神廟". 慶孫有烏牛, 神於空中言: "我是天神. 樂卿此牛, 若不與我, 來月二十日, 當殺爾兒." 慶孫曰: "人生有命, 命不由汝." 至日, 兒果死. 復言: "汝不與我, 至五月, 殺汝婦." 又不與, 至時, 婦果死. 又來言: "汝不與我, 秋當殺汝." 又不與, 至秋, 遂不死. 鬼乃來謝曰: "君爲人心正, 方受大福. 願莫道此事. 天地聞之, 我罪不細. 實見小鬼得作司命度事幹, 見君婦兒終期, 爲此欺君索食耳, 願深恕亮. 君錄籍年八十三, 家方如意, 鬼神祐助. 吾亦當奴僕相事." 遂聞稽顙聲.

* 이 고사는 《태평광기》 권318 〈귀・진경손(陳慶孫)〉에 실려 있다.

권55 영이부(靈異部)

영이(靈異)

55-1(1632) 별령

별령(鱉靈)

출《촉기(蜀記)》

별령은 초(楚) 땅에서 죽었는데, 그 시신이 상류로 거슬러 올라가 문산(汶山) 아래에 이르렀을 때 갑자기 다시 살아났다. 별령이 망제(望帝)[132]를 알현하자 망제는 즉시 그를 재상에 임명했다. 당시 무산(巫山)이 강을 막고 있어서 촉 땅의 백성이 자주 홍수 피해를 입자, 별령은 무산을 뚫어 삼협(三峽)으로 들어가는 하구를 개통했다. 망제는 별령을 자사(刺史)에 임명하고 "서주황제(西州皇帝)"라 불렀다. 별령의 공이 높아지자 망제는 그에게 제위를 선양하고 "개명씨(開明氏)"라 불렀다.

鱉靈於楚死, 尸乃溯流上, 至汶山下, 忽復更生. 乃見望帝, 望帝立以爲相. 時巫山雍江, 蜀民多遭洪水, 靈乃鑿巫山, 開三峽口. 令鱉靈爲刺史, 號"西州皇帝". 以功高, 禪位與靈, 號"開明氏".

* 이 고사는《태평광기》권374〈영이・별령〉에 실려 있다.

132) 망제(望帝) : 두우(杜宇). 전국 시대 말년에 두우가 촉에서 칭제(稱帝)해 망제로 불렸다.

55-2(1633) 옥량관

옥량관(玉梁觀)

출《옥사산록(玉笥山錄)》

한(漢)나라 무제(武帝) 때 옥사산(玉笥山)의 한 백성이 산중의 신령과 교감할 수 있었다. 간혹 가뭄이 들고 누리 떼가 날아들 경우 신령에게 기도하면 응답받지 않은 적이 없었다. 그래서 사람들은 함께 도관 하나를 세워서 그 영험한 자취를 기리고자 했다. 이미 전각을 짓기 시작했는데 대들보로 사용할 나무 하나가 부족하자, 마을 사람들은 장차 좋은 목재를 고르려고 했지만 수십 일이 지나도록 찾지 못했다. 그러던 어느 날 밤에 천둥이 치고 바람이 세차게 불더니 새벽이 되어서야 날이 개었다. 그때 하늘에서 백옥(白玉)으로 된 대들보 하나가 떨어졌는데, 광채가 눈부셔서 그 도관을 "옥량관"이라 불렀다. 위(魏)나라 무제 때 사자를 보내 그 대들보를 가져오게 했는데, 사자가 산문(山門)에 도착해 도관에서 몇 리 떨어졌을 때, 정오 무렵에 천둥과 번개가 크게 치더니 도관의 용마루가 갈라지면서 백옥 대들보가 백룡으로 변해, 연무를 가르고 날아가 도관의 동쪽 산 아래로 사라졌다. 진(晉)나라 영가(永嘉) 연간(307~313)에 대(戴) 아무개는 바위 계곡을 유람하길 좋아했는데, 우연히 욱목산(郁

木山 : 옥사산의 남쪽에 위치한 산)에 들어갔다가 보았더니, 푸른 돌 두 개가 바위 아래에서 백옥 대들보 하나를 받치고 있었다. 대 아무개가 몸을 숙이고 가까이 가서 살피면서 손으로 그 위를 문질러 보았더니 붉은 글씨 다섯 줄이 보였는데, 모두 천서(天書)의 운전[雲篆 : 도가의 부록(符籙)]이었다. 시험 삼아 손도끼로 백옥 대들보를 두드려 보았더니 종소리 같기도 하고 묵직한 천둥소리 같기도 한 소리가 나면서 용 비늘이 일어났다. 대 아무개는 기이함에 놀라 급히 달려가서 사람들에게 그 사실을 알리고, 다시 그것을 찾으러 갔지만 그 장소를 알 수 없었다. 백옥 대들보가 날아간 뒤로 옥량관은 마침내 허물어졌다.

漢武帝時, 玉笥山民感山之靈異. 或愆旱災蝗, 祈無不應. 乃謀共置一觀, 以表靈跡. 旣構殿, 闕中梁一條, 邑民將選奇材, 經數旬未獲. 忽一夜, 震雷風烈, 達曙乃晴. 天降白玉梁一條, 光彩瑩目, 因號爲"玉梁觀". 至魏武帝時, 遣使取之, 至其山門, 去觀數里, 亭午之際, 雷電大震, 裂殿脊, 化爲白龍, 擘煙霧而去, 沒觀之東山下. 晉永嘉中, 有戴氏子, 好遊巖谷, 偶入郁木山, 見兩座靑石, 搘一條白玉梁於巖下. 戴氏俯近看之, 以手捫摸其上, 見赤書五行, 皆天文雲篆. 試以手斧敲之, 聲如鐘, 又如隱雷之聲, 鱗甲張起. 戴氏驚異, 奔走告人, 再求尋之, 不知其所. 自玉梁飛去後, 其處遂廢.

* 이 고사는 《태평광기》 권374 〈영이 · 옥량관〉에 실려 있다.

55-3(1634) 상혈과 우뢰
상혈 · 우뢰(湘穴 · 雨瀨)
출《수신기》출《형주기(荊州記)》

상수(湘水)의 동굴 속에 검은 흙이 있는데, 가뭄이 든 해에 사람들이 함께 물길을 막고 그 동굴에 물을 채워서 동굴이 잠기면 큰비가 즉시 내렸다.

뇌양현(耒陽縣)에 우뢰(雨瀨 : 비가 내리면 급하게 흐르는 여울)가 있는데, 그 현에 가뭄이 들 때 백성이 함께 우뢰를 막으면 단비가 두루 내렸으며, 한 마을에서만 막아도 비가 두루 내렸다. 기도하는 곳에 따라 부절(符節)에 새긴 것처럼 정확했다.

湘穴中有黑土, 歲旱, 人則共壅水, 以塞此穴, 穴淹, 則大雨立至.
耒陽縣有雨瀨, 此縣時旱, 百姓共壅塞之, 則甘雨普降, 若一鄉獨壅, 雨亦遍應. 隨方所祈, 信若符刻.

* 이 고사는《태평광기》권374 〈영이 · 상혈〉과 〈뇌양수(耒陽水)〉에 실려 있다.

55-4(1635) 손종

손종(孫鍾)

출《신이기(神異記)》

　　손종[손견의 부친]은 부춘현(富春縣)에서 살았는데, 어려서 부친을 여의고 모친을 지극히 효성스럽게 모셨다. 흉년을 당하자 손종은 오이를 심어 먹고살았다. 어느 날 문득 젊은이 세 명이 손종을 찾아와서 오이를 달라고 하자, 손종이 그들을 후하게 대접했더니 그들이 말했다.

　　"이 산 아래는 좋은 땅이니 그곳에 묘를 쓰면 틀림없이 천자가 나올 것이오. 당신은 산을 100여 보쯤 내려갔을 때 뒤돌아서서 우리가 떠난 곳을 잘 보아 두었다가 바로 그곳에 묘를 쓰도록 하시오."

　　손종이 30~40보쯤 내려갔을 때 곧장 뒤돌아보았더니 세 사람이 흰 학으로 변해 날아갔다. 손종은 그곳을 기억해 두었다가 죽은 후에 그곳에 묻혔다. 미 : 그들의 말대로 산을 100보 내려갔더라면 한 지역의 수장에 그치지 않았을 것이다. 그곳은 현성(縣城)의 동쪽에 있었는데, 무덤 위에서 늘 이상한 빛이 났으며 오색구름이 하늘까지 뻗어 있었다. 훗날 손견(孫堅)의 모친이 손견을 잉태했을 때, 창자가 나와 오(吳)나라 도성의 창문(閶門)을 휘감는 꿈을 꾸었다.

평:《이원(異苑)》에 다음과 같은 고사가 실려 있다. 손견이 부친을 여의고 장지를 찾아다녔는데, 갑자기 한 사람이 말하길, "당신은 100세대의 제후가 되고 싶습니까? 아니면 4세대의 제왕이 되고 싶습니까?"라고 하자, 손견이 대답하길, "제왕이 되고 싶습니다"라고 했다. 그 사람이 한 곳을 가리켰는데, 손견은 이상해하면서도 그 사람의 말을 따랐다. 당시 부춘현에서 모래사장이 갑자기 솟아 나왔는데, 나중에 손견이 감승(監丞)이 되었을 때 이웃 사람들이 그 위에서 그를 전송하면서 한 노인이 말하길, "이 모래사장은 좁고 기니, 자네는 훗날 장차 장사(長沙)에서 일하게 될 것이네"라고 했다. 과연 손견은 장사에서 의병(義兵)을 일으켰다.

孫鍾家於富春, 幼失父, 事母至孝. 遭歲荒, 以種瓜自業. 忽有三少年, 詣鍾乞瓜, 鍾厚待之, 三人謂曰:"此山下善, 可葬之, 當出天子. 君下山百許步, 顧見我去, 卽可葬處也." 鍾去三四十步, 便反顧, 見三人成白鶴飛去. 鍾記之, 後死葬其地. 眉:能如其言, 下山百步, 則不止偏伯矣. 地在縣城東, 冢上常有光怪, 雲五色, 氣上屬天. 及堅母孕堅, 夢腸出, 繞吳閶門.
評:《異苑》云:孫堅喪父, 行葬地, 忽有一人曰:"君欲百世諸侯乎? 欲四世帝乎?" 答曰:"欲帝." 此人因指一處, 堅異而從之. 時富春有沙漲暴出, 及堅爲監丞, 鄰黨相送於上, 父老謂曰:"此沙狹而長, 子後將爲長沙矣." 果起義兵於長沙.

* 이 고사는 《태평광기》 권389 〈총묘(塚墓)·손종〉, 권374 〈영이·손견득장지(孫堅得葬地)〉에 실려 있는데, 〈손종〉은 출전이 "《상서기(祥瑞記)》"라 되어 있다.

55-5(1636) 팔진도

팔진도(八陣圖)

출《가화록(嘉話錄)》

    기주(夔州)의 서시(西市)는 아래로 강 언덕을 굽어보고 있고 모래자갈 밑에는 제갈량(諸葛亮)의 팔진도가 있다. 팔진도는 거위와 황새가 양쪽 날개를 펼치고 있는 것처럼 펼쳐져 있고 바둑판에 바둑알이 놓여 있는 것처럼 배치되어 있는데, 지금도 분명히 남아 있다. 삼촉(三蜀)[133] 지역의 눈이 녹을 때마다 협곡의 물이 넘실거리며 거세게 흐르는데, 그 광경이 가히 볼만하다. 열 아름이나 되는 커다란 나무, 100장(丈)이나 되는 마른 뗏목, 물에 팬 거대한 바위가 파도를 따라 강을 메우면서 아래로 흘러간다. 물이 강 언덕과 수위가 같아지면 사람들이 산 위로 달아나니, 돌을 쌓아 만든 무더기가 어떻게 될지 가히 알 만하다. 수위가 낮아지고 하천이 평평해지면 만물은 모두 옛 모습을 잃어버리는데, 단지 작은 돌을 쌓아 진형을 배치해 놓은 제갈량의 팔진도만은 예전의 모습 그대로다. 팔진도는 이미 600~700년 동안

---

[133] 삼촉(三蜀): 촉군(蜀郡)·광한(廣漢)·건위(犍爲) 지역의 합칭.

해마다 거센 물결에 부딪혀 왔지만 지금까지도 전혀 움직임이 없다.

夔州西市, 俯臨江岸, 沙石下有諸葛亮八陣圖. 箕張翼舒, 鵝形鸛勢, 象石分布, 宛然尙存. 峽水大時, 三蜀雪消之際, 鴻涌混潊, 可勝道哉. 大樹十圍, 枯槎百丈, 破磴巨石, 隨波塞川而下. 水與岸齊, 人奔山上, 則聚石爲堆者, 斷可知也. 及乎水落川平, 萬物皆失故態, 唯諸葛陣圖, 小石之堆, 標聚行列, 依然如是者. 僅已六七百年, 年年淘灑推激, 迨今不動.

* 이 고사는 《태평광기》 권374 〈영이・팔진도〉에 실려 있다. 본래 제목만 있고 고사가 없는데,《태평광기》에 의거해 보충했다.

55-6(1637) 해변의 돌 거북
해반석귀(海畔石龜)

출《술이기》·《유양잡조》

해변에 커다란 돌 거북이 있었는데, 민간에 전하는 말에 따르면 노반(魯班)이 만든 것이라고 한다. 돌 거북은 여름에는 바다로 들어갔다가 겨울에는 다시 산 위에 머물렀다. 육기(陸機)의 시에 다음과 같은 구절이 있다.

"돌 거북도 늘 바다를 그리워하는데, 내가 어찌 고향을 잊으리오?"

임읍현(臨邑縣)의 북쪽에 연공(燕公)134)의 묘비가 있었는데, 얼마 지나지 않아 비신(碑身)은 사라지고 비신을 받치는 귀부(龜趺 : 거북 모양의 받침돌)만 남아 있었다. [오호십육국의] 석조(石趙 : 후조)135) 때 이 돌 거북은 밤이면 늘 비석을 지고 물에 들어갔다가 날이 밝은 후에야 나왔는데, 등 위에 늘 개구리밥이 붙어 있었다. 이를 지켜보던 어떤 사

---

134) 연공(燕公) : 주(周)나라 때 연국(燕國)의 시조 소공(召公)을 말한다. 소공(邵公) 또는 소강공(召康公)이라고도 한다.

135) 석조(石趙) : 오호 십육국의 후조(後趙)를 말한다. 석륵(石勒)이 건국했기 때문에 "석조"라고 한다.

람이 거북이 물에 들어가려는 것을 보고 소리쳐 불렀더니, 거북이 달아나다가 비석을 떨어뜨려 부러뜨렸다.

海畔有大石龜, 俗云魯班所作. 夏則入海, 冬則復止於山上.
陸機詩云 : "石龜常懷海, 我寧忘故鄉?"
臨邑縣北, 有燕公墓碑, 碑尋失, 唯趺龜存焉. 石趙世, 此龜夜常負碑入水, 至曉方出, 其上常有萍藻. 有伺之者, 果見龜將入水, 因叫呼, 龜乃走, 墜折碑焉.

* 이 고사는 《태평광기》 권374 〈영이·해반석귀〉에 실려 있다. 본래 제목만 있고 고사가 없는데, 《태평광기》에 의거해 보충했다.

55-7(1638) 금정산의 나무 학

금정산목학(金精山木鶴)

출《계신록》

건주(虔州) 건화현(虔化縣) 금정산은 옛날 장사왕(長沙王) 오예(吳芮) 때 선녀 장여영(張麗英)이 승천했던 곳으로 도관(道館)이 남아 있다. 바위의 높이는 수백 척이나 되고 그 위에 선녀 두 명이 타고 다니던 나무로 만든 학 두 마리가 있었는데, 그곳은 잔도(棧道)도 닿지 않는 곳이었기 때문에 나무 학이 도대체 어디서 온 것인지 알 수 없었다. 나무 학 두 마리는 늘 사계절을 따라 방향을 돌렸으며 조금도 어긋난 적이 없었다. 순의도[順義道 : 오대 때의 방진명(方鎭名)]의 백승군(百勝軍) 소장(小將) 진사찬(陳師粲)이 일찍이 그 바위 아래에서 이웃 마을의 여자를 만나 그녀에게 청혼하자 여자가 말했다.

"당신이 저 학의 눈을 명중시킬 수 있다면 결혼하겠습니다."

진사찬은 곧바로 화살 한 발을 쏘아 명중시켰는데, 그 즉시 팔에 힘이 빠지더니 결국 집으로 돌아와서 병들어 누웠다. 그가 비몽사몽간에 보았더니, 여도사 두 명이 자신의 침상을 돌면서 그의 앞을 지나갈 때마다 손으로 진사찬의 눈을 비볐는데, 이렇게 서너 차례 하고 여도사가 떠나간 뒤에 진사찬은 결국 실명한 채 죽었다. 화살에 맞은 학은 이때부터 더 이상 돌지 않았고, 나머지 한 학만이 예전처럼 계속 돌았다.

虔州虔化縣金精山, 昔長沙王吳芮時, 仙女張麗英飛升之所, 道館在焉. 巖高數百尺, 有二木鶴, 二女仙乘之, 非榜道所及, 不知其所從. 其二鶴, 恒隨四時而轉, 初不差忒. 順義道中, 百勝軍小將陳師粲者, 嘗與鄰里女子遇於巖下, 求娶焉, 女子曰:"君能射中此鶴目, 卽可." 師粲卽一發而中, 臂卽無力, 歸而病臥. 如夢非夢, 見二女道士繞床而行, 每過輒以手拂師粲之目, 數四而去, 竟失明而卒. 所射之鶴, 自爾不復轉, 其一猶轉如故.

* 이 고사는 《태평광기》 권374 〈영이·금정산목학〉에 실려 있다.

55-8(1639) 낚시터의 돌

조대석(釣臺石)

출《대업습유》

    [수나라] 대업(大業) 7년(611) 2월에 처음 조대(釣臺 : 낚시터)를 만들 때 배로 돌을 운반했는데, 병정들이 힘든 노역에 지쳐 한탄하는 소리가 길에까지 들렸다. 당시 돌을 운반하던 사람은 배를 끌고 강의 동쪽 언덕에 있는 산 아래까지 가서 돌을 가져와 여러 차례 조대의 기초를 쌓았다. 그런데 갑자기 소만 한 크기의 커다란 돌 10여 개가 산꼭대기에서 날아 내려와 곧장 배 안으로 들어왔는데, 마치 사람이 배치해 놓은 것 같았고 배는 전혀 손상이 없었다. 미 : 산신이 노역자들의 힘을 덜어 준 것이다.[136]

大業七年二月, 初造釣臺之時, 將船運石, 兵丁困弊於役, 嗟嘆之聲, 聞於道路. 時運石者, 將船至江東岸山下取石, 累構

---

[136] 산신이 노역자들의 힘을 덜어 준 것이다 : 이 미비(眉批)의 원문은 "□신□역지력야(□神□役之力也)"라 되어 있어 두 글자가 판독 불가한데, 문맥을 고려해 추정해서 번역했다. 쑨다평의 교점본에서는 "귀신애역지로야(鬼神哀役之勞也 : 귀신이 노역자들의 수고를 불쌍히 여긴 것이다)"로 추정했다.

爲釣臺之基. 忽有大石, 如牛十餘, 自山頂飛下, 直入船內, 如人安置, 船無傷損. 眉:□神□役之力也.

* 이 고사는 《태평광기》 권374 〈영이 · 조대석〉에 실려 있다.

55-9(1640) 문수현의 하늘에서 떨어진 돌
문수현추석(文水縣墜石)
출《법원주림》

 [당나라] 정관(貞觀) 18년(644)에 문수현에 큰 벼락이 치더니 구름 속에서 방앗공이만 한 크기의 돌 하나가 떨어졌는데, 등 부분은 높고 배 부분은 평평했다. 현승(縣丞) 장효정(張孝靜)이 이 일을 상주했다. 당시 서역(西域) 마가타국(摩伽陁國) 보리사(菩提寺)의 노스님이 서경(西京 : 장안)에 왔는데, 그는 아주 박식했다. 칙명을 내려 그 일에 대해 노스님에게 물었더니, 그것은 용의 먹이로 용 두 마리가 서로 다투다가 떨어뜨렸다고 했다.

貞觀十八年, 文水縣大雷震, 雲中落一石下, 大如碓觜, 脊高腹平. 縣丞張孝靜奏. 時有西域摩伽陁菩提寺長年師到西京, 頗推博識. 敕問之, 是龍食, 二龍相爭, 故落下耳.

* 이 고사는 《태평광기》 권374 〈영이·문수현추석〉에 실려 있다.

55-10(1641) 황금상을 꾸짖다

질금상(叱金像)

출《선실지》

　　당(唐)나라 초에 신상(神像)이 있었는데, 전하는 말에 따르면 북주(北周)와 수(隋)나라 사이에 어떤 술사(術士)가 황금을 주물해 만들었다고 한다. 천후(天后 : 측천무후) 시대에 그 신상을 궁중에 안치하고 그것을 모신 전각에 자물쇠를 매우 단단하게 채워 놓으라고 명했다. 현종(玄宗)이 일찍이 그 전각에 행차해 그곳을 열어서 관람했다. 당시 숙종(肅宗)은 중궁(中宮 : 동궁)에 있었고 대종(代宗)은 아직 어렸는데, 함께 황상을 모시고 있었다. 황상이 고역사(高力士)에게 물었다.

　　"이 신상은 어떤 특이한 점이 있는가? 무슨 전설이라도 있는가?"

　　고역사가 말했다.

　　"이 신상은 전대(前代)에 만든 것으로, 왕자(王者)가 몇 년 동안 재위할 수 있는지를 점칠 수 있다고 합니다. 그 방법은 큰 소리로 이 신상을 꾸짖는 것인데, 만약 재위 기간이 아주 길면 이 신상도 오랫동안 요동하고 그렇지 않다면 한 번 꿈쩍했다가 멈춘다고 합니다."

황상이 즉시 엄하게 꾸짖었더니 그 신상은 마치 두려워하는 듯 한참 동안 요동하다가 땅에 엎어졌다. 황상이 기뻐하자 고역사는 재배하며 경하드렸다. 황상이 곧 태자(太子 : 숙종)에게 그 신상을 꾸짖으라고 명했더니, 그 신상은 약간만 움직였다.

　　다시 황손(皇孫 : 대종)에게 꾸짖으라고 명했더니, 이번에는 오랫동안 요동했다. 황상이 말했다.

　　"내 손자가 나와 비슷하군."

　　그 후 현종은 50년 동안 재위했고,[137] 숙종은 6년 동안 재위했으며, 대종은 19년 동안 재위했으니, 모두 그 점괘와 들어맞았다.

初唐有神像, 傳云周隋間有術士, 范金而成之. 天后朝, 因命置於宮中, 扃其殿宇甚嚴. 玄宗嘗幸其殿, 啓而觀焉. 時肅宗在中宮, 代宗尙稚, 俱侍上. 上問力士曰 : "此神像何異? 亦有說乎?" 力士曰 : "此前代所製, 可以占王者在位之年. 其法當厲聲叱之, 苟年甚永, 則其像搖震亦久, 不然, 一撼而止." 上卽嚴叱之, 其像若有懼, 搖動移時, 仆於地. 上喜, 力士因再拜賀. 上卽命太子叱之, 其像微震. 又命皇孫叱之, 亦動搖久之. 上曰 : "吾孫似我." 其後玄宗在位五十載, 肅宗

---

137) 현종은 50년 동안 재위했고 : 현종의 실제 재위 기간은 44년이고, 재위한 지 50년 만에 죽었다.

在位凡六年, 代宗在位十九年, 盡契其占也.

* 이 고사는 《태평광기》 권136 〈징응(徵應)・질금상〉에 실려 있다.

55-11(1642) 현종의 어용

현종성용(玄宗聖容)

출《옥당한화》

　[당나라] 현종 황제의 어용(御容)은 협저(夾紵)[138] 방식으로 만들었으며, 본래 주질현(盩厔縣)에 있었다. [덕종] 정원(貞元) 연간(785~805)에 갑자기 미치광이 같은 어떤 스님이 그것을 짊어지고 가서 무공현(武功縣)의 잠룡궁(潛龍宮)에 안치했다. 잠룡궁은 바로 신요 황제(神堯皇帝: 당고조 이연)의 옛 저택으로, 지금은 불사로 사용하고 있다. 현종의 어용은 단지 진홍색의 비단옷에 복건(幅巾: 검은 비단으로 만든 두건)을 쓰고 있을 뿐이었다. 잠룡궁의 스님이 말했다.

　"[오대 후당(後唐)] 장종(莊宗)이 변주(汴州)로 들어갔을 때와 명종(明宗)이 낙양(洛陽)으로 들어갔을 때와 청태(淸

---

138) 협저(夾紵): 일종의 소상(塑像) 방법으로 "협저(夾紵)"라고도 한다. 먼저 진흙 틀을 소성한 다음에 그 표면에 마포(麻布)를 붙이고 옻칠을 하는데, 옻칠이 마른 후에 여러 차례 반복해서 칠하며, 마지막에 진흙 틀을 빼내 속을 비게 한다. 그래서 "탈공상(脫空像)"이라고도 한다. 이러한 소상 방법은 부드럽고 핍진할 뿐만 아니라 재질이 매우 가벼워서 "행상(行像)"이라 부르기도 한다.

泰 : 폐제)139)가 동쪽으로 달아나 이수(伊水)와 전수(瀍水)로 가던 해에 어용의 이마 위에서 모두 땀이 흘렀습니다."

학사(學士) 장항(張沆)은 일찍이 그 이야기를 듣고도 믿지 않았는데, 무공현을 지나가다가 자세히 살펴보았더니 과연 스님이 말한 대로였다. 장항은 혹시 빗물이 흘러내려서 그런 것이 아닌가 생각했지만, 복건 위에는 젖은 흔적이 없었다. [오대 후진(後晉)] 천복(天福) 연간(936~944) 이후로 어용에서 흐르던 땀은 마침내 그쳤다. 또 고릉현(高陵縣)에 신요 황제 선대의 장원이 있는데, 지금은 역시 궁관(宮觀 : 도관)으로 사용하고 있으며 그곳에 측백나무가 있다. 전하는 말에 따르면, 고조(高祖)가 강보에 싸여 있을 때 모친이 그를 측백나무의 그늘에 놓아두고 밭으로 새참을 가지고 갔는데, 새참을 주고 돌아왔을 때 해가 기울었지만 나무 그림자는 옮겨 가지 않고 그대로 있었다고 한다. 지금 궁관에 있는 측백나무가 바로 그것이다. 이 이야기들은 사전(史傳)에 실려 있지 않다.

玄宗皇帝御容, 夾紵作, 本在盩厔縣. 貞元中, 忽有僧如狂, 負之, 置於武功潛龍宮. 宮卽神堯故第也, 今爲佛宇. 御容

---

139) 청태(淸泰) : 후당의 마지막 황제인 폐제(廢帝) 이종가(李從珂)의 연호(934~936). 여기서는 폐제를 가리킨다.

唯縕紗衣幅巾而已. 寺僧云:"莊宗入汴, 明宗入洛, 洎清泰東赴伊瀍之歲, 額上皆有汗流." 學士張沆嘗聞而未之信, 及經武功, 乃細視之, 果如其說. 又意其雨漏所致, 而幅巾之上則無. 自天福之後, 其汗遂絶. 高陵縣又有神堯先世莊田, 今亦爲宮觀矣, 有柏樹焉. 相傳高祖在襁褓時, 母置放柏樹之陰, 而往餉田, 比餉回, 日斜而樹影不移. 則今柏樹是也. 史傳失載.

* 이 고사는《태평광기》권374〈영이·현종성용〉에 실려 있다.

55-12(1643) 투주의 연꽃

투주연화(渝州蓮花)

견 '오균(吳均) 《제춘추(齊春秋)》'

투주에서 서쪽으로 100리 떨어진 곳에 있는 상사사(相思寺)의 북쪽 돌산에 부처의 발자국 12개가 있는데, 모두 3척 남짓한 길이에 너비는 1척 1촌이고 깊이는 9촌이며 가운데에 물고기 문양이 있고, 불당에서 북쪽으로 10여 보 떨어진 곳에 있다. [당나라] 정관(貞觀) 20년(646)에 상사사 옆의 샘 안에서 갑자기 붉은 연꽃이 나왔는데, 너비가 3척이나 되었다. 오가는 나들이객들은 놀라 찬탄하지 않는 사람이 없었으며, 연꽃은 한 달이 지나도록 사라지지 않았다. 옛날 [남조] 제(齊)나라 때 형주성(荊州城) 동쪽의 천자정(天子井)에서 비단이 나왔는데, 당시 남녀들이 그것을 가져다 사용해 보았더니 일반 비단과 다르지 않았으며, 한 달이 지나서야 비단 나오는 것이 멈추었다. 이 또한 같은 부류의 이야기다.

渝州西百里相思寺北石山, 有佛跡十二. 皆長三尺許, 闊一尺一寸, 深九寸, 中有魚文, 在佛堂北十餘步. 貞觀二十年, 寺側泉內, 忽出紅蓮花, 面廣三尺. 遊旅往還, 無不嘆訝, 經月不滅. 昔齊荊州城東天子井出錦, 於時士女取用, 與常錦不異, 經月乃歇. 亦此類也.

* 이 고사는《태평광기》권374〈영이 · 투주연화〉에 실려 있다.

55-13(1644) 옥마

옥마(玉馬)

출《문기록》

　심부사(沈傅師)가 선무절도사(宣武節度使)로 있을 때 당(堂) 앞에서 갑자기 말 울음소리가 들렸는데, 그 소리가 매우 가까워서 찾아보았지만 찾지 못했다. 다른 날 말 울음소리가 아주 가까이서 들렸는데, 마치 당 아래에서 나는 것 같았다. 그곳을 파서 1장(丈) 남짓 들어갔더니 작은 굴이 나왔고 그 사이에서 옥으로 만든 말 하나가 나왔는데, 높이는 2~3촌 정도 되었고 길이는 4~5촌 정도 되었지만 울음소리는 건장한 말과 같았다. 말 앞에는 금으로 만든 구유가 있었고 그 안에 잘게 부서진 주사(硃砂)가 담겨 있었으며, 말똥은 녹두처럼 생겼고 그 색깔은 금빛처럼 붉었다. 심 공(沈公: 심부사)은 늘 주사를 그 말에게 먹였다.

沈傅師爲宣武節度使, 堂前忽馬嘶, 其聲甚近, 求之不得. 他日, 嘶聲極近, 似在堂下. 掘之, 深丈餘, 遇小空洞, 其間得一玉馬, 高三二寸, 長四五寸, 嘶則如壯馬之聲. 其前致碎硃砂, 貯以金槽, 糞如菉豆, 而赤如金色. 沈公恒以硃砂喂之.

* 　이 고사는《태평광기》권374〈영이·옥마〉에 실려 있다.

55-14(1645) 정인본의 사촌 동생

정인본표제(鄭仁本表弟)

출《유양잡조》

당(唐)나라 대화(大和) 연간(827~835)에 정인본의 사촌 동생 아무개가 일찍이 왕 수재(王秀才)라는 사람과 숭산(嵩山)을 유람했는데, 넝쿨을 붙잡고 계곡을 넘어서 아주 깊숙이 먼 곳까지 갔다가 갑자기 돌아가는 길을 잃었다. 날이 저물자 어디로 가야 할지 몰라 배회하고 있던 차에 갑자기 나무 덤불 속에서 코 고는 소리가 들렸다. 나무 덤불을 헤치고 보았더니 아주 깨끗한 흰옷을 입은 한 사람이 보따리 하나를 베고 한창 달게 자고 있었다. 두 사람이 그를 불러 길을 물었더니, 그 사람은 머리를 들어 그들을 대충 훑어보고 나서 대꾸도 하지 않고 다시 잠을 잤다. 두 사람이 다시 두세 번 그를 불러 깨우자, 그 사람은 그제야 일어나서 앉더니 그들을 돌아보며 말했다.

"이쪽으로 오시오."

두 사람이 다가가서 그에게 어디서 왔냐고 물었더니 그 사람이 웃으며 말했다.

"그대들은 달이 일곱 가지 보석으로 이루어졌다는 사실을 아시오? 달의 모양은 탄환처럼 둥근데, 그 그림자는 대부분 태양이 그 울퉁불퉁한 곳을 비출 때 생긴 것이오. 늘 8만 2000호(戶)의 집에서 미 : 황당하도다! 1년에 한 번씩 달을 수리하오."

그러고는 보따리를 열었는데 도끼와 끌 등의 연장이 들어 있었다. 또 옥설반(玉屑飯)140) 두 덩이를 두 사람에게 주며 말했다.

"이 길을 따라가기만 하면 자연히 큰길과 만나게 될 것이오."

그 사람은 말을 마치고 사라졌다.

唐大和中, 鄭仁本表弟某嘗與一王秀才遊嵩山, 押蘿越澗, 境極幽夐, 忽迷歸路. 將暮, 不知所之, 徙倚間, 忽覺叢中鼾聲. 披榛窺之, 見一人布衣, 衣甚潔白, 枕一袱物, 方眠熟. 卽呼之, 問路, 其人擧首略視, 不應復寢. 又再三呼之, 乃起坐, 顧曰 : "來此." 二人因就之, 且問其所自, 其人笑曰 : "君知月七寶合成乎? 月勢如丸, 其影多爲日爍其亞[1] 處也. 常有八萬二千戶, 眉 : 荒唐! 歲一修之." 因開袱, 有斤鑿數事. 玉屑飯兩裹, 授與二人曰 : "但由此, 自合官道矣." 言已不見.

* 이 고사는 《태평광기》 권374 〈영이·정인본표제〉에 실려 있다.

---

140) 옥설반(玉屑飯) : 전설 속의 옥가루로 지은 밥으로, 이것을 먹으면 무병장수한다고 한다.

1 아(亞):《유양잡조(酉陽雜俎)》권1〈천지(天咫)〉에는 "철(凸)"이라 되어 있는데, 문맥상 보다 타당하다.

55-15(1646) 관자문

관자문(管子文)

[당나라의] 이임보(李林甫)가 재상이 된 초년에 한 평민이 그를 찾아와서 큰 소리로 스스로 외쳤다.

"팔체서(八體書)[141]를 공부한 서생 관자문이 상국(相國)을 만나 뵙고 한 말씀 드리고자 합니다!"

이임보는 그를 빈관으로 부른 뒤 조용한 밤이 되자 달빛 아래에서 그에게 읍(揖)했다. 그러자 관생(管生 : 관자문)은 고래의 흥망성쇠와 명군(明君)·현신(賢臣)의 일을 갖추어 말하고, 또한 천하가 장차 어지러워질 것이라고 하면서 그에게 마음을 비우고 현자를 등용하라고 권했다. 관생이 떠날 때 이임보는 그를 붙잡았으나 그럴 수 없자, 사람을 시켜 그를 뒤쫓게 했다. 관생은 남산(南山) 속의 한 바위 동굴에 이르러 사라졌고 오래된 커다란 붓 하나만 있었다. 그 사람이 그 붓을 가지고 돌아가서 이임보에게 아뢰었더니 이임보는 그 붓을 장서각에 놓아두었는데, 그날 밤에 붓이 오색 새

---

141) 팔체서(八體書) : 진(秦)나라 때 사용한 여덟 가지 서체로, 대전(大篆)·소전(小篆)·각부(刻符)·충서(蟲書)·모인(摹印)·서서(署書)·수서(殳書)·예서(隸書)를 말한다.

로 변해 날아가 버렸다.

李林甫爲相初年, 有一布衣謁之, 高聲自稱: "業八體書生管子文, 欲見相國伸一言!" 林甫召之於賓館, 至夜靜, 月下揖之. 生備述古昔興亡·明主賢臣之事, 且云天下將亂, 勸之虛心任賢. 臨去, 林甫留之不得, 令人逐之. 至南山中一石洞, 遂不見, 唯有故舊大筆一. 携歸以白林甫, 林甫置之書閣, 其夕, 筆化爲五色禽飛去.

* 이 고사는 《태평광기》 권82 〈이인(異人)·관자문〉에 실려 있는데, 출전이 "《대당기사(大唐奇事)》"라 되어 있다.

55-16(1647) 호씨의 아들

호씨자(胡氏子)

출《녹이기》

    홍주(洪州)의 호씨는 집이 가난했고 다섯 명의 아들이 있었는데, 그중에서 막내아들의 기상과 모습이 아주 빼어났다. 그 아들이 태어난 뒤로 집안이 조금 넉넉해지고 농사와 양잠도 잘되어 집안 사정이 점점 풍족해졌기에 마을 사람들은 모두 그를 남달리 여겼다. 그 집에서 그 아들에게 배를 맡겨 보리를 싣고 강을 거슬러 올라가 주(州)의 시장으로 가게 했는데, 아직 도착하기 전에 강기슭이 험준해서 배를 끌고 통과할 수 없자, 강을 가로질러 건너다가 제지할 힘도 없이 배가 강기슭에 부딪쳐 모래 언덕이 부서지고 강둑이 무너져 내렸다. 그때 굴이 나타났는데 그 안에 돈 수백만 냥이 들어 있자, 보리를 버리고 대신 돈을 싣고 집으로 돌아왔다. 그때부터 호씨 집안은 더욱 부유해져서 시장에서 하인과 말을 사들였고 옷차림새에도 치장을 했다. 그래서 마을 사람들은 모두 그 아들을 복덩이라고 말했다. 그 아들이 시골 마을에서 오랫동안 지내고 싶어 하지 않자, 집안에서 그에게 성시(城市)를 왕래하면서 조금씩 세상일을 직접 겪어 보게 했다. 미 : 성시를 왕래하면 바로 복이 사라진다. 한번은 그가 길을 가던 중에 타고 가던 말이 땅에 무릎을 꿇고 가지 않자, 하인을 돌아보며 말했다.

"배가 부딪친 곳에서 돈을 얻었으니 지금 말이 꿇어앉은 곳에도 무언가가 있을 것이다."

그러고는 하인들을 시켜 그곳을 파게 했더니, 그 안에서 황금 500냥(兩)이 나왔기에 그것을 싣고 집으로 돌아왔다. 다른 날 그는 다시 성시로 가다가 한 호상(胡商)을 만났는데, 호상은 그의 머리 속에 구슬이 있는 것을 알아채고 사람을 시켜 그를 유인해 오게 한 다음 친절하게 대하면서 술을 마시게 하고는 그 구슬을 꺼내 갔다. 미 : 그 아들은 어찌하여 그것을 스스로 잘 간수하지 않았는가? 원래 호씨 아들은 이마 위에 공처럼 생긴 살이 약간 돋아나 있었는데, 구슬을 잃어버린 뒤로는 그 살이 마침내 가라앉았다. 그가 집으로 돌아오자 가족과 친지들이 모두 안타까워하며 위로했다. 그때부터 호씨의 아들은 정신이 쇠하더니 결국 병을 얻어 죽었으며, 그 집안의 생계도 점점 기울었다.

洪州胡氏家貧, 有子五人, 其最小者, 氣狀殊偉. 此子旣生, 家稍充給, 農桑營贍, 力漸豐足, 鄕里咸異之. 其家令此子主船載麥, 溯流詣州市, 未至間, 江岸險絶, 牽路不通, 截江而渡, 船勢抵岸, 力不制, 沙摧岸崩. 穴中得錢數百萬, 乃棄麥載錢而歸. 由是其家益富, 市置僕馬, 營飾服裝, 咸言此子有福. 不欲久居村落, 因令來往城市, 稍親狎人事. 眉 : 來往城市, 便是沒福. 行及中道, 所乘之馬, 跪地不進, 顧謂其僕曰 :

"船所抵處得錢, 今馬跪地, 亦恐有物." 因令左右刜之, 得金五百兩, 賣之還家. 他日復詣城市, 因有商胡遇之, 知其頭中有珠, 使人誘而狎之, 飮之以酒, 取其珠而去. 眉:此子何不自愛? 初, 額上有肉隱起, 如球子形, 失珠之後, 其肉遂陷. 旣還家, 親友眷屬, 咸共嘆訝. 自是此子精神減耗, 成疾而卒, 其家生計, 亦漸亡落焉.

* 이 고사는《태평광기》권374〈영이・호씨자〉에 실려 있다.

55-17(1648) 여산의 어부

여산어자(廬山漁者)

출《옥당한화》

    여산에 "낙성담(落星潭)"이라 불리는 깊은 못이 하나 있었는데, 그곳에서 물고기를 잡거나 낚시하는 사람이 많았다. 후당(後唐) 장흥(長興) 연간(930~933)에 어떤 낚시꾼이 한 물체를 낚았는데, 낚싯대를 끌어당기기가 무척 어려웠다. 낚싯대를 끌고 기슭으로 가서 보았더니 사람 모양을 한 물체가 철로 만든 관(冠)을 쓰고 있었는데, 수년 동안 쌓인 이끼가 감싸고 있었다. 나무라고 생각하기에는 너무 무거웠고 돌이라고 생각하기에는 너무 가벼웠다. 어부는 그 물체를 못가에 두었다. 며칠 뒤에 그 물체 위에 붙어 있던 진흙과 이끼가 바람과 햇볕에 떨어져 나가고 다시 비를 맞아 씻겨 나가자 그 물체가 갑자기 두 눈을 떴는데, 다름 아닌 사람이었다. 그 사람은 갑자기 일어나서 못으로 가더니 그 물로 손과 얼굴을 씻었다. 많은 어부들이 괴이함에 놀라면서 함께 그 사람을 살펴보았다. 그 사람은 어부에게 여기가 어디이며 산과 내의 이름과 어느 조대의 몇 년 몇 월인지를 매우 상세하게 묻고 나서 도로 물속으로 들어가더니 소리도 흔적도 없이 사라졌다. 미:물의 요괴에 가깝다. 하지만 결국 아무도 그 사람이 어디서 왔는지 물어보지 못했다. 남방의 관리와 백성은 그 일을 신기하다고 생각해서 그 사람을 위해 못가에 사당을 세우고 제단을 쌓았다.

廬山中有一深潭, 名"落星潭", 多漁釣者. 後唐長興中, 有釣者得一物, 頗覺難引. 迤邐至岸, 見一物, 如人狀, 戴鐵冠, 積歲莓苔裹之. 意其木則太重, 意其石則太輕. 漁者置之潭側. 後數日, 其物上有泥滓莓苔, 爲風日所剝落, 又經雨淋洗, 忽見兩目俱開, 則人也. 欻然而起, 就潭水盥手靧面. 衆漁者驚異, 共觀之. 其人卽詢漁者本處土地山川之名, 及朝代年月, 甚詳審, 問訖, 却入水中, 寂無聲迹. 眉: 近水怪. 然竟無一人問彼所從來者. 南中吏民神異之, 爲建祠壇於潭上.

* 이 고사는 《태평광기》 권374 〈영이 · 여산어자〉에 실려 있다.

태평광기초 11

엮은이 풍몽룡
옮긴이 김장환
펴낸이 박영률

초판 1쇄 펴낸날 2024년 11월 28일

커뮤니케이션북스(주)
출판등록 제313-2007-000166호(2007년 8월 17일)
02880 서울시 성북구 성북로 5-11
전화 (02) 7474 001, 팩스 (02) 736 5047
commbooks@commbooks.com
www.commbooks.com

ⓒ 김장환, 2024

지식을만드는지식은
커뮤니케이션북스(주)의 고전 출판 브랜드입니다.
이 책은 저작권자와 계약해 발행했으므로, 본사의 서면 허락 없이는
어떠한 형태나 수단으로도 이 책의 내용을 이용할 수 없습니다.

ISBN 979-11-7307-031-0 94820
979-11-7307-000-6 94820 (세트)

책값은 뒤표지에 있습니다.